RUTH SABERTON

DAS VERSPRECHEN

ROMAN

Aus dem Englischen
von Uta Hege

atb aufbau taschenbuch

Die Originalausgabe unter dem Titel
The Promise
erschien 2019 bei Millington.

FSC
www.fsc.org
MIX
Papier aus verantwortungsvollen Quellen
FSC® C083411

ISBN 978-3-7466-3789-1

Aufbau Taschenbuch ist eine Marke
der Aufbau Verlage GmbH & Co. KG

1. Auflage 2022

Umschlaggestaltung und Motive www.buerosued.de, München
Satz LVD GmbH, Berlin
Druck und Binden CPI books GmbH, Leck, Germany
Printed in Germany

www.aufbau-verlage.de

Für Dad
in Liebe

Prolog

Pencallyn

Mai 1944

An jenem Abend drehte sich die Welt langsamer als sonst, als versuche sie die Zeit ein wenig aufzuhalten. Beschwingte Jazzmusik drang durch die offene Tür des Tanzlokals, während ein junges Paar verstohlen in der Dunkelheit verschwand. In ungewissen Zeiten lebt man jeden Augenblick, als wäre es der letzte, und bevor man sichs versieht, gibt man Versprechen, ohne zu wissen, ob man sie halten kann. Als seine Hand sich sanft um ihre Finger legte, wusste sie, dass er so fest mit ihrem Herz verwoben war wie der Efeu und das Geißblatt mit den Bäumen, die es für alle Zeit umschlangen. Dieser Mann war tief in ihre Seele eingedrungen und würde dort für alle Zeit verwurzelt sein, was auch geschähe.

Sie kannten sich erst ein paar Monate, doch Zeit war vollkommen bedeutungslos, wenn man seinem Seelenverwandten begegnete. Sogar der Krieg rückte in den Hintergrund, es zählten einzig ihr Zusammensein und ihre Träume von der Zukunft. Und sie *würden* eine Zukunft haben, weil allein der Gedanke, dass sie sich je wieder trennen müssten, unerträglich war.

Aus Angst, ihn zu verlieren, verstärkte sie den Griff um seine Hand. Der Gedanke ließ ihr Herz erschaudern. Doch wie könnte sie ihn davor bewahren, dass ihm ein Unglück widerfuhr? Schließlich war in diesen Zeiten niemand sicher.

Er entzog ihr seine Hand, umarmte sie und küsste sanft ihr Haar. Die liebevolle Geste zeigte ihr, dass er verstand, wie es ihr ging, weil Trennungen und Verluste an der Tagesordnung waren. Weil jeder Tag die Nachrichten von neuen Todesfällen brachte, Telegramme auch die Leben der Daheimgebliebenen zerstörten und vielleicht die nächste Bombenexplosion die Glasscheiben des eigenen Hauses und die eigenen Knochen splittern ließ. Selbst im verschlafenen Cornwall war der Tod nie weiter als ein Flüstern von den Einwohnern entfernt. Wenn die Bomber über ihre Köpfe flogen, hielten sie den Atem an und hofften, dass sie noch nicht an der Reihe wären.

Wie konnte es sein, dass das Groteske, Unvorstellbare normal geworden war? Früher als schockierend angesehene Veränderungen hatten sich genauso in den Alltag eingeschlichen wie die Flugabwehrgeschütze, die Bunker und das Dröhnen der Panzer, die die ausgebauten Landstraßen hinunterfuhren, als hätten sie nie etwas anderes getan. Grasbüschel bedeckten die vernarbte Erde, wo die Bulldozer die neuen Straßen in den alten Wald geschnitten hatten, und als wollte die Natur die Schmerzen lindern, waren die neuen Wegesränder schon nach kurzer Zeit mit wilden Blumen übersät. Inmitten der Zerstörung gab es Schönheit, so wie es inmitten des Verderbens Liebe gab. Das war ein kleiner Trost.

Vor allem lebte man viel intensiver als zuvor. Das Leben war ein Drahtseilakt, bei dem die Menschen über einem Abgrund balancierten und in dem der Tod allgegenwärtig war. Es wurde dadurch umso kostbarer, und jung, verliebt und schwindelig vor Glück zu sein, wog mehr als jeder Schatz. In diesem Frühjahr war für sie die Sonne warm, der Himmel blau und die gesamte Welt so schön wie nie zuvor, denn wie Dornröschen hatte sie ein Kuss aus ihrem langen Schlaf erweckt. Sie würde niemals wieder schlafen, denn ihr Leben hatte sich auf wunderbare, grundlegende Art verändert, und sie war von einer unbändigen Lebenslust erfüllt.

Bereits bei ihrem ersten Treffen hatte sie gespürt, dass es für sie jetzt kein Zurück mehr gab. Sie hatte ihr Leben lang auf ihn gewartet, und nachdem sie sich gefunden hatten, war nichts anderes mehr von Bedeutung. Es gab kein Problem, das sich nicht überwinden ließ. Bei hellem Sonnenschein war der Krieg nichts weiter als ein böser Traum. Sie wünschte, der Sommer zöge sich mit glutvollen, dunklen Augen und gemurmelten Versprechen noch endlos hin. Sie wollte diese Zeit genauso festhalten wie ihn.

Also wanderten sie durch den Garten zu der alten Sonnenuhr, die ihr auch früher schon den einen oder anderen Wunsch erfüllt hatte. Hier im Zaubergarten war alles möglich. Vielleicht könnte sie sich ja sogar wünschen, dass es Hitler nicht mehr gäbe. Schließlich waren die Schleier, die die Zeit verhüllten, hier in Cornwall dünner als an anderen Orten, und die alten Mythen, Sitten und Gebräuche waren nur einen Schatten von der Gegenwart entfernt. Magie fand sich im fröhlichen Gesang der Vögel, die dieselben Melodien pfiffen wie seit Anbeginn der Zeit. Magie fand sich im Silbergrau der Flechten, die die Felsen überzogen, und in den unverwandten Schatten, die die Sonne warf. Sie müsste es sich einfach stärker und vor allem öfter wünschen, weiter nichts. Am besten, sie liefe zusätzlich durch das alte Labyrinth zum Mittelpunkt des Gartens und hinterließe an dem versteckten Ort eine geschriebene Nachricht. In ihrer Kindheit hatte das auf alle Fälle funktioniert.

Von diesem Plan getröstet, lehnte sie sich an ihn. Sie nahm kaum wahr, wie sich der raue Stoff seiner Uniform an ihrer Wange rieb. Vielleicht hätten andere das Gesicht verzogen und verächtliche Bemerkungen gemacht, aber sie wusste, dass das Schicksal sie füreinander bestimmt hatte. Sie wusste, dass es schwierig würde, außerhalb des Gartens dauerhaft mit ihm zu leben, doch sie würden eine Lösung finden.

Die Abenddämmerung brach an und tauchte die Umgebung in ein violettes Licht. Nach den Stürmen der vergangenen Tage hing der durchdringende Geruch von nasser Erde in der Luft, und am inzwischen wieder wolkenlosen Himmel tauchten die ersten Sterne auf. Doch klare Nächte waren gefährlich, denn das trügerische Licht des Monds war von Vorteil für ihre Feinde. In Nächten wie diesen sollte man das Haus besser nicht verlassen. Sie hatten bereits einmal jede Vorsicht über Bord geworfen, aber heute Abend roch es richtiggehend nach Gefahr.

Arm in Arm betraten sie das Dickicht. In einer anderen, genauso warmen Sommernacht hatte ihr Liebster einmal festgestellt, sie könnten statt in Cornwall auch in Georgia, Virginia, South Carolina sein. Die Namen waren nicht weniger aufregend als dieser Garten oder ihre Liebe, und in seinen Worten hatte sie das Versprechen eines abenteuerlichen Lebens voll wunderbarer Möglichkeiten gehört. Inmitten dieser Bäume kam der Krieg ihr wie der halb vergessene Alptraum eines Kindes vor.

Hier könnte ihnen nichts geschehen, denn sie waren jung und verliebt. Sie träumten von der Zukunft, und die Pläne, die sie machten, waren helle Hoffnungsschimmer, um das Grauen eines Krieges einzudämmen, der niemals mehr zu enden schien.

»Es wird dir einen Riesenspaß machen, in meinem kleinen Segelboot über den See zu jagen«, hatte er gesagt. »Und meine Familie wird dich sofort ins Herz schließen.«

Sie hatte sich gefragt, ob das wohl stimmte, denn bei diesen Worten hatten seine Augen unsicher geflackert. So, wie er nicht der Mann war, den ihr Vater mit offenen Armen willkommen heißen würde, war auch sie ganz sicher nicht das Mädchen, das seine Eltern sich für ihn wünschten. Sie wusste, wie wichtig ihm seine Familie war und wie sehr sie ihm fehlte. Er hatte ihr schon oft von seiner freundlichen und klugen Mutter, einer Grundschullehrerin, und seinem gut aussehenden Vater, der die Felder der Familie bestellte und am Sonntag in der kleinen Kirche ihres Ortes predigte, erzählt. Genau wie von dem See, der sich vom Rande ihres Grundstücks bis zum Horizont erstreckte, von der Schaukel mit der abblätternden Farbe, die auf der Veranda stand, und von dem kleinen Holzboot, das sein ganzer Stolz war. Die Welt, die er zurückgelassen hatte, war ein ganzes Universum von den Bomben und von der allnächtlichen Verdunkelung entfernt und kam ihr fast wie eins der Märchen ihrer Kindheit vor. »Erzähl mir noch mal von Amerika«, bat sie ihn ein ums andere Mal.

»Wir haben einen kleinen Hof in einem Tal, in dem die Sonne scheint und sich der Weizen im Wind wiegt. Wenn wir nach Hause kommen, nehmen wir den Weg zwischen den Feldern, setzen uns auf unsere Schaukelstühle, die auf der Veranda stehen, und beobachten, wie die Sonne langsam hinter den Hügeln untergeht. Meine Mutter wird dir beibringen, wie man Apfelkuchen backt, du wirst in meinem Truck zum Einkaufen in den Ort fahren, wir werden jede Menge Kinder kriegen, zusammen alt werden und mit unseren Enkelkindern spielen. Versprochen«, fügte er am Ende immer voller Leidenschaft hinzu. »Du bist mein Mädchen, und ich liebe dich. Für mich gibt es nur dich. Heute, morgen und für alle Zeit.«

Heute, morgen und für alle Zeit. Dies war der Schwur, der sie für immer aneinander band. Es war ein genauso bindendes Versprechen wie die Worte, die man in der Kirche sprach, und als sie es neben der alten Sonnenuhr geflüstert hatten, hatte sicher jemand zugehört und seinen feierlichen Ernst erkannt. Die Vögel waren verstummt, und ein besonderer Zauber hatte in der Luft gelegen. Sie waren eins.

Je weiter sie sich auf dem Pfad vom Dorf entfernten, umso leiser wurde die Musik. Die Dunkelheit um sie herum vertiefte sich. Selbst hier in Cornwall holte sie der Krieg allmählich ein. Das zeigten ihr das pausenlose Dröhnen der Motoren, die betonierten Rampen unten am Strand und die unzähligen Kriegsschiffe, die dort versammelt waren.

Und ihnen lief die Zeit davon.

Sie waren auf dem Weg zu dem Gehöft, das ganz am Grundstücksende lag. Es stellte einen wunderbaren Treffpunkt dar, und wenn der Garten unter einem dichten Regenschleier lag, zogen sie einfach eine Decke über sich und horchten auf die Melodie der Regentropfen auf dem Dach. Hier waren sie vor neugierigen Blicken sicher, weil sonst niemand in die Nähe dieses halb verfallenen Hauses kam. Es war ihr

Zufluchtsort in einer Welt, die völlig aus dem Gleichgewicht geraten war.

Er umfasste ihre Hände.

»Werde meine Frau.«

Sie brachte keinen Ton heraus. Ihr wurde schwindelig, denn sie wusste, alles, was in ihrem Leben je passiert war, hatte sie an diesen Punkt geführt. Natürlich würde sie ihn heiraten und dann mit ihm zusammen in die Staaten gehen. Sie würden alle Hindernisse überwinden, die die Welt versuchte, ihnen in den Weg zu stellen.

Er aber fürchtete, dass er sie überrumpelt hätte.

»Wir kennen uns zwar noch nicht lange, aber ich verspreche dir, dass es für mich nie eine andere geben wird. Ich habe dir nicht viel zu bieten, aber ich liebe dich und werde dich bis an mein Lebensende lieben.«

»Heute, morgen und für alle Zeit«, wisperte sie.

»Ist das ein Ja?«

»Natürlich! Ja, natürlich werde ich dich heiraten!«

Freudestrahlend zog er sie an seine Brust und gab ihr einen Kuss, der gleichzeitig von Hoffnung und Verlangen und der Furcht vor der bevorstehenden Trennung sprach. Es war ein Kuss, an den sie sich ihr Leben lang erinnern würde, weil er ihr lebenslange Liebe schwor.

»Ich habe allerdings keinen Verlobungsring für dich«, gestand er ihr.

»Den brauche ich auch nicht.«

»Was für ein Mann bittet ein Mädchen, seine Frau zu werden, und hat nicht mal einen Ring für sie?«

»Ein Mann, der Tausende von Meilen fern der Heimat kämpft!«

»Das ist keine Entschuldigung. Vor allem kann ich euch Briten keinen zusätzlichen Vorwand liefern, auf uns Yanks herabzuschauen.«

Sie hätte sagen wollen, dass die Briten nicht auf die Amerikaner heruntersahen, aber ihnen beiden wäre klar gewesen, dass das eine Lüge war. Auch wenn die jungen Frauen in Calmouth und Pencallyn von dem Zustrom attraktiver junger Männer und die Kinder von den Kaugummis, die sie bekamen, ganz begeistert waren, war der Unmut bei den Älteren über die beschlagnahmten Gehöfte oder Häuser und die abgesperrten Strände groß.

Vor allem machte ihr der Hass, den erschreckend viele Menschen plötzlich offen zeigten, Angst.

Die bösen Blicke, abfälligen Worte und die unverhohlene Ablehnung eines Menschen, der Millionen Mal mehr wert war als die, die ihn verachteten, hätte sie weder ihrer eigenen Familie noch einem ihrer Gäste jemals zugetraut. So etwas tat kein anständiger Mensch. Wenn sie nicht gegen diese Dinge kämpften, worum ging es dann in diesem Krieg? Auf welcher Seite standen Menschen, die so dachten, überhaupt?

»Ich habe etwas als Ersatz, bis du dir einen Ring aussuchen kannst«, stellte er leise fest und zog ein kleines Silberkreuz an einer zarten Kette aus der Tasche seiner Uniform.

»Das kann ich unmöglich annehmen. Du hast gesagt, es gehört deiner Mum. Es ist seit Jahren im Besitz eurer Familie. Sie hat es dir mitgegeben, weil es dich beschützen soll.«

»Ich weiß, Schatz, aber wenn ich kämpfe, muss ich wissen, dass dir nichts passiert. Wie könnte ich mein Mädchen einfach hier zurücklassen, ohne zu wissen, dass es sicher ist?«

Bei diesen Worten wogte ein Gefühl des Unbehagens in ihr auf. »Aber du brauchst es selbst! Du bist schließlich in größerer Gefahr als ich.«

»Ich habe keine Angst vor diesen Krauts. Du kannst mir glauben, wenn sie Onkel Sam an ihren Küsten landen sehen, nehmen sie die Beine in die Hand.«

Sie sprach nicht von den Deutschen, doch sie wusste nicht, wie sie ihm sagen sollte, was der wahre Grund für ihre Ängste war.

Er legte ihr die Kette um den Hals und machte einen Schritt zurück. »So. Jetzt bist du sicher«, stellte er zufrieden fest.

»Ich liebe dich«, erklärte sie, und wieder presste er ihr sanft die Lippen auf den Mund.

»Und ich dich. Jetzt bist du meine reizende Verlobte, und ich werde bis zum Ende meines Lebens für dich da sein und dich glücklich machen. Das verspreche ich.«

So glücklich sie in diesem Moment auch war, sie wusste, dass die Wolkenwand sich über dem Meer immer mehr zusammenzog. In den Flussmündungen und an den Stränden lagen Hunderte von Schiffen, nachts flogen die Bomber dicht über die Häuser, und der Himmel über Calmouth ging in Flammen auf. Täglich kamen mehr Soldaten an. Sie hatten außerhalb des Dorfs ein großes Camp errichtet, eins der Herrenhäuser beschlagnahmt und selbst in Pencallyn House zwei Offiziere einquartiert. Sie wünschte sich, die beiden Männer wären niemals aufgetaucht. Vor allem nicht der mit den Augen, die so kalt wie Gletscher waren, und dem besonderen Talent, sich anzuschleichen und dann plötzlich völlig unvermutet direkt vor einem zu stehen.

Bei dem Gedanken rann ein kalter Schauder über ihren Rücken, und ihr Liebster fragte: »Ist dir kalt?«

Sie schüttelte den Kopf, konnte ihm aber nicht erklären, was ihr durch den Kopf gegangen war. Wie hätte sie ihr ungutes Gefühl auch in Worte fassen und beschreiben sollen, welche Furcht ein Fremder in ihr hervorrief, der ihr doch im Grunde nichts zuleide tat?

»Es geht mir gut.« Sie lehnte ihren Kopf an seine Brust, und die gleichmäßigen Schläge seines Herzens vertrieben ihre Angst. Wenn sie mit ihm zusammen war, fühlte sie sich stark und mutig. Alles würde gut.

Im Dunkeln fühlte sich der Garten von Pencallyn wie ein Urwald an, als brächen jeden Augenblick vor Tausenden von Jahren ausgestorbene Kreaturen daraus hervor. Sie hatte das Gefühl, als würde irgendwas im Schatten der uralten Bäume lauern, und erschauerte ein zweites Mal.

»Mein kleines Frostbeulchen«, murmelte er, zog seine Jacke aus und hängte sie ihr um. »Es ist schon spät. Du solltest langsam reingehen und dich aufwärmen.«

Hand in Hand durchquerten sie den Garten, und als sie dem Haus so nahe waren, wie sie ihm nahezukommen wagten, legte er noch einmal das Versprechen ihrer Zukunft in den sanften Abschiedskuss, den er ihr gab.

»Werde ich dich morgen sehen?«

Er lächelte sein wunderbares Lächeln, und ihr Herzschlag setzte aus. Wie schön er war. Wie mutig, klug und freundlich – und er würde sie zur Frau nehmen. Womit in aller Welt hatte sie dieses grenzenlose Glück verdient?

»Ich zähle schon die Stunden«, antwortete er und zog mit seinem Daumen die Konturen ihrer Wange nach.

Am liebsten hätte sie die Uhr zurückgedreht, sich abermals auf dem verlassenen Hof versteckt und ihm die Arme um den Hals geschlungen. Sie liebte ihn, ja, sie betete ihn an. Und sie fühlte sich lebendiger als je zuvor.

Sie wusste, dass sie nie für einen anderen so empfinden würde wie für ihn.

»Was auch geschieht, ich werde zu dir zurückkommen, und dann werden wir die Segel hier in Cornwall streichen und für alle Zeit zusammen sein«, murmelte er.

»Heute, morgen und für alle Zeit«, wisperte sie.

Am liebsten hätte sie ihn angefleht, noch einen Augenblick zu bleiben, sich an ihm festgeklammert wie der Efeu an den Mauern ihres Hauses und das Moos an den uralten Bäumen. Doch er musste seine Pflicht in diesem Krieg erfüllen.

Nach einem letzten Kuss verschwand er wie so häufig in der Dunkelheit des Gartens, und sie nahm den Weg zurück zum Haus.

Natürlich wusste sie, dass das Gefühl der drohenden Gefahr nur ihrer Phantasie entsprang, aber sie wäre trotzdem froh, läge der dunkle Garten hinter ihr. Da wegen der Verdunkelung kein Licht durch irgendwelche Fenster auf den Kiesweg fiel, musste sie sich darauf konzentrieren, dass sie den Weg zur Haustür fand.

Wenn der Mond noch einmal durch die Wolkenwand geschienen hätte, hätte sie womöglich die Gestalt bemerkt, die hinter der Hausecke verschwand, so aber lag die Welt in samtig schwarzer Dunkelheit.

Und als sie, den Kopf voller Träume und das Herz voller Hoffnung, durch die Haustür trat, drehte das Rad des Schicksals sich ein letztes Mal.

1

Nell

heute

Ich weiß nicht, ob ich dieser Aufgabe gewachsen bin.

Um mich herum stapeln sich Kisten, auf dem Boden liegen alte Aufzeichnungen und Dokumente verstreut. Bücherregale und Fensterbretter dienen als Ablage für ungelesene Bücher, leere Umschläge, vergilbte Zeitungen. Auf der Couch türmen sich Kataloge und Prospekte, die für irgendwelche Waren werben, die man garantiert nicht braucht. Die Kleiderschränke sind zum Bersten mit Hemden, Anzügen und Schuhen gefüllt, die nur zu besonderen Anlässen getragen worden sind, und dann ist da auch noch der Schuppen, der vor Einzelteilen sorgfältig zerlegter Rasenmäher, wirren Drahtknäueln und den geliebten Schrauben, die mein Vater vielleicht eines Tages hätte brauchen können, überquillt.

Mein Magen zieht sich zusammen. Keiner dieser Schätze wird jetzt noch Verwendung finden. Sie haben ihren Sinn verloren. Brauchte er wirklich drei kaputte Radios? Oder Staubsaugerbeutel, ohne dass er auch nur einen Staubsauger besaß? Wie so oft in letzter Zeit drohe ich in Tränen auszubrechen, weil ich ihn jetzt nicht mehr danach fragen kann. Ich werde nie erfahren, warum er niemals irgendetwas weggeworfen hat. Jetzt gibt es niemanden mehr, der mich tröstend in den Arm nimmt, wenn ich traurig bin. Keine weise, ruhige Stimme, keinen Menschen, der mich so gut kennt, mich trotz meiner Fehler und der Schwächen liebt und sich am Telefon über den Klang meiner Stimme freut.

Jetzt bin ich ganz allein.

Ich kämpfe gegen die in meinem Innern aufsteigende Panik an. Ich bin inzwischen über dreißig. Ich bin erwachsen. Und ich hatte schon seit Längerem damit rechnen müssen, dass mein Vater stirbt, denn schließlich habe ich ihn wochenlang gepflegt. Sein Tod kam alles andere als überraschend, doch ich habe keine Ahnung, wie ich jetzt die Überreste seines Lebens durchgehen und entscheiden soll, welche dieser unzähligen Dinge ich entsorgen und welche ich aufbewahren soll. Mein Vater war beim Horten offensichtlich überhaupt nicht wählerisch. Ich nehme an, dass ihm entweder alles oder gar nichts wirklich wichtig war.

Bevor mich die Panik überwältigt, gehe ich hinaus auf die Terrasse. Die Augustsonne wirft leuchtend gelbe Flecken auf den alten Schaukelstuhl, in dem mein Dad so gerne saß. Als Kind saß ich dort oft auf seinem Schoß, während er mir Geschichten vorgelesen oder mir die Tränen getrocknet hat. Jetzt steht er leer und reglos da, und das Bewusstsein, dass mein Vater niemals wieder darin schaukeln wird, bricht mir das Herz.

Soll ich den Schaukelstuhl behalten? Ihn verkaufen? Auf den Sperrmüll werfen? Was würde mein Vater wollen? Und was will ich selbst?

Inzwischen ist er seit acht Wochen tot, und immer noch habe ich keinen blassen Schimmer, was ich mit den ganzen Sachen machen soll. Ich habe fast automatisch seinen Tod gemeldet, unzählige Formulare ausgefüllt und die Beerdigung organisiert, ohne dass ich mich daran erinnern kann. Früher hätte ich noch Andy fragen können, ob er mir beim Ausräumen des Hauses hilft. Das könnte ich wahrscheinlich immer noch, da ich inzwischen aber seine Ex-Frau bin, erscheint es mir nicht fair, ihn für diesen Knochenjob zu rekrutieren. Natürlich haben wir gesagt, dass wir weiterhin Freunde sind, aber er hat mit seiner Arbeit und seiner neuen Freundin sicherlich genug zu tun, auch ohne dass jetzt noch ein Hilferuf von seiner Ex-Frau kommt.

Entschlossen kehre ich zurück ins Haus und wende mich dem

nächsten Berg Papiere zu. Versicherungen, Zulassungen und Werkstattrechnungen zu allen Autos, die mein Dad seit 1975 je besessen hat. Ich schätze, dass ich dieses Zeug entsorgen kann. Aber ich habe kein Auto und dementsprechend keine Ahnung, ob davon noch irgendetwas wichtig ist. Ich bin das genaue Gegenteil von Dad, denn ich bewahre nur die Dinge auf, die ich wirklich brauche. Auch wenn ich es noch nicht mit Marie Kondo aufnehmen kann, bin ich sehr ordentlich, was Andy regelmäßig in den Wahnsinn trieb. Vielleicht habe ich mit meinem übertriebenen Ordnungssinn gegen Dads Chaos rebelliert? Ist es womöglich an der Zeit für eine Therapie? Die hätte ich wahrscheinlich nach den letzten Jahren schon gebraucht, und jetzt noch mehr, wenn ich über dem Aussortieren der Sachen meines Dads nicht vollends den Verstand verlieren will.

Wie dem auch sei, zurück zu der Versicherungspolice von 1998. Weg oder aufheben? O Gott, ich weiß es nicht. Was hat mein Dad sich nur dabei gedacht, dass er nie irgendetwas weggeworfen hat? Ich wünschte, dass ich ihn fragen könnte. Doch ich werde ihn nie wieder irgendetwas fragen können, und das tut so weh, dass ich nicht weiß, wie ich mit meiner Trauer weiterleben soll. Egal, was ich tue, der Schmerz lässt sich nicht vertreiben. Ich kann und darf jetzt nicht zusammenklappen, ich habe noch viel zu viel zu tun.

Um mich von meinem Elend abzulenken, rufe ich bei meiner besten Freundin an. Im Gegensatz zu mir weiß Lou bestimmt, wie ich mir meine Arbeit hier erleichtern kann. Sie weiß immer, was als Nächstes zu tun ist, egal in welcher Lebenslage. Vielleicht ist das der Grund, warum sie Juniorpartnerin in einer angesehenen Kanzlei in London ist, während ich selbst als Romanautorin kaum genügend Geld verdiene, um die Miete meiner Wohnung zu bezahlen.

»Besorg dir eine Firma, die das Haus entrümpelt, Nell«, schlägt sie mir dann auch vor. »Das Haus deines Vaters war schon voller Zeug, als wir noch Kinder waren. Da stelle ich mir lieber gar nicht erst vor, wie es dort jetzt aussieht.«

»Zehnmal so schlimm?« Tatsächlich hat mein Vater, ohne dass es mir besonders aufgefallen wäre, das gesamte Haus vom Keller bis zum Speicher mit Gerümpel gefüllt. Ein Psychologe würde sicher sagen, dass er seine eigene Identität in all dem Zeug gefunden hat und sein Bedürfnis, sich an den Dingen festzuklammern, daher rührte, dass er adoptiert war und niemals erfahren hat, wer seine Eltern waren. Das mag natürlich stimmen, aber bei der Durchsicht all der Sachen bringen die Erklärungen mich leider nicht voran.

»Im Ernst?«

Erschöpft lehne ich mich an die Wand. »Ja, im Ernst.«

»Aber ist dir nicht aufgefallen, wie schlimm es war, bevor er krank geworden ist?«

Auch wenn ich mich dafür jetzt furchtbar schäme, war ich bis vor einem Vierteljahr, als mir mein Dad endlich von seinem Leberkrebs erzählt hat, eher selten bei ihm zu Besuch. Zu Zeiten meiner Ehe kam mein Vater häufiger zu uns nach London, aber dann zog ich in eine Wohngemeinschaft, und obwohl mein Dad es niemals sagte, wusste ich, dass meine Scheidung eine furchtbare Enttäuschung für ihn war. Deshalb fuhr ich nur selten nach Hause, weshalb wir uns – was ich inzwischen fürchterlich bereue – oft längere Zeit nicht sahen.

Und als ich dann zurück nach Bristol kam, um ihn zu pflegen, merkte ich, dass sich die Haustür wegen all der Werbepost und Kisten, die dahinter aufgestapelt waren, kaum noch öffnen ließ und ich mich nur noch seitwärts durch den Flur bewegen konnte, weil der noch verbliebene Durchgang nicht mehr breit genug für einen Menschen war. Als das Krankenbett fürs Wohnzimmer geliefert wurde, räumte ich einfach alles aus dem Weg und schob es unter das Fenster.

Einzig mein altes Kinderzimmer war noch leer. Auch wenn es ein bisschen seltsam war, in meinem schmalen Jugendbett die Augen aufzuschlagen und auf das *Take That*-Poster an meiner Wand zu starren, lief ich zumindest nicht Gefahr, dass eine umstürzende Kiste mich erschlug.

Am Ende blieb mein Vater nur noch ein paar Wochen in dem Haus, und während seiner letzten Tage im Hospiz kampierte ich auf einer Isomatte neben seinem Bett und hatte völlig andere Probleme als ein zugemülltes Haus.

»Ich nehme an, ich habe es durchaus bemerkt«, erkläre ich. »Aber ich hatte einfach anderes im Kopf.«

»Das kann ich verstehen, Nell. Schließlich hast du ein paar wirklich schlimme Jahre hinter dir. Mach es dir bitte nicht noch schwerer, als es ohnehin schon ist. Du hast alles getan, was du konntest.«

Ich hoffe, sie hat recht. Natürlich habe ich mein Möglichstes getan, aber da ich allein war, war das alles andere als leicht. Mitunter war ich ungeduldig und am Ende meiner Nerven, wenn er nach mir rief, und in den letzten Wochen, als ich selbst vor Erschöpfung krank war, habe ich ihn mehrmals angeschrien. Diese Momente gehen mir nicht aus dem Kopf, und ich hoffe, dass mein Vater, ganz egal, wo er jetzt ist, versteht, dass ich ihn niemals kränken wollte. Ich war einfach hundemüde und habe bereits um ihn getrauert, ehe er mich endgültig verlassen hatte.

Ich hoffe, er weiß, dass niemand mir in meinem Leben je so wichtig war wie er.

Ob er wohl jetzt nach meinem Kind sieht? Dem kleinen Wesen, dem ich nie begegnet bin? Der letzte mir verbliebene Trost ist der Gedanke, dass mein Vater mein und Andys Kind jetzt vielleicht gefunden hat.

Ich habe einen dicken Kloß im Hals und bin nur froh, dass Lou jetzt wieder spricht, denn sicher hätte ich in diesem Augenblick kein Wort herausgebracht.

»Du musst allmählich wieder rausgehen und dich amüsieren, Nell. Am besten, du fährst erst mal in den Urlaub und entspannst dich.«

Wenn Lou mein Konto sehen könnte, hätte sie mir diesen Vorschlag nie gemacht. Ich habe in den letzten Monaten fast nichts geschrieben, kaum noch eine Zeitung fragt mich nach Artikeln, und meine Agentin meint, ich sollte mich erst wieder melden, wenn ich irgendetwas vorzuweisen hätte – womit sie wohl kaum den leeren Bildschirm meines Laptops meint. Davon darf meine Freundin jedoch nichts erfahren, denn in der ihr eigenen großzügigen Art würde sie sonst wahrscheinlich eine Kreuzfahrt für mich buchen oder irgendetwas anderes Verrücktes tun. Genau wie Dad lege ich größten Wert auf meine Unabhängigkeit. Ich kann genau wie er nicht wirklich gut mit Geld umgehen.

»Dann fahren wir zumindest übers Wochenende weg. Ich lade dich zu einem Kurztrip ein, okay?«

»Danke, Lou, aber das geht jetzt gerade nicht.«

»Liegt es am Geld? Zahl es mir einfach zurück, wenn du die nächste J. K. Rowling bist.«

Da J. K. Rowling tonnenweise Bücher schreibt, während ich selbst kaum noch eine Einkaufsliste hinbekomme, kann ich mir nicht vorstellen, dass aus mir tatsächlich je noch etwas werden wird.

»Ich kann nicht, Lou.«

»Dann lass mich wenigstens den Nachlass und die anderen Sachen für dich regeln, ja? Wenn du darauf bestehst, mich dafür zu bezahlen, stell einfach meinen Ex in deinem nächsten Bestseller als Serienkiller dar. Und zwar als möglichst hässlichen, der keinen hochbekommt!«

»Aber ich schreibe doch historische Romanzen!«

»Schade, denn was nützt es einem, wenn man Bücher schreibt und darin nicht einmal die größten Arschlöcher, die man im Leben trifft, vorführen kann? Aber im Ernst, du brauchst jetzt erst mal etwas Zeit für dich.«

»Die werde ich mir nehmen – versprochen –, wenn das Haus entrümpelt ist.«

»Hol dir auf alle Fälle eine Firma, die das übernimmt. Such einfach aus, was du behalten willst, und überlass den Profis dann den Rest.«

Ich sehe wieder in den Garten, wo ein Rotkehlchen im ersten abendlichen Schatten sitzt und mich mit einem bösen Blick aus seinen schwarzen Knopfaugen bedenkt. Manche Menschen glauben, dass die Geister unserer Lieben in Gestalt von Rotkehlchen zurückkehren, um Hallo zu sagen. Falls das Wesen in dem Busch mein Dad ist, wünschte ich, er hätte sich für seine Rückkehr eine hilfreichere Gestalt als die von einem kleinen Vogel ausgesucht. Am besten die von einem muskulösen Kerl, der sich mit Umzügen sein Geld verdient.

»Es kann noch eine ganze Weile dauern, alles durchzusehen. Mein Vater hat hier schließlich Zeug aus über siebzig Jahren angehäuft.«

»Es fällt mir schwer, mir Sam als Rentner vorzustellen. Als Teenie habe ich total für ihn geschwärmt, und wie es aussieht, lag ich damit durchaus richtig, denn nicht mal die Mitglieder von *Boyzone* sind so gut gealtert wie dein Dad! Aber vor allem war er nett. Ein wirklich netter Mann.«

Ich lächele. Obwohl mein Vater wirklich attraktiv war und die Frauen sich immer zweimal nach ihm umdrehten, um sich zu vergewissern, dass sie sich so einen schönen Mann nicht eingebildet hatten, zog er die Menschen nicht nur durch sein gutes Aussehen, sondern auch durch sein nettes Lächeln und seine großzügige Art in den Bann.

»Er fehlt mir«, stoße ich mit rauer Stimme hervor.

»Ich weiß. Er war ein wirklich toller Mensch. Hör zu, du musst dich nicht allein mit diesem Haus herumschlagen. Am besten komme ich nach Bristol und gehe das Zeug mit dir zusammen durch.«

»Das musst du nicht.«

»Ich weiß, aber ich möchte es. Ich ertrage den Gedanken nicht, dass du das ganz alleine machst. Ich weiß, du hast jetzt gerade eine schlimme Zeit, aber wir könnten trotzdem unseren Spaß haben. Sam würde es hassen, wenn er wüsste, dass du ganz allein dort hockst und Trübsal bläst.«

»Ich weiß, Lou. Danke.«

»Nichts zu danken. Ich helfe dir gern. Und was hast du geplant, wenn du mit dieser Arbeit fertig bist?«

»Nachdem ich bisher keinen Prinzen finden konnte, der bereit ist, mich zur Frau zu nehmen, werde ich mich wohl oder übel aufraffen müssen, um endlich einen Bestseller zu schreiben.«

»Ich bitte dich. Dich würde jeder Prinz mit Handkuss nehmen, weil du schließlich Finchleys Antwort auf die Herzogin von Sussex bist«, erklärt die stets loyale Lou.

Jetzt muss ich einfach lachen, und als ich mein Spiegelbild im länger schon nicht mehr geputzten Fenster sehe, wird mir klar, dass ich durchaus dieselbe Hautfarbe, die Sommersprossen und die oft zu einem wirren Knoten aufgesteckten, dunklen Haare wie der jüngste Neuzugang des Königshauses habe, mit den abgebissenen Fingernägeln, meinen abgewetzten, abgeschnittenen Levi's und meinem schlabberigen Polohemd aber wohl kaum für königliche Auftritte geeignet bin. Vor allem habe ich die großen blauen Augen meiner Mutter, weshalb Fremde, die versuchen, unauffällig meine Herkunft zu ergründen, meistens aufgeschmissen sind. Ich weiß nicht mehr, wie oft ich schon gefragt wurde, woher ich komme, und wenn ich dann »Bristol« sage, sind die Menschen hoffnungslos verwirrt. Manche werden sogar unverhohlen gemein.

»Das ist mein Ernst! Ich habe eine ellenlange Liste ausnehmend begehrter Junggesellen, die dich gerne kennenlernen würden.«

»Schmeichel mir, so viel du willst, aber ich bin nicht interessiert«, erkläre ich ihr nachdrücklich. »Das Letzte, was ich brauche, ist, dass du den Amor spielst. Ich habe kein Problem damit, allein zu sein, und du weißt auch, warum.«

Sofort lässt sie das Thema fallen. »Also zurück zum Haus – du hast bestimmt schon nachgesehen, ob unter all dem Müll etwas von Wert verborgen ist. Erbstücke, Münzen, Goldbarren? Gibt es vielleicht irgendwo Verwandte, die du bisher nie gesehen hast und die plötzlich aus den Löchern krabbeln, weil sie dir dein Erbe streitig machen wollen?«

»So, wie ich mich gerade fühle, wäre ich darüber sogar froh. Aber das Haus ist nur gemietet, worauf also hätten sie es abgesehen haben sollen? Auf irgendwelches altes Werkzeug? Das Gerümpel, das sich in der Werkstatt türmt? Den Stapel alter Autozeitschriften, den man zur Seite schieben muss, wenn man die Tür zum Garten öffnen will?«

»Ich habe keine Ahnung, aber Leute können wirklich seltsam sein.«

»Von seiner Adoptivfamilie ist niemand mehr übrig.«

»Und von seiner leiblichen Familie hat er nie jemanden aufgespürt?«

»Ich kann mir vorstellen, dass er das versucht hat – aber meine Nanna Summers, die ihn damals adoptiert hat, ist erst letztes Jahr gestorben, und er meinte immer, dass er damit warten wollte, bis sie nicht mehr lebt.«

»Wow. Da ist sie aber wirklich alt geworden.«

»Hundertsechs.«

Nanna Summers hatte zwei Weltkriege überlebt, doch manchmal frage ich mich, ob ein langes Leben eher ein Fluch oder ein Segen ist.

»Such raus, was du behalten willst, und überlass den Rest dann jemand anderem. Und werde bloß nicht rührselig«, empfiehlt mir Lou.

Eine Träne kullert über meine Wange. Erleichtert, dass Lou sie nicht sehen kann, wische ich sie fort.

»Am besten rufst du noch heute die Entrümpler an«, empfiehlt mir Lou. »Hör zu, ich muss jetzt los, aber falls du mich brauchst, kannst du mich jederzeit erreichen.«

Ich bedanke mich und lege auf. Dann konzentriere ich mich wieder auf das Entrümpeln des Hauses. Woher soll ich wissen, was sich aufzuheben lohnt? Die Bilder, ja, natürlich. Auf den Tischen, dem Kaminsims und den Fensterbrettern sind Kisten voll alter Aufnahmen verteilt. Sie sind vollkommen ungeordnet, und so mache ich eine kurze Reise durch die Zeit von mir als Kindergartenkind mit Zahnlücke zu mir als ungelenkem Teenager bis zu meinem Schulabschluss. Auch Momente aus dem Leben meines Vaters tauchen auf. Er sitzt auf einem Fischerboot und hält voller Stolz die selbst gefangene Makrele in die Kamera. Er hat immer gern geangelt und ist gern gesegelt. Es gibt sogar ein Bild von ihm und meiner Mutter bei einem Segelurlaub, noch vor ihrer Hochzeit, außerdem eins von mir als pausbackigem Kleinkind, das sie lächelnd in den Armen hält. Ich streiche eine weitere Aufnahme mit meinen Fingerspitzen glatt und stelle fest, dass es das Hochzeitsfoto meiner Eltern ist. Das hatte Dad immer in seiner Brieftasche. Er trug meine Mutter über all die Jahre immer dicht an seinem Herzen, und ich nehme an, sie hat ihm bis zum Schluss gefehlt.

Ich sehe mir das Foto an. Wie hoffnungsvoll sie aussehen. Mein Vater wirkt in seinem Frack ausnehmend stolz, und meine Mutter lächelt ihn durch den Spitzenschleier an. Zum Glück war ihnen damals nicht bewusst, wie plötzlich sich das Leben ändern kann. Nur ein paar Jahre später hat meine Mutter mich in den Kindergarten bringen wollen. Zum Abschied hat sie ihrem Mann die Lippen auf den Mund gepresst. Wenig später hat ein Raser unser aller Leben für immer verändert.

Nun denke ich an all die anderen Momente, in denen sich mein Leben innerhalb von Sekunden unwiederbringlich verändert hat. Ein Ultraschall, ein leiser Atemzug …

Ich reiße mich gedanklich davon los, denn dies ist einfach nicht der rechte Augenblick für eine Depression. Dafür gibt es zu viel zu tun. Ich arbeite mich durch diverse dicke Briefbündel und in der wunderbar geschwungenen, am Ende krakeligen Handschrift meines Dads verfasste Merkzettel und werfe haufenweise alte Zeitschriften und Werbung in den Müll.

Nachdem der Boden leer ist, trete ich vor die Regale, wo zwischen den Büchern jahrzehntealte Weihnachts- und Geburtstagskarten klemmen, deren Absender zum Teil schon längst verstorben sind. Eine dieser Karten fällt mir auf, weil sie so schief zwischen den Büchern steckt, als ob mein Vater sie oder ein Buch hätte herausziehen wollen und aufgegeben hat, als ihn die Kraft verließ.

Ich stelle ihn mir vor, wie er vor Anstrengung die Stirn in Falten legt und seine Zunge zwischen seine Zähne schiebt, während er an der Karte oder vielleicht auch dem Buch daneben zerrt. Verärgert lässt er davon ab, weil seine Kraft nicht reicht, um sie herauszuziehen, bevor er sich erschöpft vornüberbeugt und sich geschlagen gibt. Es hat uns beiden wehgetan, mit anzusehen, wie ihn die Kraft verließ. Die Arme, die mich früher so problemlos in die Luft gehoben haben, wurden immer dünner und waren mit blauen Flecken übersät. Die breiten Schultern beugten sich, und die einst muskulösen Beine zitterten so sehr, dass er am Ende ohne Hilfe nicht mal mehr ins Badezimmer kam. Der Gedanke, dass er in den letzten Wochen sogar zu schwach war, um ein Buch aus dem Regal zu ziehen, bricht mir abermals das Herz.

Ich frage mich, was er sich hatte ansehen wollen. Statt für Romane hatte er sich vor allem für Gartenzeitschriften und die Biographien großer Segler interessiert.

Neugierig ziehe ich das Buch heraus und reiße überrascht die Augen auf, weil es ein abgegriffener Cornwall-Reiseführer ist. Warum in aller Welt hätte sich Dad für Cornwall interessieren sollen? Wollte er etwa ein letztes Mal verreisen?

Ich sehe mir das Bücherregal noch mal genauer an, doch alles, was ich finde, sind ein paar alte Handbücher für Ingenieure und ein paar Bücher übers Angeln. Über Cornwall findet sich dort weiter nichts.

Ich will mich gerade abwenden, als ich noch etwas anderes bemerke, das ganz hinten im Regal hinter den Büchern steckt. Ein Umschlag, den die vielen Bücher derart fest gegen die Rückwand pressen, dass er kaum zu sehen ist. Ich glaube nicht, dass er dort zufällig gelandet ist. Mein Vater muss ihn dort versteckt haben, wo niemand anderes ihn entdeckt. Womöglich hatte er es statt auf einen Cornwall-Reiseführer ja auf diesen Umschlag abgesehen. Aber wenn er ihn so dringend hätte haben wollen, warum hatte er mich nicht gebeten, ihn für ihn hervorzuziehen? Warum hatte er sich lieber selbst damit abgemüht?

Vielleicht hatte mein Vater versucht, den Inhalt dieses Umschlags vor mir zu verstecken, oder wollte erst überlegen, was er damit machen soll.

Ich zögere. Einerseits will ich natürlich wissen, was in dem Umschlag ist, doch andererseits auch nicht. Ich habe das Gefühl, wieder ein Kind zu sein und meinem Vater gegen seinen Willen hinterherzuspionieren. Wenn ich den Inhalt dieses Umschlags hätte sehen sollen, hätte er ihn sicher nicht so sorgfältig versteckt.

»Was ist das, Daddy?«, frage ich ihn laut, obwohl ich nicht mit einer Antwort rechnen kann. Ich sehe nur den Staub, der sich jetzt auf die Stellen legt, wo noch vor ein paar Wochen seine Hand gelegen hat.

Wenn mir etwas an einer Antwort liegt, bleibt mir nichts anderes übrig, als den Umschlag aufzumachen. Also schiebe ich die Finger in den Umschlag, um herauszufinden, welches Geheimnis Dad so kurz vor seinem Tod noch hat bewahren wollen.

2

Estella

heute

Der Hochsommer in Cornwall war wie immer wunderschön. Seit mehr Jahren, als Estella hätte zählen wollen, hatte sie mit angesehen, wie das hoffnungsvolle Grün des Frühjahrs dem Goldgelb des Sommers gewichen war. Links und rechts der schmalen Straßen, die sich durch die Landschaft schlängelten, wuchs weißer Wiesenkerbel, und man musste blinzeln, wenn man auf das leuchtend blaue Meer hinuntersah. Dies war die Zeit, in der das Land am schönsten war. Dann stellte es den grenzenlosen Reichtum der Natur zur Schau und überzog sie sorgfältig, wie man Orangenmarmelade auf knusprigem Vollkorntoast verteilte, mit den Gold- und Kupfertönen des anbrechenden Herbsts. Der Sommer hatte seinen Wendepunkt erreicht, und in die milde Brise mischte sich ein erster frischer Hauch, als wolle er den Menschen sanft daran erinnern, dass die erste Jahreshälfte jetzt vorüber war.

»Ist Ihnen kalt, Miss Kellow? Kommen Sie am besten noch mal rein und warten drinnen, bis Ihr Taxi kommt.«

Estella blickte hoch. Das Auftauchen der jungen Frau in blauer Schwesternkluft hatte sie überrascht. Dem Namensschild nach zu urteilen war sie Oberschwester Sally Jones. Estella hatte sich noch immer nicht daran gewöhnt, dass Schwestern heutzutage keine Hauben und gestärkten weißen Schürzen mehr trugen, doch natürlich war sie eine Schwester. Schließlich stand sie hier vor einem Krankenhaus. Sie war gekommen, weil sie mit dem Doktor über …

Estella schnalzte mit der Zunge. Nun, auf alle Fälle hatte sie den

Doktor sprechen wollen, auch wenn sie sich nicht mehr an die Einzelheiten erinnern konnte. Und wenn sie sie jetzt wieder gehen ließen, konnte es nichts Ernstes sein. An so einem wunderbaren Tag würde sie ganz bestimmt nicht in der Eingangshalle warten, bis ihr Taxi käme. Zum einen machten Krankenhäuser sie nervös, weil sie in ihrer Kindheit einmal dort gelegen hatte und dann erst nach Wochen wieder rausgekommen war, vor allem aber käme es ihr wie Verschwendung vor, an einem derart schönen Tag nicht draußen an der frischen Luft zu sein.

»Alles in Ordnung, Miss Kellow?«

»Alles bestens«, antwortete sie. »Ich mag die frische Luft, und obendrein wimmelt's im Krankenhaus doch nur so vor Bakterien.«

»Da haben Sie recht«, pflichtete ihr die Schwester bei. »Aber wenn Sie schon draußen warten wollen, können wir es Ihnen auch gemütlich machen.«

Ohne eine Antwort abzuwarten, legte ihr die Schwester eine Decke um die Schultern.

»Besser, Schätzchen?«

Schätzchen? Früher hätte sich Estella über eine solche Anrede empört, doch jetzt war sie zu müde, um sich gegen diese gönnerhafte Art des Umgangs zu verwahren. Inzwischen war sie fünfundneunzig Jahre alt. Doch was hatte es für einen Sinn, ein solches Alter zu erreichen, wenn man dann behandelt wurde wie ein kleines Kind? Hatte sie vielleicht darum gebeten, dass ihr jemand eine Decke brachte? Dass man einen solchen Wirbel darum machte, dass sie lieber draußen saß als im Foyer? Oder dass die Fürsorge ihr Arzttermine machte, die im Grunde gar nicht nötig waren? Sie kam sehr gut allein zurecht. Sie wollte keine Decke, und sie wollte nicht, dass jemand mit ihr sprach, als wäre sie ein kleines Mädchen, aber für Proteste war sie zu erschöpft. Vor allem wusste sie genau wie früher, ob ein Kampf sich lohnte oder nicht. Diese Schwester wollte ihr nur Gutes tun und machte so wie alle anderen einfach ihren Job.

Die Schwester überprüfte noch mal, ob die Decke richtig lag, und kehrte dann ins Krankenhaus zurück. Estella hatte kein Problem damit, alleine auf der Bank zu sitzen und hinunter auf die Flussmündung zu sehen. Sie sah praktisch noch genauso aus wie vor achtzig Jahren. Zwar hatte sich Calmouth im Verlauf der Jahre etwas verändert, aber die hämmernden Geräusche der Werft waren noch dieselben, und auch auf dem Wasser herrschte dasselbe Treiben wie früher. Die Möwen tanzten laut schreiend am Himmel, und obwohl Estella es mit ihren zwischenzeitlich etwas trüben Augen nicht mehr sehen konnte, wusste sie, dass sich die Eisvögel kopfüber in die Fluten stürzten und die Reiher wie zu Salzsäulen erstarrt im flachen Wasser warteten, bis ein Fisch vorbeigezogen kam.

Das Meer und auch der Fluss waren unverändert, aber irgendetwas schien doch anders. Oje! Wo war sie noch einmal?

Estella blinzelte, und plötzlich saß sie wieder vor dem Krankenhaus. Natürlich. Ihre zunehmende geistige Verwirrung war beängstigend, vor allem aber wirklich ärgerlich. Sie war der Grund, aus dem sie heute mit dem Arzt gesprochen hatte und warum sie letzten Monat beim Notar gewesen war. Sie hatte ihre Angelegenheiten regeln müssen, bevor irgendwer erklärte, dass sie dazu nicht mehr in der Lage wäre, denn was gab es Wichtigeres, als ein ordentliches Testament zu machen? Als Letzte der Familie hatte sie sich gründlich überlegen müssen, wer Pencallyn House bekommen sollte, wenn sie einmal nicht mehr war. Dann war ihr plötzlich mitten in der Nacht die Lösung eingefallen, und sie hatte laut gelacht. Natürlich!

Sobald der kleine Zeiger der antiken Standuhr auf der Neun gestanden hatte, hatte sie den Anwalt der Familie kontaktiert und den Termin gemacht. Sie wusste ganz genau, dass die Entscheidung, die sie in der Nacht getroffen hatte, richtig war. Ihr Erbe – der noch nichts von seinem Glück ahnte – wäre bestimmt in der Lage, sich zum einen um das Haus zu kümmern und zum anderen den vernachlässigten Garten wieder so auf Vordermann zu bringen, wie es ihr unmöglich war.

»Und Sie sind sich völlig sicher, dass Sie diesem Menschen das gesamte Anwesen vermachen wollen?«, hatte der Anwalt nachgehakt. »Und dass Sie nicht dazu gezwungen worden sind?«

»Junger Mann«, hatte sie darauf streng erklärt und ihn mit einem herablassenden Blick bedacht. »Sehe ich etwa aus, als würde irgendjemand mich zu irgendwas zwingen können?«

Lachend hatte er den Kopf geschüttelt. »Nein. Ganz sicher nicht.«

»Dann wäre das geklärt. Für Sie ergibt diese Entscheidung vielleicht keinen Sinn, aber für mich und für Pencallyn tut sie das allemal. Also können wir das Testament jetzt unterschreiben, oder nicht?«

Mit ernster Miene hatte er die Kappe des Montblanc-Füllers, den er für offizielle Unterschriften nutzte, abgeschraubt und ihn ihr überreicht.

»Bitte sehr, Miss Kellow.«

Schwungvoll hatten erst sie selbst und dann der Anwalt und sein Juniorpartner unterschrieben, und sofort war eine lebenslange Last von ihren Schultern abgefallen. Sie hätte diese Last nie tragen sollen, und wenn Alex nicht gestorben wäre, hätten ihm Pencallyn und der Garten sowie alles andere gehört. Wenn ihr eigenes Leben einen anderen Weg genommen hätte, hätte sie vielleicht sogar eine Tochter oder einen Sohn gehabt …

Darüber dachte sie am besten nicht nach. Es nützte nichts, sich etwas anderes zu wünschen, das hatte sie bereits vor langer Zeit gelernt. Das führte zu Verzweiflung und Wahnsinn und zu sonst nichts.

Wenigstens hatte der Anwalt nicht an ihrem Verstand gezweifelt, überlegte sie, während sie in der Sonne saß. Ganz im Gegensatz zu den Ärzten, die anscheinend alle dachten, dass sie langsam verrückt würde. Sie wäre in der »frühen Phase der Demenz«, so hatte der junge Arzt es formuliert und sie dabei betroffen angesehen. Estella selbst fand diese Diagnose lächerlich, denn die Vergangenheit sah sie immer noch genauso klar wie früher. Das Einzige, was sie gelegentlich vergaß, waren die Ereignisse der Gegenwart, aber was spielten die für eine Rolle? War es wirklich wichtig, was Estella Kellow sich zum Frühstück machte oder ob sie überhaupt etwas aß? Und war es von Bedeutung, ob die Socken, die sie an den Füßen hatte, zueinanderpassten oder nicht?

Als sie nun auf den Fluss hinuntersah, fuhren dort statt der Fischkutter und Ausflugsdampfer Kriegsschiffe, Amphibienfahrzeuge und Patrouillenboote auf und ab. Vergnügungsboote durften längst nicht mehr fahren, und die tief hängenden Äste der uralten Bäume, die die gut bewachten Ufer säumten, verbargen die Spionageschiffe, die im Schutz der Dunkelheit in See stachen. Die Tiere eroberten sich die abgesperrten Strände zurück, und hin und wieder konnte man im flachen Wasser Otter planschen sehen. Hässliche Betonrampen ragten ins klare blaue Wasser, und der Zugang zu den Stränden war mit Stacheldraht versperrt. Die Betonbunker, die die Klippen überzogen, zeugten von der unsichtbaren Gefahr am Horizont, und helle Scheinwerfer suchten den dunklen Nachthimmel nach deutschen Bombern ab. Die Geschäftigkeit am Strand und auf dem Fluss wies darauf hin, dass jederzeit mit einer Invasion zu rechnen war. Die Sperrballons am Himmel waren inzwischen ein ebenso gewohnter Anblick wie die Wolken. Die Panzersperren, die Geschütze und die buckeligen Nissenhütten waren längst ebenso ein Teil der Landschaft Cornwalls wie die rauen Klippen und die silbrig weißen Strände, die man als Zivilperson nicht mehr betreten durfte, seit sie von den Amerikanern abgeriegelt worden waren.

Estella wäre gern noch mal am Strand spazieren gegangen und hätte ihre Hand ins kühle Nass getaucht, doch dafür war ihr Körper zu erschöpft. Also nutzte sie den Zauber der Erinnerung, wie sie es häufig tat, wenn sie daheim in ihrem Sessel saß. Dann döste sie, während ihr Geist durchs Fenster Richtung Wasser und zurück in alte Zeiten schwebte, als sie jung, gewitzt und schnell gewesen war. Wenn sie aus einem solchen Traum erwachte, waren ihre Wangen tränennass, und melancholisch dachte sie, dass die Estella aus den alten

Bildern ihr viel näher war als die erschöpfte alte Frau, die sie inzwischen jeden Morgen nach dem Aufstehen im Badezimmerspiegel sah.

Manchmal war es ihr unmöglich, die Erinnerungen von der Wirklichkeit zu trennen, weil in ihrem altersmüden Hirn das Früher mit dem Jetzt verschwamm. Dann war die Trauer über die vor langer Zeit erlittenen Verluste wieder frisch, und wenn sie bitterlich um die geliebten Menschen weinte, konnte niemand sie verstehen. Wie aber hätten sie die anderen auch verstehen sollen, wenn sie Ereignisse beweinte, die für alle anderen längst vergessen waren? Denn sie war alt und kehrte in Gedanken in die Zeit zurück, um die es heutzutage in Geschichtsbüchern und Fernsehdokus ging. Es war für sie ein Schock, wie schnell die Zeit vergangen war. Wer war die alte Frau, die sie im Spiegel sah? Wo war ihr *wahres* Ich? Wo war das junge Mädchen, das sie einst gewesen war?

»Wo bin ich?«, stieß sie leise aus, obwohl sie hätte fragen wollen: »*Wer* und *was* bin ich? Wo bleibt das *Ich,* sobald sich das Gehirn auf Wanderung begibt?«

Statt aber weiter über diese Fragen nachzudenken, ließ sie ihren Gedanken freien Lauf. Sie dachte an den Garten von Pencallyn, an die Sonnenuhr und zwei junge Mädchen, die ihre Köpfe zusammensteckten. Ihre Hände waren fest verschränkt, und auf dem Boden lag ein kleines Taschenmesser, dessen Klinge blutig war.

»Blutsschwestern«, erklärte eins der Mädchen feierlich. »Wir haben uns geschworen, immer füreinander da zu sein, und falls wir das Versprechen jemals brechen, werden wir verflucht und werden sterben. Oder Schlimmeres.«

»Was gibt's denn Schlimmeres als den Tod?« Das andere Mädchen zog verständnislos die dunklen Brauen hoch.

»Ich weiß es nicht. Es muss etwas so Schlimmes sein, dass man es sich nicht einmal vorstellen kann, denn schließlich haben wir den alten Zauber angewandt. Er ist sehr mächtig und erinnert sich an jedes Versprechen.«

Das Mädchen hatte recht. Estella wusste aus Erfahrung, dass der Zauber nie etwas vergaß. Sie müsste die beiden warnen. Sie müsste ihnen deutlich zu verstehen geben, dass man nicht mit diesen Dingen spielen durfte, weil man dann das Unglück regelrecht heraufbeschwor.

Estella wollte zu den beiden Mädchen laufen und nach ihnen rufen, doch sie stand wie angewurzelt da und brachte keinen Ton heraus. Sie musste tatenlos mit ansehen, wie sie sich umarmten und versprachen, ihren Schwur niemals zu brechen. Sie waren Schwestern, nicht mehr nur der Herzen, sondern jetzt sogar des Bluts, und sie wären immer füreinander da.

Zumindest gingen sie zu dem Zeitpunkt davon aus.

Dann wechselte die Szene abermals, und sie saß wieder auf der Bank vor dem Krankenhaus. Die Türen öffneten sich und spien einen steten Strom an Menschen aus, Krankenwagen fuhren im Schritttempo an ihr vorbei. Estella sah sich suchend nach den beiden Mädchen um, aber sie waren verschwunden.

Der Arzt war nett gewesen, hatte aber furchtbar viel zu tun gehabt. Er hatte sie für eine starrsinnige alte Dame gehalten, die sich nicht mehr gut bewegen konnte, mit einem schwachen Herzen und einem Gedächtnis wie ein Sieb. Wenn er sich ein wenig Zeit für sie genommen hätte, hätte sie erklären können, dass sie schon seit ihrer Streptokokken-Infektion in jungen Jahren unter einem schwachen Herzen litt. Womöglich hätte es ihn interessiert, zu hören, dass die Klinik mal ein Sanatorium gewesen war. Wusste er, warum der alte Backsteinbau mit sonnigen Balkonen und Terrassen ausgestattet war, die eine wunderbare Aussicht auf den Fluss und seine Mündung boten, oder dachte er, der alte, unpraktische Kasten sollte abgerissen werden, um dann ein modernes Krankenhaus mit jeder Menge Stahl und Glas zu bauen? Es gab genügend Leute, die darauf warteten, auch das Haus, in dem Estella lebte, abzureißen, sofern sie irgendwann so freundlich wäre, endlich ihren letzten Atemzug zu tun.

Noch aber war es nicht so weit. Sie war noch nicht bereit, und sie ließe sich bestimmt nicht in ein Heim verfrachten, weil sie angeblich zu schwach für ein selbstständiges Leben war. Es gab eine Geschichte, die sie noch erzählen musste, und bevor die richtige Person erschien, um sie sich anzuhören, ginge sie nirgends hin.

»Und wie kommen wir zurecht?«, hatte der Doktor von ihr wissen wollen und sie lächelnd über seinen Schreibtisch hinweg angesehen.

Estella hatte sich bei dieser Frage suchend umgeschaut.

»Wir? Soweit ich sehe, bin ich ganz allein, junger Mann.«

Der Arzt hatte ein Seufzen unterdrückt. Wahrscheinlich war er all die streitsüchtigen alten Schachteln, die ihm täglich gegenübersaßen, einfach leid und hätte sich mehr Abwechslung in seinem Job gewünscht. Vielleicht als Feldchirurg in einem Lazarett? Oder in einer eleganten Praxis in der Harley Street mit Berühmtheiten, die es zu verjüngen und verschönern galt? Es war bestimmt nicht lustig, wenn man Tag für Tag nur alte Leute fragte, welches Jahr gerade war oder wie der Premierminister hieß. Estella war versucht gewesen, »Winston Churchill« zu erwidern, nur, um sein Gesicht zu sehen, doch ihre Zukunft in Pencallyn war zu wichtig, um ihm einen Grund zu geben, ihren Umzug ins betreute Wohnen zu forcieren.

»Und wie stehen die Aktien zu Hause? Ihr Hausarzt schreibt, dass Sie sich weigern, eine Pflegerin zu engagieren. Sie leben ganz allein, nicht wahr?« Er hatte blinzelnd auf die Unterlagen, die auf seinem Tisch lagen, gesehen.

Am liebsten hätte sie erklärt, dass sie mit ihrem jugendlichen Liebhaber zusammenlebte, der ihr inner- und außerhalb des Betts zu Diensten war. Wenn Evie hier gesessen hätte und mit fünfundneunzig Jahren von einem jungen Schnösel so herablassend behandelt worden wäre, hätte sie ganz sicher etwas in der Art gesagt. Evie hatte sich nie etwas bieten lassen, und der Tag, an dem die Köchin sie als »elendige Schmeißfliege« bezeichnet hatte, war in die Annalen von Pencallyn eingegangen, denn die farbenfrohen Kraftausdrücke, die das Mädchen ihr als Antwort an den Kopf geworfen hatte, hatten sich den anderen Bewohnern unauslöschlich eingeprägt.

»Miss Kellow? Haben Sie mich gehört?«

Estella war zusammengezuckt und entschlossen in die Gegenwart zurückgekehrt.

»Ja, ich lebe ganz allein. Aber es geht mir gut. Ich brauche niemanden, der mich versorgt.«

»Es freut mich, dass Sie zurechtkommen, aber wir brauchen trotzdem einen Plan. Sie sind im Frühstadium einer Demenz, Miss Kellow, und ich nehme an, Sie wissen, was das heißt?«

»Natürlich weiß ich das«, hatte sie ihn angeraunzt. »Aber es geht mir noch lange nicht so schlecht, dass ich nicht allein zu Hause bleiben kann. Ich habe eine Hilfe aus dem Dorf, die täglich zu mir kommt, und ich habe diesen Notfallknopf, den Sie mir gegeben haben.«

Sie hatte den vermaledeiten Piepser unter ihrem Oberteil hervorgezogen und damit vor ihm herumgefuchtelt. Das Ding war wirklich lästig, weil es ständig gegen ihre Rippen schlug und sich in allem Möglichen verfing. Kein Wunder, dass es meistens auf der Ablage in ihrer Küche lag – auch wenn sie ihm das sicher nicht verriet. Am besten war es immer, den Erwachsenen zu sagen, was sie hören wollten.

Augenblick. War sie nicht selbst erwachsen? Wie war das passiert?

»Das ist natürlich gut, Miss Kellow, aber laut Ihrem Hausarzt fallen Ihnen viele Dinge nicht mehr leicht, zum Beispiel das Treppensteigen.«

Estella hatte ihn mit einem bösen Blick bedacht. »Junger Mann, ich bin inzwischen fünfundneunzig Jahre alt. Da melde ich mich ganz bestimmt nicht mehr zu irgendwelchen Sportwettkämpfen an.«

Errötend hatte er ihr zugestimmt. »Natürlich nicht, aber wir müssen überlegen, welche Umbauten in Ihrem Haus Ihnen womöglich eine Hilfe wären. Vielleicht kann ja die Gemeindeschwester mal bei

Ihnen vorbeischauen und sehen, wie man Ihnen das Leben dort etwas erleichtern kann. Vielleicht mit weiteren Geländern, einem Treppenlift oder mit einem Bad im Erdgeschoss?«

Der gute Junge hatte keine Ahnung von Pencallyn House, wenn er der Ansicht war, dass das so einfach wäre, dachte sie und hätte beinah laut gelacht. Die Eichentreppe mit den kunstvoll geschnitzten Pfosten, die auf halber Höhe eine elegante Kurve machte, war für einen Treppenlift ganz sicher nicht geeignet, auch wenn es wahrscheinlich durchaus lustig wäre, trüge sie ein flotter Fahrstuhl in das obere Geschoss. Das wäre sicher fast so amüsant wie ihre wilden Rutschpartien ins Erdgeschoss vor vielen Jahren. Und eine neue Dusche käme noch viel weniger infrage, denn der Wasserdruck reichte mit Mühe, um den Teekessel unter dem Hahn über der Spüle in der Küche aufzufüllen. O nein, Estella würde sich auch weiter so wie all die Jahre dort am Spülstein waschen, weil sie schon seit einer ganzen Weile nicht mehr ohne fremde Hilfe in die alte gusseiserne Badewanne kam.

Genau wie sie würde Pencallyn House so bleiben, wie es immer gewesen war.

»Ich schlafe unten«, hatte sie behauptet, was auf jeden Fall nur halb gelogen war. Inzwischen war ihr Schlafzimmer fast unbenutzt, weil sie statt nachts den größten Teil des Tags schlief und dabei entweder auf der Terrasse oder, wenn es kalt war, in dem alten Sessel vor dem Ofen in der Küche saß.

»Gut.« Er hatte weitere Möglichkeiten, ihr das Leben zu erleichtern, aufgezählt, Estella aber hatte abgewinkt. Genauso hatte sie auch dem Sozialarbeiter, der ein paar Tage zuvor bei ihr geklingelt hatte, deutlich zu verstehen gegeben, dass sie nicht auf Hilfe angewiesen war. Was hatte dieser Mensch denn überhaupt in ihrem Haus verloren? Die arme Evie hätte 1939 sicher Hilfe brauchen können, aber es war damals eben eine andere Zeit gewesen, in der vieles deutlich schwerer, aber anderes auch deutlich einfacher gewesen war. Zumindest hatte man in jenen Zeiten ganz genau gewusst, wer seine Feinde waren.

Denn manchmal hatte man mit seinen Feinden sogar unter einem Dach gelebt …

Nach Ende des Gesprächs war sie mit vorsichtigen Schritten Richtung Tür gegangen, ehe ein verlegenes Räuspern sie noch einmal hatte innehalten lassen.

»Miss Kellow?«

Langsam hatte sich Estella wieder zu ihm umgedreht, und das Gesicht des jungen Arztes hatte ihr sofort verraten, was er wissen wollte. Sie hatte diesen aufgeregten Blick schon tausend Mal gesehen und wusste, dass es jetzt nicht mehr um irgendwelche Jahreszahlen oder um den Namen des Premierministers ging.

Ohne dass er hatte fragen müssen, hatte sie erwidert, was sie jedes Mal als Antwort gab.

»Ich bin die Autorin des *geheimnisvollen Gartens,* aber jeder muss für sich allein entscheiden, was für ein Geheimnis dieser Garten birgt und ob es die Gesichter wirklich gibt.«

Er war enttäuscht gewesen, aber diese Reaktion war sie inzwischen gewohnt. Ihr Kinderbuch war eine Zeit lang so bekannt gewesen wie die Werke Enid Blytons, und da ihr Roman in Cornwall spielte, hatte man sie oft in einem Atemzug mit Daphne du Maurier genannt. Aber im Gegensatz zu den beiden anderen Frauen hatte sie nur dieses eine Buch verfasst. Die Worte waren aus dem Schmerz in ihrem Innersten erwachsen und aufs Papier gedrungen. Sie hatte sich nur ihren Kummer von der Seele schreiben wollen, doch dann hatte ihre alte Gouvernante hinter ihrem Rücken ihre Aufzeichnungen und die Bilder einem Londoner Verlag geschickt.

»Sie brauchen Geld zum Leben«, hatte Tommy ihr mit tiefen Sorgenfalten auf der Stirn erklärt. »Weil nichts mehr übrig ist! Verstehen Sie, Estella? Nichts! Ihr Vater hat das ganze Anwesen bis unters Dach beliehen.« Sie hatte den Vertrag über den Küchentisch geschoben und hinzugefügt: »Sie zahlen zwar kein Vermögen, aber entweder Sie unterschreiben oder Sie verkaufen dieses Haus. Die Entscheidung liegt bei Ihnen, meine Liebe.«

Was hatte sie da noch für eine Wahl gehabt?

Pencallyn House verkaufen? Nein, niemals. Wo sollte sie dann hin? Ihr Liebster ruhte in der Nähe, und sie würde ihn niemals im Stich lassen.

Sie hatte unterschrieben und, wie Tommy ihr bereits erläutert hatte, kein Vermögen, doch genug bekommen, um die Rechnungen zu bezahlen und genügend Essen auf den Tisch zu bringen, so dass niemand Hunger litt. Sie hatte in den Kriegsjahren gelernt, ihr Essen selbst anzubauen, und ihre alte Gouvernante war ein echtes Improvisationstalent. Die Wälder von Pencallyn boten das erforderliche Holz, um jahrelang zu heizen, und im Notfall hätte sie sich selbst das Schießen von Fasanen oder anderen Tieren, die man essen konnte, beigebracht. Sie würden überleben, ganz egal, wie.

Am Ende hatten sie mehr als nur überlebt, und ihr war klar, dass das ausschließlich Tommy zu verdanken war. Sie war nicht nur zurückgekehrt, um ihr in ihren schlimmsten Zeiten beizustehen, sondern hatte obendrein noch einen Weg gefunden, ihrer aller Lebensunterhalt zu finanzieren. Zwar flossen die Tantiemen zwischenzeitlich nur noch spärlich, weil das Buch inzwischen unmodern geworden war, doch manchmal rief Estellas Name bei den Menschen die Erinnerung an ihre Kindheit wach, und die Erwachsenen, die sie heute waren, sahen sie mit denselben großen Augen und derselben Neugier an, mit der sie vor all den Jahren ihr Buch verschlungen hatten. Sie sehnten sich danach, herauszufinden, was es mit dem Garten auf sich hatte, doch Estella Kellow verriet es ihnen nicht. Sie gab auch niemals Interviews und hatte nie ein zweites Buch geschrieben, weil die Dinge, über die sie hätte schreiben können, längst vergangen waren …

Sie saß noch immer auf der Bank im warmen Sonnenschein und lauschte dem Geschrei der Möwen. Ihre wehmütigen Rufe würden für Estella bis ans Lebensende für die menschenleeren Strände ihrer Jugend und die gebrochenen Herzen stehen. Sie könnte bis zum Ende aller Zeit hoch oben auf den Klippen stehen und, eine Hand über den Augen, Ausschau nach den Jungen halten, die verloren waren und nie wiederkommen würden.

Nach den vielen Jahren rührte sich nun etwas. Das spürte sie genau. Deswegen müsste sie auch weiter in Pencallyn bleiben. Sie öffnete die rechte Hand und blickte auf die schmale Narbe, die nach all der Zeit immer noch zu sehen war. Sie war ihr wichtigster Besitz. Das Einzige, woran ihr wirklich etwas lag.

Sie hob die Hand an ihre Lippen und kniff wehmütig die Augen zu. Bald wäre es so weit. Die Menschen, die sie liebte, kämen bald zu ihr zurück. Und wenn sie kämen, müsste sie sie dort empfangen, wo sie sie verlassen hatten, denn sonst fänden sie sie nicht.

Und sie würde es bestimmt nicht überleben, sie nach den unzähligen Jahren des Bangens und des Wartens jetzt noch einmal zu verlieren.

3

Nell

heute

Ich habe das Gefühl, als würde ich mich ungebeten in die Angelegenheiten meines Vaters einmischen, aber ich kann unmöglich so tun, als hätte ich den Umschlag nicht entdeckt. Es kommt mir vor, als wäre dieser Überraschungsfund das letzte Bindeglied zu meinem Dad. Natürlich hoffe ich, dass er mir vielleicht eine letzte Nachricht hinterlassen hat. Womöglich einen Brief, den er geschrieben hat, bevor er krank geworden ist. Oder eine Botschaft, die er heimlich noch verfasst hat, während ich dabei war, seine Pillen abzuzählen oder sein Bett mit einem frischen Laken zu beziehen. Ein letzter Gruß, um mich noch einmal seiner Liebe zu versichern und mir zu erklären, dass ich ihm trotz all meiner Fehler, trotz des Scheiterns meiner Ehe und obwohl ich auch beruflich nur bedingt erfolgreich bin genüge und er stolz auf mich ist.

Ich bin mir nicht ganz sicher, wie das Ende seiner Krankheit hätte aussehen sollen. Wahrscheinlich hatte ich mir eine rührselige Szene vorgestellt, in der er meine Hand hält und mit rauer Stimme flüstert, dass ich eine gute Tochter war. Oder dass er mir seinen Segen gibt, was vielleicht daher rührt, dass mich Nanna Summers während meiner Kindheit öfter mit zum Gottesdienst genommen hat.

Doch im einen Augenblick sah Dad noch fern, und im nächsten war er schon bewusstlos. Die Schwestern liefen hektisch hin und her, scheuchten mich aus dem Weg und stellten Dinge mit Schläuchen und mit Nadeln an, bei denen ich selbst am Rande einer Ohnmacht war. Natürlich bin ich keine Ärztin, aber trotzdem hätte ich mich nützlich machen sollen. So aber trieb ich, ohne Karte, ohne GPS und ohne dass das Licht der Sterne mir den Weg gewiesen hätte, auf dem Meer der Ahnungslosigkeit dahin. Ich saß an seinem Bett, hielt seine Hand und hatte keine Chance mehr, ihm Lebewohl zu sagen, weil er nicht noch einmal zu sich kam. Er holte noch ein paarmal krächzend Luft, ein letztes Mal hob sich die schwache Brust, und dann war er auch schon in einer anderen Welt. Er hatte mich verlassen, und ich blieb allein zurück.

Ich stürzte in ein Vakuum.

Natürlich boten Andy und auch Lou mir ihre Unterstützung an – wie aber hätten sie das schmerzliche Verlustgefühl, das ich verspürte, lindern sollen? Wo war mein Dad? Wie konnte es sein, dass er vor einem Augenblick noch hier gewesen und im nächsten verschwunden war? Warum war er nicht mehr für mich da? Ich war sein Kind. Er hätte mich niemals verlassen sollen. Was sollte ich nur ohne ihn machen?

Der Anblick des Umschlags erfüllt mich gleichzeitig mit Hoffnung und Panik. Was ist, wenn mir mein Vater wirklich eine Nachricht hinterlassen hat? Und was, wenn nicht und wenn in diesem Umschlag einfach ein Seniorenticket für den Bus oder irgendwelcher anderer vollkommen belangloser alter Papierkram steckt? Mit der Enttäuschung käme ich wahrscheinlich nicht zurecht.

Was wünsche ich mir denn? Dass Dad mir einen Brief geschrieben hat? Und was hätte er darin schreiben sollen? Mein Vater war ein sehr zurückhaltender Mensch. Ich würde alles dafür geben, etwas über die Gefühle und Gedanken, die er hatte, zu erfahren. War er glücklich? Hat meine Mum ihm gefehlt? War er stolz auf mich und das, was ich erreicht habe, oder war er enttäuscht, weil er nicht wie erhofft ein Enkelkind von mir bekommen hat? Hat er verstanden, warum meine Ehe auseinanderging, oder hat er mir heimlich Vorwürfe gemacht, weil ich mich mehr hätte bemühen sollen?

Ich schiebe meine Finger in den Umschlag und ertaste lauter kleine

Zettel. In einer Umschlagecke klemmt ein Gegenstand fest. Er fühlt sich an wie eine Kette, und obwohl ich langsam machen und den spannenden Augenblick genießen möchte, bin ich viel zu aufgeregt und zerre ruckartig an meinem Fund, bis sich ein kleiner Stapel vergilbter Papiere und verblichener Fotos auf den Fußboden ergießt. Daneben halte ich ein zartes Silberkreuz an einer feinen Kette in der Hand. Sonst nichts.

Da ist kein Brief an mich. Keine letzten, weisen Worte. Natürlich weiß ich, dass das völlig sinnlos ist, dennoch schüttele ich den Umschlag in der Hoffnung, dass sich vielleicht doch noch irgendwas darin verkantet hat. Doch er ist leer. Mein Vater hat ihn nicht für mich dort in dem Bücherregal versteckt. Ich hatte mir nur eingebildet, dass ich ihn dort hätte finden sollen.

Ich starre auf das kleine Kruzifix, das an der Kette hängt, und bin verwirrt. Mein Vater war nicht religiös, warum also hat er die Kette aufbewahrt? Was hat sie ihm bedeutet, und wer hat sie ihm geschenkt? Ich lege mir die Kette um den Hals und spüre, wie das Kreuz sich unter meinem T-Shirt an mein Brustbein schmiegt. Es ist ein tröstliches Gefühl, als würde mich das Kreuz beschützen wollen.

Ich schiebe ein paar Zeitungen beiseite, hebe die verblichenen Bilder auf und lehne mich ans Sofa, um sie mir genauer anzusehen. Sind sie vielleicht ein Hinweis auf die Herkunft der Eltern meines Dads? Hatte mein Dad etwa herausfinden wollen, wer seine leiblichen Eltern waren? Ich weiß nur das, was Nanna Summers mir erzählt hat, nämlich, dass die Mutter meines Dads in Bristol überfahren wurde, als er noch ein kleines Baby war. Sie war anscheinend auf dem Weg zum Kinderkrankenhaus, und als sie die Straße überqueren wollte, wurde sie von einem Auto angefahren. Das Baby überlebte, aber sie war auf der Stelle tot. Da sie – in Kriegszeiten eher ungewöhnlich – keinerlei Papiere bei sich hatte und niemand eine junge Mutter und das Baby als vermisst gemeldet hatte, kam mein Vater anschließend ins Waisenhaus. All das ereignete sich Anfang 1945, während Großbritannien noch im Krieg war, und es wurde angenommen, dass die unbekannte Frau mit ihrem Baby auf der Flucht vor ihrer wütenden Familie oder ihrem erbosten Ehemann war. Womöglich war sie auf dem Weg zum Krankenhaus, um das Kind dort abzulegen. Solche Dinge geschahen damals leider ziemlich oft.

Zu der Zeit gab es viele Frauen, die ohne Trauschein schwanger wurden, ihren Kindern aber später trotzdem gute Mütter waren. Vielleicht hatte sie ihren Jungen nicht genug geliebt, um ihn trotz aller Schwierigkeiten zu behalten. Vielleicht hatte sie ihn aber auch gar nicht verlassen wollen. Womöglich war er krank und sie wollte ihn ins Krankenhaus bringen, damit die Ärzte ihm halfen.

Natürlich hatte Nanna das nicht gewusst, und es macht mich furchtbar traurig, dass ich vielleicht nie erfahren werde, was damals wirklich geschah.

Bestimmt hat auch mein Vater häufig darüber nachgedacht. Hatte er sich nach Nanna Summers Tod auf die Suche nach der jungen Frau aus Bristol machen wollen? Er hatte sicher nicht damit gerechnet, dass er sie praktisch nur um ein paar Wochen überleben und er selbst bei ihrem Tod bereits zu krank sein würde, um die Suche nach der Frau, die ihn geboren hatte, anzugehen.

Plötzlich wird mir bewusst, dass das hier nicht nur die Geschichte meines Vaters ist. Es ist auch meine eigene Geschichte, und nachdem ich mit dem Schreiben von Geschichten meinen Lebensunterhalt verdiene, geht es mir jetzt so wie jedes Mal am Anfang eines neuen Buchs.

Erst kommt die zündende Idee, dann breitet sie sich wie ein Lauffeuer in mir aus, und schließlich bin ich Feuer und Flamme und tippe, bis ich praktisch Blasen an den Fingern habe und mir die Augen so brennen, dass ich kaum noch etwas sehen kann. Die Stunden, die ich während dieser Phasen vor dem Laptop sitze, kommen mir vor wie Minuten, und irgendwann kehre ich blinzelnd aus meiner Traumwelt in die Wirklichkeit zurück. Ich weiß, dass meine Aufregung sich erst mit dem Ende der Geschichte wieder legen wird. Ich halte es nicht aus, das Ende nicht zu kennen, und muss so lange weitermachen, bis die Sache abgeschlossen ist.

Genauso geht es mir, als ich inmitten all der Kisten und Papiere auf dem Boden sitze und die Fotos in den Händen halte, die womöglich die einzige Verbindung meines Dads zu seiner leiblichen Familie sind. In den Bildern muss auch etwas von meinem Dad und unserer Familie verborgen sein. Gibt es vielleicht noch mehr von uns? Ich wünsche es mir, denn es ist furchtbar einsam, wenn man die Letzte ist.

Wieder sehe ich mir die drei Bilder an. Das erste zeigt ein Dorf am Meer mit einer hübschen Bucht und einem kleinen Hafen, in dem sich zwei Dutzend Fischerboote auf den Wellen wiegen, weiß getünchten Häuschen, die wie Briefmarken am Fuß der Hügel kleben, einer Katze, die auf einer Mauer in der Sonne liegt, und Hummerkörben vor den Türen. Rechts oben in der Ecke steht in scharlachroter Schrift der Ortsname »Pencallyn Cove«, und die Kleidung der Leute entspricht dem Stil der 1930er Jahre. Vielleicht hat die Geschichte meines Vaters ihren Ursprung ja in diesem Ort. Oder vielleicht hat meine Großmutter dort ihre Ferien verbracht. Hat sie womöglich meinen Großvater dort kennengelernt?

Es gibt unzählige Möglichkeiten, die Geschichte zu beginnen, und ich weiß, dass jede auch nur annähernd reizvolle Erzählung einen guten Anfang braucht. Mein Dad hatte auch einen Cornwall-Reiseführer. Wollte er die Gegend rund um Pencallyn Cove vielleicht besuchen?

Das zweite Bild zeigt ein hübsches junges Mädchen, das vor einem Bauernhaus steht. Es wirft den dunklen Schopf zurück und lacht aus vollem Hals, ein Spaniel springt fröhlich an ihr hoch. Das Foto strahlt jede Menge Leben aus. Die Aufnahme ist längst vergilbt. Wahrscheinlich wurde sie so oft in die Hand genommen, dass die Ränder weich und abgegriffen sind. Ich sehe mir das Bild gründlich an und versuche beinah verzweifelt, irgendwelche Ähnlichkeiten zu entdecken. Aber das Gesicht der jungen Frau liegt im Schatten. Seltsam, dass jemand, der mal so jung und so lebendig war, inzwischen vermutlich längst verstorben ist. Nur gut, dass wir nicht wissen, dass die glücklichsten Momente flüchtig sind und sich das Leben innerhalb eines Herzschlags ändern kann.

Oder, wie Andy und ich erfahren mussten, dadurch, dass ein Herz von einer auf die andere Sekunde plötzlich *nicht* mehr schlägt …

Als ich das vertraute Ziehen in der Magengegend spüre, atme ich tief durch und kämpfe gegen meine aufsteigende Panik an. Über manche Dinge denkt man besser gar nicht nach, weil sie, egal wie sehr man es sich wünscht, nicht mehr zu ändern sind. Persönliche Tragödien, die die Welt gar nicht bemerkt, obwohl das eigene Leben dadurch völlig aus der Bahn geworfen wird. Man zerfällt in tausend Einzelteile, und auch wenn man sich am Schluss zusammenreißt und andere die Risse wie bei einer sorgfältig geklebten Vase nur noch bei genauem Hinsehen erkennen, ist man trotzdem bestenfalls so gut wie neu.

Ich wende mich dem dritten Foto zu, das einen attraktiven jungen Schwarzen in Uniform zeigt. Die Mütze sitzt ein bisschen schief. Der Mann wirkt intelligent und hat einen stolzen Blick. Die Uniform ist aus den 1940er Jahren. Genauso haben die Soldaten in *Pearl Harbour* ausgesehen, also war er wahrscheinlich ein GI. Wie hieß es damals noch mal? *Zu gut bezahlt, zu wild auf Sex, aber zum Glück jetzt hier.* Wenn ich mir den Mann auf diesem Bild so ansehe, kann ich die Schwärmerei der jungen Frauen für die Soldaten aus den Staaten durchaus nachvollziehen. Er ist die Art von Mann, nach dem sich jedes Mädchen zwei-, wenn nicht am besten dreimal umdrehen würde, weil es seinen Augen nicht traut …

Genauso war es auch bei meinem Dad.

»O Gott«, entfährt es mir. »Das kann doch wohl nicht sein!«

Aber natürlich kann es sein, und bei genauerer Betrachtung des Bildes wird mir klar, dass dieser Mann mit seinem markanten Kinn, den hohen Wangenknochen, den vollen Lippen und dem Blitzen in den Augen das Ebenbild des jugendlichen Samuel Summers ist.

Ich zeichne mit dem Zeigefinger das Gesicht des Fremden nach.

»Hi, Grandpa«, grüße ich und warte fast darauf, dass er mir eine Antwort gibt.

4

Estella

heute

»Könnten Sie vielleicht noch einen kleinen Umweg fahren?«, bat Estella den Chauffeur.

»Natürlich, Miss Kellow. Aber ich muss ab drei die Schüler fahren, also habe ich nicht viel Zeit. Sie wollen bestimmt noch etwas einkaufen, nicht wahr? Ich halte gern am SPAR und springe für Sie rein. Dann sparen Sie sich den Weg.«

Vor allem erspare ich dem Taxifahrer dadurch sicher, dass ich während meines Einkaufs stürze und er einen Krankenwagen für mich rufen muss, ging es ihr düster durch den Kopf.

»Das ist ein nettes Angebot, aber ich brauche nichts aus dem Geschäft. Könnten Sie mich kurz zur Kirche fahren?«

»Zur Kirche?«

Er klang mindestens so überrascht, als hätte sie ihn gebeten, kurz bei einem Sexshop anzuhalten, um ihr neues Spielzeug zu besorgen, ging es ihr mit einem müden Lächeln durch den Kopf. Und wenn er wüsste, dass die liebenswerte alte Dame, die im Fond des Taxis saß, etwas von solchen Dingen wusste, wäre er wahrscheinlich grenzenlos schockiert. Die jungen Leute bildeten sich immer ein, dass Jugend und vor allem Sex nur ihnen vorbehalten wären. Das wusste sie, weil es ihr damals ebenso ergangen war. Am liebsten hätte sie dem Mann erklärt, dass sie nicht immer schon gebrechlich, weißhaarig und alt gewesen war, was aber hätte das für eine Sinn gehabt? Genauso wie die endlos langen, warmen Sommer ihrer Kindheit, wie das Heulen der Sirenen und die tapferen jungen Burschen, die zwar noch nicht hatten wählen, aber in den Krieg ziehen und ihr Leben für die Freiheit lassen dürfen, gab es auch ihr eigenes wahres Ich schon längst nicht mehr. Sie hatte Glück, dass sie so alt geworden war. Das Leben hatte es mit ihr besser gemeint als mit vielen anderen.

»Nach St. Brecca's«, antwortete sie. »Sie können das Taxameter laufen lassen.«

»Oh, das tue ich ganz sicher nicht, Mrs. Kellow.«

»*Miss* Kellow«, korrigierte sie ihn scharf. Sie hatte nie geheiratet. Sie hatte nie ein weißes Kleid getragen, niemals einen luftig leichten Schleier von ihrem Gesicht zurückgeschlagen und niemals in ein ganz bestimmtes braunes Augenpaar gesehen, während der Mann, den sie von Herzen liebte, einen Ring auf ihren Finger geschoben hatte. Wie schmerzlich hatte sie sich das gewünscht. Sie hätte all ihr Geld, ihren Erfolg, den kurzfristigen Ruhm, den ihr das Buch beschert hatte, das Haus und das gesamte Land dagegen eingetauscht. Sie hätte leichten Herzens alles für ihn aufgegeben, weil das Leben ohne ihn an ihrer Seite völlig sinnlos war.

Aber von diesen Dingen sprach sie nicht. Sie hatte nie davon gesprochen, und das würde sie auch jetzt nicht tun.

Nachdem ihr Buch erschienen war, hatten verschiedene Journalisten sie nach ihrem Leben ausgefragt. Was hatte sie zu dem *geheimnisvollen Garten* inspiriert, und wem gehörten die Gesichter, die man in den Bäumen sah? Gab es die Sonnenuhr tatsächlich, und was war die Antwort auf das Rätsel um das Labyrinth? Dass sich Estella zu all diesen Dingen ausgeschwiegen hatte, hatte das Interesse der Reporter noch verstärkt. Sie hatten eine zweite Daphne du Maurier oder Agatha Christie aus ihr machen wollen, sie selber aber wollte einfach, dass man sie in Ruhe ließ. Vor allem hatte sie tatsächlich keine Antworten auf diese Fragen, weil das Schreiben des *geheimnisvollen Gartens* ein organischer Prozess gewesen war. Sie hatte in den dunklen Tagen nach den schrecklichen Geschehnissen oft nur im Licht der Paraffinlampe die ganze Nacht hindurch gemalt, denn in den Schatten an den Wänden hatten die Gesichter und die Bilder mit den Bildern ihrer Phantasie und mit den grässlichen Tableaus aus ihren Alpträumen getanzt. Tagsüber nahm sie ihre Farben und die Staffelei mit in den Garten, stellte sie dort an den Teich, an den Trompetenbaum oder ins Herz des Labyrinths, in dem sich alle Wege trafen, zu der alten Sonnenuhr. Der Garten war inzwischen undurchdringlich, und genau so sollte es auch sein, weil es dort Orte gab, die nur den Auserwählten vorbehalten waren. Und schließlich schlängelten die Geister der Vergangenheit sich völlig mühelos zwischen den stacheligen Brombeerranken und dem Efeu, der sich lautlos um die Bäume schlang, hindurch.

Nach Fertigstellung der Gemälde hatte sie nie wieder einen Pinsel in die Hand genommen, weil die Malerei für sie nur Ausdruck ihres grenzenlosen Leids gewesen war. Wahrscheinlich hätte sie sich damals totgemalt, hätte nicht Tommy weiter auf sie aufgepasst.

Heute würden sicher manche sagen, dass das Malen und das Schreiben ihre Therapie gewesen waren. Estella aber hatte diese Tätigkeiten als Akt der Buße verstanden. Inzwischen war ihr der Garten – ihre frühere Freude und ihr alter Zufluchtsort – abgrundtief verhasst, und sie war froh gewesen, als er im Laufe der Zeit von der Natur zurückerobert worden war. Die Natur hatte sich die sorgfältig gemähten Rasenflächen, Koi-Teiche und Felsengrotten einfach wieder einverleibt. Die Rhododendronbüsche waren verholzt, die Kamelien blühten ungesehen im tiefen Grün, und nur die Geschöpfe, die im Wald zu Hause waren, fanden die alte Sonnenuhr. Estella hatte den geheimnisvollen Garten, der in ihrem Buch beschrieben wurde, selbst erschaffen, und sie wünschte sich, ihr Vater hätte die Zerstörung seines Werkes noch mit angesehen. Es hätte ihm das Herz gebrochen, und genau das hatte sie gewollt.

Sie hatte sich an ihrem Vater rächen wollen und deshalb den berühmten Garten von Pencallyn ausgelöscht. Zwar hatte sich ihre Abneigung dem Garten gegenüber bereits vor langer Zeit gelegt, doch die Erinnerungen, die damit verbunden waren, taten ihr noch immer weh. Sie hatte die Bäume absichtlich immer weiter wachsen lassen, denn wenn sie das Tal und auch die Bucht nicht sähe, könnte sie so tun, als ob die Kriegsschiffe dort immer noch vor Anker lägen und die netten, energiegeladenen Jungen alle noch am Leben wären. Sie hatten abends mit den Mädchen aus dem Ort getanzt, ihnen das Zigarettenrauchen beigebracht und ihnen Kaugummis geschenkt, verstohlene Küsse ausgetauscht und ihnen hinterhergepfiffen, während sie in ihren Jeeps an ihnen vorbeigefahren waren. Die leere Bucht war eine weitere schmerzliche Erinnerung daran, dass keiner dieser jungen Burschen jemals wiederkommen würde und dass Hunderte von ihnen bei der Landung in der Normandie gefallen waren.

Die alte Kirche lag ein wenig abseits, und das Taxi fuhr im Schritttempo den ausgefahrenen Weg hinab. Genauso, wie die Menschen die Geschichte von St. Brecca's nicht mehr kannten, hatten sie auch längst vergessen, wie die Menschen ausgesehen hatten, die rund um das Gotteshaus begraben waren. Die alten Grabsteine waren längst verwittert, und der Regen und die Winde von Jahrhunderten hatten die darin eingravierten Namen ausgewaschen. Estellas eigene Taufe in St. Brecca's war inzwischen fast schon ein Jahrhundert her, und auf dem Friedhof lagen ihre Eltern neben all den anderen Kellows, die schon vor ihnen gekommen waren. Der Ort lag auf der unsichtbaren Kraftlinie St. Michael, die auch durch den Garten von Pencallyn verlief und unterhalb der Sonnenuhr auf eine andere Linie traf. Es hieß, die Orte, die auf diesen Linien lägen, hätten eine ganz besondere Kraft, und niemand konnte sicher sagen, ob das stimmte oder nur ein Märchen war. In Cornwall gingen Mythen und Mysterien Hand in Hand mit dem alltäglichen Geschehen, und der Gobelin von Heiligen und Sündern wurde mit den Fäden alter Sagen und noch älterer Magie gewebt.

Estella öffnete das überdachte Friedhofstor und bahnte sich mit vorsichtigen Schritten einen Weg zwischen den Grabsteinen und grasbewachsenen Erhebungen hindurch. Ihr war bewusst, dass auch sie selbst hier bald ihre letzte Ruhe finden würde, doch zu ihrer Überraschung ängstigte sie die Gewissheit jetzt nicht mehr. Im Gegenteil empfand sie es als tröstlich, dass ihr die Gesichter der geliebten Menschen, die sie schon so lange nicht mehr hatte sehen dürfen, immer näher kamen und sie sie inzwischen wieder oft in ihren Träumen und sogar in wachen Augenblicken sah. Sie hatte diese Menschen fast ihr ganzes Leben lang vermisst und müsste nicht mehr lange warten, bis sie sie nach all den Jahren endlich wiedertreffen würde, um für alle Zeit mit ihnen vereint zu sein.

Sie hatte diesen Friedhof immer schon geliebt. Die Stille, die hier herrschte, stammte noch aus einer anderen Zeit, in der die Welt sich längst noch nicht so schnell gedreht hatte wie jetzt und als die Luft noch nicht vom Dröhnen zahlloser Motoren und geschäftiger Betriebsamkeit erfüllt gewesen war. Während der dunklen Zeiten nach dem Krieg, als sie alleine auf den scharfkantigen Felsen von Verlust, Verrat und Einsamkeit gestrandet war, hatte sie viele Stunden hier verbracht. Gefangen im Labyrinth der Trauer war sie zwischen den uralten Gräbern hin und her gewandert, weil der zeitlose Gesang der Vögel – die, egal wer ihnen lauschte, stets die gleichen Melodien trällerten – Balsam für die Trauer tief in ihrem Herzen war.

Mit zunehmendem Alter war Estella aufgegangen, dass das Leben unbeständig wie die Diestelwolle war, die die sommerliche Brise durch die Landschaft wehte. Vielleicht war es der Fluch der Jugend, dass sie sich für unbesiegbar hielt. Sie drängte auf Veränderung des Unabänderlichen und versuchte, Dinge zu verrücken, die so unverrückbar wie die Klippen an der Küste Cornwalls waren, bis sie sich irgendwann gebrochen und verzweifelt doch geschlagen gab. Erst mit dem Alter fand man seinen Frieden dadurch, dass man lernte, sich zu arrangieren. Das machte die erlittenen Verluste zwar nicht wett, aber man kämpfte immer seltener gegen das, was unvermeidbar war.

Trotz allem war sie immer noch ein Mensch der Gegensätze, dachte sie. Sie hatte ihren Frieden mit der Welt geschlossen, aber war noch immer ruhelos. Sie war verloren und gleichzeitig daheim. Sie war inzwischen alt, in ihrem Inneren aber noch immer jung. Sie vermisste all die Stimmen, die nie wieder zu ihr sprechen würden, aber immer noch zu hören waren. Vermisste die Berührung seiner Hände, aber spürte sie noch immer jeden Tag. Sie konnte ihn nicht finden, sah ihn aber überall.

War es ihr müdes Hirn, das sie inzwischen immer häufiger ins Bodenlose fallen ließ, oder ging ihr erst jetzt die Wirklichkeit des Lebens auf?

Estella schüttelte den Kopf und stützte sich auf ihren Stock. Die Überlegungen waren ihr nicht neu, doch immer wieder brachten sie sie aus dem Gleichgewicht. Sie hatte schon als junges Mädchen eine ausgeprägte Phantasie gehabt – und sich am Ende sogar ihren Lebensunterhalt damit verdient –, doch die Gedanken strengten sie entsetzlich an. Es wäre sicher deutlich einfacher, nur Schwarz und Weiß zu sehen.

Wäre sie womöglich glücklicher geworden, hatte auch sie selbst die Welt in diese beiden Farben unterteilt?

»Ich bin nun einmal, wie ich bin«, sagte sie laut, bevor sie langsam weiterging. Sie durfte nicht vergessen, dass sie zwischenzeitlich eine alte Dame war. Sie war kein kleines Kind mit aufgeschlagenen Knien und kein graziles junges Mädchen, das den Kopf voll Träume und das Herz voll Liebe hatte. Die grünen Hügel und die kühlen Wälder mochten noch dieselben sein, doch Estella Kellow hatte sich verändert, genau wie die Welt um sie herum. Die Welt stand niemals still, auch wenn man die Veränderungen kaum mitbekam.

Estellas langsamer Spaziergang führte sie zu einem abgelegenen Teil des Friedhofs, in den außer ihr nur selten jemand kam. Die Grabsteine waren schon lange im Erdboden versunken, und an manchen Stellen zeugten nur noch kleine Erdhügel davon, dass dies geweihte Erde war. Da niemand hier den Rasen mähte, hatte sich in diesem Teil des Friedhofs eine bunte Blumenwiese ausgebreitet, und Estella merkte nur am Schmerz in ihrem Herzen und den Tränen, die in ihren Augen brannten, dass sie jetzt am Ziel ihres Spaziergangs war. Wie immer bahnte sich die erste Träne ihren Weg und tropfte auf die Erde, die bereits mit unzähligen Tränen gesättigt war. Es war ein Wunder, aber gleichzeitig ein Segen, dass Estella auch nach all der Zeit noch um ihn weinen konnte, und sie hoffte, dass er wusste, dass sie ihn genauso liebte und vermisste wie am ersten Tag.

Sie griff sich an die Brust. Sie schmerzte schon seit einer ganzen Weile, aber dieses neue Feuer, das in ihrem Herzen brannte, wurde täglich heißer, und sie überlegte, ob es vielleicht schneller wäre als die Glut, die seit geraumer Zeit an ihrem Gedächtnis fraß.

Ihr lief die Zeit davon. Sie müsste die Geschichte ihres Lebens bald erzählen, wenn sie nicht für alle Zeit verloren gehen sollte – aber wem? Wer sollte die Bedeutung dessen, was sie zu erzählen hatte, heute noch verstehen? Es gab in ihrem Leben keinen Menschen mehr, dem diese Dinge wichtig waren. Für die meisten waren die Erinnerungen und Geheimnisse, die sie ihr Leben lang gehütet hatte, längst Geschichte, und sie selber war eine unwichtige Randnotiz in den Berichten über Rationierungen, Evakuierungen und Luftkämpfe, die es haufenweise aus der Zeit des Zweiten Weltkriegs gab.

»Aber du bist noch wichtig«, stieß sie leise hervor. »Mir bist du wichtig, Schatz. Ich denke jeden Tag an dich. Ich liebe dich und hätte dich beschützen sollen.«

Wie immer wusste sie, dass er sie hörte. Sie wäre gerne noch geblieben, um mit ihm zu sprechen, doch das Hupen des Taxis machte deutlich, dass es Zeit war, zu gehen.

Estella Kellow wusste, wenn sie wieder nach St. Brecca's käme, dann nicht mehr aus eigener Kraft.

»Bis bald, mein Schatz. Es wird jetzt nicht mehr lange dauern. Das verspreche ich.«

5

Estella

heute

Das Taxi rumpelte im Schritttempo die schlaglochübersäte Einfahrt nach Pencallyn House hinauf und setzte dabei immer wieder auf der grasbewachsenen Erhebung in der Mitte auf. Estella merkte, dass der Mann das Lenkrad fest umklammert hielt, als fürchte er, sich früher oder später festzufahren, und als das Taxi abermals aus einem Schlagloch hüpfte und der Auspuff so laut klapperte, dass sie vor Schreck zusammenzuckte, trat er entschlossen auf die Bremse und hielt an.

»Wie weit noch, Miss?«

Estella dachte über seine Frage nach. Zu Fuß hätte sie ganz genau gewusst, wie weit es war. Vom Haus bis zu der Biegung in der Einfahrt, die den Bau, sobald man sie umrundete, in seiner ganzen Pracht zur Geltung kommen ließ, musste man hundertfünfzig Schritte tun. Früher war die Einfahrt ordentlich gekiest gewesen, und die sorgfältig gemähten, samtig grünen Rasenflächen waren links und rechts des Wegs zu den barocken Gärten abgefallen. Ein kleines Paradies mit bunten Blumenbeeten, stillen Baumgruppen, Seerosenteichen und diversen wunderschönen Statuen, die wie Perlen an einer Schnur entlang verborgener Pfade aufgereiht waren. Inzwischen war der Garten hoffnungslos verwildert, und Estella fragte sich, wann das geschehen war. Wie das Alter hatte die Natur sich heimlich angeschlichen, ohne dass es ihr bewusst gewesen war.

Doch diese letzte Biegung hatten sie noch nicht erreicht. »Vielleicht noch eine Viertelmeile?«, schlug sie ihrem Fahrer vor.

»Dann mache ich am besten kehrt und probiere es ein Stückchen weiter unten. Dort gibt's doch auch noch einen Weg. Die alte Straße, die im Krieg gebaut wurde und die vom Strand bis oben auf den Hügel führt.«

Auf einmal sah Estella die Soldaten, die bei Wind und Regen ihre Hacken schwangen und Steine schleppten, um die neue Straße anzulegen, deren Zweck sich den Bewohnern von Pencallyn nicht erschloss. Ihr Vater hatte sich furchtbar darüber aufgeregt. Es war schon schlimm genug, dass diese Straße quer durch seinen heiß geliebten Garten führen würde, aber dass jetzt auch noch Schwarze hier auf seinem Grundstück waren und Quartier im Dorf bezogen, ging einfach zu weit. Er hatte tagelang getobt, ein geharnischtes Schreiben an das Außenministerium aufgesetzt, und als die arme Violet mit einem blauen Auge aus dem Schlafzimmer gekommen war, hatte sie zwar behauptet, eine ihrer Hutschachteln wäre ihr auf den Kopf gefallen, aber ihnen allen war klar gewesen, dass …

»Miss Kellow? Was ist mit dem unteren Weg?«

Die Erinnerung verblasste wie die bläuliche Verfärbung auf der weißen Haut.

»Ich fürchte, dass das Tor seit Langem nicht mehr geöffnet worden ist«, gab sie zurück. »Es ist mit einem Schloss und einer Kette abgesperrt.«

Die Kette war wahrscheinlich längst verrostet, denn Estella hatte sie vor derart langer Zeit vor dieses Tor gelegt, als ihre Haare noch hüftlang, gelockt und rabenschwarz gewesen waren. Seither kam niemand mehr auf diesem Weg zum Haus. Der Garten von Pencallyn war kein Ort, an dem man einfach so spazieren ging. Nicht mal die Kinder aus dem Dorf wagten sich noch hinein, denn die Geschichten von den Hexen und den Geisterstiefeln, die noch immer dort marschierten, machten ihnen Angst. Natürlich war das blanker Unsinn, doch Estella waren die Erzählungen nicht unwillkommen, denn sie wollte schließlich, dass man sie in Ruhe ließ.

Ihr Fahrer seufzte tief. »Ich glaube nicht, dass ich riskieren kann, Sie bis zum Haus zu fahren. Dann reiße ich mir garantiert den Auspuff ab. Wie hat der andere Fahrer es geschafft, Sie heute früh hier abzuholen?«

»Kelly hat mich zu dem Termin gefahren.«

Die junge Kelly Jones war aus dem Dorf und ihre »Hauswirtschafterin«. Was eine ziemlich irreführende Bezeichnung war, weil Kellys Hauptbeschäftigung aus Teetrinken, dem Leeren von Estellas Keksdose und dem Klagen über ihren nichtsnutzigen Ehemann bestand. Erst, wenn sie damit fertig war, fuhr sie zum Einkaufen, machte die Wäsche, kochte oder schwenkte lustlos einen Staubwedel.

»Das macht natürlich Sinn. Schließlich hat Darren Jones im Gegensatz zu mir auch einen Ford Ranger. Der kommt anders als ein Focus gut mit solchen Wegen klar. Hören Sie, am besten fahren wir zurück ins Dorf und fragen Kelly, ob sie Sie zum Haus fahren kann.«

»Auf keinen Fall. Um diese Zeit brauchen die Kinder sie.« Zumindest ging Estella davon aus, dass es so war. Wenn sie sich recht entsann, waren Kyle und Ryan acht und zehn. Oder vielleicht schon älter? Es fiel ihr nicht leicht, sich so etwas zu merken, weil sich über die Erinnerung an kleine Menschen, die im hohen Gras des Gartens spielten, Bilder schlaksiger Gestalten schoben, die in Hoodies, schlabberigen Jeans und Turnschuhen über das Parkett in ihrer Eingangshalle schlurften, um die Einkaufstüten in der Küche abzustellen.

»Den Rest des Weges gehe ich einfach zu Fuß. Es ist nicht weit«, erklärte sie.

Bevor der Mann ihr widersprechen konnte, reichte ihm Estella zwei Zehnpfundnoten nach vorne, öffnete die Tür und kämpfte sich von ihrer Bank. Dank ihrer eisernen Entschlossenheit gelang es ihr tatsächlich, ohne Hilfe auszusteigen, und wenn sie der junge Doktor aus der Klinik in dem Augenblick gesehen hätte, wüsste er, dass sie alleine leben konnte, dachte sie und nickte triumphierend mit dem Kopf. Sie sollte sich nicht mehr bewegen können? Pah! Dem würde sie es zeigen. Sie würde ihm und allen anderen beweisen, dass Estella Kellow längst noch nicht am Ende war!

Langsam lief sie los. Sie hörte, wie das Taxi wendete, doch anders als Lots Frau wandte sie sich nicht noch einmal um. Diese Geschichte aus der Bibel hatte ihr als kleinem Mädchen fürchterliche Angst gemacht. Sich vorzustellen, dass man nur einmal kurz über die Schulter lugte und danach für alle Zeit zu einer Salzsäule erstarrte! Was für eine grausame Bestrafung für ein winziges Vergehen. Evie hatte sich entsetzlich über die Geschichte aufgeregt, erklärt, dass das totaler Unsinn wäre, und den missbilligenden Blick des Reverends mit einem gleichmütigen Achselzucken abgetan. *Natürlich* war das blanker Unsinn, hatte sie gesagt. Wenn Gott so groß war, warum hatte er dann zugelassen, dass die Nazis an die Macht gekommen waren? Tommy hatte festgestellt, dass Evie ihre Cleverness noch einmal fürchterlich bereuen würde, und inzwischen war Estella klar, was ihre alte Gouvernante damit hatte sagen wollen. Die alten und die neuen Götter forderten Respekt, und es war sicherer, nicht zu zweifeln. Sie zu hinterfragen, brachte einen früher oder später in Gefahr.

Um nicht zu stolpern, sah Estella vor sich auf den Weg, als sie aber nach einer guten Viertelstunde um die letzte Kurve bog, hob sie den Kopf und blickte auf Pencallyn House, das stolz am Rand des Gartens stand und in der warmen Sonne vor sich hin zu dösen schien. Aus der Ferne und mit altersschwachen Augen sah das weiße Haus noch immer stattlich aus. Von hier aus konnte man die Farbe, die wie die Glasur von einem Weihnachtskuchen abblätterte, das wurmstichige Holz der Fensterrahmen, die Kletterpflanzen, die sich in die Mauerspalte schoben, und die Schindeln, die vom Dach gefallen waren, nicht sehen. Für Estella sah Pencallyn House genauso stolz aus wie zu seinen Glanzzeiten als elegantes Herrenhaus mit einem landesweit berühmten Garten voll wunderbarer Solitärgehölze.

»Schon damals hat die Eleganz getrogen«, murmelte Estella vor sich hin. Niemand hatte damals auch nur ahnen können, was in Wahrheit hinter dieser prachtvollen Fassade vorgegangen war. Die Dinge waren eben nie so, wie sie aussahen.

6

Estella
heute

Die Wanderung über den Friedhof und der Weg zurück zum Haus hatten sie furchtbar angestrengt. Mit jedem Schritt und jedem Aufsetzen des Stocks hatte ihre Müdigkeit zugenommen. Erleichtert trat sie nun endlich durch die Hintertür, durch die man in die Küche ihres Hauses kam.

Die Vordertür benutzte sie so gut wie nie, weil heutzutage selten jemand von Bedeutung kam und weil die halb verfallene Eingangstreppe einfach nicht mehr sicher war. Vor allem bewohnte sie nur noch den rückwärtigen Teil des Hauses, wo es wesentlich behaglicher als vorne war. Bereits als Mädchen hatte sie am liebsten an dem großen Küchentisch gesessen und dem Tratsch der Köchin und der Küchenhilfen zugehört oder zusammen mit Evie heimlich ein Stück Kuchen oder eine andere Leckerei stibitzt. Evie waren nach ihrer Ankunft in Pencallyn angesichts der Unmengen an Speisen, die dort zubereitet wurden, fast die großen blauen Augen aus dem Kopf gefallen. Estella würde nie vergessen, wie sie damals reingehauen hatte. Evie hatte sich das Essen mit den Fingern und in einem unglaublichen Tempo in den Mund gestopft und dabei hektisch hin und her geschaut, als hätte sie befürchtet, irgendjemand würde es ihr streitig machen, wenn sie auch nur einen Augenblick nicht wachsam war.

»Sie schlingt das Essen runter wie ein Hund, der kurz vor dem Verhungern ist«, hatte die Köchin durchaus treffend festgestellt, und niemand hätte sich gewundert, wenn der Neuankömmling angefangen hätte laut zu knurren, damit niemand ihm zu nahe kam.

Mitunter mischten sich die zahllosen Erinnerungen mit der Gegenwart. Dann plauderte Estella, während sie den Wasserkessel füllte, mit den Menschen, die sie schon vor langer Zeit verlassen hatten, drehte sich nach ihnen um, stellte verwundert fest, dass sie alleine war, und hatte das Gefühl, als hätte sie sie abermals verloren. Es war ein weiterer Fluch der zunehmenden Vergesslichkeit, dass sie die schmerzlichen Verluste jedes Mal als frisch empfand. Das Alter konnte wirklich grausam sein.

Inzwischen war es später Nachmittag, das warme Sonnenlicht drang ins Haus, und eine milde Brise wirbelte die Zettel durcheinander, die Kelly an den Stellen hinterlassen hatte, wo Estella sie ihrer Meinung nach auf dem Rundgang durch das Haus auf jeden Fall entdecken würde. Sie waren eine Liturgie alltäglicher Verrichtungen und etwas völlig anderes als die Werke eines Chaucer oder Dickens, die Estellas Lieblingsschriftsteller gewesen waren. *Gas abdrehen!, Hintertür absperren!, Pillen einnehmen!, Licht ausschalten!* wiesen sie die Zettel an. Die Schrift aber war hübsch geschwungen mit kleinen Kreisen, lächelnden Gesichtern oder Herzchen, die die i-Punkte ersetzten, um den Schlag zu mindern, den es ihr versetzte, dass sie langsam den Verstand verlor. Was, wenn sie durch den Nebel, der ihr Hirn inzwischen immer häufiger umwogte, bald nicht mehr lesen könnte? Würde sie, statt ihre Pillen einzunehmen, Gas einatmen? Würde sie dann einfach aus dem Haus gehen und ziellos durch die Gegend wandern, bis sie nicht mehr wüsste, wo sie war?

Die Küche roch nach den Zitronenfeuchttüchern, die Kelly gern zum Putzen nahm. Sie hielt nichts von Karbolseife und anstrengendem Scheuern. Estella stellte ihre Tasche auf den Tisch und überlegte, ob sie Teewasser aufsetzen sollte, aber um den Kessel anzuheben, fehlte ihr die Kraft. Auch die Post, die sich auf dem alten Holztisch türmte, würde sie erst einmal ignorieren. Es war bestimmt nichts Wichtiges dabei. Die Rechnungsbeträge wurden automatisch von ihrem Bankkonto abgebucht, und um die Verwaltung der Tantiemen für ihr Buch und ihre Rente kümmerte sich die Kanzlei, die immer schon für die Finanzen der Familie Kellow zuständig gewesen war. Wenn sie doch einmal Post bekam, dann meistens Anfragen verschiedener Immobilienmakler und Broschüren diverser Alters- oder Pflegeheime, die den Hochglanzbildern nach nicht wie der Wartesaal des Sensenmannes, sondern wie Hotels der Luxusklasse aussahen. Dazu kamen vielleicht ein, zwei Briefe an Estella als Autorin des *geheimnisvollen Gartens*, deren Absender unzählige Fragen zur Geschichte hatten und hofften, ihnen als ergebenen Fans würde die Wahrheit offenbart. War ihnen denn nicht klar, dass Wahrheit etwas Subjektives war? Vielleicht war ihre Interpretation des Buchs ja mindestens genauso zutreffend wie das, was die Autorin hatte sagen wollen.

Zumindest war sie jetzt die Sorge um das Haus und Grundstück los. Sie wusste nicht, ob der Empfänger ihres Erbes sich darüber freuen würde, aber sie war froh, dass diese Frage jetzt geregelt war, denn ihr lief die Zeit davon. Es würde sicher nicht mehr lange dauern, bis ihr Herz die letzten, angestrengten Schläge tat, aber das war gut, denn langsam wurde sie die Mühen des Alltags leid. Der Staub fiel schneller, als sie ihn entfernen konnte, und für ihren Weg ins obere Geschoss benötigte sie fast den ganzen Vormittag. Inzwischen fiel es ihr selbst schwer, das Essen in der Mikrowelle aufzuwärmen, weshalb sie nur noch Toast und Müsli aß. Kein Wunder, dass sie immer dünner wurde. Aber in ein, wenn auch elegantes, Altersheim ziehen?

Niemals.

Die Hilfe, die ihr Kelly bieten konnte, reichte aber langsam nicht mehr aus. Am besten suchte sie sich eine Hilfe, die bereit wäre, zu ihr ins Haus zu ziehen. So jemanden hatte sie schon mal gehabt, die junge Frau jedoch war bereits nach ein paar Wochen wieder ausgezogen, weil Pencallyn House zu abgelegen war und sie behauptet hatte, dass ihr der Nachbar auf der anderen Waldseite nicht geheuer war.

»Es ist die Art, wie er mich ansieht«, hatte sie erklärt. »Sein Blick ist … kalt. Er sieht direkt durch mit hindurch und sagt noch nicht mal

Guten Tag. Er ist mir einfach unheimlich, Miss Kellow. Mir ist klar, dass er ein Nachbar und wahrscheinlich völlig harmlos ist, aber ich fürchte mich nun mal, wenn er in meine Nähe kommt.«

Estella hatte nichts darauf erwidern können, ohne dass das junge Mädchen Angst bekommen oder sie verrückt geklungen hätte, aber in der Tat war dieser Mann alles andere als harmlos. Sie hatte ihn zwar selbst seit über fünfzig Jahren nicht mehr gesehen, aber das Wissen, dass er keine Ruhe fand, machte Estella Angst. Die Angst, die sie verspürte, war genauso tief und dunkel wie die Schattenbilder, die in ihrem Buch zu finden waren. Er würde niemals seine letzte Ruhe finden, denn das hatte er ganz einfach nicht verdient. Am besten, sie tat weiterhin so, als wäre er nicht da.

Also war die junge Hilfskraft wieder ausgezogen, und Estella hatte kurzerhand die schweren alten Möbel in Salon und Esszimmer mit großen Bettlaken verhüllt, die Tür des Waffenschranks verschlossen, den so gut wie nie bespielten Flügel im Musikzimmer verkauft, die Vorhänge in der Bibliothek geschlossen und ihren geliebten Büchern, die sie kaum noch lesen konnte, leise Lebewohl gesagt. Dann hatte sie sich in den oberen Stock gequält, sämtliche Betten abgezogen, Mottenkugeln in den Schrankfächern verteilt, die Bettwäsche zusammengelegt, die Türen zugezogen und den Teil des Hauses im Dornröschenschlaf versinken lassen, der so lange währen würde, wie sie noch am Leben war.

Und jetzt war es zu spät, um eine neue Hauswirtschafterin zu engagieren. Wenn Estella es nicht schaffte, sich nach oben in ihr Schlafzimmer zu schleppen, schlief sie einfach in dem Sessel, der inzwischen in der Küche stand. Da sie sowieso nur noch ein paar Stunden schlafen konnte, war es doch egal, wo sie das tat. Sie kam also auf jeden Fall zurecht. Sie hatte Kelly, die ihr half, und Josh, der Sohn der Leute, die das Nachbarhaus Pencallyn Farm erstanden hatten, ging ihr bei den körperlich anstrengenderen Arbeiten zur Hand.

Er hackte ihr Holz und plauderte dann gerne bei einer Tasse Tee mit ihr. Er liebte diese Atempausen, gab er mit einem scheuen Lächeln zu. Er übernahm als Projektleiter die Renovierung des Gehöfts, und da Estella seinem Vater Martin Richardson inzwischen häufiger begegnet war und wusste, dass der Mann genauso anspruchsvoll war wie einst ihr eigener Vater, verstand sie, dass der Sohn sich freute, wenn er die Gelegenheit zur Flucht bekam.

Das Gärtnern war Joshs große Leidenschaft, und er war hocherfreut zu erfahren, dass der einst berühmte Garten von Pencallyn direkt neben ihrem Grundstück lag. Estella sah das Leuchten seiner Augen, wenn er über die Gestaltung des Gartens, Solitärbäume und seltene Pflanzen sprach. Dasselbe Feuer hatte sie auch in den Augen ihres Vaters lodern sehen. Doch anders als ihr Vater hatte Josh nicht das Verlangen, möglichst viele seltene Exemplare zu besitzen, auf die andere Sammler neidisch waren. Seine Liebe zu den Pflanzen war in der reinen Freude an der Schönheit der Natur begründet.

Estella hatte Josh zum ersten Mal getroffen, als er sie für das Verhalten seines Vaters um Verzeihung hatte bitten wollen. Zuvor war Martin Richardson, angeblich, um sich höflich vorzustellen, in Wahrheit aber, um herauszufinden, wann sie endlich sterben würde, bei ihr aufgetaucht. Das hatte er natürlich nicht gesagt, doch Estella hatte seine scheinheiligen Fragen nach ihrer Gesundheit und danach, wie sie allein mit einem derart großen Haus zurechtkäme, sofort durchschaut. Er hatte angeboten, ihr den Garten abzukaufen, und, als sie darauf nicht eingegangen war, verlangt, dann wenigstens die Bäume zu entfernen, damit er freien Blick aufs Meer hatte. Sie hatte großen Spaß daran gehabt, zu tun, als würde sie ihn nicht verstehen (»Räume? Was für Räume meinen Sie, mein Lieber? Von der Farm aus können Sie das Haus doch gar nicht sehen«), bevor ihr plötzlich – wie es alten Menschen öfter widerfuhr – einfach die Augen zugefallen waren. Erbost war Martin Richardson davongestapft, sie selbst aber hatte auch noch Tage später beim Gedanken an das Treffen vor Vergnügen laut gelacht. Das war natürlich ziemlich kleinlich, doch sie hatte das Gefühl, als ob sie einen kleinen Sieg für all die Frauen errungen hätte, die derartigen Tyrannen ausgeliefert waren.

Josh hatte sich zutiefst für das Verhalten seines alten Herrn geschämt und war am nächsten Vormittag mit einem Kuchen bei ihr aufgetaucht. Estella hatte seine Traurigkeit gespürt und bei Gebäck und Tee genug erfahren, um zu wissen, dass er hoffte, hier in Cornwall noch einmal von vorne anzufangen. Die Freundlichkeit und Sanftheit ihres Gastes hatten Erinnerungen in ihr wachgerufen, denn er war genau wie …

Nein. Für diese Bilder war jetzt keine Zeit.

Falls Josh die Tränen in Estellas Augen und das Zittern ihrer Stimme aufgefallen waren, war er einfühlsam genug gewesen, so zu tun, als hätte er es nicht bemerkt. Stattdessen hatte er sie sanft darum gebeten, ihm ein bisschen über die Geschichte ihres Gartens und der Pflanzen zu erzählen. Sie hatte großen Spaß an ihrem Gespräch gehabt. Mit einem Leuchten in den wunderschönen grünen Augen hatte er von der Natur geschwärmt, und schließlich hatte er ihr anvertraut, dass seine große Leidenschaft die Landschaftsgärtnerei und die Erforschung der Geschichte alter Gärten wäre.

»Mein Vater ist von meinen neuen Karriereplänen vollkommen entsetzt«, hatte er augenrollend eingeräumt. »Er denkt, ich müsste meinen Mann stehen und wieder in die Stadt gehen. Er hat sich ganz bestimmt nicht vorgestellt, dass ich mal meine teure Ausbildung vergeuden würde, weil ich keine Kohle scheffeln, sondern Unkraut zupfen will. Gartenarbeit ist etwas, wofür er andere bezahlt. Er ist total entgeistert, weil ich mich jetzt in die Gruppe irgendwelcher kleinen Lohnarbeiter einreihen will.«

Estella konnte sich die Reaktion des Mannes auf die Pläne seines Sohnes lebhaft vorstellen. Sie hatte ihre Tasse abgestellt und Josh mit einem strengen Blick bedacht.

»Und wie sehen *Sie* das?«

Verdattert war sich Josh mit einer Hand durch das kastanienbraune Haar gefahren.

»Ich?«

»Ja. Sie. Denn schließlich sind es Ihre Karriere und Ihr Leben, oder nicht?«

Er hatte sich den Kuchenkrümeln, die auf seinem Teller lagen, zugewandt und sie so eingehend studiert, als wären sie alte Runen, die es zu entziffern galt.

»Ich denke, dass ich, ganz egal, was ich auch tue, meinen Vater nie zufriedenstellen kann.«

»Sie sind nicht auf der Welt, damit jemand anderes mit den Dingen, die Sie tun, zufrieden ist. Sie sollen das Leben so gut leben, wie es Ihnen möglich ist, und das tun, was Sie selbst glücklich macht. Es geht um das, worauf Sie irgendwann zurückblicken, wenn Sie mal alt sind und Ihr Vater längst schon nicht mehr lebt. Wollen Sie dann auf ein halb gelebtes Leben schauen, weil Sie versucht haben, die Erwartungen von jemand anderem zu erfüllen? Oder auf ein ausgefülltes Leben, für das Sie sich selbst entschieden haben und in dem Sie glücklich waren? Glauben Sie mir, Sie wollen später nichts bereuen, und es sind die Dinge, die man *nicht* tut, die einen verfolgen, nicht die Dinge, die man tut.«

Trotz all der Fehler, die Estella während ihres Lebens unterlaufen waren, hatte sie mehr Glück erlebt, als sie sich je hätte erträumen können. Wenn sie also ihr Leben noch mal leben könnte, würde sie nicht einen Augenblick verändern wollen.

»Sie kennen die Antworten auf diese Fragen, stimmt's?«

»Auf jeden Fall«, hatte Estella dem Besucher zugestimmt. »Aber Sie auch, weil man sie nämlich nur in seinem eigenen Herzen finden kann. Es ist der beste Ratgeber, den es gibt. Also, was sagt Ihnen Ihr Herz?«

Bei dieser Frage hatte ein so wunderschönes Lächeln Joshs Gesicht erhellt, dass ihm Estella hoffnungslos verfallen war. Das rötlich braune

Haar, die Augen wie Smaragde und die sanft geschwungenen, vollen Lippen stellten eine geradezu betörend attraktive Mischung dar, und selbst mit ihren fünfundneunzig Jahren wusste sie durchaus zu schätzen, wenn sie einem attraktiven Burschen gegenübersaß. Josh Richardson war wie der Garten von Pencallyn: unter all dem Unkraut der Sorge und dem dornigen Gestrüpp der Traurigkeit war etwas so Besonderes versteckt, dass man es, wenn man erst mal einen kurzen Blick darauf erhaschte, nie wieder vergaß.

Ein Mann wie Josh war ein besonderer, seltener Schatz. Er war sensibel, ehrlich, treu, und wenn er einmal liebte, liebte er für alle Zeit.

»Mein Herz sagt mir, dass ich beruflich alte Gärten wiederbeleben soll«, hatte er ihr erklärt. »Das wollte ich schon immer – aber leider hatte Dad etwas anderes mit mir vor.«

Estella hatte Josh mit einem nachdenklichen Blick bedacht.

»Ihr Vater hatte also einen Plan?«

»Vielleicht ist *Plan* das falsche Wort. Wahrscheinlich hat er einfach etwas anderes erwartet. Ich hätte in der Stadt Karriere machen und dann irgendwann das Unternehmen der Familie übernehmen sollen. Das hätte er gewollt. Ich habe es versucht, Miss Kellow, aber das ist einfach nichts für mich. Ich habe es nicht hingekriegt und wäre fast daran kaputtgegangen.«

Er war verstummt, als Kelly angekommen war, um ihnen von Darrens neuesten Missetaten zu erzählen. Sie hatte überrascht die Augen aufgerissen, weil ein hübscher junger Bursche in Estellas Küche saß, und während sie mit dem Geschirr geklappert hatte, hatte sie des Öfteren unauffällig ihre eigene Erscheinung in der Scheibe von Estellas Mikrowelle überprüft. Estella hatte das Gespräch von den privaten Dingen auf den Garten ihres Anwesens gelenkt, und sofort hatte sich die Miene ihres Gastes aufgehellt.

»Ich war begeistert, als mir klar wurde, wo Dad den Hof erstanden hat«, gestand er unumwunden ein. »Ich hatte bereits jede Menge über Heligan, Trebah, Glendurgan und die anderen berühmten Gärten, die es in Cornwall gibt, gelesen, und es ist unglaublich, dass ich einem davon plötzlich derart nahe bin. Der Garten von Pencallyn gilt als ein verborgenes Juwel. Ich war beinah froh, als ich erfuhr, wie schlecht mein Dad sich gestern wieder mal benommen hat, denn so hatte ich einen Grund, vorbeizukommen und mich Ihnen vorzustellen.«

Estella hatte laut gelacht. »Sie hätten auch gern kommen können, ohne dass Ihr Vater sich erst schlecht benimmt. Und was den Garten angeht, bin ich mir nicht sicher, ob man ihn noch als Juwel bezeichnen kann. Ich fürchte, dass er stark verwildert ist.«

»Aber all die wunderbaren Bäume und die anderen Pflanzen sind doch sicherlich noch da? Wenn auch wahrscheinlich gut versteckt.«

»Ich schätze, schon.« Sie waren bestimmt noch da, genauso, wie sie selber unter all den Falten und dem grauen Haar auch weiterhin das junge Mädchen war, das durch den Garten bis zur Sonnenuhr, die ihr mal wieder irgendeinen Wunsch hatte erfüllen sollen, geschlichen war.

»Es ist der *geheimnisvolle Garten* aus dem Buch, nicht wahr?«

»Das ist er«, hatte sie erklärt und sich dafür gewappnet, dass er sie mit Fragen bombardieren würde, aber interessanterweise hatte er das nicht getan. Er war ein junger Mann, der die Privatsphäre von anderen Menschen respektierte und der wusste, wann Zurückhaltung geboten war.

»Ich hätte ihn natürlich gern zu seiner Blütezeit gesehen. Wahrscheinlich war er wunderschön«, war alles, was er daraufhin erwidert hatte, und Estella hatte seiner Stimme seine Sehnsucht nach der längst vergangenen Landschaft deutlich angehört. Er hatte recht, der Garten war tatsächlich wunderschön gewesen, und da ihr Gehirn nicht zuließ, dass die alte Schönheit von Gestrüpp und Unkraut überwuchert wurde, hatte er sich ihr für alle Zeit in diesem Zustand eingeprägt.

»Sie dürfen sich dort gern genauer umsehen, wenn Sie wollen«, hatte sie ihm angeboten. »Er ist hoffnungslos verwildert, doch ich bin mir sicher, dass ein Teil der Pflanzen und der Bäume trotzdem zu erkennen ist. Der Garten war das Steckenpferd erst meines Großvaters und danach meines Vaters, aber da Sie über die Geschichte dieses Gartens ja gelesen haben, wussten Sie das sicher schon. Es gibt also wahrscheinlich kaum etwas, was ich Ihnen darüber noch erzählen kann.«

»Es wäre mir tatsächlich eine große Freude, mich dort einmal umsehen zu können. Danke!« Wieder war das wunderschöne Lächeln über sein Gesicht gehuscht und hatte wie ein Sonnenstrahl die Welt an einem dunklen Wintertag erhellt. Estella hatte ebenfalls gelächelt, denn Joshs Freude hatte ihr das Herz gewärmt. Im Grunde war es nichts Besonderes, dass sie diesem jungen Mann erlaubte, sich im Garten umzusehen, doch sie hatte instinktiv gespürt, dass dieser Ort ihm helfen könnte zu heilen, so wie ihr vor all der Zeit.

Mittlerweile lag ihr erstes Treffen ein paar Monate zurück. Zusammen mit dem Frühjahr war zu jener Zeit das Leben in die Welt zurückgekehrt, und die Kamelien und Narzissen hatten auch dem Garten von Pencallyn leuchtend bunte Tupfer aufgesetzt.

Inzwischen war längst Sommer, doch noch immer kam der junge Mann in beinah jedem freien Augenblick auf einen Tee und eine kurze Plauderei bei ihr vorbei. Obwohl sein Vater viel von ihm verlangte, fand er noch genügend Zeit, um ein paar Stellen des Gartens grob vom Unkraut zu befreien, und er war außer sich vor Freude, als er dort auf seltene Solitärbäume und hundert Jahre alte Blumenbeete stieß. Er plauderte mit Kelly in der Küche, hackte Holz, trug es ins Haus und legte sogar einen kleinen Gemüsegarten an. Bereits nach kurzer Zeit war er so eng mit ihrem Anwesen verwoben, dass Estella sich Pencallyn ohne ihn kaum noch vorstellen konnte.

Sie wusste, dass sie Josh vermissen würde, wenn die Renovierung des von Martin Richardson gekauften Hofes abgeschlossen wäre, weil sie gern bei einer Tasse Tee mit ihm zusammen in der Küche saß und sich Geschichten von der Baustelle erzählen ließ. Auch Kelly hörte gern, was Darren sich für Scherze mit den anderen Arbeitern erlaubte, deshalb kehrten mit dem jungen Josh auch Fröhlichkeit und schallendes Gelächter in Pencallyn ein. Es war, als würde er hierhergehören, und Estella stellte fest, dass er ein wirklich leidenschaftlicher, vor allem aber talentierter Landschaftsgärtner war. Er hatte schon ein paar Entwürfe für den Garten mitgebracht, die die Geschichte von Pencallyn widerspiegeln sollten, aber er versuchte nie, sie zu bedrängen, ihm etwas von den alten Zeiten zu berichten oder ihre eigene Geschichte zu enthüllen, denn die gehörte ihr allein.

Ächzend stand Estella auf. Sie durfte ihre eigene Geschichte nicht vergessen, und wie könnte sie sich besser an die vergangenen Zeiten erinnern als durch einen Ausflug in das obere Geschoss? Sie brauchte für die Treppe immer eine halbe Ewigkeit, doch schließlich hatte sie ihr altes Schlafzimmer erreicht. Sie hatte nie das große Schlafzimmer des Vaters übernommen, denn sie hätte niemals das Gefühl gehabt, dass es ihr rechtmäßig gehörte – und genauso schlug sie auch um Violets hübsches Boudoir nach all der Zeit noch immer einen großen Bogen, weil schon der Gedanke an das Zimmer sie erschaudern ließ. O nein, sie hatte immer noch das Schlafzimmer, das ihr als jungem Mädchen zugewiesen worden war. Es war den ganzen Tag in helles Licht getaucht, da es nach Süden hin lag, und durch das Fenster bot sich eine wundervolle Aussicht auf den Garten, auch wenn man aufgrund der zwischenzeitlich hohen Bäume längst nicht mehr bis aufs Meer hinuntersehen konnte.

Als sie den Raum betrat, in dem sich bleiches Licht über die abgetretenen Holzdielen auf dem Fußboden ergoss, kam es ihr vor, als würde sie zwei Mädchen auf der Bank am Fenster sitzen sehen. Sie hatten ihre dunkelhaarigen Köpfe in ein Buch gesteckt, und vor dem hellen Hintergrund konnte sie ganz unmöglich unterscheiden, welches dieser beiden Mädchen sie und welches Evie war. Sie lächelte. Was hatten sie zusammen doch für einen Spaß gehabt!

»Noch einmal, Evie! Und lies diesmal so wie Tommy«, wies das Mädchen links das andere Mädchen an.

»Gallien in seiner Gesamtheit ist in drei Teile aufgeteilt, deren einen die Belger bewohnen, einen anderen die Aquitaner und den dritten diejenigen, die in ihrer Sprache Kelten …«, las das andere Mädchen derart schnell und abgehackt, als feuerte es mit einem Gewehr.

»Du klingst genau wie sie, Evie!«

»Das ist noch gar nichts, Stell! Wer bin ich jetzt?« Das zweite Mädchen glitt von seinem Sitz, watschelte durchs Zimmer, und als es den Satz noch einmal wiederholte, rollte es das R, so wie man es in Cornwall tat. Sie war völlig verwandelt, und statt eines schlanken jungen Mädchens schleppte sich jetzt eine dicke Frau mit wehen Füßen durch den Raum.

»Die Köchin! Ja, genau, du bist die Köchin! Du bist wirklich gut! Du solltest Schauspielerin werden, weil sich niemand anderes so gut verwandeln kann wie du!«

»Das stimmt. Ich könnte mich bestimmt sogar in dich verwandeln«, pflichtete ihr Evie bei.

Urplötzlich schob sich eine Wolke vor die Sonne, und Estella seufzte, denn zusammen mit dem Licht hatten sich auch die beiden Mädchen aufgelöst. So machten sie es jedes Mal. Sie blieben niemals lang genug, um ihre Fragen zu beantworten. In wen hatte sich Evie wohl am Schluss verwandelt? Und wohin war sie gegangen? Wie so viele andere Dinge aus der damaligen Zeit war das ein Rätsel, das zu lösen ihr unmöglich war. Die Mädchen und die jugendliche Energie der beiden fehlten ihr. Warum hatte sie sich extra bis ins obere Geschoss geschleppt? Was hatte sie hier noch gewollt?

Der Garten. Diese beiden jungen Mädchen. Die Vergangenheit. Die Bilder lösten eine Kettenreaktion an anderen Bildern bei Estella aus. Sie lehnte ihren Stock gegen das Bett und bückte sich. Vor Anstrengung schob sie die Zunge vor und stieß ein leises Keuchen aus, bis ihre ausgestreckte Hand auf warmes, wegen seines Alters aufgerissenes Leder traf. Er war noch da, und was noch besser war, sie hatte noch gewusst, wo sie ihn fände. Sie müsste sich dieses Versteck notieren, bevor der Schweizer Käse ihres Hirns noch mehr Löcher bekam.

Ein letzter Ruck, dann hielt sie den kleinen Lederkoffer in der Hand. Sie schob den längst vergilbten Anhänger zur Seite, öffnete mit einem leisen Klicken das angelaufene Messingschloss, klappte den Deckel, der von einem ausgefransten schwarzen Band gehalten wurde, auf und wäre fast in Tränen ausgebrochen, als sie ihre alten Schätze sah. Die Souvenirs waren wie alte Freunde, und im Gegensatz zu ihr sahen sie noch genau wie immer aus. In diesem Koffer war die Zeit bedeutungslos.

Mit seinen alten Fotos, welligen Notizbüchern, der alten Kamera mit dem von unzähligen Ausflügen im Garten angeschlagenen Gehäuse und dem abgewetzten Ledergurt und einem alten, früher oft, doch nach dem letzten schicksalhaften Abend nie wieder getragenen roten Mantel barg er alles, was ihr wichtig war. Ganz zuunterst, sorgfältig vor neugierigen Blicken anderer versteckt, lag ein verblichener, noch weicher, warmer Schal. Estella hob ihn träumerisch vor ihr Gesicht, doch alles, was sie roch, war Muff. Sie ließ ihn fallen und riss die Hand zurück, als hätte sie sich an dem Schal verbrannt.

Jetzt fiel Estella wieder ein, warum sie ihre ganz private Büchse der Pandora nur so selten öffnete.

Es lag daran, dass manche Dinge auch nach all der Zeit noch allzu schmerzlich waren.

»Was bist du doch für eine Närrin«, schalt sie sich, wobei in ihrer Stimme statt Verärgerung nur Trauer lag, weil dieser Schatz den alten Zauber niemals vollkommen verlor. Wenn sie ein wenig Zeit mit ihm verbrächte, könnte sie mit seiner Hilfe ja vielleicht das Heute und das Gestern unterscheiden. Vielleicht böte er ihr ja die Brücke, die sie brauchte, damit sie nicht ein für alle Mal im Treibsand der Erinnerung versank. Wenn sie jetzt unterginge, tauchte sie ganz sicher niemals wieder auf.

7

Nell

heute

»Endlich, Nell! Ich platze schon vor Neugier!« Meine Freundin Lou scheucht mich in ihre Küche. »Wein? Wir haben eine offene Flasche Pinot Grigio, oder, Ant?«

»Das weißt du doch, weil du sie schließlich selbst bereits zu einem Drittel ausgetrunken hast.«

Antonio steht am Herd und klopft die Schnitzel weich. Mir knurrt der Magen, denn ich selbst koche schon seit Längerem nicht mehr. Für mich alleine lohnt sich dieser Aufwand einfach nicht, deswegen lebe ich fast ausschließlich von Toast.

»Ich hatte schließlich einen anstrengenden Tag«, lacht Lou. Sie schenkt uns beiden von dem kalten Weißwein ein, stellt einen Teller voller glänzender Oliven zwischen uns und hebt ihr Glas.

»Auf das Lösen spannender Familienrätsel!«

Wir stoßen miteinander an. Das köstliche Zusammenspiel verschiedener Aromen, die der frische, trockene Wein auf meiner Zunge hinterlässt, ist etwas völlig anderes als der klebrig süße Billigfusel, den wir während unserer Jugend in der Werkstatt meines Dads in uns hineingeschüttet haben, wenn wir dachten, dass er es nicht mitbekommt.

»Und jetzt spann mich nicht länger auf die Folter«, fordert Lou mich auf. »Erzähl mir alles ganz genau.«

»Da gibt es nicht viel zu erzählen. Ich habe dieses schlichte Kreuz, die beiden Fotos und die Postkarte gefunden, aber was genau sie zu bedeuten haben, weiß ich nicht.«

»Zeig her.«

»Du musst es doch allmählich leid sein, ständig in Beweismitteln zu wühlen.«

»Glaub mir, das hier ist erheblich spannender als die normale Liste all der Dinge, die in irgendeiner Ehe schiefgelaufen sind. Im Ernst, warum macht man sich überhaupt die Mühe, erst zu heiraten, wenn man sich dann nicht auch bemüht, dafür zu sorgen, dass es funktioniert?«

Ich sage nichts, und Lou wird rot. »Damit habe ich nicht dich und Andy gemeint. Das zwischen euch war etwas völlig anderes.«

»Ach ja?«

Ich bin mir da nicht ganz so sicher. Andy hätte es auch weiterhin versuchen wollen. Du musst vergessen, was passiert ist, hat er kurz danach zu mir gesagt. Lass uns nach vorne schauen und es noch mal versuchen. Nur wollte oder *konnte* ich ganz einfach nicht vergessen, was geschehen war.

»Natürlich«, beharrt Lou auf ihrer Position. »So hätte ich es nicht ausdrücken sollen. Ich hatte einfach einen blöden Tag mit einer furchtbar nervigen Mandantin, weiter nichts. Wärst du vielleicht so nett, mich davon abzulenken, indem du mir deine Funde zeigst? Bevor ich mir noch mal den Mund verbrennen kann?«

»Und auch, bevor das Essen fertig ist«, mischt sich Antonio ein. »Weil das nämlich nicht warten kann.«

»Siehst du, womit ich leben muss?«, knurrt meine Freundin, und ich lache auf.

»O ja. Es ist bestimmt die Hölle, aufwendig bekocht zu werden, wenn du abends von der Arbeit kommst!«

»Es ist auf alle Fälle schlecht für meine Linie«, klärt mich meine Freundin seufzend auf. »Du weißt, dass ich nicht aufhören kann zu essen, wenn's mir schmeckt. In dieser Hinsicht muss ich dringend an mir arbeiten.«

Der Koch schlingt ihr von hinten seine Arme um die Taille und stellt grinsend fest: »Da haben Nell und ich ja Glück, denn dann bleibt mehr für uns.«

Lou lehnt sich gegen seine Brust, und er presst sanft die Lippen auf ihr glattes blondes Haar. Ich lächele nachsichtig und komme mir wie eine jungfräuliche alte Tante vor. Die beiden grabbeln einfach ständig aneinander herum. So waren ich und Andy nie. Natürlich hat er manchmal meine Hand gehalten, wenn wir unterwegs waren, doch im Grunde bin ich mir nicht sicher, ob es zwischen uns jemals so was wie echte Leidenschaft gegeben hat. Wir kannten uns schon seit der Schulzeit, und nach unserem Abschluss habe wir einfach weiter vor uns hin gedümpelt, denn wir waren uns vertraut. Unsere Beziehung war so, als ob man abends heimkommt und nach einem langen Arbeitstag endlich in die gemütlichen Pantoffeln steigen und seine Lieblingsserie im Fernsehen gucken kann. Ein Feuerwerk der Leidenschaft hätte ich nie erwartet. Ich war immer davon ausgegangen, dass das, was man in Büchern liest, der Phantasie der Schriftsteller entsprungen wäre, aber so, wie meine beiden besten Freunde miteinander umgehen, habe ich mich wohl geirrt. Natürlich fehlt mir Andy, aber Lou und Ant haben mir gezeigt, dass es auch noch etwas anderes gibt, was ich und Andy womöglich nie gefunden hätten, wenn wir weiterhin ein Paar geblieben wären. Vielleicht hat der Verlust von unserem Baby uns gezeigt, dass wir auf Dauer einfach nicht die Richtigen füreinander gewesen wären.

»Was Nell im Gegensatz zu mir auf jeden Fall vertragen kann«, stöhnt Lou und reißt mich aus meinen Gedanken. »Sie nimmt nie zu. Sie kann den ganzen Tag lang essen und bleibt trotzdem immer dünn.«

»Was nur gerecht ist, weil du dafür groß bist und dazu noch richtige Brüste hast«, entgegne ich. Wir haben diese Sätze schon so oft gesagt, dass sie inzwischen fast schon abgedroschen klingen. »Wer hat als Teenie keinen Wonderbra gebraucht und wurde trotzdem schon im Pub bedient? Ich nicht!«

»Ihr seht doch beide super aus«, mischt Ant sich diplomatisch ein und wendet sich zum Gehen. »Ich springe jetzt noch schnell unter die Dusche. Ihr dürft gern über mich reden, während ich im Badezimmer bin!«

»Da haben wir sicher Besseres zu tun«, klärt Lou ihn grinsend auf. »Los, Nell, zeig endlich her, was du gefunden hast.«

Ich hieve meine Tasche auf den Tisch. Das rote Leder ist inzwischen speckig, und mit ihren abgewetzten Ecken und den abgegriffenen Henkeln hätte ich sie längst entsorgen sollen. Das aber bringe ich nicht über mich, weil sie das Letzte war, was mir mein Dad geschenkt hat, bevor er so krank geworden ist.

»Also, hier sind die Bilder und das Kreuz, die in dem Umschlag waren.«

Ich fächere die Bilder auf dem Tresen auseinander und fische im Ausschnitt meines Pullis nach der Kette, auf die sich die Wärme meines Körpers übertragen hat. Womöglich hat das Kreuz ja einmal meiner Großmutter gehört? Das ist ein tröstlicher Gedanke. Deshalb habe ich die Kette, seit ich sie gefunden habe, nicht mehr abgelegt.

Lou nimmt die Bilder in die Hand und dreht sie hin und her, als wolle sie sie aus verschiedenen Perspektiven betrachten. Genauso habe ich sie mir im Zug zurück nach London angesehen und die verblichenen Gesichter aus zusammengekniffenen Augen angestarrt, als würden sie dadurch wieder lebendig. In einer Hinsicht hat das tatsächlich funktioniert, denn meine Phantasie, die über Wochen hinter dicken Mauern eingesperrt war, hatte die Hindernisse endlich aus dem Weg geräumt, und plötzlich hatte ich sogar Ideen für ein neues Buch. Entschlossen hatte ich den Laptop hochgefahren, mir erste Stichwörter notiert, und bis der Zug im Schneckentempo in den Bahnhof eingefahren war, hatten schon eine ganze Reihe von Figuren angeregt mit mir geplaudert und stand der erste Handlungsverlauf fest.

»Danke, Dad«, hatte ich meinem Vater zugeflüstert und den Laptop wieder zugeklappt. »Ich denke, du wolltest, dass ich diesen Umschlag finde. Dank dir kann ich endlich wieder schreiben. Ich hoffe, dass du das weißt.«

Völlig überwältigt von dem Gedränge am Bahnhof und dem Lärm aus Lautsprecheransagen, Bremsenquietschen und Motorendröhnen hatte ich mir einen Weg zwischen den Pendlern in die Wärme eines Coffeeshops gebahnt, mir dort mit einem schwarzen Kaffee und mit einem Muffin einen freien Tisch gesucht und Hannah angerufen, um sie umgehend in meine Pläne einzuweihen. Meine Agentin hatte mich gebeten, mich sofort bei ihr zu melden, wenn ich etwas für sie hätte. Und hinsichtlich der Ebbe, die auf meinem Konto herrschte, hatte ich die Freude, dass ich offensichtlich wieder schreiben konnte, sofort mit ihr teilen wollen.

Mein nächstes Buch würde in Cornwall spielen. Eine historische Romanze, meine eigene, ganz spezielle Mischung aus *Poldark* und *Ruf des Lebens*, allerdings mit einem schneidigen GI als Hauptperson. Und dazu einer jungen Frau, die fest entschlossen ist, ihre Familie zusammenzuhalten – vielleicht so, wie meine unbekannte Großmutter?

Während ich Hannah den Entwurf beschrieben hatte, hatte eine Woge der Begeisterung mich mühelos durch das Gespräch getragen und sie derart mitgerissen, dass sie schnellstmöglich das Exposé und ein paar Kapitel von mir haben wollte.

»Super, Nell«, hatte sie mich gelobt. »Schicken Sie mir das Material, damit ich es an ein paar Lektorinnen, die solche Bücher suchen, weiterleiten kann. Ich bin mir sicher, dass wir etwas daraus machen können.«

So produktiv war ich seit Monaten nicht mehr gewesen. Jetzt brauchte ich nur noch das Buch zu schreiben und …

»Wahnsinn.« Lou sieht sich die Bilder noch einmal genauer an. »Dieser GI ist das Ebenbild von deinem Dad. Das ist bestimmt dein Großvater.«

»Das glaube ich auch. Aber ich habe keine Ahnung, wo ich mit der

Suche nach ihm anfangen soll. Während des Kriegs waren doch sicher jede Menge solcher Jungs hier stationiert.«

»Was ist mit seiner Uniform? Kann man daran vielleicht erkennen, was für einen Rang er hatte? Könnte er vielleicht sogar ein Offizier gewesen sein?«

»Eher nicht. Ich habe kurz gegoogelt und herausgefunden, dass es damals in der amerikanischen Armee kaum Schwarze als Offiziere gab. Die Schwarzen der Soldaten hatten zu der Zeit kaum Aufstiegschancen, weil es bei den Streitkräften damals noch strenge ›Rassentrennung‹ gab.«

»Wie schrecklich«, spricht Lou aus, was auch ich denke, wendet sich dann aber wieder unserem eigentlichen Thema zu. »Dann gehen wir also davon aus, dass dieser GI eine Beziehung mit einer jungen Frau hatte und daraufhin dein Vater geboren wurde. Aus meiner Sicht ergibt das durchaus Sinn. Wie schade, dass dein Dad keine Geburtsurkunde hinterlassen hat.«

»Zumindest habe ich bisher noch keine alten Unterlagen gefunden.«

»Egal. Wir haben auf alle Fälle einen Ort, den wir erforschen können, und dieses Foto dürfte ebenfalls ein Hinweis sein.« Sie hält das Bild des Mädchens hoch. »Vielleicht ist das ja deine Großmutter. Auf jeden Fall ist sie genauso dunkelhaarig und so schlank wie du.«

»Das stimmt, aber die Haare habe ich von meinem Dad. Und meine Mutter war genauso schlank wie ich. Die Ähnlichkeiten könnten also Zufall sein.«

Lou schüttelt nachdrücklich den Kopf. »So was wie Zufall gibt es nicht. Die Leute hinterlassen immer irgendwelche Spuren, selbst wenn sie denken, dass sie es besonders schlau anstellen. Das war bereits der Untergang zahlreicher Ehemänner oder -frauen, die fremdgegangen sind, und hat schon oft dazu geführt, dass die Mandantschaft glücklich mit mir war! Ich gehe sicher davon aus, dass dieses Bild ein Hinweis auf Sams Mutter ist.«

Nach dem Abendessen, das so köstlich wie bei jedem guten Italiener ist, verschwindet Ant in seinem Arbeitszimmer, ich räume die Spülmaschine ein, und Lou setzt Kaffee auf. Dann tragen wir die Kaffeekanne und die Becher in das angrenzende Wohnzimmer. Durch die Fenster sehe ich die violetten und blauen Schatten auf der dunklen Rasenfläche vor dem Haus und das warme Licht hinter den Fenstern anderer Wohnungen, in denen Menschen ihre eigenen Leben führen und ihre eigenen Geheimnisse bewahren. Ich bin von der Erkenntnis überwältigt, dass es außerhalb von dieser Wohnung unzählige Träume, Ängste und Gedanken, eingebildete und echte Welten gibt, und atme auf, als Lou die Vorhänge zuzieht. Noch immer ist die Panik niemals wirklich fern. Es war schon schwer genug, mich aus der Depression herauszukämpfen, während ich noch Dad und Andy hatte, und alleine komme ich wohl kaum dagegen an.

»Am besten fangen wir mit Pencallyn an«, schlägt Lou vor und gibt den Namen in ihren Laptop ein. »Vielleicht finden wir dort ja ein paar zusätzliche Hinweise.«

Wenn meine Freundin sich etwas in den Kopf setzt, ist sie nicht zu bremsen. Also sehen wir uns Karten der Umgebung und verschiedene Aufnahmen des Dorfes an und stellen fest, dass es ein angesagter Urlaubsort am südwestlichen Rand von Cornwall ist. Im nahen Calmouth gibt es zwei Sterne-Restaurants, zahlreiche Luxus-Immobilien mit Meerblick, deren Preise einem die Tränen in die Augen treiben, und ein schickes Spa-Hotel in einem grün umrankten alten Herrenhaus. Vor allem aber hat die Gegend 1944 eine große Rolle bei den Vorbereitungen auf die Landung in der Normandie gespielt, was vielleicht durchaus von Interesse für uns ist.

»Es gibt dort in der Gegend ein Projekt ›lebendige Geschichte‹«, liest mir meine Freundin vor. »Der Fachbereich Geschichte an der Uni Calmouth hat viel zu dieser Zeit veröffentlicht und sogar eine eigene Abteilung, deren Schwerpunkt Cornwall und der Zweite Weltkrieg ist. Am besten fangen wir dort an.«

Als superschnelle Leserin pflügt sie die Seiten durch und findet dabei immer wieder irgendwelche Schnipsel, die uns vielleicht eine Hilfe sind.

»Pencallyn Cove war für den D-Day wirklich wichtig«, fährt sie fort und scrollt so schnell die Seiten durch, dass mir die Sicht verschwimmt. »Sogar Eisenhower hat die Truppen 1944 dort besucht, und jede Menge hochrangiger Offiziere der US-Armee waren in der Gegend stationiert. Auf dem Anwesen des Herrenhauses haben sie Manöver mit den Panzern durchgeführt, und in den umliegenden Dörfern waren zahlreiche Soldaten einquartiert. Es gibt tatsächlich jede Menge Infos, die dich weiterbringen könnten.«

»Also ist es möglich, dass der junge Mann auf diesem Bild während des Krieges in Pencallyn stationiert war«, meine ich nachdenklich. Wie hatte sich der junge Mann dort wohl gefühlt? Hatten ihm womöglich Einsamkeit und Heimweh zugesetzt? Hatten ihm die Dinge, die noch vor ihm lagen, Angst gemacht? Und war die Liebe, die er dort gefunden hatte, all die Mühe und die zahlreichen Entbehrungen wert?

»Ich gehe sogar ziemlich sicher davon aus«, stimmt Lou mir zu. »Dann wollen wir doch mal sehen, ob sich auf dieser Webseite noch etwas finden lässt.«

Das Bild von einem Haus füllt den gesamten Bildschirm aus. Es ist ein eleganter weißer Bau mit einer riesigen Veranda und großen Fenstern, durch die man auf eine ausgedehnte Rasenfläche sieht. Es ist nur ein Schwarz-Weiß-Bild, doch die üppige, fast tropische Umgebung zieht die Blicke des Betrachters unvermeidlich an. Verwundert beuge ich mich vor. Es ist, als riefe dieses Bild Fragmente eines längst vergessenen Traumes in mir wach.

»Was ist das für ein Haus?«

Blinzelnd sieht Lou auf ihren Monitor. »Pencallyn House. Dort waren damals ein paar Offiziere einquartiert. Es war das Haus des Abgeordneten der Gegend, und der Garten war für die einmaligen Solitärgehölze berühmt, die von ihm und vor ihm schon von seinem Vater dort angesiedelt worden waren. In den vierziger Jahren wurde dort noch ein Kinderbuch geschrieben. *Der geheimnisvolle Garten.* Hast du davon schon mal irgendwas gehört?«

Natürlich! Daher kenne ich das Haus! Es gibt davon ein Bild in einem alten Buch, dass Nanna Summers mir als kleinem Mädchen vorgelesen hat. Ich kann mich an den Inhalt nur noch undeutlich erinnern, ich weiß nur noch, dass es gleichzeitig beängstigend und faszinierend war.

»Das hat mir Nanna Summers früher vorgelesen.«

»War es gut?«

Ich denke über diese Frage nach. »Es hat mich irgendwie … in seinen Bann gezogen, aber gleichzeitig habe ich Alpträume davon bekommen. Nanna hat es mir nie bis zum Ende vorgelesen. Es ist ein bisschen altmodisch, ich glaube also kaum, dass es noch oft gelesen wird.«

»Von meinen Nichten und meinen Neffen sicher nicht. Sie fahren mehr auf irgendwelche YouTuber und Minecraft ab. Wann sind wir zwei so alt geworden, Nell?«

»Im Gegensatz zu mir weißt du zumindest, was YouTube und Minecraft sind«, stelle ich seufzend fest.

Lou klickt ein anderes Bild des Hauses an.

»Ein echter Prachtbau, findest du nicht auch? Nur kann ich mir nicht vorstellen, dass dein Großvater, wenn er kein Offizier war, irgendwas damit zu tun gehabt haben soll.«

Ich koche frischen Kaffee, und wir fahren mit der Suche fort. Nachdem wir die zahlreichen Geschichten aus dem Cornwall jener Zeit, die Erinnerungen der Soldatenbräute und die herzergreifenden Berichte über all die Kriegsbabys, die jahrelang versucht haben, ihre Väter in den Staaten ausfindig zu machen, durchgegangen sind, schwirrt mir der Kopf.

»Es wird wahrscheinlich alles andere als einfach, einen Menschen aufzuspüren, wenn man nicht mal seinen Namen weiß«, stelle ich müde fest. Für alle Such-Webseiten, die es gibt, braucht man zumindest dieses eine winzige Detail, und der Gedanke, mich in einem Bed & Breakfast in Pencallyn einzumieten und mich nach den Eltern meines Vaters umzuhören, erscheint mir plötzlich hoffnungslos naiv.

»Es wird bestimmt nicht leicht, aber es gibt ganz sicher einen Weg. Auf jeden Fall ist es schon mal ein Anfang, wenn du selbst nach Cornwall fährst. Außerdem kannst du die Zeit dort gut zum Schreiben nutzen, und deinen Aufenthalt setzt du dann einfach von der Steuer ab! Ich habe dir sogar schon ein Zimmer dort gemietet. Dann kannst du gleichzeitig mit deiner Suche und mit deinem Buch anfangen. Genial, nicht wahr?«

»Das kann ich mir nicht leisten, Lou, und ich will nicht, dass du für mich bezahlst.«

»Da hast du Pech. Die Zimmermiete wurde schon von meiner Karte abgebucht. Keine Widerrede. Diese eine Woche geht auf mich und Ant. Du kannst es ja zurückbezahlen, wenn du deinen Riesenvorschuss kriegst und rausfindest, dass du die Enkeltochter eines reichen Ölmagnaten aus den Staaten bist!«

Bei diesen Worten muss ich gegen meinen Willen lachen. »Danke, Lou. Das ist echt großzügig von euch, aber ich werde es auf jeden Fall zurückbezahlen – keine Diskussion. Aber was ist, wenn der Mann auf diesem Bild gar kein Verwandter von mir ist? Ich habe schließlich keinerlei Beweis dafür, dass ich seine Enkeltochter bin.«

»Machst du Witze? Ihr habt haargenau dieselben Wangenknochen und dasselbe Lächeln. Es kann gar nicht anders sein, als dass der Mann dein Opa ist!«

Es fällt selbst mir nicht leicht, die angeblichen Ähnlichkeiten zwischen uns zu sehen. Womöglich sind sie da, doch sicher bin ich nicht. Es könnte durchaus sein, dass ich mir einfach derart wünsche, eine weitere Verbindung zwischen mir und meinem Vater herzustellen, dass ich Dinge auf das Foto projiziere, die es gar nicht gibt. Es tut mir einfach furchtbar weh, dass es jetzt niemanden mehr gibt, der eine wirkliche Verbindung zu mir hat. Weder Großeltern noch Eltern noch Geschwister oder Kinder …

Hör auf, Nell. Fang nicht wieder damit an. Nicht jetzt.

»Vielleicht gibt's einen Weg, um mehr herauszufinden, wenn du willst«, meint meine Freundin.

»Wirklich?«

»Wirklich. Hier.«

Lous Finger fliegen über die Tastatur, und kurz darauf taucht auf dem Bildschirm eine Seite auf. Lächelnde Menschen aller Altersgruppen stehen vor einer Weltkarte in weichen Sepiatönen. Ich erkenne diese Webseite sofort, denn schließlich habe ich die Werbung für das Unternehmen auch schon auf Plakaten, in verschiedenen Zeitschriften und selbst im Fernsehen gesehen. In letzter Zeit sieht man sie einfach überall.

»*Heritage.com*. Führen die nicht irgendwelche DNA-Tests bei den Leuten durch?«

»Sie finden den Familienstammbaum ihrer Kunden raus«, verbessert Lou. »Das Testset war an Weihnachten *der* Renner. Wie es aussieht, ist das Aufspüren der eigenen Vorfahren ein riesiges Geschäft.«

»*Heritage.com*«, lese ich nochmals von dem Bildschirm ab. »*Graben Sie mit unserem DNA-Test heute noch die Wurzeln ihrer eigenen Familie aus! Lüften Sie das Geheimnis Ihrer DNA und gehen Ihrer Herkunft auf den Grund. Führen Sie zusammen, was zusammengehört, und finden Sie Verwandte, denen Sie noch nie begegnet sind.*«

»Es ist das reinste Kinderspiel. Du brauchst nur dieses Testset zu bestellen und eine Speichelprobe einzusenden, und nach ein paar Wochen – oder wenn du extra dafür zahlst, sogar noch schneller – schicken Sie dir das Ergebnis zu.« Lous Stimme überschlägt sich fast vor Aufregung. »Stell dir nur mal vor, Nell. Vielleicht wartet irgendwo eine ganze Familie auf dich. Eine Familie in Amerika!«

Natürlich hat sie recht. Ich könnte es versuchen. Der Gedanke macht mir etwas Angst, ist aber gleichzeitig auch furchtbar aufregend und wird vor allem an mir nagen, bis ich der Versuchung nachgebe, ein solches Testset zu bestellen.

Ich habe keine Wahl. Ich muss es einfach wissen.

Ich wende mich an Lou.

»Wie lange dauert es, bis man ein solches Set geliefert kriegt?«

8

Estella

heute

Estella spülte das Geschirr vom Frühstück ab. Das tat sie jeden Morgen, doch auf die bizarre Art, in der die Zeit inzwischen allzu oft verging, dauerte es täglich länger, bis sie damit fertig war. Mit jedem ihrer Lebensjahre nahm die Zahl der Dinge, die sie noch alleine schaffte, ab, und simple Tätigkeiten, die ihr früher ohne jede Mühe von der Hand gegangen waren, stellten für ihren müden alten Körper plötzlich eine übermenschliche Herausforderung dar. So war es ihr unmöglich, noch alleine ihre Wäsche aufzuhängen, denn nachdem es schon nicht leicht gewesen war, sich auf den Stock zu stützen und daneben einen Beutel voller Klammern und vor allem einen vollen Wäschekorb zu tragen, hatte ihr Versuch, die nassen Wäschestücke an der Leine aufzuhängen, zu einem schlimmen Sturz geführt. Genauso konnte sie das Holz für ihren Ofen nicht mehr selbst aus dem Schuppen holen oder wenigstens ihr Bett abziehen, ohne dass sie vornüberfiel. Und jedes Mal fiel es ihr schwerer, ohne Hilfe wieder aufzustehen. Wenn sie sich nicht die Knochen brechen wollte, musste sie sich wohl geschlagen geben, auch wenn das für sie in höchstem Maß frustrierend war. Die jüngere Estella hätte nie geglaubt, dass sie sich eines Tages danach sehnen würde, selbst ein Klo zu putzen oder selbst den Müll hinauszubringen. Was bloß eine weitere bittere Ironie des Lebens – und vor allem des Alters – war.

Zumindest aber mit dem Abwasch kam sie noch zurecht. Sie konnte sich dabei gegen die Spüle lehnen und einen Lappen in dem warmen Seifenwasser herumschwenken. Zwar hatte Kelly Angst, sie könnte auf dem Wasser, das beim Spülen auf den Boden schwappte, ausrutschen, aber Estella war die ganze Panikmache einfach leid. Zumindest fühlte sie sich noch ein bisschen nützlich, wenn sie selbst das Geschirr abwusch. Genauso schaffte sie es noch, die Teller abzutrocknen – obwohl Kelly sagte, dass das völlig sinnlos wäre, weil sie auch problemlos von alleine trocken würden, wenn man sie nur lange genug stehen ließ. Estella hatte sich schon oft gefragt, was wohl Joan Tullis, die einstige Hauswirtschafterin und formidable Köchin von Pencallyn, von so einer Schlamperei gehalten hätte. Sicher hätte sie der jungen Kelly ordentlich den Marsch geblasen und ihr sofort ein Geschirrtuch in die Hand gedrückt.

»Abtrocknen ist reine Zeitverschwendung«, pflegte Kelly jedes Mal zu sagen, denn sie konnte einfach nicht verstehen, wie jemand auch nur einen Augenblick von seiner Zeit damit vergeuden konnte, einer unnötigen Arbeit nachzugehen. »Da gibt es Besseres zu tun!«

Vielleicht für Kelly, die zwei Kinder und zwei Jobs und dazu einen Ehemann wie Darren hatte, der angeblich mindestens so anspruchsvoll und anstrengend wie ihre Kinder war. Dementsprechend konnte sich Estella durchaus vorstellen, dass für Kelly der Gedanke, fünf Minuten Zeit zu haben, um zumindest flüchtig eine Zeitschrift durchzublättern, einfach himmlisch war. Ach, könnte sie der jungen Frau doch einen Teil der vielen Zeit abtreten, während derer sie einfach in ihrem Sessel saß, ging es ihr traurig durch den Kopf. Denn außer sich nach der Vergangenheit oder nach ihrem alten Schwung zu sehnen, tat sie während dieser endlos langen Stunden kaum etwas. Es war doch seltsam mit der Zeit. Sie hatte Flügel, wenn man jung war, und flog sprichwörtlich davon. Die gestohlenen, bittersüßen Stunden waren damals im Handumdrehen vorbei gewesen, und der Schatten, den die Sonnenuhr geworfen hatte, hatte die Metallplatte gleich einem Wirbelwind umrundet, um sie daran zu erinnern, dass den tapferen jungen Spitfire-Piloten und den jungen Männern, die an Bord der Landungsboote gingen, keine Zeit mehr blieb. Und heute schleppte sich die Zeit in schweren Betonstiefeln dahin, und jeder noch so kurze Augenblick dehnte sich für Estella endlos aus.

Während ihres Abwaschs sah Estella aus dem Fenster auf die alten Stallungen, und durch das schmutzstarrende Glas kam es ihr manchmal vor, als würden ihre treuen alten Pferde immer noch gemütlich Heu knabbernd in ihren Boxen stehen. Wenn sie dann blinzelte, sah sie die Türen der Boxen traurig in den rostzerfressenen Angeln hängen. Die Pferde waren schon lange nicht mehr da, und schmerzlich wurde ihr bewusst, dass sie zum letzten Mal vor ihrer Streptokokken-Infektion geritten war. Das war inzwischen über achtzig Jahre her. Das musste man sich einmal vorstellen!

Josh Richardson bog um die Ecke der Remise, und in seinen erdverschmutzten Händen hielt er ein Bund Zwiebeln, die er soeben frisch geerntet hatte. Der von ihm entworfene Gemüsegarten gab tatsächlich jede Menge her, und auf Estellas Küchentisch waren bereits Tomaten, Stangenbohnen und Zucchini aufgetürmt. Während sie sich fragte, was sie ohne jeden Appetit mit all diesen Sachen anstellen sollte, tat sie so, als ob sie eine Teetasse an ihre Lippen heben würde, und begeistert reckte Josh den Daumen in die Luft.

»Da haben Sie recht! Ein Tee ist jetzt genau das Richtige!« Kelly war vom Einkaufen zurück und hatte Estellas Geste ebenfalls gesehen. »Gute Idee, Miss K. Am besten setzen Sie sich einfach hin, und ich mache den Rest«, sagte sie, während sie die Lebensmittel in den Kühlschrank packte.

»Aber ich spüle gerade«, protestierte sie, doch Kelly führte sie bereits mit sanftem Nachdruck zu dem Sessel, der in einer Ecke stand. Sie hätte sich verbitten wollen, dass man sie wie ein kleines Kind behandelte, doch der Schmerz in ihrer Brust hatte sich verstärkt und ihre Beine waren noch wackliger als sonst. Da käme ihr ein kurzes Päuschen gerade recht.

»Der Abwasch kann auch warten«, sagte Kelly, und ohne zu widersprechen, ließ Estella sich in den Sessel sinken.

Der warme Sonnenschein liebkoste ihre Wangen, und Estella döste ein und träumte von zwei Mädchen, die wie Schwestern aussahen, lachend durch den Garten liefen und versuchten, keinen der hellen Flecken zu erwischen, die das Licht der Sonne durch die hohen Bäume auf den dicht mit Pinienzapfen übersäten Boden warf.

»Wenn du drauftrittst, wirst du sterben!«, warnte eins der Mädchen, doch das andere lachte trotzig auf.

»Schwachsinn, Stell! Das hast du dir nur ausgedacht. Hier, guck!« Sie streckte eines ihrer schlanken Beine aus, berührte einen Fleck mit ihrem Zeh und riss den Fuß zurück, als hätte er nach ihr geschnappt.

»Ich lebe noch!«

»Du sagst es selbst: *noch*«, stieß ihre Freundin düster aus.

Estella riss die Augen wieder auf. Die Mädchen waren fort, verloren in der Zeit, verborgen hinter all den Jahren, die seither vergangen waren.

Eine Wolke schob sich vor die Sonne und verdunkelte den Raum. Der Tee in ihrem Becher war inzwischen kalt geworden. Offenbar war sie für eine ganze Weile eingenickt. Das kam inzwischen immer öfter vor, und sie war es gewohnt, aus diesen Phasen kurzen Schlafes aufzuschrecken und erst einmal nicht zu wissen, wo sie war. Das Auf und Ab von Stimmen trug sie in die Gegenwart zurück, und es war tröstlich, einfach dazusitzen und zu wissen, dass sie nicht allein war. Es konnte in Pencallyn manchmal ziemlich einsam sein, wenn man als einzige Gesellschaft die Erinnerung an Menschen hatte, die bereits vor langer Zeit verschwunden waren. Vor allem nachts ließ die Zeit ihren besonderen Zauber wirken, und dann zogen sich die Stunden bis zum Morgengrauen endlos hin.

Kelly und der junge Josh saßen am Tisch, und während Kelly Bohnen schnippelte, machte sich Josh über die Plätzchendose her. Die beiden unterhielten sich, und nach den ersten wirren Augenblicken, in denen ihre Worte in Estellas Ohren wie Regentropfen klangen, die auf bemooste Erde fielen, ging ihr auf, dass Josh über die Arbeiten am nachbarlichen Hofgebäude sprach.

»Wahrscheinlich wird das Haus am Ende nicht mehr wiederzuerkennen sein«, warf Kelly ein. »Stimmt es, dass der Marmor für die Bäder extra aus Italien angeliefert wird?«

Josh räusperte sich unbehaglich. »Das fällt, offen gestanden, nicht in mein Ressort. Für diese Dinge sind die Innenarchitekten zuständig. Ich kümmere mich nur darum, wer wann für welche Arbeiten erscheint.«

»Innenarchitekten. Verstehe. Ich selbst bin schon froh, dass es inzwischen für uns kleine Leute ein paar Billig-Möbelhäuser gibt«, stellte die junge Frau mit neiderfüllter Stimme fest und drosch mit ihrem Messer auf die Bohnen ein. »Und was ist mit der Küche? Darren sagt, sie wäre gut genug für jedes Restaurant.«

»Das Kochen ist die große Leidenschaft von meiner Mum. Sie wissen ja, wie das mit Müttern ist.«

»Nicht wirklich. Meine Mutter fand, dass eine Mikrowelle in der Küche völlig reicht. Bei all dem Mist, den sie uns vorgesetzt hat, grenzt es an ein Wunder, dass uns nicht vor lauter Vitaminmangel die Zähne ausgefallen sind.«

»Für mich war Essen aus der Mikrowelle immer etwas ganz Besonderes. Und wenn ich dann noch vor dem Fernseher essen durfte, war ich selig«, klärte Josh sie lächelnd auf. Er konnte einfach gut mit Menschen umgehen, und mit seiner freundlichen, bescheidenen Art nahm er auch Kelly, die der unverhohlen zur Schau gestellte Reichtum ihrer neuen Nachbarn anfangs ziemlich eingeschüchtert hatte, für sich ein. Inzwischen wusste Josh fast alles über Kellys Leben, dass sie mal davon geträumt hatte, Ballett zu tanzen, und dass Darren, statt ihr mit den Kindern und der Hausarbeit zu helfen, nach der Arbeit lieber in die Kneipe ging. Er hörte Kelly interessiert zu und brachte sie dazu, aus sich herauszukommen, doch ihre neugierigen Fragen wehrte er sanft, aber mit Nachdruck ab. Wahrscheinlich hätte er in einem früheren Leben einen guten Priester abgegeben, auch wenn es natürlich für die Damenwelt bedauerlich gewesen wäre, einen derart hübschen Burschen an die Kirche zu verlieren.

Estella lächelte. Sie war zwar alt, aber nicht blind und wusste immer noch zu schätzen, wenn sie schöne Menschen oder Dinge sah. Alte Menschen waren aufgebaut wie russische Matrjoschkas: jede Puppe stellte sie in einer ganz bestimmten Lebensphase dar, und eine von den kleineren Puppen – zwischen der von ihr als unglücklicher junger Frau und der von ihr als sorgenfreiem Schulkind – war die siebzehnjährige Estella Kellow, die auf alle Fälle wahrgenommen hätte, dass der junge Josh ein netter und dazu noch ausnehmend attraktiver Bursche war. Wahrscheinlich hätte sie ihn damals malen wollen. Sie hätte sich gefragt, wie sie die Farben hätte mischen müssen, um den vollen, rötlich braunen Bucheton der Haare darzustellen. Ocker und Burgunder und gebrannte Siena. Ja, genau. Wie herrlich hätte das Gesicht sich wohl inmitten der verträumten Bilder, die sie für ihr Buch gemalt hatte, gemacht.

»Ist Ihre Mutter eine gute Köchin?« Kelly gab die Bohnen in einen Topf, um sie fürs Mittagessen zu zerkochen, wie sie es mit sämtlichem Gemüse tat.

»Auf jeden Fall. Sie hat als junge Frau ihr Geld mit Catering verdient«, erklärte Josh. »Bis sie bei einem der Events, wo sie bedient hat, meinem Dad begegnet ist.«

Den Rest konnte Estella sich zusammenreimen. Mit ihrem roten Haar, den großen Augen, der zerbrechlichen Figur und ihrem scheuen Wesen wirkte Sarah wie ein Reh, wogegen Martin grobschlächtig und ungehobelt war. Dann hatten sich also die Wege dieser hübschen jungen Frau und dieses einflussreichen älteren Mannes irgendwo auf einem Fest gekreuzt, wo ihm von ihr ein Drink oder ein Häppchen angeboten worden war. Es war nicht anders als bei Violet und ihrem Vater und nicht anders, als es für sie selbst geworden wäre, hätte der Krieg die Pläne ihres alten Herrn nicht ein für alle Mal durchkreuzt.

Sie erschauderte, und Kelly fragte den Besucher weiter nach den Renovierungstätigkeiten aus. Obwohl Josh keine Einzelheiten nannte, war offensichtlich, dass das einfache Gehöft von damals nicht mehr wiederzuerkennen wäre, wenn die Arbeiten erst abgeschlossen wären.

Estella war seit Jahren nicht mehr dort gewesen, aber früher hatte sie den Ort geliebt. Die Dotterblumen und die Gänseblümchen auf der lange schon nicht mehr gemähten Wiese vor dem Haus, die halb verfallenen, moosbedeckten Mauern und das Sonnenlicht, das durch die längst geborstenen Fensterscheiben in die leeren Zimmer fiel, den Hof voll Unkraut und das blinde Auge eines alten Brunnenschachts …

»Vorsicht, Evie! Fall nicht rein!«

Ein Mädchen stand auf Zehenspitzen, um sich den Himmel, der sich im tiefen Wasser spiegelte, anzusehen. Mit wild klopfendem Herzen drehte es die Kurbel, ließ den Eimer hinab und beugte sich weit über den Brunnenrand, dann schloss sich eine Hand um seine schmale Schulter und riss es vom Abgrund weg.

»Das ist gefährlich!«

»Ich weiß, Stella, und gerade deshalb macht es solchen Spaß!«

Bei dem Gedanken, dass der Hof sich für alle Zeit verändern würde, stieg Panik in ihr auf. Sie müsste ihn so schnell wie möglich noch mal sehen, denn nicht mehr lange, und die alten Böden, Lehmwände und Balken wären für alle Zeiten unter Glas, Stahl und Holz versteckt. Es tat ihr bereits in der Seele weh, dass von dem ursprünglichen Haus kaum etwas übrig bleiben würde, aber als der junge Josh erklärte, dass der Brunnen Teil der neuen Küche werden sollte, steigerte sich ihre Panik noch.

Jetzt würde die Vergangenheit endgültig ausgelöscht.

Wenn sie den Ort noch einmal sehen wollte, wäre jetzt der rechte Augenblick. In jungen Jahren war sie den gewundenen Pfad zwischen dem Herrenhaus und dem Gehöft hinabgestürmt, und auch wenn sie heute langsam machen müsste, würde sie es sicher schaffen, diesen

Weg ein letztes Mal zu gehen. Sie würde warten, bis die jungen Leute aufgebrochen wären, und statt zu versuchen, sich durch den inzwischen dichten Wald hindurchzukämpfen, würde sie die Straße nehmen, denn dort käme ja vielleicht jemand vorbei und nähme sie ein Stück des Weges mit.

So. Sie hatte einen Plan und dürfte keine Zeit verlieren. Vor allem müsste sie zu Kräften kommen, damit sie nicht auf halbem Weg zusammenbrach.

»Ich glaube, es ist Zeit fürs Mittagessen«, mischte sie sich in die Unterhaltung zwischen Josh und Kelly ein.

Estella hatte bei Miss Toms auch Poesie gehabt, und als sie beinah achtzig Jahre später vorsichtig durch ihre Einfahrt Richtung Straße tappte, tippelten zwei Zeilen aus Robert Burns' *An eine Maus* durch ihren Kopf:

Der beste Plan, ob Maus, ob Mann,
geht oftmals ganz daneben.

Wenn sie jetzt stolperte und sich die Hüfte bräche, ginge dieser Plan auf jeden Fall daneben, und es wäre für die Fürsorger, die sie bisher erfolgreich abgewimmelt hatte, ein gefundenes Fressen, falls der Nebel der Verwirrtheit sie auch nur für einen Augenblick vergessen ließe, was der Grund für ihren Ausflug war. Dann gälte sie als einer dieser armen alten Menschen, die man vor sich selbst schützen musste, weil sie ziellos durch die Gegend liefen, ohne dass sie hätten sagen können, wer und wo sie waren.

Derartige Geschichten hörte man inzwischen oft genug. Wie die des alten Mannes, der aus seinem Pflegeheim verschwunden war, um in die Normandie zu einem Treffen mit den anderen Soldaten, die den

D-Day überlebt hatten, zu fahren, oder die der alten Frau, die sich durch Eis und Schnee bis zu dem Haus, in dem sie aufgewachsen war, gekämpft hatte und nicht mehr hatte gehen wollen, nachdem sie von den neuen Eigentümern eingelassen worden war. Oder – was aus ihrer Sicht das Schlimmste war – die von den armen Seelen, die eines Tages aus dem Haus gingen und dann in einer Klinik wieder zu sich kamen, ohne zu begreifen, wie sie dort gelandet waren. Hatten sie womöglich ein bestimmtes Ziel gehabt, bevor sie in den Sumpf ihrer Vergesslichkeit geraten waren?

Wie viele solcher Ausflüge und Reisen endeten in heilloser Verwirrung, weil das menschliche Gedächtnis, wenn man alt war, öfter Ruhe brauchte und im unpassenden Augenblick beschloss, es wäre an der Zeit für einen kurzen Mittagsschlaf?

Estella musste unbedingt verhindern, dass es ihr auf ihrem Ausflug ebenso erging.

Sie hatte abgewartet, bis die junge Kelly heimgefahren war, und dann erst ihre Jacke und den Stock geholt. Es war ein wunderbarer Sommertag, und auf dem Weg in Richtung Straße hatte sie den Sonnenschein genossen, der die Welt in warmen goldenen Honig einzutauchen schien. Die Vögel sangen in den Bäumen, und die Bienen summten laut im hohen Gras, das links und rechts der Einfahrt wuchs.

Müde von der Anstrengung des Vortags legte sie am Rand der Straße eine kurze Pause ein, als einer von den Lieferwagen des Baustoffhandels aus dem Ort an ihr vorüberfuhr. Sie winkte ihn heran, und als der Fahrer ihr erklärte, dass er etwas auf den Hof, den sie besuchen wollte, liefern sollte, kam ihr diese Antwort wie ein Wink des Schicksals vor.

Der Fahrer bot ihr sogar an, sie direkt vor der Haustür abzusetzen, aber sie bestand darauf, den letzten Teil des Wegs zu Fuß zu gehen. So hatte sie es früher schließlich auch immer gemacht.

Das Haus mit kleinem Hof und Garten stand am Rande ihres eigenen Anwesens. Wenn man die goldenen Weizenfelder im Westen durchquerte und dann weiter durch den Wald lief, käme man nach Bury Barrow, einer alten Wallanlage aus der Eisenzeit, in deren Boden man noch immer Pfeilspitzen und alte Scherben finden konnte. Von dort konnte man aufs Meer und bis zur Landspitze von Calmouth sehen. Estella hatte das Gefühl, als wäre es nur ein paar Augenblicke her, dass sie zum letzten Mal von dort dem tödlichen Ballett der Kampfflugzeuge zugesehen hatte. Sie hatte sich gefragt, ob einer von den Jungs dort oben in den Spitfires vielleicht ihr Bruder war. Und was war mit den Deutschen, die in ihren Fliegern saßen? Ob sie Angst und Schuldgefühle hatten, weil sie in den fremden Luftraum eingedrungen waren? Die Antwort auf die Frage hatte sie an einem anderen leuchtend hellen Sommertag bekommen, und noch immer konnte sie die Panik in der fremden Stimme hören. Sie wünschte sich, dass dieses Bild für alle Zeit im Treibsand des Vergessens untergehen würde, und verdrängte es, so gut es ging.

Der Hof. Genau. Sie müsste sich auf den Besuch dort konzentrieren, denn sie würde nicht noch mal zurückkommen an diesen Ort, der einst ihr Paradies gewesen war. Hier hatte sie erfahren, wie sich wahre Liebe anfühlte, und diese Liebe ein für alle Mal verloren.

Entschlossen zwang Estella ihre müden Beine, noch das letzte Stück zu gehen. Sie würde es aus eigener Kraft bis zu den alten Mauern schaffen, und sie würde nicht vergessen, warum das so wichtig für sie war.

In jenen längst vergangenen Tagen hatte man das halb verfallene Gebäude kaum noch von den umstehenden Bäumen unterscheiden können, weil die Mauern unter einer dichten Moos- und Efeuschicht versteckt gewesen waren. Mit seinem kaputten Dach und seinen scheibenlosen Fenstern, durch die Wind und Regen in die Räume eingedrungen waren, war es nicht nur ein beliebter Spielplatz für sie und Evie, sondern auch ein geeignetes Versteck für sie und ihren Schatz gewesen, abgeschieden und so ruhig, als wäre das, was außerhalb der abbröckelnden Mauer tobte, Lichtjahre entfernt …

»Evie! Evie! Mach ein Foto!«

»Nur, wenn du auch eins von mir machst.«

»Was denn sonst?«

»Geh runter, Poppet – aus dem Weg! Lächeln, Stella!«

Die zwei Mädchen hatten diesen Ort geliebt. Der alte Hof war Teil des Spiels gewesen, das sie damals immer spielten. Estella blickte auf die runzelige Hand, die ihren Stock umklammert hielt. War sie wirklich diesen Weg hinabgelaufen und auf diesen Mauern rumgeklettert, oder hatte sie das alles nur geträumt?

Als Estella langsam weiterschlurfte, wimmelte es auf dem Hof von Arbeitern mit gelben Helmen, aber gleichzeitig erschien ihr das Gelände ungewöhnlich ruhig. Die Vögel waren verstummt, die milde Brise hatte sich gelegt, die hohen Gräser standen reglos Wache, und der Pfad, der rund um das Gebäude führte, lag wie eine Schlinge um das Haus. Es lag nicht nur an all den neuen Mauern und dem vielen Glas, dass ihr urplötzlich unbehaglich zumute war. Es herrschte eine Atmosphäre der Verletztheit, so, als nähme man an diesem Ort auch heute noch den Schmerz, den Menschen hier vor langer Zeit erlitten hatten, wahr.

Obwohl es warm war, fröstelte Estella, denn der Bach, der von der alten Wallanlage auf dem Hügel zu dem Brunnen und dann weiter durch Pencallyn bis zum Meer hinunterlief, war heilig, und es war ein Sakrileg, ihn einzusperren. Cornwall war ein Landstrich, in dem immer noch die alten Zauber wirkten, und Estella hatte das Gefühl, als riefe sie der alte Brunnen zu sich. Ohne auf den unebenen Boden und die Baumaschinen rund um sie herum zu achten, schleppte sie sich zu dem neu errichteten Gebäudeteil.

»Vorsicht, Schatz! Sonst stolperst du noch!«

Estella fuhr herum.

»Bist du das, Tommy?«

Aber es stand niemand hinter ihr, und wütend drehte sich Estella wieder um. Dies war ganz sicher nicht der rechte Augenblick, um in

Erinnerungen zu versinken. Nein. Sie musste sich jetzt auf den Sonnenschein, die hellen Schutzwesten der Männer und die Anstrengung, auch weiter einen ihrer Füße vor den anderen zu setzen, konzentrieren. Sie müsste noch einmal den Brunnen sehen, ehe er für alle Zeit verschwand. Das war jetzt wichtiger als alles andere.

»Ich bin hier. Kannst du mich hören? Ich habe dir versprochen, dich niemals allein zu lassen, und das habe ich auch nicht getan!«

Diesmal konnte sie die Stimme nicht ignorieren. Sie nahm sie in den Arm wie ein Geliebter und flüsterte ihr sanft ins Ohr. Doch dann zerbarst die Blase vollkommener Stille, und die Stimme ihres Liebsten wurde vom Geratter der Betonmischer und dem Dröhnen der Presslufthämmer übertönt. Sie bohrten sich in ihr Gehirn und riefen ein Gefühl der Panik in ihr wach.

»Ich bin noch hier! Auch ich bin niemals von hier fortgegangen! Wo bist du?«, rief sie aus. »Wo bist du, mein Geliebter? Ich bin hier!«

Der Mühlstein der Verzweiflung hatte ihre Hoffnung, die Versprechen und den Glauben an die Zukunft abermals zu Staub zermahlen, und Estella ließ sich auf die Knie sinken und warf sich die Hände vors Gesicht.

Die Erinnerungen wirbelten durch ihren Kopf, und sie versank in einem Sumpf aus Schmerz und Verlust. O weh! Seit wann war ihr Gehirn kein kluger Freund und Helfer mehr? Wann hatte es beschlossen, sie zu quälen und ihr sogar die Erinnerung zu stehlen? Und warum tat es das gerade jetzt?

»Miss Kellow? Können Sie mich hören? Geht's Ihnen nicht gut?«

Estella hob den Kopf und sah die fremde, rothaarige Frau, die plötzlich vor ihr stand.

»Wo ist meine Tommy?«, rief sie schluchzend. »Wo ist meine Tommy hin?«

Die fremde Frau wandte sich an einen durchaus attraktiven jungen Mann, der den leicht aufgedunsenen Zügen nach jedoch zu sehr dem Alkohol zusprach. Er kam Estella irgendwie bekannt vor. Hatte sie ihn vielleicht vorher schon mal irgendwo gesehen? War er Soldat? Bei der amerikanischen Armee? Sie konnte es nicht sagen, denn inzwischen liefen in Pencallyn überall GIs herum.

»Könnten Sie wohl Tommy holen, Darren?«, bat die Frau.

Der junge Bursche schüttelte den Kopf. »Es gibt hier keinen Tommy, Mrs. Richardson. Ich weiß nicht, wen sie meint.«

Estella sah sich hektisch um, und als ihr Blick auf ihre Hände fiel, die statt von glatter weißer Haut von Falten und von Altersflecken überzogen waren, schrie sie entgeistert auf.

Was war mit ihr passiert? Wo war sie? Wo war Tommy? Und wo Evie?

»Evie?«, rief sie laut. »Wo hast du dich versteckt?«

Der junge Bursche namens Darren schüttelte den Kopf. »Das alte Mädchen sollte wirklich nicht alleine durch die Gegend laufen. Meine Frau hilft ihr im Haushalt und hat mir erzählt, sie wäre zunehmend verwirrt.«

Von welchem alten Mädchen sprach der Kerl? Was redete er für ein dummes Zeug?

»Miss Kellow? Kommen Sie, ich helfen Ihnen«, bot die Frau ihr an und legte eine Hand auf ihre Schulter, doch Estella fuhr erschrocken zurück.

Wer war diese Person? Was tat sie hier auf ihrem Hof?

Estella warf erneut die Hände vors Gesicht und schrie, als sie die schlaffe Haut von ihren Fingern spürte, leise auf.

»Wo bist du, Evie?«, rief sie abermals.

»Miss Kellow? Können Sie mich hören? Wer ist Evie?«

Vor Trauer und Entsetzen brachte sie nicht einen Ton heraus, und als ihr Herzschlag sich endlich beruhigte, hätte sie schon nicht mehr sagen können, was der Grund für ihre Aufregung gewesen war. Sie setzte sich auf den ihr angebotenen Plastikstuhl, und jemand bückte sich nach ihrem Stock. Dann öffnete sie instinktiv die rechte Hand und schaute sich die längst verheilte Narbe an. Sie wusste nicht, warum, doch es beruhigte sie, wenn sie die alte Wunde sah. Sie war ihr Talisman. Denn sie stand für etwas, was ihr furchtbar wichtig war.

»Holt Josh«, bat die fremde Frau. Estella hatte keine Ahnung, wer das war, der Name aber war beruhigend, also kannte sie ihn vielleicht doch.

Womöglich könnte dieser Josh für sie herausfinden, wo Evie war? Dann könnte Evie sie nach Hause bringen und sich um sie kümmern.

Schließlich hatte sie *versprochen,* immer für sie da zu sein.

»O Evie«, stieß Estella traurig aus. »Warum bist du mit einem Mal verschwunden, ohne mir zu sagen, wie ich dich erreichen kann?«

Die Freundin aber gab ihr keine Antwort, denn das tat sie nie. Der Nebel wogte immer dichter um Estellas Hirn, und müde von der lebenslangen Suche versank sie im Treibsand der Vergangenheit.

9

Nell

heute

An einem trüben Morgen fahre ich in London los. Ich sehe durch das Zugfenster den grauen Himmel und die Reihen rußgeschwärzter Häuser, die sich links und rechts der Gleise endlos auszudehnen scheinen, denke an die unzähligen Menschen, die in all diesen Häusern leben und von denen jeder seine eigenen gut gehüteten Geheimnisse, Gedanken, Hoffnungen und Ängste hat, und fürchte, dass ich mir die Reise auch ganz einfach hätte sparen können. Falls meine Großeltern verschwunden sind und niemand übrig ist, nach dem ich suchen kann, bringt mich auch eine Speichelprobe nicht voran. Es gibt Milliarden Menschen auf der Welt. Wie soll ich da jemanden finden, der zu mir gehört? Ich bin die sprichwörtliche Nadel, die in einem Heuhaufen gelandet ist, der allerdings aus unzähligen Leben, Liebschaften, Familienbanden statt aus trockenen Grashalmen besteht.

Während der Zug allmählich Tempo macht und durch die offenere Landschaft fährt, in der zwischen den grünen Parks mit ihren Spielplätzen voll bunter Rutschbahnen und Schaukeln hübsche Doppelhäuser stehen, nimmt auch meine Panik zu. Es ist die alte Angstspirale, die mich in den letzten Jahren immer wieder mitgerissen hat, und wenn ich mich jetzt nicht mit aller Kraft dagegenstemme, weiß ich, dass sie mich in einen dunklen Abgrund reißen wird.

Ratternd fährt der Zug auf einem alten Viadukt, das hoch über die Straßen und die Dächer Hanwells führt, und kurzerhand klappe ich meinen Laptop auf, um die Notizen für mein neues Buch noch einmal durchzugehen. Wenn ich die fünfstündige Fahrt von London Richtung Calmouth für die Arbeit nutze, kann ich hoffentlich den lockenden Gesängen der Verzweiflung widerstehen. Der Tod meines Vaters hat mich aus dem Gleichgewicht gebracht, doch anders als der andere kleine, aber gleichzeitig viel größere Verlust, den ich erlitten habe, hat er den natürlichen Verlauf der Dinge nicht durchkreuzt, denn schließlich ist es an der Tagesordnung, dass die Eltern vor den Kindern gehen. Ich kann und werde den Verlust also auf irgendeine Weise überstehen. Wobei mir dieses Mal das Schreiben helfen wird. Ich kann die Charaktere meines neuen Buchs schon sprechen hören. Vielleicht beginnt die Erzählung ja damit, dass ein Zug von London Richtung Cornwall fährt. Vielleicht ist meine Heldin eine Lehrerin, die Kinder, die aufs Land geschickt werden, begleiten soll? Das wäre sicherlich kein schlechter Anfang, und ich kann bestens nachvollziehen, wie eine junge Frau sich fühlt, die ganz allein ins Unbekannte reist.

Tipp, tipp, tipp ahmen meine Finger auf der Tastatur das gleichförmige Zuggeratter nach. Ich flüchte mich wie so oft ins Schreiben, und nach kurzer Zeit verbinden sich die Worte dank des altbekannten Zaubers, den kein Autor je genau erklären kann. Als ich mit steifen Fingern eine Pause mache, sehe ich zu meiner Freude, dass die Gleise an der Küste Devonshires entlangführen, vorbei an leuchtend roten Klippen und eleganten weißen Villen, während das Licht der Sonne Diamanten auf dem Wasser funkeln lässt. Schon als Kind hat mich das Meer in seinen Bann gezogen. Ich speichere meine Arbeit ab und klappe den Laptop zu, um den Anblick ganz in Ruhe zu genießen. Inzwischen ist mir wieder leicht ums Herz, und die Gewissheit, dass es richtig ist, Pencallyn zu besuchen, nimmt mit jeder Meile, die ich Cornwall näher komme, zu. Auch wenn die Reise sonst vielleicht nichts bringt, hat sie mich wenigstens auf die Idee zu meinem neuen Buch gebracht. Und nach den dunklen Zeiten, die ich überstehen musste, habe ich mir einen kleinen Urlaub verdient.

In Truro steige ich in einen Schienenbus, der mich durch die leuchtend grüne Landschaft trägt. Ich presse mein Gesicht gegen das Fenster, blinzele an meinem Spiegelbild vorbei und sauge die phänomenale Aussicht in mich auf. Die Gleise führen an einer Flussmündung entlang. Ich beobachte einen Schwan, der sich gemächlich auf dem Wasser treiben lässt. Ich verrenke mir meinen Hals, um ihm hinterherzusehen, da führen die Gleise auch schon in ein Waldstück, das die Aussicht auf die Flussmündung versperrt.

Ob das die Flussmündung von Calmouth war?, frage ich mich und starre auf mein eigenes Gesicht, das vor dem Hintergrund der grünen Bäume außerhalb des Fensters überraschend blass aussieht. Ist dies der Ort, an dem einmal die Schiffe, gut getarnt durch Weiden und durch Schilfrohr, an den Ufern lagen, ehe sie nach Frankreich aufbrachen? Ich habe mich in den vergangenen Wochen eingehend mit der Geschichte dieses Landstriches befasst und kann deshalb das Treiben, das hier damals im Verborgenen herrschte, deutlich vor mir sehen.

In Calmouth nehme ich ein Taxi nach Pencallyn Cove und bin jetzt fast am Ziel. Ob das Dorf sich seit der Zeit, in der das Foto aufgenommen wurde, wohl sehr verändert hat? Ich habe mir das Bild so häufig angesehen, dass ich bei meiner Ankunft niemanden brauchen werde, der mir weiterhilft. Ich sehe alles deutlich vor mir: die geschwungene Bucht, die weiß gekalkten Häuser, die sich an die baumbestandenen Hügel klammern, die Hummerkörbe und die Netze, die im Hafen ausgebreitet sind. Der Pub heißt immer noch Pilchards, und je näher ich ihm komme, umso aufgeregter bin ich, weil womöglich meine Großeltern an diesem Ort zu Hause waren.

Der Taxifahrer spricht die ganze Zeit am Handy, also schaue ich durchs Fenster auf die Scharen von Touristen, die, obwohl die sommerliche Hauptsaison bereits vorüber ist, mit Eimern und Plastikschaufeln an den Strand pilgern oder gemütlich durch den Ort flanieren. Verglichen mit der Großstadt London herrscht in Calmouths schmalen Gassen eine solche Ruhe, dass ich mich des Eindrucks nicht erwehren kann, ich wäre in die Zeit des Kriegs zurückversetzt. Außerhalb des Städtchens wogt der goldene Weizen auf den Feldern sanft im Sommerwind, die Straßenränder sind mit schäumendem Wiesenkerbel und mit leuchtend gelben Butterblumen übersät, und in den Blumenkästen vor den Fenstern der gekalkten Cottages geben Kapuzinerkresse und Geranien sich ein sommerliches Stelldichein.

Je näher wir Pencallyn kommen, umso breiter wird die Straße, auf der damals all die Panzer und die Jeeps gefahren sind. Erst als es Richtung Küste geht, wird sie wieder schmaler. Das Camp der Amerikaner lag ganz oben auf dem Hügel, und die efeuüberzogenen Nissenhütten, die noch auf den Feldern und den Höfen schlummern, sind ein stummes Mahnmal dessen, was sich vor inzwischen über siebzig Jahren in dieser ruhigen Gegend zugetragen hat. Meiner Recherche nach hat damals eine Straße für die Fahrzeuge des Militärs vom Herrenhaus bis hinunter an den Strand geführt. Egal wo ich hinschaue, überlagert die Vergangenheit die Gegenwart, und mit jeder Meile, die wir fahren, nimmt meine Aufregung zu.

Dann macht die Straße plötzlich einen Schwenk nach rechts, und direkt vor mir liegt Pencallyn Cove. Die Straßen werden immer schmaler, und urplötzlich bin ich mitten in dem Postkartenidyll, auf das ich in den Hinterlassenschaften meines Dads gestoßen bin. Die Straße endet vor dem Pub, und als der Fahrer wendet, schimpft er leise, als ihm einer der Touristen in die Quere kommt. Als ich die Tür öffne, schlägt mir der Geruch von Salz und Tang entgegen und versetzt mich in die Urlaube aus meiner Kinderzeit zurück, in denen stets die Sonne schien und nichts so gut schmeckte wie die Schinken-Sandwiches und die warme Limonade, die es in scharfkantigen Plastikbechern gab.

Ich sehe mich begeistert um. Die schmale Straße hat sich wirklich kaum verändert, und obwohl inzwischen sogar in den kleinsten Lücken Autos parken und die Leute auf der Uferpromenade heute Shorts und Neoprenanzüge statt Flanellhosen und bunt geblümte Baumwollkleider tragen, ist die Aussicht noch immer dieselbe. Wenn meine Großeltern den Ort jetzt sehen könnten, fänden sie sich sicherlich mühelos zurecht. Sogar das alte Schulhaus sieht genauso aus wie damals, obwohl es heute Luxusferienwohnungen beherbergt, hinter beinah allen Fenstern bunte Blumenvorhänge die Sicht versperren und vor den salbeigrün gestrichenen Türen die schicken Range Rover der Urlaubsgäste stehen.

Ich bezahle meinen Fahrer, stehe dann mit meinem Koffer auf der Straße und sauge die Atmosphäre der Umgebung ein. Die Hitze drückt mir auf den Kopf, und als ich auf das Kreischen derer, die am Strand ins kalte Wasser springen, das Motorendröhnen eines Rennboots und den wehmütigen Ruf der Möwen horche, fühle ich mich wie in einer völlig fremden Welt.

Hier kennt mich niemand.

Niemand interessiert sich dafür, dass Sam Summers nicht mehr lebt, und niemand weiß etwas von einem Baby, das das Schicksal mir entrissen hat.

Das Abenteuer, das ich hier erleben werde, ist vollkommen neu und unberührt von all den Dingen, die mir widerfahren sind. Es ist mein eigenes Abenteuer, das ich ganz allein bestehen will und muss.

Ich bücke mich nach meinem Gepäck und gehe in den Pub. Der dunkle Raum ist niedrig und wird von den Kerzen auf den Tischen und den Lichterketten an den Deckenbalken in ein schummeriges Licht getaucht. An den Wänden hängt der Messingschmuck, mit dem man einst das Zaumzeug seiner Pferde schmückte, und die breiten Bänke vor den Fenstern bieten einen wunderbaren Ausblick auf die Landzunge zwischen der Flussmündung von Calmouth und Pencallyn Cove. Bei einer solchen Aussicht frage ich mich, wie ich mich auf meine Arbeit konzentrieren soll.

Mein Zimmer liegt unter dem Dach, und durch das kleine Fenster sieht man auf den hübschen Biergarten des Pubs. Der kleine Schreibtisch, der daruntersteht, ist ein hervorragender Arbeitsplatz. Glücklich hänge ich die Handvoll mitgebrachter Kleider in den Schrank, mache mich frisch und kehre in die Gaststube zurück.

»Zufrieden mit dem Zimmer, Mädel?«, fragt der Wirt, der hinter seinem Tresen steht und Biergläser poliert.

Mit seinem Bart und seiner kräftigen Gestalt sieht er wie eine der Figuren aus William Grahams *Poldark* aus. Um diese Zeit ist in der Kneipe nicht viel los, und neben den paar Männern, die ihr Feierabendbier genießen, unterziehen mich auch die Eltern, die mit ihren Kindern nach dem Strandbesuch ein spätes Mittagessen zu sich nehmen, einer neugierigen Musterung.

»Alles bestens, danke«, gebe ich zurück.

»Die Hitze heute ist mal wieder unerträglich, und Sie haben nach der langen Fahrt doch sicher Durst.« Die Wirtin wischt sich ihre Hände an einem Geschirrtuch ab und greift nach einem Glas. »Das geht aufs Haus.«

Draußen ist es herrlich, und ich habe wirklich keine Lust, im dunklen Pub zu bleiben, aber schließlich bin ich nicht zum Urlaubmachen hier, und Dorfkneipen sind meines Wissens nach genau der rechte Ort, wenn man Informationen haben will. Die Männer an der Bar sehen aus, als wären sie von hier, und vielleicht können sie mir etwas sagen, was mir weiterhilft.

»Vielen Dank. Ich hätte gerne einen O-Saft«, sage ich und schwinge mich auf einen freien Hocker an der Bar.

Der Gastwirt lässt den Blick an mir herunterwandern.

»Und, wo sind Sie her?«

Ich unterdrücke den Impuls, die Frage zu erwidern, denn mit seinem Aussehen kommt er mir wie jemand aus dem achtzehnten Jahrhundert vor.

»Aus London«, kläre ich ihn müde auf und gehe sicher davon aus, dass er als Nächstes wissen will, woher ich *wirklich* bin.

»Ah. Bei Ihrem Aussehen hätte ich gedacht, dass Sie aus Cornwall sind«, stellt er stattdessen fest. Das hätte ich beim besten Willen nicht erwartet.

»Ach ja?«

»Auf jeden Fall, denn seit den Zeiten der Armada sehen die Leute hier in Cornwall oft wie Spanier aus. Damals wurden jede Menge Spanier, deren Schiffe auf die Felsen liefen, an den Küsten angespült, und die, die überlebt haben, haben oft hier eingeheiratet.«

Lachend stellt mir seine Frau mein Saftglas hin.

»Was redest du für einen Unsinn, Toby. Wenn hier irgendwelche Spanier gelandet wären, hätten ihnen die Leute umgehend die Kehlen aufgeschlitzt.«

»Genauso sollte man es jetzt mit den verfluchten Touris machen«, scherzt einer der Trinker an der Bar. Das heißt, zumindest hoffe ich, dass dieser Satz nicht ernst gemeint war.

Die Wirtin lächelt mir beruhigend zu.

»Keine Bange, Schätzchen. Hier im Dorf lebt heutzutage kaum noch irgendjemand, der in Cornwall aufgewachsen ist. Nehmen Sie zum Beispiel meinen Mann. Er sieht zwar wie ein echter Seebär aus, aber in Wirklichkeit kommt er aus Kent.«

Der Wirt verzieht rebellisch das Gesicht. »Trotzdem bin ich ein Pengelly, Jen. Und wir Pengellys sind ein altes Cornwall'sches Geschlecht, das heißt, dass meine Wurzeln hier in Cornwall sind.«

Das bietet sich als gute Überleitung zu den Fragen, die ich habe, an.

»Und ich bin hier, weil ich nach meinen Wurzeln suchen will. Ich glaube, dass mein Großvater bei der US-Armee gearbeitet hat und in den 1940ern hier stationiert gewesen ist.«

»Das könnte durchaus sein«, meint Jen.

»Hier im Pub hängen noch jede Menge Bilder aus der alten Zeit«, erklärt ihr Mann und deutet in Richtung der Schwarz-Weiß-Fotos von Kriegsschiffen und jungen Männern, die in Jeeps die Hauptstraße hinunterfahren.

»In der Gegend erinnert auch noch viel an damals«, fährt er fort.

»Der halb betonierte Landungssteg, ein Teil des alten Piers, die Bunker und die Panzersperren … all das hat bis heute überlebt.«

Einer der Stammgäste sieht auf. »Mein alter Herr hat oft davon erzählt, wie's damals war. Als Kinder haben wir immer jede Menge alten Kram am Strand gefunden. Mein Kumpel Jimmy hat mal eine Handgranate ausgebuddelt und zwei Finger verloren.«

»Unterhalb von Bury Beacon ist damals ein deutscher Flieger in den Wald gekracht«, erinnert sich ein anderer. »Ich glaube, es war eine Messerschmitt. Mein Dad ist damals los und hat sich eins der Wrackteile als Souvenir geholt.«

»Ach ja, der Wald des toten Deutschen. Als wir klein waren, haben wir uns dort kaum reingetraut«, entsinnt sich Jen.

»Ich habe öfter in den alten Hütten übernachtet, wo die Amis in den Vierzigern ihr Lager hatten«, meint ein Gast, der trotz der sommerlichen Wärme eine dicke Pudelmütze trägt. »Und um Verstecken zu spielen waren die alten Nissenhütten wie gemacht.«

Das ist natürlich faszinierend, doch nicht wirklich neu für mich. Ich öffne meine Handtasche und ziehe vorsichtig die Plastikhülle mit den beiden kostbaren Aufnahmen hervor.

»Ich hoffe, dass mir vielleicht irgendjemand etwas über diesen jungen Mann hier sagen kann«, erkläre ich und halte meinen Gesprächspartnern das Foto des Soldaten hin. »Ich gehe davon aus, dass er mein Großvater ist.«

Die Wirtin sucht nach ihrer Brille, setzt sie auf und seufzt.

»Wie jung er ist! Und wirklich attraktiv. Hat er den Krieg denn überlebt?«

»Das weiß ich nicht. Mein Vater ist vor ein paar Monaten gestorben, und ich habe diese Bilder erst nach seinem Tod entdeckt. Mein Dad war adoptiert, deswegen weiß ich nicht, wer seine leiblichen Eltern waren.«

»Das tut mir leid. Das ist bestimmt nicht leicht für Sie«, meint Jen und blickt erst auf das Bild und dann auf mich. »Für mich sieht es so aus, als hätten Sie sein Kinn. Und auch das Lächeln haben Sie eindeutig von ihm.«

»Glauben Sie das wirklich?«

»Unbedingt. Wie hieß er denn?«

»Das weiß ich nicht.«

»Ohne einen Namen wird das sicher alles andere als leicht«, stellt Toby düster fest. »Denn schließlich ist das alles ewig her, und es ist kaum noch jemand übrig, der sich an die alten Zeiten erinnern kann.«

Was hatte ich erwartet? Dass sich irgendjemand dieses Bild ansehen und sich an den jungen Mann erinnern würde?

»Und was ist mit dem alten Mädchen aus dem Herrenhaus?«, schlägt jetzt der Pudelmützenträger vor. Mit dem karierten Hemd, den abgewetzten Jeans, den trüben Augen, die wahrscheinlich jahrelang aufs Meer hinausgesehen haben, und der von der Sonne und vom Wind gegerbten Haut sieht er für mich auf jeden Fall so aus, als ob er hier geboren und aufgewachsen wäre. Ob er mir vielleicht helfen kann?

Der Wirt verschränkt die Arme vor dem kugelrunden Bauch und sieht ihn fragend an.

»Meinst du Miss Kellow, Davey? Die muss doch schon über neunzig sein.«

»Sie muss inzwischen an die fünfundneunzig sein. Auf alle Fälle ist sie alt genug, um sich an diese Zeiten zu erinnern, und sie hat ihr ganzes Leben in Pencallyn verbracht. Das Camp der Amis war auf ihrem Land, und bei den Kellows selbst waren Offiziere einquartiert.«

»Sie ist inzwischen ziemlich wirr«, wirft Jen Pengelly zweifelnd ein, zapft gleichzeitig ein frisches Bier und übersieht dabei den Schaum, der auf das Abstellgitter für die Gläser tropft. »Es heißt, dass sie inzwischen öfter ziellos durch die Gegend irrt. Ich weiß von Darren Jones, dass sie vor ein paar Tagen ganz allein vom Herrenhaus bis nach Pencallyn Farm gelaufen ist. Sie war in einem fürchterlichen Zustand, fast hätten sie einen Krankenwagen rufen müssen.«

»Es heißt, sie ist verrückt«, warf einer ihrer Gäste ein.

»Laut meiner Grandma wurde ihr vor einer Ewigkeit das Herz gebrochen, und seither läuft sie die ganze Zeit in ihrem Hochzeitskleid herum.«

Es entspinnt sich eine heiße Diskussion, an deren Ende ich nicht weiß, ob sie womöglich damals für die Deutschen spioniert und über diese Arbeit den Verstand verloren hat, ob sie steinreich oder bettelarm ist, ob ihr Verlobter sie vor Jahren sitzenließ oder sie schon ihr Leben lang auf Frauen steht. Ich schätze, dass die Wahrheit irgendwo inmitten all dieser Geschichten liegt, und konzentriere mich erst einmal auf die Tatsache, dass sie zur selben Zeit hier in Pencallyn lebte, als der junge Mann hier stationiert war. Denn darin stimmen alle überein.

Und jetzt kann ich nur hoffen, dass sie sich vielleicht an ihn erinnern kann.

»Es gibt hier in der Gegend niemanden, der älter ist als sie«, behauptet Davey und blitzt mich mit seinen blauen Augen an. »Mein Vater hat gesagt, während des Krieges hätte Churchill ein paar Tage dort im Herrenhaus verbracht. Das ist doch ganz bestimmt ein Bierchen wert.«

Ich lache über seine Dreistigkeit. »Es kommt drauf an, ob's tatsächlich so war.«

»Natürlich nicht!«, mischt sich ein anderer Trinker ein. »Das war nicht Churchill, sondern dieser Ami. General wie-hieß-er-nochmal?«

»Eisenhower«, bellt ein anderer.

»Eisenhower?«, wiederhole ich beeindruckt. »Eisenhower war hier in Pencallyn?«

»Churchill oder Eisenhower, oder vielleicht alle beide«, schlägt mir Davey augenzwinkernd vor. »Auf alle Fälle waren irgendwelche Amis bei den Kellows einquartiert. Ich glaube, dass es Offiziere waren. Meine Tante Joan hat damals für die Herrschaften gekocht, und sie hat mir erzählt, dass es dort nicht mit rechten Dingen zugegangen ist.«

Die Schriftstellerin in mir horcht auf.

»Ach ja?«

Der kesse Davey grinst. »Mit einer trockenen Kehle spricht es sich so schlecht!«

»Hör auf!«, schilt Jen. »Lass meinen Gast in Frieden, ja?«

Sie wendet sich an mich und fügt hinzu: »Estella Kellow lebt inzwischen sehr zurückgezogen, und die junge Frau, die ihr im Haushalt hilft, hat mir erzählt, dass dort das reinste Chaos herrscht. Die arme alte Frau. Ich glaube nicht, dass sie noch allzu lange ganz allein dort wohnen kann.«

»Die Bodenspekulanten können es kaum erwarten, dass sie endlich stirbt«, fügt Toby seufzend an. »Erst gestern habe ich gesehen, wie Martin Richardson an ihrem Haus vorbeigefahren ist. Er hat ein Auge auf das Anwesen geworfen, glaubt es mir!«

Zwar habe ich den Namen nie zuvor gehört, doch die Grimassen, die die anderen bei seiner Nennung schneiden, machen deutlich, dass er ihnen alles andere als sympathisch ist.

»Kennen Sie Miss Kellow?«, wende ich mich abermals an Jen.

»Nein. Wir haben sie früher ab und zu gesehen, wenn wir auf dem Friedhof waren. Sie lebte auch schon damals sehr zurückgezogen, und als Kinder haben wir uns vor ihr gefürchtet, weil sie immer schon ein bisschen seltsam war. Manchmal haben wir uns in den Garten ihres Anwesens geschlichen, und wenn wir sie dort gesehen haben, sind wir schreiend weggerannt. Sie hat vor Jahren mal ein Kinderbuch geschrieben, und die Leute kommen deshalb noch heute her, um sich den Garten anzusehen, nicht wahr, mein Schatz?«

»Auf jeden Fall. Das Buch ist Kult«, pflichtet ihr Toby bei. »Sie alle wollen den berühmten Garten von Pencallyn sehen und sind dann ziemlich enttäuscht, wenn wir ihnen sagen müssen, dass er schon seit einer Ewigkeit geschlossen ist.«

Jetzt endlich fällt bei mir der Groschen.

»Oh. Sie meinen den *geheimnisvollen Garten,* stimmt's? Dann hat Estella Kellow dieses Buch geschrieben?«

»Ja, genau. Angeblich wurde sie dazu vom Garten ihres Elternhauses inspiriert. Er war mal sehr berühmt, aber ich glaube kaum, dass von der alten Pracht noch etwas übrig ist.«

Jen runzelt missbilligend die Stirn. »Sich vorzustellen, dass man etwas so Besonderes einfach verwildern lässt … Das ist doch eine Schande. Früher hieß es, dass der Garten sich mit Trebah und Glendurgan messen kann, doch jetzt ist alles zugewachsen, und der Zugang ist bereits seit einer Ewigkeit versperrt.«

»Es wäre gut für das Geschäft, wenn dieser Garten wieder öffnen würde und wir mit der Schriftstellerin Werbung machen könnten, die dort ein berühmtes Buch geschrieben hat«, erklärt ihr Mann in wehmütigem Ton. »In Fowey leben sie seit Jahren von Daphne du Maurier. Es wäre schön, wenn wir jetzt auch mal an der Reihe wären.«

»Meinen Sie, dass ich Miss Kellow mal besuchen kann?«, frage ich aufgeregt, und Jen und Toby sehen sich zweifelnd an.

»Wie gesagt, sie lebt inzwischen sehr zurückgezogen, aber wir können Kelly fragen, was sie davon hält. Sie arbeitet bei ihr im Haushalt. Ich kann sie Ihnen gerne vorstellen, wenn Sie wollen«, bietet mir die Wirtin freundlich an.

»Danke«, sage ich. Es wäre wirklich nett, wenn Sie mir diese Kelly vorstellen würde … auch wenn ich nicht weiß, ob ich mich so lange gedulden kann.

Die Tür schwingt auf, und zwei erschöpfte Wanderer mit schweren Rucksäcken kommen herein. Sie treten an die Bar, und während Toby ihnen kalten Apfelwein serviert, sieht Jen sich noch mal meine Fotos an.

»Das hier.« Sie zeigt auf das Bild des Mädchens vor dem Bauernhaus. »Ich habe das Gefühl, als hätte ich das Haus schon mal gesehen.

He, Davey. Sieh dir das mal an. Und ja, du kriegst dafür ein kleines Bier aufs Haus.«

Er lacht vergnügt. »Ich wusste, dass ich dich am Ende rumbekommen würde, Jen.«

»Du hast ja schließlich lang genug geübt. Sieh dir das Haus auf diesem Foto an. Kommt dir das bekannt vor? Haben wir als Kinder dort nicht ab und zu gespielt?«

Plötzlich sehe ich ein kleines Mädchen vor mir, das mit wild fliegenden Zöpfen hinter einem kleinen Jungen mit Zahnlücke und aufgeschlagenen Knien unter lautem Gelächter durch ein halb verfallenes Gebäude läuft. Sie waren damals Freunde und zugleich Komplizen, die heimlich das verbotene Terrain erforscht haben.

Davey pfeift. »Wer hätte das gedacht? Das ist tatsächlich unsere alte Räuberhöhle.«

»Ich fand es dort immer ein bisschen unheimlich«, entsinnt sich Jen.

»Das ist Pencallyn Farm«, klärt mich ihr Freund aus Kindertagen auf. »Da ist der alte Brunnen, Jen. Erinnerst du dich noch? Die Farm hat damals noch zum Herrenhaus gehört, doch nach dem Großen Krieg ist sie verfallen, und nach dem Zweiten Weltkrieg wurde dann das Land verkauft. Das Haus hat seither die Besitzer häufiger gewechselt, als ich hier am Tresen anzutreffen bin.«

»Dann wurde es tatsächlich oft verkauft«, zieht Jen ihn auf.

»Und jetzt wollen diese Leute aus der Stadt das Ding von Grund auf renovieren. Ich glaube nicht, dass sie das glücklich machen wird«, fährt Davey fort. »Sie haben sich dort auf Dinge eingelassen, die sie nicht verstehen. Dabei kommt sicherlich nichts Gutes raus.«

»Wir Einheimischen haben etwas gegen dieses Haus«, erklärt mir Jen. »Wir denken, dass es Unglück bringt.«

»Das tut's auf jeden Fall«, pflichtet ihr Davey bei. »Die Richardsons hätten es niemals kaufen sollen.«

»Weil sie nicht von hier sind?«

»Nein, weil *niemand* dort je glücklich werden kann. Es ist ein trauriger und ruheloser Ort.«

Ich traue meinen Ohren nicht. Es kann doch wohl nicht sein, dass man in dieser Gegend noch an Geister oder irgendwelchen anderen Unfug glaubt.

»Sie halten uns jetzt sicherlich für abergläubisch, doch die Erde hier ist magisch, und der alte Zauber wirkt bis heute«, erklärt mit Jen. »Es ist gefährlich, wenn man diesen Dingen ins Handwerk pfuscht, denn dieses Land verlangt Respekt.«

Ich blicke auf das Mädchen auf dem Foto, das sich königlich zu amüsieren scheint. Und auch das Haus im hellen Sonnenlicht sieht weder unglücklich noch traurig, sondern einladend und freundlich aus.

»Erkennen Sie das Mädchen?«, frage ich.

»Nein.« Der Mützenträger schüttelt seinen Kopf.

»Als dieses Foto aufgenommen wurde, war ich selbst noch gar nicht auf der Welt«, fügt Jen hinzu.

»Können Sie mich zu dem Grundstück bringen?«, wende ich mich Davey zu. »Dafür bezahle ich auch Ihren nächsten Drink.«

Doch Davey leert sein Glas und schüttelt abermals den Kopf.

»Nicht heute, Mädel.«

Ich höre deutlich, dass er damit auch für alle anderen Tage spricht, und habe das Gefühl, dass dieses Thema damit für ihn abgeschlossen ist.

Verwundert und belustigt packe ich die Bilder wieder ein. Inzwischen ist mir klar, dass ich nicht mehr in London bin.

Ich werfe einen Blick auf meine Uhr. Es ist schon Nachmittag, im Sommer aber bleibt es lange hell, das heißt, ich habe noch genügend Zeit, um mich ein wenig in der näheren Umgebung umzusehen. Es gibt so viele neue Anhaltspunkte, denen ich so schnell wie möglich nachgehen möchte, dass ich gar nicht weiß, wo ich beginnen soll.

Warum also nicht bei dem alten Haus, das auf dem Foto abgebildet ist?

10

Nell

heute

Das kleine Dorf und der Strand sind schnell erforscht. Ich kaufe mir ein Eis und setze mich auf eine Bank am Hafen, um aufs Meer hinauszusehen. Weit draußen tanzen Segelboote auf dem Wasser, und die Atmosphäre ist entspannt, aber vor fünfundsiebzig Jahren hat es hier wahrscheinlich völlig anders ausgesehen. Auf den Schwarz-Weiß-Aufnahmen an der Wand des Pubs waren die Klippen stacheldrahtbewehrt, und durch die Bucht haben sich Kriegsschiffe gewälzt. Der Platz, an dem ich sitze, war das Letzte, was die jungen Männer vor der Überfahrt nach Frankreich sahen, die für die meisten eine Reise ohne Rückkehr war. Hatten sie Angst, als sie im Schutz der Dunkelheit davongefahren sind, oder waren sie entschlossen, ihre Feinde zu bezwingen und als Sieger aus der Schlacht hervorzugehen? Ob mein Großvater wohl an Bord von einem dieser Schiffe war?

Ich hänge diesen Fragen nach, während die Möwen in den Algenbergen wühlen, die die Ebbe hier am Strand zurückgelassen hat. Ich muss genau wie diese Vögel nur beharrlich genug sein, dann finde ich inmitten all der Dinge, die man mir erzählt hat, sicher irgendetwas, was mich weiterbringt.

Nach meiner kurzen Ruhepause mache ich mich an den Aufstieg zu den Hügeln außerhalb des Dorfs. Die breite Straße führt zu einem Tor und durch einen Garten, der inzwischen hoffnungslos verwildert ist. Wahrscheinlich haben sich auf dieser Straße früher Panzer, Lastwagen und Jeeps gedrängt, und Männer in schweren Stiefeln sind auf diesem Weg vom Lager oben auf dem Hügel zu den Landungsbooten unten in der Bucht marschiert. Ich frage mich, ob einer dieser jungen Burschen wohl mein Großvater gewesen ist.

Der Efeu klammert sich mit leuchtend grünen Fingern an den Toren fest, und als ich einen Blick zwischen die Gitterstäbe in den Garten werfen will, zerkratzen Brombeerranken mein Gesicht. Zu meinen Füßen hat sich Unkraut durch den Teerbelag geschoben, und das dornige Gestrüpp hält Eindringlinge besser als ein Schild aus Eisen ab. Ich runzele die Stirn, denn diese Szene habe ich schon einmal irgendwo gesehen. Das stolze Tor, das dichte Unterholz, der Waldweg, auf den allerdings kein warmes Sonnen-, sondern kaltes Mondlicht fällt …

Ich kenne dieses Bild. Na klar! Das muss das Tor zum Garten von Pencallyn sein, das abgesperrte Tor, von dem mir Wirtin Jen berichtet hat. Kein Wunder, dass der Ort mir so bekannt vorkommt. So wäre es wahrscheinlich unzähligen Leserinnen und Lesern auf der ganzen Welt gegangen, die mit dem *geheimnisvollen Garten* aufgewachsen sind. Es ist ein seltsames Gefühl, dass diese längst vergessenen Bilder meiner Kindheit wirklich existieren, auch wenn sie unter all dem dichten Buschwerk kaum noch zu erkennen sind und sich der früher zahme Wald aus seltenen Solitärgewächsen im Verlauf der Zeit in einen wilden Dschungel verwandelt hat. Ich luge noch mal durch das Tor, und plötzlich kommt es mir so vor, als könnte ich Gesichter in den dunklen Schatten sehen und Blätter rascheln hören, bevor sie kehrtmachen, um sich ins Land der Phantasie zurückzuziehen.

Die Brise lässt das Laub ein letztes Mal erschaudern, die Gesichter lösen sich vor meinen Augen wieder auf, und im nächsten Moment bin ich wieder ganz allein, eine einsame Gestalt, die ihre Hände um die Gitter mit der abblätternden Farbe legt, um den geheimnisvollen Garten aus dem Buch aus ihrer Kindheit anzustarren. Am liebsten hätte ich das grüne Dickicht eingehend erforscht. Im Buch windet sich ein Pfad durch diesen Garten, führt an einem Teich vorbei, in dessen Tiefen Goldfische gemächlich ihre Kreise ziehen, und endet bei einer alten Sonnenuhr im Herzen eines Labyrinths aus Bäumen. Als Kind saß ich auf Nanna Summers' Schoß, habe den Weg mit meinem Finger nachgezogen, und wir haben uns unsere eigenen Abenteuer ausgedacht.

Ich habe einen dicken Kloß im Hals, denn plötzlich fehlt mir Nanna Summers mehr als je zuvor. Wenn mein Vater bei der Arbeit war, hatte sie mir die Tränen getrocknet, mich im Garten auf der Schaukel angestoßen und mir vorgelesen. Sie wäre furchtbar aufgeregt gewesen, wenn sie erfahren hätte, dass es den Garten aus dem Buch wirklich gab.

Ich weiß, ich muss nach vorne sehen, bevor mich die Trauer in den dunklen Abgrund der Verzweiflung zieht. Am besten lenkt mich körperliche Anstrengung von meiner Wehmut ab, und eilig setze ich den steilen Weg in Richtung Hügelkuppe fort.

Erst, als ich völlig außer Atem bin, hole ich mein Handy heraus, um mich des Weges zu vergewissern. Entlang der Straße ist es bis Pencallyn Farm noch über eine Meile. Wenn ich mich durch den Garten schleiche, würde ich die Strecke auf die Hälfte reduzieren. Ich spiele kurz mit dem Gedanken, den kürzeren Weg zu wählen, mich durch das Gebüsch zu schlagen und dem alten Pfad zu folgen.

Doch das ist vollkommen verrückt! Schließlich gibt es den Garten schon seit einer Ewigkeit nicht mehr. Und selbst wenn er noch existieren würde, würde mir das rätselhafte Fräulein Kellow mein Eindringen sicher ziemlich übel nehmen. Also setze ich meinen Weg entlang der Straße fort, bis ich zu einem zweiten Tor gelange, das mit Efeu überwuchert ist. Der Weg führt gut eine Viertelmeile geradeaus, bevor er plötzlich nach links abbiegt. Was liegt wohl hinter der Biegung, zwischen den Holunderbüschen und dem Sommerflieder? Der geheimnisvolle Garten? Die Vergangenheit? Estella Kellow selbst?

Ich bleibe auf dem Weg entlang der Mauer. Am unteren Gartenende versperrt abermals ein Tor meinen Weg, doch da sich an dieser

Stelle eine Gabelung befindet, kann ich weiter Richtung Osten gehen. An diesen Teil der Straße kann ich mich von meiner Fahrt ins Dorf erinnern, weil er extra für die Lastwagen und Panzer der US-Armee verbreitert worden war. Egal, wohin ich sehe, es kommt mir vor, als würde ich von der Geschichte dieses Landstriches begrüßt. Ich spüre instinktiv, dass ich hier auf den Spuren meines Vaters bin. Dass seine und somit auch meine eigene Vergangenheit so fest in dieser Erde wurzelt wie die Bäume im geheimnisvollen Garten.

Ich gehe weiter, trete zur Seite, wenn der eine oder andere Pkw mich überholt, und erreiche irgendwann die Einfahrt von Pencallyn Farm. Im Gegensatz zu dem vernachlässigten Nachbargarten herrscht hier reges Treiben, und vor allem gibt es anders als beim Herrenhaus eine ordentlich geteerte Straße ohne Schlaglöcher und Unkraut, das den Grund zu überwuchern droht. Anscheinend wird das Hofgebäude gerade renoviert, denn während eine Hälfte mit dem honiggelben Stein, den dicken, hellen Holzbalken und breiten Glasfassaden ordentlich und frisch aussieht, ist die andere noch halb verfallen. Ich schirme meine Augen mit der Hand gegen die Sonne ab und sehe, dass das Dach über den abbröckelnden Mauern fehlt, so dass die alten Räume Wind und Wetter ausgeliefert sind. Vögel fliegen durch die leeren Fensterhöhlen, und Efeu kriecht den alten Stein hinauf und streckt die grünen Ranken nach dem blauen Himmel aus.

Ich höre das Scheppern von Werkzeug und das Rumpeln des Betonmischers. Irgendwo kreischt eine Säge, und im Näherkommen höre ich die Rufe der verschiedenen Arbeiter, die auf der Baustelle beschäftigt sind. Behutsam ziehe ich die Plastikhülle mit den Fotos aus der Tasche, um das Bild des Hauses mit dem Anblick, der sich mir hier bietet, zu vergleichen, aber alles sieht ganz anders aus. Hinter dem Zaun zu meiner Linken muss der Brunnen sein, das heißt, das Mädchen auf dem Bild würde jetzt mitten in dem zukünftigen Anbau des Gebäudes stehen. Ob sie wohl erkennen würde, dass das hier die Stelle ist, an der sie damals fotografiert worden ist?

Ist dies vielleicht der Ort, an dem mein Vater auf die Welt gekommen ist? Oder an dem seine Mutter gelebt hat?

Ich schlage alle Vorsicht in den Wind und nähere mich aufgeregt der Baustelle, auf der vielleicht das Elternhaus meines Vater steht.

11

Nell

heute

»Was haben Sie hier verloren?«

Ein Mann kommt auf mich zumarschiert, wobei sein roter Kopf hervorragend zu dem Pullover passt, der lässig um die Schultern des blau-weiß gestreiften Polohemds geschlungen ist.

»Ich bin es wirklich leid, andauernd irgendwelche fremden Leute hier auf meinem Grundstück rumlaufen zu sehen! Welchen Teil des Wortes ›Privatgrundstück‹ verstehen Sie nicht? Verdammt, können Sie nicht lesen? Auf dem Schild am Tor steht deutlich, dass das Betreten dieses Grundstücks nicht gestattet ist!«

Er zeigt in Richtung Tor, an dem zu meinem Entsetzen das besagte Schild mit dieser Botschaft hängt. In meinem Eifer, irgendwas herauszufinden, habe ich es doch tatsächlich übersehen.

»Es tut mir wirklich leid«, setze ich an, so einfach aber lässt der Kerl sich nicht besänftigen.

»Was muss ich tun, damit Sie es verstehen? Es gibt hier keinen öffentlichen Fußweg, also hauen Sie ab, sonst rufe ich die Polizei. Haben Sie verstanden?«

Allerdings. Von seiner lauten Stimme klingeln mir die Ohren, und als der Kerl zu einer weiteren Tirade über Durchgangsrechte, Anzeigen und dreckige Zigeuner ansetzt, nimmt das Klingeln weiter zu.

»Das hier ist *mein* Land!«, fährt er mich mit barscher Stimme an. »Meins! Sie haben hier nichts verloren.«

Ich kämpfe gegen ein Zittern an. »Es tut mir leid! Ich wollte mir hier einen Brunnen ansehen.«

»Dieser verdammte Brunnen. Am besten lasse ich das blöde Ding von meinen Leuten zuschütten. Wann kriegt ihr Pack es endlich in den Kopf, dass niemand mehr das Recht hat, einfach nachzusehen, was der verfluchte Brunnen macht? Er liegt auf *meinem* Land!«

Er hat sich so weit zu mir vorgebeugt, dass er mit den hervorquellenden Augen fast auf meine Nasenspitze trifft. Mein Herz klopft derart schnell, dass ich befürchte, ohnmächtig zu werden, und inzwischen habe auch ich selbst vor lauter Aufregung ein hochrotes Gesicht.

»Was ist hier los?«

Ein junger Mann kommt mit besorgter Miene eilig auf uns zu. Ein kurzer Blick verrät, dass er bestimmt noch keine vierzig ist und weder Staub noch Farbe an den Kleidern hat. Ist er vielleicht der Bauleiter? Oder der Architekt?

»Da ist schon wieder so ein Weib, das auf der Suche nach dem gottverdammten Brunnen ist«, bellt ihn der Alte an. »Und wenn's nicht um den Brunnen geht, geht's um den blöden Garten. Am liebsten würde ich die Polizei rufen.«

»Du solltest jetzt nichts überstürzen! Schließlich ist nichts passiert.« Der Neuankömmling wendet sich mir zu und breitet entschuldigend die Hände aus. »Ich fürchte, dies ist ein Privatgrundstück. Es gibt hier keinen öffentlichen Weg mehr, der zum alten Brunnen führt.«

Er spricht so ruhig und souverän, dass meine Panik sich ein wenig legt. Die Präsenz, die er ausstrahlt, zieht mich sofort in seinen Bann. Er trägt verblichene Jeans, ein grünes T-Shirt, unter seinem gelben Schutzhelm lugen ein paar Strähnen rötlich brauner Haare hervor, das mich an buntes Herbstlaub denken lässt, und auf dem sonnengebräunten, muskulösen Bizeps hat er ein Tattoo, mit dem er wie ein alter Keltenkrieger wirkt. In einem Buch würde ich ihn als Highlander oder Druidenprinzen darstellen, weil sein Anblick mich an ausgedehnte Weite, freie Landschaften und grenzenlose Himmel denken lässt. Seine Augen haben die Farbe von weichem Moos, und als er den

Blick an mir herunterwandern lässt, wird mir zu meiner Schande klar, dass ich mit meinem lose aufgesteckten Haar, aus dem mir ein paar Strähnen in die Stirn gefallen sind, und dem von meiner Wanderung bergauf wahrscheinlich schweißgetränkten T-Shirt wirklich aussehen muss wie jemand, der sich heimlich irgendwo herumtreibt, wo er garantiert nicht hingehört.

»Es tut mir leid«, setze ich nochmals an. »Ich wollte niemanden verärgern, wirklich nicht. Ich wollte nur den Brunnen sehen.«

Der immer noch erboste ältere Mann rammt eine Faust in seine Handfläche. »Ich habe von dem gottverdammten Brunnen endgültig die Schnauze voll. Am besten lasse ich ihn einfach zuschütten.«

»Beruhig dich, Dad«, bittet ihn der Mann. »Die junge Frau hat dir doch nichts getan.«

»Sie hat mir nichts getan? Sie ist auf ein privates Grundstück eingedrungen!«

»Es tut mir leid«, erkläre ich ein weiteres Mal, wobei mir die Verzweiflung sicher deutlich anzuhören ist.

Der Mann schenkt mir ein so warmes Lächeln, dass mir plötzlich richtiggehend schwummrig wird.

»Bitte machen Sie sich keine Sorgen. Ich bin sicher, dass Sie niemanden haben verärgern wollen.«

»Das wollen diese verdammten Hippies nie. Peace and Love und das verdammte Recht, sich rumzutreiben, wo man will«, brummelt der Alte wütend vor sich hin.

»Wie oft habe ich dich schon gebeten, dass du mir die Leute überlässt, die auf der Suche nach dem Brunnen sind? Beruhige dich. Schließlich tut dir niemand was.«

»Du bist einfach zu weich, Josh. Aber das wirst du wahrscheinlich erst erkennen, wenn der Erste dieser Leute irgendwas gestohlen hat.«

»*Dieser Leute*?«, hake ich mit ungläubiger Stimme nach. »Was wollen Sie damit sagen?«

Der Boden unter meinen Füßen schwankt, weil plötzlich alles Blut aus meinem Kopf weicht. *Diese Leute.* Wie oft hatte sich mein Vater diese Worte anhören müssen? Und vor ihm sein Vater und sein Groß- und Urgroßvater?

Womöglich bin ich meinen Wurzeln hier näher, als mir bisher klar gewesen war.

Josh ist deutlich anzusehen, dass er sich für die Worte seines Vaters schämt.

»Es tut mir leid. Ich glaube nicht, dass er damit gemeint hat …«

»Himmel, Josh! Natürlich nicht. Ich meinte damit Hippies und die ganzen anderen Störenfriede. Niemand … sonst«, rudert der alte Mann zurück, während er seine Hände in den Taschen seiner beigefarbenen Cordhose vergräbt. Und widerstrebend fügt er noch hinzu: »Wissen Sie, die Leute wollen alle zu dem Brunnen, aber das ist nicht ganz ungefährlich, weil man dafür eine Baustelle durchqueren muss. Das hier ist ein privates Grundstück, aber das hält sie nicht davon ab, es trotzdem zu versuchen.«

»Weil sie schon seit Jahren zu dem Brunnen kommen«, klärt Josh ihn müde auf, zerrt sich den Helm vom Kopf und fährt sich durch das dichte, rötlich braune Haar. »Das ist hier nun mal Tradition.«

»Dann ist es höchste Zeit, damit zu brechen«, schnauzt sein alter Herr.

Charmant.

»Manche Menschen denken, dass der Brunnen Zauberkräfte hat. Sie kommen gerne her, hängen kleine Tücher in den Schwarzdornbüschen auf und wünschen sich etwas. Das ist im Grunde völlig harmlos«, seufzt der Sohn und klingt, als hätten er und dieser alte Haudegen das Thema bereits öfter durchgekaut.

»Es ist alles andere als harmlos, schließlich liegt der Brunnen jetzt auf einem privaten Grundstück. Außerdem ist das sowieso ein Haufen Unsinn. Umso besser, dass der Brunnen abgedeckt ist und dann Teil der neuen Küche wird. Bis dahin haben wir auch die Alarmanlage installiert. Dann sollen sie doch mal sehen, wie weit sie kommen, wenn sie das Ding besuchen wollen.«

»Ich glaube nicht, dass wir das machen sollten«, setzt Josh an, sein Vater aber hört ihm gar nicht zu, denn er ist viel zu sehr damit beschäftigt, sich über die seiner Meinung nach horrenden Rechnungen des Brunnenbauers, der das Ding sanieren soll, und die verdammte Langsamkeit der einheimischen Bauarbeiter zu beschweren. Es fasziniert mich, zu erleben, wie die Kommunikation in anderen Familien läuft, und wieder einmal bin ich dankbar für die sanfte, einfühlsame Art, in der mein Dad mit mir gesprochen hat. Er hat mir immer zugehört und die Gefühle anderer respektiert und wäre nicht im Traum darauf gekommen, mich so anzuraunzen und herumzukommandieren wie dieser Alte seinen Sohn.

Das macht mir wieder einmal klar, wie sehr mein Dad mir fehlt.

»Es ist noch nicht zu spät, die Küche noch mal neu zu planen. Vielleicht sollten wir den alten Brunnen draußen lassen und dann einen schmalen Weg anlegen, damit ihn die Leute weiterhin besuchen können?«, schlägt Josh mit hoffnungsvoller Stimme vor.

»Damit jeder über das Grundstück latschen kann? Auf keinen Fall. Der Brunnen steht nicht unter Denkmalschutz, deshalb ist es das Beste, wenn wir dafür sorgen, dass ihn niemand mehr erreichen kann. Auch von der blöden Abdeckung habe ich endgültig die Nase voll. Anscheinend halten sich die Leute für unglaublich clever, weil wir niemals sehen, von wem sie abgenommen wird. Aber ich werde herausfinden, wer dahintersteckt.«

»Das sind bestimmt die Kinder aus dem Dorf, die uns auf diese Weise einen Streich spielen wollen, Dad«, gibt Josh mit müder Stimme zu bedenken. »Vielleicht können wir dort einfach eine Kamera installieren? Aber das ist ein anderes Thema und hat nichts –« Er sieht mich an und lächelt sanft. »Oh, tut mir leid. Ich kenne Ihren Namen nicht.«

»Eleanor Summers, aber alle sagen Nell zu mir. Ich bin nicht aus dem Ort, sondern aus Bristol. Ich verspreche, dass ich nichts mit irgendwelchen Streichen zu tun habe.«

»Freut mich, Sie kennenzulernen, Nell. Ich bin Josh Richardson, und das hier ist mein Vater Martin, der Besitzer von Pencallyn Farm«, erklärt er mir, während sein Vater uns mit einem bösen Blick bedenkt.

»Ich wollte Ihnen sicher keinen Ärger machen, Mr. Richardson.«

»Die Probleme, die wir haben, sind nicht Ihre Schuld«, meint Josh. »Ihnen ist ein Fehler unterlaufen, und es ist wohl kaum gerecht, wenn wir Sie für unsere Schwierigkeiten verantwortlich machen. Nicht wahr, Dad?«

Unbehaglich wendet Martin Richardson sich ab.

»Wahrscheinlich nicht. Aber als ich sie in der Einfahrt gesehen habe, dachte ich …«

Verlegen bricht er ab. Wir wissen schließlich alle, was er dachte, als er mich gesehen hat. Wie's aussieht, gelten hier auf dem Gehöft die alten Vorurteile immer noch.

»Wie dem auch sei, verzeihen Sie, dass ich die Geduld verloren habe«, fügt er jetzt hinzu. »Aber Sie sind nun mal auf ein privates Grundstück eingedrungen. Dabei hängt vorn am Tor ein Schild.«

»Ich gehe davon aus, dass meine Großeltern während des Krieges hier gelebt haben, und war bei dem Gedanken an den Brunnen derart aufgeregt, dass mir das Schild nicht aufgefallen ist. Ich habe ein Foto gefunden, und ich glaube, dass es hier am Brunnen aufgenommen worden ist.«

Ich halte ihm das Foto hin. Bevor der Kerl mich von dem Grundstück schmeißt oder vielleicht sogar die Polizei verständigt, muss ich wenigstens versuchen rauszufinden, ob meine Vermutung richtig ist.

»Das sind auf jeden Fall der Brunnen und das Haus. Auch wenn es sich seither etwas verändert hat«, stellt Josh fest.

»Das will ich doch wohl hoffen bei dem ganzen Geld, das mich der Spaß bisher gekostet hat«, brummelt sein alter Herr, sieht sich das Bild dann aber ebenfalls genauer an. »He! Das ist der Hund!«

»Was für ein Hund?«, erkundige ich mich.

»Der Hund, der ab und zu über das Grundstück läuft. Ein schwarzer Cockerspaniel. Das blöde Mistvieh hat mich sogar angeknurrt.«

»Das ist unmöglich, Dad«, wirft Josh mit müder Stimme ein. »Das Bild ist über fünfzig Jahre alt. Es kann also ganz sicher nicht der Hund von diesem Foto sein.«

»Hm.« Natürlich ist dem Vater klar, dass er sich irrt, doch plötzlich verzieht er beunruhigt das Gesicht und wendet sich umgehend einem anderen Thema zu. »Also, wer ist das junge Mädchen? Ihre Großmutter?«

Sein Sohn sieht prüfend erst mich und dann wieder das Foto an, das er in den Händen hält.

»Ich sehe durchaus eine Ähnlichkeit. Sie ist ein wirklich hübsches Mädchen.«

Plötzlich bin ich stolz auf diese unbekannte Frau, und als mein Gegenüber abermals den Blick an mir herunterwandern lässt, bekomme ich aus welchem Grund auch immer eine leichte Gänsehaut.

»Ich weiß leider nicht, wer sie ist. Mein Vater ist vor ein paar Monaten verstorben, und beim Ausräumen seiner Wohnung habe ich zwei alte Aufnahmen und eine Postkarte entdeckt. Die Postkarte war aus Pencallyn Cove, und auf den beiden Bildern waren dieses junge Mädchen und ein junger amerikanischer Soldat. Mein Dad war adoptiert, deswegen dachte ich, wenn ich den Brunnen fände, käme ich dort vielleicht der Geschichte seiner Eltern auf die Spur. Inzwischen ist mir klar, dass die Idee total idiotisch war.«

Ich bin enttäuscht. Die Vorstellung, hierherzukommen und meine eigene Vergangenheit zu finden, war naiv und bestenfalls ein schöner Traum. Ich würde ein ums andere Mal in irgendwelche Sackgassen geraten. Sicher war das Mädchen auf dem Foto längst von hier verschwunden.

»Das ist auf jeden Fall ein guter Anfang«, erklärt Josh. »Und das mit Ihrem Vater tut mir wirklich leid. Das war bestimmt nicht leicht für Sie.«

Traurig stecke ich das Foto wieder ein.

»Das war es wirklich nicht. Vielen Dank, dass Sie mir Ihre Zeit geopfert haben, aber jetzt werde ich Sie in Frieden lassen«, sage ich und wende mich zum Gehen.

»Moment, Nell«, hält er mich zurück. »Wir sollten Ihnen wenigstens noch etwas zu trinken anbieten und Sie ein bisschen auf dem Hof herumführen. Schließlich soll niemand sagen können, dass wir Richardsons nicht wüssten, wie man sich benimmt.« Bei diesen Worten dreht er sich zu seinem Vater um. »Habe ich recht, Dad? Wir müssen schließlich den Gemeinderat auf unserer Seite haben, damit er uns die Genehmigung für weitere Umbaumaßnahmen erteilt.«

Ich bin beeindruckt, denn bei aller Ruhe und Zurückhaltung ist Josh anscheinend echt gewieft und weiß, wie er mit seinem Vater umgehen muss. Tatsächlich nickt der Alte, wenn auch widerstrebend, mit dem Kopf.

»Ja, ja, wenn's sein muss, führ sie rum. Ich selbst habe noch zu tun. Ich muss noch mal zu diesem blöden Weib nach nebenan. Sie muss die Bäume endlich fällen lassen, denn sie ruinieren unsere Aussicht, und ihr blöder Köter ist gestern wieder hier auf unserem Grundstück aufgetaucht.«

»Sie hat gar keinen Hund«, klärt Josh ihn müde auf.

»Dann hat auf alle Fälle jemand anderes einen. Und du sieh zu, dass du dich langsam wieder an die Arbeit machst. Ich habe schließlich nicht die Absicht, dich fürs Nichtstun zu bezahlen.« Der Alte stürmt davon, und seufzend sieht der Sohn ihm hinterher.

»Entschuldigung. Mein Vater hätte nicht so unhöflich sein dürfen. Wahrscheinlich haben die Probleme mit dem Brunnen ihn ein bisschen aus dem Gleichgewicht gebracht. Sie haben erst vor ein paar

Tagen angefangen, aber wie Sie selbst gesehen haben, setzen sie ihm ziemlich zu.«

»Bitte machen Sie sich seinetwegen keinen Kopf. Ich hätte Sie wahrscheinlich vorher kontaktieren und fragen sollen, ob ich den Brunnen sehen darf, statt einfach hier hereinzuschneien.«

»Ich für meinen Teil bin froh, dass Sie hier aufgetaucht sind.« Eilig wendet Josh sich ab und untersucht die Innenseite seines Helms. »Und da Sie einmal hier sind, ist es wohl das Mindeste, wenn ich Ihnen den Brunnen zeige. Ich hoffe nur, dass es keine Enttäuschung für Sie wird, denn eigentlich macht er nicht wirklich etwas her. Und passen Sie vor allem auf, dass Sie nicht stolpern, der Boden ist nicht ganz eben.«

Er legt die Hand auf meinen Arm und führt mich über das tatsächlich alles andere als ebene Terrain. Doch ohne seinen Vater in der Nähe löst sich meine Angst. Vielleicht ist es nur meine Einbildung, doch plötzlich kann ich Vögel in den Bäumen singen hören und selbst der Himmel kommt mir blauer vor. Ich spüre die besondere Energie, die dieser Ort verströmt, und habe das Gefühl, dass etwas nach mir ruft. Das alles ergibt nicht den geringsten Sinn, aber ich weiß, dass es so ist.

Es gibt eine Verbindung zwischen mir und diesem Ort. Doch wie genau sie aussieht, weiß ich nicht.

Der Brunnen ist, wie Josh bereits gesagt hat, nichts Besonderes. Er sieht aus wie ein ganz normaler Brunnen im Hof eines normalen Bauernhauses. Der circa einen Meter hohe, runde Steinrand ist mit einer rauen Holzplatte bedeckt, doch plötzlich schiebt sich die Vergangenheit über die Gegenwart, und ich sehe das junge Mädchen und den Hund im Sonnenschein am Rand des Brunnens stehen, bevor das Bild wieder verblasst und ich erneut vom Treiben auf der Baustelle umgeben bin.

»Wir haben vor, die Küche zu vergrößern«, erklärt Josh und zeigt auf den bisher nicht renovierten älteren Gebäudeteil. »Aus diesem

Teil des Hofs wird dann ein großer Essbereich, in dessen Mittelpunkt der Brunnen stehen wird. Das sieht bestimmt nicht übel aus.«

»Darf ich einmal hineinsehen?«, frage ich, weil ich urplötzlich einfach einmal in den dunklen Abgrund schauen muss.

»Ich fürchte, nein. Die Abdeckung ist festgenagelt für den Fall, dass die Vandalen wiederkommen und sie noch mal abnehmen wollen.«

»Glauben Sie, das werden sie tun?«

»Bei all den Nägeln eher nicht. Ich gehe davon aus, dass sie die Lust verlieren, Dad aufzuziehen, wenn's schwierig wird.«

»Wäre es nicht leichter, Werkzeug mitgehen zu lassen oder irgendwelche Dinge zu verstecken? Schließlich ist es ganz schön mühsam, diesen Deckel anzuheben. Und vor allem, was hätte das für einen Sinn?«

»Ich weiß es nicht.« Josh klingt ein wenig unsicher, doch schließlich zuckt er mit den Achseln und stellt fest: »Pencallyn ist ein kleiner Ort, und vielleicht finden es die Einheimischen ja nicht gut, wenn jemand Fremdes kommt und alles durcheinanderbringt. Vielleicht wollen sie uns dadurch zu verstehen geben, dass der Brunnen ihnen immer noch gehört. Offen gestanden würde ich mir wünschen, dass die Leute weiter zu dem Brunnen kommen könnten, doch mein Vater ist nun mal ein Mann, der sich nichts sagen lässt.«

»Das habe ich bemerkt.«

Er dreht den Helm in seinen Händen, und ich nehme zwischen seinen hübsch geschwungenen Brauen ein paar kleine Falten wahr.

»Er will den Leuten hier beweisen, dass er eine große Nummer ist. So macht er's immer, und ich kann Ihnen versprechen, dass er diese Sache haargenau so durchziehen wird, wie er sich's vorgenommen hat. Er spekuliert im großen Stil mit Immobilien. Haben Sie schon mal von Richardson's gehört?«

Tatsächlich hat wahrscheinlich jeder schon einmal von Richardson's gehört, denn überall im Land schießen die neuen Siedlungen des Unternehmens wie Pilze aus dem Boden, und ein paar von meinen alten Freundinnen und Freunden aus der Schule haben kleine Reihenhäuser angezahlt. Wobei die dünnen Wände und die kleinen Gärten dieser Häuser etwas völlig anderes als ein umgebautes altes Bauernhaus in Cornwall sind, das neben hochmodernen Stahl- und Glasfassaden als besonderen Hingucker noch einen alten Brunnen mitten in der riesengroßen Küche stehen hat.

»Und Sie arbeiten für ihn?«

Ich sollte nicht derart neugierig sein, doch ich kann es nicht verhindern. Josh Richardson ist völlig anders als sein Vater, und obwohl ich ihn seit weniger als einer Viertelstunde kenne, scheint er mir ein herzensguter, grundehrlicher Mann zu sein. Er kommt mir wie ein edler Ritter vor, dem Ehrlichkeit und Ehre wichtiger als Geld und Status sind, und ganz bestimmt nicht wie ein skrupelloser Immobilienhai.

Oje. Und ich war sauer, weil ich dachte, dass sein Vater Vorurteile hat?

»Das ist eine lange Geschichte, die Sie sicher ziemlich langweilen würde, also fasse ich mich lieber kurz. Ich mache hier die Bauaufsicht, während er selbst in London seine Arbeit macht. Nur leider hat er sich in den Kopf gesetzt, dass er auch noch das Nachbargrundstück haben will. Er will das Herrenhaus, den Blick aufs Meer, das Land und alles, was dazugehört. Im Grunde hat er diesen Hof hier nur gekauft, damit er, wenn sich die Gelegenheit ergibt, direkten Zugriff auf das Nachbargrundstück hat.«

»Ihr Vater hat ein Auge auf Pencallyn House geworfen?«

»Kennen Sie das Anwesen?«

»Na klar! Es ist das Vorbild des *geheimnisvollen Gartens*!«

Er fängt an zu strahlen. »Sie kennen das Buch!«

»Ich habe es als Kind gelesen, aber die Geschichte ist mir größtenteils entfallen«, gestehe ich. »Nur die Bilder von dem Garten und der Sonnenuhr haben sich mir unauslöschlich eingeprägt. Sie wurden dort gemalt, nicht wahr?«

»Das stimmt. Pencallyn House hat einen wunderbaren Garten, auch wenn der inzwischen fast verloren ist. Ich würde ihn unglaublich gerne restaurieren. Er liegt seit Jahren im Dornröschenschlaf und wartet nur darauf, dass irgendwer ihn weckt.« Bei diesen Worten steigt ihm eine leichte Röte ins Gesicht. »Meine Güte, habe ich das wirklich laut gesagt? Sie müssen Zauberkräfte haben, Nell. Ich interessiere mich für die Geschichte alter Gärten, wühle gerne in der Erde, und die Wiederbelebung von Pencallyn Garden ist mein größter Traum. Er ist so was wie der Heilige Gral der Gartenarchäologie.«

»Ich finde es sehr schön, wenn jemand Träume hat«, erkläre ich. »Und dieser ganz besondere Traum klingt wirklich wunderschön.«

»Ich bin mir nicht sicher, ob mein Vater das genauso sieht. Ich fürchte, das Projekt wäre für ihn nicht ehrgeizig genug, aber davon zu träumen, kann er mir wohl kaum verwehren. Und Estella Kellow war so nett, mir zu erlauben, mich in meiner Freizeit in dem Garten umzusehen. Es ist tatsächlich alles da und wartet nur darauf, dass man es wiederauferstehen lässt, weshalb ich einfach hoffen muss, dass dieser Garten niemals meinem Vater in die Hände fallen wird. Er würde ihn wahrscheinlich einebnen, um einen Parkplatz für die Luxuswohnungen zu kriegen, die er auf dem Grundstück bauen will.«

»Sie kennen Estella Kellow?«, frage ich ihn aufgeregt. »Ich hatte mich bereits gefragt, ob sie mir bei den Nachforschungen, die ich hier betreibe, vielleicht helfen kann.«

»O ja, ich kenne sie. Mein Dad war eine Spur zu *nachdrücklich,* als er mit einem Angebot, das sie aus seiner Sicht nicht hätte ablehnen können, bei ihr war. Und um den Schaden zu begrenzen, war ich dann am nächsten Morgen selbst bei ihr.« Mit einem müden Grinsen stellt er fest: »Ich nehme an, Sie sind nicht wirklich überrascht.«

»So etwas hätte ich dem netten Mr. Richardson nie zugetraut«, erkläre ich, und Josh lacht leise auf.

»Sie haben ja selbst erlebt, dass er nicht unbedingt ein Meister der Beherrschung ist. Aber wie dem auch sei, kamen wir, als ich drüben war, ins Plaudern, und ich habe festgestellt, dass sie wirklich faszinierend ist. Sie hat in ihrem Leben sicher mehr erlebt, als ich mir auch nur ansatzweise vorstellen kann. Inzwischen helfe ich ihr ab und zu im Garten oder mache kleine Arbeiten am Haus.« Er legt den Finger an die Lippen und zwinkert mir zu. »Was allerdings topsecret ist und bleiben muss! Im Gegenzug lässt sie mich durch den Garten streunen und erzählt mir alles, woran sie sich noch erinnern kann.«

»Kann sie sich wohl auch noch an die Zeit erinnern, als die Amerikaner in den 1940ern hier in Pencallyn waren?«

»Ich gehe davon aus, auch wenn sie manchmal etwas wirr ist«, warnt er mich. »Ich könnte sie ja fragen, ob sie Ihnen von der Zeit erzählen will.«

»Das würden Sie tun? Das wäre großartig! Vielen Dank!«

Wir beide lächeln, doch inzwischen steht die Sonne tiefer, und der lange Schatten, den der Brunnen wirft, ruft einen wehmütigen Schauder in mir wach.

»Ist Ihnen kalt?«, fragt Josh.

Ich reibe mir die Arme und weiß nicht, wie ich ihm das Gefühl, das in mir aufgestiegen ist, erklären soll.

»Nein.«

Er sieht mir forschend ins Gesicht. »Ist Ihnen unbehaglich? Manchmal strahlt der Ort hier etwas aus, was ich nur schwer benennen kann. Er wirkt, als wäre er vor irgendetwas auf der Hut, nicht wahr? Wachsam und gleichzeitig traurig, finden Sie nicht auch?«

Genauso fühlt es sich für mich an.

»Deswegen fühlt sich meine Mutter hier nicht wohl«, vertraut er mir mit leiser Stimme an. »Was wirklich schade ist, denn normalerweise ist sie von Cornwall begeistert.«

»Und was sagt Ihr Dad dazu?«

»Er sagt, das wäre einfach lächerlich. Er hat für solche Dinge einfach kein Gespür. Er ist nicht unbedingt der einfühlsame Typ. Er denkt, dass sie sich unwohl fühlt, weil die Bäume nebenan so hochgewachsen sind, deshalb will er Estella zwingen, sie fällen zu lassen, damit es hier heller wird und man aufs Meer hinunterschauen kann.«

»Und, wird sie sie fällen lassen?«

»Diese Frage können Sie sich selbst beantworten, wenn Sie sie kennenlernen, aber bisher sieht's so aus, als nähme sie's mit Dad problemlos auf.« Joshs Handy schrillt, und er verzieht unglücklich das Gesicht. »Und wie aufs Stichwort will er was von mir. Entschuldigen Sie mich einen Moment.«

Er wendet sich kurz ab, und ich sehe mir noch einmal den Brunnen an. Er sieht wie jeder andere Brunnen auf irgendeinem Bauernhof aus, aber noch immer kommt es mir so vor, als wäre er vor irgendetwas auf der Hut. Vielleicht ist es das Echo seiner heidnischen Vergangenheit, auch wenn sein ursprünglicher Zweck inzwischen längst vergessen ist? Ich lege meine Finger an den rauen Stein, der trotz der sommerlichen Wärme eisig ist, und ziehe unwillkürlich meine Hand zurück. Ich bin nicht im Geringsten abergläubisch, aber etwas tief in meinem Inneren ist von der Berührung alarmiert. Beunruhigt wende ich mich ab und warte, bis Josh wiederkommt.

»Ich sollte langsam wieder los und mit den anderen Galeerensklaven rudern«, klärt er mich sarkastisch auf. »War wirklich schön, Sie kennenzulernen, Nell.«

»Das fand ich auch.«

Er schüttelt mir die Hand, und plötzlich nehme ich ein warmes Kribbeln wahr, das er dem überraschten Blitzen seiner Augen nach anscheinend ebenfalls verspürt. Entschlossen mache ich mich wieder von ihm los, weil ich meine Mission nicht noch verkomplizieren will.

»Ich gebe Ihnen Bescheid, sobald ich bei Estella war«, sagt er und sieht mich etwas unbehaglich an. »Sie wohnen im Dorf, nicht wahr?«

»Im Pilchards«, gebe ich zurück.

»Glauben Sie kein Wort von dem, was Toby sagt. Lassen Sie sich nicht von Davey dazu überreden, ihm was zu spendieren, und vermeiden Sie auf jeden Fall das wöchentliche Quiz! Ich melde mich.«

Obwohl ich spüre, dass er mir mit Blicken folgt, wage ich nicht, mich noch mal umzudrehen. Ich bin mir nicht ganz sicher, was die seltsamen Gefühle zu bedeuten haben, die ein völlig Fremder in mir wachgerufen hat.

Ich brauche erst mal Raum, um nachzudenken. Alles logisch durchzugehen. Und mich zu erholen.

Zurück ins Dorf geht es die ganze Zeit bergab, und schon nach Kurzem habe ich mein Ziel erreicht. Ich weiß nicht, ob es an der Anstrengung der Reise, an der Hitze oder meiner Anspannung infolge des Zusammenstoßes mit Joshs Vater liegt, aber mir dröhnt derart der Schädel, dass ich, statt im Schankraum eine Kleinigkeit zu essen, direkt auf mein Zimmer gehe und mich aufs Bett fallen lasse.

Nach einer Weile wache ich von meinem eigenen Angstschrei und vom wilden Klopfen meines Herzens auf. Es ist stockdunkel, und bevor ich mich an meinen Traum erinnern kann, ist er bereits verblasst. Ich weiß nur noch, dass es um Wasser, Vollmond und um einen Sturz in einen dunklen Abgrund ging.

Der Brunnen. Ich habe von dem Brunnen auf dem alten Hof geträumt.

Ich schalte meine Nachttischlampe ein, ziehe die Bilder aus der Handtasche und sehe sie mir noch mal an. Falls der GI mein Opa war, wer war dann wohl die junge Frau? Und wie in aller Welt kam Dad an dieses Bild? Was hatte er mit den beiden zu tun?

Ich sitze auf dem Bett, ziehe die Knie an die Brust und taste nach dem kleinen Silberkreuz. Es gibt mir das Gefühl, dass jemand mich beschützt und liebt.

Immer noch mit Kopfweh trete ich ans Fenster, doch statt eines vollen Mondes sehe ich nur eine Wolkenwand, die vor den Sternen aufgezogen ist und den gesamten Ort in Schwärze taucht. Das Einzige, was ich erkenne, ist die dichte Reihe alter Bäume, die Pencallyn Garden bewacht.

Ich weiß, dass ich in diesem Garten Antworten auf meine Fragen finden werde, also werde ich am nächsten Tag dorthin spazieren.

Etwas sagt mir, dass der Schlüssel des Geheimnisses um meine Herkunft in Estella Kellows Händen liegt.

12

Estella
heute

Estella saß im Garten und genoss die warme Sonne, als ihr Nachbar auf der Bildfläche erschien. Sie seufzte, weil sie es nicht leiden konnte, wenn man ihre Ruhe störte, und weil Martin Richardson ein widerlicher Fatzke war, der immer extralaut und extralangsam mit ihr sprach, als wäre sie stocktaub und könnte nicht bis drei zählen, ohne dass ihr jemand dabei half. Vor allem war es reine Zeitverschwendung, an so einem wunderbaren Sommermorgen Small Talk mit dem Mann zu führen, denn ohne dass sie hellsehen konnte, ging sie ziemlich sicher davon aus, dass dies der letzte Sommer wäre, der ihr hier beschieden war. Sie überlegte kurz, ob sie sich schlafend stellen sollte, aber Männer wie ihr Nachbar gaben selten auf, und wenn sie jetzt nicht mit ihm spräche, käme er auf jeden Fall noch mal zurück. Am besten brächte sie es einfach hinter sich.

»Guten Morgen«, bellte Martin Richardson. Er schwitzte und fächerte sich mit einer altmodischen Tweedmütze, wie auch ihr Vater eine getragen hatte, Luft zu. »Es ist mal wieder furchtbar warm.«

»Das stimmt.« Estella schirmte ihre Augen mit der Hand gegen die Sonne ab und sah ihm forschend ins Gesicht. Wahrscheinlich würde er sich anfangs nett und freundlich geben und sein bisheriges Angebot noch mal erhöhen und erst, wenn sie es ausschlug, seinen wahren Charakter offenbaren und ihr unverhohlen drohen. Männer wie dieser Martin waren so berechenbar – sie waren der personifizierte Charme, bis ihnen jemand in die Quere kam. Auch ihr Vater war aus diesem Holz geschnitzt gewesen – und noch jemand anderes, ein

Mann mit Augen, die geglitzert hatten wie vom Eis zurückgeworfene Sonnenstrahlen.

»Ich hoffe, Sie entschuldigen, dass ich Sie einfach überfalle. Kelly hat gesagt, dass Sie auf der Terrasse wären«, bellte Martin Richardson, und ohne dass er dazu aufgefordert worden wäre, nahm er auf dem Stuhl ihr gegenüber Platz. »Puh! Ist diese Hitze nicht etwas viel für Sie?«

»Ich mag die Wärme«, klärte ihn Estella milde auf. »In meinem Alter ist es eher die Kälte, die einem zu schaffen macht.«

»In Ihrem Haus muss es ohne vernünftige Zentralheizung doch eisig sein. Ich frage mich, wie Sie die kalte Jahreszeit hier überstehen, denn schließlich sind die Winter hier in Cornwall kalt und feucht. Wären Sie nicht irgendwo im Warmen besser aufgehoben?«

Estella wusste von dem jungen Josh, dass seine Eltern über Winter meist in Spanien waren. In ihrer Villa standen sicher nirgends Schüsseln auf dem Boden, um das durchs Dach tropfende Wasser aufzufangen, und sicher bliesen auch nicht irgendwelche altersschwachen Heizlüfter asthmatisch pfeifend staubige, im besten Fall lauwarme Luftböen in den Raum.

»Keine Angst, mein Lieber. Hier in Cornwall sind wir ziemlich hart im Nehmen, und ein bisschen Nieselregen oder Nebel bringen mich bestimmt nicht um«, erklärte sie und kreuzte heimlich ihre Finger, denn es wäre wirklich ärgerlich, wenn sich herausstellen würde, dass sie doch nicht ganz so hartgesotten war. Es wäre sicherlich nicht lustig, würde sie an einer Lungenentzündung sterben, doch noch schlimmer als der Tod wäre das Wissen, dass der Kerl, der ihr hier gegenübersaß, Sangria schlürfen und erklären würde, er hätte das dumme alte Weib davor gewarnt, sich hier in diesem alten Kasten zu verkühlen. Allein aus diesem Grund war sie entschlossen, nicht so schnell ins Gras zu beißen.

»Das höre ich natürlich gern«, erklärte Martin Richardson, doch seiner Miene nach war das genaue Gegenteil der Fall. »Als guter Nachbar bin ich nun einmal in Sorge um Ihr Wohlergehen.«

Estella lächelte. Sie beide wussten, dass das blanker Unsinn war, doch das war eben der Eröffnungszug in dem gesellschaftlichen Schachspiel, für das er gekommen war. Er würde ohne Zweifel gleich den ersten Angriff starten, den sie prompt parieren würde, und am Ende würde er schachmatt und wutschnaubend von dannen ziehen.

»Also, welchem Umstand habe ich es zu verdanken, dass Sie mich besuchen kommen?«

»Sie müssen Ihre Bäume fällen lassen, Miss Kellow.«

»Ach ja? Und dabei dachte ich, sie wären kerngesund.«

»Das sind sie sicher auch, aber wie ich Ihnen schon einmal erläutert habe, nehmen sie mir das Licht und auch die Sicht. Das heißt, sie müssen weg.« Jetzt beugte er sich vertraulich zu ihr vor. »Die Kosten übernehme selbstverständlich ich. Ich habe ein hervorragendes Baumchirurgenteam. Sie sind die Besten, die es in der Branche gibt.«

»Das ist natürlich schön.« Sie legte eine Pause ein und freute sich an seiner Ungeduld. Es war eine bescheidene Rache an ihrem verstorbenen Vater, dass sie einen solchen Mann warten ließ, und sie genoss den Augenblick. Wie oft hatte die arme Violet ihres Vaters wegen bitterlich geweint, und wie oft hatte sie als seine Tochter stundenlang mucksmäuschenstill in ihrem Schulzimmer gesessen, weil er keine Störung duldete, während er bei der Arbeit war? Evie hatte zutreffend gesagt, er wäre ein Tyrann.

»Also, soll ich meine Leute hier vorbeischicken? Dann brauchen Sie sich selbst um nichts zu kümmern.«

Martins Frage zwang Estella in die Gegenwart zurück, und während eines kurzen Augenblicks war sie verwirrt, weil nicht ihr Vater, sondern Martin Richardson ihr gegenübersaß.

»Um was muss ich mich dann nicht kümmern?«

Ein Ausdruck der Gereiztheit huschte über sein Gesicht, aber er hatte sich sofort wieder im Griff. Estella wusste, dass er sie am liebsten hätte schütteln wollen, bis sie sich geschlagen gab.

»Die Bäume«, brüllte er. »Die mir die Sicht aufs Meer versperren. Ich werde meinen Leuten sagen, dass sie sich um diese Bäume kümmern sollen, ja? Sie sind sehr gut. Sie sind die Besten, die es gibt!«

Ah ja. Die Bäume. Die auch ihr die Sicht aufs Meer versperrten. Weil der Blick hinab aufs Meer zu schmerzlich für sie war. Ihr Bruder Alex war in seiner eleganten kleinen Spitfire in einer Rauch- und Flammenwolke über dieser Wasserfläche abgestürzt. Sie lag jetzt auf dem Meeresgrund, und Alex' Knochen waren weiß wie Perlen und wurden höchstens von den Kreaturen, die in diesen Tiefen lebten und wussten, wo er seine letzte Ruhestätte hatte, ab und zu besucht. O nein, die Bäume würden bleiben, wo sie waren.

»Ich bin mir sicher, dass Sie gute Leute haben, Mr. Richardson, aber wie jeder Baumchirurg hier aus der Gegend Ihnen sagen kann, stehen diese Bäume unter Schutz. Vor allem sind wir hier in einer Gegend, wo man ohne die besondere Genehmigung durch die Behörden nicht so einfach Bäume fällen darf.«

Schachmatt.

Estella lehnte sich auf ihrem Stuhl zurück und wartete die Antwort ihres Nachbarn ab. Würde er wütend werden, oder hatte er ein weiteres Ass im Ärmel seines teuren Barbour-Hemds?

Er nickte zustimmend.

»Ich weiß. Deswegen will ich Ihnen einen Vorschlag machen, der aus meiner Sicht zu unserer beider Vorteil ist.«

Estella schwieg, denn was in aller Welt könnte sie seiner Meinung nach in ihrem Alter noch brauchen?

»Ich dachte, Sie verkaufen mir vielleicht den knappen Hektar Land, der auf der Grenze zwischen Ihrem und meinem Grundstück liegt.« Begierig beugte er sich vor. »Sie können damit schließlich sowieso nichts anfangen. Das Land ist hoffnungslos verwildert, und ich werde einen guten Preis dafür bezahlen. Wie wäre es mit dreißigtausend Pfund? Dann ist das Fällen der Bäume nicht mehr Ihr Problem, und keine Angst, ich finde einen Weg, damit ich sie entfernen lassen kann.

Ich kenne Leute im Gemeinderat, die dafür sorgen können, dass man mir die nötige Genehmigung erteilt.«

Daran zweifelte Estella keinen Augenblick. Mit Schmiergeld und Bestechung kannten Männer seines Schlags sich aus. Ihr Vater hätte Martin Richardson auf jeden Fall gemocht, und allein deshalb kämen sie beide niemals miteinander ins Geschäft.

»Das ist ein großzügiges Angebot, aber ich muss es leider ausschlagen«, erklärte sie.

»Wollen Sie mehr Geld? Dann nennen Sie mir einfach Ihren Preis. Was wollen Sie?«

Wo sollte sie da anfangen? Estella hätte ihm erzählen können, dass sie sich nach Gesichtern sehnte, die sie fast vergessen hatte, und dass sie nicht ständig in die Löcher fallen wollte, die in ihrem Hirn entstanden waren. Da er das aber ganz sicher nicht verstanden hätte, ließ sie es sein.

»Wenn Sie erst mal in meinem Alter sind, werden Sie feststellen, dass man das, was einem wirklich wichtig ist, nicht kaufen kann.«

»Wie zum Beispiel? Sagen Sie mir, was Sie wollen, und ich besorge es.«

Sie lächelte und schüttelte den Kopf.

»Eines Tages werden Sie es verstehen. Danke für Ihr Angebot, Mr. Richardson, aber ich möchte weder was von meinem Land verkaufen noch die Bäume fällen. Ich bin mehr als zufrieden mit den Dingen, wie sie sind.«

Er sah aus, als würde er ihr widersprechen wollen, doch in diesem Augenblick kam Kelly mit einem Tablett und stellte Teetassen und Untertassen auf den Tisch.

»Darf ich Ihnen einen Tee anbieten?«, wandte Estella sich an ihren Gast, während sie selbst bereits von Kelly eingeschenkt bekam. Sie wusste, dass er eher aus einem Schierlingsbecher trinken würde, aber es war amüsant, zu sehen, dass er sich weiter höflich geben musste, während er ihr an die Gurgel gehen wollte.

Stirnrunzelnd stand er auf.

»Nein, danke. Ich will nur, dass die verdammten Bäume wegkommen. Ich werde dem Gemeinderat wegen der Sache schreiben, und dann werden wir ja sehen, wer das letzte Wort behält.«

»Meinetwegen tun Sie das«, bot ihm Estella milde an. »Vielen Dank, Kelly, das reicht. Haben Sie auch ein paar Plätzchen mitgebracht?«

»Und sorgen Sie dafür, dass der verdammte Köter nicht mehr auf mein Grundstück kommt«, fügte er noch hinzu und drückte sich die Mütze auf das graue Haar. »Ich bin das Vieh inzwischen wirklich leid.«

Bei diesen Worten hob Estella ruckartig den Kopf. »Den Hund?«

»Den schwarzen Cockerspaniel. Ständig läuft das Vieh auf meinem Grundstück rum. Wenn ich es dort noch einmal sehe, rufe ich den Hundefänger oder erschieße das verdammte Biest.«

»Miss Kellow hat gar keinen Hund«, hörte Estella Kelly sagen, doch die Stimme klang verzerrt und so, als dränge sie aus weiter Ferne an ihr Ohr. »Sie haben keinen Hund, nicht wahr, Miss Kellow? Miss Kel low?«

In Estellas Hirn tat sich ein tiefer Abgrund auf, und ohne Vorwarnung stürzte sie kopfüber hinein.

»Ich gehe jetzt, aber das letzte Wort in dieser Sache ist noch nicht gesprochen«, knurrte Martin Richardson, Estella aber sah sich hektisch um und nahm ihn kaum noch wahr.

»Poppet!«, rief sie. »Poppet! Komm zurück! Wo bist du? Mach mir keine Angst!«

»Miss Kellow?«, fragte eine Stimme, doch sie wusste nicht, woher sie kam.

Sie schaute blinzelnd auf die nette junge Frau, die vor ihr kauerte, und hoffte nur, sie hätte ihren Spaniel irgendwo gesehen.

»Ich weiß nicht, wo Poppet ist«, stieß sie mit rauer Stimme aus. »Bestimmt hat er sie umgebracht.«

»Sie machen mir Angst, Estella. Wer ist Poppet?«

»Mein Hund!« Estellas Stimme wurde schrill. »Er hat sie umgebracht! Ich weiß, das hat er!«

»Sie haben ihren Hund getötet?«, wandte sich die junge Frau entsetzt an einen Mann. Doch er war alt, sein Gesicht war rot, und als er sprach, hatte er keinen gedehnten Südstaatenakzent.

Estella atmete erleichtert auf. Er war nicht Hamilton.

»Auf keinen Fall!«, brüllte der Mann. »Sie redet wirres Zeug. Es tut mir leid, dass ich das Mistvieh jemals angesprochen habe.«

»O ja«, sagte die Frau. »Sie haben sie damit furchtbar aufgeregt.«

Estella schüttelte den Kopf.

»Nicht er hat meinen Hund getötet, sondern Hamilton.«

Für einen kurzen Augenblick sah sie die arrogante Miene des verhassten Mannes, doch dann war sie wieder fort, und sie war ebenso erleichtert wie in dem Moment, als sie erfahren hatte, dass er in der Normandie gefallen war.

»Wer ist Hamilton?«, fragte das Mädchen sanft und streichelte Estellas Arm. Dann schwamm sein Name durch den Nebel, und Estella rang nach Luft, als hätte sie die letzten Augenblicke unter Wasser zugebracht. Das hier war Kelly, ihre junge Haushaltshilfe, und der streitlustige Mann war nicht Hamilton Mason, sondern Martin So-und-so, der in das alte Bauernhaus gezogen war.

»Niemand, um den Sie sich Gedanken machen müssten, meine Liebe, denn er ist schon lange tot«, erklärte sie. »Oh! Ich bin ein bisschen zittrig. Könnte ich ein Glas Wasser haben?«

»Kommen Sie mit in die Küche.« Kelly half ihr auf. »Da kriegen Sie Ihr Wasser, und nach all der Hitze hier auf der Terrasse tut Ihnen die kühle Luft im Haus wahrscheinlich gut.«

»Wir sprechen später noch einmal über die Bäume«, rief der Mann ihr hinterher, Estella aber hörte gar nicht hin. Sie trauerte noch immer um das süße kleine Hündchen, das vor über fünfundsiebzig Jahren spurlos verschwunden war.

Tatsächlich war es in der Küche herrlich kühl, und während sie am Tisch saß und an ihrem kalten Wasser nippte, wurde sie allmählich wieder ruhig. Die Zeiten fuhren nicht mehr Karussell, und der Verlust von Poppet hatte sich an den verborgenen Ort in ihrem Inneren zurückgezogen, wo er immer eine traurige Erinnerung bleiben würde.

Kelly nahm ihr gegenüber Platz und sah sie fragend an. »Wie fühlen Sie sich? Ich habe Sie noch nie so zittern sehen. Sie haben mir ganz schön Angst gemacht.«

»Das war bestimmt die Hitze«, schwindelte Estella.

»Oder dieser Martin Richardson, weil der sich wieder einmal furchtbar aufgeblasen hat. Was für ein Arsch. Entschuldigen Sie meine Ausdrucksweise, aber Sie sollten mal hören, was Darren alles über ihn erzählt. Der nette Josh ist sicher adoptiert, denn er kann unmöglich der Sohn von einem derart arroganten Fatzke sein.«

Estella lachte. »Aber Sarah Richardson ist eine wunderbare Frau. Sie war sehr nett zu mir, als ich neulich bei ihnen war. Bestimmt kommt Josh nach ihr.«

»Sie tut mir leid, weil sie so einen Mann wie Martin hat«, ereiferte sich Kelly und schüttelte mitfühlend den Kopf. »Und Josh ist meiner Meinung nach total verrückt, weil er für diesen Typen arbeitet. Warum zum Teufel tut er sich das an?«

Estella wusste ganz genau, warum. Er hatte es ihr im Vertrauen erzählt, und sie konnte es durchaus nachvollziehen. Sie kannte schließlich selbst die langen Schatten, die ein Mann wie Martin oder auch ihr Vater auf die eigene Familie warf.

Doch alles, was sie sagte, war: »Ich bin mir sicher, dass er seine Gründe dafür hat.«

Kelly spielte nachdenklich mit einem der goldenen Reifen, die sie in den Ohren trug. »Unten im Dorf tun Sarah und der junge Josh uns furchtbar leid. Es ist bestimmt kein Spaß, in diesem Haus zu leben, denn dort geht es nicht mit rechten Dingen zu.«

»Ach ja?« Estella hatte das Gehöft immer geliebt. Als Kinder hatten sie und Evie sich dort immer irgendwelche Spiele ausgedacht, Fotos mit Violets Box-Brownie-Kamera gemacht und später heimlich dort die Camel-Zigaretten, die die Amis großzügig verteilt hatten, geraucht.

Doch Kelly nickte nachdrücklich. »Darren sagt, die Atmosphäre dort ist wirklich unheimlich.«

»Früher war es dort sehr friedlich. Das Gehöft hat in den Dreißigern unserer Familie gehört, und ich habe als Mädchen dort gespielt«, erinnerte Estella sich. »Aber mein Vater hat das Grundstück nach dem Krieg verkauft. Er hatte damals jede Menge Schulden angehäuft und deshalb einen Großteil unserer Ländereien verkauft.«

»Die Männer wollen dort nicht im Dunkeln arbeiten. Auch mich brächten keine zehn Pferde nachts dorthin – außer, wenn Josh mich bitten würde, denn das wäre etwas völlig anderes! Er ist ausgesprochen attraktiv, finden Sie nicht auch?«

»Ich glaube, dass ich das in meinem Alter nicht mehr ganz so gut beurteilen kann.«

»Man ist doch sicher nie zu alt, um sich am Anblick eines schönen Mannes zu erfreuen, Miss Kellow«, stellte Kelly grinsend fest. »Aber erzählen Sie ja nicht meinem Darren, dass ich das gesagt habe. Er kann manchmal erschreckend eifersüchtig sein.«

Estella fand, dass Eifersucht das schlimmste und gefährlichste von allen menschlichen Gefühlen war. Sie schlang den Menschen ihre unsichtbaren Tentakel um die Seele und hielt sie so eng umklammert, dass kein Raum mehr für Hoffnung, Freude und Liebe blieb. Auch Evie hatte damals glühende Eifersucht verspürt. Und Hamilton …

Während sich Kelly in der Küche wieder an die Arbeit machte, grübelte Estella über ihre Worte nach. Womöglich war die Atmosphäre drüben auf dem Hof inzwischen wirklich unheimlich. Eine Erinnerung flackerte auf, doch ehe sie sie packen konnte, tauchte sie schon wieder ab und hinterließ nur noch die Bilder weißer Haut mit leuchtend roten Kratzern, eines Hundes, der verschwunden war, und lauter Schreie in der Nacht.

Wessen Erinnerungen waren das? Die von Evie? Oder ihre eigenen? Estella schüttelte frustriert den Kopf, als könnte sie sie dadurch aus den Tiefen ihres Hirns befreien, aber es nützte nichts. Die Bruchstücke ergaben einfach keinen Sinn.

Wie lange würde es noch dauern, bis die Bilder überhaupt nicht mehr zu sehen wären? Bei dem Gedanken zog ihr Magen sich zusammen, denn wer war Estella Kellow, wenn sie die Vergangenheit vergaß? Sie umklammerte den Rand des Tischs. Dann wüsste niemand mehr etwas von diesem ganz besonderen Ort.

Sie müsste jemandem die Wahrheit sagen, aber wem? Wer hätte genug Zeit, um sich ihre Geschichte anzuhören, ihr durch die Dunkelheit zu folgen und geduldig auszuharren, wenn sie wieder mal in eins der schwarzen Löcher, die sich in ihr Hirn gegraben hatten, fiel?

Wer würde etwas von zwei kleinen Mädchen und von dem Versprechen, das sie sich vor einer Ewigkeit gegeben hatten, hören wollen?

Womöglich würde sich ja ihr Verlag für die Geschichte interessieren, denn wenn sie nach all den Jahren bereit wäre, die Wahrheit über den *geheimnisvollen Garten* zu enthüllen, würden sicher weitere Exemplare ihres alten Buchs verkauft. Aber sie hatte dieses Werk ganz sicher nicht geschrieben, um der Welt ihre Geheimnisse zu offenbaren. Estella wollte die Geschichte jemandem erzählen, der sie hören wollte und vielleicht sogar verstand. Die Zeit, die ihr noch blieb, wurde allmählich knapp, doch irgendjemand musste einfach ihre Beichte hören.

Die alten Sünden mussten ihr verziehen werden, und zwar möglichst bald.

Estella kämpfte sich von ihrem Stuhl hoch, stützte sich schwer auf ihren Stock und schleppte sich zur Spüle, wo noch das Geschirr vom Frühstück stand. Sie müsste sich beschäftigen, statt Dinge zu bedauern, die nicht mehr zu ändern waren. In solchen Augenblicken waren das Klappern des Geschirrs, das heiße Wasser und die monotone Arbeit Balsam für die Seele, also füllte sie die Spüle und gab dickflüssiges grünes Spülmittel hinein, bis der Schaum über den Rand der Plastikschüssel quoll.

Während sie dabei war, einen Teller abzutrocknen, drangen Stimmen an ihr Ohr, und durch das offene Fenster sah sie Kelly, die mit einer jungen Frau zusammenstand. Die beiden hatten ihre Köpfe während des Gesprächs zusammengensteckt. Kellys blondes Haar mit den dunklen Ansätzen stellte einen deutlichen Kontrast zu dem schwarz schimmernden Haar ihres Gegenübers dar.

Ebenholzschwarzes Haar, das glänzte wie der Flügel einer Elster …

Nein!

Der Teller glitt ihr aus den Fingern und fiel klirrend auf den Boden, aber das nahm sie kaum wahr. Nicht mal das Stechen in ihrer Brust war jetzt noch von Belang, denn sie war wieder siebzehn und nach all der langen Zeit war Evie endlich heimgekehrt!

»Evie!«, schrie sie glücklich. »Evie! Endlich bist du wieder da! Ich komme! Lauf nicht weg! Ich komme!«

Doch in ihrer Eile, in den Garten zu gelangen, übersah sie, dass das Seifenwasser auf den Fußboden geschwappt war, rutschte in der Pfütze aus und schlug so unsanft auf dem harten Fliesenboden auf, dass ihre Hüfte brach, als wäre sie aus feinstem Porzellan.

Und dann gingen die Lichter aus.

13

Nell

heute

Ich sitze auf dem harten Plastikstuhl, halte in den Händen einen Becher siedend heißen Kaffee und sehe den Ärztinnen und Ärzten, Pflegerinnen und Pflegern, die an mir vorübereilen, hinterher. Alle paar Minuten schrillt ein Piepser, der mich, auch wenn ich hier schon seit einer Stunde sitze, jedes Mal zusammenfahren lässt. Es kommt doch sicher jeden Augenblick ein Arzt, der irgendwelche Neuigkeiten für uns hat?

Ich knabbere die Haut meines Daumennagels ab, denn Krankenhäuser machen mich nervös. Sobald mir nur ein Hauch des typischen Desinfektionsmittelgeruchs entgegenschlägt, bin ich gedanklich abermals in einer Zeit, die ich vergessen will. Dann spüre ich das kalte Gel auf meinem Bauch. Höre, wie der Ärztin, die mich untersucht, der Atem stockt, und sehe, wie ihr Blick den angsterfüllten Blick von Andy trifft …

Ich verdränge diese Bilder und umklammere den Plastikbecher so fest, dass mir heißer Kaffee auf die nackten Beine schwappt. Zumindest aber lenkt der Schmerz mich ab, und fast erleichtert tupfe ich mir meine Oberschenkel mit dem Taschentuch ab, das Kelly aus den Tiefen einer riesengroßen Handtasche hervorgezerrt hat.

»Ich schleppe immer unseren halben Hausrat mit mir rum«, klärt sie mich auf. »Mit Kindern muss man stets auf alles vorbereitet sein. Ich habe immer Feuchttücher und Pflaster, Fiebermittel und selbst einen kleinen Haken in der Tasche, denn als unser Kyle noch klein war, musste ich ihm damit immer wieder irgendwelche Münzen, Erbsen oder sonst was aus der Nase holen.«

»Keine Angst, ich stecke mir bestimmt nichts in die Nase. Ich bin eher auf Verbrennungen dritten Grades und auf das Erschrecken alter Damen spezialisiert«, versichere ich ihr.

»Sie haben Estella nicht erschreckt! Sie ist ganz einfach auf dem nassen Boden ausgerutscht. Und dabei habe ich ihr tausendmal gesagt, dass sie nicht mehr allein Geschirr spülen soll. Estella sieht nicht mehr so gut und merkt nicht, wenn sie Wasser auf den Fußboden verspritzt. Es wundert mich, dass sie nicht schon viel eher gefallen ist.«

Ich bin nicht überzeugt, dass das die Wahrheit ist. Zwar ist Estella Kellow auch nach Sicht der Sanitäter einfach auf den nassen Fliesen ausgerutscht, ich aber denke, dass sie mich mit jemandem verwechselt hat und in der Eile, mich im Garten zu begrüßen, die Balance verloren hat. Ich habe also, ohne es zu wollen, die Verwirrung einer alten Dame hundertfach verschlimmert, und jetzt liegt sie mit einem Oberschenkelhalsbruch im Krankenhaus.

Natürlich ist das meine Schuld.

Ich kämpfe mühsam gegen die in meinen Augen aufsteigenden Tränen an. Was, wenn sie stirbt? Denn schließlich hört man oft, dass sich ein alter Mensch die Hüfte bricht und daran stirbt. Ach, hätte ich doch nur gewartet, bis uns Josh einander vorstellt. Hätte ich mich doch geduldet, statt bei ihr hereinzuplatzen, ohne dass sie darauf vorbereitet war. Doch jetzt ist es zu spät. Wie heißt es doch so richtig? Hätte, hätte, Fahrradkette? Meinetwegen liegt ein alter Mensch im Krankenhaus.

Dabei hatte der Tag durchaus vielversprechend begonnen. Ich war voller Aufregung die Einfahrt von Pencallyn House hinaufgelaufen, denn womöglich hätte ja die – wenn auch vage – Chance bestanden, dort auf jemanden zu treffen, der sich noch an meine Großeltern erinnern konnte. Der wolkenlose blaue Himmel und der warme Sonnenschein hatten mich in meiner Zuversicht bestärkt. Entschlossen hatte ich die Überreste der beunruhigenden Träume abgeschüttelt und war schnellen Schritts die Anhöhe hinaufmarschiert. Angenehm gesättigt von Jens wunderbarem Frühstück hatte ich die frische Luft in meine Lungen eingesogen und war optimistisch davon ausgegangen, dass Estella Kellow in der Lage wäre, das Geheimnis meiner Herkunft zu enthüllen. Selbst der vernachlässigte Garten von Pencallyn hatte an dem hellen Morgen irgendwie romantisch ausgesehen, und nach der letzten Biegung hatte ich mit angehaltenem Atem auf das imposante alte Herrenhaus gestarrt.

Eine junge Frau hatte im Garten Wäsche aufgehängt. Sie hatte sich als Kelly, Miss Kellows Haushaltshilfe, vorgestellt, nachdem ich ihr den Grund für mein Erscheinen erläutert hatte. Ich hatte ihr erzählt, ich wäre Buchautorin, weil Estella schließlich auch ein Buch geschrieben hatte, und tatsächlich meinte Kelly, sicher würde sich die alte Dame über ein Gespräch mit einer Schriftstellerkollegin freuen.

»Sie ist eine Büchernärrin«, hatte mir die junge Frau auf unserem Weg über den Hof vorbei an Hochbeeten voller Gemüse anvertraut. »Sie ist unglaublich belesen, und von vielen Sachen, die sie mir erzählt hat, habe ich nie zuvor etwas gehört. Bei mir daheim reicht meine Zeit meist nicht mal, um aufs Klo zu gehen, das heißt, zum Lesen komme ich ganz sicher nicht! Es wird ihr guttun, sich mit Ihnen zu unterhalten, und ich bin mir sicher, dass sie Ihnen jede Menge Sachen aus der Zeit des Kriegs erzählen kann. Nur bringt sie wegen ihres Alters manchmal ein paar Sachen durcheinander, also wundern Sie sich nicht, wenn etwas keinen Sinn ergibt.«

»Ich wäre bereits dankbar, wenn sie mir zumindest ein paar Kleinigkeiten sagen könnte«, hatte ich erklärt. »Dazu bin ich ein Riesenfan von ihrem Buch.«

Bei diesen Worten hatte Kelly ihre Nase so gerümpft, dass ich die Sommersprossen überdeutlich sah.

»Egal, was Sie auch tun, erwähnen Sie auf keinen Fall das Buch. In dieser Hinsicht ist sie wirklich seltsam, und ich weiß, wie sehr sie es verabscheut, wenn sie darauf angesprochen wird. Wie gesagt, sie kann manchmal ein bisschen komisch sein, und manche Sachen, die sie sagt, ergeben einfach keinen Sinn. Der arme alte Schatz. Am besten konzentrieren Sie sich einfach auf den Krieg, okay?«

»Aber sind Sie sich ganz sicher, dass ich sie einfach besuchen kann? Josh Richardson hat angeboten, sie mir vorzustellen, aber bei dem schönen Wetter heute wollte ich ein Stück spazieren gehen und dachte mir, ich stelle mich ihr einfach selbst vor. Das heißt, in Wahrheit war ich einfach viel zu ungeduldig, um zu warten, bis Josh Richardson mir eine Einladung verschafft.«

Bei diesen Worten hatte Kelly mich mit einem neugierigen Seitenblick bedacht. »Sie kennen Josh? Was halten Sie von ihm?«

»Ich finde ihn nett.« Ich hatte selbst gehört, dass ich wie eine Heldin von Jane Austen klang, denn ein so langweiliges Adjektiv wie ›nett‹ wurde ihm nicht mal annähernd gerecht. Es wäre ehrlicher gewesen, zu erklären, dass er superattraktiv und über alle Maße sexy war.

»Nett? Sie meinen doch wahrscheinlich eher zum Anbeißen! Aber okay, er ist auch wirklich nett. Er kommt in seiner Freizeit öfter hier vorbei und hilft Estella im Garten oder im Haus, und ich bin alles andere als böse, wenn er anschließend auf einen Tee und ein paar Plätzchen bleibt! Aber wie dem auch sei, kommen Sie erst mal rein, damit ich Sie Estella vorstellen kann. Dann mache ich uns einen Tee und …«

Ehe sie den Satz beenden konnte, hörten wir, wie jemand »Evie! Evie!« rief, gefolgt von einem lauten Poltern und einem noch lauteren Schmerzensschrei.

»O Mist! Sie ist hingefallen.«

Wir rannten los, und Kelly riss die Hintertür des Hauses auf. Estella Kellow lag stöhnend auf dem harten Küchenboden.

»Estella!« Kelly rannte auf sie zu.

»Evie«, stieß Estella keuchend und mit schmerzverzerrter Miene aus. »Wo bist du, Evie? Sag mir, wo du steckst.«

Zwischen Porzellanscherben und Wasserpfützen ließ sich Kelly auf die Knie fallen und strich der alten Frau behutsam ein paar dünne weiße Strähnen aus der Stirn.

»Estella? Ich bin's, Kelly. Können Sie mich hören?«

Sie wandte sich mir zu und funkelte mich wütend an.

»Du bist nicht Evie! Wo ist Evie? Was habt ihr mit ihr gemacht? Wo ist sie hin?«

»Wer ist Evie? Kann ich diese Evie vielleicht holen?«, bat ich hilflos an.

»Weiß der Himmel, wer das sein soll«, antwortete Kelly. »Wahrscheinlich irgendjemand von früher, denn sie redet ständig über sie. Mein Gott. Wahrscheinlich hat sie sich die Hüfte oder sonst etwas gebrochen. Haben Sie ein Handy?«

Eilig zerrte ich mein iPhone aus der Tasche und drückte es ihr in die Hand. Sie bestellte einen Rettungshubschrauber, weil man mit einem Krankenwagen schwerlich durch die holperige Einfahrt kam. Als sie den Helikopter hörte, regte sich Estella furchtbar auf und rief erneut nach der uns unbekannten Evie, dann bekam sie ein Schmerzmittel und wurde auf die Trage gehoben.

»Hilf mir, ihn da rauszuholen, Evie!«, brüllte sie. »Wir können ihn nicht dort liegen lassen. Er ist doch noch fast ein Kind. Um Gottes willen, Evie! Fass mit an!«

Ein Sanitäter sah von der Patientin auf und wandte sich an uns. »Wer von Ihnen ist Evie? Sicher wäre es nicht schlecht, wenn diese Evie uns begleiten könnte. Viele alte Menschen haben Angst vor Hubschraubern, vor allem, wenn sie vorher nie geflogen sind.«

Estella flehte immer noch, dass ihr die unsichtbare Evie half. Obwohl sie eindeutig in einer anderen Zeit gefangen war, kam sie mir eher wütend und verzweifelt als verängstigt vor, wobei es meiner Meinung nach um etwas völlig anderes ging, als dass man sie in einen Hubschrauber verlud. Sie fürchtete anscheinend um das Leben eines anderen Menschen, und wie's aussah, weigerte sich die geheimnisvolle Evie, irgendwas für ihn zu tun.

Kelly schüttelte den Kopf. »Wir kennen diese Evie nicht. Miss Kellow hat beginnende Demenz und ist inzwischen öfter verwirrt.«

Der Sanitäter richtete sich auf. »Die Arme. Nun, sie hat ein Schmerzmittel bekommen, und wir können jetzt los. Am besten kommt trotzdem jemand mit.«

Kelly zerrte eine Handtasche vom Küchentisch, zog einen Schlüsselbund daraus hervor und drückte ihn mir in die Hand. »Hier sind meine Autoschlüssel. Tut mir leid, Nell, aber könnten Sie vielleicht damit zum Krankenhaus nach Calmouth kommen und mich dort abholen? Und absperren, wenn Sie gehen? Der Schlüssel steckt von außen in der Küchentür. Wenn Sie gehen, legen Sie ihn einfach unter einen von den Blumentöpfen.«

»Natürlich«, antwortete ich. Ich fühlte mich entsetzlich, denn ich war mir sicher, dass Estella Kellow einzig wegen meines plötzlichen Erscheinens derart aus dem Gleichgewicht geraten war.

Der Hubschrauber hob unter lautem Surren der Rotoren ab, und ich kehrte allein zurück ins Haus. Dort war es still und düster. Ich schüttelte mein Unbehagen ab, suchte Handfeger und Kehrblech, fegte schnell die Scherben auf dem Fußboden zusammen, sperrte dann von außen ab und schob den Schlüssel anweisungsgemäß unter den Blumentopf.

Kellys Ford Ranger war ein Stück vom Haus entfernt neben den alten Stallungen geparkt. Ich kletterte hinein und legte meinen Kopf kurz auf dem Lenkrad ab. Der Innenraum des Wagens war mit abgebrochenen Stiften und diversen leeren Saft- und Fast-Food-Kartons übersät, und als ich wieder aufsah, nahm ich den am Rückspiegel hängenden gelben Teddybären wahr.

Ich ließ den Motor an, und aus den Lautsprechern des Radios schallte dröhnend *Let it Go*.

Wollte mir das Universum damit eine Nachricht überbringen? Sollte ich die Suche vielleicht einstellen? Sie hatte alles andere als gut begonnen, und womöglich wäre es das Beste, nicht in der Vergangenheit herumzuwühlen. Wenn Dad gewollt hätte, dass ich das Rätsel unserer Familiengeschichte löse, hätte er das doch bestimmt gesagt. Was hatte ich bisher durch meine Einmischung in Dinge, die man vielleicht besser ruhen lassen sollte, erreicht? In meinen Augen stiegen Tränen auf.

Bis ich das Krankenhaus erreichte und dort einen Parkplatz fand, saß Kelly längst im Warteraum der Notaufnahme und blätterte eine Zeitschrift nach der anderen durch. Ich ließ mich auf den freien Stuhl an ihrer Seite fallen und hielt ihr ihre Autoschlüssel hin.

Dann warteten wir ab. Estella wurde noch geröntgt, aber die Ärzte gingen bereits von einem Oberschenkelhalsbruch aus. Wahrscheinlich würde es ein langer Tag, und bis zum Abend hätte ich bestimmt die Haut von all meinen Fingerkuppen abgezupft.

»Sehen Sie sich das an.« Begeistert hält mir Kelly ihre Zeitschrift hin. »Sie sehen ein bisschen aus wie sie. Sie bräuchten sich nur etwas herzurichten, und Sie wären die perfekte Doppelgängerin.«

»Von Meghan Markle? Nie im Leben! Und vor allem, was hätte ich davon?«

»Sie könnten sie zum Beispiel doubeln und sich damit etwas nebenher verdienen«, schlägt mir Kelly fröhlich vor. Wenn ich jemand Berühmtem ähnlich sehen würde, würde ich auf jeden Fall versuchen, Kapital daraus zu schlagen. Darren meint, ich sähe aus wie Baby Spice, aber von der will heutzutage niemand mehr was wissen, oder?«

Mit dem blonden Haar, der schlabberigen Jogginghose und den leuchtend weißen Turnschuhen sieht sie Emma Bunton durchaus ansatzweise ähnlich, doch ich stelle fest, dass sie gar keine Antwort haben will.

»Ich fühle mich entsetzlich«, stelle ich stattdessen fest. Das habe ich inzwischen circa hundert Mal gesagt und gehe ihr damit wahrscheinlich furchtbar auf den Keks. »Wenn ich nicht plötzlich aufgetaucht und sie erschreckt hätte, wäre Estella jetzt nicht hier.«

Kelly sieht mich streng über den Rand der Zeitschrift hinweg an. »Ehrlich, früher oder später wäre so etwas ohnehin passiert. Die Fürsorge macht sich bereits seit einer Ewigkeit Gedanken über sie. Sie denken, dass sie längst schon hätte in ein Heim ziehen oder eine Pflegerin ins Haus holen sollen. Es ist nicht Ihre Schuld, dass sie gestürzt ist, Nell.«

Doch Kelly hat nicht mitbekommen, wie mich Estella Kellow angesehen hat. Sie dachte wirklich, dass ich jemand anderes wäre, die sie noch von früher kannte. Sehe ich vielleicht der Mutter meines Vaters ähnlich, und hat Estella Kellow sie gekannt?

»Sie hat sich eingebildet, mich zu kennen, und sich furchtbar aufgeregt.«

»Estella bildet sich inzwischen ständig irgendwelche Dinge ein, was aber meist nichts zu bedeuten hat. Die Arme tut mir wirklich leid. Sie regt sich immer furchtbar auf, wenn sie sich an irgendetwas nicht erinnern kann.«

»Ich hätte fragen wollen, ob sie diesen jungen Mann schon einmal irgendwo gesehen hat«, erkläre ich und halte ihr das Foto hin.

»Ein wirklich hübscher Kerl. Wenn sie ihn kennen würde, wüsste sie das sicher noch. Ist das Ihr Großvater?«

»Das Bild war bei den Sachen meines Dads, es könnte also sein.«

»Sah er so aus wie er?«

»Ich glaube schon, aber vielleicht rede ich mir das auch nur ein.«

Sie sieht mir ins Gesicht und dann noch einmal auf das Bild.

»Er ist auf jeden Fall Ihr Großvater. Sie haben sein Lächeln, und Sie sehen aus wie er!«

Das höre ich natürlich gern. »Ich wünsche mir wirklich, dass er es ist.«

»Ich hoffe, unser Kyle kommt eher nach mir. Sein Vater musste sich die Ohren annähen lassen, als er fünfzehn war. Sein Spitzname war jahrelang ›FA Cup‹, weil die abstehenden Ohren aussahen wie die beiden Henkel des Pokals. Aber Sie können sich ganz sicher nicht beschweren, wenn Sie Ihrem gut aussehenden Opa ähnlich sehen. Glauben Sie, er und Estella haben sich gekannt?«

»Das wäre sicherlich ein allzu großer Zufall, aber vielleicht hat sie ihn ja mal im Dorf gesehen oder etwas davon mitbekommen, dass ein Schwarzer GI mit einem Mädchen aus dem Ort zusammen war. Vielleicht mit einem Dienstmädchen oder mit einer von den jungen Frauen aus der Stadt, die damals für die Arbeit auf dem Land herangezogen worden sind. Wenn sie von ihm schwanger wurde, muss es damals eine ziemlich große Sache gewesen sein.«

Kelly wirft mir einen nachdenklichen Blick zu. »Das wäre es für einige der Leute sogar heute noch. Estella hat das damals selbst erlebt, denn wenn ich mich nicht irre, hat ihr Vater sich entsetzlich über all die GIs hier in der Gegend aufgeregt.«

Tatsächlich hat der Kerl sogar ans Außenministerium geschrieben und verlangt, dass man die Schwarzen der GIs nicht in seinem Wahlkreis stationiert. Das klingt genau nach der Bigotterie, die jemand braucht, um eine Angestellte seines Hauses zu verweisen, nur, weil sie von einem Schwarzen schwanger wird. Vielleicht war Evie ja ein Dienstmädchen im Herrenhaus gewesen, und Estellas Vater hatte sie deswegen vor die Tür gesetzt.

»Spricht Estella jemals über ihren Vater?«

»Nein. Aber das, was ich weiß, macht deutlich, dass die zwei sich spinnefeind gewesen sind. Ich glaube außerdem, dass es mit ihm ein böses Ende nahm. Hat er sich nicht in seinem eigenen Goldfischteich ertränkt, nachdem er all das Geld verloren hat? Auf alle Fälle war sein Ende schauderhaft. Bei einem solchen Vater wundert es mich nicht, dass Estella nie verheiratet gewesen ist. Bestimmt ist das der Grund dafür, dass sie so alt geworden ist. Das schaffen wir verheirateten Frauen sicher nicht, denn Männer können noch stressiger sein als Kinder. Auf jeden Fall ist das bei meinem Darren so.«

Dann zählt mir Kelly alle Fehler ihres Gatten auf. Die Liste ist erschreckend lang, und sicher wird es etwas dauern, bis sie mit der

Aufzählung am Ende ist. Doch gerade als sie detailliert beschreibt, in welchem Zustand er das Bad verlässt, taucht eine Frau mit einem Stethoskop im Wartezimmer auf und sieht uns fragend an.

»Hallo, ich bin Doktor Norris. Gehören Sie zu Estella Kellow?«

»Ich bin ihre Haushaltshilfe«, schaltet Kelly mühelos von ihrer Klage über schmutzige Toiletten in den Arbeitsmodus um.

»Hat sie noch Angehörige?«

»Nicht, dass ich wüsste.«

»Und weiß die Fürsorge Bescheid?«

»Noch nicht, aber ich nehme an, die schaltet sich jetzt ein.«

Die Ärztin nickt. »Sie hat sich einen Oberschenkelhalsbruch zugezogen, und nachdem sie jetzt nicht mehr allein zu Hause leben kann, wird das das Beste sein.«

»O Gott. Wenn sie das hört, flippt sie wahrscheinlich aus. Sie hat ihr Leben lang in diesem Haus gelebt«, stellt Kelly fest.

»Können wir sie sehen?«, erkundige ich mich, denn irgendwie kommt es mir wichtig vor, am Bett der alten Frau zu sitzen, wenn sie wieder zu sich kommt. Kein Mensch sollte im Krankenhaus alleine sein. Ich habe Dad nicht einen Augenblick allein gelassen, während er dort lag, doch viele alte Leute hatten nie Besuch, und es brach mir das Herz, mir vorzustellen, wie einsam sie gewesen sein müssen.

»Ich glaube nicht, dass irgendwas dagegenspricht, auch wenn sie wegen all der Schmerzmittel, die sie bekommen hat, jetzt sicher erst mal ziemlich schläfrig ist.«

Sie geht voran in einen Raum, in dem eine Luftmatratze surrt und seufzt. Eine Million Erinnerungen stürzen auf mich ein. Mein Vater hat so eine Matratze gehabt, und als wir sie am Ende ausgeschaltet haben, hat mich die ungewohnte Stille völlig aus dem Gleichgewicht gebracht.

Jetzt liegt Estella Kellow auf so einem Ding und starrt die Decke an. Mit ihrem aus der Stirn gekämmten Haar und ihrem fein gemeißelten Gesicht, das sich nur undeutlich vom weißen Kissen abhebt, kommt sie mir wie die Prinzessin auf der Erbse vor. Als sie uns ansieht, sind die vorher trüben Augen wieder völlig klar.

»O Kelly, was für ein Schlamassel! Wie es aussieht, habe ich mir den verdammten Oberschenkelhals gebrochen. Warum habe ich nur nicht auf Sie gehört und drauf bestanden, selbst das Geschirr zu spülen? Anscheinend bin ich auf dem nassen Boden ausgerutscht.«

»Das sind Sie«, stimmt ihr Kelly zu und setzt sich auf den Stuhl an ihrem Bett. »Ich habe draußen Wäsche aufgehängt und es plötzlich furchtbar krachen hören.«

»Ich weiß nicht mehr, wie ich gefallen bin. Ich dachte, dass da draußen jemand steht, den ich …« Sie runzelt grüblerisch die Stirn und schüttelt dann den Kopf. »Egal. Ich habe mich geirrt. Das Nächste, was ich weiß, ist, dass ich hier in diesem Zimmer wieder zu mir kam. Nur, wie bin ich hierhergekommen?«

»Ich habe einen Rettungshubschrauber bestellt. Sie wurden mit dem Hubschrauber ins Krankenhaus gebracht.«

»Mein Gott! Wie ärgerlich, dass ich davon nichts mitbekommen habe, schließlich hätte ich schon immer einmal fliegen wollen. Wissen Sie, mein Bruder war während des Krieges Kampfpilot.«

»Sie werden erst mal eine Zeit lang nicht mehr fliegen«, mischt sich Dr. Norris ein und überprüft den Tropf, an dem Estella hängt. »Sie haben einen gebrochenen Oberschenkelhals, wissen Sie noch?«

Estella blitzt sie zornig an. »Ich weiß. Ich hatte auch nicht vor, in eine Spitfire zu springen. Wie lange muss ich hierbleiben? Wann kann ich wieder heim?«

Die Luftmatratze zischt, und Dr. Norris schweigt.

»Tja, Miss Kellow, das könnte eine Weile dauern. Zunächst müssen Sie sich operieren lassen und dann wieder laufen lernen. Gehen Sie es erst mal langsam an, okay?«, schlägt Kelly ihr mit sanfter Stimme vor.

»Aber das kann ich nicht! Wenn ich hierbleibe, komme ich hier niemals wieder raus! Dann sperren sie mich in ein Altersheim und zwingen mich, Pencallyn zu verkaufen, um das Zimmer zu bezahlen! Wenn Martin Richardson davon erfährt, ist er vor lauter Freude sicher völlig aus dem Häuschen. Ich muss nach Hause! Bitte, Kelly. Sagen Sie den Leuten hier, dass ich nach Hause muss.«

»Dürfte ich wohl kurz mit Ihnen sprechen?«, fragt die Ärztin leise, und Estellas Haushaltshilfe nickt.

»Sicher. Ich muss sowieso kurz Darren anrufen, um ihm zu sagen, wo ich bin und dass er heute mal das Essen machen muss.«

Nachdem die zwei den Raum verlassen haben, trete ich ans Bett, und die Patientin sieht mich aus zusammengekniffenen Augen an.

»Und wer sind Sie?«

»Ich heiße Nell. Nell Summers«, stelle ich mich vor.

»Und warum sind Sie hier, Nell Summers?«

Vielleicht habe ich nur diese eine Chance, sie das zu fragen, was ich fragen muss.

»Ich war heute früh bei Ihnen, weil ich Sie etwas fragen wollte. Ich versuche, etwas über meine Großeltern herauszufinden, und ich hoffe, dass Sie vielleicht etwas wissen, was mir dabei hilft. Erinnern Sie sich noch daran, dass ich in Ihrem Garten stand?«

Sie blinzelt.

»Oh. Dann waren Sie die Frau, die ich gesehen habe, stimmt's? Vor meinem Sturz.«

»Ja. Es tut mir leid. Ich wollte Sie ganz sicher nicht erschrecken. Ich habe das Gefühl, als ob ich schuld daran wäre, dass Sie gefallen sind.«

Sie lacht. »Sie haben mich nicht erschreckt! Im Gegenteil! Als ich Sie draußen stehen sah, war ich außer mir vor Freude und entsetzlich aufgeregt! Sie waren bestimmt nicht schuld an meinem Sturz. Das ist blanker Unsinn. Ich bin einfach ausgerutscht. Die anderen haben immer schon gesagt, dass das einmal passieren würde, und ich hätte auf sie hören sollen.«

Wenn ich etwas herausbekommen will, muss ich etwas riskieren.

»Dachten Sie, ich wäre Evie?«

Sie hebt überrascht die weißen Brauen an.

»Aus der Ferne haben Sie mich an sie erinnert, aber es ist klar, dass Sie nicht Evie sind. Sie wäre heutzutage schließlich fast so alt wie ich. Ich bin inzwischen über neunzig, und in diesem Alter kommt es manchmal vor, dass man die Zeiten und die Dinge etwas durcheinanderbringt.«

»Sehe ich ihr denn ähnlich?«

Sie legt ihren Kopf ein wenig schräg. »Vielleicht ein bisschen. Aber wissen Sie, sie ist niemals zurückgekommen. Urplötzlich war ihr Zimmer leer, und alle ihre Sachen waren weg. Sie hat mir nicht mal eine Nachricht hinterlassen. Warum hat sie mir das angetan? Wir waren doch Blutsschwestern, und sie hat mir versprochen, immer für mich da zu sein. Warum hat sie das Versprechen nicht eingehalten? Warum hat sie mich im Stich gelassen, als ich völlig hilflos war?«

Eine Träne kullert über ihre Wange und tropft auf das Kopfkissen. Anscheinend schmerzt sie der Verlust der unbekannten Evie heute noch genauso wie vor all der Zeit, und müde fährt sie sich mit einer Hand über das Gesicht.

»Es tut mir leid«, stoße ich leise aus. »Ich wollte Sie nicht traurig machen. Ich bin heute zu Ihrem Haus gekommen, weil ich mit Ihnen reden wollte.«

»Ich hoffe nur, es geht nicht um das Buch. Darüber spreche ich mit niemandem.«

»O nein. Die Dinge, über die ich sprechen wollte, haben mit dem *geheimnisvollen Garten* nichts zu tun. Aber ich kann auch gerne warten, bis es Ihnen wieder besser geht.«

Der Blick, mit dem sie mich bedenkt, ist wach und durchdringend.

»Ich nehme an, wir wissen beide, dass jetzt nichts mehr warten kann. Es wird mir nicht noch einmal besser gehen, Nell Summers. Mir ist klar, was es bedeutet, wenn sich eine alte Frau die Hüfte bricht. Wenn Sie mir also irgendwas zu sagen haben, tun Sie das am besten jetzt sofort.«

Ich zögere.

»Nicht so schüchtern, Mädchen«, fordert mich Estella auf. »*Würd' endlos Zeit uns zur Verfügung stehen, o holde Maid, wär's keine Sünde, sich zu zieren*. Sie haben das Gedicht von Andrew Marvell doch gelesen?«

»Das ist ewig her.«

»Folgen Sie trotzdem seinem klugen Rat. Die Zeit vergeht nämlich viel schneller, als man denkt.«

Ich schlucke, denn mein Vater hat am Ende etwas Ähnliches gesagt: »Ach Nell, die Zeit vergeht so schnell. Genieße jeden Augenblick und alles Glück, das du erleben darfst.«

O nein. Ich muss mich statt auf die Vergangenheit aufs Hier und Heute konzentrieren.

»Miss Kellow«, setze ich entschlossen an. »Ich würde gerne wissen, woran Sie sich aus der Zeit des Kriegs hier in Pencallyn noch erinnern.«

»Das ist keine leichte Frage. Einerseits an alles, andererseits an nichts. Wie hat es Dickens ausgedrückt? Es war die beste und zugleich die schlimmste Zeit, die man sich vorstellen kann. Vor allem war sie schlimm, auch wenn es durchaus schöne Augenblicke gab. O ja, die gab's auf jeden Fall. Vielleicht lag es an der Gefahr, in der man damals ständig schwebte, oder vielleicht daran, dass wir noch so jung waren, aber damals haben wir uns viel lebendiger gefühlt. Oder zumindest ich.«

Ich wühle kurz in meiner Tasche nach dem Bild und halte es Estella hin.

»Haben Sie diesen Mann während des Krieges mal gesehen?«

Estella Kellow starrt die Aufnahme mit großen Augen an.

»Wo haben Sie das Foto her?«

»Es war unter den Sachen meines Vaters. Kannten Sie den jungen Mann?«

Mit wild zitternden Fingern nimmt sie mir das Foto aus der Hand.

»Oh! Wie kann das sein? Es ist inzwischen über siebzig Jahre her, dass ich dieses Gesicht zum letzten Mal gesehen habe, und ich hätte nie zu hoffen gewagt, dass ich es tatsächlich noch mal sehen darf. Zumindest nicht in diesem Leben.«

Mein Herz fängt an zu rasen. »Das heißt, Sie wissen, wer das ist?«

»Das weiß ich sogar ganz genau. Das ist Jacob Miller.«

»Dann haben Sie ihn gekannt?«

»O ja. Ich kannte Jay. Aber wie kam Ihr Vater an das Bild?«

»Ich glaube, dass der junge Mann vielleicht sein Vater ist.«

Doch diese Hoffnung macht sie umgehend zunichte.

»Nein. Er war damals erst neunzehn, und er hatte keine Kinder.«

»Könnte es nicht sein, dass er hier eine Freundin hatte, eine heimliche Romanze, und dass diese Freundin dann ein Kind von ihm bekommen hat?«

»Auf keinen Fall!«

»Aber was, wenn niemand etwas davon wusste? Nicht mal er selbst?«

»*Ich* hätte es gewusst«, erklärt Estella Kellow nachdrücklich. Sie spricht in einem Ton, der keine Widerrede duldet, und reckt gleichzeitig herausfordernd das Kinn.

Da ich ihr nicht zu nahe treten möchte, gehe ich es anders an.

»Waren Sie mit ihm befreundet?«

Sie starrt in die Ferne, und ich überlege, ob sie ihren Blick vielleicht auf die Vergangenheit gerichtet hat. Ich selbst kann nur den Vorhang vor dem Fenster sehen, aber sieht Estella vielleicht die Gesichter irgendwelcher Freunde, die sie schon vor langer Zeit verloren hat?

»Ich kannte ihn, als er hier stationiert war. Jacob Miller war beim Sanitätskorps und war manchmal für die Tanzveranstaltungen in der Schule eingeteilt, weil's unter den Soldaten öfter mal zu Prügeleien wegen irgendwelcher Mädchen kam. Ich habe nach dem Krieg an Jays Familie geschrieben, doch sie haben mir nie geantwortet. Wahrscheinlich haben sie sich zu sehr geschämt.«

»Geschämt? Wofür?« Ich blicke auf das Foto, das sie immer noch umklammert hält. »Für mich sieht er wie jemand aus, auf den man stolz sein kann.«

»Es hieß, er wäre damals desertiert.« Estella klappt die Augen zu, als täten ihr die Worte weh. »Es war einfach schrecklich. Wahrscheinlich fühlte sich die Familie damals im Stich gelassen und war fürchterlich verletzt. Wissen Sie, sie waren wirklich stolz auf ihn gewesen, denn bevor er zur Armee gegangen war, hatte er Medizin studiert. Es war damals für jemanden mit seinem Hintergrund nicht einfach, einen Studienplatz zu kriegen, aber er war ein unglaublich mutiger und kluger junger Mann. Er hat gesagt, dass er mit kleinen Schritten dauerhaft die Welt verändern will.«

»Aber dann ist er desertiert?«

»Zumindest haben sie das gesagt«, gibt sie in ruhigem Ton zurück, doch als sie ihre Augen wieder öffnet, sehe ich den kalten Zorn, der darin aufblitzt. »Sie haben darauf bestanden, dass Jay Miller abgehauen wäre, als die Truppen Richtung Frankreich aufgebrochen sind. Er ist nie wieder aufgetaucht, womit die Sache für sie abgeschlossen war. Oje, Sie halten mich bestimmt für närrisch, weil ich nach so vielen Jahren noch um ihn weine, aber wenn man alt ist, ist einem die Vergangenheit häufig näher als die Gegenwart. Das alles ist zwar lange her, doch manche Dinge hat man nun einmal für alle Zeit verinnerlicht. Ich habe mich noch Jahre nach dem Krieg, wenn irgendwo ein Flugzeug über mich hinwegflog, zitternd an die Wand gedrückt. Nach dem Krieg war nichts mehr, wie es vorher war. Er hat die Menschen für alle Zeit geprägt.«

»Auch ohne Krieg geschehen manchmal Dinge, durch die unser Leben völlig aus dem Gleichgewicht gerät«, murmele ich. »Dann geben wir uns alle Mühe, die Kontrolle über unser Leben wiederzuerlangen, aber das heißt nicht, dass wir wieder die Alten sind.«

»Wie wahr. Man flickt vielleicht die Einzelteile seines alten Ichs wieder zusammen, doch die Risse sind für immer zu sehen.«

Ich denke über die Ereignisse nach, die mich zerrissen haben. Den Herzschlag, der mit einem Mal nicht mehr zu hören war. Die Träume, die sich auflösten. Die aufmunternden Worte, die ich gar nicht hören wollte. O ja, die Risse, die ich während dieser Zeit davongetragen habe, werden niemals ganz verheilen. Und einer dieser Risse hatte sich in meine Ehe eingegraben. Breit wie eine Schlucht im Grand Canyon hatte er sich zwischen mir und Andy aufgetan. Kein Wunder, dass wir nicht die Kraft gefunden hatten, diesen Abgrund noch einmal zu überqueren.

»Wie geht es uns, Estella? Sind die Schmerzen auszuhalten?«

Eine Schwester kommt mit einem Wagen voll medizinischer Geräte durch die Tür. »Es tut mir leid, zu stören, aber wir müssen ein paar Untersuchungen durchführen, und danach braucht die Patientin dringend etwas Schlaf.«

»Dann werde ich Sie jetzt in Frieden lassen«, wende ich mich abermals Estella zu. »Vielen Dank, dass Sie mit mir gesprochen haben.«

»Bitte, kommen Sie morgen wieder, Nell«, stößt sie mit leiser Stimme aus. »Und würden Sie mir wohl einen Gefallen tun?«

»Natürlich. Alles, was Sie wollen.«

»Fahren Sie noch mal zu mir nach Hause und holen mir das Buch, das auf dem Nachttisch liegt. Es gibt noch Dinge, die ich Ihnen sagen muss und die Sie vielleicht interessieren. Und die Zeit wird langsam knapp.«

»Ich hole dieses Buch und komme morgen wieder. Versprochen«, sage ich zu ihr.

»Halt dein Versprechen ein, Evie. Wenn du es brichst, wird etwas Furchtbares passieren«, warnt sie mich. »Denk an die Sonnenuhr und daran, was du mir versprochen hast.«

Estella Kellow ist abermals in die Vergangenheit entglitten.

Ich trete in den Flur, gehe in Gedanken noch mal all die Dinge, die sie mir erzählt hat, durch und versuche, sie zu einem Bild zusammenzusetzen. Ist diese rätselhafte Evie vielleicht meine Großmutter? Hat sie womöglich meinen Dad im Stich gelassen, nachdem Jay als Deserteur gebrandmarkt war? Versucht Estella immer noch, sie zu beschützen? Oder jage ich in dem Versuch, mich irgendwie von meiner Trauer abzulenken, einfach irgendwelchen Hirngespinsten nach?

Ich habe keine Antworten auf diese Fragen, doch ich bin mir sicher, dass die Geschichte, die Estella mir erzählen will, irgendwie mit meiner eigenen Geschichte zusammenhängt. Ich taste nach dem Foto von Jay Miller, um es mir noch einmal anzusehen, und stelle fest, dass es verschwunden ist. Estella hatte es bei unserer Unterhaltung in der Hand, und offenbar hat sie es heimlich unter ihrer Bettdecke versteckt, als ich gegangen bin. Und ich war so von ihren Worten fasziniert, dass es mir gar nicht aufgefallen ist.

Was mag es wohl bedeuten, dass Estella Kellow diesen jungen Mann, nachdem sie ihn nach all der Zeit gefunden hat, auf keinen Fall erneut aus den Augen verlieren will?

14

Estella

heute

Nachdem das Mädchen mit Jay Millers Lächeln sie verlassen hatte, tastete Estella mit der Hand unter der Bettdecke herum. Sie hoffte nur, ihr altersschwaches Hirn hätte ihr nicht schon wieder einen Streich gespielt, denn die Enttäuschung wäre schmerzlicher als ihr gebrochener Oberschenkelhals. So wild wie jetzt hatte ihr müdes altes Herz zum letzten Mal vor über fünfundsiebzig Jahren geklopft.

Estella hielt den Atem an, und erst, als ihre Fingerspitzen das Papier berührten, atmete sie wieder aus.

Es war tatsächlich da. Ihr altes Hirn hatte ihr keinen bösen Streich gespielt. Sie hatte tatsächlich Besuch von einer jungen Frau namens Nell gehabt, und unter ihrer Decke hatte sie tatsächlich eine Aufnahme von Jay versteckt.

»Hallo, Jay«, begrüßte sie ihn leise. »Du hast mir gefehlt.«

Wer war diese Nell Summers, die urplötzlich aus dem Nichts bei ihr erschienen war? Um zu verstehen, was das alles zu bedeuten hatte, huschte sie gedanklich zwischen ihrem alten Leben und dem Heute hin und her. Als Nell in ihrem Hof gestanden hatte, war sie davon ausgegangen, dass Evie heimgekommen war. In ihrem Herzen war sie wieder siebzehn Jahre jung gewesen, und vor lauter Aufregung und Eile, ihre Freundin zu begrüßen, hatte sie vergessen, dass sie alt und fürchterlich zerbrechlich war.

»Eile mit Weile«, hätte Tommy ihr empfohlen, und sie hätte recht gehabt.

»Wenn Sie mich jetzt sehen könnten, Tommy«, seufzte sie. »Dann würden Sie bestimmt den Kopf schütteln und wissen wollen, warum ich wieder mal nicht habe hören wollen.« Natürlich hätte Tommy Evie und nicht ihr die Schuld an ihrem Sturz gegeben, denn sie hatte Evie nie gemocht. Evie war Violets Projekt gewesen, zumindest, bis sie sich mit ihr gelangweilt und etwas anderes gefunden hatte, um sich zu beschäftigen. Und danach hatte sich Miss Toms mit Evie abgemüht.

»Sie ist ein kleines Fräulein Heathcliff«, hatte Tommy einmal festgestellt. »Und wir wissen alle, wie diese Geschichte ausgegangen ist.«

Hatte die alte Gouvernante vielleicht recht gehabt? War Evie Jenkins tatsächlich die dunkle Kraft gewesen, die sie alle auseinandertrieb? Dann aber war sie urplötzlich verschwunden, und solange sie Estella ihr Verhalten nicht erklären konnte, wollte sie die alte Freundin nicht verurteilen. Sie hatte sie abgöttisch geliebt und nichts als reines Glück empfunden, als sie morgens angenommen hatte, dass sie heimgekommen war.

Doch ihr Hirn hatte ihr einen Streich gespielt. Es war nicht Evie gewesen, sondern eine junge Frau namens Nell. Daran konnte sie sich mit einem Mal wieder deutlich erinnern. Ihr Gehirn lief ihr nicht davon, wie es das inzwischen allzu häufig tat. Auch ihr kleiner Spaniel hatte das ein ums andere Mal getan. Wie oft hatte Estella damals ihren Garten nach dem Hündchen abgesucht? Und wie oft waren ein schlecht gelaunter Bauer oder auch der Metzgersjunge mit der frechen kleinen Poppet aufgetaucht?

Nein. Stopp. Sie würde nicht an Poppet oder Evie oder irgendetwas denken, was vor über fünfundsiebzig Jahren geschehen war. Der Sand der Zeit rieselte immer schneller, und es würde nicht mehr lange dauern, bis die Uhr endgültig abgelaufen war. Estella konnte es sich also nicht leisten, in Verwirrtheit zu versinken. Schließlich hatte sie noch alle Hände voll zu tun. So viel zu sagen und so viele Dinge zu enthüllen.

Sie glitt mit ihren Fingern über das verblichene Bild und sah Jay an. Er sah genau so aus, wie sie ihn in Erinnerung hatte. Die Schönheit seiner Augen kam auf der Schwarz-Weiß-Aufnahme natürlich nicht zur Geltung, aber sie vergäße nie die Wärme in den sherryfarbenen Iriden mit den bernsteinbraunen Flecken. Das feste Kinn, das ansteckende Lächeln und die glatte Haut waren auf der Porträtaufnahme hingegen deutlich zu erkennen. Estella konnte kaum glauben, dass er sich nicht verändert hatte, während sie seit langer Zeit nicht mehr das ihm bekannte Mädchen war. Er würde sie bestimmt nicht mehr erkennen, davon war sie überzeugt.

»Wohin bist du verschwunden, Jay?«, flüsterte sie. »Was ist mit dir passiert?«

Natürlich war es falsch gewesen, Nell das Foto zu stibitzen, doch Estella hatte den Gedanken nicht ertragen, sein Gesicht nicht mehr zu sehen. Es war die Brücke zwischen der Vergangenheit und Gegenwart, und immer, wenn sie in den Fluten abzutauchen drohte, sähe sie es an und hielte sich an seinem Lächeln fest. Jay Miller war die Antwort, auch wenn ihr die Fragen abermals entglitten waren. Wo waren sie nur hin?

Am besten finge sie mit diesem Mädchen an. Mit dieser jungen Nell, die irgendwie an diese Aufnahme gekommen war und die sich einzubilden schien, der Mann auf diesem Bild wäre ihr Großvater. Das war natürlich völlig ausgeschlossen – aber weshalb hatte Nell dann haargenau dasselbe scheue, aber gleichzeitig auch hoffnungsvolle Lächeln? Ihre Augen leuchteten ebenso wie die von Jay, und sie strahlte dieselbe Wärme aus, die jedem Menschen das Gefühl gab, dass er etwas ganz Besonderes war. Die Ähnlichkeiten waren geradezu verblüffend, aber seine Enkelin? Das konnte unmöglich sein. Jay Miller war mit neunzehn Jahren in Pencallyn stationiert gewesen und knapp zwanzig, als er über Nacht verschwunden war. Es hatte nie ein Kind gegeben, in dem er nach seinem Verschwinden hätte weiterleben können, also konnte diese Nell, wer sie auch immer war, unmöglich seine Enkeltochter sein.

War sie vielleicht entfernt mit ihm verwandt? Falls ja, war sie vielleicht das Einzige, was heute von ihm übrig war. Estella drückte sich das Bild ans Herz, und trotz ihres gebrochenen Oberschenkelhalses und des Nebels, der ihr Hirn umwogte und sich dabei stündlich zu verdichten schien, empfand sie plötzlich eine ungewohnte Zuversicht. Nell war der Mensch, auf den sie jahrelang gewartet hatte. Endlich konnte sie die Geschichte ihres Lebens erzählen und die Antworten finden, die ihr seit Jahrzehnten vorenthalten worden waren. Das Schicksal hatte Nell hierhergeschickt, gerade noch zur rechten Zeit.

Estella Kellow wusste, was es hieß, wenn sich ein alter Mensch die Hüfte brach. Sie wusste auch, dass eine Operation für eine Frau von fünfundneunzig Jahren ganz sicher kein Spaziergang war. Seit ihrer Streptokokken-Infektion hatte sie ein schwaches Herz und würde sich von einem solchen Eingriff sicher nicht mehr erholen. Auch wenn sie alt war, hörte sie noch gut, und als die Ärzte angenommen hatten, dass sie schlief, hatte sie ihr Gespräch am Fuß des Krankenbetts belauscht. Die Zeit im Krankenhaus in Calmouth damals hatte sie gelehrt, auch die Dinge zu erfahren, die die Patienten eigentlich nicht hätten mitbekommen sollen.

»Werden wir die Hüfte nageln?«, hatte einer von den jüngeren Ärzten wissen wollen.

»Das ist in diesem Stadium nicht ratsam«, hatte eine ältere Stimme ihm erklärt. »Auch die Gefäße sind verletzt, und wenn wir operieren, besteht eine hohe Infektionsgefahr. Am besten geben wir ihr erst mal hoch dosierte Antibiotika und Schmerzmittel, um sie zu stabilisieren, und bewerten, falls die Mittel anschlagen, die Möglichkeit zu operieren neu.«

Estella war die Bedeutung dieser Worte sofort klar gewesen. Sie würde sterben, weil zu der gebrochenen Hüfte sicher auch noch irgendwelche anderen Komplikationen kämen, die weit schwerer zu behandeln wären. Ein schwaches Herz, eine durch die inneren Blutungen hervorgerufene Infektion oder eine Lungenentzündung, die bei alten Menschen oft die Folge von Brüchen war.

Wie ging es ihr bei dem Gedanken, dass sie bald sterben würde? Estella kaute auf der Frage so herum wie sie und Evie früher auf den Kaugummi, die die Amis von den Jeeps geworfen hatten.

»He, Kumpel, habt ihr Kaugummi für uns?«, hatten die Kinder damals oft gefragt, und die GIs hatten sie nie enttäuscht. Wie großzügig hatten die Männer doch die Süßigkeiten, Zigaretten und das viele Essen unter der Bevölkerung verteilt. Estella glaubte nicht, dass es etwas Köstlicheres gab als Dosenpfirsiche und Büchsenmilch, die man in einem versteckten Paradies im bleichen Licht des Mondes aß. Dann hatten starke Arme sie gehalten, weiche, sirupsüße Lippen sie geküsst, ein kühlender Schweißfilm hatte ihre nackte Haut bedeckt, und während ihrer beider Herzen in einem wilden, doch synchronen Takt geschlagen hatten, war ihr klar gewesen, dass sie diesen Augenblick bis an ihr Lebensende nicht vergessen würde.

Das jetzt unerbittlich näher kam.

»Jay«, wisperte sie. »Erwartest du mich schon?«

Statt einer Antwort drangen das Surren der Matratze und das Piepsen der Geräte an ihr Ohr. Das hieß, es war noch nicht so weit, und überrascht stellte sie fest, wie froh sie darüber war. War überhaupt jemals ein Mensch bereit zu gehen? Sie wollte selbst mit ihren fünfundneunzig Jahren weiterleben, und sie wagte kaum, sich vorzustellen, um wie viel schwerer der Gedanke an den Tod wohl für die tapferen Jungs gewesen war. Die Leben dieser jungen Burschen hatten gerade erst begonnen, und sie hatten unendlichen Mut gebraucht, um diese Schiffe zu besteigen und an einen fremden Ort zu fahren, wo der skrupellose Feind schon auf der Lauer lag. Wie hatten sie sich wohl gefühlt, als ihre Schiffe von den Wellen hin und her geworfen worden waren? Waren sie resigniert gewesen? Bitter? Ängstlich? Stolz? Jay Miller hatte ihr erzählt, dass ein Soldat all diese Dinge gleichzeitig empfände und wüsste, dass der Kampf für eine gute Sache richtig und vor allem wichtig war.

»Aber ihr seid hier so weit weg von eurem Zuhause«, hatte sie ihm widersprochen und behauptet: »Das hier ist nicht euer Krieg.«

»Das ist ein Krieg, der jeden etwas angeht«, hatte er ihr nachdrücklich erklärt. »Wir können uns diesem Krieg nicht entziehen. Ich will bestimmt nicht miterleben, dass es meiner eigenen Familie oder meinem Land einmal so geht wie den Juden in Europa – und glaub mir, die verdammten Nazis wollen, dass es auf der ganzen Welt so wird. Deswegen ist es wichtig, diesem Pack die Stirn zu bieten. Es ist egal, woher ich komme, denn ich kämpfe für die ganze Welt und das, was richtig ist.«

Waren dies die Worte eines Mannes, der am Ende desertiert und fortgelaufen war? Estella hatte damals schon gewusst, dass er Pencallyn niemals freiwillig verlassen hätte, doch wer hätte ihr das glauben sollen? Einem jungen Mädchen und dazu der Tochter eines einflussreichen Mannes, der von diesen Dingen noch viel weniger als alle anderen hätte hören wollen. Und niemand hätte es sich zu der Zeit mit Reginald verscherzen wollen, indem er ihr Glauben schenkte oder dafür eintrat, dieser Sache nachzugehen. Das Verschwinden eines jungen afroamerikanischen Soldaten hatte damals kaum jemanden interessiert, und man hatte Jay im Handumdrehen als Deserteur und Feigling abgetan. Das Unrecht tat Estella auch nach all den Jahren noch in der Seele weh.

Und jetzt lief ihr die Zeit davon, obwohl es noch so viel zu klären gab. Sie musste die Geschichte erzählen. Sie musste dafür sorgen, dass Jays Name endlich reingewaschen würde. Und sie musste ihren Erben vor der Macht der bei der Sonnenuhr gegebenen Versprechen warnen. Das war wirklich wichtig, denn es war gefährlich, wenn jemand die alten Mächte nicht ernst nahm.

Und jetzt hatte das Schicksal ihr die junge Nell geschickt. Sie war genau im rechten Augenblick erschienen. Estella wüsste nur zu gerne, welche Verbindung sie zu Jay hatte, und wenn sie sie am nächsten Tag besuchen käme, würde sie ihr berichten, was vor all der Zeit geschehen war. Darauf hatte sie schon so lange gewartet, und nun war es endlich so weit.

Estella schob das Bild unter ihr Kopfkissen und schloss ihre Augen.

Bald würde sie die rostzerfressenen Tore öffnen und das Unkraut zur Seite schieben, um zum letzten Mal in ihrem Leben die Mysterien des geheimnisvollen Gartens zu enthüllen.

15

Nell

heute

Wir fahren zurück zum Haus, und Kelly spricht über die Freisprechanlage des Autos mit Darren, der nach seiner Arbeit noch mit ein paar Kumpels einen trinken gehen wollte und keine große Lust hat, heimzufahren und den Kindern etwas zu essen zu machen.

Als sie schließlich wieder auflegt, klingeln mir die Ohren, und augenrollend sagt sie: »Männer! Als ob dieser Tag nicht bereits schlimm genug für mich gewesen wäre, muss der Kerl sich jetzt auch noch aufregen, weil er den Kindern etwas zu essen machen soll. Wenn ich die Zeit zurückdrehen könnte, würde ich bestimmt nicht noch mal Ja sagen, als er mich damals in die Disco in der Schule eingeladen hat.«

Ich lächele, weil auch ich und Andy während einer Schuldisco zusammengekommen waren. Wenn wir unser Baby nicht verloren hätten, würde ich dann jetzt vielleicht genauso über ihn und unsere Kinder stöhnen? Ich habe einen Kloß im Hals, weil mir das Leben, das wir hätten führen wollen, manchmal immer noch entsetzlich fehlt.

»Natürlich weiß ich, dass ich nur eine halbe Stelle habe.« Kelly schaltet in den zweiten Gang, und der Ford Ranger kämpft sich eine steile Anhöhe hinauf. »Aber was hätte ich denn machen sollen? Hätte ich Estella vielleicht einfach auf dem Boden liegen lassen sollen, weil sie mich nur bis mittags bezahlt?«

»Zahlt denn nicht das Amt die Überstunden, die Sie machen?«, frage ich.

»Ich kann wahrscheinlich froh sein, wenn das Amt mir nicht den Rettungshubschrauber in Rechnung stellt. Ich werde nicht vom Sozialamt, sondern von Estella selbst bezahlt. Vor mir haben schon meine Mum und meine Grandma in Pencallyn House gearbeitet.«

»Dann kannte Ihre Grandma ja vielleicht den Jungen von dem Bild?«

»Davon ist sicher auszugehen. Angeblich hat sie sich als junges Mädchen sehr für hübsche Jungen interessiert.«

Inzwischen haben wir die breite, ausgebaute Straße nach Pencallyn Cove erreicht. Die warme Abendsonne taucht die Stoppeln auf den Weizenfeldern, die schon abgeerntet wurden, in ein warmes honiggelbes Licht, und der Gedanke, dass Estella Kellow jetzt allein in einem Krankenzimmer liegt, statt sich in ihrem Garten an der Schönheit der Umgebung zu erfreuen, ruft ein wehmütiges Gefühl in mir wach. Mit wunderbaren Abenden wie diesem klingt der Sommer aus, und mir ist klar, dass auch Estellas Leben sich dem Ende neigt. Zumindest hat sie jetzt Jay Millers Bild, das ihr Gesellschaft leistet, und selbst wenn ich es nicht schaffe, der Geschichte meiner Herkunft weiter auf den Grund zu gehen, hat sich meine Reise für das Leuchten ihrer Augen, als sie diesen jungen Mann nach vielen Jahren endlich wiedersehen durfte, unbedingt gelohnt.

Wir fahren an Pencallyn Farm vorbei. Wie es aussieht, hat der Eigentümer des Gehöfts nach meinem plötzlichen Erscheinen auf dem Hof die Maßnahmen zur Sicherung des Grundstücks noch verstärkt. Das Tor ist verschlossen und mit einem zweiten, riesengroßen Schild bewehrt, das Unbefugten das Betreten des Geländes strengstens untersagt.

»Wir sollten Josh anrufen und ihm sagen, was passiert ist.«

»Oh, das weiß er sicher längst.«

»Ach ja? Woher denn das?«

»Sie sind nicht aus der Gegend, stimmt's? Hier in Pencallyn passiert nichts, was nicht sofort der ganze Ort erfährt. Wahrscheinlich macht der alte Richardson sich bereits Hoffnungen, dass Estella jetzt ihr Haus verkaufen muss. Auf alle Fälle hat er sicher längst alle Makler in der Gegend angewiesen, ihm Bescheid zu geben, falls sie etwas in der Richtung hören. Er ist einfach ein widerlicher Aasgeier.«

Nach meiner eigenen Begegnung mit dem Mann bin ich geneigt, das ebenso zu sehen.

Wir biegen in die Einfahrt von Pencallyn House, und während sich der Wagen unter wilden Hüpfern durch die tiefen Furchen kämpft, stellt Kelly seufzend fest: »Aber vielleicht ist es auch besser, wenn ihr dieser alte Kasten endlich abgenommen wird. Ich glaube nicht, dass sie noch mal hierher zurückkommen wird.«

»Auch nicht, wenn ihre Hüfte wieder funktioniert? Sie könnte doch nach unten ziehen und sich eine zusätzliche Hilfe holen.«

»Sie können sie nicht operieren. Sie denken, dass das zu gefährlich ist.«

»Und wie soll sie dann jemals wieder laufen können?«

»Gar nicht.«

»Aber …«

Uns ist beiden klar, was Kellys Antwort zu bedeuten hat.

»Sie ist ein zäher Knochen, Nell, und hat schon deutlich Schlimmeres erlebt. Können Sie sich vorstellen, wie es ist, alle Menschen, die man je geliebt hat, zu verlieren und am Ende ganz alleine dazustehen?«

Das kann ich allerdings. Und deshalb fahre ich auch jede Nacht mit wild klopfendem Herzen aus dem Schlaf auf.

»Vor allem diese Evie scheint sie furchtbar zu vermissen, auch wenn ich bis heute nicht herausgefunden habe, wer sie war.«

»Ich dachte, dass sie ihre Schwester war.«

»O nein. Estella hatte nur einen Bruder, der bereits vor einer Ewigkeit gestorben ist.« Sie lässt die Schultern hängen und stößt einen tiefen Seufzer aus. »Estella spricht ständig mit Leuten, die schon längst gestorben sind. Von Tag zu Tag wird es schlimmer. Vor Kurzem hat sie dann auch noch angefangen, ziellos in der Gegend umherzulaufen. Es war nur eine Frage der Zeit, bis etwas passiert.« Kelly sieht mich ängstlich von der Seite an. »Verdammt. Das ist allein meine Schuld. Ich hätte längst das Sozialamt informieren sollen, aber das hätte sich für mich so angefühlt, als ob ich sie verraten würde. Können Sie das verstehen?«

»Auf jeden Fall. Genauso ging es mir mit meinem Dad. Er hatte Krebs, und anfangs habe ich ihn noch daheim versorgt. Aber irgendwann hätte ich ihn dort nicht mehr so pflegen können, wie es nötig war, also habe ich ihn ins Hospiz gebracht. Vom Kopf her war mir klar, dass das die beste Lösung war, doch vom Gefühl …« Als ich daran denke, wie ich ihn dort angemeldet habe, spüre ich erneut das Messer, das sich tief in meine Eingeweide bohrt. »Auch ich habe mich gefühlt, als würde ich ihn verraten«, stimme ich ihr unumwunden zu.

»Das heißt, egal, was ich auch tue, ich kann es nicht richtig machen«, stellt die arme Kelly düster fest.

»Ich fürchte, da haben Sie recht.«

Ich schaue durch das Fenster auf den Garten, während sich der Ranger weiter durch die holperige Einfahrt quält. Er kommt mir noch verwilderter vor. Es ist, als hätten sich die Büsche noch ein wenig dichter an das Haus herangeschlichen und als klammere sich der Efeu noch hartnäckiger an den abbröckelnden Putz. Als würde uns der Garten zürnen, weil wir ohne die Besitzerin des Hauses heimgekommen sind.

Kelly parkt den Wagen, holt den Schlüssel und schließt auf. Ich folge ihr ins Haus und habe das Gefühl, als wäre das Gebäude vor uns auf der Hut.

»Ich war noch nie ohne Estella hier. Es fühlt sich seltsam an«, spricht Kelly das, was ich empfinde, aus.

Dann macht sie Licht, und wir gehen in die obere Etage, um die Zahnbürste, das Waschzeug und die Nachthemden der alten Dame einzupacken.

Estella hat mich gebeten, das Buch zu holen, das auf ihrem Nachttisch liegt, also sehe ich mich vorsichtig im stillen Dämmerlicht des ersten Stockwerks um. Die Dielen knirschen, und mit jedem Schritt nimmt das Empfinden, mich in einer längst vergessenen Zeit zu bewegen, zu. Die Tapete mit dem altmodischen Vogel-Blumen-Muster ist vergilbt und löst sich von den feuchten Wänden, und die Bodendielen sind von dem Wasser aufgequollen, das wahrscheinlich seit Jahrzehnten durch den abbröckelnden Putz der Decke tropft. Das Holzgeländer wackelt, und die morschen Streben sehen alles andere als vertrauenerweckend aus. Es wird wahrscheinlich nicht mehr lange dauern, bis Pencallyn House zu Staub zerfällt.

»Hätten wir die Treppe überhaupt noch nehmen sollen?«

»Sie ist total verrottet«, klärt mich Kelly unbekümmert auf. »Natürlich putze ich hier oben ab und zu das Bad und räume in Estellas Schlafzimmer die Wäsche in den Schrank, ansonsten halte ich mich meistens unten auf. Und sie kommt sogar noch seltener rauf, weil sie inzwischen meistens in dem Sessel in der Küche schläft – auch wenn sie gern so tut, als schliefe sie in ihrem Bett.«

»Das ist echt traurig.« Meine Brust zieht sich zusammen, als ich daran denke, dass die arme alte Dame nachts mit einem Sessel vorliebnehmen muss, weil sie die Treppe, die sie während ihrer Kindheit rauf- und runtergerannt ist, nicht mehr nehmen kann. Es sind die kleinen Tragödien, die am meisten schmerzen, und die kleinen Niederlagen, die am meisten an der Hoffnung zehren.

Melancholisch bahne ich mir meinen Weg bis in Estellas Schlafzimmer. Ich öffne vorsichtig die Tür und trete ein. Anders als der dunkle Flur ist dieser Raum in goldenes Sonnenlicht getaucht und wirkt warm und einladend. Zwei Einzelbetten mit eisernen Gestellen und angelaufenen Messingpfosten stehen links und rechts von einem Nachttisch, auf dem unter einer Lampe mit verstaubtem Fransenschirm neben dem lange nicht mehr aufgezogenen Wecker das Buch liegt.

Neugierig nehme ich es in die Hand und freue mich über das Sonnenlicht, das den in goldenen Lettern aufgedruckten Titel schimmern lässt. Es ist ein schmaler Band mit Shakespear'schen Sonetten, dessen Lederrücken eingetrocknet und gerissen ist. Ich blättere behutsam die vergilbten Seiten durch und schlage neugierig die Titelseite auf.

Jacob Miller
Englisch-Preis 1935
Gratulation und beste Wünsche,
Deine Lehrerin Miss Kathryn Gray

Das kann nicht sein!

Ich traue meinen Augen nicht. Das Buch, das ich Estella Kellow bringen soll, hat mal dem jungen Mann von meinem Bild gehört. Was hat das zu bedeuten? Woher hat sie dieses Buch? Mit wild klopfendem Herzen blättere ich abermals die Seiten durch, denn vielleicht hat der Band mal meinem Großvater gehört. Der Gedanke, dass er dieses Buch einmal besessen hat, ist überwältigend. Den abgegriffenen Seiten nach zu urteilen hat er das Buch geliebt und oft darin gelesen – und womöglich hat ihm meine Großmutter ja dabei zugehört.

Bewegt ziehe ich die Widmung mit dem Zeigefinger nach. Jetzt weiß ich noch etwas anderes über ihn, als dass er mutig und prinzipientreu, zugleich aber als angeblicher Deserteur verschrien war. Er hat Poesie geliebt, das heißt, er war intelligent, talentiert und einfühlsam. Was bei den damaligen Männern eher ungewöhnlich war. Hat vielleicht dieser Mann mir die Begeisterung für Bücher und die Liebe zu Geschichten vererbt? Hatte mein Dad sein sanftes Lächeln und seine grenzenlose Freundlichkeit von ihm? Es bedeutet mir unendlich viel, dass es jetzt eine mögliche Verbindung zu den Eltern oder vielleicht irgendwelchen anderen Verwandten meines Vaters gibt.

»Haben Sie das Buch gefunden?« Kelly steht mit einem Armvoll Nachthemden im Flur.

Ich zeige ihr den Band.

»Shakespeare? Was Öderes gibt es ja wohl kaum. Wir haben uns in der Schule wochenlang durch *Romeo und Julia* gequält. Wir Mädchen sind damals alle auf Leonardo abgefahren.« Sie sieht mich an und fügt hinzu: »DiCaprio. Wobei es mich nicht überraschen sollte, dass Estella sich von Ihnen Shakespeare bringen lässt. Denn, wie gesagt, sie ist sehr belesen.«

»Das Buch gehört gar nicht ihr.« Noch einmal klappe ich die Seite mit der Widmung auf. »Es war Jay Millers Buch.«

»Es hat also dem Jungen auf dem Bild gehört? Und was macht sie damit?«

Das frage ich mich ebenfalls und habe auch schon ein paar ziemlich wilde Theorien.

Hoffe ich vielleicht darauf, dass Jay eine Beziehung mit Estella Kellow hatte und die zwei ein Kind bekamen? Warum hätte sie es weggeben sollen? Ich behalte die Überlegung besser erst einmal für mich. Außerdem weiß ich bereits, dass meine Großmutter auf ihrem Weg ins Krankenhaus, wo sie das Baby hatte auf die Schwelle legen wollen, überfahren wurde. Estella Kellow und das alte Haus sind also durchaus faszinierend, aber lenken mich womöglich nur von meiner eigentlichen Suche ab.

Am besten finde ich heraus, was es mit dieser Evie auf sich hat, denn irgendetwas sagt mir, dass sie wichtig für die Lösung dieses Rätsels ist.

Vielleicht ist sie ja mit ihrem Baby weggerannt. Das wäre durchaus vorstellbar. Ich werde einfach morgen wieder zu Estella fahren und versuchen rauszufinden, was sie über die Sache weiß.

»Kann ich das Buch bis morgen früh behalten?«, frage ich Estellas Haushaltshilfe beim Hinuntergehen. Ich kann es nicht erklären, doch es ist mir einfach wichtig, dass das Büchlein noch ein wenig bei mir bleibt.

Sie lacht. »Ich habe ganz bestimmt nicht vor, es heute Abend noch zu lesen! Außerdem haben Sie den Auftrag, ihr das Buch zu bringen, und da Sie sie morgen sowieso besuchen, nehmen Sie's ruhig erst mal mit. Da fällt mir ein: macht's Ihnen etwas aus, ihr auch die anderen Sachen mitzubringen, wenn Sie nach Calmouth fahren? Dann spare ich mir morgen früh den Weg, und Darren muss sich nicht schon wieder aufregen.«

Das tue ich natürlich gern, vor allem, da ich ganz versessen auf ein Wiedersehen mit Estella Kellow bin. Trotz der Vergesslichkeit, die an ihr nagt, ist diese alte Dame hochintelligent und ihr zersplittertes Gedächtnis mit Fragmenten der Vergangenheit durchsetzt. Und wenn man diese Puzzleteile ordentlich zusammensetzt, ergeben sie vielleicht ein Bild, das Antworten auf einen Teil meiner Fragen gibt.

Als wir Pencallyn House zum ersten Mal seit vielen Jahren sich selber überlassen, scheint der alte Kasten eine abwehrende Haltung einzunehmen und uns böse hinterherzusehen. Wir fahren zurück ins Dorf, da Kelly aber in der Neubausiedlung oberhalb des Ortsrands wohnt, biete ich an, den Rest des Wegs zu Fuß zu gehen. Inzwischen dämmert es, doch ich genieße es, nach all der Zeit im Krankenhaus und in dem alten Bau noch etwas an der frischen Luft zu sein. Wir tauschen unsere Handynummern aus, und ich nehme die Tasche mit Estellas Wäsche in Empfang.

Für einen Abend mitten in der Woche herrscht im Dorf erstaunlicher Betrieb. Es ist noch warm, und in den Gärten vor den Ferienhäuschen essen die Familien zu Abend, während aus dem Biergarten des Pubs Musik und fröhliches Gelächter auf die Straße dringen. Durch die Geräusche fühle ich mich in die 1940er Jahre zurückversetzt. Genauso gut könnten hier Paare eng umschlungen in der milden Abendbrise tanzen, während hübsche amerikanische Soldaten etwas abseits ihre Camel-Zigaretten rauchen oder in den Schatten mit den jungen, einheimischen Mädchen knutschen, während auf der anderen Seite des Kanals am dunklen Horizont der Feind laut knurrend wie ein Hofhund an der Kette zerrt.

»Hi, Nell.«

Erschrocken drehe ich mich um und kehre wieder in die Gegenwart zurück. Josh Richardson steht mir lächelnd gegenüber.

»Es tut mir leid. Ich wollte Sie nicht erschrecken. Ich war spazieren und muss jetzt langsam wieder heim.«

Als ich ihn lächeln sehe, lächele ich automatisch ebenfalls.

»Schon gut. Ich war gedanklich meilenweit von hier entfernt.«

»An einem schönen Ort?«

»Im Grunde war ich hier, jedoch in einer völlig anderen Zeit. Ich wüsste wirklich gern, wie es hier vor fünfundsiebzig Jahren war.«

Josh lenkt den Blick aufs Meer.

»Schwer vorstellbar, dass diese Gegend mal ein Bollwerk gegen den Faschismus war. Sie haben damals täglich mit der Invasion gerechnet, und das Wissen, dass der Feind nur ein paar Kilometer übers Wasser kommen müsste und täglich stärker wurde, hat den Menschen doch wahrscheinlich große Angst gemacht.«

»Genau dasselbe ging mir gerade durch den Kopf. Und falls mein Großvater hier stationiert war, könnte er denselben Weg genommen haben wie ich selbst, um dann aufs Meer hinauszusehen.«

Josh zeigt auf ein Apartmenthaus mit Blumenkästen auf den Fensterbänken und salbeigrün gestrichenen Türen.

»Das war früher mal die Schule, und dort fanden damals regelmäßig Tanzabende statt. Ich bin mir sicher, dass Ihr Großvater auch deshalb diesen Weg genommen hat. Sie haben damals offenbar gefeiert wie die Wilden. Aber schließlich wussten sie auch nicht, wie lange ihnen noch zum Feiern blieb.«

»Hätte er als Schwarzer denn auf diese Feste gehen dürfen? Bei der US-Armee herrschte doch strenge ›Rassentrennung‹.«

»Vielleicht bei der Armee, aber die meisten Leute hier hatten mit solchen Dingen nichts am Hut. Die meisten Ortsbewohner haben sich einen feuchten Kehricht um die Vorgaben geschert, obwohl es hier wahrscheinlich auch den einen oder anderen Rassisten gab. Soweit ich mitbekommen habe, war Estellas Vater Reginald ein ganz besonders widerliches Exemplar, denn er hat keinen Hehl daraus gemacht, dass ihm die GI allein aufgrund ihrer Hautfarbe zuwider waren.«

»Manche Dinge ändern sich anscheinend nie«, bemerke ich, und er wird rot.

»Ich schäme mich für das Verhalten meines Vaters«, stößt er leise aus.

»Das war nicht Ihre Schuld.«

»Trotzdem war es unverzeihlich, und ich habe mich deshalb noch ziemlich mit ihm angelegt. Er sagt, er hätte in dem Augenblick nicht nachgedacht und sich falsch ausgedrückt.«

Natürlich ist uns beiden klar, dass das nicht stimmt. Natürlich hatte Martin seine Worte absichtlich gewählt, doch das war nicht die Schuld von Josh.

Um ihn nicht weiter in Verlegenheit zu bringen, wende ich mich wieder der Geschichte meiner eigenen Familie zu. »Es muss für meine Großeltern in jener Zeit schwer gewesen sein. Ich kann verstehen, dass meine Großmutter das Baby damals weggegeben hat. Es war bestimmt nicht leicht für sie, vor allem, wenn sie ganz alleine dastand, weil der Vater ihres Kindes urplötzlich verschwunden war.«

»Nach dem Gespräch mit Ihnen habe ich etwas im Internet über die ›Invasion der Freunde‹, wie man hier in Großbritannien die Ankunft der GIs genannt hat, recherchiert«, meint Josh. »Die Dinge haben mich zum Nachdenken gebracht, weil die Vergangenheit uns hier in Cornwall immer noch umgibt. Ich habe mich schon oft mit Estella über diese Zeiten unterhalten, denn sie ist von diesen Jahren immer noch vollkommen fasziniert.«

»Haben Sie mitbekommen, dass Sie einen Unfall hatte?«, frage ich nervös.

»Ich habe heute früh den Rettungshubschrauber gesehen, und Kellys Mann, der für uns arbeitet, hat mir erzählt, sie wäre schlimm gestürzt.«

»Sie hat sich bei dem Sturz den Oberschenkelhals gebrochen«, erkläre ich und wende mich verlegen ab.

»Sie haben sie gesehen?«

Ich nicke knapp. Mir ist klar, dass meine nächsten Worte seine bisher gute Meinung von mir trüben werden, aber ich muss einfach ehrlich sein. »Es war meine Schuld, dass sie gefallen ist. Ich habe so sehr gehofft, dass sie mir bei meiner Suche helfen kann, dass ich heute früh gleich nach dem Aufstehen nach Pencallyn House gelaufen bin. Und dann stand ich im Hof, und sie hat mich mit jemandem verwechselt, wollte rauskommen, um mich zu begrüßen, und ist in der Küche ausgerutscht. Sie dachte, dass ich jemand namens Evie bin.«

»Den Namen habe ich schon oft gehört. Estella spricht sehr oft mit ihr«, erklärt mit Josh. »Sie fehlt ihr sehr, und falls Estella dachte, dass sie heimgekommen wäre, kann ich mir gut vorstellen, dass sie völlig aus dem Häuschen war.«

»Sie war so aufgeregt, dass sie nicht mehr darauf geachtet hat, wohin sie tritt. Nur deshalb ist sie ausgerutscht. Wenn ich darauf gewartet hätte, dass Sie mich ihr vorstellen, ginge es ihr jetzt noch gut.« Ich habe einen dicken Kloß im Hals und stoße krächzend aus: »Es tut mir leid.«

Er legt mitfühlend eine Hand auf meine Schulter und erklärt mit ruhigem Nachdruck: »Nein, das war es nicht. Estella Kellow ist weit über neunzig, Nell, und leidet an Demenz. Sie ist mittlerweile so gebrechlich und verliert derart oft die Orientierung, dass ein solcher Sturz auf Dauer einfach unvermeidbar war. Sie können nichts dafür.«

Ich würde ihm so gerne glauben, doch das schlechte Gewissen nagt an mir.

»Ich nehme an, die Fliesen waren mal wieder nass«, stellt Josh zutreffend fest, und einzig seine Hand auf meiner Schulter hindert mich daran, vor Panik durchzudrehen. »Ich habe ihr schon hundertmal gesagt, dass sie das Spülen Kelly überlassen soll, weil sie dabei immer literweise Wasser auf den Boden spritzt. Genauso gut hätte sie also stürzen können, während sie den Wasserkessel hätte füllen oder mit ihrem Stock die Plätzchendose hätte von der Arbeitsplatte angeln wollen. Wir alle haben sie ein ums andere Mal gewarnt, aber sie ist und bleibt nun mal ein fürchterlicher Dickkopf, der sich von keinem Menschen etwas sagen lässt. Sie können mir also glauben, wenn ich sage, dass der Unfall nicht auf Ihr Konto geht.«

Ich nicke knapp.

»Danke.«

»Nichts zu danken. Es ist wahr.« Er zieht die Hand zurück und wendet sich zum Gehen. »Und jetzt muss ich allmählich wieder los. Mein Vater ist in London, und ich will zu Hause sein, bevor es völlig dunkel wird. Sie wissen ja, meine Mutter ist nicht gern allein dort.«

»Sie haben gesagt, sie würde sich in dem Haus nicht wohlfühlen.«

»Sie ist völlig panisch, was ihr überhaupt nicht ähnlichsieht.« Er seufzt und fährt sich mit der Hand durchs Haar. »Wie dem auch sei, ich werde morgen zu Estella in die Klinik fahren – falls mein Dad in seiner Eile, ihr den alten Kasten abzukaufen, nicht sogar noch schneller bei ihr ist.«

Ich spüre, dass sich hinter diesem Scherz ein Hauch von Ernst verbirgt, und denke, dass auch ich nicht völlig ohne Eigennutz noch einmal zu der alten Dame will.

»Ich fahre morgen selbst noch einmal hin. Sie hat mich gebeten, ihr frische Wäsche und einen Gedichtband zu bringen«, erkläre ich. »Das Buch hat dem jungen Mann gehört, der auf meinem Foto zu sehen ist. Er hieß Jay Miller. Anscheinend hat Estella ihn gekannt und will mir mehr von ihm erzählen.«

Josh zieht überrascht die Augenbrauen hoch.

»Das klingt, als ob Sie heute alles andere als untätig gewesen wären. Ich würde wirklich gerne mehr erfahren, nur leider muss ich los. Aber ich könnte Sie doch morgen abholen, und wir könnten zusammen nach Calmouth fahren. Schließlich will ich Estella ebenfalls besuchen, und Sie würden sich die Busfahrt sparen – falls es in der Gegend überhaupt so etwas wie Busse gibt.«

»Sie brauchen mich nicht abzuholen.«

»Ich weiß, aber ich würde es sehr gerne tun. Vor allem bin ich neugierig und möchte hören, was sie seit unserem letzten Treffen herausgefunden haben. Wir kommen hier nur selten raus und freuen uns deshalb über jede Abwechslung. Sie können mir auf der Fahrt alles erzählen, und ich zeige Ihnen dafür ein paar Stellen, die Ihr GI vielleicht gekannt hat, als er in Pencallyn war. Vielleicht bekommen Sie dann ja eine Vorstellung davon, wie dieser Ort zu Zeiten Ihrer Großeltern gewesen ist.«

Die Einladung und das Versprechen einer Freundschaft hängen in der Luft, aber ich weiß nicht, ob ich eine Freundschaft will.

Oder befürchte ich, dass Josh womöglich noch etwas anderes von mir will?

Doch seine Freundlichkeit ist echt. Er ist nur nett, sonst nichts.

»Sind Sie sich sicher?«, frage ich.

Er grinst. »O ja! Mein Vater ist nicht da, und ich weiß nicht, wann sich danach noch einmal die Gelegenheit zum Blaumachen ergibt. Ich glaube, die Besuchszeiten im Krankenhaus sind erst ab eins, wir haben also genügend Zeit für eine kleine Spritztour und ein Mittagessen. Wenn Sie wollen.«

Eine Spritztour und ein Mittagessen in Gesellschaft eines attraktiven Mannes? Wenn ich Lou davon erzähle, sucht sie spätestens am Abend schon ein Brautkleid für mich aus!

»Das klingt phantastisch. Gern.«

Wir machen eine Uhrzeit für die Abfahrt aus, und als ich weitergehe, bin ich seltsam aufgeregt. Das liegt bestimmt an dem Gedanken, dass ich morgen Orte sehen werde, die vielleicht auch meine Großeltern gekannt haben. Ja, genau. Damit, dass ich morgen Zeit mit Josh verbringen werde, hat das leichte Kribbeln, das ich in der Magengegend spüre, nicht das Mindeste zu tun.

16

Nell

heute

Am nächsten Morgen werde ich von hellem Sonnenlicht geweckt. Am Abend war ich von der ganzen Aufregung, der Salzluft und dem reichhaltigen Abendessen, das ich im Pub genossen hatte, so erschöpft gewesen, dass mir, kaum dass ich im Bett gelegen hatte, schon die Augen zugefallen waren. Eingelullt von Dunkelheit und Stille, die nur von dem gleichförmigen Schmatzen und Seufzen der Wellen unterbrochen wurde, habe ich so tief und fest geschlafen wie seit einer Ewigkeit nicht mehr, und als ich auf mein Handy blicke, reiße ich schockiert die Augen auf. Es ist schon zehn, und eilig renne ich ins Bad, springe unter die Dusche und ziehe mich hastig an.

Auch heute ist ein wunderschöner Tag. Es ist noch nicht mal elf, aber die Strandbesucher haben ihre Territorien schon mit Windschutzen aus Plastik abgesteckt, und als die ersten Schwimmer sich verwegen in die kalten Fluten stürzen, dringt ihr lautes Kreischen an mein Ohr. Ich mache ein paar Aufnahmen für Lou, spaziere dann die Kaimauer entlang und registriere die Betonnarben der Wunden, die der Landschaft bei den Vorbereitungen zur Landung in der Normandie geschlagen worden sind. Kinder balancieren auf den im Verlauf der Jahre von den Wellen angeknabberten Fragmenten, springen von dort ins Wasser, und ich denke, dass es sicher keinen größeren Kontrast als zwischen ihren unschuldigen Spielen und dem eigentlichen, kriegerischen Zweck der alten Bauten gibt.

Ob Jay Miller wohl beim Bau dieser Betonrampe geholfen hat? Meinen bescheidenen Nachforschungen zufolge fiel diese Arbeit wie der

Straßen- und Latrinenbau vor allem den Schwarzen unter den Soldaten zu. Wie hat der Shakespeare liebende Jay Miller seine Zeit hier in Pencallyn Cove erlebt? War es ein einladender Ort? Waren die Menschen nett zu ihm? Oder waren sie nervös und voller Argwohn gegenüber diesen Neuankömmlingen, die anders aussahen als sie selbst? Ich denke an das hoffnungsvolle Lächeln des GIs auf meinem Bild, und der Gedanke, dass die Menschen hier nicht freundlich zu ihm waren, versetzt mir einen Stich.

Wie die Gezeiten diese alte Wehranlage ausgewaschen haben, haben die Jahre auch die Hässlichkeit der damaligen Zeit verblassen lassen, und ich überlege, was womöglich sonst noch alles in Vergessenheit geraten ist. Zum Beispiel wäre ohne eine alte Dame, die sich wenigstens noch bruchstückhaft erinnern kann, auch die Geschichte von Jay Miller längst verloren. Was war er für ein Mensch? Hat er an seinen freien Abenden die Tanzveranstaltungen in der Schule besucht und ein Bier im Pub getrunken? Oder war er ein eher ruhiger Mensch, der, statt zu feiern, lieber Shakespeare las? Ich habe Fragen über Fragen, und ich kann nur hoffen, dass Estella Kellow mir die Antworten verrät.

Ich schirme meine Augen mit der Hand gegen die helle Sonne ab und sehe eine kleine Yacht, die kurz darauf am Horizont verschwindet. Es kommt mir vor, als würde die Geschichte, die ich suche, sich mir so wie dieses kleine Boot entziehen. Wird sie zusammen mit Estella Kellow sterben, oder hat die alte Dame noch genügend Kraft, um sie mir zu erzählen?

»Hi, Nell! Ich hoffe, ich bin nicht zu spät?«

Direkt an meiner Seite hält ein schwarz schimmernder Land Rover Defender, und der Fahrer winkt mir fröhlich zu. Es ist Josh Richardson in einem weißen Hemd, das seine sonnenbraune, honigfarbene Haut hervorragend zur Geltung bringt, mit aus der Stirn gestrichenem kastanienrotem Haar und einer dunklen Sonnenbrille, hinter der die grünen Augen nicht zu sehen sind. Stattdessen sehe ich in ihren

Gläsern meine eigene zierliche Gestalt, mein abermals zu einem wirren Knoten aufgestecktes Haar, mein einfaches, geblümtes Baumwollkleid. Plötzlich ungewöhnlich schüchtern, senke ich den Blick.

»Springen Sie rein«, fordert mich Josh durchs offene Fenster auf. »Dann fangen wir mit unserer Spritztour an.«

Er beugt sich rüber, öffnet mir die Tür, und als ich mühsam meine kurzen Beine auf das viel zu hohe Trittbrett hieve, reicht er mir die Hand und zieht mich auf den Sitz.

»Mit einem Sprung ist es bei einem solchen Ungetüm ganz eindeutig nicht getan«, erkläre ich und bete inständig, dass bei meinem wenig eleganten Einstieg keiner der Touristen auf der Promenade meinen Slip zu sehen bekommen hat.

»Dad hat darauf bestanden, diesen Monstertruck zu kaufen, obwohl ihm das Einsteigen mit seiner ramponierten Hüfte noch erheblich schwerer fällt«, klärt Josh mich grimmig auf.

»Für Fahrten im Gelände ist der Wagen sicher praktisch«, sage ich und kann nur hoffen, dass Josh nicht die Absicht hat, das Thema zu vertiefen, weil's in Finchley kaum Gelände gibt, in dem man fahren kann.

»Sie werden dieses Ding noch nicht mal in der Nähe eines Feldes sehen. Es ist Dads absolutes Schätzchen«, meint er lachend, und sein Augenrollen zeigt mir, was er davon hält. Er wendet und weicht ausnehmend geschickt den Urlaubern aus, die über die Straße laufen. »Wenn ich auch nur das allerkleinste bisschen Dreck an diese Kiste kommen lasse, wird er mich enterben – aber schließlich war er bereits öfter kurz davor. Er hat den Wagen einzig zu dem Zweck, als großer Gutsbesitzer dazustehen. Aber ich dachte, falls Sie sonst noch irgendetwas für Estella holen müssen, kommen wir damit problemlos bis zum Haus. Mit einem anderen Wagen kriegt man das nicht hin.«

Ich blicke auf die Tasche, die mir Kelly mitgegeben hat. »Ich glaube, ich habe alles. Haben Sie irgendwelche Neuigkeiten aus dem Krankenhaus?«

»Nein, was meiner Meinung nach ein gutes Zeichen ist. Und wie gesagt, sie ist erheblich zäher, als sie aussieht. Können wir?«

»Wir können.« Nickend schnalle ich mich an, und aus dem hohen Land Rover sehe ich die Hecken und das Dorf in einer völlig neuen Perspektive. Der alte Teil mit seinen schmalen Gassen und den weiß getünchten Häuschen breitet sich wie eine hübsche Picknickdecke unterhalb der Hügel aus. Ein Stückchen weiter liegt die Siedlung, in der Kelly wohnt. Die Häuser bieten alle eine unglaubliche Aussicht auf das Meer, doch anders als die Häuser in Pencallyn Cove liegen sie nicht geschützt im Tal, sondern sind den Winterstürmen hilflos ausgesetzt. Oben angekommen biegt Josh links ab und nimmt den Weg vorbei an einer Reihe neu gebauter Häuser bis zu einem kleinen Supermarkt.

»Wollen Sie mit mir shoppen gehen?«, ziehe ich ihn auf.

Er grinst. »Ich hatte durchaus schon ein paar beschissene Dates, aber so tief gesunken, einem Mädchen irgendwelche Tütensuppen zu kaufen, bin ich bisher nicht. Vielleicht ist das kein Date, aber Sie wissen, was ich damit sagen will. Der Laden ist zwar echt nicht schlecht, aber ich glaube, dass es trotzdem aufregendere Ziele gibt.«

Josh errötet, und beim Blick auf seine heißen Wangen tut er mir fast leid. Natürlich haben wir kein Date. Das hätte ich auch nie gedacht. Doch als er soeben davon gesprochen hat, war ich gleichzeitig erfreut, nervös und aufgeregt.

Er räuspert sich. »Wie dem auch sei, ich bin mit Ihnen hierhergefahren, weil in den 1940er Jahren an diesem Ort das Camp der Amis war. Zwar ist davon schon lange nichts mehr übrig, und inzwischen haben sie diese kleine Siedlung hier gebaut, aber zu Zeiten Ihrer Großeltern hat's hier ganz anders ausgesehen. Damals gab's hier zahlreiche Kontrollpunkte und Straßensperren, das Gelände war mit Nissenhütten und mit Zelten übersät, und überall sind die GIs herummarschiert.«

»Das kann man sich jetzt kaum noch vorstellen«, sage ich und sehe mir die unscheinbaren Häuser an.

»Sieht alles ganz normal aus, finden Sie nicht auch? Seltsam, wenn man daran denkt, wie viel Geschichte hier direkt unter der Oberfläche liegt. Nachdem das Land von den Amis eingeebnet wurde, wurden hier in den Sechzigern die Häuser errichtet. Estella hat das Land damals verkauft. Wenn man sich das Gelände ohne diese Häuser und stattdessen voll mit Zelten, Blechhütten und sogar einer Donut-Bude vorstellt, weiß man, wie es damals ausgesehen haben muss. Aber hier oben ist es ziemlich rau, und die eisigen Winterstürme haben den Jungs wahrscheinlich ziemlich zugesetzt.«

Ich versuche, mir die Szene bildlich vorzustellen. Wie hatte sich Jay Miller wohl bei seiner Ankunft hier gefühlt? Mochte er das offene Meer und die Brise, die von dort herüberwehte, oder stammte er aus einer Großstadt und war Wolkenkratzer und tiefe Straßenschluchten gewohnt? Hatte ihm die warme Sonne in der Gegend, wo er aufgewachsen war, gefehlt? Kannte er den kalten Regen und Wind auch von daheim?

»Von hier aus ist es nicht weit zu unserem Gehöft und zu Estellas Haus. Ein durchtrainierter Mann wäre zu Fuß im Handumdrehen dort«, bemerkt Josh.

»Oder auch eine durchtrainierte junge Frau«, pariere ich.

»Da haben Sie natürlich recht. Ich wollte damit einfach sagen, dass es, wenn man durch den Garten geht, nur eine gute Meile ist.«

Ich nicke zustimmend. Falls Evie – wie ich zwischenzeitlich denke – meine Oma war, hat sie in dieser Gegend sicherlich das eine oder andere Stelldichein mit einem jungen Burschen namens Jay gehabt. Es gab hier sicher Hunderte von Stellen, an denen ein junges Liebespaar sich treffen konnte, ohne dass es jemand mitbekam.

»Die Dinge liegen hier viel dichter beieinander, als man denkt«, stelle ich fest. »Aber der Weg über die Straße zieht sich endlos hin.«

»Am besten ist der Weg über das Meer. Mit einem Boot braucht man nur zehn Minuten bis nach Calmouth, weil man, statt die nächste Brücke anzufahren, nur die Flussmündung zu überqueren braucht.

Und sehen Sie den Hügel da?« Josh lehnt sich aus dem Fenster und zeigt auf ein Feld. »Das ist Bury Barrow, eine alte Wallanlage aus der Eisenzeit. Ich weiß zwar nicht, ob Sie an Kraftlinien und solche Dinge glauben, doch es heißt, dass eine dieser Linien von dort aus durch die Kirche und dann weiter bis zu unserem Brunnen und Estellas Garten verläuft.«

»Glauben Sie an so etwas?«

Er streicht mit einer Hand über sein frisch rasiertes Kinn, auf dem nur noch ein Hauch kastanienroter Bartstoppeln zu sehen ist. Hat er sich vielleicht extra meinetwegen hübsch gemacht?

»Der Brunnen hat etwas an sich, das mich beinah daran glauben lässt. Wie sieht's mit Ihnen aus?«, fragt er zurück.

»Wahrscheinlich heißt es nicht umsonst, dass Brunnen, Steinkreise und Kirchen früher häufig an besonderen Energiepunkten errichtet worden sind«, erwidere ich, und Josh wiegt nachdenklich den Kopf.

»Aber egal, was wir auch glauben, bietet Bury Barrow einen sagenhaften Rundblick über die gesamte Gegend und das Meer, weshalb es, ganz egal zu welcher Zeit, strategisch wirklich günstig lag. Dort oben gibt's noch Überreste alter Nissenhütten, und wahrscheinlich standen dort auch Flakgeschütze, um die deutschen Flieger abzuschießen, wenn sie rüberkamen, um die Gegend hier zu bombardieren. Dazu wurde der Himmel nachts mit Suchscheinwerfern angestrahlt, was man sich, friedlich, wie die Gegend heute wirkt, kaum vorstellen kann. Ich gehe dort immer spazieren, wenn ich meine Ruhe brauche oder einen klaren Kopf bekommen will. Den Lerchen zuzuhören und den Schwalben zuzusehen, ist für mich die beste Therapie.«

Ruhe? Therapie? Das heißt, er kämpft genau wie ich mitunter gegen irgendwelche inneren Dämonen an.

Ich folge seinem Blick über den Hügel, wo das hohe Gras, das sich in der Brise wiegt, den klaren blauen Himmel trifft, und frage mich, warum Josh Richardson anscheinend nur in dieser friedlichen Umgebung einen klaren Kopf bekommen kann. Natürlich kann ich das

Bedürfnis durchaus nachvollziehen und erkenne auch die Schatten, die in seinen Augen liegen, wieder, weil ich sie, sobald ich in den Spiegel blicke, auch in meinen eigenen Augen sehen kann …

Ich reiße mich von diesen melancholischen Gedanken los und konzentriere mich auf das, was er erzählt. Die jüngere Vergangenheit ist einfach immer noch zu schmerzlich, um gedanklich darauf einzugehen. Ich denke also besser an den Krieg und Luftkämpfe über dem Meer als an das Leben, das verloren ging, noch ehe es die ersten Atemzüge tat.

»Die Werft von Calmouth war sehr wichtig, und der tiefe Fluss war der perfekte Ort, um Schiffe in der Mündung zu verstecken und den Einsatz zu trainieren«, erklärt mir Josh. »Falls unsere Zeit noch reicht, bevor wir in die Klinik fahren, zeige ich Ihnen noch die Werft. Die Industriebetriebe, die es auch schon damals in der Gegend gab, haben die Deutschen regelmäßig bombardiert.«

»Dann wurde also auch in Cornwall bombardiert?« Natürlich weiß ich so wie jeder andere, dass es London damals schwer getroffen hat, doch daran, dass der Krieg auch ruhige Gegenden wie diese heimgesucht hat, hatte ich bisher noch nie gedacht.

»Auf jeden Fall«, meint Josh. »Ich zeige Ihnen auf dem Weg zum Krankenhaus noch ein paar andere Dinge, aber erst mal fahren wir zur Kirche und sehen uns die Gräber der Familie Kellow an.«

Er biegt in einen schmalen Weg, auf dem das lange Gras die Kotflügel des Wagens kitzelt und die tiefen Furchen seine Stoßdämpfer und Radaufhängungen auf die Probe stellen.

Ich erzähle Josh, was mir Estella über Jay berichtet hat, und etwas an der ruhigen Art, in der er zuhört, lädt mich dazu ein, ihm zu vertrauen. Falls wir noch länger in dem Wagen sitzen, weiß ich nicht, was ich ihm noch alles enthüllen werde, also bohre ich mir meine Fingernägel in die Handballen und konzentriere mich darauf, statt meiner eigenen Geschichte die von anderen Menschen zu erzählen.

Was deutlich leichter für mich ist.

»Ich gehe davon aus, dass diese Evie meine Oma sein könnte. Ich denke, dass sie damals hier war, und ich weiß, dass meine Großmutter im Sommer 1945 starb. Vielleicht kam Evie deshalb nicht mehr zurück.«

»Das wäre eine Möglichkeit«, setzt Josh an. »Wie wäre es mit dieser Theorie? Vielleicht ist Jay Miller mit der jungen Evie durchgebrannt. Vielleicht waren sie zusammen irgendwo und haben die Geburt des Babys abgewartet, doch dann ging irgendetwas schief, und er ist abgehauen.«

»So könnte es gewesen sein. Aber Estella hat ihn anscheinend wirklich gut gekannt und behauptet fest, er wäre niemals einfach abgehauen.«

»Vielleicht hat sie die beiden ja gedeckt? Das machen Frauen doch ständig füreinander. Wissen Sie noch, wie Sie und Ihre beste Freundin in dem Alter waren? Ich wette, Sie haben sich gegenseitig alles anvertraut.«

Ich lächele wehmütig. Mit fünfzehn hatten Lou und ich problemlos jeden Satz der anderen beenden können, geplant, mit einem Wohnmobil auf Weltreise zu gehen, und wenn wir uns nicht hatten sehen können, hatten wir die ganze Zeit am Telefon geklebt. Ich hätte damals mühelos für sie gelogen, und egal, was sie getan hatte, ich hätte sie immer gedeckt. Hätte ich ihr auch geholfen, unbemerkt ein Baby auf die Welt zu bringen, und wenn sie verschwunden wäre, jahrelang darauf gewartet, dass sie wiederkommt? Hätte sie mir ein Versprechen abnehmen können, an das ich mich dann mein Leben lang gebunden fühlen würde? Ja, natürlich. Die Freundschaft zwischen jungen Mädchen ist so intensiv, dass keine andere Beziehung sich mit dieser Bindung messen kann. Ich würde alles für Lou tun und gehe jede Wette ein, dass es Estella in Bezug auf Evie ebenso ergangen war.

Jetzt muss ich nur noch wissen, was für ein Geheimnis sie in all den Jahren hatte für die Freundin wahren sollen.

»Kommen Sie. Wir sehen uns erst einmal die Kirche an.« Josh

sprintet um die Kühlerhaube, öffnet mir die Tür und reicht mir seine warme Hand. Es kommt nur selten vor, dass jemand mich berührt, und die Berührung lässt mich zusammenzucken.

»Alles okay?«, fragt er.

»Der Sitz ist wirklich ganz schön hoch«, erkläre ich und ziehe unauffällig meine Hand zurück.

»Dann bringe ich zu unserer nächsten Ausfahrt einen Fallschirm mit.«

Er denkt, dass wir uns wiedersehen?

»Wie dem auch sei, kommen Sie mit und sehen sich St. Brecca's an. Sie ist eine der schönsten kleinen Kirchen, die es in der Gegend gibt.«

Mit seinen langen Beinen ist Josh in wenigen Schritten am Friedhofstor. Ich hänge meine Tasche über die Schulter, jogge ihm eilig hinterher und trete durch das kleine Tor auf einen Friedhof voll wilder Blumen, hohem Gras und dichtem Efeu, der die halb verfallenen Grabsteine umrankt. Am Friedhofsende steht die kleine Kirche, von der aus das Meer zu sehen ist. Wahrscheinlich hat sie seit Jahrhunderten dem Marsch der Wellen zugesehen und in Erwartung feindlicher Armeen Richtung Horizont geblickt.

Pencallyn ist ein altes Fischerdorf, und den uralten Grabsteinen nach zu urteilen sind viele Männer auf dem Meer geblieben, oft zur gleichen Zeit, weil eins der Boote unterging. Ich schiebe ein paar Flechten fort, um die verblassten Inschriften zu lesen, doch die meisten Namen haben Wind und Wetter schon vor Jahren ausgewischt. In einigen der Gräber liegen Kinder, die in jungen Jahren starben, und auch wenn seither Jahrhunderte vergangen sind, trifft mich ihr Tod auch heute noch ins Mark. Ich stehe vor dem Grab der vierjährigen Bess Tremar und streiche sanft mit einer Hand über den Stein. Tröste ich damit Bess oder mich selbst? Ich weiß es nicht.

»Die Gedenksteine der Kellows sind im Kircheninneren. Kommen Sie«, ruft Josh. Das Sonnenlicht lässt seine rötlich braunen Haare lodern und betont die festen Linien seines muskulösen Oberkörpers unter seinem weißen Hemd. Ein Keltenkrieger, der zu einem Engel wurde, denke ich und lache leise auf. Mit seinem guten Aussehen und seiner einfühlsamen, gleichzeitig leicht gequälten Art gibt er den geradezu perfekten Helden meines neuen Buches ab. Kein Wunder, dass ich ihn so anstarre. Ich recherchiere, weiter nichts.

»Alles in Ordnung?«, fragt er, als ich ihn erreiche.

»Alles gut.«

»Wenn eine Frau das sagt, meint sie normalerweise das genaue Gegenteil.«

»O nein, es geht mir wirklich gut. Im Grunde ist es lächerlich. Ich habe kurz ein paar der alten Grabsteine betrachtet und gedacht, wie jung die Kinder waren, die dort begraben sind. Ich weiß, das ist inzwischen ewig her, aber ich finde trotzdem, dass das furchtbar traurig ist.«

»Das ist überhaupt nicht lächerlich. Wenn ein Leben zu früh endet, ist das immer schrecklich. Ich nehme an, das Leben hier war früher ganz schön hart. Die alten Häuser in Pencallyn sind zwar hübsch, aber ich fürchte, dass sie damals alles andere als komfortabel waren. Selbst in Estellas Jugend hatten es die Leute in der Gegend nicht leicht. Es gab damals weder Impfungen noch einen staatlichen Gesundheitsdienst, und wenn die armen Leute krank wurden, waren sie auf Gottes Hilfe angewiesen, weil es keine andere Rettung für sie gab.«

Noch immer kann die Medizin nicht jeden retten, aber das behalte ich für mich.

Wir treten durch die Tür, und mir fällt auf, wie dunkel und kühl es in der Kirche ist. Die alten Buntglasfenster lassen schmale Streifen mehrfarbigen Lichts auf die steinernen Säulen und Bogen fallen und werfen bunte Muster auf den Boden, der aus schweren, großen Steinplatten besteht. Die dunklen Holzbänke sind blank poliert. Auf den dicken Balken unterhalb der Fenster stehen Blumen und lassen ab und zu ein Blütenblatt wie eine Träne auf den Boden fallen, während der Staub der Jahre in den Lichtstrahlen tanzt.

Josh und ich gehen an verschiedenen Gedenktafeln und Denkmälern vorbei bis zu dem kleinen Seitenschiff, in dem die Kellows ruhen.

»Es waren jede Menge«, erklärt Josh und sieht sich um. »Die Kellows leben schon seit einer Ewigkeit hier in der Gegend, und es überrascht mich nicht, dass Dad die Leute aus dem Ort durch seinen rüden Umgang mit Estella vor den Kopf gestoßen hat.«

Die Wände sind mit Messing-, Bronze- und Marmortafeln voller Lobeshymnen auf diverse Kellows seit dem achtzehnten Jahrhundert übersät, dann aber endet diese Linie abrupt mit Reginald, der kurz nach Kriegsende verstarb. An seiner Seite liegt Amelia May Kellow, und ich rechne eilig nach.

»Mein Gott, sie war erst sechsundzwanzig. Ob sie wohl Estellas Mutter ist?«

»Ich gehe davon aus. Estella meinte mal, dass ihre Mutter bei ihrer Geburt gestorben wäre, aber sonst hat sie mir über die Familie Kellow kaum etwas erzählt. Zu der auch ihre Stiefmutter gehörte, Violet. Die arme Seele ist hier ziemlich gut versteckt.«

Tatsächlich hätte ich die kleine Schieferplatte ganz unten an der Wand fast übersehen. Auch sie ist jung gestorben. Offensichtlich war das Leben an der Seite von Estellas Vater eine hoch riskante Angelegenheit.

»Ist sie ebenfalls bei der Geburt eines Kindes gestorben?«

»Meiner Meinung nach kam sie bei einem Bombenangriff um«, gibt Josh zurück. »Estella hat mal etwas in der Art gesagt, als Kellys Kinder für die Schule etwas über die Kriegsjahre in Calmouth schreiben sollten. Und ihren Bruder Alex hat's in seiner Spitfire erwischt. Das muss ein schlimmer Schock für sie gewesen sein.«

»Auch die Gedenkplatte für ihn ist ziemlich klein.«

»Nach allem, was ich weiß, ging der Familie gegen Kriegsende das Geld aus, und um nach dem Tod des Vaters seine Schulden zu begleichen, hat Estella jede Menge Land verkauft.« Josh sieht auf seine Uhr.

»Wir sollten langsam los, wenn wir noch ein paar andere Dinge sehen und etwas essen wollen.«

Bei unserer Abfahrt kommt es mir so vor, als sähen die Geister der Vergangenheit uns hinterher. Ich drehe mich noch einmal um, und der Gedanke, dass uns unsichtbare Augen folgen, ruft ein leises Unbehagen in mir wach. Ich habe das Gefühl, als würden manche Schatten mich bedrängen, mit meiner Suche fortzufahren, während andere mich davor warnen, mich in Dinge einzumischen, die man ruhen lassen soll. Natürlich ist das blanker Unsinn, und die Kirche ist genauso leer wie zu unserer Ankunft. Allein die Bäume links und rechts des alten Weges werfen ihre Schatten über uns. Hier ist ganz sicher keine dunkle Macht am Werk. Ich brauche keine Angst davor zu haben, mehr herauszufinden. Mir kann nichts geschehen.

Trotzdem bin ich dankbar für das kleine Silberkreuz um meinen Hals und strecke, um mich zu beruhigen, meine Finger danach aus.

17

Nell

heute

Die Sonne, die auf unserer Fahrt nach Calmouth durch die offenen Wagenfenster fällt, die lockeren Gespräche und die Umwege zu alten Nissenhütten und längst verlassenen Start- und Landebahnen vertreiben meine seltsamen Gedanken über die Kirche und unsichtbare Augen in der Dunkelheit. Dann zwingen mich die Krabbenbrötchen, die wir auf den sonnenhellen Stufen des Schifffahrtsmuseums essen, die verfressenen Möwen abzuwehren, und als wir vor der Klinik parken, kann ich nicht mehr sagen, ob die seltsamen Gefühle, die ich in der Kirche hatte, echt oder nur eingebildet waren. Die Dinge, die ich über die Geschichte der Familie Kellow rausgefunden habe, faszinieren und inspirieren mich für meinen eigenen Roman, aber sie bringen mich nicht mehr aus dem Gleichgewicht. Wahrscheinlich wurde einfach meine Phantasie durch das Gerede über Kraftlinien und frühe Tode angeregt. Sonst nichts.

Inzwischen ist Besuchszeit, und im Krankenhaus herrscht Hochbetrieb. Jetzt hat Estella einen kleinen Raum für sich, und als wir eintreten, streichelt ein schmaler Streifen Sonnenlicht, der durch die Jalousien fällt, ihr eingefallenes Gesicht. Sie ist erschreckend bleich, hängt an verschiedenen laut piepsenden Geräten, und aus dem Tropf rinnt eine Flüssigkeit durch die Braunüle, die an ihrem violett verfärbten Handrücken befestigt ist. Die Venen und Arterien unter ihrer dünnen Haut erzählen die Geschichte eines Lebens, das noch nicht zu Ende ist, und als sie ihre Augen aufschlägt, zeigt ihr wacher Blick, dass sie noch längst nicht aufgegeben hat.

»Nell! Haben Sie mein Buch gefunden?«

»Ja!« Ich ziehe es aus meiner Tasche. »Hier.«

Ich setze mich behutsam auf den Rand des Betts und drücke ihr das Büchlein in die Hand.

»Danke, meine Liebe. Vielen Dank.« Sie drückt es selig lächelnd an ihr Herz.

Jetzt tritt auch Josh zu ihr ans Bett und gibt ihr einen Wangenkuss. »Wie fühlen Sie sich? Sie haben uns einen ganz schönen Schrecken eingejagt!«

»Mir auch«, gibt sie zurück. »Oje, was bin ich für ein dummes altes Weib, das euch solche Schwierigkeiten macht. Ich hätte auf Kelly und dich hören sollen, als ihr mich davor gewarnt habt, selbst zu spülen, weil dann das ganze Wasser auf den Boden spritzt.«

»Ist es für Sie in Ordnung, dass wir Sie besuchen, oder sollen wir Sie in Ruhe lassen? Nell und ich können auch später noch mal wiederkommen«, bietet Josh ihr an.

»Ihr seid zusammen gekommen?« Estellas Lippen zucken amüsiert. »Verstehe.«

»Wir haben uns auf Pencallyn Farm getroffen, als ich mir dort einen Brunnen ansehen wollte«, kläre ich sie auf. »Josh hat mir geholfen, als sein Vater mich des Grundstückes verweisen wollte, weil ich dort nicht eingeladen war.«

»Dann hatte Martin Richardson also etwas dagegen, dass Sie sich den Brunnen ansehen wollten, und Sie sollten wieder gehen?«

»Ich muss natürlich zugeben, dass ich auf seinem Grundstück war.«

Estella schnaubt. »Der Brunnen gehört weder ihm noch sonst jemand. Und jetzt kann Martin es bestimmt kaum noch erwarten, dass er neben dem Gehöft auch noch mein Haus bekommt. Wahrscheinlich betet er für meinen schnellen Tod.«

»Ich glaube, ganz so bösartig ist er dann doch nicht«, wirft der arme Josh ein wenig unbehaglich ein, und lachend fragt Estella: »Nein?

Aber egal – er wird auf alle Fälle seine Chance bekommen – womöglich eher, als er denkt.«

»So dürfen Sie nicht reden. Alle wissen, wie unglaublich zäh Sie sind. Vor allem Dad. Er jammert immer noch, weil er die Baumreihe nicht fällen darf.«

»Ich bin jetzt fünfundneunzig, habe mir den Oberschenkelhals gebrochen, und sie wagen nicht, den Bruch zu operieren, weil sie fürchten, wegen meines schwachen Herzens würde ich den Eingriff sowieso nicht überstehen.«

Josh reißt schockiert die Augen auf. »Das haben sie gesagt?«

»Nicht direkt. Die Ärzte reden mit mir wie mit einem kleinen Kind, doch ich bin lange nicht so taub, wie sie anscheinend denken. Und wenn sie meinen, dass ich schlafe, spitze ich die Ohren und bekomme jede Menge mit. Auf diese Art erfährt man vieles, was man nicht erfahren soll.«

»Aber sie müssen wenigstens versuchen …«, beginnt Josh, doch sie fällt ihm ins Wort.

»Ich bin alt und müde, also lass uns keine Zeit mit irgendwelchen Streitereien vergeuden, ja? Ich habe keine Schmerzen, und im Augenblick bin ich völlig klar. Ich möchte mich an möglichst viel erinnern, solange das noch möglich ist, denn es gibt Dinge, die ich dir zu sagen habe, Nell.«

Inzwischen duzt die alte Dame nicht nur Josh, sondern auch mich, doch das ist vollkommen okay.

»Haben sie etwas damit zu tun, dass Sie mein Bild behalten haben?«

Estella seufzt. Die zierliche Gestalt mit offenem weißem Haar, die in den Kissen lehnt, wirkt gleichermaßen alt und jung. Das Buch auch weiterhin an ihr Herz gedrückt, schiebt sie die Hand unter die Bettdecke und zieht die Aufnahme hervor.

»Es tut mir leid. Ich wollte es mir einfach noch etwas länger ansehen.«

»Aber warum? Und warum haben Sie dieses Buch so lange aufgehoben? Was hat Ihnen mein Großvater bedeutet?«

»Er ist ganz sicher nicht dein Großvater«, erklärt sie scharf. »Das kann nicht sein.«

»Ich werde dir erzählen, was ich weiß«, fährt sie dann fort. »Hol dir einen Stuhl, Josh. Wenn du in der Gegend rumstehst, macht mich das nervös.«

Als Josh den Raum verlässt, um eine Sitzgelegenheit zu suchen, drückt Estella mir mein Foto in die Hand. »Es tut mir leid, dass ich es dir nicht gleich zurückgegeben habe.«

»Bitte behalten Sie es. Ich sehe doch, wie glücklich es Sie macht. Ich habe auch noch ein anderes Foto, das ich Ihnen zeigen will.« Jetzt ziehe ich die zweite Aufnahme hervor, auf der das junge Mädchen abgebildet ist, und erst jetzt wird mir klar, dass es sich um Estella handelt. Das feste Kinn, das dichte Haar und die vergnügte Stupsnase sehen immer noch genauso aus wie vor über siebzig Jahren.

Estella beugt sich vor. »Grundgütiger! Wo haben Sie das her?«

»Es war unter den Sachen meines Dads. Zusammen mit der Aufnahme von Jay. Das sind Sie, nicht wahr?«

»O ja. Nicht übel, oder?«

Ich stimme ihr lachend zu. »Sie waren wirklich hübsch.«

»Und furchtbar jung. Ich schätze, dass ich damals höchstens vierzehn war.« Sie zieht die Umrisse des Mädchens mit dem Finger nach. »Nur gut, dass man als junger Mensch nicht weiß, wie es im Leben einmal weitergehen wird.«

Mit vierzehn waren meine größten Sorgen meine dicken schwarzen Locken und dass ich so klein war. Inzwischen ist mir klar, was *echte* Sorgen sind, und hätte mir zu der Zeit irgendwer verraten, dass ich weniger als zwanzig Jahre später erst mein Kind verlieren und mich scheiden lassen würde und dann meinen Dad zu Grabe tragen müsste, hätte ich ihm nicht geglaubt. Estella hat vollkommen recht – es ist ein Segen, nicht zu wissen, was einem die Zukunft bringt.

»Ich hatte damals keine Ahnung, dass die besten und die schlimmsten Zeiten meines Lebens direkt vor mir lagen. Ich war damals geradezu erschreckend unbekümmert, dabei hatten wir doch Krieg.«

»Dann wurde dieses Bild während des Krieges aufgenommen?«

Estella sieht sich die Aufnahme noch mal genauer an. »Ja. Wir waren damals meist mit meinem Hündchen Poppet unterwegs und haben jede Menge Zeit auf dem verlassenen Gehöft verbracht. Ich nehme an, das Foto wurde 1942 dort gemacht, weil Vater mir die Kamera noch in dem Sommer abgenommen hat.«

»Aber warum?«

»Er wollte nicht, dass irgendjemand uns beschuldigt, dass wir für die Deutschen spionieren, indem wir Aufnahmen von irgendwelchen Dingen machen, die womöglich von Interesse für sie wären. Was nicht ganz unbegründet war. Die Zeiten damals waren gefährlich, und auch wenn wir keine Ahnung davon hatten, ging es um die Vorbereitungen zur Landung in der Normandie. Auf alle Fälle hat's hier nur so von GIs gewimmelt, und das alles war sehr aufregend für uns.«

»Kannten Sie daher auch Jay Miller? War er in Pencallyn stationiert? Waren Sie Freunde?«

Ihr Blick schweift ab. »O ja. Jay Miller war mein Freund.«

Das Scharren von Stuhlbeinen auf dem Boden zwingt mich von dem sonnenhellen Bauernhof und den zwei Mädchen, die dort Fotos machen, in das Zimmer in dem Krankenhaus zurück.

»Setz dich, Josh«, weist ihn Estella an. »Und du, Nell, mach's dir ebenfalls bequem. Es gibt da etwas, was ich euch erzählen möchte – falls Ihr Zeit habt, es euch anzuhören.«

»Wir haben jede Menge Zeit«, erwidert Josh und zieht mich auf den zweiten Stuhl, mit dem er aus dem Flur zurückgekommen ist.

»Ich nicht«, klärt ihn Estella auf. »Das heißt, am besten lege ich so schnell wie möglich los.«

Sie lässt sich wieder in das Kissen sinken und fängt an zu erzählen.

»Es waren einmal zwei kleine Mädchen …«

18

Estella
1939

Die letzten Sommertage waren in Cornwall immer ganz besonders schön. Estella liebte diese Jahreszeit, denn sie war reich und prachtvoll, aber gleichzeitig lag auch ein Hauch von Wehmut in den dünnen Nebelschwaden, den prallen Brombeeren und dem Rauch der Holzfeuer, der einem in die Nase stieg. Was gäbe es für einen besseren Platz als dieses Fenster, um sich all die Rot- und Goldtöne des Gartens anzusehen? Wie viele Kellows hatten schon auf diesem Platz gesessen, um sich an den ausgedehnten Blumenbeeten und den ungezählten Bäumen, die sie im Verlauf der Zeit dort hatten pflanzen lassen, zu erfreuen?

Sie sollte diese Szene wirklich malen. In ihrem Kopf flackerten immer wieder Bilder auf, die wie die silbrig glitzernden Forellen im Fluss sofort wieder verschwunden waren, wenn man sie nicht sofort einfing. Nur dass man eben für die Bilder keine Angelschnur und keinen Köder brauchte, sondern Bleistift und Papier. Allzu oft tauchten die Bilder wieder ab, bevor sie an die Oberfläche kamen, und dann verspürte sie ein unerklärliches Verlustgefühl, als hätte sie die Möglichkeit, etwas ganz Wunderbares zu erfassen, was sie sich dann aber durch die Finger gleiten ließ. Ihre Tagebücher waren voller Skizzen und halb fertiger Entwürfe, und wenn sie sich diese Bilder ansah, kamen sie ihr wie die Vorlage eines Gedichts oder vielleicht einer Geschichte vor. Sie wusste von Miss Toms, dass große Schriftstellerinnen wie die Brontë-Schwestern oder Dichter wie der wunderbare Keats ihre Ideen schriftlich festgehalten hatten, um sie später zu verwenden, also höbe sie sie ebenfalls am besten auf. Sie war erst zwölf, und bisher hielt sie in den Tagebüchern nichts Bedeutsameres als das Wetter oder Anmerkungen zu dem Essen, das die Köchin kochte, fest. Aber in Zukunft würde sie die Bücher mit weitaus interessanteren Gedanken und Begebenheiten füllen. Eines Tages würden die Gelehrten über ihren Schriften brüten und darüber diskutieren, was Estella Kellow mit einem bestimmten Bild oder einer besonderen Alliteration hatte zum Ausdruck bringen wollen.

Sie schaute aus dem Fenster und versuchte zu entscheiden, wie sich die untergehende Sonne, die die Felder in sanftes Orange tauchte, wohl am besten darstellen ließ. Dies war die Jahreszeit, in der das Land am reichsten und am schönsten war, in der es seine Schätze freigiebig verteilte und die Welt mit warmen Gold- und Kupfertönen überzog. Wie eine Scheibe Toast mit warmem Honig. Ja, genau.

Sie hielt diesen Vergleich auf einer Seite ihres Heftes fest, unterstrich ihn zweimal ordentlich und schlug das Heft zufrieden wieder zu. Zahlreiche Geschichten warteten darauf, dass jemand sie erzählte, aber wenn sie als Autorin Erfolg haben wollte, müsste sie doch sicher noch etwas anderes tun, als immer nur im Bett zu liegen und darauf zu warten, dass der Doktor, Violet oder ihre Gouvernante nach ihr sah. Auf alle Fälle hatte sie, als sie im Bett gelegen und durchs Fenster zugesehen hatte, wie die Sonne langsam immer höher stieg und dann genauso langsam wieder unterging und ihren Platz den Sternen überließ, genügend Zeit gehabt, um über die Geschichten, die sie einmal würde schreiben wollen, nachzudenken. Sie hatte bunte Fieberträume und so seltsame Visionen gehabt, dass sie eines Coleridge würdig wären, doch als sie Violet um Papier und einen Stift gebeten hatte, hatte die gesagt, sie bräuchte Ruhe, und sie hatte keine Möglichkeit gehabt, die Bilder zu bewahren. Zu schwach, um ihrer Stiefmutter zu widersprechen, hatte sie sich müde abgewandt und sich gefragt, wie viele große Werke der Literatur auf diese Weise wohl verlorenen gegangen waren. Wahrscheinlich würden eines Tages auch die Kritiker darüber diskutieren.

»Warum nur haben Sie dem Mädchen derartige Flausen in den Kopf gesetzt, Miss Toms?«, hatte sie Violet zu Tommy sagen hören. »Sie wissen doch, dass es sich schonen soll. Das Kind soll keine Bücher schreiben, sondern schauen, dass es wieder zu Kräften kommt.«

Miss Toms hatte Estella angesehen. Natürlich war sie viel zu wohlerzogen, um die Gattin ihres Arbeitgebers darauf hinzuweisen, dass es ihre Aufgabe als Gouvernante war, dem Mädchen möglichst viele Dinge beizubringen, also hatte sie stattdessen ihre kühlen Finger an die Stirn der kranken Schülerin gelegt.

»Ich glaube nicht, dass sie noch Fieber hat, Mrs. Kellow. Und ein wenig Ablenkung täte ihr sicher gut.«

»In dem Fall komme ich am besten gleich noch mal zurück und bringe ein paar Ausgaben der *Vogue* oder des *Tatler* mit«, hatte Violet angeboten und sich abermals Estella zugewandt. »Die können wir zusammen lesen, Schatz. Die sind viel interessanter als das langweilige Zeug, das du für Tommy lesen sollst. Das wird bestimmt ein großer Spaß. Ich kann dir auch die Haare machen, wenn du willst. Ich könnte sie dir sogar aufdrehen.«

»Das wäre schön«, hatte Estella sich bei ihr bedankt und einen Seufzer unterdrückt. Sie hatte einfach keinerlei Interesse an den Modemagazinen, die die Stiefmutter so gerne las, und konnte sich nicht vorstellen, dass es jemals richtige Gespräche zwischen ihr und ihrem Papa gab.

Etwas ganz Ähnliches hatte sie auch einmal die Köchin sagen hören.

»Sie ist ein flatterhaftes Wesen und wird nichts als Scherereien machen«, hatte sie erklärt. »In seinem Alter hätte Mr. Kellow wissen sollen, dass eine solche Frau ihm einfach nicht das Wasser reichen kann. Aber wir wissen schließlich alle, dass es ihm um etwas anderes als geistreiche Gespräche ging.«

Tommy war errötet, als Estella später von ihr hatte wissen wollen, was mit diesem Satz gemeint gewesen war.

»Du solltest wirklich nicht an irgendwelchen Türen lauschen«, hatte sie geschimpft.

»Das habe ich auch nicht«, hatte Estella protestiert. »Ich wollte mir ein Stückchen Kuchen aus der Küche holen. Was hat die Köchin damit sagen wollen?«

Doch Tommy war nicht darauf eingegangen, und Estella hatte sich an ihren Bruder wenden müssen, der es vielleicht wüsste, immerhin war er älter. Also hatte sie ihm in der Stiefelkammer aufgelauert, als er nachmittags von einem Spaziergang mit den Hunden heimgekommen war, und er hatte herablassend gelacht und ihr das dunkle Haar zerzaust.

Verärgert hatte sie den Kopf zurückgezogen und erklärt: »Ich bin kein kleines Kind mehr.«

»Du bist zwölf.«

»Fast dreizehn. Und du selbst bist auch erst fünfzehn.«

»Beinah sechzehn«, hatte er sie grinsend aufgeklärt. »Was heißt, dass ich schon deutlich mehr vom Leben weiß als eine dumme kleine Gans wie du. Die arme alte Tommy. Du hast sie mit deiner Frage sicher furchtbar in Verlegenheit gebracht. Ich glaube nicht, dass eine Frau wie sie von diesen Dingen auch nur die geringste Ahnung hat.«

»Tommy ist viel klüger als wir alle und kennt sich mit allen Dingen aus«, hatte Estella sich empört.

Alex hatte sich erneut mit seinem Stiefel abgemüht und feixend festgestellt: »Du kannst mir glauben – damit nicht! Die Köchin hat von *Sex* gesprochen, und ich glaube kaum, dass unsere gute Tommy eine Fachfrau dafür ist.«

Estella hatte ihn mit großen Augen angestarrt. Obwohl er nur drei Jahre älter war als sie, kam ihr der Altersunterschied manchmal wie hundert Jahre vor.

»Was willst du damit sagen, Sex?«

»Meine Güte, Schwester. Ich muss dir doch sicher nicht erklären, was das ist? Bitte sag mir, dass du weißt, woher die Babys kommen.

Du denkst doch hoffentlich nicht immer noch, dass sie der Storch den Eltern bringt?«

Estella war errötet.

»Nein, natürlich nicht! Ich habe schließlich schon gesehen, wie es bei den Pferden ist.«

»Na dann. Und bei den Menschen ist es ganz genauso, nur dass sie ein Riesenaufhebens um diese Sache machen, was es deutlich komplizierter macht. Der alte Herkules braucht seine Stuten nicht zum Essen auszuführen, stimmt's? Und auch nicht groß mit ihnen einkaufen zu gehen. Seien wir doch ehrlich, Violet ist nett, aber gesellschaftlich und intellektuell steht sie wohl kaum auf einer Stufe mit Papa.«

Estella hatte sich noch nie gefragt, warum ihr Vater Violet zur Frau genommen hatte, aber dass die Stiefmutter den Antrag angenommen hatte, konnte sie beim besten Willen nicht verstehen. Trotzdem war sie froh gewesen, als die junge Frau bei ihnen eingezogen war, denn plötzlich gab es Partys und Musik, vergnügte Picknicks sowie jede Menge anderen Spaß. Was machte es da schon, dass Violet sie manchmal gern herausputzte, als wäre sie ein kleines Püppchen, und sie wieder ignorierte, sobald etwas anderes interessanter war? Auf alle Fälle hatte sie ein gutes Herz, war lustig und brachte, anders als der strenge, immer schlecht gelaunte Reginald, mit ihrer guten Laune Schwung ins Haus. Zum Glück war Papa oft in London, denn er war erheblich älter und missbilligte die meisten Dinge, die sie tat. Die hübsche Violet liebte es, zum Grammophon zu tanzen und zu singen, und lud ständig ihre glamourösen Freunde nach Pencallyn ein. Zu Anfang hatte Papa oft gelächelt, weil er ganz entzückt von ihr gewesen war, das ganze Haus hatte erleichtert aufgeatmet, und Estella hatte sich gefreut, wenn sie verhätschelt und von Violet zu einer Fahrt in deren schickem kleinem Jaguar eingeladen wurde. Violet war wie ein gut gelaunter Schmetterling durchs Haus geflattert, bis Estellas Vater angefangen hatte, sie vor allen anzuschnauzen, weil ihn plötzlich alles störte, was sie tat. Sie hörte auf zu singen, wenn er zu Hause war, und mit jedem

Tag hingen die Flügel dieses bunten Schmetterlings ein wenig mehr herab.

»Er hat sie zur Frau genommen, weil sie hübsch und reich ist«, hatte Alex festgestellt. »Das hat die Köchin sagen wollen. Unser alter Herr hat unsere Stiefmutter ganz sicher nicht geheiratet, weil sie so ungeheuer geistreich ist. Er ist wie Januar in der Chaucer'schen Geschichte von dem Krämer, mehr sage ich nicht dazu. Wenn du's genauer wissen willst, frag Tommy, ob sie dir beim Übersetzen der Geschichte helfen kann. Und wenn du damit fertig bist, frag sie, was Heinrich VIII. mit Anne Boleyn gemacht hat, als er ihrer überdrüssig war. Violet sollte sich am besten vorsehen.«

Estella wusste, wie es Anne Boleyn ergangen war, doch dass ihr strenger Vater so weit gehen würde, jemanden zu köpfen, glaubte sie trotz allem nicht. Vor allem brauchte Papa keinen Sohn und Erben mehr, denn schließlich hatte er ja Alexander, um Pencallyn House nach seinem Tod weiterzuführen.

Wütend auf den Bruder war sie mit den Hunden aus dem Haus gestürmt. Der Architekt des Gartens hatte offenbar gewusst, wie es sich anfühlte, wenn man verwirrt und wütend war, denn nirgends war man so allein und konnte sich so gut beruhigen wie in dem aus hohen Buchsbaumhecken angelegten Irrgarten. Schon immer war Estella dort herumgewandert, wenn sie böse oder traurig war, weil sie dort ihre Ruhe hatte und ihr niemand auf die Nerven ging. Auch diesmal war sie bis zur Sonnenuhr gestapft und hatte über Alex' Worte nachgedacht. Das neue Wissen hatte sie nervös gemacht, als hätte sie den ersten Blick auf einen Ort erhascht, den sie noch nicht hätte besuchen wollen.

Ein wenig ruhiger war sie dann ins Haus zurückgekehrt und schnurstracks in die Bibliothek marschiert. Dort hatte sie sich für den Rest des Tages mit dem alten Englisch aus den Canterbury Tales gequält, bis sie der Ansicht war, dass sie den Grund der Heirat zwischen ihrem alten Vater und der jungen Violet verstand. Im Gegenzug für das, was sie ihm bot, hatte die Heirat Violet ein wunderschönes Heim in Cornwall, eine Residenz in London und vor allem eine bessere gesellschaftliche Position beschert. Jane Austen hätte ihr zu dieser Heirat sicher gratuliert, Estella aber hatte es geschaudert, denn sie selbst würde nur aus Liebe heiraten, wenn sie erwachsen war. Aus keinem anderen Grund.

Und Tommy war mit ihrem funktionalen braunen Kurzhaarschnitt und den robusten Tweedkostümen vielleicht nicht hübsch und aufregend wie Violet, doch dafür hatte sie ein Studium in Oxford absolviert und war das klügste Wesen, dem Estella je begegnet war. Sie war sogar viel klüger als Papa, auch wenn Estella nicht einmal im Traum darauf gekommen wäre, das laut auszusprechen, denn das hätte Tommy schrecklich in Verlegenheit gebracht und ihren Vater sicher furchtbar aufgeregt. Und ihren Vater aufzuregen, hätte sie niemals gewagt. Das wagte niemand in Pencallyn House, denn niemand wollte dem Zorn dieses Mannes ausgeliefert sein. Das hieß, dass sogar ihre Krankheit ihre gute Seite hatte, weil ihr Vater immer einen möglichst großen Bogen um ihr Krankenlager schlug.

»Ich könnte ja auch einfach über Vater schreiben«, wandte sie sich ihrer treuen kleinen Cockerspanielhündin zu, und Poppet, die schon oft von Reginald mit wenig sanften Tritten an die frische Luft befördert worden war, wenn sie ihm aus Versehen vor die Füße lief, wedelte zustimmend mit ihrem kurzen Schwanz, obwohl der Ausdruck ihrer Augen deutlich machte, dass das alles andere als ratsam war. Da hatte sie natürlich recht. Aber eines Tages, wenn Papa schon lange nicht mehr leben würde und sie selbst eine alte Frau von vierzig wäre, würde sie den Mann in einem ihrer Bücher auseinandernehmen, denn das hätte er auf jeden Fall verdient.

Unglücklicherweise war Estella wegen ihrer Streptokokken-Infektion zu müde, um auch nur ein halbes Dutzend Sätze zu Papier zu bringen, und häufig fielen ihr, noch während sie den Stift umklammert hielt, die Augen zu. Wenn sie sie wieder aufschlug, waren die

Ideen wieder in den Schatten, die durchs Fenster fielen, abgetaucht, und sie schüttelte unglücklich den Kopf. Wenn sie so weitermachte, würde sie wahrscheinlich niemals irgendwelche Bücher schreiben, und dann war es aus mit ihrem Traum.

Seufzend wickelte sie sich in die Decke ein. Durchs offene Fenster drang die frische Meeresbrise, doch auf Anweisung des Doktors musste sie sich in die Decke hüllen, um sich ja nicht zu verkühlen. Was sie für ziemlich unwahrscheinlich hielt, schließlich trug sie unter der Flanellweste noch einen dicken Schlafanzug und wollene Socken. Trotzdem tat sie brav, wie ihr geheißen, denn nachdem sie wochenlang nicht hatte aufstehen dürfen, war es herrlich, dass sie jetzt am offenen Fenster sitzen und die frische Luft genießen durfte, die ihr dort entgegenschlug. Es fühlte sich ein bisschen wie vor ihrer Krankheit an, als sie nach Lust und Laune hatte durch den Garten streifen, auf dem Rücken ihres Ponys über Stoppelfelder galoppieren oder schwimmen gehen dürfen, wenn der Unterricht vorbei gewesen war. Inzwischen wirkte die Estella mit den starken Beinen und den runden Wangen, die nicht ständig schwach und müde war, wie die Person aus einem Buch. Was war aus dem Energiebündel geworden, das sie früher mal gewesen war? Und würde sie wohl jemals ihren alten Schwung zurückerlangen oder bis ans Lebensende den wachsamen Blicken irgendwelcher Ärzte ausgeliefert sein? Wie sollte sie je Bücher schreiben, wenn sie weiterhin so schlaff und kränklich blieb?

Ihr Hals zog sich zusammen, wie wenn sie von Papa angeschrien wurde, und sie streichelte den seidig weichen Kopf des Hündchens, das an ihrer Seite saß.

»Ich werde ganz bestimmt wieder gesund«, erklärte sie entschieden, und die kleine Poppet klopfte zustimmend mit ihrem Schwanz auf den Teppich. »Bald können wir wieder schwimmen gehen und durch die Wälder streifen, du wirst sehen. Diese blöden Streptokokken halten uns bestimmt nicht davon ab.«

Entschlossen griff sie nach dem Heft. Vielleicht bekäme sie ja eine kleine Zeichnung hin. Das verführerische Dreieck blauen Meers am Rand des Gartens leuchtete so hell, dass sie voll Sehnsucht an den Schatten des Kastanienbaums am Rand der Rasenfläche dachte, zwischen dessen goldenen Blättern man die stacheligen smaragdfarbenen Hüllen der Kastanien baumeln sah. Bald würden diese auf die Erde fallen, aufplatzen und die Kastanien, die im selben Farbton wie das Fell ihres alten Ponys glänzten, enthüllen. Vielleicht würde Tommy, ja erlauben, dass sie in den Garten ginge, um sie einzusammeln. Schließlich hatte Dr. Pengarland am Morgen festgestellt, dass es ihr deutlich besser ging. Tatsächlich hatten ihn die Fortschritte, die sie seit ein paar Tagen machte, regelrecht verblüfft.

»Du bist ein medizinisches Wunder, junge Dame!«, hatte er nach Abhören ihrer Brust, nach Untersuchung ihres Halses und nachdem er ihre Temperatur gemessen hatte, ausgerufen, und sie hatte sich ein paarmal um die eigene Achse drehen müssen, was bei ihren wackeligen Beinen nicht ganz leicht gewesen war, bevor er abermals das Stethoskop auf ihre Brust gedrückt und ihren Puls gemessen hatte.

»Du bist eindeutig auf dem Weg der Besserung«, hatte er diagnostiziert. »Aber du brauchst weiter Ruhe, frische Luft, täglich einen großen Löffel Lebertran, und du musst auf jeden Fall vermeiden, dich zu überanstrengen.«

»Ich bin ein medizinisches Wunder«, wandte sich Estella abermals dem Hündchen zu.

Das war sie wirklich, denn als das verfluchte Fieber sie befallen hatte, waren alle sicher davon ausgegangen, dass sie daran sterben würde, und tatsächlich hätte sie am liebsten einfach ihre Augen zugeklappt und nicht mehr aufgemacht. Dann aber war ihr ihre längst verstorbene Mutter eines Nachts im Traum erschienen, um zu sagen, dass sie stark sein und kämpfen müsste, weil ein langes Leben vor ihr lag. In diesem Traum waren auch noch andere Gesichter aufgetaucht, die sie noch nie gesehen hatte, und vor allem eines hatte sich ihr eingeprägt: Das eines jungen Mannes, der auf sie wartete, weil er ihr

Seelenfreund und einfach wie geschaffen für sie war. Vor lauter Aufregung und Freude hatte sie danach mit aller Kraft gegen die Schläfrigkeit und Schwäche angekämpft.

»Warte«, hatte er ihr zugeflüstert, und obwohl sie diese Stimme nie zuvor vernommen hatte, war sie ihr bekannt vorgekommen. Sie kannte diesen jungen Mann.

Sie hatte ihn bereits gekannt, bevor sie auf die Welt gekommen war.

»Ich werde auf dich warten«, hatte sie zurückgeflüstert, und obwohl die Kraft nur für ein raues Flüstern reichte, hatte sie gewusst, dass er sie hören konnte, denn als er sich kurz darauf zurückgezogen hatte, hatte er gelächelt. Ansonsten konnte sie sich nur an sanfte Hände und an feuchte Umschläge erinnern, ehe sie in vollkommener Dunkelheit versunken war. Es hieß, dass das der Augenblick gewesen wäre, in dem sie befürchtet hatten, dass sie sterben würde. Vielleicht war der Mann, den sie gesehen hatte, ja ein Engel? Auch wenn sich Estella nur noch an Fragmente ihres Traums erinnern konnte, wusste sie, dass sein Gesicht ihr wie das eines Engels vorgekommen war. Und manchmal, in dem Dämmerzustand zwischen Schlaf und Wachsein, erhaschte sie noch einmal einen kurzen Blick auf dieses lächelnde Gesicht, doch er war nie erreichbar, so als wäre bisher nicht der rechte Zeitpunkt, um ihn einzuholen.

Sie war erst zwölf, doch ihr war klar, dass dieser Mann ihr Schicksal war. Er war ihre zweite Hälfte, Teil ihrer Seele. Sie wusste nicht, woher sie diese völlige Gewissheit nahm, doch es erfüllte sie mit einem Gefühl des Friedens, dass sie sich eines Tages finden würden, um dann eins zu sein. Dann würde sie nicht mehr gezwungen sein, auf Zehenspitzen um Papa herumzuschleichen oder sich zu ducken, wenn der Sturm des Jähzorns durch Pencallyn brauste, denn dann würde sie genauso glücklich werden wie in ihrem Traum.

Estella hatte die Begebenheit in ihrem Tagebuch festhalten wollen. Doch am Ende war ihr klar geworden, dass man manche Dinge nicht in Worte fassen konnte, und sie hatte die Versuche eingestellt. Es gab auch niemanden, mit dem sie sprechen und der ihr erklären könnte, was das alles zu bedeuten hatte, also schloss sie ihren Traum in der Gewissheit, dass sie eines Tages der Person begegnen würde, tief in ihrem Herzen ein. Zwar hatte sie, als die Erwachsenen dachten, dass sie schliefe, mitbekommen, dass sie sich Gedanken wegen ihres Herzens machten, aber ihre Mutter hatte ihr versichert, dass sie noch ein langes, aufregendes Leben haben würde, und sie glaubte ihr.

Während ihrer Krankheit war der Sommer angebrochen, und die Welt hatte sich ohne sie gedreht. Die Deutschen hatten Österreich annektiert, und Tommy hatte ihr erklärt, das wäre wirklich schlimm. Bevor sie krank geworden war, hatte Estella den Erwachsenen beim Abendessen zugehört. Sie hatten ausführlich über die Ambitionen von Herrn Hitler diskutiert, und obwohl die meisten zuversichtlich waren, dass sie den Frieden wahren könnten, und vor allem Papa nachdrücklich darauf bestand, dass Mr. Chamberlain für diese Aufgabe hervorragend geeignet wäre, spürte sie die drohende Gefahr, als hätte sich ihr zukünftiges Ich hereingeschlichen und ihr eine Warnung zugeraunt. Das Verhalten der Nazis sollte nicht beschwichtigt werden. Es war höchste Zeit, zu überlegen, ob man, wenn man das versuchte, nicht womöglich auf der falschen Seite stand.

Etwas Schlimmes war im Anmarsch …

»Churchill ist ein elendiger Kriegstreiber«, hatte ihr Vater während eines Abendessens wütend festgestellt. »Er spricht schon seit Jahren von der angeblichen Militärmacht Deutschland, aber all dieses Gerede von Nationen, die sich irgendeinem deutschen Plan, sie zu beherrschen, unterwerfen, ist einfach paranoid. Ich sage Ihnen, das ist blanker Unsinn!«

Bei diesen Worten hatte er die Faust so heftig auf den Holztisch krachen lassen, dass die Teller herumgesprungen waren. Das Besteck hatte geklirrt, und Violets Glas war umgekippt, während sie bleicher als die Tischdecke geworden war.

»Hat Mr. Churchill recht?«, hatte Estella sich der Gouvernante zugewandt, nachdem sie hatte aufstehen dürfen und die Männer mit Zigarren und Brandy in die Bibliothek entschwunden waren.

»Er hat insofern recht, als die Deutschen ihre Militärmacht auszubauen scheinen und eindeutig in der Offensive sind.« Tommy hatte grimmig das Gesicht verzogen, denn auch wenn sie sich womöglich davor scheute, über Sex zu sprechen, sprach sie völlig offen über Politik und hatte auch nicht vor, Estella zu verschweigen, was in diesen Zeiten in Europa vor sich ging.

»Papa sagt, dass niemand einen neuen Krieg will«, hatte sie die Worte ihres Vaters wiederholt. Reginald Kellow hatte selbst im Großen Krieg gekämpft und fuhr noch heute manchmal schreiend aus dem Schlaf auf. Die Köchin hatte ihr erzählt, noch Monate nach seiner Rückkehr hätten seine Hände wild gezittert, doch zumindest war er heimgekehrt. Seine drei Brüder waren gefallen, und deshalb hatte er als jüngster Sohn am Schluss das Anwesen geerbt.

»Natürlich wünscht sich niemand einen neuen Krieg«, hatte ihr Tommy zugestimmt. »Aber ich fürchte, dass der deutsche Kanzler übertrieben ehrgeizig und deshalb hochgefährlich ist.« Mit einem leisen Seufzer hatte sie hinzugefügt: »Womöglich irre ich mich ja. Das hoffe ich auf jeden Fall.«

Estella hoffte ebenfalls, dass sich die Gouvernante irrte, aber die Ereignisse in Deutschland und Europa nahmen an Dramatik immer weiter zu. Während der Sommer seinen Höhepunkt erreichte und danach die Schatten auf den Rasen immer länger wurden, fanden auf dem Kontinent spürbare Veränderungen statt. Was würde ihnen das Ende dieses Jahres bringen? Wenn niemand dachte, dass es einen Krieg mit Deutschland geben würde, warum hatten sie den Keller dann in einen Schutzbunker verwandeln und Verdunklungsvorhänge für die Fenster nähen sollen? Papa sagte, dass das alles reine Zeitverschwendung wäre, aber für Estella waren diese Vorbereitungen ein Zeichen für das Unheil, das auf sie zukam. Und in der Zeitung hatte sie gelesen, dass inzwischen für den Fall der Fälle Kinder aus den Städten in die ländlichen Gemeinden kämen.

»Für welchen Fall?«, fragte sie Poppet, doch das kleine Hündchen blickte traurig zu ihr auf, als trüge es die Last der ganzen Welt auf seinem seidenweichen Kopf. Estella seufzte. Ganz bestimmt gäbe es Krieg. Sie spürte, dass in der Ferne etwas Dunkles auf der Lauer lag.

Estella wurde klar, dass es auch für die Menschen in Pencallyn kein Zurück mehr gab. Die drohende Gefahr kam unaufhaltsam immer näher, und mit einem leisen Angstschrei sprang das Mädchen auf und warf das Fenster zu.

19

Estella

1939

Evie Jenkins kam an einem ganz normalen Mittwochabend in Pencallyn an. Es war ein sonnenheller Tag, zwischen den Briten und den Deutschen herrschte immer noch ein, wenn auch unsicherer Frieden, und Estellas Leben verlief in den gut geölten Bahnen der Routine, ohne dass es irgendwelche Zeichen für einen bevorstehenden Richtungswechsel gab. Es gab nicht den geringsten Hinweis darauf, dass das Leben auf Pencallyn niemals wieder würde, wie es bis zu diesem Tag gewesen war.

Rückblickend war sie auch Jahre später noch verwundert, weil der Tag begonnen hatte wie all die anderen Tage auch. Sie hatte erst mit Violet gefrühstückt, dann den Vormittag mit Algebra verbracht und *Stolz und Vorurteil* gelesen, und nach einem Spaziergang mit der kleinen Poppet hatte sie sich die französischen Vokabeln, die sie lernen sollte, vorgeknöpft. Es hatte keine Vorzeichen dafür gegeben, dass etwas Besonderes geschehen würde, und das Einzige, was der Erwähnung wert gewesen wäre, war, dass es zum Nachtisch rote Grütze mit Vanillesoße gab und sie vielleicht die Chance auf einen Nachschlag hätte, weil ihr Bruder sich mit Freunden traf.

Jedes Leben hat bestimmte Wendepunkte, Augenblicke, die den Lauf der Dinge ein für alle Mal verändern, Stellen, an denen das Schicksal eine Pirouette dreht und danach nichts mehr ist, wie es einmal war.

So war es für Estella an dem Tag, an dem die junge Evie Jenkins nach Pencallyn kam. Sie konnte später einfach nicht verstehen, wie sie nicht sofort hatte spüren können, wie bedeutsam das Erscheinen dieses Mädchens für sie alle war.

Wie so oft, wenn Reginald in London war und Violet sich ›herumtrieb‹, wie die formidable Köchin Mrs. Tullis es zu nennen pflegte, saß Estella in der Küche über ihrem Abendbrot. Sie aß am liebsten dort, weil sie es dort wesentlich entspannter als am großen Esstisch fand, an dem ihr Vater immer streng auf ihre Tischmanieren achtete und Violet ihr Essen lustlos auf dem Teller hin und her schob, um nach ein paar Bissen zu verkünden, dass sie fertig war. Was den Essen in der Küche unter Umständen an Etikette fehlte, machten sie durch aufregende Klatschgeschichten mehr als wett. Das Hausmädchen, die dralle, immer gut gelaunte Dolly Pender, war so indiskret, wie man es sich nur wünschen konnte, und wenn Tommy es versäumte, Dolly zu ermahnen, erfuhr Estella immer jede Menge Neuigkeiten aus dem Dorf. Sie selbst bekam von den Erwachsenen nie etwas erzählt und war gewohnt, allein herauszufinden, was um sie herum geschah. So musste man es machen, um den unvorhersehbaren Wutausbrüchen ihres Vaters zu entgehen. Ihn ja nicht aufzuregen war für alle, die in ihrem Haushalt lebten, oberstes Gebot.

Jetzt platzte Dolly zur Küchentür herein und rief: »Sie hat es tatsächlich getan! Ich möchte wirklich nicht in ihrer Haut stecken, wenn der gnädige Herr etwas davon erfährt!«

»Was hat sie diesmal angestellt? Ich hoffe nur, dass sie nicht wieder eine Dinnerparty schmeißen will. So kurzfristig bekomme ich das Essen dafür ganz unmöglich hin.« Die Köchin wischte knurrend ihre Hände an der Schürze ab und stemmte sie empört in ihre Hüften, die mit dicken Polstern ausgestattet waren. »Anscheinend bildet diese Frau sich ein, dass ich nur in die Hände klatschen muss, damit sie ihren Gästen ein Menü mit mindestens fünf Gängen vorsetzen kann. Sie braucht sich gar nicht einzubilden, dass ich so was auf die Schnelle mache, und wenn ich sie sehe, werde ich ihr deutlich zu verstehen geben, dass sie das vergessen kann.«

»Viel schlimmer«, stieß das Hausmädchen mit aufgeregter Stimme aus. »Der gnädige Herr wird sich entsetzlich aufregen, wenn er davon erfährt – vor allem, weil sie ihn nicht einmal gefragt hat, ob er damit einverstanden ist.«

Estella ließ den Nachtisch stehen, um sich erst einmal ganz auf das Gespräch zu konzentrieren. Ihr war sowieso der Appetit vergangen, seit sie wusste, dass ein Tobsuchtsanfall ihres Vaters zu befürchten war. Reginald Kellows legendäre Wutausbrüche kamen häufig aus dem Nichts und fegten mit derselben Wildheit durchs Haus wie die Stürme über den Kanal. Man hatte keine Möglichkeit, ihn zu besänftigen, und schon der allerkleinste Fehltritt konnte zu den schlimmsten Strafen führen. Er hatte Alex einmal dafür, dass er heimlich eine der Pasteten aus der Speisekammer hatte mitgehen lassen, derart kräftig mit der Reitgerte verdroschen, dass er während der gesamten Weihnachtsferien nicht mehr richtig hatte sitzen können, und als Violet gewagt hatte, sich für den Jungen einzusetzen, war sein Zorn in einer Weise eskaliert, dass auch sie selbst drei Tage lang in ihrem Schlafzimmer geblieben war. Alles, was sein Leben auch nur ansatzweise aus dem Gleichgewicht zu bringen drohte oder was aus seiner Sicht seine Autorität infrage stellte, endete unweigerlich in einer Katastrophe, und bereits bei dem Gedanken, dass er wütend werden könnte, wogte in Estella ein Gefühl der Panik auf. Warum nur musste Violet immer wieder Dinge tun, die ihren Vater wütend machten? Warum konnte ihre Stiefmutter nicht so wie alle anderen auf Zehenspitzen um den Mann herumschleichen und sich bemühen, dergestalt den Frieden in Pencallyn zu bewahren?

Miss Toms ließ ihren Teelöffel in ihre leere Puddingschüssel fallen. »Spann uns nicht so auf die Folter. Was hat sie getan?«

»Die gnädige Frau hat eins der Kinder aus der Stadt mit heimgebracht!«, klärte das Hausmädchen sie auf. »Sie war in Calmouth, hat am Bahnhof eins der Kinder ausgesucht und ist jetzt mit ihm auf dem Weg hierher. Haben Sie so etwas schon mal gehört?«

Estella riss die Augen auf, denn was auch immer sie erwartet hatte – so etwas ganz sicher nicht. Gäste, die sich ohne Voranmeldung einquartierten, bergeweise Einkäufe, neue Garderobe aus Paris und einmal ein brandneuer Jaguar – all das entsprach der Stiefmutter viel eher.

»Meine Güte!« Auch die Köchin war eindeutig überrascht. »Meine Schwester hat ein paar von ihnen gesehen und mir erzählt, dass sie total verdreckt gewesen wären. Sie meint, es wären alles Gossenkinder, denen man am besten nicht den Rücken zudreht, wenn man nicht erstochen werden will. Was sollen wir hier mit diesem Pack? Bevor wir uns es versehen, haben sie uns ausgeraubt.«

»Es sind noch Kinder, Mrs. Tullis«, stellte Tommy fest.

»Kann sein, Miss Toms, aber sie sollen bleiben, wo sie sind.« Das Gesicht der Köchin war vor Aufregung rot angelaufen, und sie fuchtelte mit einem Löffel durch die Luft. »Es ist schließlich nicht so, als wären wir im Krieg.«

»*Noch* nicht«, schränkte die Gouvernante grimmig ein. »Aber wie Sie sicher aus der Zeitung wissen, kann es täglich so weit sein. Und Sie missgönnen unschuldigen Kindern doch ganz sicher nicht den Schutz, den ihnen diese Gegend bietet, falls die Deutschen London wirklich bombardieren.«

Estella hatte morgens heimlich einen Blick in die Zeitungen ihres Papas geworfen, und die Bilder all der Kinder, die den Zügen in Bodmin und in St. Austell entstiegen waren, hatten sie schockiert. Klein, verloren und nummeriert wie menschliche Pakete hatten sie sich von den freiwilligen Helferinnen des Roten Kreuzes ordentlich in einer Reihe aufstellen lassen, um darauf zu warten, dass eine Familie ihnen eine Unterkunft anbot. Geschwister hielten sich fest an den Händen, damit sie nicht plötzlich auseinandertrieben wie das Strandgut auf dem Meer, und als ob all das nicht bereits beängstigend genug gewesen wäre, hatten diese Kinder zusätzlich noch kleine, viereckige Kästen über ihren Schultern hängen, die Gasmasken enthielten. Estella wusste, was es hieß, wenn Kinder aus den Großstädten aufs Land verfrachtet wurden und wenn jedes dieser Kinder auch noch eine Gasmaske zu seinem Schutz bekam. Ihr Papa konnte noch oft beteuern, dass die Deutschen Frieden wollten, aber Mr. Churchill hatte recht: es gäbe Krieg.

Die Köchin verzog mürrisch das Gesicht. »Kinder hin und her zu schicken, ist die reinste Zeit- und Geldverschwendung, denn am Ende wird gar nichts passieren. Warten Sie es ab.«

Miss Toms ersparte sich die Mühe einer Antwort, denn wie hatte ihrer Meinung nach bereits Mark Twain so zutreffend gesagt? ›Streite nie mit dummen Menschen, denn sie werden dich auf ihr Niveau herunterziehen und mit ihren Erfahrungen dort schlagen.‹ War es möglich, dass Mark Twain der Köchin von Pencallyn einmal irgendwo begegnet war?

»Egal, ob es Krieg gibt oder nicht, wir bekommen auf jeden Fall ein Kind ins Haus«, mischte sich Dolly wieder ein. »Himmel! Was hat die gnädige Frau sich nur dabei gedacht?«

»Ich nehme an, sie dachte, dass auch wir unseren Beitrag leisten müssen.« Tommy schob mit einem müden Seufzer ihre Puddingschüssel fort. »Jemand muss die Kinder schließlich aufnehmen, und ich schätze, Mrs. Kellow dachte durchaus zutreffend, es wäre gut, wenn sie als Gattin eines Parlamentsmitglieds ein Zeichen setzt.«

Die Köchin schnaubte. »Ich vermute eher, dass eine ihrer Freundinnen ein Kind genommen hat und sie dahinter nicht zurückstehen wollte. Das Einzige, worüber sich die Gnädige jemals Gedanken macht, ist, was für Bänder sie an ihrem Hut festmachen oder wie sie ihre Haare tragen soll.«

Estella kicherte, und ihre Lehrerin bedachte sie mit einem strengen Blick und wandte sich dann abermals der Köchin zu.

»Das reicht. Vergessen Sie nicht, wo wir sind.«

Die Köchin verzog grimmig das Gesicht. »Keine Bange, das vergesse ich ganz sicher nicht. Wir sind in meiner Küche, und mein Job ist es, zu kochen, während Sie sich um die fremde Göre kümmern dürfen. Warten Sie's nur ab.«

»Vielleicht hilft dieses Kind uns ja auch bei der Hausarbeit«, schlug Dolly vor. »Die meisten anderen Leute setzen sie auf ihren Feldern ein. Meine Tante hat zwei Kinder aufgenommen, weil es ihnen auf dem Hof an Arbeitskräften fehlt.«

Tommy runzelte die Stirn. »Es sind keine Landarbeiter, sondern Kinder, Dolly, und sie sollten wie die Kinder aus dem Ort zur Schule gehen.«

»Dann werden Sie sich also wirklich mit dem Balg, das wir bekommen, herumschlagen?«, hakte die Köchin feixend nach. »Aber Sie haben schließlich selbst gesagt, wir müssten hier ein Zeichen setzen, und bestimmt wird dieses Kind der reinste Musterschüler sein, der Ihnen keinerlei Probleme machen wird.«

Die Gouvernante öffnete den Mund, doch ehe sie der Köchin eine Antwort geben konnte, knirschten draußen Schritte auf dem Kies, und Dolly stürzte los und drückte sich die Nase an der Fensterscheibe platt.

»Da ist das Mädchen! Oh! Es ist total verdreckt! Ich würde mich nicht wundern, wenn es Läuse hat. Und da kommt Mrs. Kellow!«

Estella beugte sich gespannt über den Tisch und blickte wie die anderen Richtung Küchentür. Sie war entsetzlich neugierig auf die Begegnung mit dem fremden Kind und furchtbar aufgeregt, denn vielleicht könnte sie mit diesem Kind ja spielen oder sogar Freundschaft schließlich – auch wenn sie natürlich hoffte, dass Dollys Befürchtung, dass der Neuankömmling Läuse hätte, übertrieben war. Als Poppet sich im Frühjahr Flöhe eingefangen hatte, hatten sie ihr Fell mit Paraffin gewaschen, und das arme Hündchen hatte tagelang gestunken. Widerlich …

In diesem Augenblick kam Violet Kellow durch die Tür marschiert und legte ihre manikürten Hände auf den schmalen Schultern eines dürren Kindes ab.

»Hallo, alle zusammen. Das ist Evie Jenkins! Sie wurde aus London evakuiert und zieht vorübergehend bei uns ein.«

»Ich weiß natürlich, dass das eine Überraschung ist.« Sie schob den Neuankömmling mitten in den Raum. »Das war es auch für mich, aber ich habe mich zum Lunch mit Stephanie Harrington getroffen, und sie hat erzählt, wie sehr sie sich beim freiwilligen Frauenhilfsdienst engagiert. Sie organisiert die wunderbarsten Spendengalas, leistet jede Menge Wohltätigkeitsarbeit und sammelt dazu noch Spenden bei den wundervollen Lunch- und Dinnerpartys für die Jagdgesellschaften in Harrington Hall. Aber wie dem auch sei, Steph hat erwähnt, sie würde auch die Unterbringung der evakuierten Kinder hier organisieren, und da konnte ich kaum so tun, als wären diese armen Würmchen mir egal. Und dann waren wir auch schon beim Rathaus, und die arme Evie stand dort ganz allein herum und wusste nicht, wohin. Da hätte ich sie ja wohl schwerlich einfach stehen lassen können, oder?«

Estella lächelte das Mädchen an, das unglücklich den Kopf gesenkt hielt und zu Boden sah. Die Arme. Es war sicher schlimm für sie gewesen, alles, was sie kannte, hinter sich zu lassen und allein an einen unbekannten Ort zu fahren. Sie hatte bestimmt fürchterliche Angst.

»Natürlich nicht«, erklärte sie, als niemand anderes reagierte, und die Stiefmutter blickte sie dankbar an.

»Ich fand, dass sie dir etwas ähnlich sieht, Estella! Ich habe zu Stephanie gesagt, ihr beide könntet Schwestern sein. Das heißt bestimmt, dass wir sie aufnehmen sollen!«

Jetzt schaute Evie auf, ihr Blick aber war derart eisig, dass Estella schauderte. Was redete die Stiefmutter da für ein Zeug? Sie hatte eindeutig nicht die geringste Ähnlichkeit mit diesem fremden Kind. Estella sah in ihrem weißen Baumwollkleid und mit den ordentlich geflochtenen Zöpfen frisch und sauber aus, wohingegen dieses andere Mädchen eher so etwas wie ein Haufen alter Lumpen auf zwei Beinen war.

»Ich weiß nicht, Mrs. Kellow«, stellte auch die Köchin zweifelnd fest. »Aber bestimmt haben Sie recht. Nur sollte man sie vielleicht erst mal waschen und entlausen, wenn Sie meine Meinung wissen wollen.«

»Das wollen wir nicht.«

Estella fuhr zusammen, weil Evies Stimme dunkel und gefährlich klang.

Die Köchin griff sich an die Brust und rang empört nach Luft. »Was ist das für ein frecher Ton?«

»Bitte sei nicht unhöflich zu Mrs. Tullis, meine Liebe«, tadelte auch Violet das Kind, doch Evie funkelte die Köchin weiter unter ihrem schmutzstarrenden Pony hervor an. Das Blau ihrer Augen hob sich dabei leuchtend von den Rußflecken auf ihren Wangen ab.

Sie hatten tatsächlich dasselbe Blau wie ihre eigenen Augen, fiel Estella auf. Vielleicht hatte Violet ja deswegen gemeint, dass sie sich ähnlich sähen!

»Sie hat gesagt, ich hätte Läuse, und obwohl sie fett ist, habe ich das nie gesagt. Also ist sie unhöflich und nicht ich.«

Estella kicherte verstohlen, denn im Grunde hatte Evie recht. Die Köchin war sogar unglaublich fett, wahrscheinlich, weil sie alles kostete, was sie den Herrschaften servierte, und auch wenn sie sich Bemerkungen zu ihrem Aussehen sicherlich verbeten hätte, hielt sie selbst sich mit Kritik an anderen keineswegs zurück. Es war also durchaus bewundernswert, dass dieses Mädchen wagte, ihr die Stirn zu bieten, obwohl es doch sicher vollkommen verängstigt war. Estella hatte das Gefühl, als ob sie ihrem eigenen Schatten gegenüberstehen würde, was in höchstem Maße aufregend, doch gleichzeitig erschreckend war.

»Sind Sie sicher, dass Sie dieses Gör hier aufnehmen wollen, Mrs. Kellow?«, stieß die Köchin schnaubend aus, und Violet seufzte resigniert.

»Es ist bestimmt sehr schwer für Evie. Sie ist hundemüde, ganz alleine weit weg von zu Hause und braucht einfach Zeit, um sich an alles zu gewöhnen. Ich bin mir sicher, dass sie es nicht so gemeint hat, Mrs. Tullis.«

Evies Miene aber machte deutlich, dass die Worte sogar ganz eindeutig so gemeint gewesen waren.

»Hmm.« Die Köchin klang nicht überzeugt, und kurzerhand wandte Violet eine andere Taktik an.

»Meinen Sie, Sie könnten Evie vielleicht einen Tee machen und ihr ein Stück von Ihrem wunderbaren Pflaumenkuchen holen? Ich bin mir sicher, dass sie so was Feines nie zuvor gegessen hat«, bat sie mit warmer Stimme, legte ihre rot lackierten Nägel auf den Arm der anderen Frau und setzte das besondere Lächeln auf, mit dem sie andere Menschen dazu brachte, ihr sogar die abwegigsten Wünsche zu erfüllen. Natürlich schmolz auch Mrs. Tullis, als sie dieses Lächeln sah, dahin.

»Na gut. Ich werde sehen, was ich tun kann«, stieß sie knurrend aus und watschelte davon.

»Setz dich erst mal«, forderte Estellas Stiefmutter das fremde Mädchen auf. »Dolly bringt dann schon mal deine Sachen rauf.«

»Wohin?«, fragte das Hausmädchen.

»Ins Kinderzimmer«, sagte Violet und wandte sich Estella zu. »Ich dachte, dass ihr zwei euch erst einmal ein Zimmer teilen könntet, während Evie sich hier eingewöhnt. Dann könnt ihr abends miteinander tuscheln oder heimlich irgendwelche Süßigkeiten naschen, während alle anderen schon schlafen«, schlug sie vor und klatschte in die Hände. »Das wird ganz bestimmt ein Riesenspaß!«

Estella war sich nicht so sicher, ob es wirklich lustig würde, ihren Raum mit diesem fremden Kind zu teilen. Sie konnte sich nicht vorstellen, die ganze Nacht mit ihm zu tuscheln, und bekäme in der Nähe eines derart negativen Menschen sicher kaum ein Auge zu. Die kalte Energie, die dieses Kind verströmte, machte sie nervös und brachte sie vollkommen aus dem Gleichgewicht.

Noch immer stand das Mädchen mit geballten Fäusten da und sah so elend aus, wie man sich sicher fühlte, wenn man fern der eigenen Familie urplötzlich in einem völlig fremden Haushalt landete.

Estella überlegte, wie sie Evie helfen könnte. Vielleicht hatte sie ja Spaß an Tieren?

»Das hier ist Poppet«, sagte sie und setzte sich den Spaniel, der bisher unter dem Tisch gesessen hatte, auf den Schoß. »Du darfst sie gerne streicheln, wenn du willst.«

Statt sich zu freuen, verzog die andere verächtlich das Gesicht. »Ich hasse diese Viecher. Pa verwettet immer unser ganzes Geld darauf.«

»Auf Cockerspaniel?«, wunderte Estella sich, und Evie klärte sie mit mitleidiger Stimme auf: »Auf Windhunde. Von Cockerspaniel-Rennen habe ich noch nie etwas gehört. Du etwa?«

Estella schämte sich für ihre Dummheit, und verlegen sah sie auf die Maserung im Holz des Tischs, die auf dieselbe Art im Nichts verlief wie ihr Versuch eines Gesprächs. Sie kam sich furchtbar dämlich vor, und das war ein sehr unschönes Gefühl.

»Ich war noch nie bei einem Hunderennen«, mischte Violet sich fröhlich ein. »Ich war schon öfter bei den Pferderennen in Ascot, aber Hunderennen? Wie dem auch sei, Evie, komm her und setz dich erst mal hin. Du musst doch vollkommen erledigt sein.«

Nach wie vor baumelte die Gasmaske vor Evies Brust, aber sie nahm sie auch nicht ab, als sie sich auf den Stuhl sinken ließ, der ihr zugewiesen worden war.

Noch immer lächelnd setzte Violet sich neben sie, Estella aber nahm die ersten, kleinen Fältchen rund um ihre Augen wahr, die aussahen wie die feinen Risse in den teuren Porzellanvasen aus China, die von ihrem Großvater erstanden worden waren. Sie würde also sicher bald erklären, dass sie ein Bad bräuchte oder telefonieren müsste, und dann würden sie sie frühestens am Abend wiedersehen. Sie hatte ihre gute Tat für diesen Tag getan und würde es dann Tommy überlassen, sich um ihren Gast zu kümmern, während sie sich einen Cocktail mixte oder wieder aufbrach, um einer anderen Vergnügung nachzugehen. Das alles hatten sie bereits des Öfteren erlebt, egal, ob es dabei um unschuldige kleine Welpen wie die süße Poppet, die sie schon nach kurzer Zeit Estella überlassen hatte, Tennisstunden oder irgendwelche ausgelassenen Partys ging.

»Wie alt bist du, Evie?«, wandte Tommy sich dem Mädchen zu.

»Ich glaube, elf.«

»Du *glaubst*? Weißt du denn nicht, wann du geboren bist?«

»Nicht so genau. Pa hat mich nach der Geburt bei meiner Grandma abgeladen, aber nicht gesagt, wann ich geboren bin. Ich glaube, entweder im Juni oder Juli. Jedenfalls im Sommer.«

In Estella wogte ein Gefühl des Mitleids auf. Dann gab es für die arme Evie also nicht mal ein Geburtstagsfest.

»Dann sind also alle deine Freundinnen und Freunde in der Schule elf?«, hakte Miss Toms mit sanfter Stimme nach.

»Wenn ich mal in die Schule gehe, sieht's so aus.«

»Wenn ich dich unterrichte, wird es nicht so einfach sein, zu schwänzen, also sieh dich besser vor.«

Evie verzog mürrisch das Gesicht. »Ich hasse Schule.«

»Tommys Unterricht wird dir gefallen.« Eifrig beugte sich Estella vor. »Wir machen viele schöne Sachen, wie Französisch und Geographie. Und wir zeichnen und schreiben Geschichten.«

Evie sah nicht sonderlich beeindruckt aus.

»Englisch? Musik?« Estella gab sich alle Mühe, doch das Mädchen machte es ihr alles andere als leicht. »Algebra? Latein?«

»Ich hasse dieses ganze Zeug.«

»Ach, ihr beiden Streber, lasst sie doch in Ruhe«, lachte Violet. »Wir sind nicht alle so intelligent wie ihr. Ich habe in der Schule auch nicht unbedingt geglänzt. Nur gut, dass sich dein Vater meiner angenommen hat, Estella, denn sonst hätte ich beim besten Willen nicht gewusst, was einmal aus mir hätte werden sollen. Ich dachte mal, ich könnte Schauspielerin werden wie Maureen O'Hara, aber selbst fürs Schauspielern war ich zu dumm.«

Bei diesen Worten richtete sich Evie auf, und ihre Augen blitzten interessiert.

»Ich war im Kino, als *Die Riff-Piraten* kamen. Maureen O'Hara war echt toll.«

»Ach ja?« Estella war beeindruckt, denn ihr Vater hätte ihr niemals erlaubt, sich einen Film im Kino anzusehen.

Evie nickte. »Manchmal müssen Kinder nichts bezahlen, wenn's genügend freie Plätze gibt. Und meine Grandma sieht sich auch gern Filme an – auch wenn sie meistens einschläft und dann nur die Hälfte mitbekommt. Sie schläft sehr viel, denn sie ist nicht gesund.«

Bei diesen Worten wurde ihre Stimme rau, und sie verzog unglücklich das Gesicht und starrte vor sich auf den Tisch. Wahrscheinlich dachte sie an ihre Großmutter, die in der Ferne auf die Bomben wartete, die vielleicht während eines Krieges fallen würden, der nach Sicht der meisten Menschen unvermeidbar war.

»Dann ist Evie also elf und unsere Estella zwölf! Perfekt«, erklärte Violet, ohne zu bemerken, dass ihr neuer Schützling grimmig das Gesicht verzog. »Bestimmt werdet ihr beste Freundinnen.«

Estella war nur froh, dass Violet sich anscheinend völlig sicher war. Sie selbst hatte eher den Eindruck, dass die toughe Evie sie für eine fürchterliche Memme hielt. Statt etwas zu erwidern, starrte Evie weiter reglos auf den Tisch.

»Du kannst die Gasmaske jetzt abnehmen, wenn du willst«, schlug Violet ihr vor.

»Sie hätten euch die Dinger gar nicht erst zu geben brauchen«, mischte sich die Köchin ein, als sie mit einem Kuchenteller in den Händen aus der Speisekammer kam. »Es gibt nämlich ganz sicher keinen Krieg.«

Evie funkelte sie zornig an. »Reden Sie doch keinen Quatsch. Natürlich gibt es Krieg. Oder denken Sie vielleicht, sie hätten uns die Dinger einfach zum Vergnügen umgehängt?«

Dolly kicherte, bevor der ungehaltene Blick der Köchin sie zusammenfahren ließ.

»Oje, ich fürchte, dass wir noch etwas an ihrer Sprache feilen müssen, bis mein Mann nach Hause kommt«, wandte Violet sich ebenfalls mit einem leisen Kichern an Miss Toms, doch Tommy lachte nicht.

»Woher aus London kommst du?«, versuchte Estella abermals ihr Glück.

»Aus Bethnal Green. Meine Grandma ist noch dort, aber sie wollte unbedingt, dass ich aufs Land fahre.«

»Ich nehme an, sie möchte, dass du sicher bist, falls es zum Schlimmsten kommt«, mischte sich Tommy freundlich ein. »Das bist du hier auf jeden Fall. Warum legst du die Gasmaske nicht auf den Tisch und lässt die Tasche los?«

Widerstrebend tat der junge Gast, wie ihm geheißen, und obwohl er seine böse Miene beibehielt, kam er Estella ohne seine Requisiten furchtbar jung vor. Dann wischte Evie sich die Nase mit dem Ärmel ab, wobei Estella ihre aufgerissenen Knöchel sah.

»Oh! Du hast dich ja geschnitten! Hast du Schmerzen?«

Evies Augen funkelten. »Ich nicht, aber der blöde Harry Smith. Er hat gesagt, dass ich ein Bastard bin, und dafür habe ich ihm eine reingehauen. Er hat angefangen zu flennen wie ein Baby und läuft jetzt mit einem dicken Veilchen rum.«

»Ausdrucksweise!«, sagte Tommy automatisch, aber Evie verzog bei dem Tadel nur verächtlich das Gesicht.

Estella war beeindruckt. Als Mädchen einen Jungen zu verdreschen, von dem sie beleidigt worden war! Am besten sähe Alex sich bei dieser Evie vor, denn wenn Estella mit ihm durch den Garten streifen oder segeln gehen wollte, sagte er ihr immer, Mädchen wären Memmen und sie sollte ihn in Ruhe lassen und mit ihren Puppen spielen gehen.

»Die arme Evie hatte eine kleine Auseinandersetzung auf der Fahrt hierher«, beeilte Violet sich zu erklären. »Einer von den Jungen war wirklich alles andere als nett zu ihr. Das hat ihr furchtbar zugesetzt, doch dann haben sie die Angelegenheit geklärt.«

»Indem sie mit den Fäusten auf ihn losgegangen ist.« Die Köchin schüttelte den Kopf.

»Gewalt ist in Pencallyn House verpönt«, erklärte Tommy streng. »Das solltest du dir bitte merken. Es gibt andere Wege, Differenzen beizulegen, als mit Fäusten aufeinander loszugehen. Du bist jetzt hier im Haushalt eines Gentlemans.«

Evies Blick war halb verständnislos und halb rebellisch, doch zum Glück kam Dolly mit dem Kuchen und dem Tee und stellte beides vor dem Mädchen auf den Tisch. Sofort war die Lektion vergessen, und als hätte Evie seit zehn Jahren nichts mehr in den Bauch bekommen, stürzte sie sich auf das Essen, stopfte sich so viel davon wie möglich mit den Händen in den Mund und kaute schmatzend, ehe sie es runterschlang. Ihr Kopf hing dicht über dem Teller, und Estella war von dem völligen Mangel an Tischmanieren fasziniert. Am Ende fuhr sich Evie mit dem Handrücken über den Mund, spülte den feinen Kuchen mit dem Tee herunter und stieß einen lauten Rülpser aus.

Violet fuhr zusammen und stand eilig auf.

»Ich hoffe, dass du dich gut eingewöhnen wirst, Evie. Am besten lassen Sie ihr noch ein Bad vor dem Zubettgehen ein, Miss Toms. Ich denke, dass sie das gebrauchen kann.«

Auf jeden Fall. Das andere Mädchen roch entsetzlich, und Estella saß bereits auf ihren Händen, um sich nicht zu kratzen, denn der Anblick des Getiers, vor dem es nur so in den Haaren ihres Gastes wimmelte, rief bei ihr selber einen fürchterlichen Juckreiz wach.

»Na dann, viel Spaß, Miss Toms«, stellte die Köchin hämisch fest, nachdem die Hausherrin verschwunden war.

»Den habe ich bestimmt.« Die Gouvernante raufte sich das kurze braune Haar, stand auf und klatschte in die Hände. »Also los, Evie. Du nimmst erst mal ein Bad. Ich bräuchte deine Hilfe, Dolly. Bitte such dem Mädchen ein paar saubere Kleider raus. Estella hat bestimmt ein Nachthemd übrig, das es anziehen kann, und saubere Handtücher liegen im Wäscheschrank im Flur. Mrs. Tullis, bitte fragen Sie bei Bert nach Paraffin, damit ich Evies Haar behandeln kann.«

Das Kind riss alarmiert die Augen auf. »Ich bade nicht.«

Miss Toms verschränkte ihre Arme vor der Brust. »O doch. Du wirst auf alle Fälle baden, keine Diskussion. Auf geht's.«

Sie zerrte Evie unsanft ins Bad, und das Geschrei des Mädchens war wahrscheinlich noch im Dorf zu hören. Es war auf alle Fälle laut genug, so dass Violet, die sich mit der Stieftochter ins Wohnzimmer zurückgezogen hatte, meinte, dass sie davon Kopfschmerzen bekäme, und Estella es nicht schaffte, sich auf die Lektüre ihres Buchs zu konzentrieren. Es klang, als würden Tommy und das Hausmädchen den Gast nicht waschen, sondern umbringen wollen.

»Grundgütiger! Was werden jetzt die Leute denken?« Violet schlenderte, ein Cocktailglas in einer sowie eine Zigarette in der anderen Hand, auf die Terrasse und sah durch die anbrechende Dunkelheit aufs Meer hinaus. Der Mond beleuchtete das kleine blaue Areal, das wie ein Amulett im Ausschnitt eines Abendkleids zwischen den Bäumen funkelte.

Während sie lässig Rauchringe ausblies, stellte sie fest: »Ich hoffe nur, dass sie uns keine Scherereien machen wird. Vielleicht war die Idee, sie herzuholen, ja doch nicht ganz so gut.«

»Vielleicht hat sie einfach noch nie gebadet«, schlug Estella vor, und Violet schwenkte nachdenklich den Drink in ihrem Glas.

»Oje. Was für ein schrecklicher Gedanke. Vielleicht wäre sie bei ihresgleichen irgendwo im Dorf ja besser dran. Soll ich sie zurückschicken?«

Estella dachte über Evie nach. Der argwöhnische Blick aus blauen Augen. Der bewundernswerte Kampfgeist. Und die aufgeschürften Knöchel, die bewiesen, dass sie sich nichts bieten ließ. Estella hatte das Gefühl, als sähe sie in diesem fremden Kind ihr eigenes verzerrtes, fremdartiges Spiegelbild.

Sie dürften Evie nicht zurückschicken. Sie war das Aufregendste, was Estella jemals widerfahren war!

»Jetzt kann sie ja wohl kaum zurück. Wahrscheinlich gibt es Krieg«, erklärte sie mit Nachdruck, und die Stiefmutter blies nachdenklich zwei blaue Rauchkringel durch ihre Nase aus.

»Wenn das passiert, wird unser Leben sicher furchtbar langweilig. Aber natürlich hast du recht, mein Schatz. Wir können Evie nicht zurückschicken. Bist du vielleicht so nett und kümmerst dich um sie? Nimmst sie ein bisschen unter deine Fittiche?«

Estella war sich nicht so sicher, dass die junge Evie das zu schätzen wissen würde, aber trotzdem nickte sie. »Natürlich.«

»Danke, Schatz. Oje, ich fürchte, dass dein Daddy sich nicht unbedingt darüber freuen wird, sie hier zu sehen. Ich hoffe nur, dass er deshalb nicht wütend wird. Heute Mittag dachte ich, es wäre eine ausgezeichnete Idee. Meinst du, er ist mir böse, wenn er es erfährt?«

Das Einzige, worüber Reginald sich jemals freute, war, wenn andere neidisch auf die wundervollen Bäume waren, die in seinem Garten standen. Estella ging deswegen sicher davon aus, dass er sich ärgern würde, weil ein fremdes Kind in ihrem Haus gelandet war.

»Natürlich war es gut, dass du auf die Idee gekommen bist, ein Kind zu holen«, flunkerte sie. »Erinnre Daddy einfach an den guten Eindruck, den es auf die Leute machen wird, dass er sich so für eins von diesen armen Kindern engagiert. Ich nehme an, das wird ihn freuen. Dann müssen seine Wähler seinem Beispiel folgen und werden vor allem denken, dass er sich mal wieder vorbildlich verhalten hat.«

Mit einem etwas unsicheren Lächeln meinte Violet: »Wie clever du doch bist. Genau so mache ich's. Und bis er nach Hause kommt, hat Evie sich bestimmt so gut hier eingewöhnt, dass er sie kaum bemerken wird.«

Estella glaubte nicht, dass Evie Jenkins jemand war, die sich so einfach ignorieren ließ. Vor allem nicht, wenn sie in einer Badewanne saß.

Doch irgendwann verstummten ihre Schreie, und es kehrte wieder Frieden in Pencallyn ein. Estella wollte gerade weiterlesen, als die Tür des Wohnzimmers geöffnet wurde und Miss Toms mit einem völlig anderen Mädchen auf der Bildfläche erschien.

Evie Jenkins war kaum wiederzuerkennen. Mit sauberem Gesicht, in einem blütenweißen Nachthemd und mit einem Band im ordentlich gekämmten schwarzen Haar sah sie vollkommen verändert aus. Sie roch vielleicht nach Paraffin und ihre Knöchel waren noch immer aufgeschürft, das aber wurde durch die seidig weiche weiße Haut, den Rosenknospenmund und die großen, leuchtend blauen Augen mehr als wettgemacht.

»Na?«, wollte die Gouvernante wissen, doch Estella starrte Evie weiterhin mit großen Augen an.

Tatsächlich hatte Violet recht gehabt damit, dass sich die beiden Mädchen täuschend ähnlich sahen.

»Ich finde, sie sieht aus wie ich«, stieß sie mit leiser Stimme aus, und Evie lächelte sie an.

»Wir könnten Schwestern sein, nicht wahr?«

Estella bekam eine Gänsehaut und wusste, es war Schicksal, dass sie sich begegnet waren.

20

ESTELLA

1939

Aus Sicht eines Erwachsenen verliefen Evies erste Tage in Pencallyn vollkommen ereignislos. Sie sprach nur wenig, und obwohl Estella ein ums andere Mal versuchte, sich mit ihr zu unterhalten, blieben ihre Beiträge zu den Gesprächen einsilbig. Vor allem gähnte sie die ganze Zeit und sagte, sie bekäme nachts kein Auge zu. Ihr fehlte der gewohnte Großstadtlärm, sie fuhr zusammen, wenn sie eine Eule schreien hörte, und die Finsternis, die sie umgab, machte ihr Angst.

Obwohl Miss Toms in Evies erster Nacht extra im Kinderzimmer eine Lampe brennen ließ, saß sie mit an die Brust gezogenen Knien auf dem Bett und starrte vor sich hin. Estella schlief nach einer Weile ein, aber am nächsten Morgen saß das Mädchen, dicke violette Ringe unter seinen Augen, noch genauso reglos da.

»Hier riecht es komisch«, stieß es flüsternd aus.

Estella setzte sich auf und rieb sich die Augen. Sie roch Salz, Erde und die dicke Schicht aus Mulch und verrottenden Überresten von Pflanzen, die den teuren Bäumen Nahrung boten und einfach ein normaler Teil des Gartens waren.

»Du riechst die Erde«, klärte sie den Neuankömmling freundlich auf. »Die Gärtner graben sie am frühen Morgen um, denn später wird's zu warm.«

Sie sprang entschlossen aus dem Bett und riss die Verdunkelungsvorhänge auf. Sofort strömte helles Sonnenlicht ins Zimmer, und das hell glitzernde Stückchen Meer, das man von hier aus sah, versprach den Mädchen einen weiteren wundervollen Tag. Estella lugte aus dem Fenster und sah die gebeugten Rücken einer Reihe Hilfsgärtner, die Unkraut aus den Blumenbeeten zupften, während andere den Kiesweg harkten und mit mathematischer Genauigkeit den Rasen trimmten, damit alles seine Ordnung hätte, wenn der Ehrenwerte Reginald abends aus London kam.

»Komm her.« Estella winkte ihren Gast herbei. »Siehst du? Sie bereiten schon einmal den Boden vor und graben Dünger in die Erde, weil Papa anscheinend ein paar neue Pflanzen kommen lässt.«

»Warum?«

»Warum? Weil er das öfter macht.«

»Aber warum? Warum braucht ihr noch mehr Pflanzen? Werdet ihr von all den Sachen, die da jetzt schon wachsen, denn nicht satt?«

Estella musste einfach lachen. »Satt? Wir essen das Gemüse aus unserem Gemüsegarten, aber das, was hier in diesem Garten wächst, ist nicht zum Essen da.«

»Und wofür habt ihr diese Pflanzen dann?«

Mit dieser Frage brachte sie Estella aus dem Gleichgewicht. Der Garten war so sehr ein Teil ihres Lebens, dass ihr diese Überlegung bisher nie gekommen war. Pencallyn war berühmt für all die prächtigen exotischen Gewächse, die dort wuchsen, und der Garten wurde regelmäßig von Experten aufgesucht, die bestimmte Pflanzen näher untersuchen oder Aufsätze darüber schreiben wollten, aber davon abgesehen? Der Garten diente dem Vergnügen, weiter nichts. Wie sollte sie erklären, dass er keinen anderen Zweck erfüllte, als das Auge des Betrachters zu erfreuen?

»Dies ist ein besonderer Garten«, setzte sie nach kurzem Überlegen an. »Er wurde schon vor hundertfünfzig Jahren von meinem Urgroßvater angelegt. Er hat Pflanzen aus der ganzen Welt gesammelt, und es gibt dort Aloe vera, Japanischen Ahorn und etwas mit Namen *Trachycarpus fortunei*, das aus China kommt«, erklärte sie, wobei der Stolz darauf, dass sie sich die Bezeichnung hatte merken können, ihr deutlich anzuhören war. »Der Baum ist über hundert Jahre alt und der Größte dieser Art im ganzen Land.«

»Aber *wofür* ist dieser Garten da?«

Evie war ein Mädchen, das nach klaren Antworten verlangte, und Estella überlegte angestrengt.

»Ich nehme an, es ist ein bisschen so wie ein Museum. Vater sagt, wir müssen ihn für die nächste Generation bewahren, weil er ihr gehört.«

»Dann ist es also gar nicht euer Garten?«

»Doch, aber ich glaube, dass mein Vater damit sagen will, dass es den Garten auch noch geben wird, wenn wir alle gestorben sind, weshalb er so etwas wie unser Erbe ist.«

»Erbe«, wiederholte Evie langsam. »Ist das was, was reiche Leute haben?«

Estella schätzte, dass es in Familien, deren Kinder löcherige Stiefel und verlauste Kleider trugen, kaum etwas zu vererben gab.

»Mein Vater ist sehr stolz auf den Garten und liebt ihn mehr als alles andere. Vor allem ist er berühmt, und viele Menschen kommen extra her, um ihn sich anzusehen. Ich kann dich später gerne dort herumführen, wenn du willst. Wir haben sogar unser eigenes Labyrinth.«

»Was soll das sein?«

»Es ist so etwas wie ein Irrgarten. So wie bei Theseus und dem Minotaurus. Oder wie in Hampton Court.« Da Evie all das nichts zu sagen schien, versuchte es Estella kurzerhand auf andere Art. »Egal. Auf alle Fälle ist das Zentrum dieses Labyrinths verzaubert, und es gibt dort eine alte Sonnenuhr. Ich nehme dich nachher mal mit, damit du sie dir ansehen kannst.«

»Wenn's sein muss«, antwortete Evie alles andere als begeistert, und Estella war enttäuscht, weil ihrer Meinung nach der Mittelpunkt des Labyrinths der schönste Platz auf Erden war.

Vielleicht gab es ja etwas anderes, womit sie Evie locken könnte, überlegte sie. »Es gibt in unserm Garten auch noch einen Weg bis runter an den Strand. Warst du schon mal am Meer, Evie?«

Das Mädchen überlegte kurz. »Ich war mal an der Themse. Es war furchtbar matschig, und es hat gestunken. Überall haben tote Fische rumgelegen, und ich habe einen Stiefel aus der Brühe rausgefischt.«

»In Cornwall ist es anders«, antwortete Estella taktvoll, denn die Themse war ein grauer, trübseliger Fluss, und Evies Worten nach zu urteilen waren seine Ufer einfach widerlich.

»Kann sein.« Das Mädchen runzelte die Stirn. »Vielleicht aber auch nicht.«

Estella fühlte sich erneut zurückgewiesen, aber schließlich war es für die arme Evie Jenkins auch bestimmt ein Riesenschock gewesen, als sie gestern in Pencallyn angekommen war. Wie sehr hatte das Leben dieses Mädchens sich seither bereits verändert! Sie war sauber, und statt des geflickten Wollpullovers, des verschlissenen Rocks und der gestopften Wollstrümpfe, die sie hatten verbrennen müssen, um der Läuse Herr zu werden, hatte Tommy ihr ein hübsch geblümtes Baumwollkleid herausgelegt. Auch ihre braunen Stiefel hatten sie entsorgt und ihr stattdessen neu glänzende Lederschuhe hingestellt, und ihre frisch gewaschenen, entlausten Haare sahen dicht und schimmernd wie die Flügel eines Raben aus.

Verschiedene Vorkommnisse während Evies erstem Tag bei ihnen auf Pencallyn prägten sich Estella unauslöschlich ein. Der Neuankömmling hatte nie zuvor ein weich gekochtes Ei gegessen und war vom Geschmack der frischen Milch so angewidert, dass er sie in hohem Bogen auf den Küchenboden spuckte, kippte löffelweise Zucker auf seinen Toast und fluchte wie ein Kesselflicker, als die junge Dolly ihm den Zuckertopf entriss. Das Mädchen aß mit gutem Appetit, von Tischmanieren aber hatte es anscheinend nie etwas gehört. Es schob den Kopf so dicht es ging über den Teller, schaufelte sich alles mit den Fingern oder bestenfalls mit einem Löffel in den Mund und wischte sich am Ende mit dem Handrücken die fettglänzenden Lippen ab. Estella war schockiert, doch gleichzeitig auch fasziniert, während ihr Bruder Alex von dem plötzlichen Familienzuwachs alles andere als begeistert und von Evis Art zu essen einfach angewidert war.

»Musst du so essen?«

Evie hob den Kopf, und Haferschleim tropfte von ihrem Kinn.

»Wie?«

»Na so!« Er ahmte ihre Art zu schaufeln, ihr Schmatzen und ihr Schlürfen nach. »Du stürzt dich auf den Teller wie ein Ferkel auf den Trog. Schmatz! Schmatz! Oink! Oink!«

Auf Evies Wangen zeichneten sich dunkelrote Flecken ab, und der Löffel, den sie sich hatte zum Mund führen wollen, hing zitternd in der Luft.

»Sag das noch mal«, forderte sie ihn drohend auf.

»Sei doch nicht so gemein, Ally«, mischte sich auch Estella ein.

»Ich bin doch nicht gemein. Ich stelle einfach fest, dass dieses Mädchen keinerlei Manieren hat. Am besten stellen wir ihm einfach einen Trog mit Schweinefutter hin.«

»Vielleicht hat ihr ja nie jemand gezeigt, wie man anständig isst?«, empörte sich Estella, denn ihr Bruder konnte manchmal geradezu erschreckend selbstgefällig sein, vor allem, wenn er von seinen aufgeblasenen Freunden kam.

»Dann sollte sie es vielleicht lernen«, gab er ungerührt zurück. »Denn mir vergeht bei dieser Schmatzerei der Appetit. Was machst du da? Du bist ja völlig durchgedreht!«

Evie war von ihrem Stuhl gesprungen und krabbelte quer über den Tisch auf Alex zu. Teller und Toastbrot flogen durch die Gegend, und Sekunden später trug er eine Schüssel auf dem Kopf und hatte einen Bart aus Haferschleim. Er sah einfach zum Schießen aus, und seine Schwester brach in schallendes Gelächter aus.

»Du blöde Kuh!«, fauchte er Evie an und zerrte sich die Porzellanschale vom Kopf. »Du kannst von Glück reden, dass du kein Junge bist. Dann würde ich dir jetzt eine Lektion erteilen, die du nicht so schnell vergisst.«

Evie ballte kämpferisch die Fäuste vor ihrem Gesicht.

»Komm her, du Arsch! Ich habe keine Angst vor dir!«

Der arme Alex wusste nicht, wie ihm geschah. Er hatte bisher nie erlebt, dass sich ein Mädchen so benahm.

Als Evie merkte, dass er nicht mehr weiterwusste, krabbelte sie kurzerhand zurück auf ihren Platz und wandte sich erneut dem Essen zu.

»Grundgütiger«, entfuhr es Dolly, und mit einem gewissen Maß an Anerkennung in der Stimme fügte sie hinzu: »Du bist ganz schön temperamentvoll, junge Dame!«

»Das ist ja wohl alles andere als damenhaft«, erboste sich der junge Mann und wischte sich den Haferschleim vom Hemd. »Das ist vollkommen unzivilisiert.«

»Wer austeilt, muss auch einstecken können«, klärte ihn Evie auf. »Ich muss mir nichts gefallen lassen, nur, weil ich ein Mädchen bin. Wo ich herkomme, lernen auch die Mädchen, sich zu wehren.«

»Und woher kommst du genau? Aus der Gosse?« Vor Zorn bebend schob Alex seinen Stuhl zurück. »Vielleicht solltest du dorthin zurückkehren, denn dort gehören Gossenkinder schließlich hin.«

Während eines schrecklichen Moments befürchtete Estella, dass sich Evie abermals auf ihren Bruder stürzen würde, doch er machte auf dem Absatz kehrt, marschierte durch die Tür und warf sie derart fest hinter sich zu, dass die Teller auf der Anrichte anfingen zu klirren.

»Würdest du uns bitte einen Lappen holen, damit wir hier ein bisschen sauber machen können, Dolly?«, bat Estella, und das Mädchen lief zur Spüle und kam mit dem Spültuch in der Hand zurück.

»Wenn du dich öfter so benimmst, wird dich der gnädige Herr nach Hause schicken«, warnte sie den Gast und wischte den verspritzten Haferschleim vom Tisch.

»Umso besser«, sagte Evie. »Ich will sowieso zurück zu meiner Grandma. Sie ist krank und braucht mich. Sie hat sonst niemanden.«

Ihre Unterlippe bebte, und Estella hatte Mitgefühl mit ihr. Es war bestimmt nicht lustig, wenn man meilenweit von zu Hause weg bei völlig Fremden einquartiert war und sich Sorgen um die Menschen machte, die zurückgeblieben waren. Zwar hatte Violet es gut gemeint, doch Evie war hier in Pencallyn wie ein Fisch an Land, und dass ihr Bruder derart unfreundlich zu ihr gewesen war, hatte ihr Unbehagen sicher noch verstärkt.

»Es tut mir leid, wie Alex sich benommen hat«, erklärte sie. »Er hat's bestimmt nicht so gemeint.«

»Verdammt, natürlich hat er das!«

Estella sah, dass Evies Augen zornig blitzten, und da sie sich für den Bruder schämte, fügte sie hinzu: »Natürlich ist er ein Idiot, vor allem, wenn er von seinen dummen Freunden kommt. Er weiß, dass es sich für einen Gentleman nicht gehört, unhöflich zu einem Gast zu sein.«

»Werdet ihr mich jetzt nach Hause schicken, weil ich auf ihn losgegangen bin?«, fragte Evie in hoffnungsvollem Ton.

»Ich würde dich im Handumdrehen nach Hause schicken«, klärte Dolly sie mit strenger Stimme auf und spülte sorgfältig den Lappen aus. »Aber ich weiß, dass Mrs. Kellow das nicht machen wird. Dafür hat sie ein viel zu weiches Herz.«

Evie sah Estella beinah flehend aus ihren großen blauen Augen an.

»Vielleicht schickt mich dein Pa ja heim, wenn du ihm sagst, was ich getan habe.«

Tatsächlich würde er das Kind am Kragen packen und persönlich vor die Tür setzen, wenn er von ihrem Wutausbruch erfuhr. Und danach würde er den Sohn mit seiner Reitgerte verdreschen und wahrscheinlich auch die arme Violet schlagen, weil sie mit dem Mädchen heimgekommen war. Estellas Herz fing an zu rasen, und sie spürte das vertraute kalte Kribbeln im Genick. O nein, das würden weder sie noch Alex zulassen, denn schließlich war auch er in dem Bewusstsein aufgewachsen, dass es besser war, vor ihrem jähzornigen Vater auf der Hut zu sein.

»Mein Gott, egal, was du auch tust, leg dich auf keinen Fall mit dem gnädigen Herrn an!«, flehte das Hausmädchen den Gast an. »Er hat keine Geduld mit Kindern, die sich streiten. Er ist sehr beschäftigt, und die Arbeit, die er tut, ist wirklich wichtig!«

»Es wird ganz sicher nichts passieren«, versprach Estella ihr. »Wenn Alex sich beruhigt, wird er sich vorkommen wie ein Idiot und sich bei dir entschuldigen. Schließlich war er es, der den dummen Streit vom Zaun gebrochen hat.«

Evie war von dieser Antwort offenbar enttäuscht, doch als sie weiter ihre Eier aßen, ging Estella auf, dass sie nicht wollte, dass das Mädchen sie verließ. Das Leben war erheblich interessanter, seit sie angekommen war. Estella selber wäre nie so mutig, ihrem Bruder eine Schüssel Haferschleim über den Kopf zu kippen, und verspürte glühende Bewunderung für Evie, weil sie derart unerschrocken auf ihn losgegangen war.

»Evie, du …« Estella machte eine Pause, denn sie wusste nicht genau, wie sie in Worte fassen sollte, was sie in dem Augenblick empfand. »Du warst phantastisch!«

Das Mädchen starrte sie verwundert an.

»Ich war einfach ich selbst.«

Wie nicht anders zu erwarten, verlor niemand mehr ein Wort über den morgendlichen Zwischenfall. Estellas Bruder ging den Mädchen möglichst aus dem Weg, und am nächsten Morgen nahmen sie ihr Frühstück unter Tommys Aufsicht ganz allein im Kinderzimmer ein. Während sie aß, spürte Estella Evies Blicke, denen nicht einmal die winzigste Bewegung, die sie machte, zu entgehen schien, denn schon nach wenigen Minuten ahmte sie erfolgreich nach, wie sie den Löffel Richtung Mund führte und sich mit der Serviette vorsichtig die Mundwinkel abtupfte, als sie fertig war.

Nach dem Frühstück ging die Gouvernante mit den beiden Mädchen an den Strand, und Evie sah zum ersten Mal das Meer. Auch für

Estella war der Ausflug eine ganz besondere Freude, denn erstmals seit ihrer Krankheit durfte auch sie selbst so weit gehen und war glücklich, endlich wieder den kühlen, feuchten Sand unter den nackten Fußsohlen zu spüren. Die Sonne schien, es war warm, und als Estella ihre Strümpfe auszog, jagte Poppet schon den Möwen hinterher.

»Na los, Evie!«, rief sie. »Zieh deine Schuhe aus. Das Wasser ist nicht kalt!«

Doch Evie fürchtete sich, und egal wie sehr Estella auch versuchte, sie zu locken, hockte sie mit angezogenen Knien auf der karierten Decke und behielt sogar die Schuhe an. Estella wurde klar, dass sie Geduld mit dem Mädchen aus der Großstadt haben müsste, das von diesen ungeheuren Wassermassen völlig überwältigt war. Doch sicher würde sie bald lernen, sich hier auf dem Land zu amüsieren. Es könnte gar nicht anders sein.

Die Köchin hatte ihnen einen Picknickkorb mit Flaschen voll süßer Limonade, Früchtekuchen, hart gekochten Eiern, dicken Stücken Käse, gelber Butter sowie frisch gebackenem Brot gepackt, doch zu Estellas Überraschung lehnte Evie die ihr angebotene Scheibe naserümpfend ab.

»Ich esse kein dreckiges Brot!«

»Dreckig? Es ist doch nicht dreckig«, wunderte Estella sich und biss von ihrer eigenen Scheibe ab. »Ein köstlicheres Brot als das hier gibt es nicht.«

»Und warum sieht es dann so komisch aus?«, erkundigte sich Evie argwöhnisch.

Die Gouvernante lachte. »Meinst du seine braune Farbe? Das ist Vollkornbrot, dass sieht eben so aus. Wahrscheinlich bist du selbst nur weißen Toast gewohnt. Aber probier mal, Evie. Es ist wirklich gut.«

Das Mädchen schüttelte den Kopf und ließ sich weder dazu überreden, etwas von dem »Dreckbrot« zu probieren, noch im kühlen

Nass zu paddeln oder auf Muschelsuche mit den beiden anderen zu gehen. Sie zeigte wenig Neigung, irgendetwas anderes zu tun, als zu verfolgen, was Estella tat. Was diese in höchstem Maß beunruhigend fand.

»Schade, dass du nicht im Wasser paddeln wolltest, Evie, denn wahrscheinlich können wir nicht mehr allzu häufig an den Strand«, bemerkte Tommy, als sie ihre Sachen packten, um zum Haus zurückzukehren.

Während Evie ungerührt mit ihren schmalen Schultern zuckte, war Estella alarmiert.

»Aber warum denn nicht? Der Sommer ist doch längst noch nicht vorbei.«

»Nicht das Wetter wird uns daran hindern, an den Strand zu gehen«, klärte Miss Toms sie auf und zeigte auf die Kaimauer, auf der man zwischen Hummerkörben und verknäulten Fischernetzen dicke Rollen Stacheldraht liegen sah. »Im Falle eines Krieges wird die Küstenlinie gegen eine Invasion verteidigt, und dann dürfen wir normalen Leute nicht mehr an den Strand, weil es dann hier vor Stacheldraht, Minen und Kanonen wimmeln wird. Dann müssen wir uns von hier fernhalten.«

Estellas Herz zog sich zusammen. Es war ein wunderbarer Sonnentag, die Urlauber saßen gemütlich auf der Kaimauer und aßen Eis, die Kinder kletterten mit Keschern in den Felstümpeln herum, und ein paar Dutzend Schwimmer wippten in gestreiften Badeanzügen im Wasser auf und ab. Das alles sah völlig friedlich aus. Würden die Deutschen sie hier wirklich angreifen? Hatten sie ernsthaft vor, in Großbritannien einzufallen?

»Dann wird es also wirklich Krieg geben?«, erkundigte sie sich bei Tommy, aber es war Evie, die ihr eine Antwort gab.

»Natürlich«, sagte sie. »Warum wäre ich sonst wohl hier?«

»Auf alle Fälle sorgen sie schon einmal für den Kriegsfall vor«, stimmte ihr Tommy seufzend zu. »Zum Beispiel fängt die Schule diesen Sommer später an, weil viele Männer bereits eingezogen wurden und man deswegen die Kinder für die Ernte braucht. Ich fürchte, dass es nicht mehr lange dauern wird, bis Großbritannien dem Deutschen Reich den Krieg erklärt.«

Estella schluckte, und es kam ihr vor, als wäre dieser bisher rundherum perfekte Sommertag schon jetzt zu einer fernen Erinnerung verblasst. Schon jetzt versetzte ihr die Sehnsucht nach der Zeit, die ein für alle Mal verloren gehen würde, einen Stich ins Herz.

Auch Evie und Miss Toms waren bedrückt, und schweigend gingen sie zurück zum Haus. Inzwischen waren dichte graue Wolken vor der Sonne aufgezogen, und kaum dass sie in der Eingangshalle standen, prasselten die ersten dicken Regentropfen auf den Kies, der in der Einfahrt lag.

Da sie nicht wusste, was sie anderes hätten machen sollen, schlug Estella Evie vor, ihr ihre Lieblingsbücher in der Bibliothek zu zeigen, und während laut der Regen an die Scheiben schlug, nahmen sie auf der Bank am Fenster Platz. Da Evie sich anscheinend für *Jane Eyre* nicht begeistern konnte, grub Estella ihre eigenen Bilder und Geschichten aus. Auch darauf reagierte Evie nicht, und seufzend gab Estella auf.

So viel dazu, dass sie eine neue Freundin und Komplizin haben würde. Schließlich hatte sie schon einen Bruder, der sie ignorierte, und dass Evie ihr jetzt ebenfalls die kalte Schulter zeigte, hatte sie ganz einfach nicht verdient.

»Warum holst du dir nicht selbst ein Buch und liest ein bisschen?«, schlug sie vor. »Bei diesem Regen gibt's hier sonst nicht viel zu tun.«

Evie glitt von ihrem Sitz und trat vor das Regal, in dem *Jane Eyre* gestanden hatte, sah sich wie zuvor Estella eingehend die Titel auf den Lederrücken an und glitt mit ihrem Finger über das Regal, bevor sie sich entschied.

Dann kehrte sie an ihren Platz zurück, und Estella war beeindruckt, als sie auf den Titel sah.

»*Villette*. Das habe ich noch nicht gelesen.«

Wortlos beugte Evie ihren Kopf über das Buch, verfolgte dabei aber aus den Augenwinkeln, wie Estella in *Jane Eyre* blätterte und mit dem Finger den gelesenen Text nachzog, und tat es ihr dann gleich. Man hätte wirklich glauben können, dass sie eifrig läse – nur hielt sie das Buch … verkehrt herum.

Oh! Dann konnte Evie also gar nicht lesen!

Im Verlauf der letzten Tage war Estella aufgegangen, dass Evie Jenkins' wachen blauen Augen nie auch nur die geringste Kleinigkeit entging. Das war anscheinend ihre Überlebensstrategie. Auch wenn sie selber kaum etwas sagte, hatte sie inzwischen längst herausgefunden, wie die Menschen in Pencallyn zueinander standen, welche Regeln zwischen ihnen galten und wie sie es anstellen musste, nicht aufzufallen. Sie befand sich hier auf einem völlig fremden Territorium, ohne die sozialen Kompetenzen, die man hier zum Überleben brauchte – und es war bestimmt kein Wunder, dass die Reaktion des Mädchens auf die bösartigen Kommentare von Estellas Bruder derart heftig ausgefallen war. Die junge Evie war gewieft und hatte einen ausgeprägten Überlebenswillen, sie ging auf Jungen los, die deutlich stärker waren als sie, und konnte fluchen, dass einem Hören und Sehen verging. Im East End kannte sie sich aus, hier auf Pencallyn aber war sie hoffnungslos verloren. Natürlich konnte sie einfach tun, was alle anderen taten, aber es gab Dinge, die sich nicht verbergen ließen, auch wenn sie eine hervorragende Schauspielerin war.

»Lass mich dir helfen«, bot Estella ihr mit sanfter Stimme an, beugte sich vor und drehte Evies Buch herum.

»Ich kann nicht lesen«, gestand Evie ihr errötend ein.

»Und ich kann weder fluchen noch auf Jungen losgehen oder mutig sein wie du.«

Das Mädchen schüttelte den Kopf. »Ich bin nicht mutig, und die anderen Sachen sind ganz leicht.«

»Für mich ganz sicher nicht. Ich habe ständig Angst. Ich war sehr lange krank und durfte kaum was tun. Aber du bist mutig. Du bist wirklich mutig, und ich wäre gerne mehr wie du.«

Sie sahen einander an, und Evies durchdringender Blick war so bezwingend, dass Estella es nicht schaffte, wieder fortzusehen.

»Ich wäre gern wie du«, erklärte Evie ihr. »Ich wäre gerne eine echte Lady, die sich gut benimmt und lesen kann und so. Ich habe keine Ahnung, wie man richtig isst und richtig spricht, aber ich lerne schnell und kann so tun als ob.«

»Auf jeden Fall«, pflichtete ihr Estella bei. »Wenn du das Buch nicht falsch herum gehalten hättest, wäre ich ganz sicher nicht auf die Idee gekommen, dass du nicht lesen kannst. Aber, Evie, falls es, so wie du und Tommy sagt, tatsächlich Krieg gibt, bleibst du sicher eine ganze Weile hier bei uns. Dann ist Pencallyn bis zum Ende dieses Krieges dein Zuhause, und ich kann dir alles beibringen, was du wissen musst. Und Tommy wird dir helfen, wenn du Lesen lernen willst. Wir könnten uns doch gegenseitig all die Dinge beibringen, die die andere nicht kann?« Estella legte ihr noch immer aufgeschlagenes Buch aufs Fensterbrett und bot dem anderen Mädchen ihre Hand an, wie zur Besiegelung eines Paktes. »Was sagst du, Evie? Wollen wir Freundinnen werden und uns gegenseitig helfen?«

Evies Hand war klein, doch stark wie die einer Kämpferin, die sich von nichts und niemand unterkriegen ließ.

»Ich glaube schon.«

Sie reichten sich die Hände, und Estella sah ihr eigenes und Evies Spiegelbild im Fensterglas.

Mit ihren leuchtend blauen Augen, ihren rabenschwarzen Haaren und den herzförmigen Gesichtern könnten sie fast Schwestern sein …

21

ESTELLA

1939

Wie Estella schon vorhergesehen hatte, war ihr Vater alles andere als begeistert von dem fremden Mädchen unter seinem Dach. Doch er musste sich damit arrangieren, schließlich waren die Menschen seines Wahlbezirkes aufgefordert worden, pro Familie mindestens eins dieser Kinder aufzunehmen. Genauso musste er sich eingestehen, dass der Krieg inzwischen wirklich unvermeidbar war. Sie alle hatten Gasmasken und Ausweise bekommen, und die Spannungen zwischen Großbritannien und dem Deutschen Reich verschärften sich von Tag zu Tag. Und als sie die Verdunkelung probten und im Weinkeller ein Schutzbunker entstand, wurde Estella klar: auch er erwartete inzwischen einen Krieg. Wenn die Familie abends im Salon ums Radio versammelt war, ereiferte Reginald Kellow sich über die Dreistigkeit der Deutschen und den unverschämten Hitler, der sich einzubilden schien, er könnte tun und lassen, was er will.

»Wir haben es ihnen letztes Mal gezeigt, und das werden wir diesmal wieder tun«, knurrte er dann und stapfte schlecht gelaunt im Zimmer auf und ab. »Verdammt nochmal, das werden wir!«

Obwohl der Krieg inzwischen täglich näher kam, genoss Estella diese Zeit. Schon kurz nach Evies Einzug in Pencallyn konnte sie sich nicht mehr vorstellen, wie ihr Leben ohne sie gewesen war. Seit ihrer Unterhaltung in der Bibliothek waren sie die besten Freundinnen, teilten Geheimnisse und dachten sich Spiele aus. All die einsamen Spaziergänge im Garten, ihre Krankheit und die wochenlange Bettruhe kamen ihr wie aus einem anderen Leben vor. Jetzt endlich gab es jemanden, mit dem sie ihre selbst erdachten komplizierten Spiele spielen konnte und der sich die spannenden Geschichten anhörte, die sie schrieb. Estella wollte Malerin und Schriftstellerin werden, während Evie davon träumte, später einmal auf der Bühne oder vor der Kamera zu stehen. Sie schwärmte für Maureen O'Hara und für Vivien Leigh, hatte die meisten Dialoge, die die beiden Frauen in irgendwelchen Filmen hatten, auswendig gelernt und konnte sie genau wie jeden anderen Menschen treffend nachahmen. Bereits nach ein paar Tagen in Pencallyn änderte sich ihre eigene Art zu sprechen, sie verkniff sich Flüche, verschluckte Endungen und ahmte mühelos die Gestik und die Mimik aller anderen Bewohner nach. Sie zog die Braue hoch wie Tommy, watschelte wie Mrs. Tullis durch die Gegend und betastete nervös ihr Haar wie Violet. Sie war einfach brillant, und immer wieder brach Estella über ihre Darbietungen in schallendes Gelächter aus.

»Es gibt keinen Menschen, den ich nicht nachmachen kann«, erklärte Evie, ohne anzugeben, denn tatsächlich war sie wandlungsfähiger als ein Chamäleon. Sie konnte schauspielern und hatte einen scharfen Blick selbst für die winzigsten Details.

Jetzt schaute sie Estella forschend an, nahm eine andere Haltung ein, drapierte ihre schwarzen Haare über ihren Schultern und riss unschuldig die blauen Augen auf. »Siehst du? Ich kann sogar du sein, wenn ich will. Ich wette, dass uns so kaum jemand unterscheiden kann.«

Es stimmte, und obwohl Estella etwas größer war, gelang es ihnen, den Metzgersjungen und, solange Evie still war und genügend Abstand zu ihm hielt, auch Bert, den Gärtner, hinters Licht zu führen. Die Köchin allerdings ließ sich nicht einen Augenblick zum Narren halten und schimpfte die Mädchen für die dummen Spiele, die sie spielten, aus.

»Es ist nicht nett, wenn man versucht, Leute hereinzulegen«, schalt sie Evie und wandte sich Estella zu. »Dass du so etwas machen würdest, hätte ich beim besten Willen nicht gedacht.«

Estella schämte sich, doch Evie lachte unbekümmert auf.

»Aber wir haben dabei jede Menge Spaß!«

Den hatten sie auf jeden Fall. Estella hatte nie zuvor in ihrem Leben so viel Spaß gehabt, denn Evie kannte keine Angst und gab Estella das Gefühl, dass auch sie selbst mit einem Mal viel mutiger als früher war. Schon bald vergaß sie, dass sie jemals krank gewesen war, rannte mit Evie durch den Garten, rutschte das Geländer aus dem ersten Stock hinunter und stibitzte aus der Speisekammer Kuchen oder irgendwelche anderen Leckereien.

Als sich auch Alex mit dem Gast versöhnte, kam es ihr so vor, als ob das Leben auf Pencallyn nicht mehr besser werden könnte, als es seit der Ankunft dieses Mädchens geworden war.

Die beiden Mädchen saßen in dem Klassenzimmer mit den kleinen Stühlen und Tischen, als mit einem Mal Estellas Bruder in der Tür erschien. Der, wie sie plötzlich sah, inzwischen fast erwachsen war.

»Dürfte ich kurz mit dir reden, Evie?«, wandte er sich ihrer Freundin zu.

Evie schob das Heft, in dem sie ihre Schreibübungen machte, fort. Inzwischen war sie regelrecht besessen davon, all die Dinge nachzuholen, die sie längst schon in der Schule hätte lernen sollen, und brachte Stunden über ihren Heften zu. Estella war bereits vom Zusehen erschöpft und hätte gerne irgendwas mit ihr gespielt, doch Evie weigerte sich rundheraus, sie in den Garten zu begleiten, ehe sie mit ihrer Arbeit fertig war.

»Sind dir noch andere Schimpfnamen für mich eingefallen?«, fragte sie ihn in herausforderndem Ton.

Alex räusperte sich unbehaglich. »Hör zu, es tut mir leid, was ich zu dir gesagt habe. Das war unverzeihlich, und ich danke dir, dass du mich nicht bei meinem alten Herrn verpfiffen hast.«

»Ich bin doch keine Petze. Außerdem hattest du recht«, räumte das Mädchen achselzuckend ein. »Ich esse nicht so ordentlich wie ihr.«

»Vielleicht nicht ganz, aber als Gentleman hätte ich so was nicht zu einer jungen Dame sagen sollen.«

»Ich bin ganz sicher keine junge Dame. Aber ich bin auch kein Schwein.«

Alex raufte sich das Haar. »Es tut mir wirklich leid. Es war nicht anständig, so was zu dir zu sagen.«

»Nein, das war es nicht. Ich hatte niemanden, der mir gezeigt hat, wofür all die Messer und die Löffel und die Gabeln sind. Ich habe nie in meinem Leben überhaupt so viel Besteck gesehen!«

»Das glaube ich.« Verlegen stopfte Alex seine Hände in die Taschen und bot Evie an: »Ich kann es dir ja zeigen, wenn du willst. Im Grunde ist das gar nicht schwer. Ich denke, dass du es im Handumdrehen lernen kannst.«

Und wirklich brachte Alex Evie Jenkins Tischmanieren bei. Sie war genauso wissbegierig wie beim Lesen und beim Schreiben, und bereits nach ein paar Tagen saß sie kerzengerade, die Serviette ordentlich im Schoß, auf ihrem Stuhl, wählte für jeden Gang das passende Besteck, und niemand hätte je vermutet, dass sie noch dasselbe Mädchen war wie das, das alles mit den Fingern oder bestenfalls mit einem Löffel in sich reingeschaufelt hatte, als es in Pencallyn angekommen war.

Die trägen, ersten Tage des September 1939 lullten Cornwall ein. Das Meer kam einem wie ein flirrendes Trugbild vor, es wehte nicht einmal die allerkleinste Brise, und die Gärtner kamen mit dem Gießen und dem Abschneiden der welken Blüten kaum noch hinterher. Am ersten Sonntag dieses Monats, einem weiteren heißen, sonnenhellen Tag, war Reginald in London, während Violet, die erst spät von einem Tanzvergnügen heimgekommen war, noch in den Federn lag. Miss Toms besuchte ihren Dad in Truro, und da kein Erwachsener sie zum Kirchgang scheuchte, standen den drei Kindern wunderbare Stunden ohne jegliche Verpflichtungen bevor. Alex ging zum Schwimmen an den Strand und überließ die beiden Jüngeren sich selbst. Die

Mädchen spielten erst im Labyrinth, betrachteten die Sonnenuhr, die ihren Schatten langsam weiterwandern ließ, und zogen sich dann in den herrlich kühlen Wald zurück. Dort legten sie sich auf den weichen Farn, sahen sich die Flecken blauen Himmel an, die das grüne Blätterdach durchbrachen, und dösten vor sich hin. Irgendwo rief eine Holztaube, dann aber war es abermals so still, als hielte die gesamte Welt den Atem an.

»Kannst du die Leute sehen, die sich zwischen dem Laub verstecken?«, wandte sich Estella mit verträumter Stimme ihrer Freundin zu.

Natürlich war das eine Täuschung, aber mit zusammengekniffenen Augen konnte sie Gesichter durch die Bäume lugen sehen. Mit ein bisschen Phantasie konnte sie sogar beobachten, wie sich die Gestalten wenig später wieder abwandten und mit dem Blattwerk und dem Unterholz verschmolzen. Estella sah die Gestalten schon seit Jahren und hielt sie für die Schatten der Vergangenheit. Eine Frau in einem Umhang, ein Junge in grünen Strumpfhosen und ein Mann mit einer Kutte. Sie hatte sich die passenden Geschichten dazu ausgedacht und versuchte ab und zu auch, sie zu malen, aber sie entzogen sich dem Pinsel ebenso wie ihren Händen, wenn sie sie im Garten sah. Sie hatte auch versucht, sich selbst und Alex in das Bild zu integrieren, doch die schattenhaften Bilder hatten ein Gefühl des Unbehagens in ihr wachgerufen, deshalb hatte sie sie, um sie vielleicht später noch mal auferstehen zu lassen, in den Ordner zu den anderen unfertigen Arbeiten gesteckt. Einmal hatte sie auch das Gesicht des attraktiven jungen Mannes aus dem alten Fiebertraum gemalt, ihre unbeholfenen Pinselstriche aber waren seiner Schönheit nicht gerecht geworden, und sie hatte ihre Arbeit traurig eingestellt. Eines Tages jedoch würde er sie finden. Eines Tages würde sie ihm wirklich gegenüberstehen.

Bei ihrer Frage richtete sich Evie kerzengerade auf. »Wo sind sie?«

»Überall. Kneif einfach deine Augen etwas zu. So.« Estella machte es ihr vor. »Dann siehst du sie bestimmt.«

Das andere Mädchen schaute sich nach allen Seiten um. »Ich kann nix sehen.«

»*Nichts*«, verbesserte Estella sie. »Du kannst nichts sehen.«

»Ich kann nichts sehen«, wiederholte Evie schmollend. »Das hast du dir doch ausgedacht!« Trotzdem runzelte sie argwöhnisch die Stirn, bevor sie ihren Blick erneut zu allen Seiten wandern ließ.

»Ach ja?«, fragte Estella sanft. »Vielleicht. Vielleicht aber auch nicht. Auf jeden Fall ist dieser Teil des Gartens sehr, sehr alt. Es heißt, hier würde eine alte Kraftlinie verlaufen, die von Frankreich bis nach Stonehenge führt. Sie führt direkt durch diesen Garten, unter unserer Sonnenuhr hindurch über das leer stehende Gehöft, auf dem es einen alten Brunnen gibt, und weiter bis zur Kirche. Die Heiden haben diese Orte angelegt. Sie wussten, dass die Stellen ganz besondere Kräfte hatten, und die haben sie immer noch.«

»Unsinn«, schimpfte Evie, doch Estella wusste, dass sie leicht nervös geworden war.

Sie streckte ihre Arme über ihren Kopf. Der Boden unter ihrer Haut verströmte den ursprünglichen Geruch von Fäulnis und war herrlich kühl. Die Feuchtigkeit drang in den dünnen Stoff ihres Baumwollkleids, und wie sonst auch empfand sie sich als Teil des Gartens. Aber schließlich hatten ihre Vorfahren ihn auch angelegt. Die Kellows hatten sich ihr eigenes Paradies geschaffen, als ob sie die Götter dieses Fleckchens Erde wären.

»Es stimmt«, behauptete sie ihre Position, denn schließlich hatte Tommy ihr die alten kornischen Legenden über Artus und die Druiden, Merlin und das Zauberschwert erzählt. In Cornwall gab es jede Menge Mythen und Legenden, stehende Steine, versteckte Brunnen und seltsame Heilige, die sonst nirgendwo zu finden waren. Den Gärtnern und den Mädchen waren Teile dieses Gartens nicht geheuer, und tatsächlich flatterten mitunter kleine Bänder an der Buchsbaumhecke, die die alte Sonnenuhr umgab, als Opfergaben ungesehener Besucher für die alten Gottheiten, die längst vergessen waren. Estella war von dem Gedanken fasziniert und hatte sich ein Spiel mit Namen *Der geheimnisvolle Garten* ausgedacht, in dem es um Magie, Legenden und um rätselhafte Wesen ging.

Sie könnte dieses Spiel mit Evie teilen! Es wäre einfach herrlich, nicht mehr ganz allein damit zu sein. Dann könnten sie gemeinsam wunderbare Welten hier entstehen lassen, deren einzige Bewohner sie und die von ihnen erdachten Wesen wären!

»Das denkst du dir doch aus«, erklärte Evie abermals und rieb sich ihre Arme, denn sie hatte plötzlich eine Gänsehaut. »Der Wald ist seltsam. Er gefällt mir nicht.«

»Das liegt daran, dass er geheimnisvoll und mächtig ist«, erklärte ihr Estella feierlich. »Du kannst es spüren, Evie. Vielleicht hat mein Urgroßvater ja deshalb all die fremden Bäume und Gewächse hier gepflanzt? Weil ihm der Garten das befohlen hat? Weil er von ihm verlangt hat, ihm zu dienen?«

»Ach, red doch keinen Quatsch!«

»Es waren einmal zwei Mädchen«, fing Estella leise an. »Sie sahen sich sehr ähnlich, aber konnten unterschiedlicher nicht sein. Trotzdem konnte nur der Garten diese Mädchen auseinanderhalten. Seit sie in den Wald kamen, wurden sie beobachtet. Die alten Götter wollten die Mädchen für sich, und so beschlossen sie, dass nur eine von ihnen den Garten wieder verlassen durfte. Die andere musste bleiben.«

Die Freundin wurde kreidebleich und rappelte sich eilig auf.

»Ich gehe jetzt zurück zum Haus!«

»Das ist doch nur ein Spiel!«, kicherte Estella, aber Evie rannte stolpernd aus dem Wald, und ganz egal, wie laut Estella nach ihr rief, sie kehrte nicht noch mal zurück.

Wie dumm sie war, dachte Estella und stand selbst auf. Sie hatte sich das alles doch nur ausgedacht. Es war eine Geschichte, weiter nichts. Wenn man jedoch wie Evie aus der Großstadt kam und die durchdringende Stille eines Waldes und das Knacken kleiner Zweige, das von unsichtbaren Wesen herrühren könnte, nicht gewohnt war, hielt man sie vielleicht für wahr. Doch was, wenn es nicht nur ein Spiel war? Womöglich gab es die Gesichter ja tatsächlich …

Estella schauderte und lief schnell hinter Evie her. Plötzlich hatte sie das Gefühl, die Bäume kamen immer näher und kreisten sie ein. Sie wollte nicht länger hier allein sein.

»Tut mir leid, Evie«, rief sie und sprintete den Weg entlang. »Ich habe doch nur Spaß gemacht.«

Doch Evie antwortete nicht. Sie konnte sehr schnell laufen, und Estella war von ihrer Krankheit immer noch geschwächt. Als sie über den Rasen lief, war Evie schon bei Violet auf der Terrasse angelangt. Die Stiefmutter winkte ihr hektisch zu, und selbst auf die Entfernung war ihr die Erregung deutlich anzusehen. Ihr für gewöhnlich sorgfältig frisiertes Haar hing offen über ihre Schultern, ihre sonst mit scharlachrotem Lippenstift geschminkten schmalen Lippen waren kaum zu sehen, und sie hatte nicht mal Schuhe an.

O Gott! Die Stiefmutter sah aus, als wäre sie halb angezogen aus dem Haus gestürzt, und keuchend rief Estella: »Was ist los? Was ist passiert?«

Violet zitterte wie Espenlaub.

»Oh, Mädchen, es ist einfach schrecklich! Ihr müsst jetzt sehr tapfer sein und dürft keine Angst haben.«

Aber ihre kaum verhohlene Furcht war ansteckend, und während sie sich zitternd ihre Hände vor die Brust warf, streckte Evie ihre Hand nach der Freundin aus.

»Ich habe gerade Mr. Chamberlain im Radio sprechen hören und fürchte, es ist furchtbar ernst – Herr Hitler weigert sich, das deutsche Heer aus Polen abzuziehen.«

Estella wusste, dass die Deutschen über Nacht in Polen eingefallen waren, denn Papa hatte sich darüber furchtbar aufgeregt. Doch Polen war sehr weit entfernt. Was spielte es also für eine Rolle, wenn dort jetzt die Deutschen waren? Warum war Violet deshalb so unglücklich?

»Ich verstehe nicht«, setzte sie an, doch Evie hatte längst begriffen, was das hieß. Es schien, als würde sie von vielen Dingen deutlich mehr verstehen als Estella.

»Das bedeutet Krieg«, stieß sie mit leiser Stimme aus. »Siehst du, Stella? Habe ich dir nicht gesagt, dass das passieren würde? Jetzt wird Großbritannien Deutschland doch den Krieg erklären.«

22

Estella

1939–1940

Anfangs änderte sich auf Pencallyn kaum etwas. Natürlich gab es ein paar sichtbare Veränderungen, wie die Eimer voller Sand neben der Küchentür, falls eine Brandbombe das Haus in Flammen aufgehen ließ, die Luftschutzübungen im Keller und dass Evie und Estella jetzt das Unkraut jäten mussten, weil die jüngeren Gärtner alle eingezogen worden waren, doch davon abgesehen behielt das Leben seinen ruhigen Vorkriegsrhythmus bei. Vor allem war Estellas Vater jetzt fast durchgehend in London, und der Haushalt atmete erleichtert auf. Dazu konnte sie mit Evie spielen, und obwohl das Mädchen schulisch sehr viel aufzuholen hatte, wurden sie zusammen unterrichtet, und die Tage flogen regelrecht dahin.

Auf Dauer aber wurden sie in Cornwall von der Wirklichkeit des Krieges eingeholt. Die Kriegsschiffe, die in der Bucht von Calmouth lagen, und die Sperrballons, die über Bury Barrow schwebten, waren nicht zu übersehen, und Alex schaute sehnsüchtig den Flugzeugen hinterher, in denen die Piloten für die Kampfeinsätze ausgebildet wurden.

»Mit achtzehn melde ich mich für die Flieger«, klärte er die Mädchen auf. »Ich kann es kaum erwarten, bis ich endlich meinen Beitrag leisten und den Deutschen Saures geben kann.«

»Bisher habe ich noch keine deutschen Flugzeuge gesehen. Vielleicht kommen sie ja gar nicht?«, widersprach Estella ihm in hoffnungsvollem Ton.

»O doch, sie kommen ganz bestimmt. Und wenn sie kommen,

nehme ich die Schweinehunde in Empfang. Aber keine Panik, Schwesterherz. Die Suchscheinwerfer werden sie entdecken, und die Sperrballons werden sie daran hindern, tief genug zu fliegen, um uns hier zu bombardieren. Vor allem werden sich die Jerrys sicher nicht für einen derart abgelegenen Landstrich wie den unseren interessieren. Es wird ihnen um die Großstädte wie London gehen.«

Evie knabberte nervös am Ende ihres Zopfs. »Meine Grandma ist in London.«

»Ihr wird sicher nichts passieren«, stellte Alex eilig fest. »Im Radio habe ich gehört, dass es in allen Straßen Luftschutzbunker gibt und dass es dort sehr lustig zugehen soll. Du musst keine Angst haben.«

Estella aber fragte sich, wie es die Freundin schaffen sollte, nicht vor Sorge um die einzige Verwandte, die sie hatte, zu vergehen.

»Ich kann ja deiner Grandma schreiben und sie fragen, wie's ihr geht.«

»Ach, red doch keinen Quatsch. Sie kann genauso wenig lesen wie ich selbst es konnte, als ich nach Pencallyn kam.«

»Vielleicht kann ihr ja irgendjemand vorlesen, was du ihr schreibst?«, schlug Alex vor. »Dann weiß sie wenigstens, dass du hier sicher bist.«

Der Vorschlag stieß auf Zustimmung, und während eines regnerischen Nachmittags verfasste Evie mit Estellas Hilfe einen ausführlichen Brief, in dem sie ihrer Großmutter das Leben auf Pencallyn detailliert beschrieb. Sie schrieb ihr sogar ein paar Sätze über den *geheimnisvollen Garten,* ihrer beider Lieblingsspiel, bei dem es jede Menge komplizierter Regeln und verschiedene Charaktere gab, und ging ausführlich auf das wunderbare Essen ein, das es auf dem Land gab. Obwohl die Rationierung auch in Cornwall Teil des Lebens war, gaben die Gärten ihres Anwesens noch immer jede Menge her, weshalb es keinen Mangel an Gemüse gab. Und Violet als hervorragende Schützin brachte an den meisten Tagen ein Kaninchen oder einen Fasan für einen leckeren Eintopf heim. Dazu hatten sie zwei junge

Frauen vom freiwilligen Hilfsdienst, um die jungen Burschen, die sich zur Armee gemeldet hatten, zu ersetzen, und von all den aufregenden Klatschgeschichten, die die beiden zu erzählen hatten, waren nicht nur Dolly und die Köchin, sondern auch die beiden jungen Mädchen angetan. Obwohl Evie und Estella ihrer Meinung nach nichts schrieben, was vielleicht gefährlich wäre, falls der Brief an Evies Grandma in die Hände ihrer Feinde fiele, las sich Alex ihren Brief zur Vorsicht noch mal durch. Man wusste schließlich nie …

Es gab natürlich auch noch andere Veränderungen. Der Zugang zum Strand war jetzt mit Stacheldraht versperrt und wurde obendrein von Flakgeschützen, die in Richtung Meer wiesen, bewacht. Am Rand des Strands war Stolperdraht zum zusätzlichen Schutz vor Eindringlingen gespannt, und aus dem Sand ragten die Drachenzähne der dort eingegrabenen Panzersperren, um zuzuschnappen, falls es einem feindlichen Gefährt gelang, von einem Schiff an Land zu rollen. Das Meer war jetzt nicht mehr zum Schwimmen und zum Angeln da. Es bildete die erste Abwehrlinie gegen einen bisher unsichtbaren Feind.

Als Tommy mit den Mädchen durch den Wald ins Dorf ging, war Estella kurz davor, in Tränen auszubrechen, weil der einst so friedliche und schöne Strand nicht wiederzuerkennen war. Ein erschreckender Gedanke, dass an diesem Strand im Schutz der Dunkelheit die Invasoren landen könnten. Falls es tatsächlich dazu käme, könnten sie nur hoffen, dass kein trügerischer Mond den Feinden einen Weg bis direkt vor die Haustür von Pencallyn wies.

Auch andere Orte als der Strand waren für die Einheimischen jetzt gesperrt. Entlang der Südküste von Cornwall gab es jede Menge gut versteckter kleiner Flüsse, die im Schatten dichter Trauerweiden lagen und an deren Ufern nur die Abdrücke von Eisvögeln zu sehen waren. Ende 1939 waren diese Flüsse keine abgeschiedenen Rückzugsorte mehr für kleine Bootsausflüge oder Picknicks, und statt irgendwelcher Wasservögel probten jetzt die Spitfires der Air Force dort im Tiefflug die Manöver, die in einer Luftschlacht nötig waren. Dazu boten sich die zugewachsenen Gewässer als Verstecke für verschiedene Schiffe an. Bewacht von den Kanonen oben auf den Hügeln und im Schatten der riesigen Sperrballons, die ungestüm wie junge Ponys an den Zügeln zerrten, waren Calmouths und Pencallyns Wasserläufe das Revier des Heimatschutzes und für niemand anderen mehr zugänglich.

Anfangs hatten die Bewohner protestiert, und einige von ihnen hatten sich auch weiter nachts zum Fischen auf das Meer gestohlen, aber als zwei Jungen in der verminten Hafeneinfahrt in die Luft geflogen waren, hatten sie erkennen müssen, dass die Gegend für sie selbst nicht weniger gefährlich als für ihre Feinde war, und, wenn auch knurrend, das Fischen eingestellt.

Als hätte Hitler selbst das Wetter auf sich eingeschworen, wurde es zum Jahresende bitterkalt. Obwohl sie auf Pencallyn durchaus ordentliche Holzvorräte hatten, galt es auch im Herrenhaus zu sparen, und da sie nicht alle Räume heizen wollten, nahmen sie, wenn Reginald in London weilte, ihre Mahlzeiten zusammen mit den Angestellten in der Küche ein. Der große Herd war ständig in Betrieb, deshalb war es dort wärmer als im Rest des Hauses, und bereits nach Kurzem fand der größte Teil des Lebens in der Küche statt.

Im November wurde es so kalt, dass selbst der Unterricht der beiden Mädchen an dem großen Holztisch stattfand, während Mrs. Tullis Suppe kochte und das Brot buk, das auch Evie trotz der wenig ansprechenden Farbe längst begeistert aß. Und abends brachte eins der beiden Landmädchen Estella und der Freundin Stricken bei, sie hörten sich zusammen die Nachrichten im Radio an, und schließlich schleppte Violet auch noch das Grammophon herbei und tanzte mit den Mädchen Foxtrott und den in Amerika beliebten flotten Swing, bei dem sich Evie als Naturtalent erwies.

»Ich gebe auf! Du wirst bestimmt mal Tänzerin!«, japste Estellas Stiefmutter nach einer Stunde wilder Hüpferei.

»Ich werde in den Filmen tanzen, die ich drehe.« Schwungvoll drehte Evie sich um ihre eigene Achse, streckte ihre Arme nach Estella aus, warf sich das schwarze Haar aus dem geröteten Gesicht und fügte noch hinzu: »Ich werde eine ganz berühmte Schauspielerin werden. Wartet's ab.«

»Die ist ja größenwahnsinnig«, stellte die Köchin fest, aber Estella fand die Freundin einfach zauberhaft. Was war es wohl für ein Gefühl, so selbstbewusst zu sein? Zu wissen, dass man rundherum phantastisch war? Und Evie *war* phantastisch, denn sie brauchte sich nur etwas in den Kopf zu setzen, damit sie es hinbekam. Sie hatte ihre Sprache an die Sprache der Bewohner von Pencallyn angepasst und ihren Londoner Akzent fast völlig abgelegt, die Zeiten ihrer schlechten Tischmanieren waren längst vorbei, und auch beim Lesen hatte sie inzwischen große Fortschritte gemacht.

»Bald kann ich es so gut wie du«, behauptete sie voller Zuversicht, und ihre Freundin zweifelte nicht einen Augenblick daran.

Doch es gab ein Gebiet, auf dem Estella besser war als sie. Sie hatte das Talent, sich spannende Geschichten auszudenken, und auch wenn die Freundin die geborene Schauspielerin war, verfügte sie nicht über die geringste Phantasie. Sie sah Estella gern beim Malen zu und bat sie oft, ihr etwas zu erzählen. Wenn sie nachts in ihrem dunklen Zimmer lagen, spann Estella eine um die andere phantastische Geschichte um die mysteriöse Sonnenuhr und sprach von alten Religionen, noch älteren Rätseln und von aufregenden Reisen durch die Zeit. Je dichter sie das Netz der Phantasie in diesen Nächten webte, umso stärker zog sie Evie in den Bann ihres *geheimnisvollen Gartens,* und begeistert zeichneten sie Landkarten, dachten sich ihre eigene Sprache aus und malten Bilder der verschiedenen Charaktere ihres Spiels. Und wenn die Dunkelheit auf ihre Lider drückte und die Deutschen durch den Wald und weiter Richtung Haus zu schleichen schienen, glaubte auch Estella selbst, dass ihre eingebildeten Geschöpfe sie beschützen könnten, wenn der Feind vor ihrer Haustür stand. Vielleicht gelänge es ihr ja, sie tatsächlich zum Leben zu erwecken, wenn sie sich genügend Mühe gab?

Estella wusste, dass der hübsche Prinz aus ihrem alten Traum sie eines Tages retten würde, aber Evie hatte sie bisher noch nichts von ihm erzählt. Sein warmes Lächeln, seine sanfte Stimme und die noble Schönheit, die auf seinen Zügen lag, gehörten ihr allein. Er war etwas Besonderes, und sie wollte, dass er bei ihr sicher war.

Sicher.

Wie in aller Welt kam sie auf dieses Wort?

Hatte sie nicht vielleicht etwas anderes gemeint? Vielleicht war es ja einfach so, dass sie etwas für sich behalten wollte, denn obwohl sie gerne alles mit der neuen, besten Freundin teilte, hielt sie das Interesse, das das Mädchen an allen Aspekten ihres Lebens hatte, manchmal nur mit Mühe aus und zog sich dann für kurze Zeit in eine eigene Geschichte und in eine eigene Welt zurück, die niemandem gehörte außer ihr allein.

Der winterweiße Garten war besonders zauberhaft, und wenn man nicht zu nahe an den Strand oder an eins der anderen Gewässer ging, vergaß man beinah, dass die Zeiten anders waren als sonst. Sie lebten hier in ihrer eigenen Welt, und eingebettet in den Wald und Garten waren die Sperrballons, der Stacheldraht und die Geschütze nicht zu sehen. Die Leute sprachen schlecht gelaunt von einem »Sitzkrieg«, da es keine Kämpfe gab und aus der Sicht der meisten all die fremden Kinder ganz umsonst aufs Land gekommen waren. Ein paar von ihnen wurden kurzerhand zurückgeschickt, doch zu Estellas großer Freude wollte Evies Grandma nicht, dass ihre Enkelin nach Hause kam. Ihr Bruder sprach noch immer davon, dass er sich zur Air Force melden wollte und nur hoffte, dass der Krieg nicht längst vorüber wäre, bis er die Gelegenheit dazu bekam. Bei solchen Sätzen presste Tommy missbilligend die Lippen aufeinander, aber Reginald schlug ihm begeistert auf den Rücken und erklärte, derart kämpferische Reden machten ihn als Vater stolz. Estellas Bruder hatte daraufhin gestrahlt, sie aber hoffte insgeheim, dass Hitler sich geschlagen geben würde, ehe Ally eine Spitfire bestieg.

Je näher in dem Jahr die Weihnachtstage rückten, umso häufiger war Violet Kellow unterwegs. Sie fuhr inzwischen oft nach Truro, wo sie entweder auf Dinnerpartys oder zum Tanzen ging. Wenn Reginald in London war, konnte sie tun und lassen, was sie wollte, und Estella freute sich, als sie die Stiefmutter so glücklich sah. Sie sang im Haus, sie kicherte mit ihnen und den beiden Landmädchen, die ihnen zugewiesen worden waren, und brachte Stunden vor dem Schminktisch und beim Richten ihrer Haare zu, bevor sie dann in ihrem Jaguar davonbrauste, weil ihr als der Gattin eines Parlamentsmitglieds genug Benzin für ihre ausgedehnten Spritztouren zur Verfügung stand.

»Wahrscheinlich hat sie einen Liebhaber«, bemerkte Evie eines kalten Nachmittags, als Violet abermals von dannen schoss.

Estella hob den Kopf von ihrem Skizzenblock. »Wer?«

»Na, Violet, du Dummerchen. Sie hat sogar ganz sicher einen Liebhaber.«

»So etwas Furchtbares darfst du nicht sagen.«

»Doch, wenn's stimmt. Was meinst du wohl, warum sie in der letzten Zeit so glücklich ist? Und warum hätte sie sich sonst wohl Seidenunterwäsche kaufen sollen, während ihr Mann in London ist?«

»Das denkst du dir doch aus, Evie.« Estella war empört. Sie hatte bisher einen schönen Nachmittag verlebt. Die Frostbeulen hatten aufgehört zu pochen, ihre Hände waren so weit aufgetaut, dass sie ein bisschen zeichnen konnte, und da Tommy nach dem Mittagessen Richtung Truro aufgebrochen war, um ihren Vater zu besuchen, hatten sie noch bis zum Abendessen frei. Jetzt aber hatte Evie alles ruiniert.

»Ich denke mir nichts aus. *Du* denkst dir Dinge aus. *Ich* gucke einfach hin und höre zu, was andere sich erzählen. Ich habe mitbekommen, wie die Köchin sich mit Dolly unterhalten hat, und sehe doch, wie schick sich Violet immer macht, wenn sie nach Truro fährt. Und wenn sie dort ist, kommt sie immer erst am nächsten Tag zurück.«

»Weil sie mit Freunden essen geht und dann bei ihnen übernachtet!«, stieß Estella weinend aus.

Mit mitleidiger Stimme stellte Evie fest: »Ich kann es dir beweisen. Also komm.« Entschlossen zerrte sie Estella Skizzenblock und Bleistift aus der Hand. »Hör auf mit dem Gekritzel und komm mit.«

Estella zitterte vor Wut. »Ich zeichne.«

»Du zeichnest andauernd, aber das ist einfach langweilig. Komm mit. Ich werde dir beweisen, dass ich die Wahrheit sage.«

Evie nahm Estella an der Hand, riss sie von ihrem Platz am Ofen weg und zog sie in die obere Etage. Als sie vor Violets Zimmer standen, ging Estella auf, was Evie vorhatte.

»Da dürfen wir nicht rein!«

»Schon gut. Dein Vater ist in London, und auch Violet kommt sicher nicht so schnell zurück.«

»Aber da dürfen wir nicht rein!«

»Wenn sie nicht hier sind, kriegen sie es ja nicht mit.«

»Aber wir selbst wissen es.«

Die Freundin lachte unbekümmert auf. »Ich werde es ganz sicher niemandem verraten. Also komm. Sei doch kein solcher Hasenfuß.«

»Ich bin kein Hasenfuß!«

»Ach nein? Beweis es mir. Du willst doch sicher wissen, ob das mit der Seidenunterwäsche stimmt. Oder mir beweisen, dass das alles Unsinn ist. Vor allem wollte ich schon immer einmal Violets Pelze überwerfen und den roten Lippenstift, den sie benutzt, ausprobieren. Ich sehe damit sicher aus wie Vivien Leigh!«

Evies Augen funkelten vor Aufregung. Sie liebte es, in fremden Dingen rumzuwühlen, und Estella hatte schon des Öfteren den Verdacht gehabt, dass ihre Freundin auch an ihre Sachen ging, denn manchmal hingen sie etwas schief im Schrank. Bestimmt probierte sie auch ihre Hüte und die bunten Bänder aus, posierte damit vor dem Spiegel und versuchte auszusehen wie sie.

Und jetzt wollte sie aussehen wie Violet.

Oder sie vielleicht auch ruinieren.

Estella wurde schwindelig. Sie wusste nicht, ob stimmte, was das Mädchen ihr erzählte, oder ob es sich nur einen bösen Scherz mit ihr erlaubte. Manchmal konnte Evie ziemlich grausam sein, das aber machte sie durch ihren Mut und ihre schiere Energie auf alle Fälle wieder wett, und seit sie ihre Leseschwäche eingestanden hatte, war Estella klar, dass Evie ihr persönlich treu ergeben war.

Jetzt aber war sie hin und hergerissen, denn falls Violet wirklich einen Liebhaber in Truro hatte, sollte sie doch eigentlich aufseiten ihres Vaters stehen.

Bevor sie sich entscheiden konnte, lag die Hand der Freundin bereits auf dem Knauf der Tür.

Der sich zu ihrer Überraschung aber nicht bewegen ließ.

»Verflixt! Seit wann schließt Violet ab? Wahrscheinlich hat sie Angst, dass wir ihr hinterherschnüffeln, wenn sie das Haus verlässt.«

»Warst du etwa schon mal in ihrem Zimmer?«

»Klar. Vor mir ist kein Geheimnis sicher. Arme, dumme Violet. Sie bildet sich anscheinend wirklich ein, sie käme damit durch. Da, wo ich herkomme, gibt es jede Menge Weibsbilder wie sie. Meine Grandma sagt, auch meine Ma war so, bevor sie abgehauen ist. Egal, wie vornehm Violet auch tut, sie ist ein Flittchen. Du wirst sehen.«

Vor lauter Furcht bekam Estella einen trockenen Mund. »Was wirst du tun?«

»Ich werde gar nichts tun. Es ist ganz einfach ein Geheimnis, das mir vielleicht irgendwann mal etwas nützen wird. Wer weiß?«

»Nützen?«

Evie lächelte. Es war kein schönes Lächeln und sah aus, als risse es die Haut von einem Ohr zum anderen auf.

»Wie soll man selbst jemals sicher sein, wenn man nicht die Geheimnisse der anderen kennt?«

»Ich habe keinerlei Geheimnisse«, erwiderte Estella, denn der

Mann aus ihrem längst vergangenen Traum war ihrer Phantasie entsprungen und zählte deshalb sicher nicht.

Evie schaute sie aus Augen an, die blauer und noch kälter als der Winterhimmel waren.

»Gut«, gab sie zurück. »Denn beste Freudinnen sollten keine Geheimnisse voreinander haben. Wir sollten uns versprechen, niemals irgendetwas voreinander zu verbergen, was meinst du, Stella?«

»Versprochen«, schwor Estella, doch noch während sie zum Zeichen ihres Schwurs den kleinen Finger ihrer rechten Hand mit dem der Freundin fest verschränkte, kreuzte sie, aus welchem Grund auch immer, gleichzeitig die Finger ihrer linken Hand zwischen den Falten ihres wollenen Rocks.

23

Nell

heute

Während Estella spricht, beuge ich mich so weit wie möglich vor und sauge jedes ihrer Worte in mich auf. Ich will auf keinen Fall etwas verpassen, während ihre Stimme immer schwächer wird, und fühle mich aus ihrem Krankenzimmer in das kriegsbedingte Durcheinander von Pencallyn House zurückversetzt. Die beiden jungen Mädchen, die dort leben, sind sich meistens selbst überlassen und verfangen sich in einem Geflecht aus Heimlichkeiten, das so unentwirrbar ist wie die wilden Ranken, die inzwischen den geheimnisvollen Garten überwuchern. Ich kann das alles deutlich vor mir sehen: Den ausgedehnten Garten, der das Zauberreich der beiden Mädchen ist, die Sperrballons, die hoch über den Hügeln schweben, und das wunderschöne alte Haus in seiner damaligen Pracht. Stolz und elegant wacht es über den Garten, und statt wie heute mit verhüllten Möbeln sind die Räume mit Gesichtern der Vergangenheit gefüllt. Mit dem der aufmerksamen Evie, deren Blicken nichts entgeht, mit dem der jungen Estella, die das Herz oft auf der Zunge trägt, mit dem der dicken Köchin, dem der scharfäugigen Tommy sowie dem der armen jungen Ehefrau, die sich zu Tode langweilt und wie ein gefangener Schmetterling hilflos mit ihren hübschen Flügeln schlägt. All die Geheimisse und Spannungen, die in diese Erzählung eingewoben sind, schnüren diese Menschen ein wie ein Korsett, und als Estella eine Pause macht, halte ich in Erwartung weiterer Enthüllungen den Atem an.

»Was ist passiert? Hat sie es irgendwem erzählt? Und hatte Violet wirklich ein Verhältnis?«, fragt an meiner Stelle Josh. Auch er ist an den Rand seines Plastikstuhls gerutscht, und Estella lächelt über seine Ungeduld.

»Ich wusste niemals mit Bestimmtheit, ob Evie tatsächlich etwas herausgefunden hat. Sie hat Geheimnisse geliebt – ich schätze, das war einfach ihre Art, Macht über andere zu erlangen –, aber sie hat auch des Öfteren gelogen, auch wenn es aus ihrer Sicht wahrscheinlich keine Lügen waren. Sie hat dabei einfach eine neue Rolle aus- oder vielleicht auch eher eine neue Version der Wahrheit anprobiert, wie man's mit neuen Hüten oder Schuhen macht. Sie konnte einfach alles spielen, und sie hätte auf der Bühne oder vor der Kamera wahrscheinlich sehr großen Erfolg gehabt. Aber wenn Evie sich zu irgendwas entschlossen hatte, brachte nichts und niemand sie mehr davon ab.«

»Und, ist sie Schauspielerin geworden?«, frage ich, denn Evie Jenkins hebt sich für mich deutlich von den anderen Figuren der Geschichte ab. Sie ist quicklebendig, ungeheuer clever, doch selbst wenn wir, wie ich inzwischen denke, tatsächlich verwandt sein sollten, werde ich nicht wirklich mit ihr warm.

Estellas Blick schweift in die Ferne ab. »Ich habe keine Ahnung, was aus ihr geworden ist.«

Josh reibt sich nachdenklich das Kinn. »So, wie Sie sie beschreiben, war sie offensichtlich eine faszinierende Persönlichkeit. Wenn sie so schnell lesen und schreiben lernen und dazu noch ihre Sprache und ihr ganzes Auftreten verändern konnte, um sich an das Leben in Pencallyn anzupassen, muss sie ein sehr aufgewecktes Kind gewesen sein.«

»Allerdings! Das war sie!«, stimmt Estella ihm mit stolzer Stimme zu, und für einen Augenblick liegt auf dem faltigen Gesicht derselbe Ausdruck der Bewunderung wie auf dem des zwölfjährigen Mädchens, dessen Schützling eifrig über seinen Heften saß. »Es dauerte nicht lange, bis man kaum noch hätte sagen können, welche von uns beiden außerhalb des Herrenhauses aufgewachsen war. Tommy nannte sie *das kleine Fräulein Heathcliff*, aber das war Evie vollkommen egal. Selbst, nachdem sie irgendwann das Buch gelesen hatte, weil es schließlich wirklich große Ähnlichkeiten gab.«

»Aber Heathcliff war ein Psycho«, rutscht es mir heraus. Ich bin von all den Dingen, die ich über Evie Jenkins höre, alarmiert. Ich möchte nicht von einer Frau abstammen, die offensichtlich das genaue Gegenteil von meinem wunderbaren, liebevollen, sanften Vater war. »Tut mir leid, Estella. Ich liebe *Sturmhöhe,* aber die Begeisterung für Heathcliff konnte ich nie nachvollziehen. Was bitte soll daran romantisch sein, wenn jemand Gräber aushebt oder unschuldige Hunde stranguliert? Wenn die Geschichten, die ich schreibe, solche Helden hätten, hätte ich wahrscheinlich bisher kaum ein Buch verkauft.«

»Ah, aber in *Sturmhöhe* geht's nicht um Liebe und Romantik, sondern um das Gegenteil. Es geht darin vor allem um Besessenheit, und Heathcliff ist der Außenseiter, der urplötzlich aus dem Nichts erscheint und sich die Dinge, die er haben möchte, einfach nimmt. Er nimmt den Earnshaws alles, was sie je besessen haben. Er ist wie das Kuckuckskind im fremden Nest. Ein Eindringling, der alles, was er vorfindet, zerstört.«

»Und deshalb mochte Ihre Gouvernante Evie nicht.« Nickend lehnt sich Josh auf seinem Stuhl zurück. »Sie dachte, für ein Mädchen aus bescheidenen Verhältnissen würde sich's nicht gehören, derart hoch hinauszuwollen.«

Estella fallen die Augen zu. Ich fürchte, dass sie einschläft, aber dann schlägt sie sie wieder auf und geht auf Joshs Bemerkung ein.

»Wahrscheinlich, aber Evie war für mich die Schwester, die ich niemals hatte. Sie hat mich geliebt, und ihr Verschwinden war ein Schock für mich. Ich hätte nie gedacht, dass sie mich je im Stich ließe.«

»Evie verschwand?«, hake ich eilig nach. Womöglich hatte sich Evie Jenkins ja aus dem Staub gemacht, weil sie ein Kind von einem Mann erwartet hatte, der als Deserteur zur Fahndung ausgeschrieben war. Ich weiß, dass meine Großmutter vor diesem Krankenhaus gestorben ist, womöglich hatte also Evie Jenkins dort ihr kurzes Leben ausgehaucht. Und womöglich hatte sie ja gar nicht dauerhaft verschwinden, sondern nach der Abgabe des Babys nach Pencallyn House zurückkehren wollen.

Ich will Estella noch so viele Fragen stellen, aber als die Ärzte zur Visite kommen, suchen Josh und ich erst mal die Krankenhauskantine auf.

Er geht uns einen Kaffee holen, und ich setze mich auf einen Platz am Fenster, durch das man die Ausflugsboote auf dem Cal vorüberziehen sehen kann. Statt dieser Boote aber sehe ich nur graue Kriegsschiffe und höre, wie die Mine explodiert, durch die zwei junge Burschen, die verbotenerweise hatten fischen wollen, damals umgekommen sind. Inzwischen werden die Maschinerie und die Gewalt des Kriegs von einem friedlichen Szenarium überdeckt, doch Josh hat recht: Wenn man genauer hinschaut, sind die Bunker und anderen Narben aus Beton auch heute noch zu sehen.

»Kaffee und Möhrenkuchen.« Josh stellt seine Beute auf den Tisch und nimmt auf einem Plastikstuhl mir gegenüber Platz. »Hauen Sie rein.«

Das muss er mir nicht zweimal sagen, und schon nach dem ersten Bissen blühen meine Geschmacksknospen unter den köstlichen Aromen auf.

»Zur Zeit der Rationierung hätten Menschen dafür sicher einen Mord begangen«, stellt er fest.

»Vor allem Evie, die auf Zucker ganz versessen war.«

»Glauben Sie, dass diese Evie vielleicht Ihre Oma ist?«

»Ich hoffe nicht. Sie klingt für mich nach einer schrecklichen Person!«

»Ich glaube, sie war eher ein kleines Mädchen aus der Stadt, das ganz allein in einer völlig fremden Welt gelandet ist. Ich kann mir vorstellen, dass sie fürchterliches Heimweh hatte und zu Anfang völlig überfordert war.«

»Da haben Sie recht.«

»Aber anscheinend war sie sehr intelligent. Das hat die Gouvernante gleich bemerkt.«

»Sind Sie etwa auf Evies Seite?«, frage ich.

Er lacht. »Ich trete einfach gern für Außenseiter ein. Aber wer sie auch immer war, sie muss Estella sehr am Herz gelegen haben, denn sie spricht auch heute noch die ganze Zeit von ihr. Wenn ihre Gedanken anfangen zu wandern, wenden sie sich meistens Evie zu.«

Ich runzele die Stirn. An dieser Evie fühlt sich irgendwas nicht richtig an. Die Daten hauen hin, doch bisher gibt es keinerlei Verbindung zwischen ihr und Jay. Und auch Estella hat den jungen Mann bisher mit keinem Wort erwähnt.

»Ich weiß nicht«, sage ich.

»Das kann ich gut verstehen. Aber falls wir bei Evie auf der falschen Fährte sind, wie sieht es dann mit dieser Violet aus? Könnte sie eine Beziehung zu Jay Miller eingegangen sein? Für mich klang es so, als hätte sie woanders als zu Hause Zärtlichkeit und Zuneigung gesucht, was ich ihr nach den Dingen, die Estella über diesen Reginald erzählt hat, nicht verdenken kann.«

»Das könnte durchaus sein, wobei ich mir nicht sicher bin, ob dieses Unterfangen nicht vollkommen sinnlos ist. Sie haben schließlich selbst gesagt, Estella wäre öfter ziemlich durcheinander.«

»Aber heute ist sie völlig klar, und die Erinnerungen, die sie hat, sind geradezu verblüffend detailliert. Es ist, als ob sie diese Dinge jemandem erzählen müsste, bevor es zu spät ist, und sich dabei unbedingt an jede Kleinigkeit erinnern will. Sie geht bei manchen Dingen vielleicht zu sehr ins Detail, aber wie ich Estella kenne, hat sie dafür einen guten Grund. Das ist einfach ihr Stil. Genauso ist es auch in ihrem Buch.«

»Sie haben recht! Das ist es. Im *geheimnisvollen Garten* gibt es jede Menge falscher Fährten und Gesichter, die erst mit der Lösung dieses Rätsels einen Sinn ergeben. Nur, dass es für dieses Rätsel bisher keine Lösung gibt. Da sind sich alle einig«, rufe ich ihm in Erinnerung.

»Kann sein. Wir müssen also darauf hoffen, dass Estella uns vielleicht beim Lösen dieses Rätsels hilft. Da sie das Buch geschrieben hat, ist davon auszugehen, dass sie die Antworten auf diese Fragen kennt.« Er trinkt entschlossen seinen Kaffee aus. »Aber ihr bleibt nicht mehr viel Zeit. Lass uns nochmal zu ihr gehen.«

Ich nicke zustimmend, und gemeinsam machen wir uns auf den Weg. Als Estella uns sieht, lächelt sie glücklich. »Ihr seid wieder zurückgekommen. Das hatte ich gehofft.«

»Können wir noch ein bisschen länger miteinander reden?«, frage ich. »Ich möchte Sie bestimmt nicht überanstrengen.«

Estella schnaubt. »Mit fünfundneunzig ist das Leben immer anstrengend. Mach dir also keine Gedanken über mich und setz dich hin. Wir sollten weitermachen, bevor ich vergesse, was ich sagen will. Und heute ist ein guter Tag, das nutzen wir am besten aus.«

Josh sieht mich lächelnd an.

»Inzwischen hatten wir also tatsächlich Krieg.« Estella klappt die Augen zu und hängt den ungeordneten Erinnerungen, die ihr durch den Kopf gehen, nach. »Irgendwie seltsam, dass etwas so Schreckliches alltäglich werden kann. Für uns war es fast wie ein Spiel. Wir haben uns prächtig damit amüsiert, die Schilder an den Straßen auszutauschen, um den Feind bei seiner Ankunft zu verwirren, und ich habe es geliebt, mit unseren Landmädchen in unserem Land Rover herumzufahren. Zwar haben wir manchmal Flugzeuge gesehen, aber es kam uns nie so vor, als hätten sie etwas mit uns zu tun. Und Lebensmittel waren zwar rationiert, doch auf dem Land haben wir den Großteil unseres Essens immer selbst angebaut. Wir hatten vielleicht ab und zu mal Hunger, aber eigentlich hat's uns an nichts gefehlt. Wir haben uns Violets Kamera geborgt und so getan, als ob wir feindliche Spione wären. Wir haben uns immer dabei abgewechselt, wer von uns die Deutsche spielt, aber dann hatte mein Vater Angst, wir könnten wegen dieses Spiels in Schwierigkeiten kommen, und es uns untersagt. Der Garten war unsere Welt, und unsere Spiele waren realer als der Krieg, denn der fand schließlich außerhalb der Mauern unseres Grundstücks statt. Wir haben bei der Sonnenuhr kleine Nachrichten füreinander versteckt und sind auf Schatzsuche gegangen. Oh, das haben wir geliebt. Nur leider haben wir, als wir älter wurden, damit aufgehört, und ich habe schon ewig nicht mehr dran gedacht. Ich frage mich, ob es die alten Nachrichten noch gibt. Wir haben sie in einer alten Tabaksdose aufbewahrt.«

»Die Sonnenuhr kommt auch in dem *geheimnisvollen Garten* vor. Und dabei dachte ich, Sie hätten sie sich ausgedacht.«

Estella schlägt die Augen wieder auf und hebt eine Braue an.

»Vielleicht. Vielleicht aber auch nicht. Entscheide das am besten selbst. Aber wie dem auch sei, Evie hat ihrer Großmutter mehrmals geschrieben, ohne dass sie je zurückgeschrieben hat. Ich glaube, irgendwann hat sie die Hoffnung aufgegeben, von ihr zu hören, und wahrscheinlich kam ihr London wie aus einem anderen Leben vor. Sie hatte keinerlei Interesse daran, ihre alten Freunde, die im Dorf lebten, zu sehen, und am Ende hat sie nicht mal mehr etwas von ihrer Zeit in Bethnal Green erzählt. Auf Dauer hat es sich so angefühlt, als hätte sie ihr ganzes Leben in Pencallyn verbracht.«

»Wir haben in der Küche mit der Köchin und mit Dolly Radio gehört, aber die Nachrichten vom Krieg hörten sich wie eine Geschichte für uns an. Abgesehen von der Verdunkelung, davon, dass der Garten immer mehr verwilderte und niemand an den Strand gehen durfte, hat sich während dieses ersten Jahres kaum etwas für uns verändert. Selbst Dünkirchen kam uns wie ein Abenteuer vor, denn wir verstanden nicht, was dort geschah. Wir haben die Fischer- und Vergnügungsboote abfahren sehen, aber Tommy hat uns nicht erlaubt, das Grundstück zu verlassen, als sie mit all den Verletzten wiederkamen, und die Köchin hat das Radio ausgeschaltet, wenn sie eine von uns in die Küche kommen sah. Mein Bruder und ein paar der Jungen aus dem Dorf waren mit seinem kleinen Klinkerboot dabei, und danach ist der arme Ally öfter schreiend aus dem Schlaf hochgefahren und hat uns alle aufgeweckt. Mein Vater war deshalb sehr wütend, weil das seiner Meinung nach unmännlich war.«

»Dünkirchen war ein furchtbares Gemetzel«, wirft Josh ein, und nickend fährt Estella fort.

»Das haben wir Mädchen später auch gehört, aber damals war es einfach etwas, was passiert, so wie die deutschen Flieger, die nach England kamen, die Rationierungen und die Luftschutzübungen in unserem alten Weinkeller. Die waren immer lustig und ein guter Vorwand, länger aufzubleiben. Alex hat mir von Dünkirchen nie etwas erzählt, aber ich weiß, dass er danach verändert war. Es dauerte dann nicht mehr lange, bis er tatsächlich zur Air Force ging. Er hat gesagt, er müsste etwas tun.« Estellas Stimme bebt. »Der gute Ally. Wir haben ihn verloren, als er gerade einmal achtzehn war. Im Grunde war er noch ein Junge, und mein Vater wünschte sich, dass ich gestorben wäre und nicht er. Er konnte nicht verstehen, warum ich nicht an meiner Streptokokken-Infektion gestorben bin, während sein Sohn und Erbe in der Luftschlacht fiel. Der arme Alex. Er war einer der wenigen, an denen meinem Vater etwas lag.« Sie fährt sich mit der Hand über das Gesicht. »Oje. Man sollte meinen, dass etwas nach derart vielen Jahren nicht mehr wehtun kann.«

»Ich glaube, wenn man jemanden verliert, hört dieser Schmerz nie völlig auf«, stoße ich leise aus.

Mein kleiner Astronaut. Ein wackeliges Bild. Das unmerkliche Schütteln eines Kopfs.

Mir schnürt es die Kehle zu, denn auch wenn ich nie die Chance hatte, dieses kleine Wesen in den Arm zu nehmen, tut mir sein Verlust unendlich weh.

»Weißt du, manchmal kommt es mir so vor, als könnte ich ihn sehen«, fährt Estella fort. »Im Garten oder irgendwo im Haus –

wobei es mein Gehirn ist, das mir Streiche spielt. Manchmal zeigt meine Erinnerung mir Dinge, die nicht existieren können, und nimmt mich mit zurück in die Vergangenheit, bis ich völlig verloren bin. Inzwischen wird es immer schwerer, in die Gegenwart zurückzukehren. Und wenn ich dann den Weg zurück ins Heute finde, ist es so, als würde ich all die geliebten Menschen abermals verlieren.«

Ich nehme ihre Hand. Sie zittert leicht, die Knochen sehen zerbrechlich aus, und die mit Altersflecken übersäte Haut über den blauen Venen ist dünn wie Pergament.

Vielleicht sehen meine Hände eines Tages ja genauso aus.

Mit Glück …

»In meinem Kopf schwingen ständig irgendwelche Abrissbirnen hin und her«, vertraue ich ihr an. »Manchmal ist es eine Melodie. Manchmal der Flur in einem Krankenhaus. Das Rasierwasser meines Vaters. Oder jemand, der genauso geht wie er.«

»Das kenne ich«, stimmt mir Estella zu. »Sie schwingen auch in meinem Schädel, und ich fürchte mich davor, dass sie auch die Erinnerungen zerstören, die mir noch geblieben sind. Denn dann ist nichts von alledem mehr da.«

»Was ist passiert, nachdem Ihr Bruder fiel?«, mischt sich jetzt wieder Josh mit sanfter Stimme ein.

»Mein Vater kam danach kaum noch aus London heim. Er hatte irgendetwas mit dem Kriegsministerium zu tun. Das Leben war viel unbeschwerter ohne ihn, und Violet brachte jede Menge Zeit mit irgendwelchen Einladungen in Truro zu. Tommy ging zum freiwilligen Frauenhilfsdienst, als ich fünfzehn wurde, weil zu diesem Zeitpunkt meine Schulausbildung abgeschlossen war. Wir Mädchen konnten also tun und lassen, was wir wollten, und wir hatten damals eine wunderbare Zeit.«

»Trotz des Krieges?«, frage ich.

Estella nickt. »Wir waren frei, und das war furchtbar aufregend.

Erst, als die Flugblätter mit Anweisungen für den Fall der Invasion die Runde machten, ging mir auf, dass es uns so wie Frankreich gehen könnte, denn wir sollten alle Landkarten verbrennen, Löcher in die Reifen unserer Räder stechen und vor allem den Invasoren keine Lebensmittel zukommen lassen, wenn sie es tatsächlich schafften, hier an Land zu gehen. In den Feldern wurden hohe Stangen aufgestellt, damit die deutschen Fallschirmspringer dort nicht landen konnten, die Observationsposten, die auf den Hügeln eingerichtet worden waren, wurden zusätzlich mit Flakgeschützen und mit Suchscheinwerfern ausgestattet, auf den Straßen rumpelten die Lastwagen, der Strand wurde mit zusätzlichem Stacheldraht gesichert, und die Sperrballons glitzerten hell im Sonnenschein. Der Feind kam täglich näher, und so wie die spanische Armada hier vorbeigesegelt war, verfolgten wir die deutsche Luftwaffe, die über den Kanal geflogen kam. Mein Vater hat gedroht, uns alle zu erschießen, wenn die Deutschen tatsächlich in England einfallen würden, und ich weiß, das hat er durchaus ernst gemeint. Denn unsere Pferde hatte er bereits erschießen lassen. Selbst mein altes Pony – und ich kann euch sagen, danach habe ich tagelang geweint.«

Ich lenke meinen Blick auf Josh. Er sieht völlig entgeistert aus und stößt mit rauer Stimme aus: »Warum denn das?«

»Ich nehme an, weil er sich's nicht hätte leisten können, sie zu füttern, ohne dass sie uns noch nützlich waren. Um also deine Frage zu beantworten – die Zeiten waren nicht immer glücklich, Nell. Man kann nicht einmal seinem eigenen Gedächtnis trauen, denn es ist selektiv und wählt nur Dinge aus, die ihm gefallen.«

Da hat sie recht. Und häufig bietet das Gedächtnis einem Dinge an, an die man sich am allerwenigsten erinnern will …

»Als die Bombardierungen begannen, sahen wir Calmouth brennen«, fährt Estella fort. »Die Feuer haben den Nachthimmel orange verfärbt, und als es hell wurde, sahen die Häuser, die das Feuer überstanden hatten, aus wie die letzten schiefen Zähne im Gebiss eines alten Mannes. Das Dorf hat sich unter den deutschen Flugzeugen geduckt, und unser Haus versteckte sich im Garten, während wir im Keller kauerten und beteten, dass Wolken aufziehen würden, weil die Deutschen dann nichts sahen. Wir fanden bald heraus, dass sie die Bomben, die sie nicht auf irgendwelche Städte abgeworfen hatten, vor dem Flug zurück ins Meer fallen ließen, und ich habe das Geräusch der Flieger, die zurückkamen, gehasst. Evie konnte die verschiedenen Flugzeuge an ihren Motorengeräuschen unterscheiden und hat es geliebt, den Kämpfen hoch am Himmel zuzusehen, während ich selbst in Deckung ging. Ich ging dann in den Garten, um zu zeichnen oder mir Geschichten zu den Spielen, die wir spielten, auszudenken, während sie völlig gebannt von dem tödlichen Tanz über dem Wasser war. Sie wäre sicher gern ein Mann gewesen, um dann selbst in den Kampf zu ziehen. Ein solches Leben hätte gut zu ihr gepasst. Sie liebte die Gefahr. Sie war vollkommen furchtlos, hat mich permanent zu irgendwelchen Mutproben herausgefordert oder Dinge, die gefährlich waren, ausprobiert. Sie kletterte auf Bäumen, Mauern, Dächern rum, und es gab nichts, was sie nicht wenigstens hätte versuchen wollen. Ich habe sie für ihren Mut bewundert und versucht, so gut wie möglich mit ihr Schritt zu halten, hatte aber immer das Gefühl, dass ich in ihrem Schatten stand. Erst später ging mir auf, dass sie mich ebenfalls bewundert hat. Sie war mutig und erfinderisch und die geborene Rebellin, die bei allem, was sie tat, bis an die Grenzen ging und sich von Anfang an mit den Erwachsenen in unserem Leben maß. Sie hatte all die Eigenschaften, die mir fehlten, und durch sie wurde mein Leben, das bis dahin sehr behütet und erschreckend ruhig gewesen war, erst aufregend. Im Gegenzug habe ich ihr das Lesen beigebracht und sie durch die Geschichten, die ich ihr erzählt habe, mit der Magie unseres Anwesens vertraut gemacht. Wir waren ein wirklich gutes Team. Wir waren Spiegelbilder. Waren Schwestern, wenn auch nicht vom selben Blut. Ich habe sie geliebt und dachte, sie liebt mich. Was ist, wenn das ein Irrtum war? Was ist, wenn Evie mich im Stich gelassen hat, weil ihr im Grunde niemals wirklich etwas an mir lag?«

Ich sehe in Estellas Augen unzählige Fragen und vor allem eine lebenslange Traurigkeit, als sie sich selbst die Antwort darauf gibt.

»Dann wäre die Geschichte eine völlig andere …«

24

Estella

Mai 1941

Früher hätten sie an einem sonnenhellen Nachmittag im Mai im Meer gebadet und sich dann begeistert auf die Brote mit der Krabbenpaste, auf die Limonade und die dicken Scheiben Früchtekuchen aus dem Picknickkorb gestürzt. Alex hätte einen Kopfsprung in das kalte Nass gemacht und dann die grünen Wellen mit seinen weißen Gliedmaßen geteilt, bevor er eine halbe Meile weiter draußen wie ein Korken auf dem Wasser wippend eine Hand gehoben hätte, um Estella aufzufordern, es ihm gleichzutun. Doch meistens hatte sie sich, wenn das kalte Wasser ihr bis zu den Knien reichte, kreischend an den Strand zurückgezogen und es sich mit einem Buch auf der karierten Wolldecke bequem gemacht. Strohhüte und sonnenverbrannte Nasen, Badeanzüge, die kratzten, und vom Klettern auf den muschelübersäten Felsen aufgeschrammte Knie waren damals nichts Besonderes gewesen, aber rückblickend betrachtet waren sie der Inbegriff von Glück.

Vielleicht fühlte es sich so an, seine Unschuld zu verlieren? Diese längst vergangenen Tage kamen ihr wie die von Evie heiß geliebten Kinofilme vor, nicht anders als ein Bühnenstück vor der Kulisse eines rundherum perfekten Sommertags, in dem es keine wichtigeren Dinge gab als eine Runde Cricket auf dem Sand oder den Streit darüber, wer den Picknickkorb nach Hause trug. Doch jetzt war Alex nicht mehr da, und diese Tage kämen nie wieder zurück. Man durfte nicht mehr an den Strand, aufgrund der Rationierungen wäre auch ein Picknick eine eher trübselige Angelegenheit, und niemals wieder könnte sie aufs

Meer schauen, ohne sich die Spitfire des Bruders vorzustellen, die aus dem Himmel herabstürzte und in den Fluten unterging.

Estella musste ständig an ihn denken, weil sie immer wieder irgendwelche Flugzeuge am Himmel sah. Wenn sie und Evie ihre alten Spiele im Zusammenhang mit dem *geheimnisvollen Garten* spielten, die längst nicht mehr so spannend wie noch vor zwei Jahren waren, dröhnten die Motoren der Kampfflugzeuge über ihren Köpfen, und sie tauchten eilig unter einem von den großen Farnen oder dem Trompetenbaum mit seinen großen Blüten ab. So verwildert hatte sie den Garten nie zuvor erlebt. Die Stängel des vernachlässigten Bambus waren inzwischen dicker als die Handgelenke eines ausgewachsenen Mannes, und die Wege waren so dicht mit dornigem Gestrüpp und Winden zugewachsen, als versuchten sie, auf ihre Art die deutschen Invasoren abzuwehren. Der Garten war das Reich der Mädchen, und die Spiele, die sie spielten, waren noch immer ihre Welt. Sie erstellten Landkarten und ließen Nachrichten unter der Sonnenuhr zurück, und manchmal kamen sie erst lange nach der Ausgangssperre heim. Dann weigerte die Köchin sich, ihnen noch etwas zum Abendessen zu servieren, ansonsten aber fiel niemandem ihr Zuspätkommen auf. Und niemand interessierte sich dafür.

Der Tag war heiß, und selbst das grüne Dickicht ihres Gartens wirkte ungewöhnlich schlaff. Die Luft war schwül, und da sie sich nach einer kühlen Brise sehnten, machten sich die Mädchen auf den Weg nach Bury Beacon, weil dort selbst bei größter Hitze noch ein laues Lüftchen blies. Estella hatte ihre Malsachen dabei, und Evie las *Macbeth*. Sie wollte eine Rolle aus dem Drama einstudieren und zwang Estella, sich die grauenhaften Reden über Blut und Hexen immer wieder anzuhören. Sie träumte immer noch von einer Schauspielkarriere und tat die Proteste ihrer Freundin, dass sie Alpträume von ihren schauderhaften Monologen kriegen würde, achselzuckend ab. Ihr selbst machten diese Dinge offenbar nichts aus.

Von Bury Barrow aus bot sich den Mädchen eine wunderbare Aussicht auf die Bucht. Sie konnten von Pencallyn Cove bis Calmouth und an einem klaren Tag wie diesem sogar bis Helford sehen. Die Sonne schien, die Lerchen sangen, und in der flirrenden Luft hing der Geruch von frisch gemähtem Gras. Man hätte beinah glauben können, dass der Krieg ein böser Traum war – hätte man die Sperrballons am Himmel, die Bunker auf den Hügeln und die Rauchwolke am Horizont, die von den Kämpfen auf dem Meer sprach, übersehen. Estella kniff die Augen zu und legte sich ins Gras.

Noch während sie den friedlichen Moment genoss, tauchten urplötzlich aus dem Nichts zwei Flieger auf. Nur ein paar hundert Meter über ihren Köpfen wurde eine Messerschmitt von einer Spitfire gejagt und kam ihnen so nahe, dass selbst der Pilot zu sehen war. Mit kreischenden Motoren und donnernden Geschützen flogen sie so dicht über die Hügelkuppe, dass Estella spürte, wie der Boden bebte. Mit wild klopfendem Herzen wollte sie aufspringen, als sich plötzlich Evie auf sie warf. Sie schirmte sie mit ihrem eigenen Körper ab und drückte sie mit ihren dünnen Armen auf die Erde, als die nächste Salve im Hügel einschlug. Sekunden später drehten beide Flieger ab und setzten ihren Kampf ein Stück weiter im Landesinnern fort.

»Verdammt«, stieß Evie keuchend aus und rollte sich ins Gras. »Das war echt knapp.«

Estella ballte ohnmächtig die Fäuste und versuchte, des Entsetzens Herr zu werden, das sie überkommen hatte, als der Tod sich unversehens von hinten an sie angeschlichen hatte wie beim Plumpssackspiel. Weder Mr. Churchills mitreißende Reden oder die Nachricht, dass die Deutschen unablässig London bombardierten, noch der Tod ihres Bruders hatten ihr die Wirklichkeit des Krieges so nah gebracht wie dieser Augenblick.

»Das war unglaublich mutig, Evie«, stieß sie keuchend aus.

»Was?«

»Was du getan hast. Schließlich hättest du getroffen werden können, als du auf mir lagst.«

»Du bist alles, was ich auf der Welt noch habe, Stella«, antwortete Evie und fügte in seltsam gleichmütigem Ton hinzu: »Du bist meine Familie. Meine Blutsschwester. Was wäre ich denn ohne dich?«

Evies Großmutter war Ende 1940 umgekommen, und die Bomben hatten alle Häuser ihres Straßenzugs in Bethnal Green zerstört.

»Sie ist jetzt eine Waise«, hatte die Vertreterin des freiwilligen Frauenhilfskorps Violet erklärt. »Sie hatte niemals eine Mutter, und der Vater ist schon lange tot. Ich habe keine Ahnung, was jetzt aus ihr werden soll.«

»Sie bleibt bei uns, was sonst?«, hatte Estellas Stiefmutter bestimmt. »Mein Gott, ich setze dieses arme Kind bestimmt nicht einfach vor die Tür. Ganz sicher nicht. Ab jetzt sind wir Evies Familie.«

Estella fragte sich, ob Violet das auch angeboten hätte, wenn sie wüsste, wie oft Evie sich klammheimlich in ihr Zimmer schlich, um ihre Sachen zu durchwühlen, oder dass sie vorgab, ganz genau zu wissen, weshalb Violet so oft in Truro war. Sie hatte es bisher mit keinem Wort erwähnt, Estella aber wusste, dass den wachen blauen Augen nicht die kleinste Kleinigkeit entging, und schätzte, dass die Freundin dieses Wissen abgespeichert hatte, um es einzusetzen, wenn sie es für nötig hielt. Wie ängstlich und wie argwöhnisch die arme Evie doch mitunter war! Allzeit bereit, das Schlimmste zu befürchten. Dementsprechend hatte sie, als Violet verkündet hatte, dass sie jetzt für immer in Pencallyn bleiben würde, nur gefragt: »Warum denn das?«

»Warum? Weil du zu unserer Familie gehörst, warum sonst?«, hatte Estella kurzerhand zurückgefragt.

»Aber du weißt, was Tommy sagt. Ich bin ein Kuckuckskind in einem fremden Nest.«

»Vergiss, was Tommy sagt. Nicht sie bestimmt, was hier passiert, sondern Papa und Violet. Und wenn Violet sagt, dass du zu unserer

Familie gehörst, dann ist das so. Wir beide sind jetzt Schwestern, du und ich.«

»Aber das sind wir nicht. Nicht wirklich, stimmt's? Familie wird durchs Blut bestimmt.«

»Das ist nicht wahr. Familie ist mehr als Blut, Evie. Aber wenn es dir hilft, bekommen wir auch das mit dem Blut noch hin.«

»Und wie?«

Estella hatte eilig nachgedacht. »Indem wir schwören, bis zum Ende unserer Leben füreinander da zu sein, und zwar im Garten, wo die alte Kraftlinie verläuft. Kein anderer Ort in der Umgebung ist so mächtig und so magisch wie der Platz neben der Sonnenuhr. Wir ritzen uns ins Handgelenk und pressen dann die Hände fest gegeneinander, bis sich unser Blut vermischt. Auf diese Weise werden wir zu Blutsschwestern.«

Evie machte große Augen. »Zu echten Blutsschwestern?«

»Zu echten Blutsschwestern«, erwiderte Estella feierlich. »Aber ich muss dich warnen, Evie, das ist eine ernste Angelegenheit. Wenn eine von uns dieses ganz besondere Versprechen bricht, wird etwas sehr Schlimmes passieren. Du weißt doch, es gibt nichts, was die Sonnenuhr nicht sieht.«

Die Freundin runzelte die Stirn. »Und was soll dann passieren?«

»Das weiß ich nicht, aber ich weiß, dass es etwas wirklich Schlimmes ist.« Estella hatte keine Ahnung, wie sie auf die Idee gekommen war – wahrscheinlich war es eine Mischung ihrer eigenen Phantasie und örtlicher Folklore –, aber der versteckte Ort im Herzen ihres Gartens, wo die Strahlen der Mittagssonne auf das nüchterne Gesicht der Sonnenuhr trafen, kam ihr vor wie eine andere Welt, in der verborgene Kräfte sie im Auge hatten, um die Dinge zu belohnen oder zu bestrafen, die sie tat.

Am frühen Morgen hatten sich die beiden Mädchen auf den Weg gemacht, und ihre Schritte hatten grüne Flecken auf dem Rasen hinterlassen, der von dicken Eiskristallen überzogen war. Kaum hatten sie das Labyrinth durchquert und standen auf der Lichtung, die die Farne und Hortensien nicht einzunehmen wagten, hatte sich Estella mit dem alten Schweizer Taschenmesser ihres Bruders in den Handballen geritzt. Dann hatte Evie es ihr nachgemacht, und beide Mädchen waren fasziniert gewesen von dem Blut, das zwischen ihren fest zusammengepressten Handflächen hervorgequollen war. Estella hatte es entsetzlich aufregend gefunden, dass ihr eigenes Blut von heute an auch durch die Adern ihrer Freundin floss.

Im Garten war es totenstill gewesen, und Estella hatte das befremdliche Gefühl gehabt, als ob sie beide nicht die Ersten wären, die einen solchen Bund an diesem Ort geschlossen hatten.

Sie war erschaudert, denn was als ein dummes Spiel begonnen hatte, um ihre beste Freundin zu beruhigen, kam ihr plötzlich vor wie bitterer Ernst.

»Wir sind jetzt Blutsschwestern, und wenn wir jemals das Versprechen, das wir uns gegeben haben, brechen, werden wir verflucht. Dann werden wir sterben, oder Schlimmeres.«

»Ach ja? Es gibt ja wohl nichts Schlimmeres als den Tod«, hatte sich Evie echauffiert.

Noch immer hatten ihre Hände sich berührt. Estella hatte deutlich spüren können, dass Evies Finger zitterten – das hieß, sie hatte ihr mit der Geschichte Angst gemacht! Zum ersten Mal in ihrem Leben hatte sie gespürt, wie mächtig Worte sein konnten.

»Was es auch ist, wir dürfen es nicht so weit kommen lassen«, hatte sie vorsichtig hinzugefügt. »Wir haben für unseren Schwur die besondere Energie dieses Ortes genutzt. Tausende von Jahren, bevor Jesus auf die Welt kam, haben sich schon Menschen hier versammelt, um von ihren Gottheiten Gefallen zu erbitten. Wenn du mir nicht glaubst, brauchst du dir nur die Bänder in den Bäumen anzusehen. Die haben die Leute für die alten Gottheiten hier aufgehängt.«

Evie war Estellas Blick gefolgt und blass geworden, als auch ihr die Bänder in den alten Bäumen aufgefallen waren. Sie wusste nicht, von wem sie dort befestigt wurden, aber immer wieder tauchten neue Bänder auf. Vielleicht band ja die Köchin oder eines der Mädchen sie dort fest? Mit all ihrem Gerede davon, dass man unter keiner Leiter durchgehen sollte und dass Elstern Unglück brachten, hatten sie ihr schließlich hinlänglich bewiesen, dass sie abergläubisch waren. »Ach, red doch keinen Unsinn! Das ist alles Quatsch!«

»Ach ja? Dann brich doch dein Versprechen, wenn du mir nicht glaubst. Warum wird unsere Familie wohl derart vom Unglück heimgesucht? Vielleicht hat ja ein Kellow ein Versprechen, das er hier gegeben hat, gebrochen, und seither sind wir verflucht. Was glaubst du wohl, warum mein Bruder sonst gestorben ist?«

»Weil ihn die Jerrys abgeschossen haben, darum! Das hat nichts mit dieser blöden alten Sonnenuhr zu tun. Das hast du dir doch alles ausgedacht. Du denkst dir schließlich ständig irgendwelche Sachen aus«, hatte ihr Evie vorgehalten, doch Estella hatte einen Hauch von Angst herausgehört und die Gelegenheit genutzt.

»Ach ja?«, hatte sie abermals gefragt. »Und was, wenn du dich irrst? Hier in Cornwall wirkt der alte Zauber. Versprich mir, meine Blutsschwester zu sein, bis eine von uns beiden stirbt. Versprich mir, immer für mich da zu sein und mich niemals im Stich zu lassen, ganz egal, was auch geschieht. Versprich mir bei der Sonnenuhr und unserem Zaubergarten, dass uns nichts und niemand jemals auseinanderbringen wird.«

Evie fuhr nervös mit ihrer Zungenspitze über ihre Lippen und erklärte rau: »Ich schwöre bei der Sonnenuhr und unserem Zaubergarten, dass uns nichts und niemand jemals auseinanderbringen wird. Ich werde immer auf dich aufpassen und dich beschützen, ganz egal, was auch geschieht.«

So waren Evie und Estella Blutsschwestern geworden, aber die gegebenen Versprechen waren ihnen leichtgefallen, denn sie hatten sich nicht vorstellen können, dass sie eines Tages keine Freundinnen mehr wären.

Jetzt aber lag Estella zitternd in dem hohen Gras auf Bury Barrow und war sich nicht mehr so sicher, ob ihre neue Schwester ihr Wort hielt. War Evie wirklich für sie da? Liebte sie sie wirklich, oder sah sie ihre Freundschaft lediglich als Faustpfand für ihr eigenes Überleben an? Evies kurzes Leben war so völlig anders als ihr eigenes verlaufen, und es fiel Estella häufig schwer, die Gründe für ihr Handeln zu verstehen. Doch eine Sache konnte sie nicht leugnen: Evie Jenkins war bereit, ihr Leben für sie zu geben, wenn sie in Gefahr geriet.

Und es war sicher besser, wenn ein solches Mädchen ihre Freundin war.

Evie sprang auf, Estellas Beine aber fühlten sich wie Wackelpudding an. Inzwischen klangen die Flugzeuge wie Bienen, vollführten aber in der Ferne weiter ihren todbringenden Tanz. Dann tauchten sie tief ab und rasten wieder auf die Küste zu.

»Sie kommen zurück!«, brüllte Estella Evie an. »Lauf!«

Doch Evie packte sie am Arm und stand wie angewurzelt da.

»O mein Gott! Der deutsche Flieger wurde getroffen! Sieh nur! Er stürzt ab!«

Tatsächlich schossen Flammen aus der Messerschmitt, die eine Pirouette nach der anderen drehte und dann wie ein Stein vom Himmel fiel. Estella hatte das Gefühl, als sähe sie nicht wirklich einem Flugzeugabsturz zu, und während Evie juchzte, konnte sie nur an den jungen Mann im Cockpit denken, einen jungen Mann wie Alex, der nun sein Ende fern der Heimat fand. Der Motor seines Flugzeugs kreischte, und dann hörten sie das Knacken umstürzender Bäume, dicht gefolgt von einem Knall. Die Spitfire zog einen Kreis über dem Wald, wackelte den Mädchen wie zum Abschied mit den Flügeln zu und schoss wieder aufs Meer hinaus.

In Evies Augen trat ein aufgeregtes Leuchten.

»Dieser elendige Jerry hat bekommen, was er verdient hat!«

Für Estella aber saß ihr Bruder in dem Cockpit und versuchte hektisch, seinen Flieger noch mal hochzureißen, während er in Richtung

Bäume schoss. War der Pilot womöglich noch am Leben und versuchte panisch, sich aus seinem Cockpit zu befreien? Oder war er schwer verletzt und konnte sich nicht rühren? Sicher wusste er, dass sein Flugzeug jeden Augenblick in Flammen aufging. Alex hatte ihr erzählt, er würde andere Piloten kennen, die entsetzliche Verbrennungen davongetragen hätten, und hinzugefügt, die größte Angst, die er beim Fliegen hätte, wäre, dass er bei lebendigem Leib verbrennen würde, falls es irgendwann zu einem Absturz kam.

Feind oder nicht, Estella konnte nicht tatenlos mit ansehen, wie so etwas geschah.

»Komm mit«, wandte sie sich Evie zu.

»Wohin?«

»Der Flieger könnte jeden Moment in die Luft gehen. Wir müssen diesem Jungen helfen.«

Mit wild klopfendem Herzen sprintete sie los, dicht gefolgt von Evie. Aber als sie an einen Zauntritt kam, riss ihre Freundin sie zurück und bohrte ihre Finger durch den dünnen Baumwollstoff ihres Kleids.

»Wir sollten uns darüber freuen, wenn ein widerlicher Deutscher abgeschossen wird. Lass ihn verbrennen.«

Estella wurde schreckensstarr. »Das können wir nicht machen!«

»Doch, natürlich können wir das. Die Deutschen haben deinen Bruder und auch meine Grandma umgebracht.« Noch immer triefte Evies Stimme vor Gehässigkeit, und sie legte Estella ihre Hand noch fester um den Arm. »Ich muss dich doch wohl nicht daran erinnern, dass wir uns im Krieg befinden? Da müssen wir uns über jeden Deutschen freuen, den es erwischt.«

»Das meinst du doch nicht ernst.«

»Ach nein?«

In diesem Augenblick rief eine Holztaube. Ihr Gesang, der Sommertage voller Sonnenschein verhieß, passte so ganz und gar nicht zu dem Grauen, das im Wald verborgen war.

Estella fühlte sich wie an einem Abgrund, und sie wusste, wenn sie in die dunkle Tiefe sähe, in der Evie darauf hoffte, dass sie einen jungen Mann alleine sterben ließen, würde sie die Welt nie wieder mit denselben Augen sehen. Dann würde auch sie selbst nie mehr dieselbe sein. Dann würde *sie* die Art von Mensch, die einfach zuließ, dass ein anderer starb.

Ein solcher Mensch jedoch könnte Estella niemals sein.

Sie riss sich los und fuhr zusammen, denn in der Hoffnung, sie zurückzuhalten, bohrte Evie ihr die Nägel tief ins Fleisch. Sie aber überwand bereits den Zaun und rannte so schnell in den Wald, dass ihre Lunge brannte. Sie fürchtete, dass sie sich übergeben müsste, ehe sie dort angekommen wäre, wo die Messerschmitt im Wald verschwunden war. Sie kannte sich in dieser Gegend deutlich besser aus als Evie, deshalb schaffte es die Freundin nicht, sie einzuholen.

Sie rannte immer tiefer in den Wald. Das Blätterdach war aufgerissen und der Boden war mit abgebrochenen Ästen übersät. Keuchend folgte sie den Spuren der Verwüstung, bis sie endlich auf den Flieger stieß, der wie ein Schmetterling in einem Netz zwischen den Eschen und den Ahornbäumen gefangen war. Ohne auf die Rufe ihrer Freundin einzugehen, lief sie weiter und spürte ein Kribbeln im Genick, als sie die schwarzen Hakenkreuze auf den todbringenden Flügeln sah.

Die Luft stank nach Benzin, doch Flammen sah sie nicht. Wahrscheinlich hatte sich beim Aufprall die Benzinleitung gelöst. Die Erde war von Splittern glänzenden Metalls durchbohrt, Blauglöckchen und wilder Knoblauch lugten unter den verbogenen Teilen des Flugzeugwracks hervor, und auf den letzten Metern hatte die Maschine breite dunkelbraune Furchen in das grüne Unterholz gepflügt. Das Cockpit war geborsten, und Estella sah zwei Männer, die an ihren Sitzen angegurtet waren. Der Kopf des Hintermannes war auf eine derart grauenhafte Art verdreht, dass sie sich beinah hätte übergeben müssen, der Vordermann hingegen stöhnte laut und zerrte wild an seinem Gurt. Dann drehte er den Kopf, und als er sie entdeckte, streckte er ihr Hilfe suchend eine Hand entgegen und stieß unter Schmerzen aus: *»Bitte helfen Sie mir. Bitte.«*

Er konnte höchstens zwanzig sein, und seine Miene drückte eisiges Entsetzen aus. Eine todbringende Glasscherbe steckte in seinem Hals, und leuchtend rotes Blut tränkte den Stoff der schiefergrauen Uniform. Estella hatte ihren Vater einmal auf die Jagd begleitet, wo er einen Hirsch geschossen hatte, und ihr war bewusst, dass dieser Junge nicht mehr lange leben würde, bis er ausgeblutet war. Könnte sie die Blutung vielleicht stillen? Sollte sie Evie Hilfe holen lassen, oder würden diese Leute ebenfalls erklären, dass sie sich im Krieg befänden und der Schweinehund nur das bekam, was er verdient hatte?

O Gott! Was sollte sie nur tun?

»Hilf mir«, flüsterte der Junge, und aus seinem Mundwinkel tropfte das Blut auf seinen Hals. *»Bitte!«*

Dieser Junge war ihr Feind. Die Deutschen hatten Alex sowie unzählige andere junge Männer umgebracht. Es waren ihre Flieger, die die Städte Großbritanniens in Schutt und Asche legten und die Menschen zwangen, sich in Schutzbunker zu kauern, wenn der Bombenhagel rund um sie herum die Erde beben ließ. Vom Kopf her war ihr das bewusst, doch als sie diesen jungen Burschen um sein Leben flehen sah, war alles, was sie denken konnte, dass er schwer verletzt, verängstigt, wie ihr Bruder fern der Heimat und in einem Spiel gefangen war, von dem ihm andere eingeredet hatten, dass es ganz unmöglich zu verlieren war. Er war ein Mensch wie sie und brauchte Hilfe. Alles andere war egal.

»Ich komme.« Sie umklammerte den Flügel und verbrannte sich die Hände an dem glühenden Metall. *»Ich werde Ihnen helfen!* Keine Angst.«

Aber sie kam zu spät. Aus seinem Mund quoll roter Schaum, und mit einem letzten Gurgeln riss er seine Augen auf und lenkte seinen Blick an ihr vorbei auf etwas, was nur er alleine sah.

»Nein! O nein!« Immer noch versuchte sie verzweifelt, den verfluchten Flügel zu erklimmen, damit sie zu ihm kriechen könnte, doch das rutschige Metall bot ihren Fingern keinen Halt, und es gelang ihr nicht, die Beine nachzuziehen. »Nein! Alex! Ich komme! Alex! Nein!«

»Hör auf, Estella! Das da in dem Cockpit ist nicht Alex!«

Plötzlich schlang ihr jemand seine Arme um die Taille und riss sie so hart zurück, dass sie auch noch den letzten Halt verlor. Egal, wie sehr sie um sich trat und abermals versuchte, sich an dem verdammten Flügel hochzuziehen, zogen die fremden Hände sie zurück, bis sie sich nicht mehr halten konnte und zu Boden fiel. Und dann hielt Evie sie mit ihren dünnen Armen fest und funkelte sie zornig an.

»Alex«, schluchzte sie. »Ich muss ihn rausholen!«

»Das ist nicht Alex«, brüllte Evie. »Das ist ein verdammter Jerry! Meine Güte, hast du den Verstand verloren? Der Flieger könnte Feuer fangen und in die Luft gehen! Wir müssen schnellstmöglich hier weg!«

»Nein! Wir können ihn nicht einfach hier zurücklassen!«

»Natürlich können wir das. Er ist ein Jerry, und vor allem ist er tot! Um Gottes willen, Estella, was ist los mit dir?«

Estella wischte sich mit einem Handrücken die Tränen fort.

»Mit *mir*? *Du* warst doch diejenige, die diesen armen Jungen einfach sterben lassen wollte. Warum hast du ihm nicht helfen wollen?«

»Er hat nichts anderes verdient. Sie *alle* haben nichts anderes verdient!«

»Sie alle?«

»Ja, sie alle. Jeder, der uns wehtun will. Die Deutschen haben Alex umgebracht, und das hat dir entsetzlich wehgetan. Also sind jetzt alle Deutschen unsere Feinde, und wir beide haben uns versprochen, immer füreinander da zu sein. Wir passen aufeinander auf. Und jeder, der uns Böses will, wird dafür zahlen. Das haben wir uns versprochen. Du erinnerst dich doch noch?«

Estella hatte keine Ahnung, was sie sagen sollte. Ihr Versprechen war ein Spiel gewesen, und in einer Welt, in der so junge Burschen wie ihr Bruder in den Trümmern ihrer Flugzeuge verbluteten, erschien ihr dieses Spiel erschreckend kindisch und vor allem wie aus einer völlig anderen Zeit. Doch Evie nahm das Spiel auf fürchterliche Weise ernst. Sie hatten einen Schwur geleistet, der ihr wichtiger war als alles andere.

Jetzt ging Estella auf, was Tommy von Beginn an klar gewesen war. Das Mädchen, das sie bei sich aufgenommen hatten, war ein Mensch, der nie etwas vergaß. Wenn Evie Jenkins einen Groll auf jemanden hatte, sähe der sich besser vor.

Sie sollte es sich nicht mit ihr verscherzen, und am besten wäre sie in Zukunft vor ihr auf der Hut.

25

Nell

heute

»Ihr haltet mich wahrscheinlich für verrückt, weil mir etwas, was derart lange her ist, immer noch so nahegeht«, stellt Estella fest. »Mein Bruder ist inzwischen seit fast achtzig Jahren tot, aber manchmal fühlt es sich für mich so an, als hätte ich es gerade erst erfahren.«

Josh zieht ein Papiertuch aus der Schachtel auf dem Tisch neben dem Bett.

»Ganz und gar nicht«, widerspricht er, während sich Estella schnäuzt. »Das, was Sie da erzählen, klingt entsetzlich, oder, Nell?«

Ich nicke zustimmend und stelle mir das abgestürzte Flugzeug, die verletzten Nazis und die beiden Mädchen in den bunten Sommerkleidern vor, die sich ihretwegen streiten.

»Ich habe jahrelang von diesem deutschen Jungen in der Messerschmitt geträumt. Das tue ich selbst heute noch.« Estella seufzt. »Er war so jung. Was wusste er schon von den Nazis und von ihrer Ideologie? Er dachte einfach, dass er seine Pflicht erfüllt. Aber ich konnte ihn nicht retten. Ich konnte nichts mehr für ihn tun.«

Das Zittern ihrer Hände, die das Taschentuch zerknüllen, ist nicht zu übersehen.

»Natürlich nicht. Was hätten Sie bei den Verletzungen denn machen sollen?«, fragt Josh. »Aber Sie haben es versucht, Estella, und das hätte damals sicher kaum jemand getan. Die meisten Menschen hätten nur den Feind in ihm gesehen und ihn dort liegen lassen.«

»So wie Evie«, füge ich hinzu. Sie ist mir wirklich alles andere als sympathisch, auch wenn ich womöglich ihre Enkeltochter bin.

Estella aber schüttelt abwehrend den Kopf. »Ihr dürft nicht zu streng mit ihr sein. Später an dem Tag kamen die Dorfbewohner scharenweise an den Unglücksort und schleppten Teile der Messerschmitt als Andenken mit heim. Evie hat ihr Stück auf dem Kaminsims unseres Zimmers ausgestellt, auch wenn ich es fast nicht ertragen habe, es mir anzusehen. Ich musste dabei immer an den jungen Burschen denken, und am Ende habe ich verlangt, dass sie das Teil in eine Zimmerecke stellt, in der ich es nicht sehen kann. Weiß Gott, wo es am Ende gelandet ist.«

Josh verzieht schmerzlich das Gesicht. »Das ist ziemlich makaber.«

»Es waren andere Zeiten. Wir befanden uns im Krieg und waren dabei, ihn zu verlieren. Die Amerikaner waren noch nicht angekommen, und die Deutschen hatten fast den ganzen Kontinent besetzt. Alle in Pencallyn Cove haben sich gefreut, weil zwei von ihren Feinden das bekommen hatten, was sie ihrer Meinung nach verdient hatten. Der Heimatschutz hat uns sogar zu Heldinnen ernannt, nur, weil wir als Erste bei der Absturzstelle waren.«

»Aber Evie hätte einen jungen Mann einfach verbluten lassen«, rege ich mich auch.

Estella nickt. »Sie war ein äußerst nachtragender Mensch, der niemals etwas verziehen hat. Nachdem wir unseren Schwur geleistet hatten, wurde sie derart fanatisch, dass ich schnell bereut habe, jemals auf die Idee gekommen zu sein. Von da an fingen die Dinge an schiefzulaufen.«

Bei diesen Worten rieseln Fetzen des von ihr zerrissenen Taschentuchs wie Schneeflocken auf ihre Bettdecke.

»O Evie«, stößt Estella traurig aus. »Was hast du nur getan? War es meinetwegen? Oder war es die Schuld von Hamilton? Wo bist du, Evie?« Sie wird panisch, und mit schriller Stimme ruft sie ihrer unsichtbaren Freundin zu: »Wo bist du hingegangen? Was hat er getan? Ich komme, Evie, warte auf mich!«

Die alte Frau versucht, die Beine aus dem Bett zu schwingen, woraufhin der Infusionsständer zu Boden kracht. Dabei wird ihr die Braunüle aus der Hand gerissen, und kleine Perlen roten Bluts bilden sich auf der dünnen Haut.

Josh springt auf, versucht, sie zu beruhigen, presst ein frisches, sauberes Taschentuch auf ihre Hand, und ich breche in Panik aus. Mein Herz fängt an zu galoppieren, und in meinen Ohren rauscht das Blut.

Ich brauche dringend frische Luft.

Krankenhäuser. Blut. Maschinen. Das Geräusch der Rollwagen im Flur. Die entschiedenen Stimmen der Krankenschwestern, die die Instrumente vorbereiten. Die Erinnerungen stürzen auf mich ein, und mein Verstand lässt mich im Stich. Das Einzige, was jetzt noch bleibt, sind Grauen und Verlust.

Wir haben das Krankenhaus zu zweit verlassen, nachdem wir zu dritt hineingegangen waren …

»Evie!«, schreit Estella. »Wo ist Jay? Was hat Hamilton mit ihm gemacht? Sag es mir!«

»Keine Angst«, meint eine der Krankenschwestern. »Ältere Patienten sind mitunter leicht verwirrt und regen sich dann furchtbar auf. Wir geben ihr jetzt noch ein Schmerzmittel und etwas zur Beruhigung.«

Der Kuss der kalten Nadel, die mir seliges Vergessen schenkt. Danach habe ich mich über Monate gesehnt. Und manchmal tue ich das immer noch.

Die Schwester macht den Beutel mit der klaren Flüssigkeit am Ständer fest, und die Kollegin schiebt Estella abermals die Nadel in die Hand. »Sie wird jetzt erst mal eine Weile schlafen. Keine Angst. Sie ist bei uns in guten Händen.«

Ich versuche aufzustehen, als der Boden mir mit einem Mal entgegenkommt. Allein Joshs Hand um meinen Ellenbogen hindert mich daran, zu fallen.

»Sie brauchen erst mal etwas frische Luft.«

Ich nicke. »Bitte.« Ich versuche, langsam ein- und auszuatmen, doch das Blut rauscht immer noch in meinen Ohren. Die Panikanfälle sind doch seit Monaten vorbei. Sie dürfen nicht wiederkommen. Nicht jetzt.

Josh legt eine Hand in meinen Rücken und schiebt mich behutsam nach draußen. Dort setze ich mich auf eine Bank, und während ich den Kopf zwischen die Knie lege, holt er einen Pappbecher mit Wasser aus dem Spender, der neben dem Eingang steht. Ich nippe vorsichtig daran, und endlich lässt das Rauschen nach.

»War es das Blut? Oder die grausige Geschichte von dem abgestürzten Flugzeug?«, fragt mich Josh.

»Weder noch.« Ich richte mich ganz langsam wieder auf, und Gott sei Dank ist mir tatsächlich nicht mehr schwindelig. »Es war etwas anderes.«

An diesem Punkt fragen die meisten Menschen: »Was?«, und sehen mich in der Hoffnung, dass sie eine aufregende Klatschgeschichte hören, erwartungsvoll an. Oder sie behaupten, dass ich nichts erklären muss, sie aber, falls ich jemanden zum Reden brauche, gerne zur Verfügung stehen …

Ich bin gespannt darauf, für welche Möglichkeit sich Josh entscheiden wird, doch er hebt einfach schweigend seinen Wasserbecher an den Mund.

Plötzlich möchte ich ihm erzählen, was geschehen ist. Ich will die Traurigkeit nicht mehr in mir verschließen, will, dass jemand etwas von dem Baby weiß und nachvollziehen kann, warum dieser Verlust mein Leben dauerhaft verändert hat.

Von unserem Platz aus sehen wir hinunter auf den Cal. Die Wasseroberfläche und die Häuser, die am anderen Ufer stehen, glitzern im Sonnenlicht. Es gibt noch immer Schönheit und auch Leben auf der Welt, und ich durchforste meine Seele nach den rechten Worten, um dem Kind gerecht zu werden, dem all diese Schönheit und das Leben vorenthalten worden sind.

»Vor achtzehn Monaten war ich im Krankenhaus«, setze ich zögernd an und habe das Gefühl, als würde ich von außen mitbekommen, wie eine junge, schwarzhaarige Frau einem fast fremden, rothaarigen Mann die Dinge, über die sie bisher nie mit einem Menschen sprechen konnte, anvertraut. Ich weiß beim besten Willen nicht, warum ich ausgerechnet Josh mein Herz ausschütten muss, doch etwas tief in meiner Seele gibt mir deutlich zu verstehen, dass ich ihm meine innersten Gedanken und den Schmerz, der mich zu der Person gemacht hat, die ich heute bin, anvertrauen kann. Ich möchte nichts vor ihm verbergen, denn auch wenn bisher nicht das Geringste zwischen uns passiert ist und womöglich auch in Zukunft nie etwas passieren wird, könnte das zwischen uns auch etwas ganz Besonderes sein. Die Unterhaltung mit Estella hat mir aufgezeigt, dass ich mein Herz ganz sicher nicht verschließen will, bis ich einmal in ihrem Alter bin.

»Mein Mann und ich erwarteten ein Kind. Wir hatten uns schon so lange ein Kind gewünscht, und als es endlich klappte, waren wir furchtbar aufgeregt. Erst im vierten Monat habe ich gewagt zu hoffen, denn wir dachten, dass es danach halbwegs sicher ist. Wir gingen zum ersten Ultraschall, und alles sah phantastisch aus. Was wieder einmal zeigt, dass es im Leben keine Garantien gibt.«

»Sie brauchen mir nichts zu erklären, Nell. Nicht, falls es schmerzlich für Sie ist …«, setzt Josh mit mitfühlender Stimme an, ich aber schüttele den Kopf. Ich möchte, dass er was von dieser Sache weiß. Die Fehlgeburt hat mich zu dem gemacht, was ich jetzt bin: zu einer Mutter ohne Kind.

»Ich muss es vielleicht nicht, aber ich *will.* Denn wenn ich nicht darüber spreche, ist es so, als hätte dieses Baby niemals existiert. Was noch viel schlimmer ist.«

Er starrt hinunter auf den Fluss. »Wenn wir niemanden an uns heranlassen, nehmen wir all unsere Geheimnisse am Ende mit ins Grab. Dann stirbt unsere Geschichte ebenso wie wir.«

Ich will nicht, dass das Wesen, das mir derart kostbar ist, einfach vergessen wird. Andy sprach auch schon vor unserer Scheidung nur noch selten von der Kleinen, und da wir inzwischen kaum noch miteinander reden, gibt es keinen Menschen außer mir, der sich jetzt noch an sie erinnern kann. Seine Art zu trauern war, nach vorn zu schauen und nicht davon zu sprechen, was geschehen war. Ich glaube, dass sein Schweigen letztendlich der Grund für unsere Trennung war. Kein Wunder, dass wir keine Chance hatten, nachdem uns die Worte ausgegangen waren. Es war mein Dad, der mir in diesen schlimmen Zeiten beigestanden hat. Es war mein Dad, der mich in seinen Armen weinen ließ, bis ich nur noch mit Mühe Luft bekam, aber auch er hat mich verlassen, also gibt es keinen Menschen mehr, der meine Trauer nachempfinden kann. Natürlich versucht Lou, mich zu verstehen, aber ihr geht es eher um meinen Schmerz als um mein Kind.

Und wer interessiert sich sonst dafür, dass es einmal noch ein Mitglied der Familie Summers gab? Ein Mitglied, das schon einen Namen hatte, mit dem ich mich im Dunkeln unterhalten habe, während ich es beinah hundertvierzig Tage in mir trug?

»Ich will nicht, dass mein Baby vollkommen vergessen wird«, erkläre ich. »Sie war real, und wir haben sie mehr geliebt als alles andere. Wir haben für sie geplant, über sie gesprochen und mit ihr geredet. Sie hatte eine aufregende Zukunft vor sich, und wir haben uns unglaublich darauf gefreut. Ich weiß, dass man sich nicht von seinen Träumen hinreißen lassen soll, aber ich konnte nichts dagegen tun.«

Ich klappe meine Lider zu. Ich habe schon seit einer Ewigkeit nicht mehr gewagt, mir diesen ganz besonderen Film noch einmal anzusehen, und jetzt läuft er im Zeitraffer vor meinem inneren Auge ab. Ein Leben, das in kurzen Clips an mir vorüberzieht. Die ersten Schritte. Wie ein kleines Mädchen fröhlich aus der Schule hüpft und mir dann in die Arme springt. Wie ich das Abendessen in der Küche mache und der Kühlschrank voller bunter Kinderbilder hängt. Wie Andy unserer Kleinen hinterherläuft, die auf einem wackeligen Kinderfahrrad sitzt. Die weiterführende Schule und die Hausaufgaben, um die ich mich kümmern muss. Das Kleid für ihren Abschlussball. Wie wir das Auto packen, weil sie ins Studentenwohnheim zieht. Ein weißes Kleid und Blumen. Nur wurde dieser Film in Wahrheit nie gedreht. Das einzige, verschwommene Bild, das es von unserer Tochter gibt, liegt in der Schublade von meinem Nachttisch, und ich hole es nur dann hervor, wenn ich besonders mutig bin.

Josh bleibt stumm, sein mitfühlender Blick jedoch gibt mir die notwendige Kraft, fortzufahren.

»In der zwanzigsten Woche haben sie beim Ultraschall dann keinen Herzschlag mehr gesehen. Sie hatte mich verlassen. Sie war einfach nicht mehr da.«

Ich denke daran, wie die Ärztin mit dem Ultraschallgerät auf meinem Bauch nach etwas sucht, das nicht zu finden ist.

»Mein Baby war gestorben, und ich hatte nichts davon gemerkt. Was für eine Mutter merkt nicht, dass mit ihrem Baby etwas nicht stimmt?«

»Es tut mir leid, Nell. Ich kann nicht mal ansatzweise nachempfinden, was für ein Gefühl das ist.«

»Das kann wahrscheinlich niemand.« Wieder klappe ich die Augen zu und durchlebe abermals die stumme Autofahrt nach Hause. Die Stille wird nur durch mein Schluchzen unterbrochen. Auch Andy fühlt sich verloren und weiß nicht, was er sagen soll. Auch er treibt auf dem Meer der Trauer, allerdings auf einem anderen Schiff, das sich von meinem Schiff von Tag zu Tag ein Stückchen mehr entfernt. Ich erinnere mich noch an den Termin im Krankenhaus. Der Eingriff war nicht annähernd so schmerzhaft wie die Taubheit und das schreckliche Verlustgefühl. Wie trauert man um einen Menschen, dem nicht mal der allerkleinste Atemzug vergönnt gewesen ist? Für diese Art der Trauer gibt es keinen Raum. Natürlich haben die Leute Mitgefühl, aber die Dinge, die sie sagen, sind wie Messerstiche geradewegs ins Herz. »Ihr könnt es ja noch mal versuchen« oder »Jede Menge Frauen bekommen nach einer Fehlgeburt noch kerngesunde Babys.« Diese Sätze zeigten, dass die Leute keine Ahnung hatten, wie es mir in jenen Wochen ging. Ich wollte nicht noch mal mein Glück versuchen, bis es dann vielleicht mit einem anderen Baby klappt.

Ich wollte nur das Baby, das nicht mehr am Leben war.

Natürlich wollte mir Andy helfen, aber nicht ihm war es misslungen, unser Kind an Bord zu halten, sondern mir, und auch wenn er es vehement bestritt, war mir bewusst, dass auch er selbst von mir im Stich gelassen worden war. Auch er war traurig und enttäuscht, wie aber hätte er auch nur erahnen können, wie tief mein eigener Sturz gewesen war? Ich war so schnell und tief gefallen, dass keine Leiter lang genug gewesen wäre, um wieder aus diesem Loch herauszuklettern, und selbst wenn es sie gegeben hätte, hatte ich mich bei dem Sturz derart verletzt, dass ich danach nicht wiederzuerkennen war. Ich war nicht mehr der Mensch, der ich zuvor gewesen war.

Bei unserer Trennung war ich traurig, doch ich wusste, dass sie richtig war. Der Verlust von unserem Baby hatte uns gezeigt, dass wir eigentlich kaum Gemeinsamkeiten hatten und wir einzig aus Gewohnheit noch zusammen waren. Als wir das vertraute Territorium verließen, fehlten uns der Kompass und der Wille, um gemeinsam einen neuen Weg zu suchen, und im Grunde waren wir erleichtert, als es irgendwann vorüber war.

»Sie konnten mir nicht sagen, weshalb unser Kind gestorben war«, erkläre ich. »Die Ärztin hat gesagt, das wäre eins der Dinge, für das es keine medizinische Erklärung gibt, und meine Chancen, später ein gesundes Kind zu kriegen, stünden wirklich gut. Wahrscheinlich dachte sie, dass mir das hilft.«

»Wahrscheinlich«, pflichtet Josh mir bei. »Wobei ich mir nicht vorstellen kann, dass das ein Trost gewesen ist.«

»Für Andy schon. Er hätte es sofort noch mal versuchen wollen.«

»Aber das hätte sich für dich so angefühlt, als ob du sie ersetzen würdest«, verfällt Josh spontan ins Du, vor allem aber bin ich überrascht davon, wie gut er mich versteht.

»Genau. Es kam mir so vor, als würde Andy unser Kind verraten.

So, als ginge es ihm einzig um die Vaterrolle. Inzwischen ist mir klar, dass das nicht stimmt, aber so hat es sich damals für mich angefühlt.«

»Da habt ihr beide wirklich Schlimmes durchgemacht. Aber ich kann mir vorstellen, dass dein Mann auf diese Art versucht hat, seine Trauer in den Griff zu kriegen, denn uns Männern wird von klein auf beigebracht, dass wir die Zähne zusammenbeißen und nach vorne sehen sollen.«

»Das ist mir heute klar«, stimme ich zu. Ich habe meinen Pappbecher zerknüllt und denke, dass er so wie ich nie mehr dieselbe Form wie früher haben wird.

»Das alles tut mir schrecklich leid, Nell. Das war sicher furchtbar hart.«

»Das war es. Alles hat sich verändert, und danach gab es für uns keinen Weg zurück. Denn der Verlust unseres Babys hat uns gezeigt, was zwischen uns alles schief lief. Ich wusste, warum Andy Lammkoteletts nicht mochte und was seine Lieblingsfußballmannschaft war, aber über Dinge, die uns wirklich wichtig waren, über unsere Ängste, Hoffnungen und Träume, haben wir uns nie ausgetauscht. Vielleicht war die Verbindung zwischen uns einfach nicht eng genug.«

»Glaubst du, dass das bei anderen Paaren anders ist?«

»Das hoffe ich doch. Mein Vater hat immer gesagt, dass meine Mutter seine Seelenfreundin war.«

»Ich glaube nicht, dass meine Eltern Seelenfreunde sind«, behauptet Josh. »Ich habe mich schon oft gefragt, weswegen man mit jemandem zusammen ist, dem man nicht alles sagen kann. Und den man nicht zugleich als seinen besten Freund ansieht. Ich will, dass meine Frau der Mensch ist, den ich, wenn ich morgens aufwache, als Allererstes sehen will, mit dem ich ständig rede und an den ich denke, wenn es irgendetwas Schönes zu erzählen gibt. Ich will, dass sie meine Geliebte, aber auch meine Vertraute und dazu noch meine beste Freundin ist.«

»Was bist du doch für ein Romantiker.«

Errötend sieht er auf den Boden und gesteht: »Erwischt. Das ist bestimmt der Grund, warum ich Single bin.«

Sein klarer Blick, sein durchtrainierter Körper und sein wunderschönes Lächeln sind ganz sicher nicht der Grund für seinen Singlestatus, denke ich und wende mich verlegen ab, weil eine solche Überlegung kurz nach dem Gespräch über mein Baby und das Ende meiner Ehe sicherlich nicht passend ist.

Ich räuspere mich leise, wende mich ihm wieder zu und komme auf den Grund unseres Gesprächs zurück. »Wie dem auch sei, bin ich die Letzte unserer Familie, und ich möchte nicht, dass die Geschichte meines Babys einmal mit mir stirbt.«

»Du weißt doch gar nicht sicher, ob du tatsächlich die Letzte bist«, ruft Josh mir leise in Erinnerung.

»Du meinst, dass es vielleicht noch irgendwo Verwandte von mir gibt?«

Er sieht mich wieder an, und als ich in die bernsteinbraunen Tiefen seiner Augen blicke, halte ich erwartungsvoll den Atem an.

»Ich habe eigentlich etwas anderes gemeint, aber es freut mich, dass du mir von deinem Kind erzählt hast, Nell. Ich meine, ich bin froh, dass du den Eindruck hattest, dass du mir von ihm erzählen kannst.«

»Bestimmt nicht halb so froh wie ich.« Es hat mir wirklich gutgetan, ihm das Geheimnis meiner Trauer zu enthüllen. Sie ist noch immer da und wird mir sicher bis ans Lebensende bleiben, steht jetzt aber nicht mehr zwischen uns.

Entschlossen nimmt Josh meine Hand, und es fühlt sich so an, als hätte er das bereits tausendmal getan. Die Berührung tröstet mich und fühlt sich völlig richtig an.

Wir sitzen schweigend auf der Bank und sehen auf die Flussmündung. Ich versuche sie mir vor achtzig Jahren vorzustellen, als dunkle Kriegsschiffe am Horizont vorbeigezogen sind, der schwarze

Himmel von den Suchscheinwerfern ausgeleuchtet wurde und die todbringenden Schatten, die aufs Tal fielen, die der gegnerischen Flieger waren.

»Ich muss dir auch etwas erzählen, Nell. Etwas, worüber ich nur selten rede – nicht, weil ich mich schäme, sondern weil das viele Leute nicht verstehen –, aber ich weiß, dass du mich nicht verurteilen wirst«, setzt Josh nach einer Weile an.

»Du musst mir nichts erzählen, nur weil ich dir was erzählt habe«, erkläre ich. »Das ist kein Tauschgeschäft. So funktionieren diese Dinge nicht.«

Der Druck seiner Finger nimmt noch zu. »Ich weiß, aber wie du eben gesagt hast, sollte man Geheimnisse mit Menschen teilen, denen man vertraut. Ich bin mir nicht ganz sicher, was da zwischen uns passiert, Nell, aber trotzdem will ich, dass du meine eigene Version dieser Geschichte hörst, bevor dir irgendwelche Leute aus dem Ort vielleicht etwas anderes erzählen.«

»Das hättest du dir früher überlegen müssen«, ziehe ich ihn auf, worauf er mit den Augen rollt.

»Ich fürchte, dass die Wahrheit lange nicht so spannend ist wie die schillernden Gerüchte, die sie über mich erzählen. Aber meinetwegen kannst du dir als Schriftstellerin einfach was dazudenken, damit sie aufregender wird.«

Ich bin vielleicht Autorin, doch seit meiner Ankunft in Pencallyn habe ich noch keinen Satz getippt. Die Geschichte, die ich schreiben will, ist nicht einmal annähernd so spannend wie das, was mir Estella über Kriegswaisen und Bombenangriffe erzählt.

»Bitte lass mir meine Illusionen. Du bist ein Playboy und hast einen ganzen Harem junger Frauen, stimmt's? Die Art ganzer Kerl, die selbst Hugh Hefner in den Schatten stellt.«

»Außer mit meiner Mum hänge ich hier nur noch mit Kelly und Estella ab«, klärt er mich lachend auf. Die Brise weht ihm eine Strähne rötlich braunen Haars in die Augen, doch vor allem schüttelt er den

Kopf über das Bild von sich als Frauenheld. »Mit so etwas kann ich also nicht dienen. Obwohl mein Vater sicher durchaus damit einverstanden wäre, wenn ich einen ganzen Stall von jungen Frauen hätte, aber dafür immer noch in London wäre, um dort weiter gutes Geld zu verdienen. Ich bin als Sohn eine Enttäuschung, und das ist nicht leicht für ihn.«

»Du bist doch nicht …«

»Für ihn auf jeden Fall. Eltern-Kind-Beziehungen sind nicht immer einfach, Nell. Das weißt du besser als die meisten anderen. Für meinen Vater hätte ich einmal das Leben führen sollen, von dem er selbst immer geträumt hat. Internat und Studium in Oxford, ein paar Jahre lang ein lukrativer Job bei einer Bank und dann die Übernahme des Familienunternehmens. Er hatte alles ganz genau geplant. Ich hatte all die richtigen Kontakte, den entsprechenden Akzent und eine Ausbildung in einem exklusiven Internat – kurz gesagt, er hatte mir mit seinen Beziehungen sämtliche erforderlichen Vorteile verschafft. Ich kann ihm also nicht verdenken, dass er mir verübelt, dass ich all diese Dinge gar nicht will.«

»Aber du kannst dein Leben nicht für deinen Vater leben«, protestiere ich und bin noch dankbarer als je zuvor für meinen eigenen wundervollen Dad, der immer nur gewollt hat, dass ich glücklich war.

»Das ist mir – wenigstens vom Kopf her – klar, aber so fühlt es sich nun mal nicht an. Ich habe jahrelang gemacht, was er gewollt hat, obwohl ich die Schule und das Studium furchtbar fand und alles andere als der geborene Banker war. Wie gesagt, ich hätte immer Gärtner werden wollen, denn das ist meine große Leidenschaft, und ich bin einfach gerne an der frischen Luft. Meine Mum hat einen geradezu erstaunlich grünen Daumen und mir in dieser Hinsicht sehr viel beigebracht, aber in den Augen meines Vaters zählte das als Arbeit nicht. Vor allem ist es für ihn unvorstellbar, dass der Sohn und Erbe eines Martin Richardson sein Geld damit verdient, im Dreck zu wühlen.«

Das ist wahrscheinlich ein Problem. Wie der Vater von Estella Kellow scheint auch Martin ein Tyrann zu sein. Vielleicht verstehen die alte Dame und der junge Mann sich unter anderem deswegen so gut.

»Ich habe also einen Job in London angenommen – den hatte mir ein Kumpel meines Dads besorgt – und habe mich dort krummgelegt, um Geld zu machen, nur, damit mein alter Herr zufrieden mit mir ist.« Noch immer starrt er reglos auf den Fluss. »Und eine Zeit lang kam ich damit klar. Ich hatte es geschafft, mir einzureden, alles wäre gut, aber das war es nicht. Ich schaffte es auf Dauer einfach nicht, mit dem rasanten Tempo, das dort vorgegeben wurde, Schritt zu halten, deshalb gingen einige Geschäfte schief. Der Druck war unerträglich, also fing ich an zu trinken, und auch wenn ich mich entsetzlich dafür schäme, nahm ich alle Muntermacher, die ich kriegen konnte, und dazu noch jede Menge andere Sachen, die mir helfen sollten, nicht so unglücklich zu sein. Ich fühlte mich dort wie ein Maulwurf, weil ich nie die Sonne sah, und hielt das Leben in der Großstadt kaum noch aus. Und eines Tages schaffte ich es nicht mehr, aufzustehen. Konnte nicht mehr essen, nicht mehr sprechen, konnte gar nichts mehr. Ich hatte einen Zusammenbruch«, gesteht er mir mit einem dumpfen Lachen ein. »Das Wort trifft es genau. Dieser Gedanke kommt mir jetzt zum ersten Mal. Aber wie dem auch sei, war es vorbei, und ich kehrte zu meinen Eltern heim. Mit Dad war es am Anfang ziemlich schwierig, aber Mum war wunderbar. Sie hat mir ohne Ende beigestanden, und dank ihrer und Estellas Hilfe habe ich am Ende überlebt.«

»Estella?«

»Ja. Sie hat gesagt, ich dürfte mich auf ihrem Grundstück umsehen, und die Entdeckung ihres Gartens war für mich die beste Therapie, die man sich vorstellen kann. Estella hätte Geld dafür verlangen sollen!«

»Und jetzt bist du bei deinem Vater angestellt?«

»Vorübergehend. Ich soll die Renovierungsarbeiten auf dem Gehöft koordinieren, aber auf Dauer ist das nichts für mich. Ich habe mich für einen Kurs in Gartenarchäologie am College hier in Calmouth eingeschrieben, weil ich endlich das tun will, was ich schon immer hätte machen wollen. Auch das verdanke ich Estella, denn bevor ich ihr begegnet bin, hätte ich nicht gedacht, dass ich mich je wieder auf irgendetwas freuen kann.«

»Das klingt phantastisch«, stelle ich mit warmer Stimme fest. »Jeder Mensch sollte versuchen, das zu tun, wovon er träumt.«

»Allerdings. Genau das habe ich jetzt vor. Aber es war ein langer Weg. An manchen Tagen geht es mir inzwischen deutlich besser, doch die schwarze Leere lauert weiter permanent im Hintergrund. Der Trick besteht darin, dass man die Auslöser der Abstürze erkennt.«

»Wahrscheinlich hast du recht. Vielen Dank, dass du mir das erzählt hast. Es tut gut, zu wissen, dass wir alle auf der einen oder anderen Reise sind«, erkläre ich und füge einschränkend hinzu: »Ich hoffe, dass das für dich einen Sinn ergibt.«

»Du brauchst mir nicht zu danken, schließlich wollte ich, dass du die Wahrheit über mich und meinen Grund für den Besuch hier in der Klinik kennst. Ich möchte, dass du weißt, warum Estella mir so wichtig ist. Auch wenn sie alt ist, ist sie eine echte Freundin, die mir auf meinem Weg sehr geholfen hat. Estella und der Garten von Pencallyn haben mich wieder gesund gemacht.«

»Sie ist ein ganz besonderer Mensch.«

»Sie ist unglaublich, auch wenn wir bis jetzt wahrscheinlich nicht einmal die Hälfte der Geschichte kennen. Ich meine, wer riskiert sein Leben für die Rettung eines Feindes? Diese Art von Mut ist etwas ganz Besonderes. Ich kann es kaum erwarten, mehr zu hören.«

Während Josh und ich den Sonnenuntergang betrachten, sind es nicht nur unsere Hände, die verbunden sind. Zwischen uns herrscht plötzlich eine neue Form der Nähe und dazu der Frieden und das ganz besondere Verständnis, die in vollkommener Ehrlichkeit begründet sind.

Ich frage mich, ob Estella jemals etwas Ähnliches erlebt hat.

26

Nell

heute

Als Josh und ich zurückkommen, schläft Estella und die Krankenschwester sieht nach ihrer Infusion. Ich bin zwar keine Ärztin, sehe aber, dass sie deutlich schwächer ist, eine zerbrechliche Gestalt, die sich mit jedem Atemzug ein Stückchen mehr von uns entfernt. Im Schlaf sieht ihr Gesicht entspannt und deutlich jünger aus. Wenn ich blinzele, sehe ich das schlanke junge Mädchen mit den markanten Wangenknochen und den schwarzen Haaren, das sie einmal war. Oder stelle ich mir vielleicht eher ihre Freundin Evie vor? Es ist nicht leicht, zu sagen, wo Estella aufhört und die Adoptivschwester beginnt.

»Wir haben ihr reichlich Schmerzmittel gegeben. Sie wird also sicher erst mal eine Weile schlafen. Aber sie wird wissen, dass Sie da sind, also setzen Sie sich ruhig zu ihr ans Bett«, bietet die Krankenschwester an.

Ich ziehe mir den Stuhl ans Bett und taste nach der Hand, die auf der Decke liegt. Obwohl Estella sich nicht rührt, zeigt mir der leichte Druck ihrer Finger, dass sie weiß, dass jemand bei ihr ist. Ich frage mich, für wen Estella mich wohl hält. Für ihre Mutter? Evie? Violet? Jemand anderen? Ein paar der Namen haben bisher noch keinen Platz in der Geschichte eingenommen. Natürlich der von Jay, und dann noch der von diesem Hamilton, vor dem sie sich zu fürchten scheint.

»Sind Sie mit ihr verwandt?«, wendet die Schwester sich an Josh.

»Befreundet«, stellt er richtig und erklärt: »Ich glaube nicht, dass sie noch irgendwo Verwandte hat.«

»Das arme Ding. Es ist nicht gut, wenn man in diesem Alter ganz allein ist. Da freut es mich besonders, dass sie so gute Freunde hat wie Sie.«

Bei diesen Worten schüttelt er den Kopf. »*Wir* haben Glück, dass sie so eine gute Freundin von uns ist.«

Wir sitzen noch ein bisschen länger bei Estella, aber als die Ärzte zur Visite kommen, wollen wir nicht stören und brechen auf.

Auf der Rückfahrt nach Pencallyn weist mich Josh auf einige der Orte hin, die in der Geschichte eine Rolle spielen. Wir passieren Bury Barrow, wo zwei junge Mädchen Schutz suchend im hohen Gras gekauert haben, während eine Spitfire sich über ihren Köpfen einen Kampf mit einer Messerschmitt geliefert hat, sowie den Wald, in dem das eine Mädchen einen feindlichen Soldaten hätte retten wollen, und biegen in die Einfahrt von Pencallyn Farm. Es fällt mir schwer, das große Schild am Tor zu ignorieren, denn irgendwie kommt es mir vor, als hätte Martin Richardson es extra meinetwegen angebracht.

»Lust auf Abendessen?«, fragt mich Josh. »Ich mache ein phantastisches Omelette.«

»Besser nicht.« Ich bin erschöpft und aufgewühlt und habe sicher nicht die Kraft für einen weiteren Streit mit seinem alten Herrn. »Von hier aus kann ich auch problemlos laufen.«

»Abgesehen davon, dass mir nicht im Traum einfallen würde, dich den Rest des Wegs zu Fuß gehen zu lassen, kommt das Essen, das dir Jen serviert, an mein Omelette ganz sicher nicht heran. Glaub mir!«

»Ich glaube nicht, dass ich in eurem Haus willkommen wäre«, sage ich und zeige auf das Schild.

Josh zieht eine Grimasse. »Ja, okay, das ist nicht wirklich einladend. Aber falls du wegen meines Dads nicht mitkommen möchtest, keine Angst. Er und Mum sind über Nacht in London.«

»Also schmuggelst du mich heimlich rein? Wie alt sind wir? Fünfzehn?«

»Also bitte, jetzt stell dich doch nicht so an. Ich dachte mir, wir laden alle unsere Facebook-Freunde ein, plündern die Bar von meinem alten Herrn und stellen die Bude auf den Kopf.«

»Warum hast du das nicht gleich gesagt? Bei so etwas bin ich auf jeden Fall dabei!«

»Dachte ich mir doch, dass du nicht widerstehen kannst. Aber im Ernst, ich würde mich sehr freuen, wenn du zum Abendessen bleiben würdest, Nell.«

»Wie könnte ich da Nein sagen? Ich bleibe gern zum Essen. Vielen Dank.«

Er parkt im Hof, steigt aus, umrundet den Wagen und hilft mir beim Aussteigen. Ich fühle mich, als wäre ich die Hauptfigur in meinem eigenen Roman. Die Heldin, die im Grunde nirgendwo dazugehört, der unglückliche, attraktive Held, das wunderschöne Haus mit seinen salbeigrün gestrichenen Türen, der ordentlich gekieste Hof, der dicke Land Rover. Ich habe das Gefühl zu träumen und hätte mich am liebsten kneifen wollen, aber Josh hält meine Hand und mit der anderen ziehe ich meine Handtasche vom Sitz.

»Aber hallo!« Wir betreten eine Küche, wie ich sie nur aus teuren Hochglanzmagazinen kenne, und bewundernd sehe ich mich um. Die Plastikplane, die statt einer eingerissenen Wand am einen Küchenende hängt, wird durch den riesengroßen Gasherd, den enormen Holztisch und die teuren Le-Creuset-Töpfe und -Pfannen, die an Haken an der Wand hängen, mehr als wettgemacht.

»Wir haben in den letzten Tagen große Fortschritte gemacht. Jetzt wird es nicht mehr lange dauern, bis die Küche fertig ist«, meint Josh, und seine Stimme klingt gedämpft, weil er den Kopf gerade in einen riesengroßen Kühlschrank streckt. »Wie sieht's mit Weißwein aus? Ich hätte einen feinen Pinot im Angebot.«

»Gern.« Ich werde ihm bestimmt nicht auf die Nase binden, dass ich mich normalerweise mit der Billigplörre aus dem Supermarkt begnüge, denn auch wenn Josh Richardson es einfach liebt, befürchte ich, dass er mit Küchen aufgewachsen ist, die größer waren als unser ganzes Haus. Die Küche ist wahrhaft beeindruckend, doch irgendetwas fehlt. Die Küche meines Dads war winzig, aber warm und mit dem kleinen Tisch perfekt für uns. An den Wänden hingen meine Bilder aus dem Kindergarten und der Schule, und das bunte Sammelsurium von Tellern, Bechern und Tassen hatte zahlreiche Geschichten zu erzählen. Die angeschlagenen Tassen und die Macken im IKEA-Tisch waren Teile der Geschichte unseres Lebens und verwandelten das Haus erst in ein Heim. Ich habe meinen Lieblingsbecher mit den roten Punkten und den Peter-Rabbit-Teller extra aufgehoben, und ich hoffe, dass sie mich mein Leben lang begleiten werden, weil ich sie nur anzusehen brauche, um mich daran zu erinnern, wie unendlich glücklich meine Kindheit war. Wohingegen diese Küche zwar perfekt und wunderschön, doch alles andere als behaglich ist. Das helle Licht der Deckenlampen schafft es nicht, die Schatten aus den Ecken zu vertreiben, und obwohl es warm ist, fröstelt es mich.

Während Josh die Eier aufschlägt, lehne ich mich an den Herd, aber auch seine Wärme richtet nichts gegen die Kälte aus, die ich spüre. Wahrscheinlich rührt sie von der wehmütigen Atmosphäre her, die mich in diesem Raum umgibt. Josh hat gesagt, dass seine Mutter hier in diesem Haus nicht glücklich und vor allem nicht gern allein ist.

Womöglich bilde ich mir also nicht nur ein, dass irgendetwas hier nicht stimmt.

»Ist deine Mum inzwischen glücklicher mit eurem Haus?«, erkundige ich mich.

»Ich hoffe, dass sie glücklich wird, sobald die Küche fertig und der Brunnen gereinigt und versiegelt ist.« Josh wirft die Eierschalen in den Biomüll. »Dann wird er in verschiedenen Farben angestrahlt und sicherlich das Prunkstück dieses Raums. Mein Vater ist deshalb schon furchtbar aufgeregt.«

Ich denke an den alten Brunnen, der jetzt in diesem Raum gefangen ist. In Zukunft wird er wie ein blindes Auge an die Decke der Designerküche starren und nie wieder den Himmel und die Menschen sehen, die auf geheimnisvollen Wegen zu ihm pilgern, Münzen in die Tiefe werfen und Gefallen von den alten Gottheiten erbitten. Der Gedanke ruft ein leichtes Unbehagen in mir wach. Wahrscheinlich geht mal wieder meine Phantasie als Schriftstellerin mit mir durch, aber die Atmosphäre, die hier herrscht, fühlt sich für mich unglaublich traurig an. Die alten Mythen und Legenden, die sich um den Brunnen ranken, haben ihre Macht noch nicht verloren.

»Glaubst du, dass an den Geschichten um die Kraftlinien etwas dran ist?«

Josh sieht von der Schüssel auf. »Wie kommst du denn jetzt da drauf? Wegen der Dinge, die Estella von der Sonnenuhr erzählt? Sie hat doch selbst gesagt, sie hätte sich das alles ausgedacht, um Evie davon abzulenken, dass sie ihre Großmutter verloren hat.«

»Sie hat gesagt, sie hätte alte Mythen und Legenden in die Spiele, die sie damals spielten, eingeflochten«, korrigiere ich. »Das tut sie auch in ihrem Buch, und wie es aussieht, hat auch die Geschichte einen realen Hintergrund. Der Brunnen und die Sonnenuhr sollen durch die Kraftlinie verbunden sein, nicht wahr?«

»Wenn man an solche Dinge glaubt.«

Ich sehe durch das Fenster auf die Schatten, die die tief stehende Sonne auf den erst vor Kurzem angelegten Garten wirft. Plötzlich taucht ein blonder Mann zwischen den Bäumen auf und starrt in Richtung Haus. Ich blinzele, und er ist wieder weg. Natürlich hat das Licht mir einen Streich gespielt, aber wenn es an den Küchenfenstern Jalousien gäbe, würde ich sie jetzt herunterziehen.

»Ich habe das Gefühl, hier ist alles möglich«, erkläre ich.

»Das ist eben die besondere Magie von Cornwall. Ich empfinde ganz genauso, und obwohl es meine Hoffnung, jemals wie ein Macho-Alpha-Männchen vor dir dazustehen, zunichtemacht, gebe ich zu, dass auch ich selbst nicht gern allein hier in der Küche bin.« Josh sieht mich mit einem leicht verlegenen Lächeln an. »Ich würde sagen, dass hier eine seltsame Atmosphäre herrscht, und kann es meiner Mutter nicht verdenken, dass sie nicht allein hier leben will.«

»Ist es der Brunnen?«, frage ich. »Es heißt, er wäre heilig, oder? Du hast gesagt, die Leute hätten schon des Öfteren die Abdeckung des Schachts entfernt.«

»Tatsächlich ist das in den letzten Tagen nicht mehr vorgekommen.« Als er die verquirlten Eier in die Pfanne gießt, spritzt das heiße Öl, und eilig macht er einen Schritt zurück.

Mit einem nachdenklichen Blick in meine Richtung stellt er fest: »Da fällt mir auf: all diese merkwürdigen Geschichten über den Brunnen haben schlagartig geendet, als du auf der Bildfläche erschienen bist.«

»Was ich mir ganz bestimmt nicht auf die Fahnen schreiben kann. Ich denke eher, es hat was mit dem Schild zu tun, das dein Dad aufhängen lassen hat.«

»Vielleicht«, meint Josh. »Vielleicht aber auch nicht. Falls du tatsächlich Evies Enkeltochter bist, hat es womöglich durchaus irgendwas mit der Geschichte eurer Familie zu tun. Die beiden Mädchen haben damals schließlich öfter hier gespielt, und vielleicht hast du ja durch dein Erscheinen die Geister der Vergangenheit geweckt. Vielleicht ist irgendjemand froh, dass du gekommen bist. Vielleicht weiß Evie, dass du den Weg hierher gefunden hast.«

»Was für eine unheimliche Vorstellung!« Ich würde gern darüber lachen, aber was, wenn er recht hat? Hat irgendetwas hier an diesem Ort bemerkt, dass ich gekommen bin, weil ich die Wahrheit über meine Herkunft wissen will?

Josh lenkt den Blick in Richtung Decke.

»Entschuldige, Nell! Ich habe riesigen Hunger und bin total erledigt. Ich bin nicht ganz ich selbst.«

»Wie dem auch sei, hoffe ich wirklich, dass ich nicht die Enkelin von Evie bin«, wechsle ich das Thema. »Nach allem, was uns Estella bisher über sie erzählt hat, war sie offenbar kein besonders netter Mensch.«

»Ich nehme an, das Leben hat sie hart gemacht. Ein Kind wie sie hat sicher früh gelernt, ums Überleben zu kämpfen. Anscheinend war sie weder dumm noch feige, auch wenn die Moralvorstellungen, die sie hatte, offenkundig etwas seltsam waren. Aber Estella hat sie damals sehr geliebt, und wenn sie sie jetzt nicht mehr lieben würde, würde sie doch ganz bestimmt nicht ständig nach ihr rufen, oder was meinst du?«

Wir unterhalten uns noch kurz über Estella, und dann gehen wir mit unseren Tellern in das kleine Nebenzimmer, das mit seinen rot gestrichenen Wänden und den tiefen Sofas viel gemütlicher ist als die Küche. Hier gibt es keine unheimlichen Schatten, die in irgendwelchen dunklen Ecken lauern, und die hübschen Lampen tauchen die Umgebung in ein warmes gelbes Licht.

Als ich mein gut gewürztes, einfach köstliches Omelette gegessen habe, kann ich mir fast nicht mehr vorstellen, dass die Atmosphäre in der Küche derart seltsam war. Aber schließlich habe ich auch ein paar wirklich intensive, anstrengende Tage hinter mir.

Wir räumen unsere Teller weg, kochen Kaffee und googeln eine Stunde nach Evie Jenkins, aber außer in der Liste der im Sommer 1939 von der Grundschule St. Margaret in Bethnal Green aufs Land verschickten Kinder wird der Name nirgends erwähnt. Es macht mich traurig, dass ihr Traum, als Schauspielerin auf der Bühne oder vor der Kamera zu stehen, anscheinend niemals in Erfüllung ging, denn sie ist wie vom Erdboden verschluckt.

Bei Jacob Miller sieht es sicher anders aus. Er war bei der Armee und müsste deshalb aufzuspüren sein. Josh findet einen Verein, der Kindern von im Zweiten Weltkrieg in Europa stationierten amerikanischen Soldaten bei der Suche nach den unbekannten Vätern hilft. Wir lesen eine Reihe von Geschichten über Leute, die in den Staaten tatsächlich noch Geschwister haben und über den Atlantik reisen, um ihre Verwandten zu besuchen. Je mehr ich lese, umso überzeugter bin ich, dass Jay Miller mein Großvater ist. Das Alter, seine Hautfarbe, die

Tatsache, dass er zu jener Zeit hier stationiert war und mein Vater vor dem Krankenhaus zurückgelassen wurde – alles passt. Es gibt unzählige ähnliche Geschichten, und inzwischen glaube ich fest an meine Theorie.

»Meinst du, dass der Verein dir vielleicht weiterhelfen kann?«, fragt Josh. Er hockt, den Laptop auf den angezogenen Knien, auf dem Boden und lehnt sich mit seinem Rücken an die Couch.

»Vielleicht. Wir kennen seinen Namen, und wir können sicher rausfinden, bei welchem Regiment er war. Vielleicht gibt es auch eine Akte über seine angebliche Fahnenflucht – obwohl es geradezu erstaunlich ist, wie viele offizielle Dokumente damals angeblich verloren gegangen sind.«

»Du bist aber ganz schön argwöhnisch«, meint Josh.

»Ich schreibe Bücher, und ich weiß aus Erfahrung, dass man selten etwas ohne Grund verliert. Aber ich habe einen dieser DNA-Tests, für die überall geworben wird, gemacht, und falls sich rausstellt, dass wir irgendwo gemeinsame Verwandte haben, könnte mir das eine große Hilfe sein.«

»Ich bin mir sicher, dass du dann auch mühelos die Antworten auf deine anderen Fragen finden wirst.«

»Solange sich Estella gut genug erinnern kann«, schränke ich ein und füge, während ich die Haut von meinem Daumen knabbere, unglücklich hinzu: »Was, wenn ihr etwas passiert? Wenn meine Fragen sie zu sehr aufregen und es ihr plötzlich schlechter geht?«

Josh klappt den Laptop zu und nimmt meine Hand.

»Glaub mir, wenn Estella keine Lust hätte, mit dir zu reden, würde sie das auch nicht tun. Sie ist zwar alt, aber sehr willensstark, und mir kommt es so vor, als würde es sie trösten, dass sie die Geschichte endlich jemandem erzählen kann. Wer außer uns würde ihr denn noch zuhören? Es ist ein Segen, dass du hergekommen bist, weil sie jetzt endlich mit jemandem reden kann, der sich für ihre Geschichte interessiert. Ich wage kaum, mir vorzustellen, wie das ist, sein Leben lang Geheimnisse mit sich herumzuschleppen, ohne dass man sie auch nur mit einem Menschen teilen kann.«

»Das ist entsetzlich«, flüstere ich. Ich habe schließlich selbst erst an diesem Nachmittag mein eigenes Geheimnis enthüllt und spüre, dass es mir schon deutlich besser geht. Dann aber runzele ich die Stirn. »Du glaubst, Estella hat Geheimnisse? Ich hätte eher angenommen, dass das Evies Stärke war.«

»Ich bin mir sogar sicher, dass sie welche hat«, meint Josh. »Und auch ich selbst habe noch eins und drehe durch, wenn ich nicht bald mit jemandem darüber sprechen kann.«

Sein hübscher Mund lächelt mich an, doch seine Augen bleiben ernst.

»Was ist es?«, frage ich ihn.

»Komm her, damit ich es dir sagen kann«, fordert er mich auf und klopft auf das Parkett, auf dem er sitzt. »Auch wenn ich noch nicht weiß, wie ich es formulieren soll.«

Es gibt im Leben Augenblicke, da nimmt das Leben eine Wendung, die durch nichts und niemanden mehr rückgängig zu machen ist. Der sonnenhelle Frühlingstag, an dem mich meine Mum zum Kindergarten fuhr. Der Tag, als Nanna Summers meinen Dad im Kinderheim entdeckte. Der Moment, als Violet statt eines anderen Kindes Evie Jenkins mit nach Hause nahm. Der Augenblick, in dem ich von dem Sofa rutsche, damit Josh mir sein Geheimnis anvertrauen kann …

Wir sitzen schweigend da.

Die Ruhe und Geduld, die Josh ausstrahlt, rühren wahrscheinlich daher, dass er durch die Gartenarbeit Übung darin hat, darauf zu warten, bis der erste grüne Spross sich aus der Erde schiebt, ich aber habe diese Eigenschaften nicht.

»Was wolltest du mir sagen?«

»Etwas, was du vielleicht gar nicht hören willst. Aber ich muss es trotzdem sagen, wenn ich nicht daran ersticken will. Ich weiß, dass wir uns noch nicht lange kennen, aber trotzdem ist da etwas zwischen uns, nicht wahr? Ich denke permanent darüber nach.«

»Was meinst du?«, frage ich.

Mein Herz fängt an zu rasen. Will Josh mir vielleicht sagen, dass er etwas für mich empfindet?

»Ich kann besser mit Pflanzen sprechen als mit Frauen.«

»Und das ist dein Geheimnis?«, ziehe ich ihn auf.

Er berührt sanft meine Wange.

»Nein, was ich dir sagen will, ist, dass ich ständig an dich denken muss, seit du zum ersten Mal hier auf dem Hof gestanden hast. Vor allem denke ich die ganze Zeit daran, dass ich dich küssen will.« Er streicht mir sanft das Haar aus dem Gesicht. »Bist du damit einverstanden, Nell Summers?«

Ich starre unverwandt auf seinen Mund, das fein gemeißelte Gesicht, die warmen Augen. Und je länger ich das tue, umso klarer wird mir, dass ich genau dasselbe will.

»Ja, das bin ich«, wispere ich.

Als unsere Lippen sich begegnen, fängt mein ganzer Körper an zu kribbeln, und die federleichte, zärtliche Berührung zeigt mir ohne jeden Zweifel, dass ich unbedingt in diesem Universum, das wir gleichzeitig betreten haben, leben will. Weil es kein anderes für mich gibt.

Genauso weiß ich, dass auch ich ein weiteres Geheimnis hatte, derart tief in meinem Inneren vergraben, dass es nicht einmal mir selbst bekannt gewesen war.

Ich wollte Josh genauso küssen wie er mich.

Und nun, da es passiert ist, kann ich mir nicht vorstellen, dass ich jemals wieder damit aufhören kann.

27

Nell
heute

Ich schrecke aus dem Schlaf. Die schwere Decke, der baumwollene Bezug und auch das breite Bett mit hohem Kopf- und Fußteil sind mir fremd. Durch einen Spalt zwischen den Vorhängen fällt Licht ins Zimmer, und die Luft ist mit dem trällernden Gesang von Vögeln angefüllt. In meinem Inneren steigt ein Gefühl der Panik auf. Ich weiß genau, dass das hier nicht mein Schlafzimmer in London ist. Dort, wo ich lebe, höre ich statt Vogelzwitschern die Motoren der Autos und der Busse, die an meinem Haus vorüberfahren, und statt nach Salz, Erde und Kompost riecht es nach abgestandenem Essen und Benzin.

Ich bin tatsächlich nicht in London, sondern auf dem Hof der Richardsons.

Ich habe die vergangene Nacht mit Josh verbracht. Das heißt, im Grunde nur in seinem Haus, denn über Küsse ging es nicht hinaus. Mir aber haben diese Küsse eine Welt eröffnet, deren Tür für mich aus meiner Sicht für alle Zeiten zugefallen war. Seit unserem allerersten Kuss bin ich mir völlig sicher, dass mein Leben sich verändern wird. Der Kuss sprach von geteilten Hoffnungen, dem Wunder, dass man, ohne überhaupt bewusst zu suchen, haargenau der richtigen Person begegnet war, und ließ in unseren Herzen Zuversicht erblühen.

»Nell«, stieß Josh mit warmer Stimme aus. »O Nell.«

Ich fuhr mit meinen Händen über den weichen Stoff seines Hemdes, spürte die von der körperlichen Arbeit straffen Muskeln, sog seinen maskulinen Duft nach Leinen und Limette ein, und mir wurde schwindelig. Und während er mit seinen Lippen meinen Hals erforschte, schob ich meine Finger in die seidig weichen Haare, die ihm ins Gesicht gefallen waren, und konnte mich auf nichts mehr konzentrieren als das Gefühl von seiner Haut an meiner Haut. Nichts anderes zählte mehr, als dass ich ihm so nah wie möglich war. Ich war von diesem plötzlichen Verlangen völlig überrascht, doch ich vertraute ihm und wusste, alles, was bisher passiert war, hatte mich zu diesem Punkt geführt – dass ich diese Aufnahmen gefunden hatte, in Pencallyn meine Wurzeln hatte suchen und Estella hatte treffen wollen.

War das Schicksal? Und falls ja, wer wäre ich, wenn ich versuchen würde, mich ihm zu entziehen? Die Geschichte von Estella und die Schatten der Vergangenheit, die mich mit einem Mal umgeben, haben mich daran erinnert, dass das Leben flüchtig ist und wir nichts anderes besitzen als das Hier und Jetzt. Gestern Abend schmolzen in der heißen Woge des Verlangens, die in meinem Innern aufstieg, jede Logik und auch jeglicher Verstand dahin, und ich berauschte mich an unseren Küssen so natürlich und so ungehemmt, als wäre ich nur dazu auf der Welt.

Noch einmal sagte er mit sanfter Stimme: »Nell. Wie schön du bist. Wie wunderschön. Wenn ich jetzt nicht aufhöre, glaube ich nicht, dass ich je wieder aufhören kann.«

»Dann hör einfach nicht auf.«

Er küsste meine Lider, meine Nasenspitze, meinen Mund.

»Wir brauchen uns nicht zu beeilen. Das hier ist etwas ganz Besonderes, aber im Augenblick gehen unsere Gefühle mit uns durch, und deshalb warten wir am besten noch etwas. Du musst dir schließlich sicher sein, dass du es wirklich willst.«

Das Blut rauschte in meinen Ohren. »Ich bin mir sicher. Und wie steht's mit dir? Bist du dir sicher, dass es das ist, was du willst?«

Er lachte. »Allerdings, und zwar schon seit dem Augenblick, in dem ich dich zum ersten Mal gesehen habe, als du dich im Hof mit Dad gestritten hast. Ich konnte meinen Blick nicht von dir losreißen und denke seither pausenlos an dich – doch darum geht es nicht.

Ich möchte, dass du dich für diese Sache und für mich nicht einfach nur entscheidest, weil du das Bedürfnis hast, dich wieder mal zu spüren, oder meinetwegen weil du angetrunken bist. Ich möchte, dass es richtig für dich ist und dir etwas bedeutet, denn für mich ist es weit mehr als nur ein bisschen Spaß, den man am nächsten Tag wieder vergisst.«

»Dann willst du also mehr als einen One-Night-Stand?«

Bei dieser Frage hob er meine Hand an seine Lippen, und als er sie küsste, kratzten seine Bartstoppeln an meiner Haut und ich stellte mir vor, wie es sich anfühlen würde, sie an meinem Hals, an meinen Brüsten, meinem Bauch zu spüren.

»Für einen One-Night-Stand bist du viel zu viel wert«, erklärte er mir ruhig.

Die Atmosphäre war noch immer vor Verlangen angespannt, doch die Gefühle, die wir füreinander hatten, waren überraschend intensiv. Der Augenblick der Leidenschaft, die kurze Ablenkung von dem erschreckenden Bewusstsein, dass die Zeit verging und nichts von Dauer war, zeigte mir plötzlich wunderbare Möglichkeiten auf.

Josh hatte recht. Wir sollten uns mit klarem Kopf dafür entscheiden, etwas miteinander anzufangen, nicht spontan und ohne dass wir wussten, wie es danach weiterging.

»Ich kann im Augenblick nicht nachdenken. Mein Baby, Dad, meine Familie, Estella … all das hat mich völlig überwältigt.«

Josh umfasste meine Hände und lehnte behutsam seinen Kopf an meine Stirn.

»Genau das meine ich! Zwar würde ich nichts lieber tun, als dich die ganze Nacht hindurch im Arm zu halten und zu lieben, aber ich muss wissen, dass du es genauso willst wie ich. Ich will nicht unsere Freundschaft dadurch ruinieren, dass du später vielleicht irgendwas bereust und wir dann nicht mehr wissen, wie wir miteinander umgehen sollen. Aber du kannst mir glauben, wenn ich sage, dass ich meine ganze Selbstbeherrschung brauche, um nicht jetzt sofort mit dir ins

Bett zu gehen. Die Sache mit Estella geht uns beiden ziemlich an die Nieren, und ich will deinen Gefühlszustand nicht ausnutzen. Vielleicht werden wir, wenn diese Sache abgeschlossen ist und wir das Ende der Geschichte kennen, ja wissen, wie wir zueinander stehen. Vielleicht ist es ja wie mit ihrem Garten. Erst, wenn man ihn gelichtet hat, erkennt man, wie er wirklich aussehen soll. Und du brauchst erst die Antworten auf deine Fragen, um zu wissen, was du wirklich willst. Du hast schon so viel durchgemacht – da will ich dich ganz sicher nicht noch weiter unter Druck setzen.«

Mit einem sanften Kuss half er mir auf die Füße und versprach: »Ich werde mich auf jeden Fall benehmen, aber nur, bis du dir völlig sicher bist, dass das nicht nötig ist.«

Damit musste ich mich wohl begnügen, und obwohl ich einerseits enttäuscht war, war ich andererseits auch dankbar, denn er hatte recht. Im Augenblick gingen wirklich die Gefühle mit mir durch. Ich war schon seit Tagen furchtbar aufgeregt und angespannt.

Ich mochte Josh, ich mochte ihn auf jeden Fall, doch wäre dies der rechte Zeitpunkt, etwas Neues anzufangen? Wäre dies der rechte Ort? Mein Herz rief »Ja«, doch auch mein Kopf musste sich völlig sicher sein, denn wenn ein Mann wie Josh sein Herz verschenkte, gäbe er auch seinen Körper, seinen Geist und seine Seele hin. Er würde jemanden mit allem, was er hatte, lieben, bis die Welt sich nicht mehr drehte und der letzte Stern am Firmament erlosch.

Und er hatte selbst nichts Geringeres verdient.

Wir räumten auf, und da es spät war, bot er mir ein Gästezimmer an. Ich hoffte halb, dass er in der Tür des Zimmers stehen bleiben würde, aber er verhielt sich wie ein Gentleman, und von der Aufregung des Tages rechtschaffen erschöpft, von dem Omelette gesättigt und ein wenig angetrunken von drei Gläsern Weißwein schlief ich auf der Stelle ein und wurde erst vom Sonnenlicht, das vorsichtig über die Spitzen von Estellas hohen Bäumen lugte, wieder aufgeweckt.

Und während jetzt das heiße Wasser aus der Dusche in dem an das Zimmer angrenzende Bad auf meinen Körper prasselt, gehe ich gedanklich die Ereignisse des Abends noch mal durch.

Bedauere ich, Josh geküsst zu haben? War es falsch? Kommt es mir vor, als ob ich Andy hintergangen hätte? Fühle ich mich unbehaglich?

Nein!

Und wie sieht's damit aus, dass Josh den Rückzug angetreten hat?

Ich trockne mich gemächlich ab und stelle fest, dass es auf diese Frage keine simple Antwort gibt. Ich weiß, dass ich ihn küssen wollte, und ich hätte diesen wunderbaren Augenblick natürlich gerne noch vertieft, aber auch ohne eine – vielleicht auch nur flüchtige – Romanze gehen mir schon jede Menge anderer Dinge durch den Kopf.

Bis ich nach unten gehe, ist mir klar, dass Joshs Vergleich mit einem Garten durchaus stimmig war. Ich muss in meinem Leben erst mal Ordnung schaffen, ehe etwas Neues dort gedeihen kann.

Die Baustelle ist wieder in Betrieb, und auf dem gestern Abend friedlichen Gehöft herrscht Treiben wie in einem Bienenstock. Ich höre laute Stimmen, das Rumpeln des Betonmischers und einen Lkw, der eine Ladung Holz geliefert hat, und gehe in die Küche, wo sich Josh mit Darren unterhält.

»Es tut mir leid«, sagt Josh, nachdem er Darren seine Anweisungen gegeben hat. »Die Arbeiten fangen immer schon in aller Herrgottsfrühe an. Vor allem kommen nachher noch die Brunnenbauer, also haben wir heute alle Hände voll zu tun.« Er schließt die Tür zum Hof, verzieht den Mund zu einem warmen Lächeln, und der Blick aus seinen grünen Augen ist so klar und sanft wie eh und je. »Wie hast du geschlafen?«

Er wirkt nicht im Mindesten verlegen, und ich habe das Gefühl, als würde ich in warmen Sonnenschein gehüllt.

»Wie ein Stein.«

»Das hatte ich gehofft. Und hast du dich in deinem Zimmer wohlgefühlt? Es war nicht unheimlich?«

Mit dieser Frage spielt er sicher auf die Atmosphäre gestern Abend in der Küche an.

»Ich habe mich dort sogar pudelwohl gefühlt.«

Er legt die Hand auf meinen Rücken, und sämtliche Anspannung fällt von mir ab.

»Das freut mich«, antwortet er sanft.

Ich halte hoffnungsvoll den Atem an, doch ehe er mich küssen kann, erscheint ein zweiter Lkw im Hof, und gleich darauf ertönt ein krachendes Geräusch, das ihn zusammenfahren lässt.

»Das klingt nicht gut. Ich gehe besser los und gucke, was es diesmal ist. Ich bin kein wirklich guter Gastgeber, nicht wahr? Ich hätte dir zumindest Frühstück machen sollen.«

»Schon gut, ich esse einfach später was«, erkläre ich. »Ich dachte mir, dass ich noch mal nach Calmouth fahre und versuche, etwas mehr über die Amis rauszufinden, die dort stationiert waren. Vielleicht bekomme ich dabei ja ein paar Infos, die dem Suchdienst helfen, Jacob Miller aufzuspüren. Und heute Mittag werde ich noch einmal zu Estella gehen.«

»Gute Idee. Hör zu, ich habe hier den ganzen Vormittag zu tun, aber ich bitte einen von den Jungs, dich in die Stadt zu fahren. Und sobald ich hier verschwinden kann, komme ich ebenfalls ins Krankenhaus.« Er nimmt mich in den Arm, und durch den Stoff seines T-Shirts kann ich seinen gleichmäßigen Herzschlag spüren. »Ich bin total gespannt, was deine Nachforschungen ergeben werden, Nell. Ich wünschte mir, ich könnte mitkommen.«

»Ich auch«, antworte ich, denn in den letzten Tagen waren wir ein wirklich gutes Team. Vor allem kommt es mir so vor, als ob wir zwei Estella Kellow die Familie ersetzen würden, und es fühlt sich irgendwie nicht richtig an, allein mit der Recherche fortzufahren.

Der junge Shane, der mich nach Calmouth fährt, tritt so aufs Gaspedal, als träume er von einer Karriere bei der Formel Eins oder als hätte er mit seinen neunzehn Jahren einen ausgeprägten Todeswunsch. Ich klammere mich an den Griff über der Tür und denke über die Ereignisse des letzten Abends nach. Ich kann kaum glauben, dass mich Josh geküsst hat, aber plötzlich kommt die Sonne mir viel wärmer und das Blau des Meeres viel intensiver als bei meiner Ankunft vor. Bisher drang alles irgendwie gedämpft und wie durch einen Schleier zu mir durch, doch heute scheint es mir, als wäre ich aus einem langen Winterschlaf erwacht.

Ich weiß, dass meine Trauer schuld an meinem Zustand war. Ich habe erst mein Baby, danach meinen Ehemann und am Ende meinen Dad verloren, und wenn ich nicht bald wieder etwas schreibe, sieht es auch mit meiner Karriere düster aus. Ich hatte in den letzten Wochen, Monaten und Jahren häufig das Gefühl, als sähe ich der Frau mit Namen Nell Summers dabei zu, wie sie mechanisch tat, was nötig war.

Statt laut zu heulen, sich die Haare auszureißen oder sich vor aller Welt zurückzuziehen, reichte diese Nell die Scheidung ein, begrub ihren Vater und räumte die Babyschuhe und das Babyspielzeug, das sie hoffnungsfroh erstanden hatte, fort. Sie jammerte nicht laut, auch wenn sie beinah jede Nacht dem lieben Gott mit ihren Klagen in den Ohren lag, und watete durch einen Sumpf der Müdigkeit. Tätigkeiten, die ihr früher leichtgefallen waren, wie die Entscheidung, was sie anziehen sollte, oder einen Einkaufswagen durch den Supermarkt zu schieben, kosteten sie jede Menge Kraft, und immer kam es ihr so vor, als sähe sie die Welt durchs falsche Ende eines Teleskops. Sie lernte, dass es sicherer war, sich hinter eine Wand aus Plexiglas zurückzuziehen, weil Gefühle, Liebe und das Leben schmerzhaft und gefährlich waren.

Josh Richardson jedoch, der sanfte Gärtner, der Pflanzen und Herzen zum Erblühen bringt, hat diese Nell aus ihrem Rückzugsort herausgelockt. So, wie ein Same Wasser, Licht und Erde braucht, braucht sie die endlose Geduld und das Verständnis einer weisen Seele, die sie zu nichts drängt.

Josh hat die Scheibe, hinter die ich mich zurückgezogen hatte, fortgeschoben und das Teleskop herumgedreht.

Ich fühle mich verändert.

Ich bin glücklich.

Irgendwas ist anders, und ich weiß, dass eine schöne Zukunft vor mir liegt.

Ich bitte Shane, mich vor der Bibliothek von Calmouth abzusetzen, die in einem großen Haus im Zentrum liegt. Die hohen Decken, Marmorböden und die breit geschwungene Eichentreppe zeugen von den glamourösen alten Zeiten, und als ich mit einer Auswahl Bücher einen Platz am Fenster wähle, überlege ich, ob Evie und Estella früher vielleicht auch hier ein und aus gegangen sind. Vergangenheit und Gegenwart verschmelzen, und als ich mich über mein Notizbuch beuge, sehe ich zwei junge Mädchen mit zu Siegesrollen aufgedrehtem schwarzem Haar, die kichernd zwischen den Regalen Fangen spielen. Inzwischen sind sie älter, vielleicht sechzehn, und verfolgen aufgeregt die attraktiven jungen Burschen, die in ihren Jeeps an ihnen vorüberfahren. Ob sie Jay Miller wohl zum ersten Mal hier in der Stadt begegnet sind? Den von mir ausgeliehenen Taschenbüchern von Autoren aus der Gegend und den akademischeren Werken nach zu urteilen befand sich hier das allererste Camp der amerikanischen Armee. Die Schwarz-Weiß-Aufnahmen in den Büchern zeigen gut gelaunte junge Burschen, die von Lastern winken, die für offizielle Bilder ernst in Uniform posieren oder nach getaner Arbeit oder absolviertem Training Bier trinken und Karten spielen. So wie die Körper, die vor Hunderten von Jahren im Moor versanken oder von Vulkanasche begraben wurden, werden auch die jungen Männer auf den Fotos niemals alt.

Ich erschaudere. Sie alle wirken so lebendig, aber trotzdem haben die wenigsten die Kämpfe überlebt. Das kann einfach nicht richtig sein. Sie alle haben an einem fremden Strand ihr Blut vergossen für den

Frieden, den wir einfach als gegeben nehmen und im besten Fall einmal im Jahr in irgendwelchen Sonntagsreden honorieren. Wie schnell wir doch die Generation vergessen haben, die in diesem Krieg verloren ging. Wie schnell wir doch als selbstverständlich nehmen, dass in unserem Teil der Welt seit über fünfundsiebzig Jahren Frieden herrscht.

Mit einem Seufzer wende ich mich wieder der Lektüre zu.

Ich recherchiere einfach gern. Eine der schönsten Arbeiten beim Schreiben ist, den Hintergrund der Charaktere zu entwickeln und bei der Recherche abzutauchen in die Welt, in der sie leben. Jedes noch so winzige Detail, das ich entdecke – sei es die Art Spitze, die damals ein Nachthemd säumte, oder ein dem Parlament vom König aufgezwungenes Gesetz, durch das er die Genehmigung bekam, sein Lotterleben fortzuführen –, haucht der Geschichte und den Menschen, über die ich schreibe, zusätzliches Leben ein. Beim Schreiben sehe ich die Orte, an denen die Menschen leben, die besonderen Nahrungsmittel, die sie aßen, und die Kleidung, die sie trugen – und genauso geht es mir jetzt mit Pencallyn in den 1940er Jahren und dem Alltag in der Armee, in der ein junger Mann gedient hat, der vielleicht der Vater meines Vaters war.

Ich notiere seitenweise Fragen, Anmerkungen und Ideen und spüre gar nicht, wie die Zeit verfliegt. Als mir die Uhr über dem Tisch der Bibliothekarin zeigt, dass es bereits Mittag ist, tun mir die Hand vom Schreiben und der Rücken vom stundenlangen Sitzen weh. Inzwischen sind die meisten Plätze mit Studenten und Studentinnen besetzt, die über ihren Ordnern und den ausgeliehenen Büchern sitzen und so tun, als ob sie bei der Arbeit wären, sich aber eher durch Instagram und Facebook scrollen. Auch meine Auftritte in den sozialen Medien habe ich nach dem Verlust meines Babys schleifen lassen, denn urplötzlich wurde Instagram für mich ein Ort, an dem man überwiegend Aufnahmen von pausbackigen Babys und von glücklichen Familien sieht. Ein Bild für sich genommen ist vielleicht erträglich, aber in der Summe bluten sie mich völlig aus. Meine Agentin kümmert sich um das, was online von mir als Autorin übrig ist, und bisher habe ich nicht mitbekommen, dass es auch nur einem Menschen fehlt, zu sehen, was es bei mir zum Mittagessen gab. Ich sollte vielleicht trotzdem ein paar Bilder mit dem Handy machen, um sie dann ins Netz zu stellen. Das wäre sicher gute Werbung für mein nächstes Buch. Nur haben die Recherchen über meine eigene Familie mein Interesse an dem neuen Buch vorübergehend überlagert, und ich habe den Verdacht, dass ich erst wieder schreiben kann, wenn die Suche nach Jay Miller abgeschlossen ist.

Als wolle mir mein iPhone zeigen, dass ich seine Dienste, wenn auch nicht für Instagram und Facebook, so auf jeden Fall für andere Dinge brauche, zeigt es eine eingehende Nachricht an. Sie ist von Josh. Er hätte mich hier abholen wollen, jetzt aber schreibt er, dass es bei ihm später wird und wir uns direkt bei Estella treffen, falls das in Ordnung ist. Gerührt von seiner Fürsorge tippe ich schnell zurück, dass mir der kurze Gang nach all den Stunden in der Bibliothek durchaus nicht ungelegen kommt.

»Hast du was rausgefunden?«, will er wissen, und ich überlege kurz. Ich habe jede Menge Hintergrundinformationen und inzwischen eine gute Vorstellung vom Leben in Pencallyn, als die Amerikaner 1943 kamen, doch entgegen meiner vagen Hoffnung wurde Jacob Miller nirgends namentlich erwähnt. Er ist noch immer einer von den Tausenden junger Männer, die hier stationiert gewesen sind. Die Mädchen hier in Cornwall waren vollkommen verrückt nach ihnen, denn die Staaten waren damals eine völlig andere Welt, die sie nur aus dem Kino kannten. Die jungen Männer zogen sie magisch an, denn sie verströmten den Glanz der Neuen Welt. Ich habe mir den Satz notiert: *Evie wollte Schauspielerin werden und hat Hollywood geliebt – hat sie sich vielleicht deswegen an Jay herangemacht?* Das ist die einzige, bescheidene Hypothese, die ich bisher habe, die mich sicher auch nicht wirklich weiterbringt.

Die amerikanische Armee hat damals die sozialen Spannungen und

Vorschriften zur »Rassentrennung«, die zu der Zeit in den Staaten herrschten, mitgebracht. Über hunderttausend afroamerikanischer Soldaten kamen damals ins Vereinigte Königreich, um auf der Seite der Verbündeten zu kämpfen, doch die schändlichen Gesetze aus der Heimat kamen auch hier zur Anwendung. Die Calmouth'sche Geschichtswerkstatt hat sich in einem Heft mit Reaktionen der Bevölkerung auf die Soldaten mit dunkler Hautfarbe befasst, und als ich las, dass sie in den Lokalen nicht erwünscht waren, ihnen nur die niederen Tätigkeiten zugewiesen und sie von den weißen Kameraden angegriffen wurden, wenn sie wagten, einheimische Mädchen anzusprechen, wogte glühend heißer Zorn in meinem Innern auf. Es tut mir in der Seele weh, mir vorzustellen, wie die Menschen damals mit Jay Miller umgesprungen sind.

Wie sehr ein potenzielles Mitglied meiner eigenen Familie damals gelitten hat …

Bei den Notizen zu dem Thema hat die Spitze meines Kugelschreibers sich so tief ins Blatt gebohrt, dass sie es mehrmals fast durchlöchert hat. Ein hässliches Zitat, auf das ich zufällig gestoßen bin, hat sich mir ins Hirn gebrannt. Die Worte stammen aus einem Brief des damaligen Abgeordneten der Gegend an das Außenministerium, in dem er unzählige Gründe dafür nennt, dass alle Schwarzen unter den Soldaten umgehend nach Afrika zurückzuschicken sind. In seinem Schreiben heißt es wörtlich, »Mischlingskinder« wären »schlecht für unser Land«.

Genauso hat der »ehrenwerte« Reginald es formuliert.

Mir dreht sich der Magen um. Was für ein Mann schreibt so etwas? Estella hat schon angedeutet, dass ihr Vater seine Frau geschlagen und dass der gesamte Haushalt sich vor ihm gefürchtet hat. Wie war es wohl für sie, mit einem solchen Menschen unter einem Dach zu leben? Noch dazu, wenn einer dieser gut aussehenden, von ihm gehassten Männer eine heimliche Affäre mit dem Mädchen hatte, das die beste Freundin seiner Tochter war?

Der Rest des Blatts ist mit Ideen und Theorien übersät.

Hat Estella die Affäre zwischen Evie und dem attraktiven Jay vielleicht gedeckt, sie dann aber aus lauter Angst vor ihrem alten Herrn verraten?

Hat sich womöglich Evie selbst vor Reginald gefürchtet und ist deshalb mit dem Säugling weggelaufen, oder hat der Alte sie persönlich vor die Tür gesetzt?

Hat vielleicht Violet, die arme, halb vergessene Violet, die heimliche Affäre zwischen Evie und dem jungen Mann vertuscht? Oder gar selbst etwas mit ihm gehabt? Schließlich hat Evie sie einmal als Flittchen tituliert …

So viele Fragen und – wie immer – keine Antworten. Je mehr ich die Geschichte meines Vaters recherchiere, umso größere Lücken tun sich darin auf. Ich habe das Gefühl, als würde sich mir die Wahrheit von Tag zu Tag ein Stückchen mehr entziehen, und seufze derart laut, dass einige der anderen Bibliotheksbesucher sich verwundert nach mir umdrehen.

Errötend tippe ich ein paar von meinen Theorien in mein iPhone, schicke sie an Josh, gebe die Bücher wieder ab und sammele meine Sachen ein. Ich sollte mich allmählich auf den Weg zur Klinik machen, denn die einzige Person, die mir beim Lösen dieses Rätsels helfen kann, liegt dort in einem Bett und ist so schwach, dass ich nicht weiß, wie lange ich noch mit ihr sprechen kann. Wenn ich mich nicht beeile, kann es sein, dass die Geschichte mit ihr stirbt. Ich brauche also Antworten, solange mir Estella Kellow welche geben kann.

Der Zeitpunkt ist gekommen, sie zu fragen, was ihr von Jay Miller in Erinnerung geblieben ist.

28

Estella
heute

Die Zeit war wie das Meer. Genau wie die Worte, die Evie und Estella vor über achtzig Jahren mit den Spitzen zweier Stücke Treibholz in den Sand geschrieben hatten, spülte es jetzt die Erinnerungen davon. Manchmal war Evie hier, und Estella hatte immer noch Mühe, mit ihr Schritt zu halten. Ein ums andere Mal schwebte Violet in einer Wolke süßlichen Parfüms an ihr vorbei, und ab und zu saß Alex in der schicken Lammfell-Fliegerjacke, die sein ganzer Stolz war, auf dem Rand ihres Bettes und zog sie auf, genau wie damals, als sie krank gewesen war.

»Ich bin keine zwölf mehr, sondern fünfundneunzig, Ally«, knurrte sie dann unwirsch, doch bevor ihr Alex eine Antwort geben konnte, kehrte sie unsanft in die Gegenwart zurück, in der ihr Körper und ihr Geist jeden Tag ein Stückchen mehr verfielen. Evie, Alex und Violet waren nicht mehr da, doch schon bald würde auch sie den Ort erreichen, an den sie vor all der Zeit entschwunden waren.

Der Einzige, der sie niemals besuchen kam, war Jay. Estella hatte schon vor langer Zeit gelernt, nicht mehr darauf zu hoffen, ihn zu sehen. Sie wusste nicht, wo er hingegangen war, doch er schien zu weit entfernt zu sein, um je zu ihr zurückzukehren.

Bis zu dem Tag, an dem die junge Frau mit seinem Foto in der Hand bei ihr erschienen war. Seitdem sah sie ihn jedes Mal, wenn sie Nell Summers sah. Sie sah ihn in Nells Lächeln und den sanften Rundungen ihrer Wangen, hörte ihn in ihrem amüsierten Lachen. Wenn sie Josh ein Lächeln schenkte, spiegelte sich darin dieser ganz besondere

Ausdruck reiner Liebe, und Estella hielt den Atem an, denn haargenau dasselbe Lächeln hatte sie vor all den Jahren in Jays Gesicht gesehen.

Nell Summers war die Brücke zwischen der Vergangenheit und der Gegenwart. Sie war auf jeden Fall mit Jay verwandt. Es konnte gar nicht anders sein. Doch wie war das möglich? Evie hatte sie verlassen, und auch Jay war niemals wieder aufgetaucht. Woher kam dann urplötzlich diese junge Frau, die ihm beinah verblüffend ähnlich war? So einen Menschen konnte es nicht geben. Hatte sie sich vielleicht eingebildet, dass die junge Nell bei ihr erschienen war? War dies ein weiterer gemeiner Trick ihres Gehirns, das langsam starb?

In den seltenen klaren Augenblicken, wenn Estella es vermochte, aus ihrem Dämmerzustand aufzutauchen, wusste sie, dass die Antwort phantastischer war als alle Geschichten, die sie je geschrieben hatte. Sie war so wunder- und zugleich so furchtbar, dass Estella, ehe sie sie greifen konnte, wieder in den trüben Wassern der Verwirrtheit unterging. Ehe die Erkenntnis sie erleuchten konnte, huschten wieder nur die alten Geister durch die dunklen Korridore der Erinnerung.

Dann schloss sie ihre Augen und schlief ein. Inzwischen verschleierten Träume die Wirklichkeit. Womöglich aber hatten sie das immer schon getan? Die Spiele, die die beiden Mädchen oft gespielt hatten, waren schließlich auch nichts anderes als Träume gewesen. Ihre Freundschaft war genauso ihrer Phantasie entsprungen wie die mystische Geschichte des *geheimnisvollen Gartens*, denn am Ende hatte Evie ihr Versprechen, immer für sie da zu sein, nicht gehalten und war verschwunden.

Estella hatte das Gefühl, als läge sie bereits seit einer Ewigkeit im Krankenhaus und als brächen sich die kleinen Wellen des Bewusstseins an den Rändern ihres Hirns. Die Wirklichkeit war so zerreißbar wie die Silberfäden, die die Spinnen in den Schwarzdornbüschen spannen, zarte Spitzenbänder, die sie niemals wiedersehen würde, und inzwischen kam ihr die Geschichte ihres Lebens wie ein wildes Knäuel aus Anfang, Mittelteil und unbekanntem Ende vor. Der Zauber bestand darin, die perfekte Ordnung herzustellen, aber dafür fehlten ihr die Zeit und auch die Kraft.

Doch dieses Mädchen schien zu glauben, dass es Hoffnung gab, und fand sich jeden Tag mit tröstlicher Beständigkeit an ihrem Krankenlager ein.

Estella war von diesem Mädchen fasziniert. Jetzt erklärte diese Nell, sie müsste alles wissen, was es über Jay zu wissen gab. Sie sah den sorgenvollen Blick der jungen Frau und spitzte angestrengt die Ohren.

»Ich muss es rausfinden, bevor …«

Die junge Frau brach ab, Estella aber wusste, was sie hatte sagen wollen. Sie wusste, ihre Zeit war knapp. Sie hatte ihren Frieden mit dem nahen Tod gemacht und kehrte immer häufiger in die Vergangenheit zurück. An Anfang hatte ihr das Angst gemacht. Sie hatte hart darum gekämpft, sich an die Gegenwart zu klammern, doch im Grunde war der Lohn die Mühe gar nicht wert, weshalb sie sich inzwischen immer öfter einfach treiben ließ. Sie war das Kämpfen und das Leben einfach leid.

»Estella, bitte, können Sie sich noch daran erinnern, wie es war, als die Amerikaner damals nach Pencallyn kamen?«, fragte Nell, und das entschlossene Blitzen ihrer wunderschönen blauen Augen machte deutlich, dass ihr diese Frage wirklich wichtig war. »Ich muss es wissen, weil ich die Wahrheit über die Familie meines Vaters sonst vielleicht nie herausfinde.«

Nell war jung genug, um noch daran zu glauben, dass die Wahrheit etwas Positives war. Estella überlegte, ob sie ihr erklären sollte, dass es manchmal besser war, die Wahrheit ruhen zu lassen. Was hatte es ihr selbst schon genützt, zu wissen, dass ihr Vater Frauen schlug? Was hatte es ihr schon genützt, herauszufinden, dass sie hinterrücks von ihrer Adoptivschwester verraten und von ihrem Liebsten ohne Abschiedsgruß verlassen worden war?

Die schrecklichen Erinnerungen waren zum Greifen nah. Estella hatte all die Menschen, die sie je geliebt hatte, verloren. Deshalb fiel es ihr schwer, an einen wohlwollenden Gott mit weißem Rauschebart zu glauben. Aber trotzdem hatte sie das seltsame Gefühl, dass irgendjemand wollte, dass sie Nell erzählte, was vor all der Zeit geschehen war. Und sie wusste, dass es richtig wäre, das zu tun.

»Die Amerikaner tauchten 1942 in Pencallyn auf«, fing sie mit einer Stimme an, die brüchig war wie das Papier, in das die Köchin damals ihre Brote eingewickelt hatte, wenn sie an den Strand gegangen waren.

Nell beugte sich zu ihr vor, um jedes ihrer Worte zu verstehen.

»Nach Pearl Harbor«, sagte sie.

Estella nickte knapp. Es war unmöglich, ihre Freude zu beschreiben, als Amerika beschlossen hatte, in die Kämpfe in Europa einzugreifen, denn die Deutschen waren in Frankreich und in Russland eingefallen, hatten London, Coventry und Plymouth beinah ausradiert, und die Gefahr, dass sie in Großbritannien einmarschieren würden, war so groß wie nie zuvor. Doch wenn sich die USA auf ihre Seite stellten, gab es vielleicht noch eine Chance, die Feinde abzuwehren. Vielleicht zeigte Onkel Sam diesem Hitler ja endlich Grenzen auf.

Inzwischen war es schwer, sich an die Vorkriegszeiten zu erinnern oder daran, dass es einmal eine Zeit gegeben hatte, bevor Evie Jenkins nach Pencallyn House gekommen war. Mittlerweile mussten auch die beiden Mädchen ihren Beitrag zu den Hausarbeiten leisten, auch wenn Evie ihren Dienst, wenn sie das Silber putzen oder in der Küche das Gemüse schnippeln sollte, widerwillig und eher schlecht als recht versah. Und obwohl Estella sich bemühte, die Gemüsebeete zu bestellen, war der Rest des Gartens längst verwildert, und obgleich sie ab und zu noch immer den *geheimnisvollen Garten* spielten, fühlte sich das Spiel nun an, als wäre es nur noch ein Teil ihrer Vergangenheit. Sie hinterließen keine Mitteilungen mehr neben der Sonnenuhr, und da die Buchsbaumhecken längst nicht mehr zurechtgeschnitten wurden, hatte auch das Labyrinth den ursprünglichen Reiz verloren.

»Es ist seltsam, wie normal ein Leben, das man sich zuvor nicht hätte vorstellen können, auf Dauer wird«, wandte Estella sich an Nell.

»Wir hatten Krieg, waren aber besser dran als die meisten anderen, weil Cornwall abgelegener als viele andere Landesteile war. Wir hatten stets genug zu essen, und wir hatten jede Menge Freiheiten.«

»Aber Sie haben Menschen, die Sie liebten, durch den Krieg verloren«, meinte Nell und runzelte die Stirn.

Estella sah die winzige Vertiefung zwischen ihren ordentlich gezupften, dunklen Brauen und klappte wehmütig die Augen zu.

»O ja, natürlich. Das haben wir damals alle, und es war die Hölle, aber auf Pencallyn hatten wir noch unsere Hühner, Milch und das Gemüse, das im Garten wuchs. Natürlich waren da die Verdunkelungen, die Luftkämpfe und Suchscheinwerfer, aber trotzdem waren wir nicht unglücklich. Nach dem Tod des armen deutschen Jungen wollte ich Krankenschwester werden und in eins der Lazarette gehen, und Evie hat weiterhin von Hollywood geträumt, aber wir waren zu jung, und Vater hat von mir verlangt, daheim bei Violet zu bleiben. Auch wenn sie kaum noch nach Hause kam, wenn er in London war.«

Evie hatte schon viel eher als Estella mitbekommen, was Violet trieb. Estella hatte erst noch etwas älter werden müssen, bis sie erkannt hatte, warum die Stiefmutter, wenn Reginald zu Hause war, derart schreckhaft wirkte und ihr Make-up in diesen Tagen oft viel dicker auftrug als gewohnt. Wer konnte es ihrer Stiefmutter verdenken, wenn sie auf der Suche nach ein wenig Glück bei einem anderen als ihrem Ehemann gelandet war?

»Die Amerikaner …«, drängte Nell, und Estella nickte schwach. Ihr war von Beginn an klar gewesen, dass sie irgendwann zu dieser Stelle der Geschichte kämen, doch auch wenn ein Teil von ihr sich danach sehnte, fürchtete sie gleichzeitig, dass sie nicht mehr allein die Herrin über die Erzählung wäre, sobald jemand anderes davon erfuhr. Doch ihr blieb kaum noch Zeit, und die Geschichte von Jay Miller, die mit ihrer eigenen und der von Evie eng verwoben war, hatte es nicht verdient, dass sie bald vollends in Vergessenheit geriet. Und vielleicht fände Nell sogar heraus, was ihm in Wahrheit zugestoßen war.

»Die Ankunft der Amerikaner in Pencallyn war sehr aufregend für uns. Sie verbreiterten die Straßen, sie verlegten Wasserrohre, asphaltierten Wege und fuhren so schnell mit ihren Jeeps an einem vorbei, dass einem bereits schwindlig wurde, wenn man sie nur sah. Wir hatten selbstverständlich keine Ahnung, was wir von den Männern zu erwarten hatten, denn das Einzige, was wir bis dahin aus den Staaten kannten, waren die Kerle, die man in den Cowboyfilmen im Kino sah. Ich nehme an, dass sie genauso wenig wussten, was von uns zu halten war. Es waren große, attraktive Burschen, und zum Missfallen meines Vaters, der zu der Zeit bereits knapsen musste, gaben sie den Sold, den sie bekamen, mit vollen Händen aus.

Estella hörte immer noch, wie Reginald sich lautstark über all die Partys und das Kaugummi, vor allem aber über all die Schwarzen, die ins Land gekommen waren, beschwerte. Und tatsächlich hatte er sich immer wieder an das Außenministerium gewandt, damit man sie zurück nach Afrika verfrachtete.

»Mein Vater hielt mit seiner Meinung nicht hinterm Berg, und er hatte ein paar Ansichten, für die er sich in Grund und Boden hätte schämen sollen«, setzte sie an.

»Ich weiß, was er geschrieben hat«, unterbrach sie Nell in sanftem Ton. »Ich weiß, dass er der Ansicht war, ›gemischtrassige‹ Kinder wie ich wären der Lebensart der Briten wenig zuträglich.«

Estella brach das Herz bei dem Gedanken, dass so eine wunderschöne, kluge, *einmalige* junge Frau wie Nell die herabwürdigenden Worte hatte lesen müssen, die vor langer Zeit von einem abscheulichen Mann geschrieben worden waren.

»Die Schwarzen unter den GIs hatten es damals schwer«, stimmte sie zu. »Mehr als eine Million von diesen Männern waren in Großbritannien stationiert und wurden, wenigstens soweit ich mitbekommen habe, von den weißen Offizieren wie Dreck behandelt. Ein paar der Offiziere haben sich richtiggehend an der Erniedrigung dieser Männer und an ihrer eigenen Grausamkeit ergötzt.«

Blonde Haare. Augen, die so leer wie Minenschächte waren. Ein rabenschwarzes Herz.

Estella griff sich an den Hals. Hamilton Mason. Immer noch rief die Erinnerung an diesen Mann in ihrem Inneren ein Gefühl der Panik wach. Er suchte vielleicht immer noch den Garten heim, den sie seit einer Ewigkeit nicht mehr betrat, aber er war seit über fünfundsiebzig Jahren tot.

»Die Schwarzen unter den GIs bekamen damals ihre eigenen Unterkünfte«, fuhr sie fort, »und die mit Abstand schlimmsten Jobs, denn sie galten als minderwertig und als Feiglinge. Gebildete und hoch qualifizierte Männer, die in ihrer Heimat Medizin studierten, mussten damals Straßen bauen und Latrinen ausheben, nur, weil sie eine andere Hautfarbe hatten. Vor allem kamen sie in große Schwierigkeiten, wenn sie sich mit einheimischen Mädchen unterhielten und einer der Offiziere etwas davon mitbekam. Wir Mädchen mochten sie viel lieber als die Weißen, weil sie höflich und respektvoll waren. Sie hätten es niemals gewagt, uns schamlos hinterherzupfeifen wie die anderen GIs.«

»Natürlich nicht«, stimmte die junge Nell Estella grimmig zu, »denn schließlich hätte man sie in den USA dafür gelyncht.«

»Ja. Ich nehme an, dass es in ein paar Staaten damals wirklich noch so war.«

Estella hörte einen süßlich-klebrigen, gedehnten Südstaatenakzent. Er klang so selbstbewusst und derart böse, dass sie noch Jahrzehnte später eine Gänsehaut bekam.

»Auch bei Ihrem Vater waren diese Männer nicht willkommen«, stellte Nell mit leiser Stimme fest.

»Mein Vater war kein netter Mensch. Ich kann dir gar nicht sagen, welche Angst ich früher vor ihm hatte, denn er war der Herr im Haus, hat, wie ich später mitbekommen habe, meine Stiefmutter misshandelt, und ich fürchte, dass es vor ihr meiner Mutter ebenso ergangen war.«

»Sogar Evie?«

»Evie ist ihm aus dem Weg gegangen. Aber wenn nötig, hat sie sich ihm durchaus widersetzt. O ja. Sie hatte wirklich Mumm.«

»Was wollen Sie damit sagen? Was hat sie getan?«

Estella lächelte. »Wart's ab, denn schließlich geht es erst einmal um die GIs, nicht wahr? Oh, ich habe zahllose Erinnerungen an sie und weiß beim besten Willen nicht, wo ich beginnen soll.«

Sie roch die Camel-Zigaretten, die die beiden Mädchen rauchten, auch wenn sie zu Anfang hatten husten müssen. Estella hatte diese Kunst niemals so gut beherrscht wie Evie, die schon bald so elegant wie Rita Hayworth Ringe blies. Auch heute noch konnte sie den wohlig-aufgeregten Schauder nachvollziehen, den sie verspürt hatte, wenn ihr von einem hübschen Jungen zugezwinkert worden war. Wie herrlich aufregend die Zeiten damals doch für sie gewesen waren! Die Nissenhütten, die wie deformierte Pilze aus dem Boden schossen. Der flotte Jazz. Strände voll Beton. Das Hämmern auf dem Pier am Rand der Bucht. Die Straße, die sich wie eine braune Wunde durch das grüne Fleisch ihres Gartens schnitt. Der erste klebrig-süße Dosenpfirsich. Eispulver. Gestohlene Küsse unter einem sternenübersäten Himmel zu den Klängen von Glenn Miller. All die Dinge waren so lebendig und so nah, dass Estella fast nicht glauben konnte, dass sie alle schon vor fünfundsiebzig Jahren geschehen waren.

»Ich könnte dir davon erzählen, wie wir Mädchen erstmals die Soldaten sahen, die in ihren Jeeps an unserem Hof vorüberfuhren«, bot sie an. »Oder wie Violet mit uns für Weihnachtseinkäufe nach Calmouth fuhr und eins von ihren Fahrzeugen in einer von den schmalen Straßen stecken blieb. Sie waren die schmalen Straßen hier in Cornwall einfach nicht gewohnt und mussten extra einen Kran holen, um den Jeep über die Hausdächer zu ziehen. All die Leute, die zum Einkauf in der Stadt waren, haben dabei zugesehen und ihnen am Ende applaudiert. Wir waren uns alle einig, dass das eine wirklich tolle Vorstellung war.«

Estella wusste, was Nell Summers hören musste, aber schließlich hatte sie all diese Dinge fast ein Leben lang für sich behalten, und sie jetzt mit jemandem zu teilen, fiel ihr alles andere als leicht.

»Faszinierend!«, meinte Nell. »Ich würde wirklich gerne alles über die Soldaten in Pencallyn und vor allem über Jacob Miller hören. Wie war es für ihn, hier zu sein?«, erkundigte sie sich. »Was haben er und seine Freunde hier gemacht?«

Estella atmete geräuschvoll aus. Es war so weit. Sie würde die Geschichte jemand anderem erzählen, egal, wie schwer es ihr fiel. Schließlich hatte sie seit einer Ewigkeit auf diese Gelegenheit gewartet, und sie wünschte sich nichts sehnlicher, als dass dem armen Jay Gerechtigkeit widerfuhr.

»Im Grunde waren sie noch Jungs, die fern der Heimat und wahrscheinlich häufig furchtbar einsam waren. Junge Burschen, die ihre Familien vermissten und mit ihren Ängsten kämpften, weil die Zeiten damals alles andere als ungefährlich waren. Die Hautfarbe spielte in Cornwall keine Rolle. Die Bewohner dieser Gegend öffneten den Jungen ihre Häuser und auch ihre Herzen. Als sie bei uns das Camp errichteten, kam endlich Leben nach Pencallyn, und wir alle hatten jede Menge Spaß. Das Herrenhaus wurde für Panzerübungen beschlagnahmt, und aufgrund der Munition, die dort gelagert wurde, durften wir dort nicht mehr in den Wald. Es wurden unzählige Straßensperren und Checkpoints eingerichtet, und andauernd fanden irgendwelche Truppenübungen statt. Dann sahen wir Mädchen die Soldaten in blitzsauberen Uniformen los- und Stunden später wild zerzaust und voller Schlamm zurückmarschieren. Es herrschte Krieg, und oft hatten wir Angst, vor allem, wenn wir daran dachten, dass die Deutschen vielleicht einmarschieren würden, denn mein Vater hatte angedroht, uns alle zu erschießen, ehe wir den Feinden in die Hände fielen. Doch meistens war das alles nur ein Spiel für uns, ein Spiel, in dem es Jeeps und Panzer, Tanzveranstaltungen und – für Evie – unzählige Flirts gab.«

»Evie hat mit den GIs geflirtet?«

»Allerdings! Sie war total verschossen in den Glamour, den die Jungen aus den Staaten mitbrachten. Für Evie, das heißt für uns alle, kamen diese jungen Kerle geradewegs aus Hollywood. Und andersrum waren die Jungs von Evie hingerissen, denn sie sah einfach bezaubernd aus.«

Das unbeholfene Entlein, das zu einem stolzen Schwan herangewachsen war. Estella war noch immer stolz auf sie. Wer hätte je gedacht, dass sich die dürre Göre mit den Läusen in den Haaren und den aufgeschrammten Knien einmal in eine gertenschlanke junge Frau verwandeln würde, die mit ihrer Mähne rabenschwarzer Haare und der Haut wie Milch die Blicke auf sich zog. Die beiden Mädchen sahen sich zwar noch immer ähnlich, aber während Evie eine knabenhafte Eleganz verströmte, wies die zierliche Estella jede Menge Rundungen auf.

»Die Amis waren total vernarrt in sie«, rief sie sich zärtlich lächelnd in Erinnerung. »Sie sah ein bisschen aus wie Vivien Leigh, vor allem, wenn sie Violets roten Lippenstift geborgt hatte und das Haar in Siegesrollen trug.«

Nell verzog den Mund zu einem Grinsen. »Mir gefällt die Vorstellung, dass Sie beide sich aufgebrezelt haben, um den GIs die Köpfe zu verdrehen.«

Estella aber schüttelte den Kopf, als wage sie es auch mit über neunzig nicht, ein potenzielles Fehlverhalten zu gestehen.

»Meine Güte, ich doch nicht! Vor lauter Angst, mein Vater würde etwas davon mitbekommen, hätte ich das nie gewagt! Bei uns waren zwei Offiziere einquartiert, und aus der Sicht meines Vater hätte ich mir einen von den beiden angeln sollen.«

»Und, hat er Ihnen auch gefallen?« Nell riss die Augen auf, als dächte sie sich schon eine romantische Geschichte von der jungen Frau aus Cornwall aus, die sich hoffnungslos in einen schicken Offizier verliebte. Wahrscheinlich dachte sie, er wäre bei der Landung in der Normandie gefallen und nach einer lebenslangen Trennung würden sie erst durch den Tod wieder vereint.

Diese Überlegungen aber klangen schief wie ein seit einer Ewigkeit nicht mehr gestimmtes Instrument, und für Estella gäbe es nichts Schlimmeres, als mit Hamilton vereint zu sein. Gleich, ob im Leben oder Tod.

»O nein!«, erklärte sie mit Nachdruck. »Ganz im Gegenteil. Er hat mich niemals interessiert. In meinem ganzen Leben gab es nur einen Mann.«

Gespannt beugte die junge Nell sich vor, und ihre Hände, die die Hände von Estella fest umklammert hielten, waren die Boje, die die alte Dame über Wasser hielt. Der Grund des Sees jedoch war herrlich friedlich, und Estella kämpfte gegen das Verlangen an, einfach in den warmen Schlamm zu sinken. Sie musste diesem Mädchen alles sagen, denn wenn sie das nächste Mal in der Vergesslichkeit versinken würde, tauchte sie womöglich nicht noch einmal daraus auf.

»Ich sollte dir erstmal von dem Tag erzählen, an dem ich Jay zum ersten Mal begegnet bin.«

29

Estella

1943

»Das ist eine Unverschämtheit! Aber nicht mit mir!«

Reginalds Ausbruch ließ Estella so zusammenzucken, dass der Tee aus ihrer Tasse auf die Untertasse schwappte und ihr Messer klirrend auf den Teller fiel.

»Was ist denn los, mein Lieber?« Violet sah aus, als hätte sie die Frage lieber nicht gestellt, denn schließlich sagte ihr das zornrote Gesicht ihres Mannes, dass sie bestimmt nicht würde hören wollen, was der Grund seiner Empörung war.

»Das hier!« Wütend wedelte er mit dem Brief, den er bekommen hatte, vor ihrem Gesicht herum.

»Schon wieder diese gottverdammten Yanks.« Die Haare seines Schnurrbarts bebten vor Empörung, und mit lauter Stimme fuhr er fort: »Sie wollen tatsächlich irgendwelche Offiziere bei uns einquartieren. Das ist eine bodenlose Unverschämtheit. Ich werde sofort ans Ministerium schreiben und Nein sagen. Haben sie nicht schon genug von mir bekommen? Meinen Sohn? Mein Land? Und jetzt wollen sie auch noch mein eigenes Heim? Wie sollen wir da weiter ein zivilisiertes Leben führen? Da können wir ja gleich die Deutschen einladen, hier einzuziehen!«

»Wenn's Offiziere sind, sind sie doch sicher relativ zivilisiert«, mischte sich Evie ein. Sie sprach mit gleichmütiger Stimme und sah aus, als würde es sie nicht mal ansatzweise interessieren, ob die Männer in Pencallyn einziehen würden oder nicht, aber Estella wusste, dass das Herz der Blutsschwester bei dem Gedanken, dass bald hübsche Yanks bei ihnen Quartier beziehen würden, schneller schlug. Mit ihren gerade einmal sechzehn Jahren flirtete sie wild, sobald ein gut aussehender amerikanischer Soldat in ihre Nähe kam.

»Das ist ein gutes Training, falls ich einmal einem reichen Mann begegne oder vielleicht jemandem vom Film. Denn Männer sind Idioten, Stell, und werden, falls sie denken, dass du ihnen gibst, was sie sich wünschen, alles für dich tun. Der Trick besteht ganz einfach darin, ihnen das Gefühl zu geben, das sie es vielleicht bekommen«, hatte sie Estella aufgeklärt.

Die Freundin meinte Sex, der ihrer Meinung nach ein Ass im Ärmel war, das eine junge Frau natürlich nur im allergrößten Notfall zog. Estella fragte sich, woher sie all diese Dinge wusste. Vielleicht aus den Filmen, die sie sich begeistert ansah, wenn sie Violet dazu überreden konnte, mit ihr ins Kino zu gehen.

Reginald Kellow sah das Mädchen fragend an. Er war sich nicht ganz sicher, ob sie eine Frage hatte stellen wollen oder einfach vorlaut war, doch Evie hielt dem Blick mit unschuldigen blauen Augen stand. Estella war beeindruckt. Dass sie sich nicht ansehen ließ, wie aufgeregt sie war, bewies aufs Neue, dass sie eine ganz hervorragende Schauspielerin war.

»Nun ja«, räumte er widerstrebend ein. »Aber sie hier im Haus zu haben, wird uns trotzdem alle möglichen Probleme machen. Wart's nur ab.«

Die Stille, die auf seine Worte folgte, wurde durch das kratzende Geräusch, mit dem sich Violet Butter auf ihr Toastbrot strich, und durch das Ticken der Kaminuhr noch betont.

»Nur gut, dass sie nicht das gesamte Anwesen beschlagnahmen wollen«, stellte Evie fest. »Im Dorf haben sie erzählt, dass in Treconnoc Park jetzt eine Panzerbasis ist.«

»Meine Güte, ja, das stimmt«, bestätigte ihr Violet. »Ich habe Jilly St. Martin auf Dizzy Poldeens Cocktailparty getroffen, und sie hat es mir erzählt. Es bricht Bertie das Herz. Sie bauen dort eine Straße nach der anderen, und er meint, dass sich der Boden davon nie wieder erholen wird. Könnt ihr euch so etwas hier auf unserem Grundstück vorstellen?«

Das konnte Reginald, und er erschauderte.

»Natürlich ist es wichtig, dass ich auch in dieser Angelegenheit ein Vorbild für die anderen bin und meinen Beitrag zu den Kriegsanstrengungen leiste.« Vorsichtig schob er das Schreiben wieder in den Umschlag und erklärte großmütig: »Ich werde heute Morgen noch zurückschreiben und mitteilen, dass die Offiziere uns willkommen sind. Im Krieg muss schließlich jeder Opfer bringen.«

Evie zwinkerte Estella zu, und da die beiden Mädchen keine Ahnung hatten, dass das Leben auf Pencallyn sich bald für alle Zeit von Grund auf ändern würde, wandten sie sich wieder ihrem Frühstück zu.

Ende Oktober, als der Herbst in den Winter überging und die vom Wind zerzausten Krähen in den Bäumen hockten, um den scharfen Zähnen eines bitterkalten Ostwinds zu entgehen, bezogen First und Second Lieutenant Hamilton Mason und Lexington Boone in ihrem Haus Quartier.

Die Mädchen waren in der Vorratskammer, einem kühlen, dunklen Raum im rückwärtigen Teil des Hauses, um die Zwiebeln, die sie im Gemüsegarten ausgegraben hatten, aufzuhängen. Die Luft roch nach Kompott und eingelegten Essiggurken, und Estella dachte, dass der gleichförmige Rhythmus, den die Jahreszeiten ihren Arbeiten verliehen, ihr durchaus gut gefiel. Schon immer hatte die Familie den Gartenbau geliebt, doch erst seit Estella selbst Hand anlegen musste, war ihr aufgegangen, wie ungeheuer clever die Natur war. In den vier Jahren seit Beginn des Krieges hatte sie begonnen, den Boden zu verstehen, herausgefunden, welche Pflanzen wann und wo gediehen, und gelernt, wie man die Erde auf die Winterruhe vorbereiten musste, damit auch im nächsten Frühjahr wieder etwas wuchs.

Vor allem hatte sie den grünen Daumen, für den auch schon ihre Vorfahren berühmt gewesen waren: Das Jäten, Graben, Säen, das Ausdünnen der Pflanzen, das Zurechtschneiden der Bäume und das Ernten des Gemüses fielen ihr leicht. So ging es Evie nicht, und oft stellten die beiden Mädchen scherzhaft fest, sie bräuchte eine Pflanze nur kurz anzuschauen und schon ginge sie ein. Die von ihr gesäten Erbsen wurden von den Krähen gefressen, ihre Bohnen hingen müde an den Stangen, und ihre Kartoffeln wurden von der Braunfäule dahingerafft.

Estella wagte nicht, sich vorzustellen, was passieren würde, wenn sie Evie jemals in die Nähe ihrer Hühner oder Schweine ließ!

»Wie viele sind es noch?« Die Freundin richtete sich auf und rieb sich den müden Rücken. Trotz des Schmutzflecks, den sie auf der Nase hatte, und der alten Männerhose, die sie statt mit einem Gürtel nur mit einem Strick zusammenhielt, sah sie mit den rot geschminkten Lippen und dem von Estellas Stiefmutter »geborgten« Hermèsschal um ihre schimmernd schwarzen Locken so glamourös aus wie immer. Estella kam sich im Vergleich zu ihr mit ihrem alten Kleid mit Blümchenmuster, ihrer groben sackleinenen Schürze, ihren Gummistiefeln und den eilig hochgesteckten Haaren wie eine langweilige alte Jungfer vor.

»Nur noch eine Kiste«, antwortete sie. »Und danach sollten wir der Köchin helfen, einen Teil der Rote Bete einzumachen.«

Evie zog die Nase kraus. »Igitt! Dann stinken wir den ganzen Tag nach Essig. Muss das sein?«

»Wenn du sie essen willst, auf jeden Fall.« Estella ärgerte sich manchmal über Evie, die sich vor der harten Arbeit drückte, wo es ging. Sie hatte aufgehört zu zählen, wie oft sie sich bereits beim Umgraben der Beete nach der Freundin umgesehen hatte, um sie irgendwas zu fragen, und dann nur noch deren Heugabel gesehen hatte, die verlassen auf dem Boden lag. »Wir graben für den Sieg, erinnerst du dich noch?«

»Aber wir sollen ja wohl nicht die Nazis mit den Zwiebeldünsten ausräuchern«, gab Evie schlecht gelaunt zurück. »Na los, wir rackern uns hier schon seit Stunden ab. Lass uns zumindest eine kurze Pause machen und ein Tässchen Tee trinken, okay?«

Estella sah sie drohend an. »Der Tee wird warten müssen, bis wir fertig sind.«

»So herrisch, wie du dich benimmst, schicken sie dich am besten nach Berlin. Mit deinem ständigen Genörgel zwingst du sicher sogar Hitler in die Knie.«

Estella ignorierte diesen Kommentar und flocht den nächsten Zwiebelzopf. Manchmal war es besser, nicht auf das Gespött der Freundin einzugehen. Vor allem war Evie eigentlich genau die Art von Mensch, die man bei einer solchen Tätigkeit an seiner Seite haben wollte, denn sobald sie sich auf eine Arbeit konzentrierte, war sie wirklich schnell.

Kurz bevor die Mädchen mit der Arbeit fertig wurden, flog die Tür der Vorratskammer auf. Im Türrahmen stand Violet, und links und rechts von ihr erschienen zwei Fremde in der Uniform der amerikanischen Armee. Die beiden Offiziere, die ihnen schon angekündigt worden waren.

»Da seid ihr ja! Ich habe euch schon überall gesucht!«, rief Violet. »Ich wollte euch schnell unsere Hausgäste vorstellen. Hamilton Mason und Lex Boone! Die Herren, dies sind meine Stieftochter Estella und unsere …« Violet überlegte, wie sie Evie nennen sollte. Adoptivkind? Freundin? Gast?

Estella sah, dass Evie ihre Zähne aufeinanderbiss.

»Und unsere Freundin Evie Jenkins«, führte Violet am Ende leicht verlegen aus. »Wie Sie sehen können, graben wir hier auf Pencallyn für den Sieg!«

»Das ist natürlich großartig. Ich bewundere Ihr Volk für seinen Kampfgeist«, gab der kleinere der beiden Yanks zurück. Seine gedehnte Sprechweise ließ einen an Pfirsiche, Hitze und Sonnenuntergänge denken, und er lächelte die Mädchen höflich an. Der Größere der beiden aber sagte nichts und ließ den Blick auf eine Art an ihnen herunterwandern, von der zumindest Estella eine Gänsehaut bekam.

Sie sah die beiden Offiziere an. Sie waren schon den Namen nach was völlig anderes als die Ruperts und die Henrys, die sie kannte, und in ihren reich geschmückten Uniformen und mit ihren makellosen, strahlend weißen Zähnen sahen sie beinah exotisch aus. Sie waren breitschultrig und muskulös. Der größere der beiden Männer hatte eine sonnenbraune Haut und helles, beinah weißes Haar, während der andere blass und dunkelhaarig war.

Als Evie ihren Kopf in den Nacken legte, um den blonden Hünen anzustarren, nahm Estella einen völlig neuen Ausdruck im Gesicht der Freundin wahr. Er kam ihr vor wie ein Gemisch aus Ehrfurcht und Bewunderung.

»Hamilton Mason, stets zu Diensten, Ma'am«, stellte sich der blonde Riese selbst noch mal vor, bevor er ihre Hand, die voller Erde war, mit seinem weißen Handschuh nahm und filmreif an die Lippen hob. »Es ist mir eine Ehre.«

Noch immer wie gebannt, sah Evie zu ihm auf. Wahrscheinlich kam es ihr so vor, als wäre er Rhett Butler, der in ihrer Person auf eine englische Scarlett O'Hara traf. Sie liebte diesen Film. Sie hatte alle Dialoge auswendig gelernt und sich sogar den Südstaatenakzent, in dem die Menschen sprachen, eingeprägt. Wahrscheinlich dachte sie in diesem Augenblick, ihr Traum von Hollywood würde jetzt endlich wahr. Sie wäre nicht die erste junge Frau, der diese Yanks den Kopf verdrehten, denn mit ihren Muskeln, ihrer Sonnenbräune und dem Sold, den sie bekamen, waren sie das genaue Gegenteil der englischen Soldaten, und die einheimischen Mädchen liefen ihnen scharenweise hinterher.

»Unseren Jungs gefällt das ganz und gar nicht«, hatte Mrs. Tullis missbilligend festgestellt und schlecht gelaunt die Brombeermarmelade in dem großen Topf, der auf dem Herd stand, umgerührt. »Ein Blick auf diese Yanks, und unsere Mädchen drehen durch. Wahrscheinlich liegt das an den Kaugummis, den Strümpfen und den ganzen anderen Sachen, die sie ihnen schenken. Das ist ganz einfach nicht gerecht, vor allem, weil unsere Jungs bereits viel länger kämpfen und nicht einmal ansatzweise so viel Geld bekommen wie sie.«

Wie Evie schien auch Violet von ihren neuen Mitbewohnern durchaus angetan zu sein. Sie nannte sie bereits bei ihren Vornamen, und als sie mit den beiden sprach, sah Estella, dass ihre Augen funkelten und eine leichte Röte ihre Wangen überzog. Wahrscheinlich plante sie schon Cocktailpartys und Soireen.

Estella wischte sich die Hände an der Schürze ab und gab Lex Boone die Hand. Der Second Lieutenant war ein bisschen kräftiger als der andere Mann, und seine Nase war mit Sommersprossen übersät. Estella stellte ihn sich vor, wie er mit Huckleberry Finn auf Apfelbäume kletterte und seine Angel in den Mississippi warf. Lexington Boone, der Zweite, stellte er sich höflich vor, doch anders als Tom Sawyer war er offenbar der Sohn von einem reichen Vater und kam obendrein aus einer großen Stadt. Am besten liehe sich Estella in der Bibliothek ein paar Bücher über die Staaten aus.

Lex wandte sich an Evie, und Estella sah in ein Paar graue Augen, die denselben Farbton wie das sturmumtoste Meer im Winter hatten. Genauso wenig, wie sie sich im Winter hätte in die Fluten stürzen wollen, wollte sie die fremde Hand berühren und musste sich zusammenreißen, um nicht unwillkürlich ihren Arm zurückzuziehen.

»Hamilton Mason, Ma'am.«

Wie schon zuvor bekam sie eine Gänsehaut und fragte sich, wie sie je hatte denken können, dass die Stimme dieses Mannes warm und süß wie Honig klang. Er unterzog sie einer Musterung, als wäre sie ein Ross auf einem Pferdemarkt. »Es ist mir ein Vergnügen.«

Mit dem symmetrischen Gesicht und der Patriziernase sah er wie ein Engel oder eine Statue aus. Das kurzgeschorene, weißlich blonde

Haar betonte seinen wohlgeformten Skalp, und ein paar goldene Bartstoppeln zierten das feste Kinn. Die schmalen grauen Augen schienen geradewegs in sie hineinzusehen, und der sinnliche Mund versprach Vergnügen, die sie nicht kannte, weil sie ihr bisher nie zuteilgeworden waren. Die Uniform sah aus, als hätte man sie extra für ihn maßgeschneidert, weil sie seine schmalen Hüften, seine muskulösen Oberschenkel, seine straffe Brust und seine breiten Schultern vorteilhaft zur Geltung kommen ließ. Er war schön, aber gleichzeitig auch kalt wie Stein.

»Ich freue mich darauf, Sie näher kennenzulernen, Miss Kellow«, fügte er hinzu, bevor er ihre Hand genau wie die der Freundin elegant an seine Lippen hob. Dann ließ er seine warme Zunge über ihre Knöchel gleiten, und es kam ihr vor, als wollte eine Schlange sie mit ihren Giftzähnen markieren. Estella stellte sich den Mann als Python vor, und als er endlich von ihr abließ, hätte sie sich ihren Handrücken am liebsten an der Schürze abgewischt.

Mit einem strahlenden Lächeln wandte Violet sich den Gästen zu.

»Nachdem Sie meine Mädchen kennengelernt haben, möchten Sie jetzt sicher erst mal Ihre Zimmer sehen. Mein Mann kommt heute Abend heim. Gegessen wird um neunzehn Uhr, falls das für Sie in Ordnung ist.«

»Auf jeden Fall, Ma'am.« Noch immer starrte Hamilton Estella an, als hätte er sie geradewegs verschlingen wollen. »Ich freue mich darauf.«

Nachdem die drei den Raum verlassen hatten und sich Violet fröhlich plappernd auf dem Weg zur Küche mit den beiden Männern unterhielt, wandte sich Evie stirnrunzelnd Estella zu.

»Was war denn das?«

»Ich weiß nicht, was du meinst.«

Übellaunig lehnte Evie sich gegen die Arbeitsplatte und verschränkte ihre Arme vor der Brust.

»O doch, das weißt du ganz genau. Du hast ihn angestarrt, als würdest du im nächsten Augenblick in Ohnmacht fallen. Aber dieser Mason gehört mir. Ich habe ihn zuerst gesehen.«

Estella lachte, aber das Geräusch erstarb auf ihren Lippen, als ihr aufging, dass die Freundin wirklich böse auf sie war.

»Na toll! Jetzt lachst du mich sogar noch aus.«

»Aber du redest vollkommenen Unsinn! Was soll das denn bitte heißen – du hast ihn zuerst gesehen?«

»Was ich gesagt habe! Ich wollte bisher nie etwas für mich, Stella. Noch nie. Immer hat alles dir gehört, aber ich liebe dich, und deshalb war es mir egal. Aber den Mann will ich für mich. Hamilton Mason will ich ganz allein für mich.«

Estella war erschüttert, als die Freundin plötzlich in dem aufgebrachten Ton des jungen Mädchens sprach, das in verdreckten Kleidern und verlaust bei ihnen angekommen war. Es war der Ton des Mädchens, das den armen deutschen Jungen einfach seinem Schicksal hatte überlassen wollen, und die Stimme eines Menschen, der in ihr nicht mehr die Schwester, sondern eine Feindin sah.

»Ach, mach dich doch nicht lächerlich! Ich habe ihn im Grunde überhaupt nicht angesehen. Ich war ganz einfach höflich, weiter nichts. Du kannst ihn gerne haben. Er gehört von jetzt an dir.«

»Verarschst du mich auch nicht? Na los, versprich es mir!«

Ab und zu, vor allem unter Stress, fiel Evie in ihr altes Sprachmuster zurück. Sie fluchte wie ein Kesselflicker, wenn's ans Unkrautzupfen ging, und wenn sie einem Huhn den Hals umdrehen musste, weil die Köchin und Estella das nicht konnten, fuhr sie das verdammte Drecksvieh ungehalten an, sich, Teufel noch einmal, gefälligst nicht zu wehren.

»Ich lüge nicht. Versprochen.«

»Bei der Sonnenuhr?«

»Auch bei der Sonnenuhr. Wir können sofort hingehen, wenn du willst.«

Doch damit gab die Freundin sich zufrieden, weil der Schwur, den sie geleistet hatten, als sie Blutsschwestern geworden waren, ihr noch immer heilig war.

»Ich glaube dir«, erklärte sie. »Du würdest bei der Sonnenuhr ganz sicher niemals einen Meineid schwören.«

»Das würde ich auch sonst nicht tun!« Es war Estella deutlich anzuhören, dass sie getroffen war. »Ich würde dich niemals belügen. Schließlich sind wir Blutsschwestern.«

Das andere Mädchen sah sie reglos an.

»Allerdings, das sind wir. Wir haben uns geschworen, uns niemals zu verraten. Bei unserem Leben, weißt du noch?«

Estella hatte diese Dinge etwas anders in Erinnerung, aber die Jahre zwischen dreizehn und fast siebzehn waren lang.

»Ich weiß es noch«, stimmte sie zu. »Aber, Evie, ich befürchte, dass man diesem Mr. Mason nicht über den Weg trauen kann. Er hat was an sich, was …«

Sie überlegte, wie er sich am passendsten beschreiben ließ.

»… mir Angst macht«, endete sie lahm. Im Grunde hatte sie nach einem anderen Wort gesucht, denn »Angst« war viel zu harmlos für die nackte Panik, die sie überfallen hatte, als er ihre Hand ergriffen hatte, und den kalten Ekel, den es ihr verursacht hatte, als er mit der Zunge über ihre Haut gefahren war. Jede Faser ihres Körpers gab ihr deutlich zu verstehen, dass dieser Mann gefährlich war.

»Was bist du manchmal doch für eine dumme Gans.« Die Freundin zog den Schal von ihrem Kopf und schüttelte die schwarzen Haare aus. »Er ist ein wirklich attraktiver Mann. Ich finde, er sieht wie ein Filmstar aus.«

Da hatte Evie durchaus recht. Hamilton Mason war ein schöner Mann, wenn auch auf eine raubtierhafte, todbringende Art. Sein Aussehen blendete die Menschen wie das helle Licht der Sonne, und Estella spürte, dass man sich verbrennen würde, wenn man ihm zu nahe kam. Ein Mann wie dieser Mr. Mason war sich seiner Macht bewusst und hatte keine Angst, sie einzusetzen, wenn er einen Vorteil darin sah.

Die arme Evie hätte gegen einen solchen Typen keine Chance.

»Schon auf den ersten Blick war mir bewusst, dass er es ist«, fuhr Evie mit verträumter Stimme fort.

»Dass er es ist? Was willst du damit sagen?«

»Dass ich mit ihm genau dem Richtigen begegnet bin. Dass es Liebe auf den ersten Blick war und dass er mich heiraten und dann mit in die Staaten nehmen wird.«

Estella starrte sie entgeistert an. Der Mann war ein vollkommen Fremder, und auch wenn die Freundin gern mit den Soldaten flirtete und tanzte, war es ihr dabei bisher nur um den Spaß gegangen, aber nicht um Liebe oder gar ums Heiraten. Sie hatte sich entsetzlich über *Romeo und Julia* aufgeregt und einfach nicht verstehen können, weshalb die dumme Julia sich nicht für Paris entschied. Und plötzlich glaubte sie an Liebe auf den ersten Blick?

»Sieh mich gefälligst nicht so an!«

»Wie denn?«

»Als wäre ich verrückt.«

»Ich denke nicht, dass du verrückt bist«, flunkerte Estella, »doch das Leben ist nun mal kein Kinofilm. Du kennst den Mann doch gar nicht. Du hast keine Ahnung, wie er ist, und davon abgesehen ist er viel zu alt für dich.«

»Was hat das Alter denn damit zu tun? Ich wusste es in dem Moment, in dem er in die Vorratskammer kam, Estella, und ich würde alles tun, damit auch er mich will. *Alles.*«

Während sie dies sagte, schob sich eine Wolke vor die Sonne und tauchte den Raum in Dunkelheit. Doch selbst im Dämmerlicht konnte Estella das herausfordernd gereckte Kinn und das entschlossene Blitzen in den Augen ihres Gegenübers sehen. Sie hatte das Gefühl, als füllte sich der Raum mit Schatten. Es war dieselbe undeutliche Furcht vor einer drohenden Gefahr, wie sie sie auch verspürte, wenn sie daran dachte, dass der Feind nur darauf lauerte, in England einzufallen.

Estella wusste, dass die Ankunft dieses Mannes weder für sie selbst noch für die Freundin etwas Gutes zu bedeuten hatte. Sie musste auf der Hut sein.

30

Estella

1943

Reginald vergaß bereits nach kurzer Zeit, dass er sein Haus nicht für die Offiziere hatte öffnen wollen, und nach den ersten Wochen fanden in Pencallyn House fast täglich irgendwelche Cocktailpartys oder eleganten Abendessen statt. Der Schmerz über die Straße, die sich durch den Garten fraß, und die knapp zwanzig Hektar Land, die er dem Camp der Yanks geopfert hatte, wurde durch den Glamour und das zusätzliche Essen, das die Offiziere ihnen brachten, schließlich mehr als wettgemacht. Vor allem wurden er und Violet bald zu allen größeren gesellschaftlichen Anlässen in Cornwall eingeladen, und als sogar Daphne du Maurier das Paar zum Tee nach Menabilly bat, wurde Estella grün vor Neid.

Sie hatte *Rebecca* verschlungen und die schauerlichen Ereignisse und Wendungen geliebt. In den beinah quälenden Beschreibungen des halb verfallenen Manderley hatte sie die heimtückischen Kräfte der Natur erkannt, die jetzt Besitz vom Garten ihres eigenen Anwesens ergriffen hatten, und die Schüchternheit der namenlosen Ich-Erzählerin entsprach genau den Ängsten, die sie selbst empfand. Natürlich hatte Evie sich vor allem für die dunkle und gefährliche Rebecca interessiert.

»Rebecca wusste, was sie wollte, und hat es sich genommen«, hatte Evie festgestellt.

»Aber sie war bösartig und grausam«, hatte ihr Estella widersprochen, und die Freundin hatte sie mit einem grimmigen Blick bedacht.

»Aber ihr Name ist der Titel dieses Buchs. Rebecca ist die Hauptfigur. Sie ist viel interessanter als die andere Frau.«

Wie gern hätte Estella Daphne du Maurier gefragt, welche der Frauen ihr lieber war, aber nur ihre Eltern waren nach Menabilly eingeladen, und die beiden wären sicher nicht an literarischen Diskursen interessiert.

Im Verborgenen schrieb Estella seit geraumer Zeit an ihrem eigenen Buch, an einer literarischen Version des selbst erdachten Gartenspiels, und hätte viel dafür gegeben, einer so berühmten Literatin davon zu erzählen. Als Violet von dem Besuch zurückgekommen war, hatte sie aufgeregt von Daphnes durch und durch charmantem Ehemann und von dem wundervollen Anwesen erzählt. Einfach göttlich, hatte sie erklärt, und ihre Stieftochter war wortlos in die Bibliothek gestapft, um dort auch weiter ohne Tipps der großen Meisterin an ihrem eigenen Buch zu feilen.

Sie saß so oft wie möglich in der Bibliothek, und zwar am Fenster hinter einem Vorhang, damit niemand, der den Raum betrat, sie sah. Dann schrieb und malte sie, bis ihre Finger sich verkrampften und die Augen anfingen wehzutun.

Seitdem die beiden Offiziere in Pencallyn eingezogen waren, hatte Evie kaum noch Lust, dabeizusitzen, wenn sie schrieb, selbst ein Buch zu lesen oder mit ihr durch den winterlichen Garten zu spazieren. Stattdessen streifte sie den ganzen Tag allein durchs Haus und hoffte, dass sie irgendwo auf Mr. Mason traf.

Estella fehlte die Gesellschaft ihrer Freundin, und obwohl sie immer noch ein Zimmer teilten, hatten selbst die Tuscheleien, wenn sie nachts in ihren Betten lagen, aufgehört. Inzwischen wünschte Evie ihr nur noch knapp »Gute Nacht« und kehrte ihr dann sofort den Rücken zu. Sie wusste, dass Estella ihre Schwärmerei für Hamilton missfiel, und, typisch Evie, schloss sie zur Strafe so weit es ging aus ihrem Leben aus. Sie hasste es, wenn ihre Blutsschwester mit irgendwelchen Dingen, die sie tat, nicht einverstanden war.

Estella konnte nichts dagegen tun, dass Evie plötzlich ihrer eigenen Wege ging. Die Freundin hatte das besondere Talent, die Menschen zu beobachten und ihre Schwächen und Geheimnisse zu horten wie ein Eichhörnchen die Eicheln, die als Vorrat für den Winter vorgesehen waren. Estella wusste, dass ihr Hamiltons Interesse an ihr während ihres ersten Treffens aufgefallen war. Und wenn sie weiter davon ausging, dass er Estella ihr vorzog, würde sie sich auch von ihr verraten fühlen. Estella war zutiefst betrübt und wünschte sich, die beiden Offiziere wären nicht bei ihnen einquartiert worden.

Sie gab sich alle Mühe, diesen Männern aus dem Weg zu gehen, denn wann immer sie mit der Familie zusammen aßen, spürte sie, dass Hamilton sie ein ums andere Mal mit kühlen Blicken maß. Sie brachte kaum etwas herunter, wenn die grauen Augen jede noch so winzige Bewegung, die sie machte, zu verfolgen schienen, und wenn er den Blick an ihr herunterwandern ließ, bekam sie wie bereits bei ihrem ersten Treffen eine Gänsehaut. Und das Bewusstsein, dass die Freundin ihrerseits verfolgte, wie sie darauf reagierte, machte es nicht einfacher.

Während Evies Schwärmerei wuchs, nahm Estellas Abneigung dem First Lieutenant gegenüber täglich zu. Trotz seiner kräftigen Statur tauchte er immer wieder plötzlich völlig lautlos vor ihr auf. Dann tat er überrascht, sie aber wusste, dass er sie verfolgte und mit Absicht immer dann erschien, wenn sie allein war. Sie war schließlich nicht dumm.

Rein äußerlich gab er ihr niemals einen Grund, sich über sein Verhalten zu beschweren. Er war immer höflich, äußerte Interesse an den Büchern, die sie las, und fragte sie nach dem berühmten Garten, der das Haus umgab, doch unter seinen Blicken fühlte sie sich wie ein Tortenstück, auf das er ganz versessen war. Sie hatte beinah Angst, dass er ihr seine Zähne in die Kehle schlagen würde, um mit seiner Zunge wie bei ihrem ersten Treffen in der Vorratskammer über ihre Haut zu fahren. Er widerte sie an.

Hingegen stand die clevere und forsche Evie ganz in seinem Bann. Es war, als würde sie seit seinem Einzug unter einem bösen Zauber stehen. Statt zu erkennen, dass ein solcher Kerl es ganz bestimmt nicht gut mit ihnen meinte, schwärmte sie für dieses »Bild von einem Mann« und schlich ihm in der Hoffnung, dass er sie bemerkte, ständig hinterher. Sie machte sich dadurch zur Närrin, denn sogar die Köchin nannte sie nur noch das »liebestolle Ding«.

»Sie schwärmt nun mal für ihn«, erklärte sie Estella eines Morgens, nachdem Evie, statt zu helfen, mit verträumter Miene aus dem Raum geschlendert war. Estella knetete also allein den Teig und wünschte sich, sie könnte Evies Kopf genauso kneten, damit diese seltsame Besessenheit ein Ende fand.

»Das ergibt doch keinen Sinn.« Sie stieß die Worte einzeln aus und trommelte im selben Rhythmus mit den Fäusten auf dem Teig herum. »Er hat bisher noch kaum ein Wort mit ihr gewechselt, und im Grunde weiß sie gar nicht, wer er ist.«

Die Köchin lachte laut. »Die Liebe ist nur selten was, was irgendeinen Sinn ergibt. Das werden auch Sie selbst eines Tages sehen. Man kann sie nicht erklären und sich nicht dagegen wehren.«

Für Estella war die Liebe etwas, was sie einfach nicht verstand. Vor allem den Frauen tat sie selten gut. Das sah sie jeden Tag an Violet, die die Launen ihres Vaters über sich ergehen ließ. Und an dem armen Landmädchen, das, als es schwanger wurde, über Nacht verschwand. Und jetzt benahm sich auch noch Evie derart seltsam. Nein, die Liebe war ganz sicher nichts, wonach Estella Kellow auf der Suche war. Sie würde Bilder malen und Bücher schreiben, statt sich einem Ehemann zu unterwerfen, der sie unter Umständen nur deshalb nähme, weil sie seit dem Tod von Alex Erbin von Pencallyn war. Wenn sie sich je verlieben würde, dann in ihren Seelenverwandten aus dem alten Traum. Ansonsten bliebe sie ihr Leben lang allein. Dann könnte Evie bei ihr leben, sie würden nach dem Ende dieses Krieges täglich Kuchen essen, sich zusammen prächtig amüsieren und tun und lassen, was sie wollten, ohne dass ein strenger Ehegatte es verbot. Wäre doch der First Lieutenant nicht aufgetaucht, um ihre Freundin gegen ihren Willen in seinen bösen Bann zu ziehen.

»Ich werde mich ganz sicher nicht verlieben«, meinte sie mit Nachdruck, worauf Mrs. Tullis ihr mit einem nachsichtigen Lächeln widersprach.

»Eines Tages wird ein junger Bursche Ihre Blicke auf sich ziehen, und dann werden Sie an nichts anderes mehr denken können. Das passiert uns allen – sogar mir –, denn als ich meinen Bert getroffen habe, war es so, als würde ich die Engel singen hören.«

Das zu glauben, fiel Estella schwer. Der Mann der Köchin, der auf ihrem Anwesen die eine oder andere Arbeit verrichtete, wenn er nicht im Pilchards an der Theke stand und einen Großteil seines Lohns vertrank, erschien ihr mit seinem roten Kopf und seinem Bierbauch ganz bestimmt nicht wie der Stoff, aus dem die Träume junger Mädchen waren.

»Er hat ein bisschen zugelegt«, räumte die Köchin angesichts der ungläubigen Miene ihres Gegenübers ein. »Aber früher war er wirklich schneidig, und Sie müssen zugeben, dass Lieutenant Mason ebenfalls ein durchaus hübscher Bursche ist – vor allem in Uniform.«

Estella gäbe nie im Leben etwas in der Richtung zu. Das gute Aussehen dieses Mannes wurde von den kalten grauen Augen ebenso verdeckt wie das Sonnenlicht durch eine dunkle Wolkenwand. Er war ihr einfach unheimlich, und wenn er ihr zu nahe kam, verspürte sie ein ängstliches Kribbeln im Genick.

Sie sagte nur: »Er interessiert sich nicht für Evie«, und die Köchin lachte auf.

»Das ist uns allen klar! Denn schließlich würde selbst ein Blinder sehen, für *wen* der Mann sich interessiert!«

Estella hielt abrupt im Kneten inne, und der Teig rann zähflüssig von ihren Händen auf den Tisch.

»Was wollen Sie damit sagen?«

»Meine Güte! Lieutenant Mason hat ein Auge auf *Sie* geworfen, Miss Estella. Ich sage Ihnen, wenn er könnte, würde Sie der Kerl mit Haut und Haaren auffressen. Aber Sie hätten's deutlich schlechter treffen können. Es heißt, er wäre wohlhabend, und wie es aussieht, ist Ihr Vater ihm sehr zugetan. Vor allem wären Sie zwei ein wirklich schönes Paar.«

Estellas Knie wurden weich, und Hilfe suchend klammerte sie sich mit ihren verklebten Händen an den Tisch. Wenn sogar den Bediensteten des Hauses Hamiltons Interesse an ihr aufgefallen war, hatte die Freundin es auf jeden Fall bemerkt. Estella wusste nicht, was schlimmer für sie war: dass dieser Mason sie umwarb oder dass Evie das Gefühl hatte, dass sie sie hinterging. Sie wäre sicher außer sich und war zu allem fähig, wenn sie dachte, dass Estella sie verriet. Es würde keine Rolle spielen, dass Estella nicht das mindeste Verlangen danach hatte, Mason auch nur ansatzweise zu gefallen. Estella hatte das Gefühl, als gäbe der steinerne Boden unter ihren Füßen nach.

»Sehen Sie sich doch nur mal an. Vor lauter Glück wird Ihnen ja ganz schwindelig«, lachte die Köchin, die Estellas Grauen für einen Ausdruck jüngferlichen Schmachtens hielt.

»Ganz sicher nicht«, klärte Estella Mrs. Tullis mit zusammengebissenen Zähnen auf. »Ich habe keinerlei Interesse an dem Mann. Ich weiß, das Evie für ihn schwärmt und würde ihrem Glück niemals im Weg stehen wollen. Sie ist schließlich meine Freundin.«

»Was Sie manchmal für einen Unsinn reden, Miss Estella! Lieutenant Mason ist ein Gentleman. Jemand wie Evie käme für ihn niemals in Betracht. Ich weiß, dass Sie zusammenhalten wie Pech und Schwefel, aber Sie haben einen völlig anderen gesellschaftlichen Hintergrund als sie und sind sich nur begegnet, weil der Krieg sie aus der Stadt hierher aufs Land verschlagen hat. Sie sind die Tochter eines Gentleman, wohingegen Evie Jenkins, als sie damals bei uns ankam, eine schmuddelige Göre aus der Gosse war. Wahrscheinlich wird sie bald dahinterkommen, dass sie einem solchen Mann ganz einfach nicht das Wasser reichen kann, Sie werden sehen.«

Estella aber wusste, dass das nicht passieren würde, denn wenn Evie etwas wollte, setzte sie es mit allen Mitteln durch. Dann ging sie stur den einmal eingeschlagenen Weg und wich nicht einen Millimeter davon ab. Auch jetzt scheute sie keine Mühe, stellte heimlich winterliche Blumen vor seine Zimmertür, und statt zu essen, saß sie bei den Mahlzeiten am Tisch und warf ihm sehnsüchtige Blicke zu. Violet hatte einmal scherzhaft von ihr wissen wollen, wovon sie *träumen* würde, und das Mädchen hatte sie so zornig angefunkelt, dass Estella angst und bange geworden war. Nur gut, dass dieser Blick der Stiefmutter nicht aufgefallen war. Sie hatte viel zu viel damit zu tun gehabt, sich ein ums andere Mal kichernd die Haare aufzubauschen, um noch irgendetwas anderes zu registrieren, Estella aber hatte – abgrundtief erschöpft von den erfolglosen Versuchen, zu ergründen, was die finstere Miene ihres Vater zu bedeuten hatte, und den lüstern-kalten Blicken dieses widerlichen Mason auszuweichen – das Gefühl gehabt, als herrschten noch gefährlichere Strömungen am Tisch als in den Buchten von Pencallyn Cove. Und wenn sie sich nicht vorsah, würde sie in deren Sog geraten und elend darin untergehen.

Ihr Vater war über ihre beiden Gäste hocherfreut. Sie waren wohlerzogene Gentlemen aus wohlhabenden Südstaatenfamilien, sie hatten ihre Ausbildung in West Point absolviert und teilten seine Ansichten zur Oper, gutem Essen und vor allem zu den Schwarzen in der amerikanischen Armee. Lex' Familie kam aus Georgia, wo sein Vater Vizepräsident der Eisenbahngesellschaft war, und hatte kein Problem damit, die Schwarzen Straßen bauen und andere niedere Tätigkeiten ausführen zu lassen, und auch Hamilton, dessen Familie eine – sicher auf dem Rücken Hunderter von Sklaven aufgebaute und bewirtschaftete – Plantage in South Carolina hatte, machte deutlich, dass die Schwarzen ihm in jeder Hinsicht unterlegen waren.

Estella hatte aufgehört zu zählen, wie oft sie den Gesprächen der drei Männer über die verminderte Intelligenz der Schwarzen, derentwegen sie zu Recht nur niedere Positionen innehatten und für schwere, aber geistig anspruchslose Arbeiten herangezogen wurden, hatte lauschen müssen. Doch je öfter sie sie hörte, umso stärker nahm ihr Unbehagen zu. Sie war vielleicht erst siebzehn, aber ihrer Meinung nach bestand kein allzu großer Unterschied zwischen den Thesen ihres Vaters und dem Hass, den Hitler auf die Juden in Europa predigte. Sollten nicht die Alliierten gegen derartige Vorurteile und die daraus resultierenden Verfolgungen von Minderheiten kämpfen?

»Eine Sache, die mir aufgefallen ist und ganz und gar nicht zusagt, ist, dass es in Großbritannien keine klaren Grenzen zwischen Weißen und Schwarzen zu geben scheint«, stellte der widerliche Hamilton an einem trüben Abend im November fest. Die Amerikaner hatten sich über das Wetter, das so völlig anders als in ihrer Heimat war, beschwert und dann über die Dinge, die ihnen in Cornwall fehlten, diskutiert. Nach Meinung von Estella sagte es viel über Mason aus, dass er als Erstes nicht seine Familie, sondern das Gesetz zur »Rassentrennung« nannte, das zumindest in den Südstaaten noch immer galt. Den Leuten in Pencallyn sagte diese Einstellung nicht im Geringsten zu.

»Wir müssen das gemeinsam durchstehen, ob wir Schwarz sind oder weiß oder blau-grün getupft«, hatte die Köchin festgestellt. »Der junge Bursche, der bei Ivy Pendriscott Quartier bezogen hat, ist wirklich nett. Er ist Sanitäter, und sie meint, dass er seiner Familie alle Ehre macht. Ich halte nichts von diesem ganzen Quatsch, dass Schwarze anders sind. Vor allem sollten wir uns, statt uns gegenseitig zu bekämpfen, ganz auf Hitler konzentrieren.«

Estellas Vater aber pflichtete dem Lieutenant bei. »Es ist eine Schande«, meinte er und nickte zustimmend.

»Ich habe durchaus hübsche Mädchen aus dem Ort gesehen, die mit irgendwelchen Negern ausgegangen sind«, mischte auch Lex sich ein.*

---

* In dem vorliegenden Roman gibt es Figuren, die sich kontextuell bedingt eines rassistischen Sprachgebrauchs bedienen, von dem wir uns als Verlag distanzieren.

»Ich habe gesehen, wie diese Schwarzen mit euren Mädchen tanzen und sie sogar küssen«, fügte Mason stirnrunzelnd hinzu. »Bei uns zu Hause wäre so was nicht erlaubt. Ich nehme an, Ihr Briten habt da andere Standards?«, wandte er sich an Reginald. »Euch scheinen Dinge, die sich unserer Meinung nach ganz einfach nicht gehören, nicht zu stören.«

»Sie können mir glauben, Lieutenant, anständige Briten stören sich auf jeden Fall daran«, gab Reginald zurück. »Es ist, wie ich immer sage. Durch die Ankunft dieser Neger wird unsere Bevölkerung verschmutzt. Bevor wir uns es versehen, ist Großbritannien verseucht.«

Estella konnte einfach nicht mehr schweigen und sprang auf.

»Wie kann man so was Bösartiges sagen! Sie sind ganz normale Menschen, und sie kämpfen ebenfalls in diesem Krieg. Wir sollten ihnen dankbar sein.«

»Hüte deine Zunge«, herrschte Reginald sie an.

»Nicht, wenn du solche Dinge sagst!«, schrie sie weinend zurück. Sie war die Männer und die grauenhaften Dinge, die sie sagten, einfach leid und schämte sich zutiefst für Reginald.

Erschrocken warf sich Violet die Hände vor den Mund, und Evie riss entsetzt die Augen auf, denn bisher hatte niemand in Pencallyn House es je gewagt, den Hausherrn derart anzufahren.

»Ich habe dir gesagt, du sollst den Mund halten!«

Estellas Hände zitterten, und sie versteckte sie hinter den Falten ihres Rocks.

»Das kann ich nicht«, erklärte sie ihm ruhig.

»Dann reiße ich dir deine freche Zunge raus!«

Ihr Vater machte einen Satz in ihre Richtung, stieß dabei die Flasche Rotwein um, und für Estella sah die leuchtend rote Flüssigkeit, die sich auf der Damastdecke verteilte, aus wie frisch vergossenes Blut.

Estella fuhr zurück, stieß gegen ihren Stuhl und warf ihn krachend um.

»Bitte, Schatz, beruhig dich«, flehte ihre Stiefmutter den Gatten an. »Estella meint es nicht so. Sie weiß nicht, was sie sagt. Sie ist doch noch ein Kind.«

Schäumend vor Wut fuhr er zu Violet herum.

»Sie ist siebzehn, und sie weiß, dass niemand sich für ihre Meinung interessiert. Genauso wenig wie für deine.«

Die arme Violet wurde leichenblass und starrte vor sich auf den Tisch.

»Hat sonst noch jemand was zu sagen?«, fragte Reginald und sah sich um.

Es hatte einmal eine Zeit gegeben, in der Evie aufgesprungen wäre, um Estella beizustehen, weil ihr Versprechen, sie zu lieben und zu schützen, ihre Furcht vor Strafe überwogen hätte, aber diesmal blieb sie stumm. Die beiden Mädchen sahen sich kurz an, doch eilig wandte sich die Freundin wieder ab.

Etwas zwischen ihnen hatte sich verändert, und das Band ihres Versprechens franste an den Enden aus.

»Offenbar muss ich ein Auge auf die Frauen der Familie haben«, wandte Reginald sich seinen Gästen zu. »Sie eignen sich anscheinend irgendwelche seltsamen Ideen an. Ich bitte um Entschuldigung, die Herren.«

Hamilton verzog mitleidig das Gesicht. »Nicht nötig, Sir. Mit den Damen gehen die Gefühle durch. Sie haben eben weiche Herzen, und sie können so komplizierte Dinge einfach nicht verstehen. Bitte machen Sie sich deshalb keine Vorwürfe. Außerdem ist ein bisschen Kampfgeist auch bei Frauen nicht verkehrt.« Er wandte sich Estella zu, und in den kalten Tiefen seiner Augen nahm sie etwas Dunkles wahr, das schlimmer war als der Jähzorn ihres Vaters. So leise, dass nur sie es hören konnte, flüsterte Hamilton: »Denn dadurch wird die Freude, wenn man sie sich unterwirft, um ein Vielfaches versüßt.«

Estella kannte sich mit Männern nicht gut aus, doch die Drohung, die in seiner honigsüßen Stimme lag, war nicht zu überhören.

»Hinaus mit dir, Estella«, zischte Reginald. »Ich werde diese Sache später mit dir klären.«

Und wie nicht anders zu erwarten, suchte Reginald sie nach dem Essen auf und drosch so fest mit seinem Gürtel auf sie ein, dass sie noch Tage später Höllenqualen litt, wenn sie auf ihrem Stuhl am Esstisch saß. Sie war kurz davor, in Tränen auszubrechen, doch die Genugtuung gab sie ihm nicht.

»Ich hätte gerne zugesehen, als dein Vater dich gezüchtigt hat«, flüsterte ihr Hamilton am nächsten Morgen zu. »Ich kann mir vorstellen, dass das ein durchaus hübscher Anblick war.«

Estella wurde blass und fühlte sich beschämt.

As Evie nach dem Frühstück wissen wollte, was ihr Hamilton beim Platznehmen zugeflüstert hatte, dachte sie sich eilig etwas aus.

»Es ging ums Wetter«, meinte sie, doch Evie wirkte alles andere als überzeugt, und um sie abzulenken, fragte sie: »Ist dir etwa egal, was er über die Schwarzen sagt?«

In Evies Miene blitzte etwas auf, und während eines kurzen Augenblicks dachte Estella, dass sie zu ihr durchgedrungen wäre, denn die Evie, die sie heiß und innig liebte, war rebellisch, mutig und alles andere als dumm. Sie wäre von den widerlichen Worten dieses Mannes mindestens so abgestoßen wie sie selbst. Estella war sich sicher, dass die wahre Evie hinter einer dicken Schicht aus Eis gefangen war und in dem Wunsch, sich zu befreien, verzweifelt mit den Fäusten gegen diese Wände schlug. Tat sich vielleicht in diesem Augenblick ein kleiner Riss in ihrer harten Schale auf?

»Du willst doch ganz bestimmt nicht sagen, dass du damit einverstanden bist?«, hakte sie voller Hoffnung nach.

»Er ist nun einmal nicht von hier«, murmelte Evie, wagte dabei aber nicht, ihr ins Gesicht zu sehen.

»Egal, woher er kommt, sind diese Dinge einfach falsch, denn schließlich sind wir Menschen alle gleich.«

»Du hast gut reden«, stellte Evie schnaubend fest.

»Was soll das denn heißen?«

»Du bist eine Kellow. Ein Mitglied der Familie. Du gehörst hierher. Darüber, wie es für uns andere ist, hast du anscheinend noch nie nachgedacht. Willst du etwa behaupten, du und Mrs. Tullis, Bertie oder Dolly oder eins der Landmädchen wärt gleich?«

Estella hatte keine Ahnung, was sie darauf sagen sollte.

»Nein, natürlich nicht«, fuhr Evie wütend fort. »Und selbst wenn wir so tun, als ob wir Schwestern wären, sind auch du und ich nicht gleichgestellt. Ich bin für alle hier das Kuckuckskind. Versuch am besten gar nicht erst, was anderes zu behaupten, Stell. Ich weiß genau, was Mrs. Tullis, Dolly und all die anderen von mir halten. Wenn ich es genau bedenke, ist dein Vater der Ehrlichste von ihnen, denn er verachtet die gesamte Welt.«

»Natürlich sind wir Schwestern! Wir sind Blutsschwestern!«

»Das war doch nur ein Spiel. Was meinst du, was aus mir wird, wenn dieser Krieg vorüber ist? Glaubst du im Ernst, ich würde dann auch weiter hierbleiben und eine Lady werden, so wie du? Den Teufel werde ich. Dann werde ich Verkäuferin oder Fabrikarbeiterin – wenn es mir nicht gelingt, mir einen Mann wie Hamilton zu angeln, mit dem ich in die Staaten gehen und ein neues Leben anfangen kann. Dann wird vielleicht sogar etwas aus Hollywood.«

Estella traute ihren Ohren nicht. »Du wärst bereit, Pencallyn zu verlassen? Aber ich dachte, du bleibst hier, wir schreiben Bücher und führen zusammen das Leben, das wir leben wollen.«

»Das ist doch nur ein Traum.«

»Das ist es nicht. Ich werde dafür sorgen, dass es möglich wird.«

»Du würdest es vielleicht versuchen, doch dein Vater würde so was niemals zulassen«, rief ihr die Freundin traurig in Erinnerung. »Ich weiß, wie diese Dinge laufen, aber endlich bin ich einem Mann begegnet, der mein Schicksal dauerhaft verändern kann. Das spüre ich genau, und zwar hier drin«, erklärte sie und griff sich theatralisch an die Brust.

Estella wurde kalt. *Endlich bin ich einem Mann begegnet, der mein Schicksal dauerhaft verändern kann.* Das klang wie eine grauenhafte Prophezeiung, denn Estella hatte den Verdacht, dass die Veränderungen, die ein Mann wie Hamilton bewirkte, nicht zum Guten wären.

Wie die Prinzessin im *geheimnisvollen Garten* müsste sie die Freundin vor dem bösen Lieutenant retten. Schließlich hatte sie geschworen, sie zu beschützen, auch wenn sie nicht wusste, wie ihr das gelingen sollte, weil der Mann, der sie in seinen Bann gezogen hatte, böse und gefährlich war. Er war die Art von Mann, die sich nicht scheute, eine junge Frau, die für ihn schwärmte, schamlos auszunutzen und sich einer anderen gegen deren Willen aufzudrängen. Als sie daran dachte, dass er es genossen hätte, dabei zuzusehen, wie ihr Vater sie geschlagen hatte, wogte ein Gefühl der Übelkeit in ihrem Innern auf.

Von nun an passte sie am besten doppelt auf sich selbst und ihre dumme, hoffnungslos verliebte Freundin auf.

31

Estella

1943

»Heute Abend findet in der Schule eine Tanzveranstaltung der amerikanischen Soldaten statt!«

Evie stürzte in die Küche und stellte den Korb voll Kohl so schwungvoll auf den Tisch, dass er beinah herunterfiel. Ihre Wangen waren gerötet, und zum ersten Mal seit Wochen blitzten ihre blauen Augen aufgeregt.

»Du könntest ruhig ein bisschen mehr Interesse zeigen.« Knurrend streckte Evie ihre kalten Hände in der warmen Luft über dem Ofen aus. »Es gibt Musik, etwas zu essen, und es wird getanzt. Das ganze Dorf geht hin. Das wird bestimmt ein Riesenspaß. Du weißt doch wohl noch, was das ist?«

Bestimmt war mit dem ganzen Dorf vor allem Hamilton gemeint, und ihn zu treffen, wäre sicherlich kein Spaß. Die Offiziere hatten in den letzten Wochen mit Manövern und mit Truppenübungen zu tun gehabt, weshalb sie kaum im Haus gewesen waren. Estella hatte aufgeatmet, weil sie nicht mehr ständig darauf hatte achten müssen, dass die Freundin irgendetwas Dummes tat. Trotzdem ließ sie Evie kaum noch aus den Augen und folgte ihr wie ein Schatten. Denn zu zweit wären sie auf alle Fälle stärker als allein.

»Du weißt doch, dass ich nicht gern tanze«, protestierte sie. Ihrer Meinung nach gab es kaum etwas Schlimmeres, als stundenlang mit selbstbewussten jungen Männern Jive und Lindy Hop zu tanzen, die der Überzeugung waren, für eine Dose Pfirsiche und einen Streifen Kaugummi bekämen sie zumindest einen Kuss.

»Aber *ich*!« Bei diesen Worten wirbelte die Freundin bereits durch den Raum. Sie war tatsächlich eine gute Tänzerin, weshalb es für sie wahrlich nichts Schöneres gäbe, als zu diesem abendlichen Tanz zu gehen. Die jungen Männer würden Schlange stehen, um sie durch die Luft zu wirbeln, und sicherlich hoffte Evie, dass Hamilton auf der Feier auftauchte. Estella wagte zu bezweifeln, dass die Offiziere sich für die Vergnügungen ihrer Männer interessierten, aber daran hatte Evie, die die Hierarchie in Internaten und beim Militär nicht kannte, bisher wohl nicht gedacht.

Vielleicht wäre ein Abend außer Haus, fernab von ihrem Vater, gar nicht mal so schlecht. Zwar hatte er Estella für ihr ungebührliches Benehmen am abendlichen Esstisch hinlänglich bestraft, aber verziehen hatte er ihr deswegen noch lange nicht. Trotzdem wiesen nur noch die inzwischen weitestgehend verblassten blauen Flecken, die sein Gürtel hinterlassen hatte, und die vielsagenden Blicke, die ihr Hamilton, wenn sie sich trafen, zuwarf, darauf hin, dass etwas vorgefallen war. Estella hatte auf die harte Tour gelernt, den Mund zu halten, und obwohl sie vor Wut kochte, wenn sie die Gespräche bei den Mahlzeiten verfolgte, hatte sie beschlossen, nur noch Kämpfe auszufechten, die auch zu gewinnen waren. Eines Tages würde sie dem Vater sagen, was sie wirklich von ihm hielt. Er war ein schrecklicher Tyrann und ein Rassist. Und auch wenn Hamilton das Aussehen eines jungen Gottes hatte, war er nichts als eine jüngere Ausgabe von Reginald.

Ach, könnte Evie das doch sehen!

Doch Evie dachte weiter nur an die Tanzveranstaltung. Die Hüfte schwingend kam sie auf sie zugetänzelt und schlang ihr die Arme um den Hals.

»Na komm schon, Stell! Ich bitte dich! Es ist doch nur ein Abend. Sicher haben wir dort jede Menge Spaß. Und schließlich weiß man nie. Vielleicht triffst du ja einen hübschen Yank, der dir gefällt!«

»Wohl kaum«, wehrte Estella augenrollend ab.

»Warum denn nicht? Hast du eine Ahnung, wie viele Soldaten es hier in Pencallyn gibt? Dolly wird durchdrehen, wenn sie das sieht!«

Da die Lage auf der anderen Seite des Kanals inzwischen immer ernster wurde, kamen beständig weitere Soldaten aus den Staaten an. Sie drängten sich auf Lastwagen und auf den Kriegsschiffen, die in der Bucht vor Anker gingen, und wenn Estella mit der kleinen Poppet durch den Wald bis runter an den Fluss spazierte, wurde ihr der Weg ans Ufer, wo die Schiffe gut getarnt wie Dinosaurier lagen und es im Gebüsch vor unsichtbaren Wesen nur so wimmelte, durch dicke Rollen Stacheldraht versperrt. Einmal hatte sie auf einem umgestürzten Stamm ein Wiesel sitzen sehen und sich gewünscht, sie hätte noch die alte Kamera, um diesen Augenblick der vollkommenen Stille einzufangen. Sie war traurig, dass man ihr die Kamera abgenommen hatte, damit sie nicht versehentlich irgendwelche Bilder machte, die den Deutschen helfen könnten. Auf ihren Protest, dass sie gar keine Deutschen kennen würde, hatte Reginald nicht reagiert. Allmählich kamen ihr die langen Sonnentage mit Evie, als sie mit der Kamera im Garten oder bei dem alten, leer stehenden Hof am Ende ihres Grundstückes herumgestreift waren, wie ein anderes Leben vor.

Das Camp hatte sich vergrößert und weiteres Land von Reginald geschluckt. Die schmalen Straßen waren abermals verbreitert worden, und die Felder, entlang derer es jetzt jede Menge Straßensperren gab, waren mit Zelten übersät. Estella hatte sich daran gewöhnt, sich ständig auszuweisen oder Fragen zu beantworten, ihr Vater aber, dem das Land gehörte, war deswegen außer sich vor Zorn. Man schrieb das fünfte Jahr des Krieges, und mit Winteranbruch wurden die Nahrungsmittel selbst in Cornwall knapp. Die Nerven waren zum Zerreißen angespannt, und alle waren abgrundtief erschöpft. Auch wenn Estella von der Aussicht alles andere als begeistert war, wäre ein Abend mit Musik und Tanz vielleicht genau das Richtige in einer solchen Zeit.

»Also gut, ich komme mit«, erklärte sie, und Evie jubelte vor Freude. Wahrscheinlich würde sie bereuen, dass sie nachgegeben hatte, den ganzen Abend in der Ecke sitzen und sich wünschen, in der Bibliothek an ihrem Buch zu schreiben – aber dieses Opfer würde sich lohnen, wenn die Freundin endlich mal wieder glücklich wäre, anstatt sich weiter in Gedanken über ihre unerfüllte Liebe zu verlieren.

Die Mädchen gingen durch den Garten Richtung Dorf. Der volle Mond warf dunkle Schatten auf den Boden, und die dünne Frostschicht auf dem Gras und auf den Bäumen schimmerte wie Diamantenstaub. Klare Vollmondnächte waren schön, aber gefährlich, weil das Licht den deutschen Bombern ihren Weg nach England wies, Estella aber gab sich alle Mühe, den Gedanken an den Krieg für diesen einen Abend zu verdrängen und sich, wie es Mädchen ihres Alters zustand, einfach nur zu amüsieren.

Immer wenn die Türen des Schulhauses geöffnet wurden, füllte sich die kalte Nachtluft mit Musik. Die Aula war gerammelt voll. Die Mädchen trugen ihre besten Kleider, hatten sich das Haar zu Siegesrollen aufgedreht und sich die Lippen rot geschminkt. Es gab in ihrem Ort nur selten die Gelegenheit, sich dergestalt herauszuputzen, und sie alle hatten die Gelegenheit genutzt. Da Violet mittags zehn Minuten nachdem Reginald den Weg nach London angetreten hatte, ihrerseits nach Calmouth aufgebrochen war, hatten die Mädchen ihren Kleiderschank geplündert und sich schick gemacht. Evie sah in einem dunkelblauen Kleid, das ihre Augen wie Saphire funkeln ließ, mit Lippenstift, dem aufgedrehten Haar und der besonders großen Rolle in der Stirn wie zwanzig aus, was, wie Estella annahm, Absicht war.

Estella hatte ein eher schlichtes weißes Kleid mit einem blauen Taillenband gewählt und sah mit ihrem offenen Haar erheblich langweiliger aus, doch das war ihr egal. Sie hielt sich durchaus gern im Hintergrund, damit die Freundin keinesfalls auf den Gedanken kam, sie würde sie womöglich in den Schatten stellen wollen!

Im Tanzsaal war es laut und furchtbar heiß. Die Stühle und die Tische waren in einer Ecke aufgestapelt, und im Rhythmus der Musik wirbelten schon Dutzende von Paaren auf der Tanzfläche herum. Die jungen Soldaten sahen in ihren Uniformen wirklich schneidig aus und forderten die Mädchen selbstbewusst und hoffnungsvoll zum Tanzen auf. Vielleicht war Krieg, doch heute Abend ging es einfach um den Spaß, den man am Leben haben sollte, wenn man jung und voller Träume war. Evie strahlte, als sie schon nach wenigen Minuten in den Armen eines hübschen jungen Burschen lag. Estella sah, dass sie sich hoffnungsfroh nach Mason umsah, aber er war nirgends zu entdecken, und so tanzte sie mit einem Partner nach dem anderen und warf dabei immer wieder lachend ihren Kopf zurück. Estella hatte kein Problem mit Evies Flirts, denn die waren deutlich sicherer, als wenn sie auf der Suche nach dem Lieutenant durch die Räume ihres Hauses schlich.

Estella nippte vorsichtig an ihrem Punsch, blickte sich um und atmete erleichtert auf, als keiner ihrer beiden Hausgäste zu sehen war. Die jungen GIs, die sie entdeckte, sagten ihr, dass dieses Fest den Gästen ihres Vaters sicher nicht gefallen würde, und dass hier wahrscheinlich vorwiegend die unteren Ränge anzutreffen wären. Die Polizei des Militärs würde darüber wachen, dass es keinen Ärger gäbe, und tatsächlich schienen sich die Gäste ausnahmslos zu amüsieren. Dolly und die Landmädchen versuchten sich im Lindy Hop. Sie lernten die verschiedenen Schritte in einem bewundernswerten Tempo, und Estella sagte sich, sie sollte vielleicht etwas seltener schreiben und dafür ein bisschen öfter tanzen, um beim nächsten Mal auf jeden Fall dabei zu sein.

Während sie verfolgte, wie die Freundin ohne Pause immer weitertanzte, fragte sie sich, woher Evie dieses Durchhaltevermögen nahm. Sie selbst lehnte immer dankend ab, wenn sie zum Tanzen aufgefordert wurde, was ihr offenkundig keiner von den jungen Männern übel nahm. Sie waren höflich, wirkten kerngesund, und bei ihrem Anblick dachte man an unendliche Weiten, Holzhütten und Apfelkuchen und ein unbeschwertes Leben fernab von den Deutschen, den Bomben und dem Tod. Und heute Abend waren diese Dinge auch in Cornwall weit entfernt. Der Abend mit Musik und Tanz gehörte ganz den jungen Männern, die schon morgen in den Krieg ziehen müssten und entschlossen waren, den Moment zu nutzen und sich mit den hübschen jungen Mädchen aus dem Ort zu amüsieren.

Alle paar Minuten trat ein junger Mann mit einem Mädchen vor die Tür und legte ihm zum Schutz gegen die kühle Nachtluft seine Jacke um. Estella fragte sich, wie es wohl wäre, jemanden zu finden, mit dem sie allein sein wollte und der sie die Kälte und den Frost vergessen ließ, indem er sie so eng an seine Brust zog, dass die Wärme seines Körpers sich auf ihren Körper übertrug. Und dann würde er zärtlich seinen Mund auf ihre Lippen pressen und …

Der Punsch war offenbar erheblich stärker als gedacht. Am besten ginge auch sie selbst ein wenig an die frische Luft. Sie würde Evie fragen, ob sie Lust auf einen kleinen Spaziergang hätte. Sicher war der Freundin von der vielen Tanzerei inzwischen ziemlich heiß.

Als Estella ihr fast leeres Punschglas auf die Fensterbank in ihrem Rücken stellen wollte, rutschte es ihr aus der Hand, und ohne nachzudenken, bückte sie sich nach den Scherben und schnitt sich dabei empfindlich in die rechte Hand.

»Au!« Sie rang nach Luft, riss ihre Hand zurück, und aus der Wunde spritzte leuchtend rotes Blut auf das von Violet geborgte wunderschöne weiße Kleid. Der gut zwei Zentimeter lange Schnitt in ihrem Handballen tat höllisch weh. Die Schmerzen trieben ihr die Tränen in die Augen, und sie fragte sich, wie sie so dumm hatte sein können, einfach mit der bloßen Hand die Scherben einzusammeln, statt darum zu bitten, dass ihr jemand einen Besen und ein Kehrblech gab. »Eile mit Weile«, hätte Tommy dazu sicher wieder einmal zutreffend bemerkt.

Sie ballte ihre Faust, so einfach aber war die Blutung nicht zu stillen. Noch immer tropfte Blut auf den gekalkten Boden, und Estella legte die verletzte rechte Hand in ihrer Linken ab. Sie bräuchte irgendwas, um all das Blut vom Boden aufzuwischen. Vielleicht ein Handtuch von der Damentoilette? Dort könnte sie es dann auch wieder auswaschen und ihre Wunde reinigen. Von all dem Blut und der Hitze wurde ihr ein wenig schwindelig. Womöglich wäre eine Tätigkeit als Krankenschwester wirklich nicht das Richtige für sie.

»Oje, die Wunde sind nicht gut aus. Darf ich sie mir einmal ansehen?«

Estella hob den Kopf und sah den jungen Mann, der auf sie zugetreten war. Er nahm behutsam ihre Hand, und seine sanften, dunklen Augen drückten ehrliche Besorgnis aus. Er war groß und breitschultrig und sah trotz zimtfarbener Sommersprossen auf der Nase mit dem fein gemeißelten Gesicht, der schicken Uniform und den melassefarbenen, kurz geschorenen Haaren wirklich schneidig aus. Er war Amerikaner, doch im Gegensatz zu Hamilton und Lex sprach er mit einem sanften, freundlichen Akzent. Seine Stimme war so weich und melodiös, dass Estella darin mit geschlossenen Augen wie in einem warmen Bad hätte versinken wollen. Und auch sein scheues Lächeln lud sie dazu ein, ihm blindlings zu vertrauen.

Als ihre Hände sich berührten, schien die Welt so stillzustehen wie an den kalten Vormittagen, ehe sich der Nebel aus dem Tal verzog. Sie kannte sein Gesicht aus ihrem halb vergessenen Kindheitstraum. Sie kannte diesen Mann! Sie hatte ihn vor all den Jahren schon mal gesehen.

Er war ihr Seelenfreund.

Er war echt.

Und er war hier.

»Ich war so dumm, die Scherben meines Glases mit den bloßen Händen einsammeln zu wollen«, erklärte sie und hatte das Gefühl, als dränge ihre eigene Stimme wie aus weiter Ferne an ihr Ohr. »Aber es ist nicht weiter schlimm.«

Der junge Mann klappte behutsam ihre Finger auf und hob ihren Handballen ins Licht, um sich den Schnitt genauer anzusehen. Er zog konzentriert die dunklen Brauen zusammen und biss sich mit perfekten weißen Zähnen in die Unterlippe, während er die Wunde untersuchte, und am Ende meinte er: »Sie sind sehr tapfer. Aber dieser Schnitt ist ziemlich tief und muss gereinigt und verbunden, wenn nicht gar genäht werden.«

Estella war enttäuscht. »Sind Sie sich sicher?«

»Allerdings«, beharrte er. »Ich bin Sanitäter, Miss, und hier, falls es zu irgendwelchen Raufereien auf der Feier kommt. Dann muss jemand die Raufbolde zusammenflicken. Falls Sie also denken, dass dies eine Masche wäre, um ein hübsches Mädchen anzusprechen, keine Angst. Ich mache nur meinen Job.«

Estella schwoll das Herz ob dieses Kompliments vor Freude an. Sie sah auf ihre kleine, bleiche Hand, die immer noch in seiner lag. Das fühlte sich so richtig an, als hätte sie schon immer dort gelegen.

»Sind Sie denn kein Soldat?«, erkundigte sie sich.

»Doch, natürlich«, meinte er und drehte ihre Hand bei der Begutachtung der Wunde hin und her. »Ich habe an der Universität von Lincoln Medizin studiert, bevor ich zur Armee gegangen bin. Ich wollte Arzt werden, doch dann kam dieser Krieg dazwischen.«

Estella war von dieser Antwort überrascht. »Das ist aber ziemlich ungewöhnlich für …«

»Jemand mit meiner Hautfarbe?«

Verlegen starrte sie die Spitzen ihrer Schuhe an.

»Es tut mir furchtbar leid. Ich wollte Ihnen nicht zu nahe treten. Bei uns sind zwei von Ihren Offizieren einquartiert. Nach dem, was sie erzählen, hatte ich den Eindruck, dass so etwas eher ungewöhnlich ist.«

»Schon gut, Miss. Sicher kommt es einfach darauf an, woher man aus den Staaten kommt. Es war kein leichter Weg, doch meine Leute haben mir von klein auf beigebracht, dass man im Leben seinen Träumen folgen muss. Und dazu hatte ich das Glück, in meiner Schulzeit eine wirklich wunderbare Lehrerin zu haben, die an mich geglaubt und ein ums andere Mal zu mir gesagt hat, dass ich nach den Sternen greifen soll. Genau das habe ich getan, und jetzt bin ich als Sanitäter hier. Obergefreiter Jacob Miller. Stets zu Diensten, Miss.« Mit seinem wunderschönen Lächeln zog er sie derart in seinen Bann, dass sie den Schmerz in ihrer Hand vergaß.

»Estella«, stellte sie sich vor und starrte ihn noch immer an. »Estella Kellow.«

Sie hätte nicht erklären können, was in diesem Augenblick am Rand der Tanzfläche in einer ganz normalen Dorfschule, in der es wenig angenehm nach Kreide, Kohl und Mehltau roch, geschah – aber sie wusste jetzt schon, dass sie dieses Treffen nie vergessen würde, weil sie sich zu diesem Jacob Miller hingezogen fühlte wie noch nie zu einem anderen Menschen sonst. Sie hatte schon ihr Leben lang auf ihn gewartet, ohne dass es ihr bewusst gewesen war.

All das ergab nicht den geringsten Sinn. Er war seit weniger als fünf Minuten Teil ihrer Welt. Ihr Vater würde ihr verbieten, ihn noch mal zu sehen. Er war ganz sicher nicht die Art von jungem Mann, der seiner Meinung nach der Erbin von Pencallyn würdig war. Sie sollte nichts für ihn empfinden, doch die unzähligen Gründe, die dagegensprachen, waren vollkommen egal. Estella hatte das Gefühl, als ob sie ihn kennen würde, und sobald sie sich begegnet waren, hatte sie den ersten Schritt auf einem mit Hindernissen und Gefahren übersäten Weg getan.

Sie zitterte wie Espenlaub. Der Mensch, der sie ihr Leben lang gewesen war, und die Person, die sie mal hätte werden sollen, wurden innerhalb eines Herzschlags von der neuen Estella, die sie plötzlich war, ersetzt. Die Welt hatte sich ein für alle Mal verändert. Wie hatte ihr noch bis vor wenigen Minuten nicht bewusst sein können, dass es diesen Menschen gab? Wie hatte sie so lange ohne dieses Wissen existieren können, obwohl sie jetzt nichts anderes mehr sah? Das herrliche Gefühl von seiner Haut an ihrer Haut bewirkte, dass sie ihren Vater, Evie und den Schmerz in ihrer Hand vergaß.

Sie war bei diesem Mann daheim.

»Estella? Wie ein Stern?« Jay Miller schüttelte verblüfft den Kopf. »Jetzt ist mir klar, warum die anderen immer meinten, dass ich nach den Sternen greifen soll. Sie sind der Stern, um den es ging. Mit einem Mal ergibt das alles einen Sinn!«

»Ach ja?«

Jay Miller nickte, und Estella hielt den Atem an, als sie den liebevollen Blick der sanften braunen Augen sah. Und als er mit dem Daumen über ihre Fingerkuppen strich, riss sie die Augen auf und nahm in ihrem Bauch das Flattern unzähliger Schmetterlinge wahr. Dann hatte er sie also ebenfalls erkannt! Dann fühlte er genau wie sie!

»*Oh, sie nur lehrt die Kerzen, hell zu glühn*!«, murmelte Jay, und um Estella war es endgültig geschehen.

Romeo und Julia. Was hätte eher zu diesem Augenblick gepasst als die Geschichte einer unglücklichen Liebe, der die Vorsehung nicht hold gewesen war? Schließlich hatte sie wie Julia einen Vater, der ihrem Geliebten nach dem Leben trachten würde, sollte er sie je zusammen sehen. Es war, als hätte sie der junge Mann mit dem Zitat gewarnt. Sie hätten keine Chance, und ihr war klar, dass sie ihn einfach hätte stehen lassen sollen, doch das brächte sie genauso wenig über sich, wie dauerhaft die Atmung einzustellen.

Während der Mond über der Schule leuchtete und die Paare auf der Tanzfläche sich ahnungslos im Jive und Lindy Hop versuchten, wurde dieser junge Mann zu ihrer Welt.

32

Estella

1943

»Wie fühlt sich das an?«, erkundigte sich Jay und band sein Taschentuch als provisorischen Verband um ihre Hand. »Sitzt es auch nicht zu fest?«

Estella wackelte mit ihren Fingern, doch sie hätte auch noch einen schlimmeren Schmerz ertragen dafür, dass sie diesem jungen Mann begegnet war.

»Es ist in Ordnung, wirklich. Tut mir leid, dass ich Ihnen solche Mühe mache.«

»Das hier ist doch keine Mühe«, klärte er sie auf und lächelte erneut auf diese ganz besondere Art, bei der ihr Magen wilde Purzelbäume schlug. »Das ist nicht gerade eine meiner besten Arbeiten, und meine Professoren an der Uni wären sicherlich entsetzt, doch anders als im Krankenhaus braucht man bei der Armee vor allem Improvisationstalent.«

»Haben Sie schon mal gekämpft?«, fragte Estella fasziniert.

»Noch nicht. Männer wie ich werden vor allem zum Zusammenflicken gebraucht. Aber auch hier im Camp haben wir alle Hände voll zu tun, denn in dem feuchten Klima hier in England ziehen sich viele unserer Jungs Erkältungen und Lungenentzündungen zu.«

Das hatte sie bereits gehört. Auch Hamilton und Lex schimpften andauernd auf das Wetter, obwohl es für sie in ihrem gut geheizten Haus und in den warmen Federbetten, die sie hatten, wahrlich keinen Grund zur Klage gab.

»Dann ist es hier also viel kälter als bei Ihnen in Amerika?«, erkundigte sie sich und musste lächeln, denn Jay Millers wunderbares, leises Lachen steckte einfach an.

»Wenn man wie ich aus Pennsylvania kommt, ist man die Kälte hinlänglich gewohnt. Nach all dem Schnee und Eis, die wir im Winter haben, ist die feuchte Kälte hier für mich nicht weiter schlimm. Ich habe das Glück, im Dorf zu wohnen, wo es wesentlich behaglicher ist als in den Zelten. Aber der viele Regen hier ist wirklich alles anderes als angenehm. Ich würde mich nicht wundern, wenn ich eines Abends meine Stiefel ausziehen und bemerken würde, dass mir Schwimmhäute zwischen den Zehen gewachsen sind!«

»In Cornwall ist es wirklich ziemlich nass«, stimmte Estella zu und hätte sich am liebsten eine Ohrfeige verpasst. In Cornwall war es wirklich ziemlich nass? Fiel ihr tatsächlich nichts Besseres ein? Sie wollte alles über diesen Menschen wissen, angefangen bei seinen Lieblingsbüchern, über seine Meinung zum Krieg bis hin zu seinem Leben in Amerika.

Jay Miller aber schien ihre Bemerkung nicht zu stören, denn er pflichtete ihr lächelnd bei: »Es ist auf alle Fälle nass und furchtbar windig, aber das wird durch die wunderbaren Dinge, die mir hier begegnen, mehr als wettgemacht. Wer weiß, vielleicht bleibe ich ja auf Dauer hier?«

Bei diesen Worten stockte ihr der Atem, denn sie war sich sicher, dass er etwas ganz Bestimmtes damit sagen wollte. Dann zupfte er abermals ihren Verband zurecht.

»Wie dem auch sei, müssen wir erst mal etwas Druck ausüben, damit sich die Wunde schließt. Ich bin mir sicher, dass sie gut verheilen wird, auch wenn womöglich eine Narbe bleiben wird.«

»*Der Narben lacht, wer Wunden nie gefühlt*«, erklärte sie, und er sah auf und starrte sie mit großen Augen an.

»Sie kennen Shakespeare?«

»Ich habe *Romeo und Julia* fast auswendig gelernt.«

»Die unglücklichen Liebenden«, meinte er nachdenklich, und ihre Blicke trafen sich.

»Ich liebe dieses Stück. Vor allem die Szene, als sie sich zum ersten Mal begegnen«, klärte ihn Estella auf.

Sie sahen einander weiter an und wussten beide, dass es bei der Unterhaltung längst nicht mehr um Shakespeare ging.

»Sie wissen, wie es für die beiden endet«, stellte er mit leiser Stimme fest.

Sie nickte. »Es ist in den Sternen festgeschrieben, was am Ende aus uns wird.«

»Dann kann man seinem Schicksal also nicht entgehen?«

»Würden Sie das denn wollen?«

Jay lächelte sie an. »Nicht mehr.«

Die Klänge der Musik umwogten sie wie die Gezeiten, und als Evie in den Armen eines anderen Galans in ihre Richtung tanzte und die Freundin im Gespräch mit einem Schwarzen sah, zog sie die Brauen hoch.

Estella zeigte auf ihre Hand mit dem Verband, und augenrollend wirbelte die Freundin wieder fort.

»Miss Gray, die Lehrerin, von der ich vorhin sprach, war ganz verrückt nach Shakespeare«, sagte Jay. »Wir haben eine ganze Reihe seiner Stücke und Gedichte durchgenommen, und als ich in einem Jahr den Englischpreis gewann, hat sie mir einen Band mit seinen Sonetten überreicht.«

»Ich liebe die Sonette.«

»Neben dem Kruzifix von meiner Mum ist dieses Buch mein kostbarster Besitz. Ich kann es Ihnen gerne einmal zeigen, wenn Sie wollen.«

Dann würden sie sich also wiedersehen?

Es war erschreckend, welches Glück Estella bei der Vorstellung empfand.

»Ja, bitte«, sagte sie. »Das würde mich sehr freuen.«

»Belästigt Sie der Bursche, Miss?«

Ein pickliger GI von höchstens zwanzig trat entschlossen zwischen sie und blickte stirnrunzelnd auf ihre Hand, die immer noch in der von Miller lag. Estella spürte Jacobs Anspannung, und im Gedanken an die widerlichen Kommentare ihrer Hausgäste erklärte sie im selbstbewussten Ton der jungen Frau von besserem Stand: »Ganz sicher nicht. Ich habe mich verletzt und hatte großes Glück, dass dieser Sanitäter mich verarztet hat. Ohne die Hilfe des Gefreiten Miller hätte ich wahrscheinlich alles vollgeblutet. Es war wirklich großes Glück, dass er zur Stelle war.«

Der junge Schnösel wirkte immer noch nicht überzeugt. Er pikste Jay mit seinem Zeigefinger in die Brust und herrschte ihn mit rüder Stimme an: »Nimm deine Pfoten von der jungen Lady, und zwar flott!«

»Die junge Dame hat sich in die Hand geschnitten«, klärte Jay den Kerl mit ruhiger Stimme auf. »Ich übe einfach Druck auf ihre Wunde aus, weil ich die Blutung nur auf diese Weise stoppen kann.«

»Pfoten weg, hab ich gesagt«, zischte der andere Soldat ihn wütend an, und langsam drehten sich die ersten Gäste nach dem Trio um. Wenn Alkohol im Spiel war, eskalierten solche Streitigkeiten schnell, und trotz der Angst, die sie empfand, zwang sich Estella, in dem strengen Ton zu sprechen, den die gute Tommy früher immer angeschlagen hatte, um die Mädchen zur Räson zu bringen, wenn sie außer Rand und Band gewesen waren.

»Ach, machen Sie sich doch nicht lächerlich. Wenn Private Miller meine Hand loslässt, verschlimmert sich die Blutung noch«, beschied sie ihrem Widersacher in herablassendem Ton. »Dann werde ich wahrscheinlich ohnmächtig, und wenn ich mir dabei den Kopf anschlage, ist das Ihre Schuld, denn schließlich haben Sie sich in die medizinische Behandlung meiner Wunde eingemischt. Es sei denn, Sie hätten eine Ausbildung zum Sanitäter absolviert. Und, sind Sie Mediziner, Private?«

Der selbstbewusste Ton der Oberklasse, der in ihrer Stimme mitschwang, verfehlte seine Wirkung nicht.

»Nein, Miss«, gab er kleinlaut zu.

»Dann lassen Sie jetzt bitte jemanden, der sich mit diesen Dingen auskennt, seine Arbeit machen, denn ansonsten wäre ich gezwungen, meinen Vater, der als Abgeordneter im Parlament sitzt, und auch Ihre Vorgesetzten über diesen Zwischenfall zu informieren.« Sie wusste nicht, wer seine Vorgesetzten waren, und setzte kurzerhand den ihr verhassten, aber wenigstens bekannten Namen zur Verstärkung ihrer Drohung ein. »Und First Lieutenant Mason wird als enger Freund unserer Familie sicher ebenfalls nicht glücklich über Ihr Betragen sein.«

In den Augen des Soldaten flackerte etwas wie Angst, und eilig wich er einen Schritt zurück.

»Das wird nicht nötig sein. Ich wollte nur helfen, Miss.«

»Was ich durchaus zu schätzen weiß«, gab sie zurück. »Doch wie Sie sehen, ist das völlig unnötig. Ist sonst noch was?«

Dem jungen Kerl war klar, dass er entlassen war, und übellaunig zog er sich zurück.

Jay Miller stieß ein leises Pfeifen aus. »Erinnern Sie mich daran, Sie auf keinen Fall je zu verärgern, Fräulein Stern. Der Bursche tut mir fast ein bisschen leid.«

»Nachdem er so gemein zu Ihnen war?«

»Das war doch kaum der Rede wert.«

»Der Kerl war einfach widerlich. Außerdem haben Sie doch wahrscheinlich einen höheren Rang als er. Sie waren schließlich auf der Universität.«

Mit einem müden Lächeln meinte Jay: »O nein, ich bin nur ein Gefreiter, so wie er. Als ich zum Militär ging, waren die wenigen besseren Positionen, die es für Schwarze gibt, bereits vergeben, deshalb hat man mich trotz meines Studiums zu den Sanitätern eingeteilt. Aber das ist nicht schlimm, weil ich in dieser Position den Männern wirklich helfen kann. Außerdem hätte ich wahrscheinlich selbst als General kaum was zu sagen, denn dann sähe mich ein Teil der Leute immer noch als Menschen zweiter Klasse an.«

»Aber das ist doch nicht richtig!«

»Nein, aber so ist es nun einmal«, erklärte er ruhig. »Zumindest noch. Ich hoffe, dass sich diese Dinge eines Tages ändern werden, doch bis dahin werde ich mir alle Mühe geben, statt gegen die Bürger meines eigenen Landes gegen diese Nazis anzukämpfen, weil da die Erfolgsaussichten größer sind.« Er sah sie aus zusammengekniffenen Augen an, und in Estella wogte angesichts der Kälte, die er ihr mit einem Mal entgegenbrachte, Panik auf.

»Apropos. Ist Lieutenant Mason tatsächlich ein Freund Ihrer Familie?«

Estella schüttelte den Kopf. »Meine Güte, nein. Auf keinen Fall. Er ist nur bei uns einquartiert. Ich weiß im Grunde nicht einmal, warum ich seinen Namen überhaupt erwähnt habe.«

»Ich denke schon, dass Sie das wissen«, meinte Jay. »Und Sie haben recht, er ist ein hundsgemeiner Kerl, und alle haben Angst vor ihm.«

»Ich weiß. Ich schätze, meine beste Freundin ist die Einzige, die ihn für einen wunderbaren Menschen hält. Ich werde nie verstehen, weshalb sie einen derartigen Narren an dem Mann gefressen hat.«

Mit sorgenvoller Stimme sagte Jay: »Sie muss sich vorsehen. Er ist …«

Estella sah ihn fragend an.

»Er ist nicht ehrenwert. Versuchen Sie, sie von ihm fernzuhalten, falls das möglich ist.«

»Das ist nicht leicht. Sie ist total in ihn verschossen und hört gar nicht zu, wenn ich sie vor ihm warnen will.«

»Mein Oberon, was für Gesicht ich sah.«

»Das ist wohl eher ein Fall von *Schön ist wüst*«, seufzte Estella, und die innigen, verständnisvollen Blicke, die sie darauf tauschten, gingen ihr durch Mark und Bein. Sie hatte nie zuvor in ihrem Leben jemanden wie Jay getroffen. Es machte keinen Sinn und war auch alles andere als logisch, doch sie wusste mit Bestimmtheit, dass sie verwandte Seelen waren.

Sie sah sich in der Menge nach der Freundin um, doch die war nirgends zu sehen. War sie mit einem von den jungen Männern vor die Tür getreten? Oder suchte sie nach einem neuen Weg, um Hamilton zu treffen? Hoffentlich sah sie sich vor. Jay Miller hatte das bestätigt, was Estella tief in ihrem Herzen längst schon klar gewesen war. Es wäre besser, vor dem First Lieutenant möglichst auf der Hut zu sein.

»Passen Sie auch auf, Fräulein Stern«, warnte er sie. »Hamilton Mason ist kein Mann, mit dem man sich's verderben will.«

Estella wartete darauf, dass Jacob Miller weitersprach, doch mehr sagte er nicht. Rund um sie herum erklangen fröhliche Musik, Gelächter und Gejuchze, denn in dem Bewusstsein, dass ihr Leben morgen schon vorbei sein könnte, nutzten all die jungen Menschen jeden Augenblick, der ihnen blieb, nach Kräften aus.

Jays Warnung aber hallte in Estellas Innerem nach und rief ein leichtes Unbehagen in ihr wach.

Sie hatte doch wohl keine böse Vorahnung?

Er lockerte den Griff um ihre Hand.

»Ich glaube, dass die Blutung nachlässt, Fräulein Stern. Wie fühlt sich Ihre Hand jetzt an?«

Estella spannte ihre Finger an. Das Pochen hatte nachgelassen, aber sie vermisste seine starke Hand, die ihr den notwendigen Halt verlieh. Nicht das verlorene Blut, doch seine Nähe machte sie noch immer schwindlig, und immer wenn sie ihn verstohlen von der Seite ansah, nahm das seltsame Gefühl zu schweben weiter zu. Sie wünschte sich, er nähme wieder ihre Hand, aber nicht hier, in dieser kleinen Schule, in der unsichtbare Augen jede noch so kleine Regung mitverfolgten und wo ihnen in den dunklen Ecken schreckliche Gefahr zu drohen schien. Würde vielleicht jemand ihrem Vater oder Hamilton verraten, dass sie sich unterhalten hatten? Hatte sie den armen Jay womöglich, ohne es zu wissen, in Gefahr gebracht?

»Sie fühlt sich schon viel besser an«, erklärte sie und hatte fürchterliche Angst, sie würde niemals wieder seine Hand um ihre Finger spüren. »Vielen Dank.«

»Es war mir ein Vergnügen, Fräulein Stern«, gab er zurück. »Ein wirkliches Vergnügen. Meiner Meinung nach sind Sie jetzt wieder fit genug zum Tanzen. Ihre Hand hält sicher ein paar Runden durch.«

Nachdem er sie verarztet hatte, gab es keinen Grund mehr, ihre Unterhaltung fortzusetzen, und Estella schob sich ihre Haare aus der Stirn. Es war noch immer furchtbar heiß, und außer mit Jay Miller hätte sie mit keinem von den jungen Männern tanzen mögen, doch sie wollte nicht, dass er in Schwierigkeiten kam. Vor lauter Frust hatte sie einen Kloß im Hals. Sie beide sollten frei bestimmen können, ob sie miteinander tanzen wollten oder nicht. Zumindest sollten sie sich miteinander unterhalten können, ohne dass es deshalb Ärger gab.

»Ich tanze nicht so gern. Das ist nicht so mein Ding.«

»Und was machen Sie gerne, Fräulein Stern? Abgesehen davon, Shakespeare zu zitieren?«

»Ich schreibe gern Geschichten«, gab sie unumwunden zu. »Ich möchte Schriftstellerin werden, und ich zeichne gern. Eines Tages schreibe ich ein Buch, und ich werde auch die Bilder dafür selbst malen. Das ist mein großer Traum.«

»Das ist ein wunderbarer Traum«, stimmte ihr Jay mit warmer Stimme zu. »Dann werde ich ja vielleicht eines Tages Ihre Bücher lesen und in diesen Büchern Ihre selbst gemalten Bilder sehen.«

»Vielleicht«, stimmte Estella ihm errötend zu. Sie konnte es nicht glauben, doch sie hatte einem völlig Fremden ihren größten Traum enthüllt. Im Grunde aber kam es ihr so vor, als hätte sie Jay Miller schon ihr Leben lang gekannt. Sie hatte das Gefühl, als wäre er ihr ältester und bester Freund.

Jetzt wusste sie, was Evie meinte, wenn sie davon sprach, in Masons Bann zu stehen. Sie hätte Jacob Miller furchtbar gern gemalt und schaffte nicht, ihn anzusehen, ohne dass sie mit den Fingern seinen festen Kiefer oder die Konturen seiner Lippen hätte nachziehen wollen. Wie gerne hätte sie die wunderschönen Züge dieses jungen Mannes zu Papier gebracht. Als Skizze nur mit einem Bleistift oder gar mit ihren Wasserfarben, auch wenn sich die rechten Farbtöne für die warme braune Haut, die dunklen Haare und die sherrybraunen Augen mit den bernsteinfarbenen Sprenkeln sicher nicht so einfach finden ließen. Wahrscheinlich würde keine Farbe und auch kein Talent der Welt Jay Millers Schönheit je gerecht. Ach, könnte sie doch bleiben, um die ganze Nacht hindurch mit ihm zu reden!

»Also, Fräulein Stern, Sie werden sicher bald schon wieder einen Bleistift oder Füller halten können«, machte er ihr Mut. Dann brach er ab, und ihr war klar, dass auch für ihn das Treffen noch nicht hätte enden sollen. »Kann ich sonst noch irgendetwas für Sie tun?«

Estella war bewusst, dass sich die Frage nicht auf ihre Hand bezog. Von allen Seiten drohte ihnen Gefahr, doch wenn sie diesen Augenblick nicht nutzten, wäre die Gelegenheit zu einem Wiedersehen womöglich ein für alle Mal vertan.

Dementsprechend nahm sie allen Mut zusammen, denn wer hätte sagen können, wie viel Zeit ihnen noch bliebe oder was aus Private Miller würde, zöge er mit seiner Truppe in den Krieg? Vielleicht war dieser Abend alles, was vom Schicksal für sie beide vorgesehen war.

»Mir ist ein bisschen warm. Würden Sie mich bitte an die frische Luft begleiten, falls mir schwindlig wird?«

Sie nahm das amüsierte Blitzen seiner Augen wahr.

»Sie fühlen sich geschwächt?«

»Im Augenblick geht es mir gut, aber nachdem ich so viel Blut verloren habe, möchte ich auf Nummer sicher gehen«, improvisierte sie. »Was meinen Sie?«

Zum Blitzen seiner Augen trat jetzt noch das Zucken seiner Mundwinkel. »Sie haben völlig recht. Wir sollten jetzt nicht unvorsichtig werden, Fräulein Stern.«

Stern. Aus seinem Mund klang dieser Name wie ein Zauberspruch. Als hätte sich der Himmel die Bezeichnung für sie ausgedacht. Sie liebte diesen Kosenamen. Liebte, wie er regelrecht auf seiner Zunge schmolz.

Sie traten vor die Tür, und draußen wurden ihre heißen Wangen von kalter Luft liebkost. Inzwischen waren Mond und Sterne hinter einer dunkelblauen Wolkenwand verschwunden, und in vollkommener Dunkelheit spazierten sie vorbei am Pub bis zu der Mauer, wo ihr Anwesen begann. An dieser Stelle führte eine neu gebaute Straße durch den Garten bis zum Camp, und wenn es hell war, sahen die gefällten Bäume und herausgerissenen Büsche wie das Kunstwerk eines Irren aus, im Dunkeln aber war dies immer noch ein sicherer, herrlich ruhiger Ort. Er war der zauberhafte Eingang zum geheimnisvollen Garten ihrer Kindheit, und sogar im Dunkeln fand sie dort problemlos jeden einzelnen verschlungenen Pfad.

»Kommen Sie mit«, drängte sie Jay.

»Das hier ist ein privates Grundstück, Fräulein Stern. Man hat uns ausdrücklich davor gewarnt, es zu betreten, weil es einem Landbesitzer aus der Gegend hier gehört.«

»Da haben Sie recht, aber es ist der Garten unserer Familie, und wenn ich Sie bitte, mich in unseren eigenen Garten zu begleiten, müsste das doch wohl in Ordnung gehen«, klärte sie ihn lächelnd auf.

Jay Miller starrte sie mit großen Augen an. »Das Land gehört Ihrer Familie?«

Sie nickte, und er lachte leise auf.

»Meine Güte, Fräulein Stern. Das ist ja wohl kein Garten, sondern eher ein ausgewachsener Park!«

Kichernd nahm Estella seine Hand und zog ihn durch das Tor. Der Weg führte vorbei an hohen Rhododendronbüschen, dickem Bambus und im Wind flüsternden Riesenfarnen bis zum Teich. Tagsüber konnte man von dort aus einen Teil des Herrenhauses sehen, infolge der Verdunkelung aber war der Bau um diese Zeit in samtene Dunkelheit gehüllt, und abgesehen von dem einen oder anderen Koi, der schillernd an die Wasseroberfläche kam, war auch im Garten alles ruhig. Estella und Jay Miller traten auf die kleine weiße Brücke und sahen sich ihre Spiegelbilder in dem tintenschwarzen Wasser an.

»Das ist wie ein Monet!«, stieß er mit ehrfürchtiger Stimme aus.

»Das hier ist unser Japangarten«, klärte sie ihn auf. »Wir Kellows sammeln Pflanzen aus der ganzen Welt, und hier in diesem Teil des Gartens haben meine Vorfahren überwiegend asiatische Gewächse angepflanzt.«

»Genau der rechte Ort für einen Yank. Wir haben gerade für die Japsen nicht viel übrig«, sagte er mit ernster Stimme, fügte dann aber hinzu: »Ich habe Sie nur auf den Arm genommen, Fräulein Stern. Die armen Pflanzen können schließlich nichts für diesen Krieg. Und auch nicht alle Japsen oder alle Deutschen haben Schuld an diesem ganzen Mist. Im Grunde sind wir alle Menschen, und ich möchte einfach glauben, dass die guten Menschen in der Mehrzahl sind. Vor allem muss ich dafür sorgen, dass der Krieg mir nicht den Blick für schöne Dinge trübt.« Er lächelte sie an. »Und dieser Garten ist tatsächlich wunderschön. Es war sehr nett, mich herzubringen und mich daran zu erinnern, dass die Welt eigentlich wunderschön ist und man für das Gute kämpfen soll.«

»Sind Sie deshalb zur Armee gegangen? Weil Sie für das Gute kämpfen wollen?«

»Wahrscheinlich schon. Ich will bestimmt nicht sehen, dass das, was man den Juden antut, auch mit uns passiert, und Sie können mir glauben, wenn ich sage, dass die Nazis es auf der gesamten Welt so machen wollen. Deshalb muss ich meinen Beitrag leisten, damit ihnen das nicht gelingt. Ich bin vielleicht nicht der geborene Soldat, aber ich bin ein guter Mediziner, und ich denke, dass ich unseren Männern helfen kann.«

So edle Gründe hatte ihr geliebter Bruder Alex nicht gehabt. Natürlich hatte er auch einen Beitrag leisten, doch vor allem hatte er mit seiner schicken Fliegerjacke Eindruck bei den Mädchen schinden wollen.

»Mein Bruder ist Pilot geworden, weil er dachte, dass die Mädchen auf Männer in Uniformen stehen.«

Jay Miller lachte fröhlich auf.

»Und, tun sie das?«

Oha! War dies etwa ein Flirtversuch? Wie sollte sie auf diese Frage reagieren? Sie kannte sich mit diesen Dingen nicht mal ansatzweise aus. Estella war verwirrt, bis sie Jay Millers weiches Lächeln und den warmen Glanz in seinen Augen sah. Im Grunde war er einfach nur ein junger Mann, der Shakespeare liebte, der die Menschen heilen wollte und der nach den Sternen griff. Die Zwillingsseele, die sie in dem Augenblick erkannt hatte, in dem sie ihm zum ersten Mal begegnet war. Sie spielten keine Spielchen, und es gab auch keine dummen Regeln, die es zu beachten galt. Sie unterhielt sich mit Jay Miller so, als hätte sie ihr Leben lang nichts anderes getan.

»Die Uniform spielt keine Rolle, aber *Sie* gefallen mir.«

»Und Sie gefallen mir«, gab er zurück, und trotz der Dunkelheit war ihm das Lächeln deutlich anzuhören.

Die Luft flirrte von dem Versprechen, das in diesen Worten lag.

In diesem Augenblick schlug ihrer beider Leben eine völlig neue Richtung ein, und schüchtern fragte Jay: »Darf ich Sie küssen?«

»Ja. Ja, bitte«, hauchte sie.

Sein Blick verhieß ein völlig neues Leben, und als seine weichen Lippen ihren Mund berührten, wogte schmerzliches Verlangen nach dem Leben, das er ihr zu bieten hatte, in ihr auf. Als ihre Lippen unter seinem Kuss erblühten, hätte sie vor lauter Glück, dass sie ihn jetzt endlich gefunden hatte, beinah geweint. Der erste Kuss, den sie sich gaben, sprach in einer eigenen Sprache von Versprechen, Träumen und Frieden, weil sie endlich in den ruhigen Hafen ihrer Liebe heimgekommen waren. Estella wusste, dass sie diesen Kuss bis an ihr Lebensende nicht vergessen würde, und als sie sich voneinander lösten, zog er die Konturen ihrer Wangen ehrfürchtig mit seinem Zeigefinger nach und schüttelte den Kopf. »Du bist es. Ja, du bist es wirklich, Fräulein Stern. Ich kann es kaum glauben. Ich hätte nie gedacht, dass so was möglich ist.«

Er hob Estellas bandagierte Hand an seine Lippen und küsste ihre Fingerspitzen.

Er setzte an, um erneut etwas zu sagen, doch sie presste ihm ihrerseits die Lippen auf den Mund. Sie spürte den wilden Herzschlag unter seiner Uniform und wusste, dass die Rufe ihrer Seele bei ihm angekommen waren.

»Ich hätte auch niemals erwartet, dass mir so was irgendwann einmal passieren würde«, gab sie ruhig zurück. »Aber es ist das Einzige, was zählt. Das Einzige, was jetzt noch von Bedeutung für mich ist.«

»Aber du bist eine junge Frau aus gutem Haus. Meine Eltern sind Bauern und …« Er brach ab und schüttelte verwirrt den Kopf. »Siehst du nicht, dass das unser Leben unglaublich erschweren wird? Ich möchte nicht, dass du in deinem Leben jemals irgendwelche Schwierigkeiten hast. Ich wünsche dir von allem nur das Beste.«

»Ich muss selbst entscheiden, was für mich das Beste ist.«

»Der Zeitpunkt ist verkehrt«, erklärte er, und es zerriss ihr regelrecht das Herz, dass er in einem solchen Zwiespalt war. »*Ich* bin verkehrt!«

»Hör auf! Du bist rundherum perfekt! Ich weiß, dass das im Grunde keinen Sinn ergibt. Natürlich weiß ich das! Und ich weiß auch genau, wie schwierig diese Sache für uns werden wird, doch das ist mir egal. Denn endlich bist du hier, endlich haben wir uns gefunden. Ich möchte jeden Augenblick, der uns noch bleibt, mit dir zusammen sein. Alles, was wir sicher haben, ist das Hier und Jetzt.«

Er zog sie eng an seine Brust, und als er sein Gesicht in ihrem dunklen Schopf vergrub, begann ihr Herz vor Glück zu jubilieren. Sie liebte es, in seinem Arm zu liegen. Liebte diese Form der Nähe. Liebte das Gefühl von Sicherheit, das er ihr gab.

Sie liebte *ihn.*

»Wir könnten morgen schon nach Frankreich übersetzen, Stern.«

Sie zuckte mit den Achseln. »Oder eine Bombe könnte auf Pencallyn fallen. Es könnte alles Mögliche passieren, aber dieser Augenblick ist uns vergönnt, nicht wahr? Am besten nutzen wir ihn also aus.«

Er nahm sie fester in den Arm und küsste ihre Schläfe.

»Ja, das sollten wir. Falls tatsächlich morgen alles endet und ich falle, werde ich nicht einen Augenblick bereuen, denn alles, was in meinem Leben je passiert ist, hat mich bis an diesen Punkt geführt. Hierher zu dir. Ich glaube, dass es Schicksal ist, dass ich hierhergekommen bin.«

»Es kommt zwar völlig überraschend, und ich kann es nicht verstehen, aber ich habe das Gefühl, als hätte ich dich immer schon gekannt.«

»Genauso wie ich dich«, stimmte er leise zu. »Aber …«

Eilig legte sie ihm einen Finger an die Lippen.

»Nicht. Das halte ich nicht aus.«

»Ich auch nicht, Stern, aber wir müssen uns dessen bewusst sein, was passieren kann. Die Zeit ist ganz eindeutig nicht auf unserer Seite, doch ich will dich heute, morgen und auf ewig. Das macht mir Angst, denn darauf hatte ich es wirklich nicht abgesehen. Ich war sicher nicht auf Liebe aus. Zumindest nicht inmitten eines Kriegs.«

»Liebe?«

»Ich weiß selbst, wie verrückt das klingt.« Jay seufzte.

»Mir geht es ganz genauso. Und wir haben wohl kaum die Zeit, die Dinge langsam anzugehen, nicht wahr?«

»Aber geht es nicht vielleicht doch zu schnell? *Zu rasch, zu unbedacht, zu plötzlich*, wie bei *Romeo und Julia*?«

»All das«, erklärte sie und unterdrückte die Erinnerung an einen anderen Satz aus dem von ihr geliebten Stück. *So wilde Freude nimmt ein wildes Ende*, hatte Romeo sich ermahnen lassen müssen, doch der Krieg beschleunigte die Dinge. Und selbst wenn sie und Jay sich nicht zur Zeit des Kriegs begegnet wären, hätte sie sofort gewusst, dass er der Mann ihrer Träume war. Es war nicht logisch, doch im Herzen war ihr klar, dass es in ihrem Leben niemals einen anderen geben würde als den wunderbaren Mann, in dessen Armen sie jetzt lag.

Sie liebte ihn, und sie wollte es ihm beweisen. »Komm mit«, bat sie ihn und zog an seiner Hand.

»Wo gehen wir denn hin?«

»An einen ganz besonderen Ort. Na los!«

Er protestierte nicht, obwohl es bereits spät war und Estella ihn entschlossen immer tiefer durch das Labyrinth zur Sonnenuhr im Herzen ihres Gartens zog. Trotz der Verdunkelung und selbst in einer Winternacht verströmte diese Stelle eine Atmosphäre angespannter Wachsamkeit.

Jay Miller sah sich unbehaglich um. »Was ist das für ein Ort?«

»Die Sonnenuhr ist was ganz Besonderes. Hier haben die Heiden früher ihre Götter angebetet, und es ist ein Ort, an dem man sich besondere Versprechen gibt.«

»Aber ich bin Baptist, und meine Momma predigt in der Sonntagsschule. Unsere Familie besteht aus lauter braven Christen, die zum Beten in die Kirche gehen!«

»Für mich kommt das hier einer Kirche ziemlich nah. Es ist ein guter Ort, wenn man sich etwas versprechen will. Vor allem werden wir wahrscheinlich sowieso bald jede Menge Regeln und Gesetze übertreten, oder was meinst du?«

»Das stimmt. Die Liebe interessiert sich nicht für Regeln, und der erste von uns Millers war ein Sklave aus dem Süden und ist mit der Tochter des Besitzers der Plantage durchgebrannt. Natürlich war ihre Familie alles andere als einverstanden, doch die beiden wussten seit dem ersten Augenblick, dass sie vom Schicksal füreinander auserkoren waren. Sie hatten keine andere Wahl. Sie waren seelenverwandt, auch wenn sie aus verschiedenen Welten kamen.«

»Genau wie wir.« Estella schaute ihn mit großen Augen an. Wie wunderbar romantisch das doch alles war.

»Sicher waren die beiden damals allen möglichen Gefahren ausgesetzt, aber sie schafften es bis in den Norden und gründeten dort eine Familie. Es heißt, das meine Urgroßmutter damals schon das Kruzifix getragen hat, dass meine Mum mir mitgegeben hat. Angeblich hat es meine Urgroßeltern während ihrer Flucht behütet, und jetzt hat es meine Mutter mir gegeben, damit es auch mich beschützt.«

»Wie wunderbar.«

Jay küsste sie.

»Dann denkst du also, dass wir uns an diesem Ort versprechen sollten, uns für immer treu zu sein? Warum eigentlich nicht? Ich habe dir das schließlich längst versprochen, Stern. Und ich verspreche es dir gern noch tausendmal. Für mich wird's niemals eine andere geben, und mein Herz wird dir für alle Zeit gehören.«

Estella stellte sich auf ihre Zehenspitzen, um ihm einen Kuss zu geben, als hätte sie ihr Leben lang nichts anderes getan.

»Egal, was auch geschieht, verspreche ich dir für meinen Teil, dass es für mich nie einen anderen geben und mein Herz dir heute, morgen und für alle Zeit gehören wird.«

Estella spürte, dass die Luft um sie herum vibrierte, weil der feierliche Schwur genauso bindend war wie die Worte eines Brautpaars in der Kirche. Wenn auch vielleicht kein Priester, irgendjemand hatte ihnen zugehört. Vielleicht ein Wesen aus vergangenen Zeiten, dem der Ernst ihres Versprechens nicht entgangen war.

Egal, was auch geschah und was dieser Krieg für sie bereithielt, würden sich Jay Miller und Estella Kellow niemals wieder voneinander trennen. Sie hatten sich geschworen, heute, morgen und für alle Zeiten füreinander da zu sein.

33

Estella

1944

Estella hatte mal gelesen, dass das Leben eines Menschen sich für alle Zeit veränderte, wenn er sich verliebte. Aber sie hatte nicht daran geglaubt, bevor sie Jay begegnet war. Diese besondere Art der Liebe war für sie abstrakt gewesen, ein Begriff, den Schriftsteller und Dichter nutzten, um ihre Erzählungen voranzutreiben oder die Gefühle, über die sie schrieben, zu betonen. Sie liebte Poppet. Sie liebte Evie und Pencallyn. Und selbst Ally hatte sie geliebt, obwohl er ihr als seiner kleinen Schwester häufig herablassend begegnet war. Sie hatte also ganz genau gewusst, was Liebe war.

Erst durch das Treffen mit Jay Miller hatte sie erkannt, dass ihre bisherige Vorstellung von Liebe den Gefühlen, die sie plötzlich hegte, nicht mal ansatzweise nahekam. Sie hatte keine Ahnung, wie man einen Menschen lieben konnte, dem man gerade erst begegnet war. Wie aber hätte sie die unumstößliche Gewissheit sonst benennen sollen, dass Jay Miller ihre Zukunft war? Sie sehnte sich danach, mit ihm vereint zu sein, und war so überwältigt von der Liebe, die sie ihm entgegenbrachte, dass kein Raum für Logik oder Zweifel blieb. Jay Miller war ihr Seelenfreund. Glaube, Hautfarbe und Klasse spielten keine Rolle, denn sie wollte und sie brauchte nichts und niemand so wie ihn.

Und es stand völlig außer Frage, dass es ihm genauso ging. Er liebte sie so wie sie ihn. Es war Schicksal, dass sie sich begegnet waren, und die Erfüllung sämtlicher Versprechen, die von Shakespeare, Keats und all den anderen Dichtern, die sich dieses Themas angenommen hatten, je gegeben worden waren.

»Du bist es«, hatte Jay mit überraschter Stimme festgestellt, und sie hatte gelacht, denn ja, natürlich war sie es. Sie war der Stern, nach dem er hatte greifen sollen. Trunken vor Glück und schwindlig vor Verlangen konnte sie an kaum noch etwas anderes denken als an ihn. Alle Hindernisse, die sich ihrer Liebe hätten in den Weg stellen können – der Krieg, die Frage ihrer Hautfarben, die Zeit –, rückten in weite Ferne.

Das hieß natürlich nicht, dass sie sich der Gefahren für ihre Liebe nicht bewusst gewesen wären. Bei aller Leidenschaft war ihnen klar, dass sie sich im Verborgenen treffen mussten, damit niemand etwas davon mitbekam. Estella fiel es leicht, sich aus dem Haus zu schleichen, denn ihr Vater war oft in London, und auch Violet war kaum zu Hause. Und da der Garten immer mehr verwilderte, bot er sich als Versteck für zwei verliebte Menschen an. Das einzige Problem war Evie, die zwar immer noch von Hamilton besessen, aber trotzdem wachsam genug war, um jede noch so winzige Veränderung an der Freundin umgehend zu registrieren.

Estella war es nicht gewohnt, Geheimnisse vor ihr zu haben, und es schmerzte sie, dass sie ihr Glück nicht mit ihr teilen konnte. Früher hätte sie sich Evie in dem Wissen, dass sie ihr zur Seite stehen würde, sofort anvertraut, jetzt aber konnte sie sich nicht mehr sicher sein, dass Evie wirklich Stillschweigen bewahren würde, schließlich bestand die Möglichkeit, sich bei Mason anzubiedern, indem sie Jay an ihn verriet. Also wich Estella Evies Fragen aus, ging ihren Arbeiten in Haus und Garten nach, schrieb in der Bibliothek an ihrem Buch und malte dunkle Bilder von bedrohlichen Gesichtern, die hinter den Blättern und den Farnen ihres Gartens lauerten. Falls sie aus Zufall auch Jay Millers wunderschönes Antlitz inmitten der Blumen und der Bäume festhielt, schob sie diese Bilder immer unter all die anderen Gemälde, wo sie niemand fand.

Ein weiteres Problem bestand darin, dass Evie sich in ihrem Garten ebenso zurechtfand wie Estella selbst. Es gab nicht eine Stelle, die sie ihrer Freundin nicht gezeigt hätte, als sie als Kinder dort herumgelaufen waren. Und auch wenn Evie keine Lust hatte, bei schlechtem Wetter mit dem Hund hinauszugehen, und es vorzog, durch das Haus zu streifen, für den Fall, dass Hamilton sich unerwartet zeigte, konnte sich Estella niemals sicher sein, dass sie es sich nicht plötzlich anders überlegen und ihr heimlich folgen würde, falls sie die Vermutung hatte, dass sie irgendetwas hinter ihrem Rücken tat. Auch wenn es traurig war, konnte Estella Evie einfach nicht mehr trauen, seit Hamilton bei ihnen eingezogen war. Statt ihr also alles zu erzählen, behielt sie ihr Geheimnis weiterhin für sich und gestattete sich nur zu träumen, wenn sie allein war.

Wenn sie sich aus dem Haus schlich, sah Estella sich aus Vorsicht mehrmals um und wählte extra Wege, die ihr offenbarten, falls ihr jemand auf den Fersen war. Trotzdem hielten sich Estella und Jay weitestgehend vom Garten fern und trafen sich stattdessen in dem halb verfallenen, verlassenen Gehöft, das ganz am Ende ihres Grundstücks lag. Aus Furcht, entdeckt zu werden, hinterließen sie auch keine Nachrichten neben der Sonnenuhr, und in der Hoffnung, Jay zu sehen, gewöhnte sich Estella an, mit ihrem Hündchen täglich nach dem Mittagessen rauszugehen. Wenn Jay dann aus dem Wald kam und sie sah, strahlte er vor Freude, und auch sie schmolz vor Glück dahin. Und wenn er sie in seine Arme nahm, um sie herumzuwirbeln, starb sie fast vor lauter Seligkeit. Die ganze Welt war heller, seit sie sich getroffen hatten. Ach, wie herrlich doch das Leben war.

Das halb verfallene Gehöft wurde zu ihrem Ort. Es war ihr ganz privates Himmelreich, ihr Zufluchtsort vor einem Leben, das so unbeständig wie der flüchtige Gesang der Vögel war. Sie nutzten gierig jeden Augenblick, der ihnen vergönnt war, denn wer wusste schon, wie viel Zeit ihnen noch blieb? Vielleicht noch Wochen, doch genauso könnte jedes Treffen auch das letzte sein. Das konnte niemand sagen, weil es keinerlei Gewissheit mehr im Leben gab. Sie lebten jeden Augenblick so intensiv, dass es beinah schmerzlich war.

Jay sprach zwar nie von der Armee, die Zahl der Kriegsschiffe aber nahm immer weiter zu, es fanden immer öfter Truppenübungen bei ihnen in der Gegend statt, und, wie Estella aus dem Radio wusste, es verstärkten sich auch die Spannungen auf dem Festland. Die aufgeregten Stimmen der jungen Männer und das Brummen der Motoren unzähliger Lastwagen und Jeeps, die zur Bucht hinunterfuhren, verrieten, dass etwas Großes im Anmarsch war. Ihr Herz zog sich vor Angst zusammen, wenn sie daran dachte, dass Jay sie jeden Augenblick verlassen könnte.

Jedes Mal, wenn sie den Hof, in dem das Unkraut wucherte, betrat und Jay dort über einem Buch oder mit einer Zigarette in den Händen sitzen sah, wurden ihr vor Erleichterung die Knie weich. Auch Poppet stürzte überglücklich und vor Freude bellend auf ihn zu und fuhr ihm hechelnd mit der Zunge durchs Gesicht. Manchmal allerdings vergingen Wochen, ohne dass er auf dem Hof erschien, und wenn sie sich dann wiedersahen, war er erschreckend dünn und sah sie unglücklich aus seinen braunen Augen an. Dann zog sie mit den Fingerspitzen all die Kratzer, die er an den Armen und den Beinen hatte, nach und küsste seine blauen Flecken, aber meist hielt sie ihn nur im Arm, bis er in einen erschöpften Schlaf versank. Der Tag, an dem die Amerikaner abziehen würden, rückte immer näher, aber bis zu diesem dunklen Augenblick gehörte Jacob Miller ihr, und in dem halb verfallenen Gehöft, das ihre Welt geworden war, ließ sie ihm all den Trost und all die Liebe, die sie geben konnte, zukommen.

Im Winter kuschelten sie sich in der Ruine unter ein paar alten Decken aneinander, um die Bücher zu verschlingen, die Estella aus der Bibliothek geschmuggelt hatte, und sie wusste, niemals würde sie die melodiöse Stimme leid, mit der er aus den Werken Shakespeares, dem vergilbten Keats und anderen abgegriffenen Romanen las.

Im Frühjahr lagen sie auf einer Decke auf dem Gras, sahen den Wolken hinterher und tauschten Küsse und ihre geheimsten Träume aus. Jay erzählte ihr von seinem Zuhause. Seine Familie lebte in einem Bauernhaus in Pennsylvania, das am Ufer eines riesengroßen Sees lag, und er versprach ihr, nach dem Krieg mit ihr zusammen dorthin zurückzukehren. Dann streichelte er ihr Gesicht und zog so ehrfürchtig ihre Züge nach, als präge er sich jedes noch so winzige Detail für alle Zeiten ein.

»Erzähl mir von dem Haus am See«, bat sie ihn eines Nachmittags im Mai, als der Regen auf das löcherige Dach des Hauses prasselte. Die Luft war feucht, und während sie in seinen Armen lag, spann er mit seinen Worten einen Traum von einem neuen Leben, das vollkommen anders war als das ihre.

»Nicht schon wieder, Stern«, bat er sie lachend.

»Doch! Ich will es noch mal hören! Bitte!«

»Also gut. Wie fing die Geschichte an?«

Sie stieß ihm mit dem Ellenbogen in die Rippen, und er holte japsend Luft.

»Autsch! Womit habe ich das verdient?«

»Weil du mich aufgezogen hast! Du weißt genau, wie die Geschichte geht.«

»In Ordnung. Ich ergebe mich. Es war einmal ein kleines Bauernhaus in einem Tal zwischen den Hügeln, wo der Weizen in der Brise tanzte und wo andauernd die Sonne schien. Meine Familie lebt bereits seit vielen Generationen in Miller's Hollow und wird auch dann noch dort leben, wenn wir selbst schon nicht mehr am Leben sind. Wir Millers sind einfache Menschen, die ein schlichtes, aber gutes Leben führen. Wir bauen Weizen an und haben daneben noch ein bisschen Vieh. Wenn man im Schaukelstuhl auf der Veranda sitzt, die leckere Limonade meiner Mutter trinkt und zusieht, wie die Sonne untergeht, wird einem warm ums Herz. Wenn wir mal Kinder haben, werden sie über die Felder laufen und mit einem Boot über den See fahren, so wie ich, als ich ein kleiner Junge war. Du wirst von meinem Boot begeistert sein. Es hat ein weißes Segel und ist schneller als der Wind. Wenn wir damit über das Wasser schießen, wirst du das Gefühl haben zu fliegen«, fing er an.

Estella liebte es, wenn er von ihrem zukünftigen Leben sprach. Sie liebte, dass das Leben, das sie führen würden, für ihn ebenso real wie all der Regen und der Wind in Cornwall waren. Sie stellte sich das kleine weiße Haus unter dem grenzenlosen blauen Himmel bildlich vor. Jay meinte, hier in England wäre alles furchtbar eng, und erst wenn man auf einem See, der groß war wie ein Ozean, gesegelt oder stundenlang durch die Prärie geritten wäre, wüsste man, wie groß die Erde ist. Estella konnte es kaum noch erwarten, alle diese Dinge selbst zu sehen.

Sie stützte sich auf einem Ellenbogen ab. »Wir werden also Kinder haben?«

Er küsste ihre Nasenspitze. »Ja, natürlich, und zwar jede Menge. Schließlich sollst du dich nicht langweilen, während ich in meiner Praxis oder in der Klinik bin.«

»Und was machen wir dann?«, erkundigte sie sich, obwohl sie selbstverständlich wusste, wie es weiterging.

»Dann legen wir mit unserem Boot am Steg ein Stückchen unterhalb des Hauses an und laufen über unser Land. Und während unsere Kinder durch die Weizenfelder laufen, freuen wir uns, dass das Getreide wieder mal so gut gediehen ist. Wir lassen Drachen steigen, pflanzen Blumen, sitzen in unseren Schaukelstühlen vor dem Haus und betrachten den Sonnenuntergang. Oder vielleicht fahren wir noch mal mit dem Boot hinaus, angeln fürs Abendessen und sehen uns den Sonnenuntergang von dort aus an. Meine Momma wird dir beibringen, wie man Apfelkuchen backt, und ich werde dir zeigen, wie man Baseball spielt. Im Kreise aller unserer Kinder werden wir zusammen alt werden und bis ans Lebensende glücklich sein.«

»Bist du dir sicher?«, fragte sie, wobei ihr Magen sich vor Furcht zusammenzog. Ihre Liebe war immer noch gefährlich, denn die Menschen würden sie bedrohen, und Männer wie ihr Vater oder Mason würden sagen, ihre Kinder hätten nie geboren werden sollen.

»Ja, natürlich, denn du bist mein Mädchen, Stern. Ich liebe dich. Heute, morgen und für alle Zeit. Vergiss das nie. Egal, was auch geschieht.«

Heute, morgen und für alle Zeit. Mit diesen Worten hatten sie geschworen, immer füreinander da zu sein. Wie könnte sie das je vergessen? Während Jay sie küsste, schmiegte sie sich noch enger an ihn. Das schmerzliche Verlangen, ihm nah zu sein, war stärker als jede Vernunft. Es war das Einzige, was überhaupt noch von Bedeutung war.

»Mach weiter«, bat sie ihn. »Mach bitte weiter, Jay.«

Trotz ihres glühenden Verlangens hatten sie bisher den letzten Schritt noch nicht getan. Doch heute, hatte sich Estella vorgenommen, würde sie aufs Ganze gehen. Heute würden sie und Jay sich endlich auch in dieser Hinsicht nahe kommen.

Heute war der Tag, an dem es kein Zurück mehr für sie gab.

Er umfasste ihre Schultern und bedachte sie mit einem liebevollen Blick, der ihr die Tränen in die Augen trieb. Wie konnten Glück und Unglück nur so nahe beieinanderliegen? Liebe und Verlust gingen Hand in Hand und wurden dadurch erst real. Allmählich wurde ihr bewusst, dass Herzschmerz offenbar die Währung war, in der man für die Freuden einer derart innigen Verbindung zahlte, aber als sie seine seidig weiche Haut und seinen starken Herzschlag spürte, wusste sie, sie würde jeden Preis für diesen Augenblick des Glückes zahlen. Sie wollte es.

Sie wollte *ihn.*

Mit einem leisen Stöhnen neigte er den Kopf und küsste sie erneut. Dann drückte er sie sachte auf die Decke, die sie auf den Pflastersteinen ausgebreitet hatten, und drang, während sie sich ihm entgegenreckte, vorsichtig in sie ein. Estella rang nach Luft, als sie ihn tief in ihrem Innern spürte, während er sie in den Armen hielt, und als sie ihre Augen aufriss, nahm sie in Jay Millers Augen hell glänzende Freudentränen wahr.

»O mein Stern«, stieß er mit rauer Stimme aus. »Mein wunderschöner, wundervoller Stern!«

Estella lachte unter Tränen auf, und während sie sich unter ihm im neu entdeckten Rhythmus ihres Körpers wiegte, schwang ihr Geist sich in den Himmel hinauf und blickte gleichzeitig verwundert und beglückt auf sie und Jay herab. Er staunte über den Kontrast zwischen der dunklen und der hellen Haut, das Ying zu ihrem Yang, die Spiegelbilder, die sie waren, und freute sich, dass sie jetzt endlich auf die zeitlose und wunderbare Art der Liebenden mit ihrem Seelenfreund eins geworden war. Dann kehrte ihr Geist in ihren Körper zurück, als Jay noch tiefer in sie eindrang und dabei mit lauter Stimme ihren Namen rief. Wogen heißer Freude schlugen über ihr zusammen, und sie bedeckte sein Gesicht mit Küssen, während sie auf einer Welle der Gefühle ritt, die ihre Nervenenden kribbeln und ihr Herz vor Freude bersten ließen. Sie schwankte zwischen Tränen und Gelächter, als sie jedes noch so leise Beben ihres Körpers spürte, bevor Jay nach Luft rang und dann zitternd über ihr zusammenbrach.

»Mein Stern«, wisperte er. »Mein Stern.«

Glücklich schlang sie die Arme um ihn und küsste seine Stirn. Sie war erfüllt von grenzenloser Liebe und von Zärtlichkeit für diesen Mann.

Mit einem leisen Seufzer rollte er sich neben sie und schloss seine Augen.

Am liebsten hätte sie ihn bis ans Ende aller Zeit so festgehalten. Sie spürte seine Haut an ihrer Haut und dass sein Herz im Rhythmus ihres Herzens schlug, und plötzlich wusste sie, was all die Dichter hatten sagen wollen. Das überwältigende Glücksgefühl, das sie in diesem Augenblick empfand, diese vollkommene Erfüllung war das Einzige, worum es ging, und wenn man sie für sich entdeckte, tat man alles, um sie zu bewahren, weil man nur dann wirklich lebendig war.

Sie lehnte ihren Kopf an seine Schulter. Sie war nicht mehr dieselbe wie zu Anfang dieses Nachmittags. Sie hatte eine Schwelle überschritten, und mit einem Mal ergaben viele Dinge einen Sinn. Das Reginald sich eine Frau wie Violet genommen hatte. Dass die Stiefmutter fast nie zu Hause war. Und selbst die dunklen Drohungen eines Hamilton.

Sie erschauderte, und Jay hüllte sie fester in die Decke ein.

»Ich liebe dich«, erklärte er. »Für mich gibt es nur dich.«

»Genauso geht es mir mit dir. Ich liebe dich so sehr, und ich verspreche dir, dass es in meinem Leben niemals einen anderen geben wird. Du bist der Einzige für mich. Heute, morgen und für alle Zeit.«

34

Estella
1944

Abgesehen vom Wunder ihrer und Jays Liebe hielt der Mai des Jahres 1944 für Estella Kellow keinerlei Vergnügungen bereit. Für diese Zeit des Jahres war es ungewöhnlich kalt, und das Verhältnis zwischen ihr und Evie wurde immer angespannter, denn als würde ihre Freundin spüren, dass sich etwas in Estellas Leben grundlegend verändert hatte, lief sie ihr inzwischen wie ein Schatten hinterher.

»Du bist total verändert, Stell«, bemerkte sie am Tag, nachdem Estella endgültig zur Frau geworden war. »Was ist passiert?«

Estella fuhr zusammen. Sie hatte auf ihr weich gekochtes Frühstücksei gestarrt und an den wunderbaren Nachmittag mit ihrem Schatz zurückgedacht. Natürlich hatten diese Stunden sie verändert, aber sah man ihr das etwa an? Die junge Frau im Badezimmerspiegel hatte mit den dunkelblauen Augen, ihrer Mähne dunkler Locken und dem pinkfarbenen Rosenknospenmund genau wie immer ausgesehen. Vielleicht waren ihre Lippen von Jays Küssen leicht geschwollen, vielleicht umspielte auch ein leises Lächeln ihren Mund, und vielleicht lag ein ungewohnter träumerischer Glanz in ihren Augen, aber diese winzigen Veränderungen waren keinem Menschen aufgefallen – außer Evie, die ihr direkt gegenübersaß und sie mit durchdringenden Blicken musterte.

Sie hätte daran denken sollen, dass Evie nie etwas verborgen blieb. Ihr Glück hatte sie unvorsichtig werden lassen, doch sie wäre besser weiter auf der Hut. Sie liebte Evie, aber ihre beste Freundin war nun mal in diesen Hamilton vernarrt, und deshalb war ihr nicht zu trauen.

Wer wusste schon, was sie dem Mann alles erzählen würde, nur damit er endlich einmal freundlich zu ihr war?

»Nichts«, gab sie zurück und griff nach einer Scheibe Toastbrot, um sie lässig in ihr Ei zu tunken, was, da sie vergessen hatte, es zu köpfen, jedoch nicht möglich war.

Vielsagend zog Evie eine ihrer dunklen Brauen hoch.

»Ach nein? Ich bitte dich. Du hast dein Frühstück noch nicht angerührt und träumst mit offenen Augen vor dich hin. Bist du etwa verliebt?«

»Ach, red doch keinen Unsinn.« Alarmiert, weil ihre Freundin wieder mal genau ins Schwarze traf, griff sie nach ihrem Messer und schnitt übertrieben sorgfältig die Eierschale auf.

»Bilde dir ja nicht ein, dass mir nicht aufgefallen ist, wie ein bestimmter Mann dir schöne Augen macht. Ich bin nicht dumm, und du solltest mir sagen, wenn da etwas läuft. Wir sind beste Freundinnen.«

Seufzend ließ Estella ihre glücklichen Erinnerungen ruhen und wandte sich gedanklich Masons unausgesprochenen Drohungen und Evies unverhohlenen Vorwürfen zu. Zwar waren ihre Tage glücklich, seit sie Jay getroffen hatte, aber Masons Nähe machte ihr noch immer Angst. Sobald sie an ihn dachte, spürte sie ein dumpfes Pochen tief in ihrem Innern, denn noch immer nahm er sie ins Visier wie ein räuberischer Bussard eine kleine Maus. Natürlich war das Evie aufgefallen. Obwohl die Dinge, die er zu ihr sagte, harmlos waren – Fragen nach den Büchern, die sie las, oder ein Kompliment zu ihrem Kleid –, waren seine Blicke das genaue Gegenteil. Mit ihnen gab der Mann ihr zu verstehen, dass sie ihm nicht entkommen würde, und es kam ihr vor, als würde sie der Kerl umkreisen wie einer der scharfzahnigen Hechte seine Beute in den Tiefen ihres Teichs.

»Ich habe dich noch nie für dumm gehalten«, gab sie barsch zurück. »Aber wie oft muss ich es noch sagen, bis du es mir endlich glaubst? Hamilton Mason interessiert mich nicht.«

»Nur leider interessiert er sich für dich«, stieß Evie zornig aus. »Er sieht immer nur dich an. Mich nimmt er gar nicht wahr. Mädchen wie ich sind gut genug fürs Bett, sonst nichts.«

»Du hast doch wohl nicht …«

»Was? Mit ihm geschlafen? Also bitte, sei doch nicht so furchtbar prüde. Wenn man etwas Spaß hat, tut man damit schließlich keinem Menschen weh.«

Estella aber, die auf jede noch so winzige Berührung von Jay Miller wie die straff gespannte Saite einer Violine reagierte, wusste, dass es dabei um viel mehr ging als um Spaß. Jay Miller hatte ihr das Paradies gezeigt, und plötzlich ergab alles einen Sinn.

Sie würde alles dafür tun, dass sie sich noch mal so nah wären wie gestern Nachmittag.

»Hast du?«, wiederholte sie, und Panik wogte in ihr auf. Die Freundin mochte denken, dass sie zäh war, doch sie hatte Hamilton ihr Herz geschenkt, und wenn ihm danach wäre, würde er es brechen – und sich dabei köstlich amüsieren. Estella hatte nämlich auf den ersten Blick erkannt, dass Mason selbst kein oder im besten Fall ein rabenschwarzes Herz besaß.

»Evie, bitte nimm dich vor dem Mann in Acht. Ich weiß, du bist in Hamilton verliebt, aber er ist kein netter Mensch.«

»Er ist nicht *nett*?« Mal wieder ahmte Evie den Akzent der Freundin nach, bevor sie, wie so oft, wenn sie gestresst war, in der abgehackten Art der Menschen aus dem East End weitersprach. »Was kümmert mich, ob der Kerl nett ist oder nicht? Mit Nettigkeit kommt man nicht weit. Hat Nettsein meiner Mutter, meiner Oma oder mir jemals was eingebracht? Bin ich etwa nicht ständig nett und tue das, was man mir sagt? Folge ich dir nicht seit Jahren wie ein Schatten? Lese meine Bücher? Bete vorm Zubettgehen? Nehme hin, dass selbst die Köchin auf mich runtersieht, weil ich ein Rotzblag aus der Gosse bin? Ich bin es einfach leid, immer zu allen nett zu sein! Ich habe mich in eine billige Kopie von dir verwandelt, und was hat mir das gebracht? Nicht das Geringste!«

Wütend fegte sie die Eier und den Toast, die Teller, das Besteck und selbst die Teekanne vom Tisch.

»Ich habe keine Lust mehr, immer nur die zweite Wahl zu sein!«, schrie sie Estella an. »Hast du gehört? Ich bin es einfach *leid*!«

Die beiden Mädchen starrten sich mit großen Augen an. Durch Evies Worte hatte sich ein tiefer Abgrund aufgetan, und keine von den beiden wusste, wie sie diesen breiten Graben hätte überqueren sollen.

Als Mrs. Tullis in die Küche kam und die Scherben auf dem Boden sah, riss sie die Augen auf, doch statt zu schimpfen, brach die Frau in lautes Schluchzen aus.

»Dann habt ihr's also schon gehört? O Mädchen. Ich weiß gar nicht, was ich sagen soll. Diese verfluchten Deutschen. Wann wird das je enden?«

Estella sah Evie fragend an, doch die gab ihr durch ein Schulterzucken zu verstehen, dass sie keine Ahnung hatte, wovon Mrs. Tullis sprach. Vereint durch ihre plötzliche Verwirrung führten sie die Köchin an den Tisch, drückten sie auf einen Stuhl und ließen sie sich erst mal schnäuzen, bis sie ansatzweise wieder bei sich war.

»O Mädchen, ich bewundere euch für eure Tapferkeit. Ich bin noch immer völlig aufgelöst. Die arme Mrs. Kellow«, stieß sie schniefend aus. »Trotz allem hat sie so was einfach nicht verdient.«

Estella ergriff eine ihrer roten, rauen Hände, die den Teig für Hunderte von Kuchen zubereitet, stundenlang in irgendwelchen Kochtöpfen gerührt und tonnenweise Grünzeug klein geschnippelt hatten und die aus Pencallyn House nicht wegzudenken waren.

»Wir haben nichts gehört«, erklärte sie in ruhigem Ton. »Was ist mit Violet passiert?«

Die Köchin riss verwirrt die Augen auf. »Aber das ganze Durcheinander hier? Ich dachte, dass ihr zwei vor lauter Schreck gegen den Tisch gestoßen seid.«

»Das war ein Unfall. Tut mir leid. Der Ärmel meiner Bluse hat sich in der Teekanne verfangen«, gab Evie vor, und wieder einmal wunderte Estella sich darüber, wie problemlos ihre Freundin log. Früher hatte sie sie für die Fähigkeit bewundert, aber da sie nicht mehr wusste, ob nicht auch sie selbst gelegentlich von Evie angelogen wurde, brachte dieses ganz besondere Talent sie heute aus dem Gleichgewicht.

Das Doppelkinn der Köchin zitterte, und hilflos sah sie zwischen beiden Mädchen hin und her.

»Wahrscheinlich gibt es keinen leichten Weg, es euch zu sagen. Also: sie ist tot. Sie kam vergangene Nacht in Plymouth bei einem Bombenangriff um.«

Estella atmete auf. »Das kann nicht sein, weil Violet letzte Nacht gar nicht in Plymouth war. Sie war in Calmouth bei den Pembertons. Dort fand mal wieder eine Dinnerparty statt.«

Tatsächlich waren die Pembertons mit Violet gut befreundet, und wenn sie bei ihnen zu Besuch war, blieb sie häufig über Nacht. Die Köchin aber tauschte einen vielsagenden Blick mit Evie aus, und plötzlich ging Estella auf, dass neben ihr noch eine andere junge Frau sich aus dem Haus geschlichen hatte, um mit einem Mann zusammen zu sein. Wahrscheinlich hatte Violet nie die Pembertons besucht. Das hatte sie nur vorgegeben, um in Wahrheit etwas völlig anderes zu tun.

Danach kam eins zum anderen. Die Polizei erschien, um ihnen mit gebührendem Respekt die grauenhaften Einzelheiten zu berichten, und sobald die Neuigkeiten ihn erreichten, tauchte auch der Priester auf, um ihnen in ihrer Trauer beizustehen. Estella wagte nicht, sich vorzustellen, wie ihr Vater reagieren würde, wenn er hörte, dass er über Monate hinweg von Violet betrogen worden war. Würde er die Schuld daran vielleicht Estella oder Evie geben, weil er dächte, dass sie für die Stiefmutter gelogen hätten? Würde er vor lauter Wut mit seinen Fäusten auf sie losgehen oder sie vielleicht sogar aus dem Haus werfen?

Estellas Magen zog sich zusammen.

Die Fakten waren klar: Violet Kellow hatte neben ihrem Liebhaber in einem Bett in einem der prächtigen Hotels am Plymouth Hoe geschlafen, über dem von einem deutschen Flieger vor dem Rückflug Richtung Kontinent die letzten noch an Bord verbliebenen Bomben abgeworfen worden waren. Es hatte keinerlei Alarm gegeben, denn nach Monaten der Ruhe hatte diese willkürliche Bombardierung alle überrascht. Vielleicht war es ein kleiner Trost, dass Violet sofort tot gewesen war. Auch ihr Geliebter war getötet worden, und obwohl Estella nicht mal seinen Namen kannte, weinte sie in dem Bewusstsein, dass er Violet die Liebe und das Glück beschieden hatte, die ihr Ehemann ihr hätte schenken sollen, auch um ihn.

Natürlich würde Reginald versuchen, die Geschichte zu vertuschen, doch Estella wusste, dass der durch Violets Tod heraufbeschworene Skandal so sicher wie das Amen in der Kirche war. Ihr Vater wäre deshalb außer sich vor Zorn. Hatte er vielleicht die ganze Zeit gewusst, dass seine junge Gattin ihn betrog? Auf alle Fälle würde nicht ihr Tod den Mann betrüben, sondern, dass er durch ihr schändliches Verhalten öffentlich erniedrigt worden war. Die arme, dumme Violet! Bei ihrer Hochzeit war es einzig um den Status ihres zukünftigen Ehemannes gegangen, und nun hatte sie einen hohen Preis dafür bezahlt, dass sie ihr Glück hatte woanders suchen müssen.

Estella lief mit Poppet durch den Garten und erkannte, dass die Stiefmutter ein abschreckendes Beispiel dafür war, wie man keinesfalls sein Leben leben sollte. Zwar traf auch sie sich heimlich mit Jay Miller, doch sobald der Krieg vorüber wäre, würden sie vor aller Welt zu ihrer Liebe stehen. Es würde sie nicht kümmern, ob die Menschen damit einverstanden wären oder nicht. Das Einzige, was zählen würde, war, dass sie zusammen waren.

Wie immer wartete Estella bei dem halb verfallenen Gehöft, doch Jay war nirgendwo zu sehen, und ein paar Stunden später machte sie sich einsam und allein mit schwerem Herzen wieder auf den Weg. Um nicht ins Haus zurückzukehren, lief sie mit Poppet Richtung Dorf und sah das rege Treiben in der Bucht. Sie näherte sich vorsichtig dem

Stacheldraht, um nachzuschauen, was dort unten vor sich ging. Inzwischen aber hatte man an dieser Stelle einen neuen Kontrollpunkt eingerichtet, und die Männer, die dort Wache hielten, forderten sie auf zu gehen.

Warum waren hier so viele Männer, und was stellten sie überhaupt an? Es wimmelte dort unten nur so vor Soldaten, und sogar die Hauptstraße war mit den Jeeps und Lastwagen der Yanks zugeparkt. Das Dorfleben war stark beschränkt, und die Erinnerung an sonnenhelle Tage, als sie in der Bucht geschwommen waren und gepicknickt hatten, wirkte plötzlich wie ein ferner Traum. Estella wischte sich die Tränen aus dem Gesicht und wusste nicht, ob sie tatsächlich noch um Violet weinte, während sie sich zwang, ins Herrenhaus zurückzukehren. Ihr Vater wäre sicher auf dem Weg nach Hause, da es nach dem Tod der liederlichen Gattin einiges zu regeln gab.

Als Mrs. Tullis von ihr wissen wollte, was fürs Abendessen vorgesehen war, dämmerte Estella, dass sie jetzt Herrin von Pencallyn war. Die arme Violet war erst seit ein paar Stunden tot, und schon lag die gesamte Last der Haushaltsführung auf den Schultern ihrer Stieftochter. Estella sehnte sich so sehr danach, dass Jay sie in die Arme nähme und mit seiner sanften Stimme zu ihr sagte, dass alles gut werde. Sie musste hören, wie er von wunderbaren Sonnenuntergängen sprach, von Schaukelstühlen und einem kleinen Boot, in dem sie sich im Licht der Sterne küssen würden. Estella musste sich an diese wundervollen Träume klammern und sich damit trösten, seine Liebe weiterhin in ihrem Herzen zu bewahren. Denn wenn der Krieg vorüber wäre, würden sie ein wunderbares Leben führen.

Sie rief nach Poppet, und noch immer voller Unbehagen wandte sie dem Meer den Rücken zu. Dann atmete sie durch, wappnete sich für die Dinge, die noch kämen, und trat den steilen Rückweg nach Pencallyn an.

35

Estella

1944

Es war bewegend, dass so viele Menschen das Verlangen hatten, Violet Kellow Lebewohl zu sagen, und obwohl im Dorf getuschelt wurde und es ohne Zweifel auch Gerede in der sogenannten besseren Gesellschaft gab, saßen die Trauergäste in St. Brecca's dicht gedrängt in den Bänken. Violet war offenkundig sehr beliebt gewesen, und die kleine Kirche war mit Menschen aus verschiedenen gesellschaftlichen Schichten – Künstlern und Geschäftsinhabern, einer Hutmacherin und einer Floristin, alten Freundinnen aus London und sogar Kollegen aus der Galerie in Knightsbridge, in der sie vorübergehend angestellt gewesen war – gefüllt. Estella unterhielt sich mit den Leuten und war gerührt von den Geschichten, die sie ihr erzählten. Violet war immer freundlich und warmherzig gewesen. Natürlich hatte auch sie Fehler gemacht, doch inzwischen konnte Estella den Grund für ihre Untreue verstehen.

Und als wollte selbst die Sonne, die sich fast den ganzen Mai über nicht hatte blicken lassen, Violet einen letzten Freundschaftsdienst erweisen, lugte sie wie eine Debütantin hinter ihrem Fächer plötzlich schüchtern durch die Wolken und tauchte die Kirche und den Friedhof in ein goldenes Licht. Während des Gottesdienstes küssten bunte Sonnenstrahlen den abgetretenen Natursteinboden, und die Blumen, die zu bestellen sich Reginald geweigert hatte, wurden durch die Streifen hellen Lichts, die auf den Sarg fielen, ersetzt. Der Zorn des Vaters war mit Händen greifbar, und obwohl er sich gezwungen sah, der Trauerfeier in der Kirche beizuwohnen, war das alles, was die arme

Violet noch von ihm bekam. Ihr Name würde nicht in die Gedenkplatte seiner Familie in der Kirche eingraviert, und die Bestattung fände ohne Gäste im privaten Rahmen statt.

»Sie kann von Glück reden, dass sie zumindest diesen Gottesdienst bekommt«, hatte der Mann Estella rüde angefahren, als sie sich vorsichtig erkundigt hatte, ob nicht eine einfache Gedenkplakette in der Kirche möglich wäre. »Wenn's nach mir ginge, hätte man sie einfach irgendwo verscharrt.«

Estella hatte nicht noch mal davon gesprochen, aber als sie neben Reginald vor der für die Familie reservierten Bank ganz vorne in der Kirche stand, nahm sie sich vor, eines Tages selbst eine Plakette anbringen zu lassen – klein und ohne falsches Pathos, aber hier in dieser Kirche, damit alle wüssten, dass es ihre Stiefmutter gegeben hatte und sie nicht vergessen war.

Nach dem Gottesdienst fand in Pencallyn House noch eine kleine Trauerfeier statt. Mrs. Tullis hatte mit einer Handvoll rationierter Lebensmittel und einigen Produkten aus dem Garten ein Buffet angerichtet. Es gab Tee und Sherry sowie einen Kuchen, in den der Zuckervorrat einer ganzen Woche eingeflossen war. Die Gäste führten wacker Small Talk, doch die Peinlichkeit der Umstände von Violets Tod führte des Öfteren zu verlegenem Schweigen, und nachdem die Tür hinter dem letzten Trauergast ins Schloss gefallen war, kehrte Estella erschöpft in den Salon zurück und sammelte die Gläser und die Teller ein. Evie hatte bereits vor Stunden, kurz nachdem sich Hamilton zurückgezogen hatte, den Raum verlassen, und Estellas Vater hatte sich mit einer Flasche Brandy in seinem Arbeitszimmer eingesperrt. Also hatte sich Estella ganz allein um die Gäste kümmern müssen und nicht einen Augenblick für sich gehabt.

Sie hatte fürchterliches Kopfweh und war froh, dass sie den Hut vom Kopf nehmen und sich die Nadeln aus den Haaren ziehen konnte, um sich ihre Schläfen zu massieren. Dann ließ sie sich auf eins der Sofas fallen, streifte die Schuhe von den Füßen und wackelte seufzend mit den Zehen. Gleich würde sie sich umziehen und mit Poppet durch den Wald zu dem verfallenen Hof marschieren, denn womöglich wäre Jay ja dort. Sie hatte ihn seit zehn Tagen nicht mehr gesehen, was aber wegen all des Treibens in der Bucht nicht wirklich überraschend war. Auch Lex und Hamilton waren meistens unterwegs, das hieß, es war etwas im Busch. Es gab Gerede über einen »großen Vorstoß«, und egal, was das auch hieß, vermutete Estella, dass die amerikanische Armee im Aufbruch war.

Der Gedanke, sich von Jay zu trennen, war ihr unerträglich, denn wie konnte er trotz seiner zahlreichen Versprechen, dass sie eine wunderbare Zukunft haben würden, sicher sein, dass der bevorstehende Abschied nicht endgültig war? Die Furcht verfolgte sie auf Schritt und Tritt, und selbst der warme Sonnenschein erschien ihr kalt wie Schnee. Sie wünschte sich von ganzem Herzen, dieser Krieg wäre vorbei. Er würde alles ruinieren!

»Der Krieg hat mich zu dir geführt, mein Schatz«, versuchte Jay, Estella zu beruhigen, wenn sie über ihre Ängste sprach. »Und eines Tages wird auch diese Zeit Geschichte sein. Dann werden unsere Enkelkinder in der Schule lernen, dass es diesen Krieg gegeben hat, und uns besuchen, um zu fragen, wie es wirklich war. Du wirst sehen, für sie wird das, was uns passiert, nur noch der Stoff irgendwelcher Bücher oder Hausarbeiten sein.«

Sie liebte es, wenn er Geschichten über ihre Zukunft spann.

»Und was werden wir ihnen dann erzählen?«

Bei dieser Frage grinste Jay und glitt mit seinen Lippen über ihren Hals und ihre Brüste bis hinab zu ihrem Bauch, worauf sie vor Verlangen schmolz.

»Von diesen Dingen nichts, mein Schatz, das steht schon einmal fest! Am besten formulieren wir es wie Charles Dickens und erklären, dass es gleichzeitig die beste und die schlimmste aller Zeiten war. Wir werden sagen, dass wir nie damit gerechnet hätten, dass wir mitten in dem ganzen Durcheinander unsere große Liebe finden würden, dass es dann aber genauso war. Sie werden uns nicht zuhören, denn bis dahin sind wir beide alte Leute, und sie werden sich nicht vorstellen können, dass wir auch mal jung gewesen sind!«

Estella saß noch immer auf der Couch, und die Erinnerung an diese Worte zauberte ein Lächeln auf ihr vor Erschöpfung blasses Gesicht. Wenn sie mit Jay zusammen war, fiel es ihr leicht, die Zweifel und die Ängste zu verdrängen, denn er hatte das besondere Talent, ihr das Gefühl zu geben, dass in ihrem Leben alles möglich war. Es war nicht nötig, sich in Ängsten über ihre Zukunft zu ergehen, während sie zusammen waren, denn dann zählte nur der Augenblick. Jay sagte immer, dass das alles war, was man jemals besaß.

»Heute, morgen und für alle Zeit«, sagte sie laut, und sofort hob sich ihre Stimmung – nur, um wieder abzufallen, als die Tür geöffnet wurde und der widerliche Hamilton in seiner Galauniform erschien. Entschlossen drückte er die Tür wieder ins Schloss und wandte sich ihr mit einem kalten Lächeln zu.

»Da sind Sie ja, Miss Kellow. Und Sie sehen tatsächlich noch hübscher aus als sonst«, erklärte er gedehnt, wobei er seinen kalten Blick an ihr herunterwandern ließ. Sie richtete sich eilig auf, damit nicht länger ihre Hüfthalter zu sehen wären, und war mit jeder Faser ihres Körpers vor dem alten Lüstling auf der Hut.

»Mein Vater ist in seinem Arbeitszimmer.« Sie schob ihre Füße in die Schuhe und strich ihren Rock über den Knien glatt.

Doch Hamilton blieb reglos vor ihr stehen. »Ich nehme an, Sie wissen, dass ich nicht zu Ihrem Vater will.«

Estella saß wie angewurzelt da und schaffte es nicht, sich seinen kalten Blicken zu entziehen.

»Ich warte bereits viel zu lange«, klärte er sie mit gefährlich leiser Stimme auf. »Du führst mich jetzt seit Wochen an der Nase rum, aber jetzt reicht es mir.«

Sie starrte ihn entgeistert an. »Wie bitte? Inwiefern führe ich Sie an der Nase rum?«

Die Enden seiner schmalen Lippen schlängelten sich in die Höhe.

»Also bitte, Schätzchen, das ist ja wohl offensichtlich. Diese abweisenden Blicke. Diese aufgesetzte Kälte. Dass du tust, als ob du nicht zu haben wärst. Das ist jetzt nicht mehr nötig, denn ich habe ein Gespräch mit deinem alten Herrn geführt.«

»Ich auch.«

»Widersprich mir nicht. So was gehört sich nicht für meine zukünftige Frau.«

»Sie denken, ich würde Sie heiraten?« Sie brach in ungläubiges Lachen aus, doch seine plötzlich finstere Miene zeigte ihr, dass das ein Fehler war.

»Du hast gar keine andere Wahl. Dein Vater hat Pencallyn House in den Ruin getrieben und weiß ganz genau, dass er verkaufen muss, wenn ihm kein wohlhabender Schwiegersohn unter die Arme greift. Ich habe das erforderliche Geld, um dieses hübsche Anwesen zu retten, und als brave Tochter wirst du tun, was er dir sagt.«

Unter ihrer schwarzen Bluse schlug ihr das Herz bis zum Hals. Stimmte, was er sagte? War ihr Vater wirklich ruiniert? Vielleicht, aber vielleicht auch nicht. Ein Mann wie Hamilton genoss es, anderen Menschen Angst zu machen. Das Verlangen danach trieb ihn an.

»Auf keinen Fall«, erklärte sie. »Es tut mir leid, Ihnen das mitteilen zu müssen, doch die Sklaverei ist abgeschafft und dementsprechend stehe ich nicht zum Verkauf.«

Doch Mason lachte nur.

»Das sagt ihr Frauen immer, obwohl ihr in Wahrheit alle käuflich seid. Es kommt ganz einfach auf den Preis an, Schätzchen. Mit Weibsbildern wie dir, die tun, als ob sie kein Wässerchen trüben könnten, kenne ich mich aus. Du brauchst mir nichts mehr vorzumachen. Ein Mädchen, das erlaubt, dass ihm ein Neger seine Hand verbindet und sie sogar nach Hause bringt, ist ja wohl alles andere als wählerisch. Ich frage mich, was wohl dein Vater dazu sagen würde? Sicher würde er den Burschen höchstpersönlich auspeitschen.«

Estella hatte das Gefühl, als würde sich der Boden unter ihren Füßen auftun und sie stürzte ins Nichts. Hatte etwa der verpickelte GI, der Jay während der Feier angegangen hatte, ihn bei seinen Vorgesetzten angeschwärzt? Wohl kaum. Dafür war diese Feier bereits viel zu lange her. Hatte dann womöglich Evie Hamilton erzählt, dass sie an jenem Abend plötzlich von dem Fest verschwunden war? Die Freundin hatte ihr verübelt, dass sie sie im Stich gelassen und mit den Landmädchen und Dolly hatte heimgehen lassen, schließlich aber Mitleid wegen ihrer aufgeschnittenen Hand gehabt. Sie hätte sie also ganz sicher nicht verraten. Also hatte Mason offensichtlich seine eigenen Spione auf der Tanzveranstaltung gehabt.

Und nicht nur dort …

»Was reden Sie denn da für einen Unsinn?«, fragte sie, wobei das Zittern ihrer Stimme nicht zu überhören war.

»Ich nehme an, wir wissen beide, dass ich die Wahrheit sage. Wenn du jetzt ein braves Mädchen bist, erfährt dein Vater nichts davon. Wir können sicher eine Einigung erzielen, damit ich das Angebot, das ich ihm für dich unterbreitet habe, nicht zurückziehen muss.«

»Ich habe doch gesagt, dass ich nicht käuflich bin.«

»Jeder ist käuflich. Wenn du mir nicht glaubst, frag einfach deinen Vater, was für Hypotheken auf dem Haus und Grundstück liegen und warum er Violet wirklich zur Frau genommen hat. Ich wette, ihre Leute wollten auch nichts anderes als meine: schließlich haben sie sich ebenfalls mit ihrem Geld in seine Klasse eingekauft. Das ist ein einfaches Geschäft, mit dem dein Vater bestens leben kann. Also tu, was man dir sagt.«

Estella hatte nie zuvor in ihrem Leben die Art Hass empfunden, die das Blut zum Kochen brachte und sich einem in die Seele fraß, jetzt aber wogte er wie eine bittere, zerstörerische Flutwelle in ihrem Innern auf.

»Eher würde ich mir noch mal von ihm die Hand verbinden lassen, als dass Sie auch nur in meine Nähe kommen«, fauchte sie ihn an.

Ein lautes Zischen drang aus Masons Mund, entschlossen trat er auf sie zu, und ehe sie die Chance hatte, aus dem Raum zu flüchten, packte er sie bei den Schultern, vergrub seine Finger tief in ihre Haut und zog sie eng genug an seine Brust, dass er mit seinem harten Glied an ihren Schenkel stieß. Die Absichten des Widerlings waren klar. Obwohl Estella sich nach Kräften wehrte, schleuderte der Kerl sie gegen den Kaminsims und schob ihr begierig seine fleischig-feuchte Zunge in den Mund. Sie musste würgen, und als er die Hand unter den Bund von ihrem Rock und dort in ihre Unterhose schob, empfand sie kalte Angst.

»Aufhören!«, stieß sie keuchend aus, doch ihr Protest ermutigte ihn noch. Er rammte ihr ein Knie zwischen die Beine und drängte sie immer wieder gegen den Kamin.

O nein! Das durfte nicht passieren!

Mit letzter Kraft entwand Estella sich seinem Griff, drehte den Kopf zur Seite, rang nach Luft, ergriff in dem verzweifelten Verlangen, ihm doch noch zu entkommen, sein Handgelenk und drehte es mit aller Kraft herum.

Doch Mason schüttelte die Hand wie eine Fliege ab.

»Nehmen Sie die Hände weg!«, schrie sie, als Mason an den Knöpfen seiner Hose nestelte.

»Schrei, so viel du willst. Dein Vater sitzt mit seiner sicher zwischenzeitlich halb geleerten Brandyflasche hinter seinem Schreibtisch, Mrs. Tullis und die anderen Angestellten sind inzwischen heimgegangen und die süße kleine Evie ist auf einem Botengang für mich. Und Lex wird dir nicht helfen, weil man dort, woher wir kommen, nichts für weiße Negerhuren übrig hat. Also schrei dir meinetwegen ruhig die Lunge aus dem Hals.«

Er zerrte ihren Rock in Richtung ihrer Hüften, und egal wie sehr sie auch versuchte, sich ihm zu entwinden, presste er sie weiter gegen den Kamin. Der Marmor biss ihr in den Rücken, und egal was sie versuchte, sie wusste, dass sie gefangen war.

Die Panik schnürte ihr die Kehle zu. Inzwischen drückte sie der Mann nur noch mit einer Hand gegen den Stein und schob mit seiner anderen seine Hose bis hinab zu den Knien. Dadurch wurde er kurz abgelenkt, und sofort nutzte sie die Chance, entriss ihm ihre linke Hand und tastete in blinder Hast auf dem Kaminsims hin und her, bis sie gegen den Silberrahmen mit dem Bildnis ihrer Mutter stieß.

Nie zuvor in ihrem Leben hatte sie die Hilfe ihrer Mutter so gebraucht wie in diesem Augenblick.

Sie riss den schweren Rahmen hoch, bevor sie ihn mit aller Kraft auf Masons Schädel krachen ließ. Sie legte all die Verachtung, die sie diesem arroganten Kerl entgegenbrachte, den geballten Zorns darüber, dass er vorsätzlich mit den Gefühlen ihrer besten Freundin spielte, und den Ekel über die herablassenden Worte, die er über Jay, der zehn Millionen mehr wert war als er, geäußert hatte, in den Schlag, und als der Rahmen auf seinen verhassten Schädel niedersauste, hoffte sie, dass er zerbrechen würde wie ein rohes Ei.

»Du elendiges Miststück!«

Hamilton ließ keuchend von ihr ab, ging in die Knie und griff sich an den Kopf. Leuchtend rotes Blut troff auf seine Uniform.

Seiner brutalen Kraft beraubt und mit herabgelassener Hose sah er noch erbärmlicher aus. Genau wie Reginald war Hamilton ein elender Tyrann, der seine Macht bei Menschen unter Beweis stellte, die ihm hilflos ausgeliefert waren.

Behutsam stellte sie das Bild der Mutter wieder auf den Sims, schob sich den Rock über die Knie und überprüfte ihr Erscheinungsbild im Spiegel. Abgesehen vom Glitzern ihrer Augen und der Röte ihrer Wangen sah sie völlig unbeschadet aus – auch wenn sie innerlich noch immer zitterte wie Espenlaub, weil sie dem Kerl mit Müh und Not entkommen war.

»Rühren Sie mich nie wieder an«, wandte sie sich an Hamilton, und wütend sah er zu ihr auf.

»Das wird dir noch leidtun. Du wirst dir noch wünschen, Ja gesagt zu haben, als du die Chance dazu hattest.«

Wieder sah sie in den Spiegel, strich sich sorgfältig die Haare glatt und blickte achselzuckend auf den Widerling herab.

»Das bezweifle ich doch sehr.«

Sie machte auf dem Absatz kehrt, und ohne sich noch einmal umzudrehen, spürte sie den Blick, der sich ihr in den Rücken brannte, und wäre am liebsten, statt gemessenen Schrittes in den Flur hinauszutreten, weinend aus dem Raum gerannt.

Sie hatte immer schon gewusst, dass Hamilton gefährlich war, jetzt aber würde er sich an ihr rächen wollen, und sie wagte nicht daran zu denken, was passieren würde, wenn er je erführe, dass sie eine innige Beziehung zu Jay Miller unterhielt.

Sie hatte ihren Liebsten in schreckliche Gefahr gebracht.

36

Estella

1944

Am nächsten Tag hatte Estella blaue Flecken an den Handgelenken, und vom Schwingen des schweren Bilderrahmens schmerzte ihr die Schulter, aber davon abgesehen war sie unverletzt. Sie hoffte, Mason hätte das Gefühl, als hätte ihm ein Esel einen Tritt gegen den Kopf verpasst, denn seine bösartigen Worte hatten sie zutiefst verletzt.

Sie atmete erleichtert auf, als sie erfuhr, dass er und Lex schon in den frühen Morgenstunden aus dem Haus gegangen waren, denn sie hätte ihm auf keinen Fall begegnen wollen. Er war wie eine Spinne, die seit Monaten ihr todbringendes Netz gesponnen hatte und jetzt auf der Lauer lag, bis sie ihm in die Falle ging.

Lagen wirklich Schulden auf Pencallyn House? Wahrscheinlich, denn die vielen Pflanzen, die ihr Vater sich aus aller Herren Länder hatte liefern lassen, hatten sicher einen ordentlichen Batzen Geld gekostet, und seit die Amerikaner einen Teil des Anwesens beschlagnahmt hatten, wurde auf den Feldern, die am Rand des Grundstücks lagen, nichts mehr angebaut. Tatsächlich hatte Violets neureiche Familie die Beziehung zwischen ihr und Reginald auf jeden Fall begrüßt – doch wäre er wirklich bereit, die eigene Tochter zu verkaufen, damit wieder Geld für neue Pflanzen in die Kasse kam? War sie ihm wirklich so egal?

Estella sah ihren Vater an, der mit missbilligender Miene hinter seiner Zeitung saß, und sagte sich, dass ihm so ein Geschäft auf alle Fälle zuzutrauen war. Er hatte seinen Garten immer mehr als alles andere geliebt, und deshalb war er ihr mit einem Mal verhasst. Vielleicht würde sie ihn einfach umpflügen oder verwildern lassen, wenn sie ihn eines Tages erbte. Eine süßere Form der Rache gäbe es wahrscheinlich nicht.

»Stell, du bist heute so still«, stellte Evie plötzlich mit besorgter Stimme fest. »Fühlst du dich nicht wohl?«

Estella schüttelte den Kopf. »Ich habe schlecht geschlafen.«

Das war nicht gelogen, denn tatsächlich war sie ein ums andere Mal mit trockenem Mund und wild klopfendem Herzen aufgewacht. Sie hätte Evie unbedingt erzählen wollen, was gestern zwischen ihr und Mason vorgefallen war, aus irgendeinem Grund jedoch erfüllte der Gedanke daran sie mit Scham. Was, wenn Evie dachte, dass Estella ihn ermutigt hätte? Der Gedanke war Estella unerträglich. Trotzdem musste sie die Freundin vor dem Menschen warnen, doch sie brachte einfach keinen Ton heraus. Sie würde auch nicht wagen, Jay von dieser Sache zu erzählen. Er würde wütend werden, sie beschützen wollen, und seine Ehre würde ihm gebieten, dass er Hamilton zur Rede stellte, aber dadurch würde er verraten, dass sie zwei zusammen waren, und dann wäre er in furchtbarer Gefahr.

Nein. Am besten spräche sie mit niemandem und ginge Mason möglichst aus dem Weg.

Der letzte Tag im Mai brach hell und sonnig an. Nach dem Frühstück arbeitete Estella im Gemüsegarten und lauschte dem endlosen Konvoi der Fahrzeuge, die auf der neuen Straße in die Bucht hinunterfuhren. Von Tag zu Tag nahm die Betriebsamkeit dort unten zu, und Mrs. Tullis regte sich darüber auf, dass die Armee die Straße Richtung Dorf geschlossen hatte und die Einheimischen jetzt gezwungen waren, querfeldein zu gehen.

»Was bilden die sich ein?«, brummelte sie und hängte ihren Mantel auf. »Den halben Hügel rauf stehen ihre Jeeps, und am Strand rollen die Panzer auf und ab. Und meine Schuhe sind voll Schlamm. Ich frage mich, was noch kommen soll. Mein Bertie ist beim Heimatschutz, aber nicht einmal er kann mir erklären, warum ich jetzt durch Schlamm und Pfützen waten muss.«

»Vielleicht wollen sie die Deutschen daran hindern, hier in England einzufallen?«, schlug Dolly vor. »Bestimmt geben die Nazis auf, wenn sie sich hier in all dem Schlamm festfahren.«

Die Köchin lachte auf. »Ich würde wirklich gerne sehen, wie der alte Hitler hier im Stechschritt durch den Matsch marschiert! Das halten seine blank polierten Stiefel garantiert nicht lange durch!«

Estella war seit Längerem nicht mehr im Dorf gewesen, doch nach dieser Unterhaltung gab sie vor, ihr Hündchen müsste raus, und machte extra einen Umweg zu dem alten Hof. Wie nicht anders zu erwarten, herrschte reges Treiben in der Bucht, und entlang des Wegs vom Schulhaus bis zum Pub waren unzählige Jeeps und Laster aufgereiht. Inzwischen war die ganze Küste abgesperrt, sie kam also nicht nah genug heran, um zu erkennen, was dort unten vor sich ging, doch es sah aus, als würden all die Fahrzeuge über improvisierte Stege auf die Schiffe fahren. Als kurz darauf ein Mann vom Heimatschutz erklärte, dass sie weitergehen sollte, wurde sie in ihrem Argwohn noch bestärkt.

Da war auf jeden Fall etwas im Busch. Sie hatten irgendetwas vor.

Jay erwartete sie auf dem Hof, und überglücklich, ihn nach all der Zeit zu sehen, vergaß Estella den grauenhaften Zwischenfall mit Mason und warf sich ihm in die Arme.

Sie kuschelten sich unter eine Decke, und als Jay mit seinen Fingern über ihre Haare strich, stieg ein Gefühl reiner Freude in ihr auf. Sie schob die Hand unter den rauen Stoff seines Hemdes und glitt bewundernd über seine warme, seidig weiche Haut. Am liebsten hätte sie in aller Ruhe jeden Zentimeter seines Körpers abgeküsst.

»Ich glaube, sie haben etwas Großes vor«, murmelte Jay und presste seine Lippen auf ihr Haar. »Meiner Meinung nach wird's nicht mehr lange dauern, bis der Krieg vorüber ist.«

»Und dann will ich nur noch mit dir zusammen sein.«

»Meinst du das ernst?«

»Natürlich meine ich das ernst!«

Es folgte eine Pause, aber schließlich atmete er auf und sah sie an.

»Ich werde bis zum Ende meines Lebens für dich da sein und dich glücklich machen, das verspreche ich.« Er küsste sie.

Sie schmiedeten wunderbare Pläne für die Zukunft, bis es für Estella Zeit war, heimzukehren. Händchenhaltend liefen sie zum Rand des Grundstücks, und Estella wagte nicht, ihn loszulassen, denn sie hatte Angst, dann würde sie ihn niemals wiedersehen.

Hör auf, so dummes Zeug zu denken, schalt sie sich. So etwas wie ungute Gefühle und böse Vorahnungen gab es schließlich nicht.

»Werde ich dich morgen sehen?«, fragte sie.

»Ich hoffe es«, murmelte Jay und gab ihr einen sanften Abschiedskuss. »Heute, morgen und für alle Zeit. Das wird sich niemals ändern, ganz egal, was auch geschieht. Ich liebe dich, mein Stern.«

Estella wollte ihn nicht gehen lassen, und sie wusste, dass die arme Julia damals ebenso empfunden hatte, während Romeo von ihrem Balkon gestiegen war. Wie gerne hätte sie Jay angefleht, noch einen Augenblick zu bleiben, doch nach einem letzten Kuss verschwand er im Wald.

Estella sah ihm hinterher und wünschte, er käme noch einmal zurück. Aber die Sekunden dehnten sich, und bis auf den Wind, der in ihren Ohren seufzte, blieb es still. Sie versuchte sich nicht allzu viele Sorgen zu machen. Sobald er ein paar freie Stunden hätte, würde Jay zu ihrem Treffpunkt kommen. Sie würden sich bald schon wiedersehen.

Sie hatte fast das Haus erreicht, als ihr bewusst wurde, dass sie allein war. Normalerweise lief die kleine Poppet ein paar Meter vor, aber heute Abend war sie wie vom Erdboden verschluckt.

»Poppet!«, rief Estella, aber weder gut gelauntes Bellen noch das Knacken der Zweige drangen an ihr Ohr. Der Hund war weg. Verflixt! Wahrscheinlich folgte Poppet irgendeiner Fährte durch den Wald.

Das hatte sie bereits des Öfteren getan. Poppet liebte Jay, warf sich, wenn er sie streichelte, begeistert auf den Rücken oder lief ihm den ganzen Weg bis zu seiner Unterkunft hinterher.

»Sie wird uns noch verraten«, hatte er einmal gescherzt und ihr den kleinen Ausreißer zurückgebracht, doch heute Abend war es alles andere als lustig, dass das Tier verschwunden war. Was, wenn jemand mitbekam, dass Estella Kellows Spaniel einem jungen Sanitäter bis zu seiner Gastfamilie gefolgt war? Jay hatte mehrmals Angst gehabt, dass er beschattet würde, und Estella achtete noch immer streng darauf, dass sie zu ihren Treffen auf dem Hof denselben Weg nie zweimal nahm.

Sie wären aufgrund ihrer besonderen Beziehung immer in Gefahr.

»Poppet!«, rief sie in die Dunkelheit. »Poppet! Bei Fuß!« Aber der Hund war nirgends zu sehen.

Also kehrte sie noch mal zurück zu dem verfallenen Gehöft, und ihre Sorge nahm mit jedem ihrer Schritte zu. Einmal erstarrte sie, als sie das Knacken eines Zweigs und leises Rascheln hörte, durch das die Natur verriet, dass außer ihr noch jemand anderes durch den dunklen Garten schlich.

»Hallo?«, rief sie, was wegen ihres trockenen Mundes jedoch eher wie ein leises Flüstern klang. Wieder hörte sie ein Rascheln und erstarrte.

Sie war nicht die Einzige, die heute Nacht im Garten unterwegs war, das spürte sie ganz genau.

Sie fuhr sich mit der Zunge über ihre trockenen Lippen.

»Hallo? Ist da jemand?«

Keine Antwort. Was auch immer sich da draußen in der Dunkelheit vor ihr versteckte, war genauso angespannt wie sie. Wahrscheinlich war es nur ein Fuchs oder ein Dachs, der sie als Eindringling in seiner Welt empfand, aber die Stille war Estella unheimlich.

Am liebsten wäre sie davongerannt.

»Poppet?«, rief sie abermals, und ihre Stimme zitterte vor Angst.

Womöglich war ihr Hündchen ja ins Dorf gelaufen. Oder hatte einen Fuchs gejagt und steckte jetzt irgendwo fest. Das könnte durchaus sein, denn Poppet nahm begeistert immer wieder irgendwelche Fährten auf. Estella aber wusste, dass sie keine Chance hatte, den schwarzen Spaniel ohne Mondlicht oder eine Taschenlampe zu finden, also kehrte sie zurück ins Haus. Sie müsste warten, bis es hell würde, und morgen auf die Suche nach dem Hündchen gehen. Vielleicht könnte Evie ihr ja helfen? In den letzten Wochen waren sich die beiden Mädchen weitestgehend aus dem Weg gegangen, und Estella fand es furchtbar, dass der widerliche Hamilton mit seinen wollüstigen Blicken und mit seinem kalten Lächeln zwischen ihnen stand. Er durfte ihre Freundschaft nicht zerstören.

Im Haus war alles still. Obwohl es noch nicht spät war – höchstens zehn –, brannte nur noch ein trübes Licht im Flur. Die Köchin hatte sich inzwischen auf den Heimweg gemacht, die zwei Landmädchen waren in ihrer Unterkunft über dem alten Stall, und Reginald schien schon zu Bett gegangen zu sein.

Sie nahm die Treppe in den ersten Stock und hielt den Atem an, weil sie nicht wusste, ob Hamilton und Lex in ihren Zimmern waren, aber unter ihren Türen drang kein Lichtstrahl in den Flur. Sie waren noch unterwegs, vielleicht bei einer Übung oder auf einen Drink in Calmouth. Estella atmete erleichtert auf. Vorübergehend war sie sicher vor den beiden. Sie hatte Masons hasserfüllten Blick bemerkt, und ihr war klar, beim nächsten Mal entkäme sie ihm nicht so leicht. Ein schrecklicher Gedanke, dass der Feind unter dem eigenen Dach nicht weniger gefährlich war als der Feind, den sie bekämpfen sollten.

Mit dem Gedanken trat sie durch die Tür des Mädchenschlafzimmers.

»Evie, ich habe Poppet unterwegs verloren …«

Der Raum war leer. Die Freundin stand weder vor dem Spiegel, um sich ihre Haare mit den dicken Lockenwicklern aufzudrehen, noch lag sie im Bett. Obwohl die Nachttischlampe brannte, lag ihr Nachthemd auf dem Kopfkissen, und auch die hübsche, pinkfarben bestickte Bettdecke war unberührt.

Estella runzelte die Stirn. Es passte nicht zu Evie, sich im Dunkeln aus dem Haus zu schleichen. Für gewöhnlich saß sie abends in der Bibliothek und hörte Radio oder las, während sie darauf wartete, dass Hamilton nach Hause kam. Nicht mal ein treuer Hund hätte seines Herrchens mit solcher Ergebenheit geharrt. Auch wenn Hamilton ihre Bemühungen nicht mal zu registrieren schien. Je mehr ihm Evie um den Bart ging, umso mehr schien er sie zu verachten und desto größer wurde Evies Widerwille gegenüber ihrer Freundin, auch wenn der die Annäherungsversuche dieses Mannes alles andere als willkommen waren.

Estella gähnte. Ihr gesamtes Leben, angefangen bei der Mühe, ihre Liebe zu Jay Miller zu verbergen, bis zu dem Versuch, die Klatschgeschichten über Violets Tod zu ignorieren, war entsetzlich anstrengend. Erschöpft stieg sie aus ihrem Kleid, zog sich das Nachthemd an, verzichtete vor lauter Müdigkeit aufs Zähneputzen und schlug ihre Bettdecke zurück. Als ihr die Augen zufielen, träumte sie von dem Mann, den sie von ganzem Herzen liebte, und dem wunderbaren Leben, das sie miteinander führen würden, wäre dieser Krieg endlich vorbei …

Hemmungslose Schluchzer der Verzweiflung drangen in die Tiefen ihres Schlafs und rissen sie aus ihrem Traum. Im ersten Augenblick war sie verwirrt. Das Zimmer war wie jede Nacht seit Kriegsbeginn verdunkelt, und sie hatte keine Ahnung, ob noch Nacht oder vielleicht schon Morgen war. Dann aber kam sie vollends zu sich, und die jämmerlichen Schluchzer ihrer Freundin brachen ihr das Herz. Denn Evie weinte nie.

Estella schaltete die Nachttischlampe ein.

»Evie?«

Die schlammverdreckten Stiefel auf dem Teppich und der rote Mantel auf dem Stuhl verrieten ihr, dass Evie nach der Heimkehr, statt sich ihre Schuhe in der Stiefelkammer auszuziehen, auf direktem Weg hinaufgekommen war. Und anders als gewöhnlich lagen ihre Kleider nicht auf einem Haufen neben ihrem Bett, das hieß, dass sie noch vollständig bekleidet unter ihrer Decke lag. Anscheinend hatte sie sich dort, so schnell es ging, vor irgendetwas oder irgendjemandem verstecken wollen.

Estella blickte auf den Wecker, der auf ihrem Nachtschrank stand. Vier Uhr. War Evie jetzt erst heimgekommen?

»Evie?«, flüsterte sie abermals. »Was ist passiert?«

Als Antwort kam nur ein gedämpftes Wimmern, das tatsächlich noch beunruhigender war als die lauten Schluchzer. In den fünf Jahren ihrer Freundschaft hatte sie das Mädchen niemals derart aufgelöst erlebt. Evie hatte nicht einmal geweint, als ihre Großmutter gestorben war.

Es musste also etwas Schlimmes vorgefallen sein.

Estella schwang die Beine aus dem Bett, tapste auf nackten Sohlen durch den Raum und setzte sich wie tausendmal zuvor ans Fußende von Evies Bett.

»Evie, sprich mit mir. Was ist passiert?« Die Angst bohrte sich wie ein Messer in ihr Herz, denn plötzlich dachte sie an Masons hasserfüllte Worte, als er auf dem Läufer im Salon gekniet und seinen Kopf umklammert hatte. Er hatte doch wohl nicht …

»Hat dir jemand wehgetan?«

Wieder schluchzte Evie leise auf. Sie hatte sich zusammengerollt und die dünnen Arme um die an die Brust gezogenen Knie geschlungen. Estella zog die Bettdecke zurück. Bevor die Freundin jedoch ihr Gesicht im Kopfkissen vergraben konnte, hatte sie schon die Schnitt- und Schürfwunden gesehen. Ihre Fingernägel waren abgebrochen, und an ihren Händen klebte trockenes Blut.

»Was ist mit dir passiert?«

»Ich bin gefallen.«

»O nein, das bist du nicht. Jemand hat dir wehgetan. Sag mir, wer es war.«

Evie wischte sich mit ihrem Handrücken die Tränen fort.

»Niemand. Ich war spazieren und bin gefallen. Ich war einfach ungeschickt.«

»Du warst mitten in der Nacht spazieren? Ganz allein? Bist gefallen und hast dir dabei deine Nägel abgebrochen und die Handgelenke aufgeschürft?« Das kaufte ihr Estella niemals ab. »War es Mason, Evie? Hat Mason dir wehgetan? Los, sag es mir!«

Die Freundin fuhr zusammen. »Mach dich doch nicht lächerlich. Ich bin gefallen.«

Sie log. Normalerweise reichte bereits die Erwähnung seines Namens, damit sie strahlte wie ein Honigkuchenpferd.

»Das glaube ich dir nicht. Hör zu, wenn er dich derart zugerichtet hat, dürfen wir ihm das nicht durchgehen lassen. Wir werden ihn gleich morgen seinem Vorgesetzten melden und …«

Bei diesen Worten richtete sich Evie eilig auf. »Nein! Ich war spazieren und bin gefallen.«

»Lüg mich nicht an. Ich bin nicht dumm.«

Doch Evie schlang sich die mit blauen Flecken übersäten Arme um den dünnen Leib. Die Abdrücke passten genau zu Masons Händen, und Estella starrte sie mit großen Augen an. Passten sie womöglich zu den Abdrücken, die auch sie selbst am Körper trug?

»Lass mich in Ruhe, Stell.«

»Niemals. Wir zwei sind Blutsschwestern. Wir haben uns geschworen, uns immer zu beschützen und füreinander da zu sein. Ich liebe dich, Evie, und ich werde niemals zulassen, dass dir etwas passiert.«

Die Freundin brach erneut in lautes Schluchzen aus und zitterte am ganzen Körper.

»Es tut mir leid, Stella. Es tut mir so, so leid.«

Estella nahm sie in den Arm und strich ihr sanft die Haare aus dem tränennassen Gesicht.

»Es gibt nichts, was dir leidtun müsste. Nichts! Verstehst du? Ich liebe dich, Evie, und nichts, was Hamilton getan hat, wird etwas daran ändern.«

Während die Freundin weiter schluchzte, hielt Estella sie im Arm und versprach ihr immer wieder, dass alles gut werde, weil sie sie niemals allein lassen würde, ganz egal, was auch geschah. Dann wischte sie ihr mit dem Daumen die Tränen fort, und plötzlich war die tiefe Kluft, die zwischen ihnen durch die Ankunft eines Hamilton und eines Lex entstanden war, nur noch ein böser Traum. Wie durch ein Wunder war die Nähe ihrer Kindheit wiederhergestellt. Sie waren wieder Schwestern.

Erst, als Evie vor Erschöpfung irgendwann die Augen zufielen, ging Estella auf, dass sie im Grunde immer noch nicht wusste, was geschehen war. Genauso wenig hatte sie der Freundin bisher anvertraut, dass Reginald entschlossen war, sie mit dem Mann, den Evie liebte und sie selbst aus tiefstem Herzen hasste, zu verheiraten.

Während der neue Tag anbrach, hockte Estella traurig und verzweifelt auf dem Bett. Trotz allem sah es aus, als trügen sie und Evie weiter zahlreiche Geheimnisse mit sich herum.

37

Estella
1944

Als Estella am nächsten Morgen erwachte, war die Freundin nirgendwo zu sehen. Die Schuhe und der rote Mantel waren nicht mehr da, und die Zimmertür war verschlossen. Wenn Estella nicht im Bett der Freundin wach geworden wäre, hätte sie gedacht, sie hätte die gesamte Episode nur geträumt.

Da sie Evie dringend noch mal sprechen müsste, wusch und zog sie sich so schnell wie möglich an. Es war an diesem Morgen ungewöhnlich still im Haus. Anscheinend waren die beiden Offiziere immer noch nicht wieder da. Genauso wenig war ihr Hündchen, stinkend und mit einem reumütigen Blick in seinen braunen Augen, heimgekehrt. Estella wurde bang ums Herz. Irgendwas war anders, so als würde jemand ein vertrautes Stück in einer falschen Tonart spielen. Und als Mrs. Tullis ihr erzählte, dass es eine Straßensperre in der Fore Street gäbe, nahm Estellas Unbehagen zu.

»Ich sage Ihnen, irgendetwas stimmt da nicht«, fügte die Köchin, wie um ihre Ängste zu verstärken, hinzu. »Die Amerikaner sind tatsächlich noch beschäftigter als sonst. Die beiden Lieutenants sind nicht mal zum Frühstück heimgekommen, und Hunderte von Fahrzeugen rollen hinunter an den Strand.«

»Heißt das, dass Hitler kommt?«, erkundigte sich Dolly alarmiert.

»Falls er das wagt, kommt er an all diesen verfluchten Yanks ganz sicher nicht vorbei«, stellte die Köchin schnaubend fest.

Estella starrte auf ihre Scheibe Toast. Auch Jay hatte gesagt, dass bald etwas passieren würde. Machte die Armee etwa mobil? Würden sie jetzt aus Cornwall abrücken? Und würde sie ihren Verlobten dann wohl jemals wiedersehen? Sie tastete nach seinem Kruzifix und war beruhigt. Sie wurde geliebt und durch das Kreuz beschützt. Es würde also sicher alles gut.

»Hast du Miss Evie heute Morgen schon gesehen?«, wandte sie sich Dolly zu.

»Nicht, dass ich wüsste, Miss.«

»Als ich zum Haus kam, habe ich sie in den Garten gehen sehen. Sie hatte ein Gesicht wie sieben Tage Regenwetter. Habt ihr Mädchen euch etwa gestritten?«, mischte sich die Köchin ein.

Estella schob ihren noch vollen Frühstücksteller beiseite. Der Freundin war etwas Schlimmes zugestoßen, und Estella wusste instinktiv, dass Hamilton der Grund für Evies Unglück war.

»Nein, wir haben keinen Streit – aber Poppet ist mir gestern Abend weggelaufen, und ich sollte langsam losgehen und sie suchen.«

Mrs. Tullis rollte mit den Augen. »Dieser dumme Hund. Bestimmt ist er unten im Dorf. Er läuft immer einem dieser amerikanischen Soldaten hinterher, nicht wahr?«

»Ich weiß, welchen Sie meinen.« Dolly nickte zustimmend. »Den jungen Doktor, der bei Ivy Pendriscott ein Zimmer hat. Ein wirklich hübscher Bursche. Ivy hat ihn wirklich gern, was ich ihr wahrlich nicht verdenken kann.«

Estella war in höchstem Maße alarmiert, denn Dolly und die Köchin sprachen eindeutig von Jay. Und falls den Einheimischen aufgefallen war, dass Poppet Jacob Miller hinterherlief, hatte Hamilton mit seinem durchdringenden Blick es doch bestimmt auch bemerkt. Warum war sie nicht strenger mit dem Hund gewesen?

Ängstlich machte sie sich auf den Weg und suchte abermals Wald und Garten ab. Sie rief und rief nach Poppet, bis sie heiser war, aber das Hündchen bellte nicht zurück, und bis zu ihrer Ankunft auf dem alten Hof war sie den Tränen nah. So lange war der kleine Spaniel bisher nie herumgestreunt.

Obwohl Pencallyn Farm verlassen dalag, hatte sie das seltsame Gefühl, dort nicht allein zu sein. Die Bänder, die unweit des Brunnens in den Bäumen hingen, flatterten im Wind, doch sonst war alles still. Nicht einmal die Vögel sangen, wurde ihr bewusst.

»Hallo?«, rief sie mit dünner Stimme und sah sich nervös nach allen Seiten um. »Ist da jemand?«

Sie sollte sich zusammenreißen, sagte sie sich streng. Dies war ein Ort des Glücks.

Doch heute fühlte er sich nicht so an. Heute kam die Atmosphäre auf dem Hof ihr melancholisch und verzweifelt vor.

Sie schlich sich in das Haus. In seinem Inneren sah es aus wie immer. Ihre Decke lag zusammengefaltet in der Ecke, und die Bücher waren daneben aufgestapelt, so wie immer. Doch dann fiel Estellas Blick auf einen schmalen Band hinten in der Zimmerecke. Es sah so aus, als hätte irgendjemand das Buch mit aller Kraft gegen die Wand geworfen, und Estella wurde schreckensstarr.

Dies war Jays Band mit Shakespeare'schen Sonetten. Von der Lehrerin, die ihm gesagt hatte, er sollte nach den Sternen greifen. Er trug das Büchlein immer bei sich, und neben der Kette mit dem Silberkreuz war es sein kostbarster Besitz. Nie im Leben hätte er es einfach achtlos auf dem Boden liegen lassen, und sie wusste, dass es dort auch nicht gelegen hatte, als sie abends aufgebrochen waren. Das wäre ihr mit Sicherheit aufgefallen.

Estella hob das Buch vom Boden auf und presste es gegen ihr wild flatterndes Herz. Mit zum Zerreißen angespannten Nerven floh sie eilig aus dem Haus und stürzte in den Wald. Sie rannte stolpernd über die vertrauten Wege bis zum Rand des Gartens, bahnte sich den Weg vorbei an meterhohem Bambus, schnitt sich ihre Arme an den messerscharfen Farnen auf und kämpfte sich durch den Wiesenkerbel, bis sie völlig außer Atem war.

Sie hatte fürchterliche Angst.

Was war passiert? Erst war ihr kleiner Hund verschwunden, dann war Evie mitten in der Nacht in einem grauenhaften Zustand heimgekommen, und jetzt hatte sie Jays Buch in dem verlassenen Gehöft entdeckt. Sie hatte das Gefühl, als wäre ihnen etwas Böses auf den Fersen. Sie betastete das Buch in ihrer Tasche, dessen warmer Ledereinband ein ums andere Mal von Jays geliebten Händen aufgeschlagen worden war.

»Jay«, stieß sie mit rauer Stimme aus. »Was ist passiert? Geht es dir gut, mein Schatz?«

Nach ihrer Heimkehr quälte sie sich durch den Tag. Sie hätte eigentlich im Garten Unkraut zupfen wollen, aber als sie merkte, dass sie nicht das Unkraut, sondern die von ihr gesetzten Pflanzen aus der Erde riss, gab sie ihre Bemühungen wieder auf. Sie konnte sich vor lauter Angst einfach nicht konzentrieren.

Bei ihrer Rückkehr hatte Evie abermals im Bett gelegen und gesagt, sie wäre krank, und als Estella erneut hatte nach ihr sehen wollen, hatte sie anscheinend tief und fest geschlafen. Solange Evie schlief, würde sie nicht daran denken, was ihr widerfahren war.

Am Abend machte sich Estella nochmals auf die Suche nach dem Hund. Ihr roter Mantel war verschwunden, also zog sie einen der alten Wollpullover ihres Bruders an und fand es tröstlich, dass sie ihm auf diese Weise nahe war. Ach, wäre Alex doch noch da, ging es ihr traurig durch den Kopf. Er hätte sie vor Hamilton beschützt.

Diesmal wagte sich Estella nicht in die Ruine. Stattdessen saß sie im Hof und beobachtete, wie das Licht der Sonne auf den kaputten Steinen seine Muster hinterließ. Sie döste in der Wärme vor sich hin. Wahrscheinlich hatte sie sich alle diese Dinge einfach eingebildet, sagte sie sich streng. Wahrscheinlich hatte Jay das Büchlein fallen lassen und es über ihren Abschiedsküssen nicht bemerkt. Poppet würde ausgehungert und verdreckt nach Hause kommen, und bald würde ihr Geliebter aus den Bäumen treten, sie an seine Brust ziehen und sie küssen, bis sie jede Angst vergaß.

Also saß sie da und wartete, doch als die Eulen anfingen zu heulen und die Fledermäuse zwischen den uralten Dachbalken hervorgeflattert kamen, wusste sie, er würde nicht mehr kommen. Die leeren Fenster der Ruine sahen in der Abenddämmung wie schwarze Höhlen aus, und abermals beunruhigt gab sie ihre Wache schweren Herzens auf.

Während des gesamten Heimwegs rief sie nach dem kleinen Spaniel, aber Poppet blieb verschwunden.

Zu Hause angekommen, zog sie den Pullover ihres Bruders wieder aus und wollte gerade nach Evie sehen, da fiel ihr Blick auf Lex Boone, der sich im Wohnzimmer mit ihrem Vater unterhielt, einen Kognakschwenker in der Hand. Unbehaglich rannte sie nach oben, wo sie Mason in die Arme lief.

»Miss Kellow«, grüßte er gedehnt. »Was für eine Freude, Sie zu sehen.«

Im Licht der Lampe erkannte Estella vier leuchtend rote Kratzer. Sein rechter Arm lag in einer Schlinge, die rechte Hand war bandagiert.

Als er ihren Blick bemerkte, lachte er.

»Sie können mir glauben, diesmal hat die andere Partei bekommen, was sie verdient hat. Man sollte nicht den Fehler machen, mich zu unterschätzen, denn bisher ist niemand ungeschoren davongekommen, wenn er mich beleidigt hat.«

Estella war bewusst, dass ihr der Kerl mit diesen Worten drohen wollte, und sie wurde starr vor Angst. Bezog er sich damit auf sie oder auf die arme Evie, die verletzt und zitternd heimgekommen war? Doch Evie betete ihn an und hätte ihn niemals verärgern wollen. Sprach er vielleicht von Jay? O nein, er wusste schließlich nicht, dass sie und Jay zusammen waren.

Oder vielleicht doch?

Als Mason einen Schritt in ihre Richtung machte, wich sie angewidert zurück, bis sie mit ihrem Rücken am Geländer stand.

»Angst um deinen Stecher? Oder deine Freundin?« Er schob sein Gesicht so dicht an ihres heran, dass sie seinen heißen Atem spürte, während ihr der süßliche Geruch des Whiskeys, den er immer trank, entgegenschlug. »Wie kann sich eine junge Dame nur mit solchem Abschaum abgeben? Aber du bist keine Dame, nicht wahr? Denn so wie du benimmt sich eine Dame nicht. Und niemand, der nur einen Hauch von Anstand hat, lässt solche Dinge tatenlos geschehen. Zumindest ich hätte das nicht gekonnt.«

Er wusste über sie und Jay Bescheid.

»Was haben Sie getan?«, fragte sie tonlos, und ein bösartiges Grinsen huschte über sein Gesicht.

»Was nötig war. Ihr Briten wisst ganz einfach nicht, wie man mit solchen Dingen umgehen muss. Wenn diese Kerle aus der Reihe tanzen, müssen sie daran erinnert werden, wo ihr Platz in der Gesellschaft ist.« Er griff nach ihrem Kinn, schob ihren Kopf zurück und zwang sie, ihn anzusehen. »Mich hast du zurückgewiesen, während du dich einem Kerl wie Miller hingegeben hast? So dumm kann man doch gar nicht sein. Kein anständiger Mann wird dich noch wollen. Ich würde Millers Hure ganz bestimmt nicht anrühren.«

»Er ist tausendmal mehr wert als Sie«, fuhr sie ihn an und riss den Kopf zurück, doch seine Finger drückten fester zu.

»Das ist seltsam, denn seit wann haben Tote irgendeinen Wert?«

Estellas Knie gaben nach, und Hilfe suchend klammerte sie sich mit beiden Händen am Geländer fest.

»Was wollen Sie damit sagen?«

Aber Hamilton bedachte sie mit einem letzten, bösartigen Lächeln und hob gleichmütig die Schultern an.

»Ich nehme an, das wissen Sie. Und jetzt entschuldigen Sie mich. Ich muss allmählich los, denn, wie es aussieht, suchen wir nach einem Deserteur.«

Er ging an ihr vorbei, berührte dabei wie aus Zufall ihre Brust und setzte seinen Weg nach unten fort.

Estella lehnte sich an das Geländer und sah Mason hinterher. Sie konnte sich nicht rühren und brachte vor Entsetzen keinen Ton heraus. Es bestand kein Zweifel. Mason hatte Jacob Miller irgendetwas Grauenhaftes angetan.

Nur, weil sie ihn zurückgewiesen hatte.

Es war ihre Schuld.

Sie brachte kaum ein Auge zu in dieser Nacht, und wenn sie schlief, träumte sie schlecht. Dazu fuhr Evie mehrmals schreiend aus dem Schlaf und brach dann jedes Mal in lautes Schluchzen aus. Am Ende kletterte Estella in ihr Bett, hielt sie im Arm und streichelte ihr sanft die Wange, bis der dünne Körper aufhörte zu zittern.

»Was ist?«, fragte sie leise. »Was ist los, Evie? Bitte erzähl es mir. Geht es um Hamilton? Hat er dir wehgetan?«

Bei der Erwähnung seines Namens spannte sich die Freundin an und zog sich zurück. Zwar war es leichter, Napfschnecken und Muscheln von den Felsen abzulösen, als ihr ein Geheimnis zu entlocken, doch Estella war sich sicher, dass der widerliche Mason hinter allem steckte, und die Ängste, die sie hatte, wurden dadurch noch verstärkt.

Als Estella morgens aufstand, brannten ihre Augen, ihr Schädel dröhnte, und als sie zum Frühstück kam, saß Evie schon am Tisch, sah lustlos auf die Scheibe Toast, die vor ihr auf dem Teller lag, und bot sich freiwillig zum Unkrautzupfen im Gemüsegarten an. Die Schnittwunden in ihrem Gesicht verheilten gut, die blauen Flecken aber, die sie an den Handgelenken und den Armen hatte, leuchteten in dunklem Violett.

»Ich bin gefallen«, war alles, was sie sagte, und Estella, Dolly und die Köchin tauschten vielsagende Blicke aus. Sie alle wussten, dass sie nicht darüber sprechen würde, ganz egal, was auch geschehen war.

Zumindest jetzt noch nicht.

»Ich werde noch einmal nach Poppet suchen, dieses Mal im Dorf.«

Estella nahm die Hundeleine von dem dafür vorgesehenen Haken an der Tür.

Die Köchin hielt ihr einen Korb und ihre Marken hin. »Bringen Sie was zu essen mit. Und gehen Sie durch den Garten und danach über die Felder, denn die Straßen sind gesperrt.«

»Die Yanks haben wirklich alle Hände voll zu tun«, bemerkte Jenny.

»Und Tanzveranstaltungen gibt's auch nicht mehr«, stimmte ihr Dolly seufzend zu.

Die Köchin schnalzte mit der Zunge. »Mit irgendwelchen Tänzen halten sie den alten Hitler ganz bestimmt nicht auf. Was meint ihr, was die jungen Burschen machen sollen, Mädchen? Sollen sie die Deutschen einfach *niederwalzen*, oder was?«

»Sie könnten ja die Jerries *niederjitterbuggen*«, schlug das Küchenmädchen kichernd vor, sprang auf und tänzelte leichtfüßig durch den Raum. »Da kämen die Nazis garantiert nicht hinterher. Sie würden alle vor Erschöpfung umfallen.«

Estella machte sich mit Korb und Leine auf den Weg ins Dorf. Tatsächlich wirkte der Verkehr noch dichter als am Tag zuvor, als hätten alle Fahrzeuge der Yanks sich auf den Weg hinunter in die Bucht gemacht. Sie konnte das Geschehen direkt mitverfolgen, denn sie kannte die geheimen Wege durch den Wald, von denen aus man all die Jeeps, Lastwagen und Panzer auf der Straße sah. Hätte sie nicht solche Angst um Jay gehabt, hätte sie sicher neugierig verfolgt, was dort passierte. Doch jetzt musste sie sich vergewissern, dass er sicher war. Wahrscheinlich spielte Mason nur mit ihr wie eine Katze mit der Maus. Aber sie musste ihren geliebten Jay warnen.

Von Poppet hatte sie noch immer keine Spur, und schließlich trat sie aus dem Garten auf das Feld. Sie streifte sich die Blätter und die Zweige von den Kleidern, lief mit schnellen Schritten weiter, wies sich an den zwei Kontrollpunkten entlang des Weges aus und bog in die schmale Straße, in der Jay ein Zimmer bei den Pendriscotts bewohnte.

Bill und Ivy waren hier im Ort geboren und aufgewachsen, und sie hatten Jacob Miller aufgenommen, als wäre er ihr eigener Sohn. Sie nahmen ihn sonntags mit zum Gottesdienst der Methodisten, und die nette Ivy stand in regem Briefverkehr mit seiner Mum.

»Miss Kellow!« Ivy hätte auch nicht überraschter ausgesehen, hätte sie die Kronprinzessin auf der Schwelle ihres Hauses stehen sehen. Sie wischte sich die mehlbestäubten Hände an der Schürze ab und fragte mit besorgter Stimme: »Geht es Ihnen nach Ihrem Unfall wieder besser? Es war hoffentlich nicht schlimm.«

Estella war verwirrt. Sie wollte Ivy gerade fragen, was sie damit meinte, da wurde sie auch schon unterbrochen.

»Kommen Sie rein, kommen Sie rein. Sie sehen aus, als ob Sie ein Glas Wasser brauchen könnten. Ganz schön heiß für Anfang Juni, finden Sie nicht auch?«

Ivy führte sie in eine winzig kleine Küche und bot ihr einen Platz an einem kleinen Holztisch an.

»Wir sind im Augenblick ganz durcheinander, Miss. Wir machen uns furchtbare Sorgen um den netten Private Miller, wissen Sie?«, fuhr sie mit aufgeregter Stimme fort. »Mein Bill und ich, wir glauben nicht, was man sich über ihn erzählt. Ich habe ihm gesagt, das kann einfach nicht sein, schließlich war er gestern bei Ihnen. Er ist bestimmt nicht einfach weggelaufen. Und wie's aussieht, hat er seine Sache wirklich gut gemacht. Ihr Bein sieht wieder vollkommen in Ordnung aus.«

»Mein Bein?«

»Sie sind doch auf dem alten Hof gestürzt, nicht wahr? Sie haben sich das Bein gebrochen, hat der Offizier gesagt, der gestern Abend bei uns war. Jay möchte Arzt werden und arbeitet bei der Armee als Sanitäter, wissen Sie? Er ist ein wirklich kluger Junge.«

»Was für ein Offizier?«

»Der mit den dunklen Haaren, der bei Ihnen wohnt«, erklärte Ivy. »Woher hätte Jay sonst wissen sollen, dass Sie sich verletzt hatten?

Was haben Sie überhaupt am späten Abend noch da draußen auf dem alten Hof gemacht? Und dann noch ganz allein. Oje!« Sie wurde rot. »Natürlich geht mich das nichts an.«

Estella wurde schwindelig. Der Offizier mit dunklem Haar war sicher Lex gewesen. Aber weshalb hätte Lex hierherkommen und behaupten sollen, sie hätte sich auf dem verlassenen Gehöft verletzt? Ihr wurde schlecht. Hatte er Jay vielleicht in Masons Auftrag in eine Falle locken sollen?

»Wann war das?«

»Kurz vor zehn. Der Offizier hat mich gebeten, Private Miller auszurichten, dass er bitte sofort kommen soll. Ich habe ihm erklärt, es könnte noch ein bisschen dauern, bis er wiederkommt«, erklärte Ivy, und ein träumerisches Lächeln huschte über ihr Gesicht. »Ich glaube, dass er hier ein Mädchen hat, denn er pfeift ständig vor sich hin und läuft mit diesem ganz besonderen, verträumten Blick herum. ›Junge Liebe‹, sagt mein Bill dazu. ›Ist sie nicht einfach wunderbar?‹«

In Estellas Augen stiegen Tränen auf. Am besten wären sie sich nie begegnet, denn tatsächlich liebte Jay sie über alles, und sie hatte ihn dafür in schreckliche Gefahr gebracht.

»Und wie ging es dann weiter?«, fragte sie mit mühsam ruhiger Stimme.

»Nun, als er nach Hause kam, habe ich ihm gesagt, was dieser Offizier mir aufgetragen hat, und ehe ich den ersten Satz beenden konnte, ist er auch schon wieder losgerannt. Er war vollkommen aufgelöst.«

Das konnte sich Estella vorstellen. Sicher war er außer sich vor Angst gewesen und hatte so schnell wie möglich zu ihr kommen wollen.

»Da fällt mir wieder ein, Miss, wenn ich mich nicht irre, hatte er, als er zurückkam, Ihren kleinen Hund dabei. Sie läuft ihm ständig hinterher. Es ist, als würde sie ihn kennen, und alle lachen immer, wenn sie sie hier sitzen sehen.«

Estella kniff die Augen zu. O Poppet!

»Wir haben Jay seither nicht mehr gesehen, aber manchmal muss der Junge mitten in der Nacht zu irgendwelchen Übungen, deshalb habe ich mir erst mal nichts dabei gedacht. Erst, als heute Morgen die Militärpolizei bei uns aufgetaucht ist, ging mir auf, dass irgendetwas nicht in Ordnung ist«, erinnerte sich Ivy stirnrunzelnd. »Ich habe ihnen gesagt, dass ich mir Sorgen mache, weil er letzte Nacht nicht heimgekommen ist, aber das hat sie nicht im Geringsten interessiert. Also habe ich gesagt, sie sollten mit dem Offizier sprechen, der gestern Abend bei uns war, denn der könnte bestätigen, dass er zu einem Notfall unterwegs gewesen ist.«

Estella wusste, dass Lex alles leugnen würde. Also hätte Jay kein Alibi, und sicher würde man beim Militär das Schlimmste von ihm denken. Es war einfach grauenhaft.

»Und dann hat Ellen Tamblyn mir erzählt, der junge Mann, der bei ihr wohnt, hätte gesagt, ein Sanitäter wäre desertiert. Ich weiß, dass er von Jay gesprochen hat, aber ich glaube keinen Augenblick, dass dieser nette Junge einfach abgehauen ist. Jay ist ein anständiger Kerl. Er würde nicht desertieren.«

»Natürlich nicht! Er glaubt genau wie jeder andere an diesen Kampf!«, ereiferte sich Estella, und Ivy sah sie forschend an.

»Dann kennen Sie ihn also, Miss? Warum genau sind Sie hier?«

Estella aber hatte keine Zeit, auf ihre Frage einzugehen, und stand entschlossen auf.

»Danke für das Wasser, Mrs. Pendriscott. Ich werde es Sie wissen lassen, sobald einer von den Offizieren mir etwas erzählt. Ich finde selbst raus.«

Vor Bills und Ivys Häuschen brannte immer noch die Sonne, doch Estella zitterte am ganzen Körper und wusste, ihr würde nie wieder warm.

38

Estella

1944

Estella war in einem fürchterlichen Zustand, als sie Ivy Pendriscott verließ. Sie wusste nicht, wie sie überhaupt den Weg zum Schlachter und zum Lebensmittelladen fand, um die Rationen für die nächste Woche abzuholen. Soldatentrupps marschierten Richtung Strand, die Straße von der Bucht bis oben auf den Hügel war mit Jeeps und Lastern zugeparkt, und ein Flugzeug nach dem anderen flog im Tiefflug über sie hinweg. Passend zu der aufgeheizten Atmosphäre, die an diesem Morgen in Pencallyn herrschte, nahm die schwüle Hitze seit den Morgenstunden immer weiter zu.

Estella lieferte die Lebensmittel bei der Köchin ab, gab vor, noch mal auf Hamstertour zu gehen, und machte sich entschlossen wieder auf den Weg. Sie marschierte durch den Garten, folgte der neuen Straße durch den Wald und lief dann weiter bis zum Camp der amerikanischen Armee.

»Ich muss dringend einen Ihrer Vorgesetzten sprechen«, sagte sie mit, wie sie hoffte, arrogant-herablassender Stimme und hielt dem Soldaten, der das Tor bewachte, ihren Ausweis hin. Es hieß, die Amerikaner hätten eine ganz besondere Schwäche für den britischen Akzent, und mit ein bisschen Glück würde der selbstbewusste Ton, in dem sie sprach, auch heute seine Wirkung nicht verfehlen. »Ich bin Estella Kellow aus Pencallyn House und gehe sicher davon aus, dass mich Ihr Kommandant empfangen wird.«

Estella hatte keine Ahnung, was sie hier im Camp erreichen wollte, doch sie musste wenigstens versuchen, jemand Offiziellem klarzumachen, dass Jay Miller etwas zugestoßen war. Jemand musste ihr helfen aufzuklären, was geschehen war.

»Tut mir leid, Miss, aber Zivilisten haben hier keinen Zugang«, meinte der GI. Er hielt eine geladene Waffe in der Hand und hätte sicher keine Hemmungen, sie zu benutzen, sollte sie näher kommen.

»Aber es ist wirklich furchtbar wichtig«, führte sie verzweifelt aus. »Ich habe Angst, dass einem Ihrer Sanitäter, Private Miller, etwas Schlimmes zugestoßen ist.«

»Miller?«

»Ja, Obergefreiter Jacob Miller. Kennen Sie ihn?«

»Na sicher, Miss. Die Militärpolizei sucht überall nach ihm. First Lieutenant Mason ist vollkommen außer sich. Sparen Sie sich die Mühe, Miss. Feiglinge wie Miller wollen erschossen werden.«

»Private Miller ist kein Feigling!«, echauffierte sich Estella. »Jemand hat ihm übel mitgespielt. Ich muss mit ihrem Vorgesetzten sprechen! Jetzt sofort!«

Doch der Soldat bedachte sie mit einem müden Blick.

»Tut mir leid, Miss, aber wie ich schon sagte: Zivilisten dürfen hier nicht rein. Das ist ein Befehl. Am besten gehen Sie zu Ihrer eigenen Polizei, falls Sie in Sorge sind. Und jetzt gehen Sie bitte weiter.«

Es war aussichtslos. Estella würde nie in dieses Camp gelangen und selbst wenn, würde ihr niemand glauben, denn das Urteil über Jay stand bereits fest.

»Ihm ist irgendetwas Schlimmes zugestoßen – bitte, lassen Sie mich durch«, versuchte sie es abermals und brach in Tränen aus, inzwischen aber fuhr ein Konvoi Lastwagen an ihr vorbei, weshalb ihr Flehen im Dröhnen der Motoren unterging.

Verzweifelt kehrte sie zurück in ihren Garten und nahm dort den Weg durchs Labyrinth bis zu dem alten Ort, an dem die halb vergessene Sonnenuhr im Licht der Mittagssonne lag. Sie glitt mit ihrer Hand über den rauen Stein und die Metallscheibe, die unter ihren Fingern glühte, ohne dass sie eine Nachricht fand.

»Heute, morgen und für alle Zeit«, versprach sie laut und nahm die Kraft der unsichtbaren Linien, die sich unter ihren Füßen kreuzten, überdeutlich wahr. »Wenn's sein muss, werde ich mein Leben lang an dieser Stelle auf dich warten. Ich werde dich finden, Jay.«

Eine Brise ließ das Laub der Bäume rascheln, und Estella fuhr herum. Beinah hatte sie das Gefühl, als würde sie am Rand des grünen Dickichts jemanden mit ausgestreckten Armen und unglücklichen, sanften braunen Augen stehen sehen.

»Jay? Bist du das, Schatz?«

Doch es kam keine Antwort, und nach einem kurzen Blinzeln war auch die Gestalt verschwunden. Wahrscheinlich hatten ihre Sinne ihr nur einen Streich gespielt – doch das war mehr, als sie nach all den anderen Enttäuschungen ertrug. Schluchzend warf sie sich ins Gras, rollte sich zusammen und weinte, bis die Sonnenuhr den ersten dunklen Schatten auf den Garten warf.

Am Abend kehrte Reginald zurück nach London, und da Evie nirgendwo zu sehen war, setzte sich Estella in die Bibliothek. Doch statt zu lesen, dachte sie die ganze Zeit an Jay und zitterte vor Angst bei dem Gedanken, was ihm zugestoßen war. Sie müsste Hamilton und Boone zur Rede stellen. Angestrengt spitzte sie die Ohren, um zu hören, wann sie kämen, aber als die zwei um Mitternacht noch nicht zu Hause waren, wusste sie, dass das Warten vergeblich war.

Dann flogen plötzlich Flugzeuge über ihr Haus, und panisch sprang sie auf. In Erwartung der inzwischen immer selteneren Luftangriffe standen draußen Eimer voller Sand und Wasser, und Estella stürzte Richtung Keller, als ihr plötzlich aufging, dass die Flieger auf dem Weg nach Süden waren. Das konnte nur bedeuten, dass es ihre eigenen Flieger waren.

Was war da los?

Bevor sie in den Garten laufen konnte, um von dort aus zu verfolgen, was geschah, kam Evie auf sie zugestürzt. Sie hatte sich in einen alten Regenmantel eingehüllt und hielt Estellas roten Mantel in der Hand.

»Wir müssen raus. Komm mit! Ich bin mir sicher, dass da gerade irgendeine große Sache läuft!«

Estella nickte. »Du hast recht. Wo hast du meinen Mantel her?«

»Ach Gott, das weiß ich gar nicht mehr. Ich glaube, aus der Stiefelkammer. Aber egal. Komm mit.«

Die nächsten Flieger flogen dicht über das Anwesen hinweg, und die Motoren dröhnten derart laut, dass ein Gespräch unmöglich war.

»Nun komm schon!«, brüllte Evie.

Estella zog sich ihren Mantel an. Die Nacht war klar, und als die beiden Mädchen in den Himmel blickten, sahen sie einen Flieger nach dem anderen, der Richtung Frankreich flog. Sie flogen entweder in Formation oder zogen Gleitsegler hinter sich her.

Estella rang nach Luft. So etwas hatte sie noch nie gesehen.

»Was ist da los?«

»Ich glaube, das kann ich dir sagen!«, brüllte Evie. »Los, komm mit!«

»Wohin?«

»Nach Bury Barrow. Da hat man den besten Blick.«

Bevor Estella weitere Fragen stellen konnte, rannte Evie bereits los, schwang sich über das Tor und lief die Anhöhe hinauf. Estella war bei Weitem nicht so schnell wie sie und hastete ihr keuchend hinterher.

»Die Straßensperren sind verlassen!«, brüllte Evie über ihre Schulter. »Sie sind weg!«

Sie hatte recht, sie wurden auf der Straße nicht mehr kontrolliert. Estella aber war es so gewohnt, sich auszuweisen, dass es seltsam für sie war, einfach den Weg zu nehmen, der seit Monaten für die Zivilbevölkerung gesperrt gewesen war.

»Warte!«, schrie sie, aber Evie lief schon in den Wald. Noch immer war der Himmel voller Flieger, die im Licht des Mondes ihre Schatten auf die selbst bei Nacht noch warme Erde warfen, als Estella Evie folgte, bis sie keuchend auf der Hügelkuppe stand.

»Mein Gott!«, entfuhr es ihr, als sie in die Bucht hinuntersah. »Was tun sie da?«

Die Augen ihrer Freundin blitzten. »Sie sind auf dem Weg nach Frankreich! Wahnsinn, Stella! Deshalb waren sie alle hier. Wahrscheinlich hatten sie das schon die ganze Zeit geplant. Aber wo kommen all diese Boote her?«

In der Bucht von Calmouth waren unzählige Schiffe aufgetaucht. Bestimmt erstreckte sich die Flotte von Pencallyn Cove bis Calmouth und sogar noch weiter bis nach Helford und Trebah. Eine Kriegsflotte, die nur noch darauf wartete, dass jemand das Signal zum Angriff gab. Eine Armada, um die Feinde von den Ufern Englands zu verjagen.

»Offenbar waren sie die ganze Zeit in den verschiedenen Flussläufen versteckt.« Mit einem Mal ergaben all die Straßensperren, abgesperrten Strände und Patrouillenboote einen Sinn. Cornwall war mit seinen versteckten Flüssen und Buchten der perfekte Ort, um eine Flotte vor den Augen ihrer Feinde zu verbergen. Und von wo könnte man die Nazis besser mit Waffen und Soldaten überraschen als von dieser Küste, die seit Hunderten von Jahren die idealen Schlupfwinkel für Schmuggler bot?

»Das ist es«, hauchte Evie ehrfürchtig. »Die Alliierten haben auf den richtigen Moment gewartet, und jetzt schlagen sie zurück!«

Estella nickte stumm. Jay hatte ihr erzählt, er müsste sich bald als Sanitäter bewähren, und der Augenblick der Trennung stünde kurz bevor. Ihm war bewusst, dass ihn der Kampf das Leben kosten könnte, aber er war überzeugt davon, das Richtige zu tun. Er hatte sich sein Leben lang darauf vorbereitet, gegen ein Regime zu kämpfen, das nach seiner Überzeugung böse war. Er war unglaublich mutig und bestimmt kein Deserteur!

Wo war er nur?

Unten in der Bucht waren die Männer, die ihr Antworten auf ihre Fragen geben konnten. Wenn ihnen etwas zustieß, würde sie niemals erfahren, was mit Jay passiert war. Sie sandte ein stummes Stoßgebet zum Himmel, damit Jay und all die jungen Männer, die nach Frankreich fuhren, sicher wären. Alle außer Hamilton und Lex. Die beiden müssten selbst sehen, dass ihnen nichts geschah.

Die Mädchen standen auf dem Hügel und beobachteten das Treiben in der Bucht. Der Mond schien hell, und sie sahen Hunderte von Männern, die entlang des Piers auf die Schiffe marschierten. Sie wagte nicht, sich vorzustellen, welchem Schicksal sie entgegenfahren würden, und ihr Herz zog sich zusammen, als sie daran dachte, dass für Tausende von diesen jungen Burschen, die bereitwillig an Bord der Schiffe gingen, diese Reise sicherlich die letzte wäre. Die Verluste und die Trauer wären sicher grenzenlos. Wie hielt ein Mensch das aus?

Sie setzte sich neben Evie und verfolgte weiter das Geschehen.

So nah waren die Mädchen sich seit Monaten nicht mehr gewesen, und als könnte Evie die Gedanken ihrer Freundin lesen, sagte sie mit leiser Stimme: »Tut mir leid.«

»Was tut dir leid?«

»Na, alles. Dass ich mein Versprechen nicht gehalten habe und dir keine bessere Freundin war. Dass ich nicht sehen wollte, was im Grunde nicht zu übersehen war. Aber ich verspreche dir, dich nicht noch mal im Stich zu lassen, Stell. Nie mehr.«

»Sprichst du von Hamilton?«, erkundigte Estella sich nervös, weil Evie diesem Thema bisher immer ausgewichen war. Sie saß vollkommen reglos da, aus Angst, die Freundin zu verschrecken wie einen der wilden Vögel aus dem Garten, die sofort die Flucht ergriffen, wenn sie auch nur eine winzige Bewegung sahen.

Evie nickte, und die dunklen Haare fielen ihr ins Gesicht, so dass man ihre aufgeschürften Wangen nicht mehr sah.

»Ich weiß nicht, wie ich es erklären soll. Es war, als ob ich direkt in die Sonne sehen und nichts anderes mehr wahrnehmen würde. Hamilton hat mich geblendet, Stell. Ich konnte kaum noch essen, ich konnte nicht mehr schlafen, und ich konnte an nichts anderes denken als an ihn. So hatte ich noch nie empfunden. Es war ganz genauso wie in all den Büchern, die wir immer lesen. Er war Rochester, und ich war Jane!«

Estella wusste, wovon Evie sprach, denn ganz genauso hatte sie empfunden, als sie Jay begegnet war. Sie hatte wochenlang kaum Appetit gehabt, war, angefüllt von wundervollen Tagträumen, dahingeschwebt und hatte nur noch für die wenigen gestohlenen Augenblicke des Zusammenseins gelebt. Der Rausch der ersten Liebe hatte Evie ebenfalls erfasst – doch anders als Estella hatte sie ihr Herz an einen Mann verschenkt, der widerlich und böse war. Mason hatte Evies Zuneigung in etwas durch und durch Hässliches verwandelt, während die Gefühle, die Estella Jay entgegenbrachte, ohne jeden Vorbehalt erwidert wurden und von reiner Schönheit waren.

»Du hast gedacht, dass du ihn liebst.«

Evie starrte traurig auf den Boden. »Ja, das habe ich. Er war für mich so etwas wie der Held aus einem Film. Amerikaner, gut aussehend, reich und glamourös. Ich träumte davon, dass er sich in mich verlieben und mich nach dem Krieg mit in die Staaten nehmen würde, damit ich in Hollywood Karriere machen kann. Ich habe jeden Tag zum lieben Gott gebetet, dass der Mann mir einen Antrag macht. Ich habe es mir so gewünscht. Ich dachte, dass er etwas aus mir machen kann.«

»Aber du bist doch schon jemand! Und dieser Mann hat dich ganz einfach nicht verdient! Er ist kein netter Mensch!« Wie hatte Evie nur so blind sein können, das nicht zu sehen?

Evie starrte ihre fest im Schoß verschränkten Hände an.

»Dann hat es ja gepasst. Denn schließlich bin auch ich kein nettes Mädchen, Stell.«

Wieder flogen Dutzende von Flugzeugen so dicht über den Hügel, dass die langen Gräser wogten und der Wind, den die Propeller machten, Evie und Estella durch die Haare fuhr. Als sie verschwunden waren und der Lärm verebbte, wandte Evie sich mit unglücklicher Miene ihrer Freundin zu.

»Ich bin nicht so wie du, Stella. In meinem Inneren ist ein dunkler Sumpf wie auf dem Grund eines tiefen Teichs. Wenn man die Oberfläche sieht, nimmt man vielleicht ein hübsches Glitzern wahr – aber darunter, in der Tiefe, in die niemand sich je vorwagt, sieht es völlig anders aus. Vielleicht habe ich diese Dunkelheit in Hamilton gesehen und mich darin erkannt. Ich bildete mir ein, dass ich ihm helfen könnte, und ich hätte einfach alles für den Mann getan.«

Estella hatte das Gefühl, als zöge ein eiskalter Finger die Konturen ihrer Wirbelsäule nach. »Alles?«

»Nun, vielleicht nicht ganz. Ich habe ihm zum Beispiel nicht erzählt, dass du dich im Verborgenen mit Private Miller triffst. Das hätte ich niemals getan. Ich bin keine Verräterin.«

Dann hatte Evie es also gewusst? Woher? Sie waren doch so vorsichtig gewesen.

»Wie hast du das mit mir und Jay herausgefunden?«

»Ich habe auf der Tanzveranstaltung gesehen, wie er dich verarztet hat«, erklärte Evie achselzuckend. »Und danach wart ihr verschwunden, und ich war gezwungen, mit Jenny heimzugehen.«

»Private Miller hat mich heimbegleitet. Das war alles«, gab Estella vor, doch Evie lachte nur.

»Also bitte, Stell, verkauf mich nicht für dumm. Ich kenne dich. Ich kann in deiner Miene lesen wie in einem offenen Buch. Im Gegensatz zu mir kannst du niemandem etwas vormachen. Alle konnten sehen, wie glücklich du urplötzlich warst. Du hast euch selbst verraten, Stell. Mit jedem Lächeln, jedem Blick auf die verfluchte Narbe, die du an der Hand hast, jedes Mal, wenn Poppet angeblich nach draußen musste, jedes Mal, wenn du das blöde Kreuz geküsst hast, das du unter deiner Bluse trägst. Das ist von ihm, nicht wahr? O Gott. Du hältst mich echt für dumm. Wahrscheinlich habt ihr zwei euch wunderbar auf meine Kosten amüsiert.«

»Natürlich nicht!«

»Ich wusste jedes Mal, wenn du dich heimlich irgendwo mit ihm getroffen hast, und habe jedes Mal darauf gewartet, dass du mir von ihm erzählst. Aber das hast du nicht getan«, fuhr Evie fort. »Du warst mit Miller überall. Auf unserem alten Hof. Im Garten. Bei dem Teich und sogar bei der Sonnenuhr. Das hat besonders wehgetan, denn das war unser beider Platz in unserem geheimnisvollen Garten, weißt du noch?«

»Du bist uns heimlich hinterhergelaufen?«

»Nur, weil du mich ausgeschlossen hast! Du hast mir nie etwas erzählt. Wie konntest du mir das antun, Stell? Wir waren Schwestern, und du hättest mir vertrauen sollen!«

Estella hielt es nicht mehr aus, ihr weiter zuzuhören.

»Wie hätte ich dir denn vertrauen sollen, während du derart in Hamilton verschossen warst? Denn schließlich warst du krank vor Eifersucht auf mich und hast dir ernsthaft eingebildet, dass ich ihn dir ausspannen will. Du bist ja bereits völlig durchgedreht, wenn mich der Kerl nur angesehen hat.«

Obwohl Estella wusste, dass ihre Freundin mit den Tränen kämpfte, fuhr sie unbarmherzig fort.

»Meine Güte, Evie! Wie in aller Welt hätte ich dir von mir und Jay erzählen sollen, während du bereit gewesen wärst, alles dafür zu tun, dass Mason dich endlich zur Kenntnis nimmt? Dir ist ja wohl genauso klar wie mir, was er von Schwarzen hält. Du hast ihm manchmal sogar beigepflichtet, und nach allem, was ich wusste, hättest du uns mühelos bei ihm verpfeifen können, nur, damit der Kerl dir endlich mal ein Lächeln schenkt. Natürlich konnte ich dir nicht vertrauen. Du warst völlig besessen von dem Mann!«

»Ich hätte euch verraten können, aber das hätte ich nicht über mich gebracht. Obwohl ich eifersüchtig auf dich war, habe ich dich mehr als jeden anderen geliebt. Sogar mehr als Hamilton.«

»Und was, bitte, gab es dann für einen Grund zur Eifersucht?«

»Dass du im Gegensatz zu mir Miss Kellow bist, die Erbin von Pencallyn House!«

»Ich habe nie auf dich herabgesehen«, rief Estella ihr in Erinnerung.

»Du vielleicht nicht – aber die anderen schon.«

»Unsinn! Schließlich können uns die Leute nur mit Mühe auseinanderhalten.«

»Vielleicht früher, aber heute reicht es völlig aus, etwas genauer hinzusehen, und das hat Hamilton getan. Er hat sich niemals für mich interessiert, und tief in meinem Inneren war mir das von Anfang an bewusst. Er wollte immer nur das Original. Er wollte immer dich.«

Estella schauderte. »Du kannst mir glauben, ich will ihn ganz sicher nicht!«

»Das war mir klar, doch das hat keinen Unterschied gemacht, denn schließlich hatte er sich dennoch für dich entschieden. Das hat mir entsetzlich wehgetan. Alles, was ich jemals wollte, war, dass er mich ein einziges Mal so anschaut wie dich. Nur ein einziges Mal, Estella!«

Estella schüttelte verständnislos den Kopf. »Hamilton Mason ist ein schlechter Mensch, Evie. Er hat einmal versucht, mir furchtbar wehzutun, und hätte mir die schlimmsten Dinge angetan, wenn es mir nicht gelungen wäre, mich zu wehren. Er hätte ...« Sie brach ab, weil die Erinnerung an jenen grauenhaften Zwischenfall noch immer nur mit Mühe zu ertragen war.

Die Freundin riss entsetzt die Augen auf. »Kam daher seine Platzwunde am Kopf?«

»Auf dem Kaminsims im Salon steht doch der schwere Silberrahmen mit dem Bild meiner Mutter, und als letzte Rettung bin ich damit auf ihn los.«

»Warum zum Teufel hast du mir das nicht erzählt, Stella? Er war nach dieser Sache völlig außer sich vor Zorn.«

»Ich hatte Angst, du würdest mir nicht glauben«, klärte Estella ihre Freundin traurig auf. »Ich dachte, dass du denkst, ich hätte ihn ermutigt. Schließlich hast du mir auch vorher dauernd Vorwürfe gemacht.

Aber du musst mir glauben: nie im Leben hätte ich gewollt, dass dieser Mann auch nur in meine Nähe kommt.«

Evie schluckte. »Oh, ich glaube dir und kann dir gar nicht sagen, wie leid mir das alles tut. Ich hätte auf dich hören sollen. Tief in meinem Herzen wusste ich, dass die Dinge, die er sagte, einfach falsch waren. Vielleicht habe ich das, was er mir angetan hat, ja sogar verdient.«

Estella riss den Kopf zurück und starrte ihre Freundin an. Die Kratzer und die Alpträume, dass Evie sich derart in sich zurückgezogen hatte …

»Hat er etwa …«

»Nein. Er hat gesagt, er will mich treffen, auf dem alten Hof. Ich war deshalb überglücklich und entsetzlich aufgeregt. Ich hatte deinen roten Mantel an, weil er gesagt hat, dass der ihm besonders gut gefällt, und kam mir endlich einmal wie etwas Besonderes vor.« Das Beben ihrer Lippen zeigte, dass sie um Beherrschung rang. »Aber er hatte mich nur deshalb auf den Hof bestellt, weil ich aussah wie du, und als ich das erkannte, bin ich weggerannt. Er war unglaublich wütend, und ich hatte fürchterliche Angst, dass er mich umbringen würde, wirklich, denn er hat mich angesehen, als wäre ich ein Nichts.«

Auch Estella hatte einmal diesen grenzenlosen Zorn in seinen Augen aufblitzen sehen und über sich ergehen lassen müssen, dass er seine Hände tief in ihr Fleisch vergrub. Sie zweifelte also nicht einen Augenblick daran, dass Mason zu den schlimmsten Dingen fähig war.

»Und danach habe ich mich selbst gehasst«, fuhr Evie fort. »Ich hatte für den Mann geschwärmt und dich im Stich gelassen, Stella, dabei hätte ich dich lieben und beschützen sollen. Ich war eifersüchtig, wütend und dir eine schlechte Freundin. Ich habe dich verraten, denn er war mir wichtiger als du. Das ist alles meine Schuld!«

Estella schüttelte den Kopf. »Das ist es nicht. Du bist nicht verantwortlich für die schlimmen Dinge, die der Mann verbrochen hat.«

Mason hatte Jacob Millers Liebe zu Estella ausgenutzt, um ihn in eine Falle zu locken. Und Evie hatte ihm als Köder dienen sollen – doch sie hatte seine Pläne ruiniert und war weggelaufen.

Was hatte er ihrem geliebten Jay nur angetan? Estella raufte sich die Haare vor Verzweiflung, denn im Grunde war das alles ihre Schuld. All das war nur geschehen, weil Hamilton von ihr zurückgewiesen worden war. Er hatte sie davor gewarnt, ihn derart zu beleidigen. Sie hätte auf der Hut sein müssen, doch sie hatte seine Warnung nicht ernst genommen.

Evie brach in hemmungsloses Schluchzen aus. »Ich habe alles ruiniert, Stella. Ich habe das Versprechen, das ich dir gegeben habe, nicht gehalten und dich gnadenlos im Stich gelassen. Es tut mir so furchtbar leid.«

Die Mädchen waren umgeben von Gefahr und Aggression. Kein Wunder, dass sie in den Sog der schrecklichen Ereignisse geraten waren, ging es Estella durch den Kopf.

»Was auch immer Hamilton getan hat, ist nicht deine, sondern *meine* Schuld«, erklärte sie erneut und drückte Evies Hand. »Ich habe ihn zurückgewiesen, und das konnte er mir nicht verzeihen. Dafür hat er mich bestrafen wollen. Er ist ein gefährlicher, gewissenloser Mann, und er versteht es, andere zu manipulieren. Ich bin nur froh, dass du vor ihm geflüchtet bist, und hoffe, dass auch Jay dem Kerl entkommen ist.«

Die Freundin schwieg, Estella aber sah, dass eine Träne über ihre Wange rann.

»Ich habe fürchterliche Angst um ihn, Evie. Wahrscheinlich haben sie ihm furchtbar wehgetan.«

»Ich glaube, Hamilton hat etwas Schreckliches getan«, stieß Evie mit erstickter Stimme aus. »So wütend habe ich ihn nie zuvor erlebt. O Stell, es tut mir leid. Wir haben uns etwas versprochen, stimmt's? Ich werde dich nie mehr im Stich lassen, egal, was auch geschieht.«

Die Schiffe unten in der Bucht klappten die Landungsbrücken ein, und Evie und Estella klammerten sich aneinander fest. Estella spürte tief in ihrem Inneren, dass sie Jay nie wiedersehen würde, denn das war die einzige Erklärung für den grauenvollen Schmerz in ihrem Herzen.

Warum hatte Hamilton ihr nicht einfach selbst das Herz herausgerissen? Wozu sollte sie noch weiterleben, wenn es keinen Jay mehr gäbe, der sie liebevoll an seine Brust zog? Wenn sie seine honigsüße Stimme nicht mehr hören und die samtige Berührung seiner Lippen nicht mehr spüren könnte und vor allem wüsste, dass er niemals derart in Gefahr geraten wäre, hätte er sie nicht geliebt?

Bisher hatte sie gedacht, dass auf dem Kontinent die schlimmsten Feinde auf der Lauer lägen, doch in Wahrheit hatten sie seit Wochen unter ihrem eigenen Dach gelebt.

»Ich habe Angst, Evie«, gestand sie ihrer Freundin unumwunden ein. »Es heißt, Jay wäre desertiert, aber ich weiß, so etwas hätte er niemals getan. Er hätte mich niemals im Stich gelassen, denn wir wollen heiraten, wenn dieser Krieg vorüber ist. Ich glaube, Hamilton und Lex haben ihm etwas Schreckliches angetan. Wir wissen beide, wie gefährlich diese Männer sind.«

Evie starrte reglos auf das Treiben in der Bucht.

»Hamilton Mason und Lex Boone werden nicht mehr zurückkommen, das schwöre ich. Sie werden für das, was sie getan haben, mit ihrem Leben bezahlen. Auge um Auge, Zahn um Zahn. Das Schicksal dieser beiden Männer ist besiegelt, und sie werden niemals mehr die Sonne untergehen sehen.«

Der Nachdruck, mit dem Evie diese Worte sprach, machte Estella Angst. Sie hatte eine Gänsehaut und stieß mit leiser Stimme aus: »Das ist doch nur ein Spiel. Ein dummes Kinderspiel.«

»O nein. Es ist real. Die alten Kraftlinien sind mächtig, und sie haben mich gehört. Du wirst schon sehen. Hamilton Mason und Lex Boone wird die gerechte Strafe für ihr Tun ereilen. Das verspreche ich bei allem, was mir heilig ist.«

Während sie dies sagte, ging die Sonne langsam auf, und Estella hörte, wie die Kirchenglocke schlug. Sie hatte das Gefühl, als läute sie den Anfang eines neuen Kapitels ein. Was, wenn sie ihr gesamtes zukünftiges Leben ohne Jay verbringen müsste?

Unglücklich schlang sie die Arme um die angezogenen Knie.

»Es wird alles wieder gut, Stell, du wirst sehen«, versprach Evie.

Estella aber wusste, dass sich ihre Freundin irrte. Denn egal, was Evie sagte, täte oder schwor, würde das Leben in Pencallyn niemals wieder *gut*. Genauso wenig wie die Tausenden von Soldaten, die nach Frankreich übersetzten, einfach kehrtmachen und wieder in die Staaten fahren konnten, konnte sie die Uhr zurückdrehen. Alles hatte sich verändert, und nichts würde jemals wieder so sein wie zuvor.

39

Estella

1944

Auf dem Weg zurück nach Hause hatten Evie und Estella das Gefühl, sie wären aus einem Traum erwacht. Am Tor des Camps der Amerikaner war es plötzlich ungewöhnlich ruhig. Der unablässige Verkehr, die lauten Stimmen und das Gefühl von Dringlichkeit, das über allem, was die Yanks taten, lag, waren zusammen mit den letzten Sternen, die den Himmel überzogen hatten, mit der Dämmerung verschwunden. Nur das kleine Kruzifix um Estellas Hals bewies, dass es einen jungen Mann mit Namen Jay gegeben hatte, der versprochen hatte, sie zu lieben, und zwar heute, morgen und für alle Zeit. Inzwischen kamen ihr die letzten Wochen genau wie die Geschehnisse der letzten Nacht vollkommen unwirklich vor.

Als die Mädchen durch die Tür der Stiefelkammer traten, rief die Köchin aus der Küche, wo sich auch die anderen Dienstboten versammelt hatten, um im Radio die neuesten Meldungen der BBC zu hören.

»Schnell, Mädchen, beeilt euch! Setzt euch hin!«, schrie sie und wies ihnen zwei Stühle zu. »Wir hören gerade Radio, und ratet, was passiert ist? Wir marschieren in Frankreich ein! In diesem Augenblick! Es wurde auch allmählich Zeit, dass unsere Jungs es diesem Hitler zeigen!«

»Mein Gott, Sie beide sind ja bleicher als der aufgewärmte Tod.« Dolly schnappte sich die Teekanne und schenkte beiden Mädchen ein. »Hier, trinken Sie erst mal etwas.«

»Ihr seid tatsächlich ziemlich blass«, stellte jetzt auch die Köchin fest und musterte die beiden argwöhnisch. »Was habt ihr angestellt? Wart ihr etwa die ganze Nacht lang unterwegs?«

Die beiden Mädchen sahen einander an. Wo sollten sie da anfangen?

»Wir waren auf dem Bury Beacon und haben gesehen, wie sie an Bord der Kriegsschiffe gegangen sind«, setzte Estella an.

»Zu Tausenden«, fügte die Freundin aufgeregt hinzu und wärmte sich die Hände an ihrem Keramikbecher auf.

»Und unser armes Küchenmädchen hätte sie bestimmt noch alle küssen wollen«, zog Jenny Dolly auf.

»Das heißt, sie sind von hier aus losgefahren? Kein Wunder, dass sie permanent geübt haben, wie man an Bord dieser Schiffe und danach auch wieder runtergeht«, stellte die Köchin fest.

»Zum Glück habe ich meinen Dwight geküsst, als er mich vorgestern darum gebeten hat. Ich hoffe doch, das bringt ihm Glück«, stieß Dolly seufzend aus.

»Glück allein wird dem armen Kerl nicht reichen«, meinte Beth und verzog grimmig das Gesicht. »Die guten, tapferen Jungs. Möge sie der liebe Gott auf ihrem Weg begleiten.«

»Zwei von ihnen ganz sicher nicht«, murmelte Evie finster, aber ihre Stimme wurde durch das Knistern aus dem Radio übertönt.

»Wir wissen aus sicherer Quelle, dass die alliierten Kräfte des britischen Commonwealth, der Vereinigten Staaten und der Patrioten der besetzten Länder in den frühen Morgenstunden von der Küste Großbritanniens aus nach Frankreich aufgebrochen sind«, verkündete der Sprecher. »Damit bricht eine neue Phase der Bemühungen der alliierten Luftstreitkräfte an.«

Die Köchin und die anderen jubelten, Estella aber wurde schreckensstarr und fragte sich unweigerlich, was diese jungen Männer bei der Landung an den Stränden Frankreichs wohl erwartete. Ihr lieber Jay hatte gewusst, dass seine Kenntnisse dann wichtig wären, und gehofft, dass seine Ausbildung genügen würde, um die Wunden seiner

Kameraden zu versorgen. Ja, er hatte Angst, hatte er auf Estellas Frage zugegeben, aber trotzdem würde er Seite an Seite mit den anderen Männern seiner Truppe kämpfen, denn das wäre seine Pflicht.

Jay Miller war bereit gewesen, seinen Teil zum Kampf gegen die Nazis beizutragen und für das, woran er glaubte, notfalls mit dem Leben zu bezahlen. Estella wusste ganz genau, er hätte sich niemals einfach aus dem Staub gemacht. Obwohl der Aufbruch der Soldaten Hoffnung in den Herzen aller Briten weckte, war Estella gleichzeitig von düsterer Verzweiflung angefüllt, denn Jacob Miller hätte nicht einmal im Traum daran gedacht, die Kameraden ausgerechnet in dem Augenblick im Stich zu lassen, da sie seine Hilfe dringender benötigten als je zuvor. Hamilton Mason hatte ihm etwas Schreckliches angetan. Eine andere Erklärung gab es nicht.

Mit gebrochenem Herzen stand Estella auf, entschuldigte sich bei den anderen, ging hinauf, zog die Verdunkelungsrollos herunter und legte sich aufs Bett. Sie weinte, bis nicht eine Träne mehr in ihrem Inneren übrig war. Der Mann, den sie von ganzem Herzen liebte, war schon tot gewesen, als die anderen nach Frankreich aufgebrochen waren.

Sie würde Jacob Miller niemals wiedersehen. Sie hatten niemals eine Chance gehabt.

Später, als genaue Zahlen bekannt gegeben wurden, konnte sie kaum glauben, dass tatsächlich über 160 000 Männer von der Küste Großbritanniens aufgebrochen waren, um in der Normandie an Land zu gehen. Mehr als 13 000 Flieger und 5 000 Schiffe hatten ihren Einmarsch unterstützt, und am 6. Juni 1944 hatten ihre Streitkräfte in Frankreich Fuß gefasst.

Jenny und Beth vernachlässigten ihre Arbeit im Gemüsegarten, und die Köchin stellte einfach Brot und Käse auf den Tisch, denn der gesamte Haushalt brachte diesen Tag am Radio zu und hörte sich die Nachrichten vom Vormarsch ihrer Truppen an.

Eisenhower sprach von einem Kreuzzug, und am Abend rief der König in einer bewegenden Ansprache das Volk mit Nachdruck dazu auf, den Kampfgeist zu erneuern, mit dem es in den Krieg eingetreten war. Nachdem die Nationalhymne verklungen war, tranken sie schweigend den von Mrs. Tullis frisch gekochten Tee und überlegten, was wohl gerade auf der anderen Seite des Kanals passierte und wie es den Männern, die sie nicht nur kannten, sondern teilweise auch liebten, dort erging. Die Aufregung vom Morgen hatte sich gelegt, und während Beth an all die hübschen jungen Yanks dachte, mit denen sie geflirtet hatte, überlegte Jenny, ob ihr Mann, der bei der Royal Air Force diente, die Truppen vielleicht tiefer ins Landesinnere verlegte, und die Köchin, ob ihr Neffe, der als Infanterist beim Regiment des Duke of Cornwall diente, wohlbehalten in der Normandie gelandet war. Der Preis, den diese Männer für die Freiheit aller zahlten, war hoch.

Noch immer war sich Evie sicher, dass Hamilton Mason und Lex Boone an einem der Strände Frankreichs sterben würden, denn obwohl sie längst kein Kind mehr war, schien sie noch immer an die Macht der Sonnenuhr zu glauben, ihr den Wunsch nach Rache zu erfüllen. Und während sich die Tage endlos in die Länge zogen, sah Estella ihre Freundin an und fragte sich besorgt, ob sie vielleicht aufgrund der schrecklichen Ereignisse in jener schicksalhaften Juninacht verrückt geworden war.

»Kleines Fräulein Heathcliff«, hatte Tommy Evie einst genannt. Bei der Erinnerung bekam Estella eine Gänsehaut. Hatte nicht auch Heathcliff sich an seinen Peinigern gerächt? Hatte ihre alte Gouvernante in die Zukunft schauen können, oder war die Bemerkung nur ein böser Scherz gewesen? Estella konnte es nicht sagen, doch sie wusste sicher, dass es niemals einen anderen Mann in ihrem Leben geben würde, denn statt abzunehmen, verstärkte sich ihr schmerzliches Verlangen nach Jay mit jedem Tag. Selbst die Berührung seines Kruzifixes brachte ihr nur wenig Trost, denn eine Welt, in der es keinen Jacob Miller gab, war öd und leer.

Manchmal ging sie zu dem Teich im Garten, stellte sich dort auf die kleine Brücke und betrachtete ihr bleiches Spiegelbild. Könnte sie ins Wasser gehen, damit sie Jay auf diese Weise wieder nahekäme? Hätte sie den Mut, eine Ophelia zu sein?

Vielleicht. Es wäre sicher leichter, zwischen all den hübschen Wasserlilien abzutauchen, als in einem Ozean der Jahre ohne den geliebten Mann an ihrer Seite zu ertrinken. Alles, was sie davon abhielt, war das Wissen, wie entsetzt ihr Liebster wäre, wenn er wüsste, dass sie seinetwegen aus dem Leben schied. Er hatte nicht nur sie, sondern das Leben allgemein geliebt. Empfände er es als Verrat, wenn sie jetzt ihrem Leben freiwillig ein Ende machte? Ja, vielleicht, und trotzdem konnte sie nicht leugnen, dass die Möglichkeit des Todes tröstlich für sie war. Der Tod war wie ein Freund, der in den Schatten wartete, um ihre Hand zu nehmen, wenn das Leben weiter keinerlei Bedeutung für sie hätte und sie sich auch weiter zwingen müsste, einen nach dem anderen Tag auf irgendeine Art zu überstehen.

Im Juli nahm Estellas Elend tatsächlich noch zu. Sie konnte nichts mehr essen und bekam, wenn sie im Bett lag, kaum ein Auge zu. Wenn sie morgens aufstand, schlug ihr die Verzweiflung derart auf den Magen, dass sie mühsam eine Scheibe trockenen Toast herunterwürgte, und inzwischen war sie permanent derart erschöpft, dass sie bereits vom Hühnerfüttern oder fünf Minuten Arbeit im Gemüsegarten vollkommen erledigt war. Elend schleppte sie sich durch die langen, heißen Tage und fühlte sich schwerfällig und schlapp. Was hatte alles noch für einen Sinn? Ein Leben ohne Jay war vollkommen bedeutungslos. In einem solchen Leben gab es keine Freude und vor allem keine Zukunftsträume mehr. Ihr Roman sammelte Staub an, ihre Aquarellfarben vertrockneten, und nicht mal mehr aufs Lesen konnte sie sich konzentrieren. Weil einfach alles völlig sinnlos war.

Im Gegensatz zu ihr schien Evie während dieser Wochen richtiggehend aufzublühen. Es war, als hätte sie den Geist der Dinge, die in jener Nacht geschehen waren, durch das Abrücken der Truppen und durch ihren Glauben an die Macht der Sonnenuhr gebannt. Die blauen Flecken waren verblasst, die Schnittwunden verheilt, und selbst die Alpträume ließen inzwischen nach. Hamilton und Lex waren nicht mehr da, und anders als bei Estella, deren Kräfte sichtlich schwanden, nahmen ihre Kräfte täglich zu.

Die Mädchen sprachen nie darüber, was in jener Juninacht geschehen war, Estella aber wusste, dass die Freundin ihren schmerzlichen Verlust verstand. Mitunter sahen sie sich an und wussten, dass die jeweils andere in Gedanken in dem dunklen Garten war, für alle Zeit gefangen in einem Labyrinth aus Wegen und Entscheidungen, wobei das Resultat immer dasselbe war. Dann hielten sie sich aneinander fest und weinten stumm.

An anderen Tagen nahmen sie die längst nicht mehr gesperrte Straße an den menschenleeren Strand, saßen schweigend auf den Felsen und sahen dem Spiel der Wellen zu. Die alte Nähe zwischen ihnen war wiederhergestellt, und das unausgesprochene Mitgefühl, das sie seit jenen dunklen Stunden füreinander empfanden, war ihnen ein Trost. Das Leiden und die Angst, die sie durchlitten hatten, schweißten sie zusammen, denn gemeinsam hatten sie das Schlimmste, das einem im Leben widerfahren konnte, durchgemacht.

Zumindest nahmen sie das an.

Nachts weinte Estella bittere Tränen in das Kissen, unter dem Jays Buch mit den Sonetten lag, und schlug die Finger um das Kruzifix an ihrem Hals. Am Tag saß sie oft stundenlang am Fenster, starrte blind aufs Meer und zog die Narbe, die, wie Jay vorhergesehen hatte, von der Schnittwunde in ihrer Hand zurückgeblieben war, mit einer Fingerspitze nach. Manchmal wanderte sie lustlos auf den Wegen, die sie auch mit Jay genommen hatte, durch den Garten, doch das Mosaik aus glücklichen Erinnerungen, das der Ort für sie bereithielt, wurde von dem Gedanken, was in jener schicksalhaften Nacht dort vorgefallen war, überdeckt. Am besten ließe man das ganze Anwesen verwildern, dachte sie. Wenn sie es einmal erbte, überließe sie den Garten der Natur. Vielleicht gelänge es ja ihr, die schrecklichen Erinnerungen auszumerzen, denn inzwischen hasste sie den Ort mit all den teuren Solitärgewächsen, die der ganze Stolz ihrer Vorfahren gewesen waren.

Genauso hatte sie nicht den geringsten Wunsch, noch einmal auf den alten Hof, der einst ihr Zufluchtsort gewesen war, zurückzukehren. Obwohl sie manchmal in die Nähe der Ruine ging, rief dieser Bau inzwischen ein Gefühl des Unbehagens in ihr hervor. Die Atmosphäre dort war eigenartig und so melancholisch, dass ihr Herz sich wehmütig zusammenzog. Einmal kam es ihr so vor, als ob sie einen blonden Mann zwischen den Bäumen stehen sah, und sie wurde starr vor Schreck, bis sie erkannte, dass es einfach ein verirrter Sonnenstrahl gewesen war. Trotzdem lief sie eilig weiter, denn wenn sie dort nicht auf ihren Liebsten warten konnte, war der Ort für sie bedeutungslos.

Der Juli wurde immer heißer, und Estellas Unwohlsein nahm von Tag zu Tag weiter zu. Inzwischen war sie so erschöpft, dass sie es morgens nur mit Mühe schaffte, aufzustehen. Lag es an der Hitze? Konnte man womöglich an gebrochenem Herzen sterben? Oder war sie vielleicht krank?

Eines Morgens Ende Juli saß Estella auf der Kante ihres Bettes und versuchte, sich an die Symptome ihres Feinds aus Kindertagen, der sie wochenlang ans Bett gefesselt hatte, zu erinnern, als ihr plötzlich übel wurde und sie sich laut würgend in die Waschschüssel erbrach.

»Was ist nur mit mir los?«, stieß sie keuchend hervor und klammerte sich unglücklich am Waschtisch fest, bis der Raum aufhörte, sich um sie zu drehen.

Evie, die mit ihrem Kamm am offenen Fenster stand und hoffte, einen leichten Windhauch zu erhaschen, starrte sie mit großen Augen an.

»Es könnte sein, dass ich es weiß«, setzte sie langsam an.

Estella wischte sich den Mund ab und ließ sich ermattet aufs Bett sinken, um die nächsten tausend Jahre durchzuschlafen, aber vorher sah sie ihre Freundin fragend an.

»Was denkst du, was es ist?«

»Nein, das kann nicht sein. Jungfrau Maria war die Einzige, die jemals unbefleckt ein Kind empfangen hat. Du hast dir sicher einfach etwas eingefangen. Ich werde dir jetzt erst mal ein Glas Wasser holen.«

»Ich bin nicht wie Maria, Evie.«

»Ich habe dummes Zeug geredet. Sicher hast du bloß etwas Falsches gegessen. Ich glaube nicht, dass das, was wir gestern in unserem Eintopf hatten, echtes Rindfleisch war. Wahrscheinlich war es Pferd. Oder vielleicht ja sogar Wal. Kein Wunder, dass dir davon schlecht geworden ist.«

»Ich meine, ich bin keine Jungfrau mehr.«

Der Freundin fiel die Kinnlade herunter. »Machst du Witze?«

»Nein.« Estella blickte sie mit einem schwachen Lächeln an. »Mache ich nicht.«

»Du hast mit ihm geschlafen? *Du?*«

»Ja, *ich*. Und warum überrascht dich das derart? Du solltest wissen, dass ich nicht völlig prüde bin, und außerdem waren wir verlobt.«

»Verflixt und zugenäht. Hättet ihr damit denn nicht warten können, bis der Krieg vorüber ist?«

Estella war verletzt. »Ich liebe Jay, und ich bedauere keinen Augenblick, den ich mit ihm zusammen war. Wenn ich könnte, würde ich es noch mal ganz genau so machen, denn wenn wir gewartet hätten, hätte ich ein solches Glück niemals erlebt.«

»Und jetzt bist du schwanger, Stella. Hast du davon bisher etwa noch nichts gemerkt? Du bist ständig müde, und dir ist morgens schlecht. Ist deine Regel ausgeblieben?«

Estella starrte sie mit großen Augen an. Sie hörte Evie, aber was sie sagte, ergab einfach keinen Sinn. Es war, als spräche sie in einer fremden Sprache, die Estella nicht verstand.

»Ich dachte, dass das alles Zeichen dafür wären, wie unglücklich ich bin.«

»Ich glaube, es hat mehr damit zu tun, dass du ein Kind von Jay erwartest.«

Estella brachte keinen Ton heraus. Sie legte ihre Hand auf ihren Bauch und dachte über Evies Worte nach. Landmädchen Lucy hatte morgens keinen Bissen essen können und dadurch Mrs. Tullis auf die Notlage, in der sie sich befunden hatte, aufmerksam gemacht. Auch sie hatte beständig über Müdigkeit geklagt. Inzwischen ergab alles einen Sinn. Estella fand es geradezu unglaublich, dass sie nicht längst selbst den rechten Schluss gezogen hatte, doch seit Jays Verschwinden watete sie Tag für Tag durch einen Sumpf und hatte angenommen, dass der Grund dafür, dass sie sich derart elend fühlte, ihre Trauer war.

»Von selbst wird es nicht wieder weggehen«, sagte Evie, als Estella keine Antwort gab.

»Ich will auch gar nicht, dass es wieder weggeht«, stieß Estella schluchzend aus.

Sie trug Jay Millers Baby unter ihrem Herzen. Das war ein erschreckender Gedanke, aber gleichzeitig auch wunderbar. War dies nicht der Beweis, dass er sie nicht im Stich gelassen hatte, sondern wie versprochen immer lieben würde – heute, morgen und für alle Zeit? Das Kind war Teil von ihm. Er hätte es von ganzem Herzen geliebt. Dieses Baby gab ihrem Leben einen neuen Sinn.

Doch Evie verzog ängstlich das Gesicht. Sie runzelte die Stirn, rang unglücklich die Hände und marschierte vor der Freundin auf und ab.

»In Bethnal gab es eine Frau, die Frauen wie dir geholfen hat. Für Geld und was zu essen hat sie das Problem gelöst. Ich bin mir sicher, dass es so jemanden auch hier in der Gegend gibt. Ich kann mich ja mal umhören.«

Estella war entsetzt. »Auf keinen Fall!«

»Meinetwegen kannst du auch erst selbst ein paar Dinge ausprobieren, nur bin ich mir nicht sicher, ob das so einfach ist. An eine Flasche Gin kommen wir sicher irgendwie heran, und wenn wir mal allein sind, kann ich dir eine Badewanne voll mit heißem Wasser einlassen. Es gibt auch Kräuter, die wir suchen können, aber wenn wir uns dabei vertun, könnte das sehr gefährlich für dich sein. Am besten höre ich mich also um, ob dir jemand in Calmouth helfen kann. Es tut wahrscheinlich ziemlich weh, aber zumindest bist du es dann wieder los.«

Estella schlang sich beide Arme um den Bauch und funkelte die Freundin zornig an. »Ich habe ganz bestimmt nicht vor, mein Baby loszuwerden. Nein!«

Es war unglaublich, welche Liebe sie schon jetzt zu ihrem ungeborenen Kind empfand. Es war ein primitives, wildes, herrliches Gefühl, und ihr war schon in diesem Moment klar, sie würde alles tun, um dieses Kind vor Unheil zu bewahren. Mit diesem Baby wollte Jay sie trösten, denn er liebte sie tatsächlich heute, morgen und für alle Zeit, und diese Liebe empfand sie jetzt auch für dieses Kind.

Evie rollte mit den Augen. »Ach, verflucht. Das wird nicht leicht …«

Estella war sich immer klar gewesen, dass der Weg, den sie und Jay beschreiten wollten, alles anderes als einfach wäre, aber plötzlich hatte sie ein Ziel, für das es sich zu leben lohnte und um das es jetzt zu kämpfen galt. Natürlich würde es Gerede geben, aber das war ihr und Jay von Anfang an bewusst gewesen. Nicht alle Menschen sahen, dass wahre Liebe blind für Hautfarben und Klassenschranken war. Sie hatten von den Kindern geträumt, die sie eines Tages haben würden – von zwei Jungs, die auf dem Hof helfen würden, und von einer hübschen Tochter mit blauen Augen und den dunklen Haaren ihrer Mutter, die er als besorgter Vater stets behüten würde – und sie hatte gedacht, dass diese Träume jetzt für alle Zeit verloren wären. Nun aber konnte sie das Baby, das in ihren Armen liegen, und das Kleinkind, das auf unsicheren Beinen durch den Garten stolpern würde, bereits vor sich sehen. Vielleicht sogar den fünfjährigen Jungen, der mit seinem hoffnungslos in ihn vernarrten Grandpa in Amerika in einem kleinen Boot auf einen großen See zum Angeln fuhr. In ihren schönsten Tagträumen kam sogar Jay zurück, nachdem er krank und mit Gedächtnisschwund in einem Sanatorium gewesen war. Dann würde er ein wunderbarer Ehemann und stolzer Vater sein, sie würden Hand in Hand im Obstgarten des elterlichen Hofs spazieren gehen, während das Kind vorauslief, und das Leben führen, das sie sich ausgemalt hatten …

»Was wird dein Vater sagen?«, fragte Evie beklommen.

Wahrscheinlich würde er die liederliche Tochter mit der bloßen Hand erwürgen wollen.

»Ist mir egal.« Obwohl sie innerlich vor Furcht erbebte, klang zumindest ihre Stimme souverän und selbstbewusst. »Er wird sich damit arrangieren müssen.«

»Ja, genau. Das wird ganz sicher kein Problem. Wahrscheinlich hat er schon immer einen rabenschwarzen Enkel haben wollen. Er wird total begeistert sein.«

»Ich werde dieses Kind behalten.« Trotzig verschränkte Estella ihre Arme vor der Brust. »Uns wird schon etwas einfallen.«

»*Uns?*«

»Ja, *uns*. Du hast versprochen, immer für mich da zu sein, erinnerst du dich noch? Und jetzt hast du die Chance, zu beweisen, dass es dir mit dem Versprechen wirklich ernst gewesen ist.«

Mit einem lauten Seufzer ließ sich Evie auf ihr Bett fallen und erklärte: »In Ordnung. In welchem Monat bist du?«

Estella überlegte angestrengt. »Im zweiten oder dritten?«

Evie zählte sorgfältig die Monate, die jetzt noch vor ihr lägen, an den Finger ab. »Dann kommt das Kind im Februar oder März. Ich schätze, dass dein Zustand sich vielleicht bis Weihnachten verbergen lässt. Danach wird es ein bisschen schwieriger, weil man es dir dann ansehen kann. Lass uns hoffen, dass dein Vater in den nächsten Monaten in London bleibt und Mrs. Tullis nichts bemerkt. Am besten kriegst du noch mal rheumatisches Fieber und verbringst die nächsten Monate im Bett.«

»Glaubst du, das funktioniert?«

»Es wird wohl oder übel funktionieren müssen, oder nicht? Was für ein Mist.«

»Du könntest ruhig ein bisschen aufgeregter sein, Evie. Es geht hier schließlich um ein neues Leben. Meiner Meinung nach ist das das reinste Wunder.«

Evie rollte die Augen. »Ich finde, dass es ein Alptraum ist.«

»Für mich ganz sicher nicht. Ich liebe diesen kleinen Mann schon jetzt.«

»Ach ja? Dann weißt du also schon, dass es ein Junge wird?«

Es war seltsam, aber als ihr Evie diese Frage stellte, nahm Estella tief in ihrem Inneren ein leises Flattern war. Wahrscheinlich war es nur der Aufregung geschuldet, doch sie bildete sich ein, das Baby würde sagen: »Allerdings! Ich bin ein Junge! Hallo, Mami!«

»Hallo«, grüßte sie den Kleinen stumm zurück. »Hallo, kleiner Jay!«

Als Evie ihren Blick bemerkte, schüttelte sie resigniert den Kopf.

»Ich lasse mir was einfallen«, sagte sie. »Ich lasse dich auf keinen Fall noch mal im Stich, Stella. Ich werde alles tun, damit das Baby sicher ist. Das schwöre ich.«

40

Estella

1945

Estella schlief auf einem Bett aus weichem Sand am Grunde eines tiefen Ozeans. Den Kopf auf einem Algenkissen, ließ sie sich von den Gezeiten treiben, bis sie einen Ort erreichte, an dem es warm, ruhig und sicher war. Die gedämpften Stimmen, die sie manchmal hörte, hatten keinerlei Bedeutung, und wenn sanfte Hände ihren Kopf anhoben und ein Glas an ihre Lippen hielten, schaffte sie es nicht, die schweren Lider aufzuschlagen. Das Leben oberhalb der Wasseroberfläche war im Grunde nur ein Traum. Sie wusste nicht, wie lange sie geschlafen hatte, aber als die Dunkelheit sich irgendwann zurückzog, merkte sie, dass sie allein an einem fremden Ufer lag. Sie spürte, dass etwas nicht stimmte. Aber was?

Mit einem Mal war sie hellwach. Sie betastete ihren Bauch, spürte aber nichts als schlaffes Fleisch.

Das Kind war nicht mehr da!

Sie hatte nicht die Kraft, sich aufzurichten. Verzweifelt schlug sie mit den Armen um sich. Der Raum um sie herum verschwamm, und sie verfiel in Panik.

Wo war ihr Baby hin?

»Wo ist mein Baby hin? Was habt ihr mit ihm angestellt?«

Sie brachte nur ein raues Krächzen heraus. Wann hatte sie zum letzten Mal etwas gesagt?

»Evie?«, wisperte Estella. »Evie? Bist du da? Wo ist mein Baby?«

Der Raum aber war leer, und Evie war nicht da.

Estella blinzelte gegen das helle Sonnenlicht, das durch das Fenster fiel. Sie lag in einem breiten Himmelbett und sah die zarten rosafarbenen Vorhänge, die links und rechts des Fensters hingen, und die Fensterbank, die mit den dicken Kissen einen heimeligen Sitzplatz bot. Sie war in Violets altem Schlafzimmer! Was tat sie hier? Estella roch sogar noch einen Hauch des blumigen Parfüms, das ihre Stiefmutter verwendet hatte, und erschauderte. Ob Violets unglücklicher Geist wohl ebenfalls in diesem Raum gefangen war?

Sie tastete nach ihrem Kruzifix, doch auch das kleine Kreuz war nicht mehr da. Man hatte es ihr geraubt, genau wie ihr Kind.

Estella schrie vor Verzweiflung leise auf.

»Was habe ich so Furchtbares getan?«, rief sie. »Ich habe mich doch nur verliebt.«

Doch niemand gab ihr eine Antwort, und das Zimmer begann abermals, sich um sie herum zu drehen. Estella ließ sich müde in die Kissen sinken. Sie wünschte sich, sie könnte wieder im Ozean des Vergessens untergehen. Sie konnte sich an kaum etwas erinnern, doch sie musste diese kleinen Bruchstücke zusammensetzen, um zu wissen, was geschehen war. Zitternd legte sie die Hand auf ihren Bauch. Wo war ihr Kind?

Denk nach, wies sie sich an. Denk nach!

Die geheime Schwangerschaft und ihr Entschluss, Jays Baby zu behalten.

Damit hatte es begonnen, und jetzt müsste sie noch einmal bis zum Anfang gehen.

Sie war tatsächlich so naiv gewesen, zu glauben, dass sich ihre Schwangerschaft über Monate hinweg verbergen ließ. Wer nahm hier in Pencallyn House schon groß Notiz von ihr? Natürlich hatte Mrs. Tullis scharfe Augen, doch mit ihrer Sorge um den Neffen und der Führung des Haushalts hatte sie doch sicher alle Hände voll zu tun. Tommy war jetzt in Ägypten, wo sie sicher eine ganze Weile bleiben würde, Reginald war fast die ganze Zeit in London, und Dolly war beim freiwilligen Frauenhilfsdienst. Auch die beiden Mädchen, Beth und Jenny, waren nicht mehr da. Die arme Jenny war nach London heimgekehrt, nachdem ihr Ehemann gefallen war, und wenig später hatte auch die junge Beth – der Köchin nach ›in anderen Umständen‹ – gepackt.

»Ich wage nicht, mir vorzustellen, wie viele Mädchen sich von diesen jungen Kerlen haben in Schwierigkeiten bringen lassen«, hatte Mrs. Tullis missbilligend festgestellt. »So dumm kann man doch gar nicht sein. Doch die Probleme, die sie deshalb kriegen, haben sie sich selbst zuzuschreiben.«

Evie und Estella hatten sich bei diesen Worten nur schweigend angesehen. Estella hatte befürchtet, dass man ihre stark geschwollenen Brüste schon von Weitem sah. Doch bisher waren sie anscheinend keinem Menschen aufgefallen, und wenn sie nicht am Frühstückstisch erschien, nahm Evie einfach ein paar Scheiben Brot und Käse mit und sagte, sie fingen früher mit der Gartenarbeit an. Bis zum Einbringen der Ernte hatte die morgendliche Übelkeit nachgelassen, und Estella hätte alles essen mögen, was ihr in die Finger kam. Im Herbst dann hatte sie die Schwellung ihres Bauches unter weiten Wollpullovern und Flanellhosen versteckt, und da die Spannungen in Europa immer weiter zugenommen hatten, hatten sich die anderen Hausbewohner auf andere Dinge konzentriert.

Estella hatte es genossen, dass nur sie und Evie von dem Baby wussten. Nachts hatte sie dem Ungeborenen stundenlang von seinem Vater und von Miller's Hollow vorgeschwärmt. Amerika war das gelobte Land, und flüsternd hatte sie dem Kleinen von dem Meer aus goldenem Weizen, der sich dort in der Brise wiegte, und von Seen, die groß wie Ozeane waren, erzählt. Estella hatte sich geschworen, mit dem Baby nach Amerika zu fahren und dort all die Dinge zu erleben, die ihr Jay geschildert hatte, während er sie sanft im Arm gehalten hatte und der Regen auf das löcherige Dach des leer stehenden Hofgebäudes geprasselt war.

Immer wieder hatte sie sich hingesetzt, um seinen Eltern einen Brief zu schreiben, aber mehr als ein, zwei Zeilen hatte sie bisher nicht zu Papier gebracht. Wie hätte sie den Menschen sagen sollen, dass sie die Befürchtung hatte, dass ihr Sohn nicht mehr am Leben war? Sie hatten es verdient, die schlimme Nachricht von der Mutter ihres Enkelkinds persönlich zu erfahren. Sie hoffte, wenn der Krieg vorüber wäre und sie ihren Enkel sehen würden – denn sie war sich sicher, dass das Kind ein Junge mit dem sanften Lächeln und den wunderschönen, dunklen Augen seines Vaters würde –, nähme ihre Trauer durch die gleichzeitige Freude etwas ab. Und statt zu schreiben, hatte sie die Hand auf ihren Bauch gelegt und ihrem Baby zugeflüstert, wie sehr sie es liebte und dass sie es nicht erwarten könnte, es im Arm zu wiegen.

Bei aller Aufregung jedoch war sie auch traurig, denn wie gerne hätte sie ihr Glück mit Jay geteilt, wenn sich das Kind in ihrem Bauch bewegte. Er hätte sich mit ihr gefreut und sie beruhigt, wenn sie sich in Ängsten wegen der bevorstehenden Geburt erging. Als Mediziner hätte er ihr diesen Vorgang ganz genau erklären, und als ihr Geliebter hätte er sie trösten und ihr ihre Ängste nehmen können. Es hätte sie einfach beruhigt, mit ihm über diese Angelegenheit zu sprechen, denn das bisschen, was sie wusste, hatte sie sich entweder aus Büchern angeeignet oder hatte Evie ihr in der Erinnerung an ihre Zeit im East End, wo die meisten Kinder ohne Hilfe eines Arztes auf die Welt kamen, erzählt.

Eines Nachmittags, bevor sie zu behäbig wurde, um die steile, schmale Treppe zu erklimmen, stieg Estella auf den Speicher von Pencallyn House. Als sie und Alex klein gewesen waren, hatte der verstaubte Raum einen besonderen Zauber ausgestrahlt. Er war für sie ein fremdes Königreich gewesen, angefüllt mit lauter wertvollen Dingen, und sie hatten in den Kisten ihrer Vorfahren gewühlt und sich verkleidet oder Höhlen aus mottenzerfressenen Decken und verbogenen Zeltstangen gebaut. Nach Evies Einzug hatte dieser Teil des

Hauses eine Renaissance erlebt, und wenn der Regen auf das Dach getrommelt hatte, hatten sie dort stundenlang gespielt.

Estella war seit Jahren nicht mehr auf dem Dachboden gewesen, aber er war der perfekte Ort, um auf die Jagd nach Sachen für ihr Kind zu gehen. Tatsächlich hatte sie am Ende beide Arme voll gehabt mit Babykleidung, einem alten Babykörbchen sowie einer wunderhübschen blauen Decke, in die früher sicher mal ihr Bruder eingewickelt worden war. Hatte ihre Mutter all die Dinge dort in Erinnerung an Alex' erste Monate aufbewahrt? Oder hatte eins der Kindermädchen diese Sachen entsorgen sollen? Leider würde sie das nie erfahren. Je mehr das Kind in ihrem Leib heranwuchs, umso größer war Estellas Wunsch, sich mit der eigenen Mutter auszutauschen, und enttäuscht hatte sie die Hand auf ihren runden Bauch gelegt.

»Ich werde immer für dich da sein«, hatte sie dem Baby zugeraunt. »Ich liebe dich und werde dich bis an mein Lebensende lieben. Heute, morgen und für alle Zeit.«

Je unbeholfener Estella in den nächsten Monaten geworden war, umso entschlossener hatte Evie sie in sämtlichen Bereichen unterstützt. Sie, die geborene Schauspielerin, hatte sich als Estella ausgegeben und für sie den Anwalt und die Bank in Calmouth aufgesucht. Und ihrem Vater hatte sie die angebliche plötzliche Erkrankung seiner Tochter derart eingehend beschrieben, dass Estella beinah hätte glauben können, dass sie tatsächlich an Durchfall und Erbrechen litt. Auf alle Fälle aber war sie froh gewesen, eine ganze Woche einfach nur im Bett liegen zu können, denn ihr war jede Bewegung zunehmend schwergefallen. Estella aber hatte es gehasst, die Menschen vorsätzlich zu hintergehen.

Im achten Monat schließlich war ihr aufgegangen, dass es bei dem großartigen Plan, den sie geschmiedet hatten, nur um das Verbergen ihrer Schwangerschaft gegangen war. Unbemerkt von aller Welt ein Baby auf die Welt zu bringen, wäre etwas völlig anderes. Estella hatte sich auf die Geburt vorbereitet, indem sie eine Reihe Bücher gelesen hatte, doch sie war sich sicher, dass sie es allein mit Evies Unterstützung niemals schaffen würde.

Sie bräuchte die Hilfe eines Erwachsenen.

»In Bethnal war ich oft genug dabei, wenn eine Frau ein Kind bekommen hat«, hatte die Freundin sich verteidigt, als sie von Estella auf das Thema angesprochen worden war. »Ich weiß also ganz genau, was da passiert.«

»Ich auch.« Estella hatte schon des Öfteren erlebt, wie Fohlen oder Welpen auf die Welt gekommen waren, aber das hier wäre etwas völlig anderes. »Und deshalb brauche ich auf alle Fälle einen Arzt oder, wenn möglich, eine Hebamme.«

»Und wie sollen wir das anstellen? Dann wird alle Welt erfahren, dass du ein Kind bekommen hast. O nein, wir bringen dieses Baby ohne Hilfe auf die Welt. Wir brauchen einfach Handtücher und heißes Wasser und verschiedenes anderes Zeug.«

»Verschiedenes anderes Zeug? Was soll das sein?«

»Meine Güte, Stella! Stofflappen? Karbolseife? Desinfektionsmittel? Etwas zum Anziehen für das Kind? Und wenn es tagsüber passiert, musst du versuchen, nicht zu laut zu schreien. Sonst denkt die Köchin noch, du würdest umgebracht.«

»Das wird nicht funktionieren. Ich brauche eine Hebamme.« Estella hatte unglücklich die Haut von ihrem Daumennagel abgenagt. Ihr hatte sich vor lauter Angst der Magen umgedreht, und wie zur Reaktion hatte das Kind in ihrem Bauch ihr einen wilden Tritt verpasst.

»Das geht nicht«, hatte Evie wiederholt. »Wir müssen es alleine schaffen, denn wir dürfen nicht riskieren, dass uns irgendwer verpetzt.«

»Und was, wenn irgendetwas schiefläuft? Ich weiß wirklich nicht, wie ich von allen unbemerkt ein Baby auf die Welt bringen soll. Und wenn es erst mal da ist, kann ich es wohl kaum die ganze Zeit verstecken. Und was soll ich meinem Vater sagen, wenn er irgendwann wieder aus London kommt?«

»Dann wird er nichts mehr unternehmen können, denn bis dahin ist das Baby sicher auf der Welt.«

Estella hatte panisch Evies Arm umklammert, und das Herz war ihr vor lauter Furcht bis in die Kniekehlen gerutscht. Ihr Vater würde es ihr nie verzeihen, dass sie ihn derart hintergangen hatte, und er würde einen »gemischtrassigen« Enkel niemals akzeptieren.

»Er wird mich dazu zwingen, mein Baby fortzugeben. Lass nicht zu, dass er das tut, Evie! Du musst verhindern, dass er mir mein Kind wegnimmt.«

»Ich werde niemals zulassen, dass dir der Mann dein Baby wegnimmt. Das verspreche ich.«

Estella hatte hektisch nachgedacht. »Ich fahre nach Amerika und bringe dort mein Baby auf die Welt. In Miller's Hollow. Sicher nehmen mich Jays Eltern auf.«

»Red doch keinen Unsinn«, hatte Evie widersprochen. »Du bist jetzt im achten Monat, und in diesem Zustand kommst du sicher nicht bis nach Amerika. Vor allem wäre eine solche Reise alles andere als ungefährlich, denn auch wenn du das vielleicht vergessen hast, befinden wir uns immer noch im Krieg, und die Deutschen torpedieren immer noch die Schiffe, die auf dem Atlantik fahren.«

Natürlich hatte Evie recht. Obwohl Estella liebend gerne nach Amerika geflüchtet wäre, wäre sie auf keinen Fall bereit, das Leben ihres Babys zu riskieren.

»Also, was sollen wir tun?«

»Gibt's vielleicht noch jemand anderen, zu dem du gehen kannst? Jemand, dem du vertraust?«

Estella hatte gründlich nachgedacht.

»Nein.«

»Irgendeine Patentante?«

»Da fällt mir niemand ein.«

»Verflixt. Dann müssen wir uns selbst was überlegen«, hatte Evie festgestellt. »Wir brauchen einen Ort, wo du das Kind bekommen kannst. Wir könnten ja die Namen tauschen, und du könntest tun, als wärst du ich. Ich fahre morgen in die Stadt und höre mich dort um. Vielleicht kann irgendwer mir sagen, wohin Beth für die Geburt ihres Kindes gegangen ist. Womöglich hilft uns das bei der Entwicklung eines Plans.«

Tatsächlich hatte Evies Fahrt nach Calmouth sich ausgezahlt, denn sie hatte tatsächlich zwei der Landmädchen, die Beth gekannt hatten, dort ausfindig gemacht. Sie hatte sie auf eine Tasse Tee eingeladen, und die beiden hatten ihr erzählt, dass Beth nach Lockett Hall gefahren wäre, wo es eine abgelegene Entbindungsanstalt gab. Anscheinend hatte Beth für Essen und für Unterkunft gearbeitet – die wohlhabenden jungen Damen aber hatten sich dort einfach ausgeruht, bis ihre Babys auf die Welt gekommen waren. Die meisten Mütter gaben ihre im Verborgenen geborenen Babys später fort, Estella aber brach das Herz bei dem Gedanken, sich von ihrem Kind zu trennen, und sie war sich sicher, dass sie sterben würde, nähme irgendjemand ihr ihr Baby weg.

»Niemals«, hatte sie ihrem Kleinen stumm geschworen. »Ich werde niemals zulassen, dass man uns trennt.«

»Auf jeden Fall hast du genügend Geld, um diesen Weg zu gehen«, hatte Evie gesagt.

»Wenn ich etwas von meinem Schmuck verkaufe, ja.«

»Vergiss den Schmuck. Ich weiß, wo Reginald sein Geld versteckt, und werde dir was davon holen. So, wie er mit uns allen umgesprungen ist, hat er nichts anderes verdient. Dann brauchst du nur zu sagen, dass wir eine alte Schulfreundin besuchen wollen. Hier wird dir niemand irgendwelche Fragen stellen. Und wenn wir sicher sind, können wir so tun, als hätte ich das Baby auf die Welt gebracht, und niemand wird jemals erfahren, dass du die Mutter dieses Kindes bist.«

»Und dann?«

»Dann schreiben wir Jays Eltern und bringen dich nach Amerika. Der Krieg wird sicher nicht mehr allzu lange dauern. Schließlich sagen alle, Hitler wäre seit dem D-Day auf der Flucht.«

Estella hatte aufgeatmet, denn gleich nach den Weihnachtstagen würden sie und Evie packen und den Zug nach Bristol nehmen, um von dort aus weiter bis nach Lockett Hall zu fahren. Zwar war den Mädchen nicht ganz klar gewesen, wie es danach weitergehen sollte, doch Estella hatte sich für die genauen Einzelheiten nicht mehr interessiert. Das Einzige, was zählte, war, das Baby sicher auf die Welt zu bringen. Alles andere würde sich ergeben, wenn sie ihren Kleinen erst in ihren Armen hielt.

Jetzt aber lag Estella einsam und verängstigt in dem breiten Himmelbett der Stiefmutter und war vollkommen überwältigt von den Erinnerungen, die in ihrem Innern aufgestiegen waren. Obwohl all diese Dinge sich vor ein paar Wochen zugetragen hatten, kamen sie ihr vor wie aus einem anderen Leben. Ihr Herz zog sich zusammen, als sie an die beiden Mädchen dachte, die sich eingebildet hatten, dass sich eine Schwangerschaft und eine Geburt verbergen lassen würden und sie es im Anschluss schaffen würde, ganz allein mit ihrem Baby nach Amerika zu fahren. Im Grunde waren sie doch beide selbst noch Kinder, und das ganze Abenteuer hatte sich für sie wie eins von ihren alten Spielen angefühlt. Wie der *geheimnisvolle Garten,* nur dass dieses Mal der Einsatz höher war, als sie sich je hätten vorstellen können. Estellas Wunsch, Jays Eltern einen Brief zu schreiben, hatte letztendlich dazu geführt, dass sie und Evie aufgeflogen waren.

Ein dummer Fehler. Aber je näher der Geburtstermin gekommen war, umso verzweifelter hatte Estella sich gefühlt. Zwar versprach Evie ihr immer wieder, alles werde gut, aber das Baby hatte mehr als vage Hoffnungen verdient. Ein Kind brauchte Sicherheit. Es brauchte Großeltern. Ein Heim. Eine Familie.

Estella hatte Tinte und Papier geholt und ein Schreiben an die Millers aufgesetzt. Der Federhalter war nur so über das Papier geflogen. Sie hatte ihnen geschrieben, dass sie stolz sein könnten auf den wunderbaren jungen Mann, zu dem ihr Sohn herangewachsen war, dann aber nicht gewusst, wie sie sie über sein Verschwinden hatte informieren sollen. Am Ende hatte sie ihnen einfach mitgeteilt, dass sie Ende Januar sein Kind gebären und von ganzem Herzen hoffen würde, dass sie sich darüber ebenso sehr freuen würden wie sie selbst. Dann hatte sie den Umschlag adressiert und auf den Tisch im Flur gelegt, damit ihn Evie mit aufs Postamt nehmen konnte, wenn sie nächstes Mal nach Calmouth fuhr.

Das hätte sie nicht machen sollen.

Sie war so erschöpft und angespannt, weil sie die Schwangerschaft seit Monaten verbergen musste, und hatte einfach nicht nachgedacht. Statt den verräterischen Brief auf einen Tisch zu legen, wo ihn jeder sehen konnte, hätte sie ihn ihrer Freundin übergeben sollen, denn auch wenn sie immer noch nicht sicher wusste, was geschehen war, wusste sie noch deutlich, dass ihr Vater an dem Abend durch die Küchentür gestürzt gekommen war.

»Du liederliche Schlampe«, hatte er sie angefahren. »Du elendiges kleines Flittchen.«

Er hatte sie von ihrem Stuhl gerissen und geschüttelt, bis ihr schwindelig geworden war. Und während er die wüstesten Beschimpfungen auf sie hatte niedergehen lassen, war ihr klar gewesen, dass es sinnlos wäre, irgendetwas abzustreiten, weil sich ihr Pullover um die Wölbung ihres Bauches spannte und ihr Zustand nicht zu übersehen war.

»O Gott.« Die Köchin hatte sich die Hände vor den Mund geworfen und gestöhnt.

»Dann ist es also wahr. Du hast dich diesem Miller hingegeben. Ich sollte dich für dieses schändliche Verhalten auf die Straße setzen und verhungern lassen.«

»Daddy, bitte …«, hatte sie verzweifelt angesetzt und dadurch seinen Zorn noch verstärkt.

Wieder hatte Reginald sie so fest durchgeschüttelt, dass Estellas Zähne heftig aufeinanderschlugen, sie dann von sich fortgestoßen und geknurrt: »Du bist nicht länger meine Tochter!«

Estella war mit einer Spitze ihres Schuhs in einem Spalt im Boden hängengeblieben und kopfüber auf die harten Steinplatten gestürzt. Sie hatte das Gefühl gehabt, als bohrte sich ein glühend heißes Schwert in ihren Bauch, und hatte einen grauenhaften Schrei gehört, ein grässliches Geräusch, das direkt aus der Seele zu kommen schien. Erst nach einer Weile war ihr aufgegangen, dass der Schrei aus ihrer eigenen Kehle drang. Mit beiden Händen hatte sie ihren Bauch umklammert, während ihr der Schmerz den Leib zerriss.

Sofort hatte sich die Köchin neben sie gekniet. »Keine Angst, Miss! Bleiben Sie ganz ruhig. Ich schicke sofort nach dem Arzt.«

»Auf keinen Fall«, hatte Estellas Vater wie aus weiter Ferne widersprochen. »Mir kommt ganz bestimmt kein Arzt ins Haus. Und Sie erzählen auch niemandem, was hier geschieht. Ich lasse nicht zu, dass unser guter Name durch die Schande meiner Tochter in den Dreck gezogen wird.«

»Aber sie braucht Hilfe, Sir!«

»Mir kommt kein Arzt ins Haus«, hatte Estellas Vater abermals erklärt. »Und falls auch nur ein Wort von dieser Angelegenheit nach außen dringt, stehen Ihr Ehemann und Sie erst einmal ohne Arbeit da. Habe ich mich deutlich genug ausgedrückt?«

»Ja, Sir«, hatte Mrs. Tullis angsterfüllt gewispert. »Ja, das haben Sie.«

»Gut. Und schaffen Sie sie rauf. Ich kann und will sie nicht mehr sehen.«

Estella hatte ihr Gesicht gegen den kühlen Steinboden gepresst und hätte ihre Augen schließen, einschlafen und sich nie mehr bewegen wollen, denn sie hatte das Gefühl gehabt, als brächten sie die grauenhaften Schmerzen, die ihr Innerstes zerrissen, um.

Die Köchin hatte sie auf ihre Füße zerren wollen, doch die Schmerzen hatten tatsächlich noch zugenommen, und die Küche hatte sich gedreht.

»Jay«, hatte Estella schluchzend ausgestoßen. »Wo bist du, Jay?«

Er aber hatte nicht auf ihre Rufe reagiert – und dann war sie in Dunkelheit versunken …

Sie runzelte die Stirn. Sie hatte keine Ahnung, was danach passiert war. Estella richtete sich mühsam auf, stützte sich auf den Ellenbogen ab und fuhr zusammen, als eine Woge frischen Schmerzes ihren Leib zerriss.

»Evie? Bist du da?«, rief sie mit rauer Stimme, und tatsächlich wurde ihre Tür geöffnet, und sie atmete erleichtert auf. Doch statt der Freundin kam Reginald ins Zimmer. Er sah sie aus zusammengekniffenen Augen an, und seine Miene war so kalt wie Stein.

»Wo ist Evie?«

»Spar dir deinen Atem. Sie ist nicht mehr da.«

Estella starrte ihn mit großen Augen an. »Wo ist sie hin?«

Jetzt trat er an ihr Bett, und plötzlich war ihr sein Gesicht so nah, dass sie die aufgeplatzten roten Äderchen an seinen Wangen und die ersten grauen Haare in den Brauen sah.

»Meinetwegen soll die Göre zur Hölle fahren. Sie hat mich hintergangen, und jetzt ist sie mit Violets Perlen weg. Ich hoffe, dass die Polizei sie erwischt. Sie war nichts weiter als ein weiterer dummer Fehler deiner Stiefmutter. Wie ich immer sage, nützt es nichts, wenn sich der Abschaum der Gesellschaft parfümiert, denn den Gestank der Gosse wird er trotzdem niemals los.«

»Evie würde mich niemals verlassen«, wisperte Estella und sah über seine Schulter in den Flur. Sie war sich sicher, dass sie ihre Freundin dort entdecken würde, denn sie ließe sie in ihrer Not ganz sicher nicht im Stich. Sie hatte es versprochen.

»Sie hat das Haus verlassen, ohne sich noch einmal umzudrehen. Es hätte sie nicht einmal ansatzweise interessiert, wenn du bei der Geburt von deinem Wechselbalg verblutet wärst. Genau wie dein wertloser Miller ist auch Evie Jenkins abgehauen.« Estella konnte deutlich hören, dass der Vater seine Grausamkeit genoss. »Wo sind die beiden, wenn du sie am meisten brauchst? Verschwunden. Genau wie dein Sohn.«

Estella wusste, dass er sie verletzen wollte. Jay und Evie hatten sie geliebt, das wusste sie genau.

Doch was war mit ihrem Baby geschehen? Wie war es möglich, dass sie sich nicht erinnern konnte, wie es auf die Welt gekommen war? Sie sehnte sich so sehr danach, es sanft im Arm zu wiegen, dass ihr längst gebrochenes Herz in noch kleinere Splitter barst.

»Was ist passiert? Wo ist mein Kind?«

Er sah sie forschend an und stellte achselzuckend fest: »Du hattest starke Wehen, und die Geburt hätte dich beinah umgebracht. Du hast jede Menge Blut verloren, und dann bekamst du hohes Fieber. Also ist die Köchin gegen meinen Willen losgelaufen und hat die Hebamme geholt – wofür die Frau natürlich umgehend von mir entlassen worden ist – und auch die Hebamme ging davon aus, dass du den Tag nicht überlebst. Du hättest sterben sollen, anstatt mit dieser Schande zu leben. Ich habe beide Frauen großzügig für ihr Stillschweigen bezahlt. Niemand wird je etwas von deinem Wechselbalg erfahren.«

Dann hatte ihr die arme Köchin also helfen wollen und dafür ihre Anstellung verloren? Estella wollte aufstehen, doch als sie versuchte, ihre Beine aus dem Bett zu schwingen, durchzuckte sie erneut der Schmerz, und müde ließ sie sich zurück ins Kissen fallen. Sie war noch immer vollkommen erschöpft und hatte fürchterliche Angst.

»Du hast gesagt, ich hätte einen Sohn geboren. Wo ist er? Was hast du mit meinem Kind gemacht? Wer kümmert sich um ihn?« Ihr Herz fing an zu rasen. »Zeig ihn mir. Ich will ihn sehen.«

Ihr Vater aber ignorierte diesen Wunsch.

»Nachdem Miller bekommen hatte, was er wollte, ist er als der Feigling, der er ist, desertiert. Er und seinesgleichen haben einfach kein Rückgrat und vor allem keinerlei Moral. Du bist jetzt ein gefallenes Mädchen, und ich schäme mich, dass ich dich meine Tochter nennen muss.«

Estella ballte ohnmächtig die Fäuste. Jay war treu, ehrenwert und mutig. Sie kannte ihren Vater und hatte oft genug erlebt, dass er mit seiner Häme eine Reaktion erzwingen wollte. Am besten, sie ginge gar nicht erst auf seine bösartigen Worte ein. Ihr Vater liebte es, wenn seine Spitzen trafen, doch sie müsste klüger sein als er, denn schließlich kämpfte sie jetzt nicht mehr nur für sich allein. Sie öffnete behutsam ihre rechte Hand und blickte auf die dünne Narbe. Jays Liebe war wahrhaftig gewesen, und daraus war ein Kind entstanden. Nichts anderes war mehr von Bedeutung. Sie war jetzt eine Mutter, und Reginald hatte keine Macht mehr über sie. Er war ein rachsüchtiger, bösartiger Mann, der Freude daran hatte, Frauen und Untergebene zu schikanieren. Egal, welche Lügen er erzählte, wusste sie, dass Evie sie genau wie Jay nie freiwillig im Stich gelassen hätte. Eher würde Evie sterben, als ihr Versprechen zu brechen. Entschlossen reckte Estella das Kinn. »Nun, auf dich als Vater kann ich mühelos verzichten, aber nicht auf Freunde wie die zwei. Ich bin sehr stolz auf Jay und Evie, und genauso stolz bin ich auf mein Kind. Ich werde nie bedauern, dass ich es geboren habe. Nie. Denn es bedeutet mir die Welt.«

Ihr Vater schwieg, und selbstsicher fuhr Estella fort.

»Ich will mein Baby auf der Stelle sehen.«

Ein schmales Lächeln huschte über Reginalds Gesicht.

»Nun denn. Sobald du angezogen bist, werde ich dich zu ihm führen. Aber vergiss nicht Hut und Mantel, ja?«

»Hut und Mantel? Wofür brauche ich denn Hut und Mantel?«, fragte sie verwirrt.

Die Augen ihres Vaters blitzten, und zu spät erkannte sie, dass sie ihm auf den Leim gegangen war. Er hatte das Gespräch von Anfang an als ein makabres Spiel gesehen und sie jetzt aus dem Hinterhalt schachmatt gesetzt.

»Weil's auf dem Friedhof kalt ist«, klärte er sie auf und wandte sich zum Gehen.

41

Nell

heute

Estella schloss die Augen, aber ihre leisen Worte hingen noch immer in der Luft.

Ich bin sprachlos. Ich kann mir Calmouth und Pencallyn, wie sie damals waren, bildlich vorstellen und werde diese Orte zukünftig immer mit ihren Augen sehen. Den Wald des toten Deutschen. Bury Barrow und das Camp der amerikanischen Armee. Das Haus der Richardsons. Den verwilderten Garten und das alte Schulhaus, in dem Jacob Miller ihre Hand verbunden hat. Ich schaue auf Estellas Hand und habe einen Kloß im Hals, als ich die feine Narbe sehe, die die Schnittwunde vor all den Jahren dort hinterlassen hat.

Ich warte darauf, dass sie weiterspricht. Hat vielleicht eine von den Frauen aus dem Dorf den kleinen Jungen heimlich großgezogen? Ivy Pendriscott, die Jay wie einen Sohn geliebt hat? Oder die loyale Mrs. Tullis? Vielleicht ist Evie ja wiederaufgetaucht und hat Estella klargemacht, dass alles, was ihr Vater an dem Tag behauptet hat, gelogen war? Ich bin versessen darauf, zu erfahren, wie die Geschichte weitergeht, und umklammere das Gitter des Krankenbetts.

Aber Estella schweigt. Ich sage mir, dass diese Pause nichts zu sagen hat. Sie hat bei der Erzählung bereits öfter Pausen eingelegt, und die Geschichte wurde mehrmals dadurch unterbrochen, dass sie eingeschlafen ist. Doch immer wenn sie wieder wach wird, greift sie einen Faden der Geschichte auf. Wenn ihre Stimme rau wird, halte ich ihr einen Becher Wasser an den Mund, und wenn sie einnickt, streiche ich behutsam ihre Decke glatt. Vor allem aber sitze ich an ihrem Bett und höre zu.

Bin ich die Enkelin von Jacob Miller? Habe ich in Estella Kellow vielleicht sogar meine Großmutter ausfindig gemacht? Ist das der Grund, warum ich mich zu diesem Ort von Anfang an so hingezogen fühlte? Habe ich meine blauen Augen und mein Talent zu schreiben von ihr?

Ich löse meine Finger von dem Gitter des Betts und nehme ihre Hand. Die Knochen sind so zart wie die eines Vogels, und die Haut ist dünn wie Pergament.

»Was ist mit Ihrem Kind passiert, Estella? Es war doch bestimmt nicht tot.«

Ihre Lider flattern, und in ihren Augen erkenne ich die Trauer des jungen Mädchens, das sie einmal war.

Ich spüre instinktiv den rohen, nicht endenden Schmerz der Mutter, die ihr Kind verloren hat.

»Mein Sohn ist gestorben, Nell«, erklärt sie mir so leise, dass ich mich nach vorne beugen muss, um ihre Worte zu verstehen. »Er ist bei der Geburt gestorben, und auch ich hätte sie fast nicht überlebt. Ich hatte jede Menge Blut verloren, zumindest haben sie das zu mir gesagt. Da war kein Arzt, der sich um mich gekümmert hätte, und die Hebamme war eigentlich nur eine alte Frau aus Bodmin Moor.«

Die Trauer und das Mitgefühl schnüren mir die Kehle zu.

»Aber sind Sie sich auch wirklich sicher, dass Ihr Kind bei der Geburt gestorben ist?« Dann war Estella also doch nicht meine Großmutter? Und Jacob Miller hatte mit Sam Summers nicht das Mindeste zu tun? War ich so verloren, dass ich Dinge sehen und Verbindungen ziehen wollte, die es nicht gab?

Vielleicht hat Lou ja recht. Vielleicht wäre es besser, meine Suche aufzugeben und eine Therapie zu machen.

Eine Träne kullert über eine von Estellas runzeligen Wangen, bevor sie müde nickt.

»Ich fürchte, ja. Sie haben ihn am Rand des Friedhofs von St. Brecca's begraben. Außerehelichen Kindern hat man damals eine richtige Beerdigung verwehrt, weshalb mein Kleiner ganz allein gerade noch so in geweihter Erde liegt.«

»Wie schrecklich!«

»Es war eben eine andere Zeit. Damals war es nicht nur eine Schande für ein Mädchen, sondern auch für dessen Eltern, wenn es ein Kind bekam, ohne verheiratet zu sein. Also haben damals sehr viele junge Frauen ihre Kinder weggegeben, sie hatten keine andere Wahl.«

Ich nicke, denn ich habe zahllose Interviews mit alten Frauen gesehen, die sich weinend an die furchtbaren Entscheidungen erinnerten, zu denen sie gezwungen worden waren. Wahrscheinlich hatte auch die Mutter meines Vaters, wer auch immer sie gewesen ist, zu diesen Frauen gehört.

»Aber dass sogar die Kirche Sie bestraft hat …« Der Gedanke, dass das junge Mädchen, erfüllt von grenzenloser Trauer, durch ihren Garten bis zu einem nicht markierten Grab gelaufen ist, um dort ihr totes Baby zu beweinen, macht mich wütend. Nach allem, was sie durchgemacht hat, hätte ihr Sohn eine richtige Beerdigung verdient.

»Mein Vater war ein einflussreicher Mann«, klärt mich Estella auf. »Der Pfarrer hätte nie gewagt, sich ihm zu widersetzen. Sogar nach Vaters Tod war es nicht leicht, den nächsten Pfarrer dazu zu bewegen, eine Gedenkplakette für die arme Violet in der Kirche anzubringen. Mein Baby liegt an einem besonderen Ort voll Wildblumen und Schmetterlingen, und ich sage mir, dass die Natur sich um ihn kümmert, wenn ich selbst es nicht kann.«

Ich denke an Joshs und meinen Besuch in der kleinen Kirche. Auch wenn es mir so vorkommt, als wäre er inzwischen ewig her, kann ich mich an die Plakette erinnern.

»Ich habe die Plakette mit dem Namen Ihrer Stiefmutter gesehen, und ich glaube, ich war auch an der Stelle, an der Ihr Baby liegt. Ist sie ganz am Friedhofsende, gleich neben dem Weg?«

Estella nickt. »Früher bin ich immer von Pencallyn House dorthin gelaufen, um ihn zu besuchen, aber mit dem Alter wurde es immer schwieriger für mich.« Wieder kullert eine Träne über ihre Wange, und sie fügt hinzu: »Ich hoffe, er denkt nicht, ich hätte ihn vergessen. Ich denke unentwegt an ihn und seinen Vater und vermisse sie noch immer wie am ersten Tag.«

»Es ist ein wundervoller Ort«, ist alles, was ich sagen kann.

»Das finde ich auch. Ich war damals sehr krank und hätte am liebsten sterben wollen. Doch trotz allem ist das Leben ein kostbares Geschenk. Man sollte jeden Augenblick nutzen, liebe Nell. Ich bin inzwischen alt, aber ich bin gesegnet, weil mir eine derart lange Zeit vergönnt gewesen ist.«

»Gesegnet?«, frage ich, wobei mir meine Überraschung sicher deutlich anzuhören ist. »Aber Estella, Sie haben so viel verloren. Wie haben Sie das ausgehalten? Wie kann man bei so viel Schmerz gesegnet sein?«

»Es war ein Segen, dass ich all diese Menschen kennen durfte. Ja, natürlich ist es manchmal furchtbar schwer, und man weiß nicht, ob man es noch erträgt – aber ich würde jeden Augenblick des Schmerzes freiwillig noch tausendmal durchleben dafür, Jay geliebt zu haben und von ihm geliebt worden zu sein. O Nell, verstehst du nicht? Liebe und Verlust gehen Hand in Hand. Das eine wird erst durch das andere real, und Schmerz ist das, womit man für sein Glück bezahlt. Du bist noch jung und hast ein wundervolles Leben vor dir, meine Liebe. Eines Tages wirst du alt sein, und was wirst du mehr verlangen können als das Wissen um die Liebe, die du selbst gegeben hast und die dir andersrum zuteilgeworden ist?«

Natürlich hat sie recht. Ich darf mich nicht vor der Liebe verstecken. Wenn ich ihr begegne – und ich glaube, dass ich ihr bereits begegnet bin –, muss ich den Mut haben, sie anzunehmen.

»Die Liebe gibt es in verschiedenen Formen«, fährt Estella fort. »Ich habe Evie geliebt und die gute Tommy, die zurückgekommen ist, um sich um mich zu kümmern und mir in der schlimmsten Phase meines Lebens beizustehen. Auch Mrs. Tullis habe ich geliebt, und nach dem Tod von meinem Vater kamen sie und Bert zurück und blieben in Pencallyn House, bis sie gestorben sind. Die Liebe ist allgegenwärtig, und oft finden wir sie dort, wo wir sie am wenigsten erwarten. Manchmal kommt sie, wenn man gar nicht nach ihr sucht, aber das hast du schon herausgefunden, stimmt's?«

Ich wische mir die Tränen mit dem Handrücken fort. Ich habe meinen Vater und mein Kind geliebt. Ich habe Andy geliebt. Ich liebe Lou und ihren Freund Antonio. Ich liebe das Schreiben. Und ich liebe Josh mit seinen warmen grünen Augen und dem scheuen Lächeln.

Auf alle Fälle ist das Leben ein Geschenk, das allzu vielen jungen Männern und auch Frauen ihrer Generation bereits in jungen Jahren genommen worden ist. Mein Vater hat sein Leben ausgekostet, und obwohl er Schmerz und Trauer kannte, war sein Herz mit Freundlichkeit und Liebe gefüllt.

Zum ersten Mal seit einer Ewigkeit keimt so etwas wie Hoffnung in mir auf. Ich wollte meine Wurzeln finden, aber spielt es wirklich eine Rolle, falls die Suche nichts ergibt?

Estellas Augen fallen wieder zu, und leise ziehe ich mein Handy aus der Tasche, um den Haufen eingegangener Nachrichten und E-Mails durchzugehen. Meine Agentin fragt, ob ich mit meinem Buch vorangekommen bin. Doch da ich meinen Laptop in den letzten Tagen höchstens zu Recherchezwecken hochgefahren habe, wird sie noch warten müssen, bis sie etwas von mir hört. Lou schreibt auf WhatsApp, dass ich mich telefonisch bei ihr melden soll. Auch Josh hat eine kurze Textnachricht geschickt und sich entschuldigt, weil er nicht ins Krankenhaus gekommen ist. Anscheinend gibt es Probleme auf der Baustelle, um die er sich kümmern muss.

»Schon gut. Ich komme mit dem Bus zurück«, tippe ich in mein Handy, und sofort schreibt er mir zurück.

»Nimm ein Taxi und komme schnellstmöglich zum Hof. Es ist wirklich wichtig.«

Er beschließt den Text mit einem Kuss, und es ist geradezu absurd, wie sehr mich das freut. Nell Summers, nehme ich mich ins Gebet, als ich das Telefon wieder in meine Tasche schiebe, du benimmst dich wie ein frisch verliebter Teenager!

»Nell?«

Estella ist erwacht.

»Ich bin noch da.«

»Genau wie ich«, murmelt die alte Frau. »Auch wenn fraglich ist, wie lange noch. Also, wo waren wir stehengeblieben?«

»Evie ist verschwunden, während Sie Ihr Kind geboren haben«, rufe ich ihr in Erinnerung. »Was ist mit ihr passiert?«

Sie seufzt. »Sie ist nie wiederaufgetaucht. Sie hat mir nie geschrieben oder mich auf irgendeine andere Weise kontaktiert. Ich war mir immer sicher, dass sie wiederkommen würde, denn wir waren Schwestern, und ich weiß, dass Evie das Versprechen, mich niemals im Stich zu lassen, ernst genommen hat. Ich dachte oft, dass ich sie eines Tages entweder im Kino oder irgendwo auf einer Bühne sehen würde, aber meines Wissens hat sich ihr Traum von einer Schauspielkarriere nie erfüllt. Ich war sogar in Bethnal Green, aber die deutschen Bomben hatten das Gebäude, in dem sie mit ihrer Großmutter gelebt hatte, dem Erdboden gleichgemacht, und niemand, den ich dort gesprochen habe, wusste etwas über sie. Evie Jenkins war, nachdem sie mich verlassen hatte, wie vom Erdboden verschluckt.«

»Ich kann nicht glauben, dass sie Sie einfach im Stich gelassen haben soll.«

Das Beben ihrer Lippen zeigt, dass der Verlust sie nach all den Jahren noch immer schmerzt.

»Mein Vater hat gesagt, sie hätte Schmuck gestohlen, und vielleicht hat sie das ja auch. Auf jeden Fall hat sie mein Kreuz geklaut.«

Oh! Das Kreuz!

Ich hebe meine Hände in den Nacken, um die Kette abzunehmen, die im Grunde jemand anderem gehört. Ich habe keine Ahnung, wie das Stück den Weg zu Dad gefunden hat, und lege es behutsam in Estellas Hand.

Der alten Frau entfährt ein leiser Freudenschrei.

»Nach all der Zeit hätte ich nie gedacht, dass ich das Kreuz noch einmal wiedersehen würde! Herrlich! Wo hast du es her?«

»Mein Vater hatte es mit im Krankenhaus.«

»Dein Vater? Seltsam.«

»Ja, ich weiß. Ich frage mich, wie er an diese Aufnahmen und an das Kreuz gekommen ist. Wer war die junge Frau, die ihn in Bristol in die Klinik gebracht hat? Könnte es sein, dass dieses Mädchen Evie war?«

»Ich weiß nicht, Nell. Ich habe keine Ahnung, was das alles zu bedeuten hat.«

»War Evie vielleicht auch mit einem GI zusammen? Könnte sie die Mutter meines Vaters sein?«

Estella sieht mich traurig an.

»Vielleicht? Wer weiß das schon? Alles, was ich weiß, ist, dass sie damals weggelaufen ist. Es war die schlimmste Zeit meines Lebens, und sie hat mich zurückgelassen. Ich dachte nicht, dass ich das überleben würde.«

»Doch das haben Sie«, erkläre ich und drücke ihr die Hand.

»Ja, das habe ich. Die liebe Tommy kam zurück und half mir durch die dunkle Zeit. Nach dem Krieg verlor mein Vater seinen Sitz im Parlament, ergab sich daraufhin dem Alkohol und stürzte irgendwann, als er betrunken war, in unseren Teich. Ich denke oft, er hat sich umgebracht, denn er war damals hoch verschuldet, und wahrscheinlich haben die von ihm begangenen Verbrechen ihn verfolgt. Ich habe oft gehört, wie er allein in seinem Arbeitszimmer saß und mit sich selbst geredet hat, vermutlich eine Folge seiner Trunksucht.«

Trotz der Wärme, die im Krankenzimmer herrscht, erschaudere ich.

»Natürlich habe ich Pencallyn House geerbt«, erzählt Estella. »Aber Geld war nicht mehr da. Also hat mir Tommy vorgeschlagen, den *geheimnisvollen Garten* zu veröffentlichen. Wie du weißt, war dieses Buch ein ziemlicher Erfolg, der Rest meiner Geschichte allerdings ist ziemlich langweilig. Ich lebte sehr zurückgezogen in Pencallyn House, aber ich hätte dort auch niemals weggewollt.«

»Haben Ihnen die Erinnerungen, die mit diesem Anwesen verbunden sind, nicht wehgetan?« Ich stelle diese Frage, weil ich es selbst nicht hatte erwarten können, aus dem Haus, in dem Andy und ich so hoffnungsvoll ein Kinderzimmer eingerichtet hatten, auszuziehen. Es war für mich eine unglaubliche Erleichterung gewesen, als die Haustür letztmals hinter mir ins Schloss gefallen war.

»Ich bin dort zu Hause. Das Anwesen und all die Phantasien, Träume, Hoffnungen und auch Alpträume, die ich dort hatte, haben mich geprägt. Ja, den Garten habe ich verwildern lassen, weil ich wusste, dass das meinen Vater schmerzen würde, aber wenn ich nicht mehr in Pencallyn hätte leben können, wo hätte ich dann hingesollt?«

»In die Staaten?«, schlage ich ihr vor. »Nach Miller's Hollow? Mit Ihrem Buch haben Sie doch ganz bestimmt genug für eine Reise nach Amerika verdient.«

»Egal, wohin man geht, man nimmt sich selbst immer mit«, erklärt sie mir. »Und was hätte ich dort ohne Jay gesollt? Hier war ich ihm näher. Und ich hätte mein Baby nie alleinlassen können, das hier begraben ist. Außerdem habe ich die Hoffnung niemals aufgegeben, dass Jay eines Tages vielleicht doch zu mir zurückkehrt. Natürlich war mir tief in meinem Innern klar, dass das nicht passieren würde, aber trotzdem hatte ich versprochen, hier auf ihn zu warten. Und genau das habe ich getan. Ich hätte dieses Versprechen niemals brechen können.«

»Heute, morgen und für alle Zeit«, murmele ich, woraufhin sie lächelnd nickt.

»Genau. Ich habe meinen Seelenfreund gefunden, wenn auch nur für kurze Zeit. Was habe ich doch für ein Glück, derart zu lieben und geliebt worden zu sein! Sei nicht traurig, meine Liebe. Jay und unser Kind erwarten mich. Endlich werden wir uns wiedersehen. Ich habe keine Angst.«

Flatternd fallen ihre Lider zu.

Es geht mir nahe, wie zerbrechlich sie in diesem Augenblick erscheint.

»Ich bin so müde, Evie«, stößt sie leise aus. »Es war ein langer Tag, und ich bin furchtbar müde. Lass mich noch ein bisschen schlafen, ja? Wir werden später spielen.«

Ihr ruhiger Atem zeigt mir, dass sie eingeschlafen ist. Ich küsse ihre weiche Wange und streiche ihr eine dünne Strähne weißer Haare aus der Stirn.

Es tröstet mich, dass sie sogar im Schlaf Jays Kruzifix umklammert hält. Es ist, als ob ein Teil von ihm zu ihr zurückgekommen ist, um ihr während ihrer letzten Stunden beizustehen.

Im Traum kehrt sie zurück in eine Zeit, in der sie jung, verliebt und glücklich war.

42

Nell

heute

»Dürfte ich wohl kurz mit Ihnen sprechen?«

Einer von Estellas Ärzten, ein älterer Mann mit sanften Augen, hält mich auf dem Weg nach draußen an.

»Michael Yeale, Chefchirurg Orthopädie«, stellt er sich vor. »Und Sie sind …?«

Ich nehme seine Hand und überlege, was ich für Estella bin. »Nell Summers. Eine Freundin der Familie.«

»Ah ja. Man sagte mir, Miss Kellow hätte keinerlei Familie mehr, aber Sie und ihr Partner hätten Sie bereits des Öfteren besucht.«

Ich erröte. »Sicher meinen Sie Josh Richardson. Er ist ihr Nachbar.«

»Sie hat Sie beide wirklich gern.« Der Arzt schiebt seine Brille mit dem Zeigefinger hoch und gibt mir durch sein mitfühlendes Lächeln zu verstehen, dass das, was er zu sagen hat, nicht einfach für mich wird. »Ich wollte, dass Sie wissen, dass wir morgen ihre Hüfte richten werden.«

»Aber ist das nicht ein großes Risiko?«

»In ihrem Alter und bei ihrem schwachen Herzen fürchte ich, dass es nicht ungefährlich ist, aber bisher hält sie sich überraschend gut. Anscheinend ist sie sehr viel zäher, als wir angenommen haben.«

Ich denke an die Dinge, die Estella mir erzählt hat. Das Kind, das mit einer Streptokokken-Infektion wochenlang im Bett lag. Das junge Mädchen, das einem verletzten Feind das Leben retten wollte. Die junge Frau, die dem brutalen Vater und den Konventionen zum Trotz an ihrer Liebe festgehalten hat. Und die alte Dame, die sich noch heute an den glücklichen Erinnerungen an die Menschen erfreut, die sie geliebt und verloren hat. Sie ist unglaublich mutig, und es ist mir eine Ehre, dass ich ihr begegnet bin.

»Sie ist eine echte Kämpferin«, sage ich und bin den Tränen nah.

»Allerdings, das ist sie, und sie hat die Chance verdient, wieder laufen zu können. Wir können sie unmöglich dauerhaft in diesem Zustand lassen, deshalb würde ich sie, falls ich einen OP-Saal kriege, gerne morgen operieren, muss Sie aber davor warnen, dass mit einem solchen Eingriff Risiken verbunden sind. Es kann zu Infektionen kommen, vielleicht ist der Eingriff auch eine zu große Belastung für ihr Herz.«

Diese Worte muss ich erst einmal verdauen.

Ich trete in das warme Sonnenlicht des späten Nachmittags hinaus und bin benommen, als wäre ich aus einem langen, schweren Schlaf erwacht. Ich kann die Schnelligkeit, mit der die Welt sich um mich dreht, nicht nachvollziehen, und wie die Überreste eines lebendigen Traums kurz nach dem Aufwachen erscheint mir die Geschichte, die Estella mir erzählt hat, wirklicher als all das Treiben, das mich vor dem Krankenhaus umgibt. Es ist, als hätte eine Zeitkapsel mich aus der Welt des Jahres 1945 in eine allzu laute und vor allem viel zu grelle Gegenwart katapultiert. Die Autos fahren zu schnell. Die Menschen machen zu viel Lärm. Die ganze Welt hat so an Tempo zugelegt, dass die Zeit nur noch dahinzurasen scheint.

Wobei sich Estellas Zeit dem Ende neigt. Ich habe miterlebt, wie sie die Kraft verließ und wie sie ihr Gedächtnis immer wieder hat stolpern lassen, wenn sie nach Namen oder Worten suchte, und ich fürchte, dass ich sie jetzt vielleicht nie wieder erreichen kann.

Geschichten halten Menschen auch nach ihrem Tod am Leben, und vielleicht hat mir Estella die Geschichten von Evie und Jay anvertraut, damit sie nach ihrem Tod weiterleben. Ich bin mir noch nicht sicher, was ich mit den Dingen, die sie mir erzählt hat, machen werde, oder was die Reise nach Pencallyn mir gebracht hat, doch ich weiß, dass das, was ich erfahren habe, noch nicht alles ist. Ich muss herausfinden, wie alles zusammenhängt, und zwar, so schnell es geht.

Ich springe in ein Taxi, das am Klinikeingang hält, und während sich der Fahrer langsam einen Weg durch den Berufsverkehr stadtauswärts bahnt, lehne ich mich in meinem Sitz zurück und schließe die Augen. Wahrscheinlich bin ich, in Gedanken immer noch bei der Geschichte, eingenickt, denn ich zucke zusammen, als mein Handy in der Tiefe meiner Tasche schrillt. Ich ziehe es hervor und sehe, dass es Lou ist. Wahrscheinlich ist sie von den Dingen, die ich ihr bisher berichtet habe, derart fasziniert, dass sie es nicht erwarten kann, zu hören, wie die Geschichte weitergeht.

»Hast du meine Nachricht nicht bekommen?«, fragt sie mich. »Ich starre schon seit Stunden auf mein Telefon, und wenn ich jetzt nicht bei dir angerufen hätte, wäre ich vor Neugierde geplatzt!«

»Dir auch Hallo. Ich konnte mich bisher nicht bei dir melden, weil ich bei Estella in der Klinik war.«

»Ja, natürlich. Hätte ich mir denken können. Wie geht es ihr?«

Ich starre durch das Fenster auf die hügelige Straße. Wir fahren eine Anhöhe hinauf, und ich erhasche einen kurzen Blick auf das Meer, das sich bis zum Horizont erstreckt. Schiffe voll junger Männer sind in Richtung dieses Horizonts gefahren, und ich denke an die unzähligen jungen Burschen, die von dieser Fahrt nie mehr zurückgekommen sind. Und zwei von diesen Männern haben ihre düsteren Geheimnisse mit in die Normandie und dort ins Grab genommen …

»Nell? Bist du noch dran?«

Ich zwinge mich, in die Gegenwart zurückzukehren.

»Ja sicher, tut mir leid. Ich habe gerade über etwas nachgedacht. Sie ist müde, Lou, und furchtbar schwach. Ich glaube nicht, dass sie noch lange durchhalten wird.«

»Das tut mir leid. Ich weiß, dass du sie gern hast. Hast du inzwischen mehr herausgefunden?«

»Ja, ein bisschen.«

»Irgendwas über Jay Miller? Hat sie ihn erwähnt?«

Mein Leben lang habe ich Lou alles erzählt. Wir haben niemals etwas voreinander geheim gehalten, doch ich spüre, dass ich die Geschichte von Estella vorerst für mich behalten muss. Nur so lange, bis ich die Fäden zusammengefügt habe und weiß, was das alles für einen Sinn ergibt.

»Ja«, erkläre ich. »Er war hier stationiert. Estella kannte ihn.«

»O mein Gott! Ich wusste es! Bestimmt hat sie ein Kind von ihm bekommen! Dann war Sam also ihr Sohn!«

»Nein. Das kann nicht sein.«

»Aber natürlich. Deshalb wollte ich so dringend mit dir sprechen. Hoffentlich bist du nicht allzu böse, aber die Ergebnisse von deinem DNA-Test kamen heute, und ich musste einfach nachsehen, was dabei herausgekommen ist.«

»Lou!«

»Ich weiß, ich weiß«, gesteht sie reumütig. »Das hätte ich nicht machen sollen. Aber ich konnte einfach nicht widerstehen. Wenn ich nach Hause komme, scanne ich die Resultate für dich ein und schicke sie dir per Mail. Rate, was der Test ergeben hat.«

»Dass ich halb Schwarz bin und halb weiß? Um das zu sehen, muss ich nur in den Spiegel schauen.«

»O nein, das ist es nicht. Das haben sie natürlich auch herausgefunden, aber mir geht's um etwas anderes.« Ich höre durch mein Telefon das Rascheln von Papier. »Der DNA-Vergleich hat Namen von Verwandten von dir ausgespuckt, und jetzt erstellen sie deinen Familienstammbaum, damit du die Leute kontaktieren kannst. Du wirst es nicht glauben …«

»Was werde ich nicht glauben?«

Meine Freundin kichert. »Also gut. Dann will ich dich nicht länger auf die Folter spannen. Auf der Liste stehen jede Menge Leute, Nell, und alle heißen Miller, so wie dieser Jay! Es besteht kein Zweifel, denn wir haben es schwarz auf weiß. Jetzt hast du den Beweis, dass du eine Verwandte dieses Mannes bist. Er war also auf jeden Fall dein Großvater, und falls du nach Familie suchst, würde ich sagen, dass du jetzt das große Los gezogen hast!«

Ich bringe keinen Ton heraus.

»Casey Miller Johnson, Illinois, Trey Miller Junior, Chicago, Michelle Miller, Pennsylvania«, zählt Lou die ersten Namen auf, die auf der Liste stehen. »Trenton Miller der Dritte aus New York. Und das ist erst der Anfang. Dein Opa hatte so viele Verwandte, dass das nächste Weihnachten wahrscheinlich ziemlich teuer für dich wird!«

Was Lou mir da erzählt, ergibt für mich nicht den geringsten Sinn. Das kann einfach nicht sein.

»Aber Jay Miller hatte keine Kinder.«

»Offensichtlich doch, denn du bist über Sam mit ihm verwandt. Ich habe die Beweise vor mir auf dem Tisch«, meint Lou. »Jay Miller muss dein Opa sein, und wenn du erst ein paar von diesen Leuten kontaktierst, stellt sich bestimmt heraus, dass einige von ihnen Cousins oder Cousinen sind.«

Ich bin total verwirrt. Nach allem, was Estella mir erzählt hat, hat es Jacob Miller wirklich ernst mit ihr gemeint, er hatte also doch bestimmt kein Kind mit einer anderen Frau.

»Estella hat mir heute Nachmittag erzählt, dass sie ein Kind von Jay bekommen hat, doch das ist bei der Geburt gestorben.« Die Worte bohren sich mir wie ein Messer in die Seele, aber Lou juchzt triumphierend auf.

»Bingo! Du wirst rausfinden, dass dieses Baby nicht gestorben ist und diese alte Dame einfach nicht ganz ehrlich zu dir war. Ich wette, dass sie dieses Baby damals fortgegeben hat. Das haben viele Frauen getan.«

Ich erinnere mich an Estellas Miene, während sie von ihrem Baby sprach. Sie hatte sich die Hände vor das runzlige Gesicht geworfen, und die Tränen waren ihr die Wangen hinabgelaufen, als sie beschrieb, wie sie in einem fremden Zimmer ihre Augen aufgeschlagen hatte und ihr Baby nicht mehr da gewesen war. Evie hatte sich aufs Schauspielern verstanden, doch Estella nicht. Und ihren grenzenlosen Schmerz hatte sie mir ganz sicher nicht nur vorgemacht. Er war real gewesen, und ich hatte ihn erkannt, weil es mir ebenso erging.

»Das hätte sie niemals getan. Estella trauert heute noch um dieses Kind. Es ist bei der Geburt gestorben, und sie selbst war danach sterbenskrank. Sie hat ihr Baby nie gesehen.« Bei diesen Worten schnürt sich mir die Kehle zu. »Glaub mir. Es gibt kaum etwas Schlimmeres im Leben einer Frau.«

»O Nell. Es tut mir leid.«

Ich ringe um Beherrschung, denn hier geht es nicht um mich und mein verlorenes Kind. Wir sprechen von dem Unrecht, das Estella widerfahren ist.

»Es geht mir gut«, behaupte ich. »Es tut noch immer weh und wird bestimmt bis an mein Lebensende wehtun, aber, Lou, es geht mir gut.«

Da Lou mich besser kennt als jeder andere, wendet sie sich taktvoll einem anderen Thema zu.

»Dann hat Estella dieses Kind also geboren, ohne dass sie sich daran erinnern kann, und als sie aufgewacht ist, war das Baby nicht mehr da. Vielleicht haben sie ihr ja Laudanum oder sonst etwas gegeben, um sie zu betäuben, und das Baby dann geholt. Wäre ihrer Familie so was zuzutrauen?«

Ich denke über ihren Vater nach.

»Ja, auf jeden Fall.«

Mit einem Mal ist Lou im Anwältinnenmodus, und ich kann sie deutlich vor mir sehen, wie sie mit ernster Miene das Beweismaterial zusammenträgt.

»Was für Beweise gab es dafür, dass das Kind nicht mehr am Leben war? Hat ihre Freundin, diese Evie, ihr erzählt, dass es gestorben ist? Gab es eine Beerdigung?«

»Evie ist genau in diesen Stunden von der Bildfläche verschwunden. Laut Estellas Vater hat sie irgendwelchen Schmuck gestohlen und ist damit abgehauen.«

»Das behauptet er. Aber vielleicht wollte Evie ihrer Freundin helfen und hat deren Baby – falls es lebte – aus dem Haus geschafft? Estella hatte schließlich nur das Wort ihres alten Herrn, dass das Baby gestorben war. Und wie vertrauenswürdig war der Mann?«

Ein aufgeregtes Kribbeln macht sich in mir breit. »Er war alles andere als vertrauenswürdig – aber sie ist offenbar gar nicht auf die Idee gekommen, anzuzweifeln, dass das Kind nicht mehr am Leben war.«

»Wie hätte sie das kurz nach der traumatischen Geburt und stark sediert auch machen sollen? Also lass uns überlegen. Fallen dir vielleicht noch irgendwelche Einzelheiten ein? Weißt du zum Beispiel, wo das Kind begraben ist?«

»Es gibt kein Grab. Es gibt nur eine unmarkierte Stelle in der hinteren Friedhofsecke, wohin sich nur selten jemand verirrt.«

Das Kratzen einer Feder auf Papier zeigt mir, dass Lou sich Notizen macht.

»Dann gibt es also keinen Grabstein und kein offizielles Grab? Und auch keinen Eintrag im Kirchenregister, dass das Baby dort bestattet worden ist?«

»Wahrscheinlich nicht. Estella und Jacob waren schließlich nicht verheiratet, es hätte also sicher niemand etwas von dem Baby wissen sollen. Ich schätze, dass ihr Vater seinen Enkel ohne großes Aufheben verscharren ließ.«

Inzwischen fahren wir auf der Straße nach Pencallyn, und ich starre auf das weite Meer. Genauso unaufhaltsam, wie die Wellen sich an den Klippen brechen, gehen mir unzählige Fragen durch den Kopf. Estella war ganz alleine, geschwächt von der Geburt, aufgewacht. Evie und die Hebamme waren nicht mehr da gewesen, und auch Jacob hatte ihr nicht beistehen können. Warum hätte sie die Worte ihres Vaters anzweifeln sollen? Ihr Baby war verschwunden, und sobald sie hatte laufen können, hatte sie ihr Vater auf den Friedhof zu einem unmarkierten Grab geführt.

»Glaub mir, Menschen lügen ständig«, fährt Lou entschlossen fort. »Bestimmt hat dieser Kerl um jeden Preis vertuschen wollen, dass seine Tochter unverheiratet ein Kind geboren hat. Stell dir doch nur mal das Gesicht des Mannes vor, wenn ein ›gemischtrassiger‹ Erbe auf der Bildfläche erschienen wäre, der das Anwesen und seinen heiß geliebten Garten hätte übernehmen wollen.«

Im Rückspiegel des Taxis sehe ich mein eigenes milchkaffeebraunes Gesicht.

»Das hätte ich tatsächlich gern gesehen.«

»Ich gehe jede Wette ein, dass er das Baby hat fortbringen lassen. Seiner Tochter hat er erzählt, es wäre gestorben, um zu verhindern, dass sie sich auf die Suche nach dem Kleinen macht.«

Hat Lou womöglich recht? Ihre Erklärung klingt schlüssig. Aber warum ist Evie nie zu Estella zurückgekehrt? Sie hatte versprochen, alles in ihrer Macht Stehende zu tun, um Estella und ihr Baby zu beschützen. Sie hatte es geschworen!

Wir erreichen Pencallyn Farm, und mein Chauffeur muss heftig auf die Bremse treten, um nicht auf den Streifenwagen mitten in der Einfahrt aufzufahren. Ich hatte mir den Hof gedanklich immer noch als menschenleeren Ort vorgestellt, an dem Estella und der junge Jacob sich geliebt und sich Gedichte vorgelesen haben, und bin von all dem Treiben völlig überrascht. Die Polizei hat einen Teil der Einfahrt abgesperrt, zwei Anzugträger sind in ein Gespräch mit Martin Richardson vertieft, und vor dem Anbau steht ein weißes Zelt.

Josh! Geht es ihm gut?

Die kalte Angst, die mich bei dem Gedanken packt, dass ihm etwas passiert sein könnte, verrät mir alles, was ich über meine Gefühle für ihn wissen muss.

»Ich rufe dich zurück, Lou«, sage ich zu meiner Freundin, löse meinen Gurt und eile auf den Hof. Ich muss, so schnell es geht, zu Josh.

43

NELL
heute

»Verzeihung, Miss, aber Sie können hier nicht durch«, erklärt der Ordnungshüter, der die Absperrung bewacht.

Selbst als ich mich auf die Zehenspitzen stelle, kann ich Josh nicht sehen. Die Bauarbeiter haben sich in kleinen Grüppchen auf dem Hof versammelt, ihr Werkzeug haben sie aus der Hand gelegt, und auch der Baggerführer hat die Arbeit eingestellt.

Was ist passiert?

»Das ist das Haus von meinem Freund«, erkläre ich. »Josh Richardson. Ich muss ihn dringend sprechen, würden Sie mich bitte durchlassen?«

»Ich fürchte, das geht nicht. Hier werden gerade polizeiliche Ermittlungen durchgeführt«, erklärt der Mann in Uniform.

»Geht es allen gut?«, erkundige ich mich.

»Nell! Hallo!«

Bevor die Panik mich überwältigt, kommt Josh winkend aus dem Haus, schiebt sich unter dem Absperrband hindurch, und erleichtert falle ich ihm um den Hals.

»Ist alles in Ordnung?«

»Auf jeden Fall«, bestätigt er und zieht mich eng an seine Brust. »Ich war bei Mum. Es war ein ganz schön aufregender Nachmittag.«

»Der Weg zum Hof war abgesperrt, und als ich dann das weiße Zelt gesehen habe, dachte ich …«

Was habe ich gedacht? Dass hier noch mal ein schreckliches Verbrechen stattgefunden hätte? Dass der bösartige Hamilton nach all den Jahren wiederauferstanden wäre? Offenbar hat die Geschichte, die Estella mir erzählt hat, mir stärker zugesetzt als vermutet.

Er sieht mir in die Augen, während er behutsam meine Fingerspitzen küsst.

»Tut mir leid, Nell. Ich wollte dich ganz sicher nicht erschrecken. Ich hätte dich anrufen sollen, aber die Detectives haben Mum und mich den ganzen Nachmittag lang ausgequetscht.«

»Was ist passiert? Dein Vater hat doch hoffentlich nicht jemanden erwürgt, der unbefugt aufs Grundstück kam?«, versuche ich zu scherzen, aber Josh bleibt weiter ungewöhnlich angespannt.

»Zur Abwechslung geht es mal nicht um irgendetwas, was mein Vater auf dem Kerbholz hat.«

Darren und die Männer haben ihre Arbeit eingestellt, und alle auf dem Hof sind ungewöhnlich still.

»Was ist passiert?«, frage ich noch einmal. Doch insgeheim weiß ich die Antwort bereits. Mir wird übel, und ich schlage eine Hand vor den Mund.

»Die Brunnenbauer haben die Überreste eines Menschen auf dem Grund des Schachts entdeckt.«

Der Brunnen. Ja natürlich. Immer ging es um den Brunnen. Die Abdeckung, die immer wieder abgenommen wurde, die unheimliche Atmosphäre, die von ihm ausging, blonde Haare, die zwischen den Bäumen blitzten, und die Gänsehaut, die ich bekommen habe, weil ich dachte, dass mich jemand beobachtet. Jetzt endlich hat der Brunnen sein düsteres Geheimnis preisgegeben und nach über fünfundsiebzig Jahren die von Hamilton begangene fürchterliche Tat ans Licht gebracht.

»Jay Miller«, stoße ich mit leiser Stimme aus.

»Was?«

»Sie haben Jay Miller in dem Brunnenschacht gefunden. Er war immer hier.«

Das Bild des Mädchens bei dem Brunnen hatte meinen Vater auf die rechte Fährte bringen sollen. Die junge Frau, die ihn als Baby hatte zu der Klinik bringen wollen, hatte offenbar genau gewusst, was hier geschehen war. Es war also kein Zufall, dass ich hergekommen war. Ich hatte meinen Großvater hier finden sollen.

»Ich verstehe nicht«, meint Josh. »Wie kannst du wissen, dass es seine Überreste sind?«

»Estella hat mir heute Nachmittag den Rest der Geschichte erzählt.« Ich will ihm alles sagen, aber wir werden von einem Detective unterbrochen, der noch einmal mit Josh sprechen muss. Hand in Hand schieben wir uns unter der Absperrung hindurch und gehen dorthin, wo die völlig aufgelöste Sarah Richardson mit den Beamten spricht.

»Es ist einfach grauenhaft! Sich vorzustellen, dass die ganze Zeit dort unten in dem Brunnen eine Leiche lag. Ich habe dieses Haus von Anfang an gehasst, und jetzt weiß ich, warum. Oh, Josh, da bist du ja. DCI Hambly, das hier sind mein Sohn und …«

»Nell. Nell Summers«, hilft er seiner Mutter. »Sie ist eine Freundin von Estella.«

»Es tut mir leid, Sie unter diesen Umständen kennenzulernen, Nell«, sagt sie lächelnd und fährt sich mit einem Taschentuch über dieselben leuchtend grünen Augen, die ich auch bei ihrem Sohn entdecke.

Ich lächele zurück. Das gute Aussehen und das sanfte Wesen hat Josh auf jeden Fall von ihr geerbt.

»Könnten Sie mir noch mal den Verlauf des Nachmittags beschreiben, Mrs. Richardson?« Der DCI klappt sein Notizbuch auf. »Sie haben die Arbeiten beim Brunnen überwacht, nicht wahr?«

»Genau. Die Brunnenbauer kamen um die Mittagszeit. Sie kennen sich mit der Sanierung alter Brunnen aus, und mein Mann Martin hatte den Termin bereits vor Monaten gemacht. Er wollte diesen Brunnen unbedingt in unsere neue Küche integrieren.«

Der DCI sieht auf. »Aber Sie nicht?«

»Der Brunnen gilt als heilig, aber irgendetwas daran kam mir schon immer seltsam vor. Als die Brunnenbauer mit der Arbeit anfingen, fanden sie dort erst mal jede Menge Müll. Sogar ein Hundeskelett.«

Die gute, treue Poppet, denke ich, und die Vorstellung, dass Estella sie gesucht und bis zur Heiserkeit nach ihr gerufen hat, bricht mir das Herz. Für mich hat dieser kleine, freche Spaniel bis eben noch gelebt, und die Tatsache, dass man sie wie ein Stück Abfall in dem Brunnenschacht entsorgt hat, tut mir in der Seele weh.

»Ein Hund?«, fragt der Detective überrascht.

»Ich nehme an, dass man das Tier den alten Gottheiten geopfert hat«, überlegt Sarah. »Die Leute in der Gegend glauben immer noch an diese alten Legenden. Wir hatten immer wieder Ärger, weil sie einfach auf das Grundstück kamen, um sich den Brunnen anzusehen.« Bei diesen Worten huscht ein Ausdruck nackter Panik über ihr Gesicht. »O Gott! Wäre es möglich, dass das einer dieser Leute war?«

»Das halte ich für unwahrscheinlich, die Überreste sind deutlich älter.«

»Wie dem auch sei, einer der Männer hat sich abgeseilt, um den Müll vom Grund des Schachtes zu holen. Kaum dass er unten war, hat er geschrien, und die anderen haben ihn so schnell wie möglich wieder hochgeholt. Er sagte, dass da unten die Überreste eines Menschen liegen würden. Mein Sohn leitet die Bauarbeiten auf dem Hof und hat sofort die Polizei verständigt. Was für eine furchtbare Geschichte. Glauben Sie, dass es vielleicht ein Unfall war und irgendjemand versehentlich dort reingefallen ist?«

»Wohl kaum, denn dafür ist die Mauer um den Brunnen viel zu hoch«, klärt Josh sie leise auf und wendet sich dem Polizeibeamten zu.

»Haben Sie eine Vorstellung, wie lange dieses Skelett bereits dort unten lag? Ich nehme an, dass es dort länger als nur ein paar Monate gelegen hat.«

»Normalerweise ist das ohne eine Untersuchung schwer zu sagen. Aber in diesem Fall hat uns die Erkennungsmarke, die wir bei dem Skelett gefunden haben, schon verraten, wer der Mann war. Er war als amerikanischer Soldat während des Zweiten Weltkriegs hier stationiert.«

Als Josh mich ansieht, flehe ich ihn wortlos an, nichts zu verraten, weil es noch zu viele offene Fragen gibt und ich, bevor die Polizei mich in Beschlag nimmt, erst noch herausfinden muss, wie mein Dad als Baby in das Krankenhaus in Bristol kam.

Bestimmt hat Evie Jenkins ihn dorthin gebracht. Das ist die einzige Erklärung. Bestimmt war sie die junge Frau, die vor der Klinik überfahren wurde. Wollte sie Estellas Baby retten? Oder wurde sie von Reginald für diese Tat bezahlt? Ich möchte glauben, dass sie ihr Versprechen ihrer Freundin gegenüber eingehalten hat, doch mir ist klar, dass sie vor allem immer ihre eigene Haut gerettet hat. Sie ist in jenen Tagen von der Bildfläche verschwunden. Es könnte durchaus sein, dass ihr etwas zugestoßen ist. Doch sie war gut darin, sich zu verstellen. Vielleicht hat sie sich auch einfach einen anderen Namen zugelegt und nichts mehr von Estella und Pencallyn wissen wollen. Es ist wie eine Spur aus Brotkrumen, die ich verfolgen muss, obwohl inzwischen einige der Krumen von den Vögeln aufgefressen worden sind, und immer noch kommt es mir vor, als würde ein zentrales Teil des Puzzles fehlen.

Vielleicht hatte ja Evie nie die Absicht, dieses Baby aufzugeben. Vielleicht wollte sie ihr Versprechen halten und hat sich bemüht, das Kind vor Schaden zu bewahren.

»Du hattest recht. Es war tatsächlich Jay, nicht wahr?«, meint Josh, als der Detective uns allein lässt, und ich verstärke meinen Griff um seine Hand. Ich brauche das Gefühl von Halt, das er mir gibt.

»Ich glaube, ja.«

»Mein Gott. Wie grauenhaft. Der arme Kerl. Ich kann nicht aufhören, ihn mir vorzustellen, wie er auf deinem Foto aussieht, Nell. Er war im Grunde beinah noch ein Kind.«

Inzwischen haben wir die Grenze zwischen Martins und Estellas Land erreicht, und während wir über die Mauer in ihren verlorenen Garten klettern, sage ich: »Ich nehme an, dass er ermordet worden ist.«

»Auf alle Fälle würde das den meisten Sinn ergeben«, pflichtet Josh mir bei. »Ich kann mir nicht vorstellen, dass der Sturz in diesen Brunnenschacht ein Unfall war.«

»Ich bin mir ziemlich sicher, dass ich weiß, wer ihn ermordet hat und was der Grund für diesen Mord gewesen ist. Und wenn ich richtigliege, ist Estella meine Großmutter.«

Vor Überraschung entfährt Josh ein leiser Pfiff. »Bisher wusste ich nicht, dass sie ein Kind zur Welt gebracht hat.«

»Schließlich war es ein Geheimnis.«

»Pencallyn ist ein kleines Dorf, so etwas macht schnell die Runde.«

»Nicht, wenn alle, die davon wissen, Stillschweigen bewahren«, widerspreche ich. »Aber das ist längst nicht alles. Es gibt noch jede Menge Dinge, die ich dir erzählen muss.«

Josh zieht mich an seine Brust. »Die ich unbedingt hören möchte. Aber zuerst will ich dir etwas sagen. Etwas, was ich bereits spürte, als ich dich zum ersten Mal mit meinem Vater streiten sah, und was ich, seit ich dich vorhin hinter dem Absperrband gesehen habe, mit Bestimmtheit weiß. Ich weiß, das Timing ist nach allem, was wir heute Nachmittag erfahren haben, nicht besonders günstig, aber die Erlebnisse von heute haben mir gleichzeitig gezeigt, dass nichts im Leben wirklich sicher ist. Man sollte jeden Augenblick nutzen.«

Ich denke an Estella und an Jay, die jeden Augenblick, der ihnen vergönnt war, ausgekostet haben, ohne sich um die Gefahren zu scheren, denen sie von allen Seiten ausgeliefert waren.

»Das sehe ich genauso«, pflichte ich ihm bei und weiß, auch diese beiden hätten ihm aus tiefster Überzeugung zugestimmt.

Lächelnd presst Josh meine Hände an sein Herz, neigt seinen Kopf, und seine festen Lippen nur noch einen Kuss von meinem Mund entfernt, gesteht er mir: »Ich habe mich in dich verliebt. Ich war gar nicht auf der Suche, und ich hätte sicher nicht damit gerechnet, aber jetzt muss ich dir einfach sagen, wie es um mich steht. Ich habe mich in dich verliebt.«

»Mir geht es genauso.«

»Ja?«

»O ja. Ich habe mich auch in dich verliebt, Josh Richardson«, gestehe ich ihm meinerseits und weiß, dass diese Liebe heute, morgen und für alle Zeit bestehen bleiben wird.

»Und jetzt lass mich erzählen, wie die Geschichte von Estella weitergeht«, bitte ich nach einer Weile, und er nickt.

»Ich denke, dies ist der perfekte Augenblick, um sie mir anzuhören.«

Wir bahnen uns den Weg durch das Gestrüpp des Gartens, und ich fange an, ihm zu berichten. Wir bleiben immer wieder stehen und küssen uns, um das Wunder zu genießen, dass wir plötzlich mehr als bloß Freunde sind. Natürlich macht mich die Entdeckung auf dem Hof seiner Eltern furchtbar traurig, aber dadurch, dass wir jetzt dieselben Pfade nehmen wie das junge Paar vor all den Jahren, erleben wir das Glück. Auch ihre Herzen haben wild geklopft, das Blut in ihren Adern hat gesungen, und wie wir sind sie erschaudert, sobald ihre Fingerspitzen sich berührten.

»Estella sagt, dass Evie sie in ihrer größten Not im Stich gelassen hat und dass ihr Kind gestorben ist, aber ich glaube nicht, dass es so war«, beende ich die Erzählung.

»Das glaube ich auch nicht«, pflichtet Josh mir bei. »Vor allem nicht nach dem Ergebnis des DNA-Tests.«

»Lou zufolge steht eindeutig fest, dass ich verwandt mit diesen Millers bin. Das kann ja wohl kein Zufall sein.«

»Dann stellen wir uns also vor, das Baby hätte überlebt«, schlägt Josh mit nachdenklicher Stimme vor. »Dann hat Evie es vielleicht auf irgendeine Weise aus dem Haus geschmuggelt – ob aus eigenem Antrieb oder auf Drängen von Estellas Vater, können wir nicht sagen –, aber wo ist sie dann mit ihm hin?«

Ich erinnere mich an die Geschichte, die mir Nanna Summers ein ums andere Mal erzählt hat, wenn ich wissen wollte, wie mein Dad zu ihr gekommen ist.

»Sie hat sich mit dem Kleinen bis nach Bristol durchgeschlagen, aber alles, was sie bei dem Kind gefunden haben, waren ein paar Bilder und das Kreuz, weil sie …«

»… ihn dort gar nicht lassen wollte! Sie hätte mit ihm weiterreisen wollen. Vielleicht war er krank, und sie wollte nur deswegen mit ihm ins Krankenhaus.«

»Oder sie wollte ganz woanders hin, und es war reiner Zufall, dass sie vor der Klinik überfahren wurde.«

Wir sehen uns an.

»Sie war auf dem Weg zum Hafen«, überlegt Josh. »Sie wollte mit dem Kleinen nach Amerika.«

Plötzlich verlässt mich der Mut. »O Josh, ich möchte so gerne daran glauben, dass Jacob Miller mein Großvater war und ich meine Familie finde. Aber was, wenn ich die Dinge, die Estella mir erzählt hat, völlig falsch interpretiere?«

Josh runzelt nachdenklich die Stirn. »Wir sind schon so weit gekommen, Nell. Gib jetzt nicht auf. Wir sind kurz davor, das Rätsel zu lösen, das spüre ich.« Er nimmt mich in den Arm, und ich spüre, wie ich augenblicklich ruhiger werde.

»Ich kann mir beim besten Willen nicht vorstellen, dass Evie Pencallyn verlassen hat, ohne eine Nachricht für Estella zu hinterlassen«, fährt Josh dann fort. »Schließlich hatte sie ihr versprochen, immer für sie da zu sein.«

Ich versuche mich an die Geschichte zu erinnern, die Estella mir erzählt hat. Vor all der Zeit haben sich zwei kleine Mädchen bei der Sonnenuhr geschworen, immer füreinander da zu sein. Wenn Josh recht hat und Evie wirklich eine Nachricht für Estella hinterlassen hat, dann muss sie sie dort versteckt haben. Schließlich waren die Mädchen besessen von dem Ding.

»Einen Versuch ist es wert«, sagt auch Josh, als ich die Vermutung mit ihm teile.

Inzwischen hängt die Sonne tief am Himmel, und wir kämpfen uns durch das alte Labyrinth. Die Wege sind längst zugewachsen, aber immer wieder blitzen geisterhafte Spuren unter all dem Moos, dem Gras und den Disteln auf. Es ist ein unheimlicher Ort, und ich erschaudere.

»Pass auf«, warnt Josh, denn lange Brombeerranken ragen in den Weg.

Ich bin bereits total zerkratzt, aber das ist mir egal, denn jetzt haben wir die Sonnenuhr erreicht. Genau wie vor all den Jahren zeigt die Uhr auch heute noch die Zeit an, und voller Wehmut denke ich zum einen an die beiden kleinen Mädchen, die sich damals hier die Zeit vertrieben haben, und zum anderen an mich selbst als kleines Kind, das auf dem Schoß der Großmutter gesessen und sich die Geschichte dieses zauberhaften Orts vorlesen lassen hat. Kein Wunder, dass der Platz mir so vertraut ist. In Gedanken habe ich ihn bereits ein ums andere Mal gesehen.

»*Der geheimnisvolle Garten*«, flüstere ich und gleite mit der Hand über den warmen Stein der Sonnenuhr.

»Was ist das für eine Inschrift?« Neugierig beugt Josh sich vor und betrachtet die verwitterte Gravur. »*Silens loquor.* Jetzt machen sich die grässlichen Lateinstunden zum ersten Mal bezahlt.«

»Du weißt also, was das heißt?«

»*Obwohl ich schweige, spreche ich.* Bestimmt hat Evie eine Nachricht für Estella hier versteckt. Nur wo?«

»Estella meint, die Mädchen hätten früher öfter irgendwelche kleinen Briefchen füreinander auf der Lichtung hinterlegt.«

»Und wo genau?«

»Das hat sie nicht gesagt.«

»Na toll«, meint Josh. »Okay, dann lass uns überlegen.«

Wir betrachten eingehend den alten Stein. Er ist mit samtig weichen Flechten überzogen, und bei dem Gedanken, dass er uns genauso eingehend zu erforschen scheint, stellen sich meine Nackenhaare auf. Ich werde das Gefühl nicht los, dass irgendwer genau verfolgt, was wir hier tun. Hamilton Mason? Evie? Jay? Alle drei? Ich weiß es einfach nicht.

»Vielleicht muss man ja etwas zur Seite schieben?«, fragt sich Josh.

»Das Unterteil?« Ich gehe in die Hocke, aber außer ein paar winzigen Insekten, die über den Stein huschen, ist nichts zu sehen.

Josh beugt sich vor, um sich die Platte anzusehen, und als ihm die Haare ins Gesicht fallen, klemmt er sie ungeduldig hinter seinen Ohren fest.

»Sie ist ein bisschen locker, und ich frage mich …«

Er rüttelt an der Platte, die mit einem Bolzen an dem Stein befestigt ist. Tatsächlich lässt sie sich verschieben, und ich traue meinen Augen nicht. Tatsächlich ist in diesem Loch auf einem Bett aus trockenen Blättern eine alte Blechdose versteckt.

»Los«, sagt Josh. »Guck nach, was drin ist.«

Ich habe einen trockenen Mund und stehe immer noch wie angewurzelt da.

»Bestimmt hat Evie sie dort für Estella hingelegt.«

Ich denke an Estella, die zerbrechlich und erschöpft in ihrem Bett im Krankenhaus liegt. Ich kann das Surren und das Zischen der Matratze hören und sehen, wie ihre Brust sich mühsam hebt und senkt. Ihr bleibt nicht mehr viel Zeit, um zu erfahren, was ihr Evie schon vor all den Jahren hätte sagen wollen.

Mit zitternden Fingern nehme ich die Dose aus dem Loch. Das Blech ist trotz der sommerlichen Wärme eisig, und als ich den Deckel öffne, spüre ich, dass kalte Luft um meine Hände weht.

Ich starre auf das Blatt Papier, das in der Dose liegt. Ich falte es behutsam auseinander, denn ich habe fürchterliche Angst, dass es, wenn ich nicht achtsam bin, einfach zu Staub zerfällt – oder sich wie im Märchen kurzerhand in Rauch auflöst, weil ich es wage, einen Brief lesen zu wollen, der an jemand anderen gerichtet ist. Die junge Evie hat an Magie und Flüche und die heidnischen Geschichten, die sich um die Sonnenuhr rankten, geglaubt. Doch meine Ängste scheinen glücklicherweise unbegründet zu sein, und schließlich halte ich die dicht beschriebene Seite in der Hand. Verschiedene Textstellen sind verwischt, als wären Tränen auf das Blatt getropft, an anderen Stellen hat sich die Feder tief in das Papier gedrückt, und einige der Worte sind durch Unterstreichungen markiert. Die Unterschrift ist schwungvoll.

Immer Deine Evie

»Und, ist der Brief von ihr?«, fragt Josh.

Ich nicke knapp. »O Josh. Sie hat tatsächlich eine Nachricht für Estella hinterlassen, bevor sie fortgegangen ist!«

Ich überfliege abermals den Brief. Die Handschrift ist nicht leicht zu entziffern und zeigt mir, dass die Verfasserin in großer Eile war. Vor allem aber sind die Dinge, die sie schreibt, so schmerzlich, dass es fast nicht auszuhalten ist. Dass Evie sich nach all den Jahren noch mal meldet, ist ein Schock für mich.

Ich reiche Josh den Brief und lasse meinen Tränen freien Lauf. Mir bricht das Herz bei dem Gedanken an Estella, den armen Jay und ihr gemeinsames Kind.

44

Evie

1944

»Es ist ein Junge, Sir«, sagte die Hebamme.

Evie stand vor der Tür des Arbeitszimmers, um mit anzuhören, was Estellas Vater mit der Frau besprach. Sie hatte keine Hemmungen, ihr Ohr gegen die Tür zu pressen, da es hier um ihre heiß geliebte Freundin ging. Sie würde alles tun, damit sie sicher wäre.

Angespannte Stille. Obwohl Evie Reginald nicht sehen konnte, konnte sie sich das vor Zorn gerötete Gesicht und die dicke, wild pochende Ader an der linken Schläfe deutlich vorstellen. Wahrscheinlich hatte er gehofft, das Baby hätte die Geburt nicht überlebt. Dieses verdammte Schwein.

»Die Mutter ist in sehr schlechter Verfassung, Sir«, klärte die Hebamme ihn ängstlich auf. »Ich habe sie erst einmal mit Laudanum ruhiggestellt und ihre Wunden bestmöglich gereinigt, aber die Geburt war alles andere als leicht, und sie hat jede Menge Blut verloren. Es wäre das Vernünftigste, noch einen Arzt hinzuzuziehen.«

»Sie holen mir keinen Arzt ins Haus!«, erklärte Reginald kalt.

»Aber sie könnte sterben, Sir!«

»Was habe ich gesagt?«, schrie er sie derart ungehalten an, dass Evie vor der Tür zusammenfuhr. »Sie holen keinen Arzt. Und wenn Sie sich mir widersetzen, sorge ich dafür, dass Sie nie wieder Arbeit finden werden. Habe ich mich deutlich genug ausgedrückt?«

Die Frau gab keine Antwort, denn wahrscheinlich war sie stumm vor Angst.

In Evie wogte ein Gefühl der Panik auf. Ohne dass ein Doktor nach ihr sähe, würde ihre Freundin diese Nacht vielleicht nicht überstehen. In Bethnal Green hatte sie so was häufiger erlebt. Was sollte sie jetzt tun? Nachdem Estellas Vater Mrs. Tullis und dem armen Bert gekündigt hatte, gab es kaum noch Personal im Haus. Wer könnte Evie jetzt noch helfen? Wer könnte all die grauenhaften Dinge ungeschehen machen, die infolge ihrer dummen, jämmerlichen Schwärmerei für Hamilton geschehen waren?

Inzwischen hasste sie den Mann und hoffte inbrünstig, er wäre irgendwo in Frankreich elendig verreckt.

Nachts fuhr sie mit wild klopfendem Herzen aus dem Schlaf auf, und selbst bei Tag wurde sie von den Überresten ihrer grauenhaften Alpträume verfolgt. Wie könnte Evie ihrer Freundin nach den fürchterlichen Dingen, die der Kerl Jay Miller angetan hatte, je wieder in die Augen sehen? Seit jenem Abend hatte Evie ein Geheimnis, das sie niemals irgendeinem Menschen anvertrauen könnte und das wie ein Krebsgeschwür an ihrer und Estellas Freundschaft fraß. Sie hatte alles ruiniert und wünschte sich, der Mann hätte auch sie an jenem Abend umgebracht.

Seit Evie in Pencallyn lebte, war sie weich geworden, hatte ihre raue East-End-Schale abgestreift und eine völlige Verwandlung durchgemacht. Sie hatte sich mit Lichtgeschwindigkeit beinah dasselbe Wissen angeeignet wie Estella und die alte Art zu sprechen gegen den Akzent der Oberklasse eingetauscht. Sie hatte ihr natürliches Talent zur Nachahmung genutzt, um mit der neuen Landschaft zu verschmelzen, und sie hätte diese Rolle ohne Mühe immer weiterspielen können, aber schließlich hatte ihre Liebe zu Estella dieses Vorhaben durchkreuzt. Anfangs hatte Evie sich an ihren Zorn geklammert und versucht, Estella zu verabscheuen, weil sie war und hatte, was ihr selbst niemals vergönnt gewesen war. Die sanfte Freundlichkeit der Freundin aber hatte sie in ihren Bann gezogen, und die Liebe, die sie ihr mit einem Mal entgegenbrachte, war wie eine Springflut über ihren anfänglichen Widerwillen hinweggefegt.

Es hatte jemand ganz Besonderen bedurft, um ein Gefühl von Liebe in ihr wachzurufen, doch Estella hatte es geschafft. Sie hatte Evie einen Spiegel vorgehalten, in dem sie zum ersten Mal in ihrem Leben statt des abgrundtief verhassten Bildes einer Straßengöre Anmut, Eleganz und Schönheit sah. Das neue Leben in Pencallyn hatte ihr die Möglichkeit geboten, sich noch einmal neu zu erfinden, um die Hässlichkeit von ihrem alten Leben hinter sich zu lassen, und sie hatte diese Chance genutzt. Trotzdem hatte sie noch immer eine dunkle Seite, die gelegentlich zum Vorschein kam.

Dennoch liebte sie Estella, und auch wenn mitunter Eifersucht und das Bewusstsein, dass Estella echt und sie nur eine Fälschung war, die Freundschaft zwischen ihnen trübte, waren sie beide Schwestern, waren alles füreinander, und sie ließe diese ganz besondere Beziehung, die sie zueinander hatten, nicht von einem Hamilton zerstören. Sie hoffte inständig, er hätte in der Normandie den tausendfachen Preis für seine Tat bezahlt.

Sie hoffte, dass er qualvoll dort verendet war.

Sie hatte ihn verflucht, an ihrem alten Platz, wo sich die alten, starken Linien kreuzten, hatte dort die alten Mächte angerufen, ihn zu holen. Und als die Schiffe Richtung Frankreich aufgebrochen waren, hatte sie gewusst, dass er nicht wiederkommen würde, und zufrieden mit dem Kopf genickt.

Natürlich hatte er viel Schlimmeres verdient als einen grauenhaften Tod an einem grauen Strand der Normandie, und selbst im Tod behielt er weiterhin die Oberhand, denn das Geheimnis war wie eine Wunde, die sich infizieren und die Freundschaft beider Mädchen dauerhaft vergiften würde. Sie würde ihrer Freundin niemals sagen können, was in jener Nacht geschehen war. Denn wie sollte Estella sie noch lieben, wenn sie wüsste, dass Jay Miller ihretwegen auf brutale Art ermordet worden war? Sie war schuld, dass Estellas neugeborenes Baby keinen Vater hatte. Sie würde die Freundin hassen, sollte sie je die Wahrheit erfahren, doch das hielte Evie nicht aus. O nein. Auch wenn der Selbsthass sie von innen auffraß, würde sie nicht riskieren, dass ihr Estella ihre Zuneigung entzog. Ach, könnte sie die Zeit doch nur zurückdrehen und sich daran hindern, aus dem Haus zu gehen! Ach, könnte sie doch die verstohlenen Küsse in der Speisekammer und die seltenen Umarmungen hinter der Remise ungeschehen machen, die ihr vorgegaukelt hatten, dass ihm etwas an ihr lag. Wie hatte sie so dumm sein können, sich einzubilden, dass ein abendliches Treffen mit dem Mann romantisch wäre und er sie in aller Stille sehen wollte, um ihr endlich seine Liebe zu gestehen. Sie hatte einfach an nichts anderes mehr denken können.

Sie wünschte sich, sie hätte damals schon die Augen aufgemacht und ihn als das gesehen, was er ihn Wahrheit war!

»Triff mich um zehn beim alten Hof«, hatte ihr Mason zugeraunt, als sie auf dem Weg ins Esszimmer an ihm vorbeigegangen war. Sein heißer Atem hatte ihre Haut verbrennen lassen, und ihr Herz hatte vor Aufregung gerast. »Aber erzähl niemandem davon und zieh den roten Mantel an, damit ich dich erkennen kann.«

Zu aufgeregt, um irgendwas zu essen, hatte sie am Tisch gesessen und sich später heimlich aus dem Haus geschlichen, wo sie beinah mit Estella, die von einem Treffen mit dem eigenen Geliebten heimgekommen war, zusammengestoßen wäre. Ihre Freundin hatte schon seit Längerem Geheimnisse vor ihr gehabt, und endlich hätte auch sie selbst etwas, von dem sie niemandem erzählen würde. Etwas, das viel schöner als die Heimlichkeiten ihrer Freundin war. Sie hätte einen Offizier, keinen mickrigen Gefreiten, und vielleicht ein völlig neues Leben in Amerika! Sie hatte immer schon gewusst, dass Hamilton sie irgendwann bemerken würde, und falls sie sich ihm heute Abend hingab, würde er ihr ein für alle Mal gehören. So lief's auf alle Fälle in den Filmen und Theaterstücken, die sie liebte, ab. Estellas Warnungen waren nichts als Missgunst. Vielleicht rührten sie daher, dass der First Lieutenant Mason dem Gefreiten Miller nicht sympathisch war.

Die leise Stimme, die ihr auf dem Weg zu ihrem Treffen zugeflüstert hatte, dass die boshaften Bemerkungen, die Mason über Schwarze machte, falsch waren, hatte sie nach Kräften ignoriert. Sie hatte sich gesagt, er spräche einfach so, weil die Kultur, aus der er stammte, eine andere war, und bis sie das Gehöft erreichte, hatte sie diese Lüge fast geglaubt.

»Hamilton?«, hatte sie nervös gerufen. »Ich bin's. Evie.«

Unruhig hatte sie Estellas Mantel über ihren Hüften glatt gestrichen und ihr zu einer Siegesrolle aufgedrehtes Haar berührt. Mit der Frisur sah sie auf jeden Fall wie zwanzig aus, und dieser Eindruck würde durch das kostbare Parfüm, das sie bereits vor Monaten von Violet entwendet, und die Seidenstrümpfe, die sie extra ihm zuliebe angezogen hatte, sicher noch verstärkt. Sie würde einfach alles dafür tun, damit er sie im selben Maß begehrte wie sie ihn.

Ein leises Rascheln in der Dunkelheit, und plötzlich hatte eine Hand auf ihrem Mund gelegen.

»Pst, ich bin's.«

Er hatte wieder von ihr abgelassen, und sie hatte vor Erleichterung gelacht.

»Willst du mich umbringen?« Mit wackeligen Beinen war sie auf ihn zugetreten, damit er sie in die Arme zog.

Er aber hatte es nicht eilig, sie an seine Brust zu ziehen.

»Deine Frisur ist falsch, Schätzchen. Estella trägt die Haare immer offen«, hatte er gesagt und ihr die Nadeln aus dem Haar gezogen, bis die aufwendige Rolle platt in sich zusammengefallen war. Dann hatten starke Hände ihre Haare aufgebauscht und ihren Kopf wie den von einer Stoffpuppe nach links und rechts gedreht. »So ist's besser. So siehst du fast aus wie sie.«

Evie war verwirrt gewesen. »Warum hast du das gemacht?«

»Ich brauche deine Hilfe, denn es gibt da eine offene Rechnung, die ich noch begleichen muss. Du hilfst mir doch, nicht wahr, Evie?«

»Natürlich«, hatte Evie, wenn auch widerstrebend, zugestimmt. »Ich …«

Da stimmte etwas nicht.

Am liebsten wäre sie davongelaufen, doch sie hatte Monate darauf gewartet, endlich mal mit diesem Mann allein zu sein. Das hier war die Erfüllung ihres größten Traums.

»Braves Mädchen«, hatte er gesagt und mit dem Zeigefinger die Konturen ihrer Wange nachgezogen. Anders als erwartet aber war sie nicht vor Lust, sondern vor Angst erschaudert, denn sie hatte das Gefühl gehabt, dass sie mit etwas Bösem in Kontakt gekommen war. »Mr. Kellow hat genug davon, dass seine Tochter sich mit einem Kerl wie Private Miller trifft. Wir sollen dem Jungen eine Abreibung verpassen, die er nicht so schnell vergisst.«

Sie hatte ihn mit großen Augen angestarrt.

»Überrascht, weil ich was davon weiß?« Das dunkle Glitzern seiner Augen hatte ihr verraten, dass mit diesem Menschen nicht zu spaßen war.

Sie hatte unglücklich den Kopf geschüttelt und erklärt: »Ich dachte nicht, dass irgendjemand etwas davon weiß.«

»Du weißt es, Evie, und es tut mir weh, dass du mir nichts davon verraten hast. Das war nicht nett von dir, nicht wahr? So geht man nicht mit Freunden um. Man sollte seinen Freunden gegenüber immer ehrlich sein, weil sie sonst wütend werden und sich verraten fühlen.«

Er hatte unsanft ihr Kinn umfasst, und sie hatte nach Luft gerungen, weil der Hamilton, der vor ihr stand, ein völlig anderer war als der, von dem sie in den letzten Monaten umschmeichelt worden war. Sie hatte diesen anderen Hamilton vergöttert, weil er durch und durch charmant gewesen war. War er vielleicht einfach ein guter Schauspieler, genau wie sie?

»Es hätte mir nicht zugestanden, ihr Geheimnis zu verraten«, hatte sie erklärt.

»Da ist es gut, dass ich den Kerl habe beschatten lassen«, hatte Hamilton sie aufgeklärt und hämisch festgestellt: »Estella Kellow ist ein liederliches kleines Frauenzimmer, weil sie sich mit einem Kerl wie diesem Miller eingelassen hat.«

»Estella ist nicht liederlich«, hatte ihn Evie angefahren. »Wenn sie mit Jay zusammen ist, heißt das, dass sie ihn liebt.«

»Dort, wo ich herkomme, ist so etwas unanständig.«

»Aber Sie sind nicht zu Hause, und in Cornwall sehen wir die Dinge anders«, hatte Evie ihm erklärt und ihren Arm zurückziehen wollen, doch er hatte seinen Griff um ihren Ellenbogen noch verstärkt.

»Lassen Sie mich los!«

»Ach Schatz, stell dich doch nicht so an«, hatte er ungerührt gebeten und hinzugefügt: »Ich kann dir gar nicht sagen, wie enttäuscht ich von dir bin, weil du Estellas Vater und mir das schmutzige Geheimnis deiner Freundin vorenthalten hast. Verdammt, kannst du dir vorstellen, was er denken würde, wenn er wüsste, dass du die Komplizin seiner Tochter warst? Wahrscheinlich würde er dich sofort wieder in die Gosse schicken, aus der du gekommen bist, und das wäre doch sehr bedauerlich. Was würdest du dort tun? Wie würdest du dort überleben als verwöhntes Gör, das du inzwischen bist?«

Sie hatte das Gefühl gehabt, als hätte er ein Fenster ihrer Seele aufgetan und ihre größte Angst entdeckt. Tatsächlich hätte es nichts Schlimmeres für sie gegeben, als aus diesem Haus und von Estella fortgeschickt zu werden, und natürlich hatte Mason recht gehabt. Falls Reginald erführe, dass sie die Beziehung seiner Tochter zu dem Schwarzen GI gedeckt hatte, wären ihre Tage in Pencallyn House gezählt.

Sie hatte aufgehört, sich gegen Hamilton zu wehren.

»Bitte, verraten Sie ihm nichts.«

»Das ist ein ganz schön großer Gefallen, um den du mich da bittest«, hatte er in nachdenklichem Ton erklärt. »Das heißt, dass du mir auch eine Gefälligkeit erweisen musst. Oje! Nicht das!«, hatte er lachend abgewehrt, als sie entsetzt die Augen aufgerissen hatte. »Glaubst du wirklich, ich würde jemals so tief sinken, eine Straßengöre flachzulegen? Nein, behalt ruhig deine Kleider an. Sie zeigen mir, wie gut du dich verstellen kannst, und es gibt eine ganz bestimmte Rolle, die du für mich spielen sollst. Ein falsches Wort, und du sitzt auf der Straße. Aber wenn du deine Sache gut machst, halte ich den Mund.«

Dann hatte er ihr haargenau erklärt, was sie machen sollte, und sie hatte gegen ein Gefühl der Übelkeit gekämpft. Man hatte Jay erzählt, Estella wäre auf dem Hof und hätte sich verletzt, und deshalb käme er gleich her. Dann sollte Evie so tun, als wäre sie Estella, und auf diese Weise dafür sorgen, dass er das verfallene Haus betrat. Natürlich hatte sie sich denken können, wie es weitergehen würde. Mason würde Miller eine Abreibung verpassen, weil er ausgerechnet mit der Frau zusammen war, die Mason für sich selbst hätte haben wollen. Für Evie hatte er sich niemals wirklich interessiert. Natürlich nicht. Es war ihm immer um das Original gegangen, und zwar von Anfang an.

Sie hatte Angst gehabt, weil Hamilton trotz seines guten Aussehens und seines Reichtums auch nicht anders als die Schlägertypen aus dem East End war. Er war gewieft, gefährlich, grausam und brutal. Wie hatte sie vor lauter Eifersucht so blind sein können, das nicht gleich zu sehen? Estella hatte ihn von Anfang an durchschaut, und Evie war bewusst geworden, was für eine hoffnungslose Närrin sie gewesen war.

»Sobald Miller hier ist, kannst du gehen«, hatte Hamilton zu ihr gesagt. »Sieh zu, dass du wie Estella klingst, denn sonst vergesse ich vielleicht, dass ich Estellas Vater nicht erzählen soll, dass du seit Wochen in das schändliche Geheimnis seiner Tochter eingeweiht gewesen bist.«

Sie hatte ihm erklären wollen, dass er das vergessen könnte, als Lex Boone zusammen mit drei weiteren GIs erschienen war. Es war den Männern also wirklich ernst gewesen. Sie hatten den roten Mantel von Estella in den Hof gelegt und lachend prophezeit, wenn Jay ihn sähe, käme er bestimmt ins Haus gestürzt und machte große Augen, träfe er statt seines Flittchens zwei seiner Offiziere und drei Kameraden an.

Evie hatte Angst gehabt, dass sie sich übergeben müsste, denn eindeutig würde Jay von diesem Trupp in einen Hinterhalt gelockt, aus dem es kein Entrinnen für ihn gab. Sie hatte etwas unternehmen müssen, auch wenn sie dafür vielleicht der Zorn des alten Kellow treffen würde, und sie hatte eilig nachgedacht. Am besten tat sie so, als würde sie mitspielen, und sobald Jay sie hören könnte, riefe sie ihm eine Warnung zu.

»Okay«, hatte sie achselzuckend zugestimmt. »Was interessiert mich dieser Miller schon? Er hat nichts anderes verdient. Ich hoffe nur, Sie halten Wort.«

Ihre Nerven waren zum Zerreißen angespannt gewesen, aber ihre Stimme hatte völlig ruhig geklungen, und tatsächlich würde sie so lange mitspielen, bis Jay erschien.

»Jay?«, hatte sie sehr gekonnt Estellas Stimme nachgeahmt. »Ich bin hier drin! Hilf mir!«

»Perfekt.«

Wenig später waren schnelle Schritte auf dem Weg erklungen, und Mason hatte ihren Arm gedrückt, bis sie vor Schmerzen schrie.

»Liebling? Stern? Wo bist du, Schatz? Was ist passiert?« Die Sorge in Jays Stimme hatte ihr beinah das Herz gebrochen.

Dann hatte er schon in der Tür gestanden, und die schmale Silhouette seines Körpers hatte sich vom dunklen Himmel abgehoben, während er sich suchend umgesehen hatte, um so schnell wie möglich zu Estella zu gelangen, die er mindestens so liebte wie sie selbst. Nein – mehr! Er hätte sie niemals verraten, ganz egal, was auch geschah.

»Lauf, Jay!«, hatte sie gerufen und war an Lex Boone vorbei zur Tür gerannt. »Estella ist nicht hier! Sie wollen dich in eine Falle locken! Lauf!«

Der widerliche Mason hatte sie beim Schopf gepackt und so brutal zurückgerissen, dass sie schreiend einen Schritt zurückgestolpert war. Sie hatte hilflos mit den Armen in der Luft gerudert, ihm dabei mit ihren Nägeln über die Wange gekratzt, und er hatte ihr mit seinem Handrücken so kräftig ins Gesicht geschlagen, dass sie gefallen war.

»Du elendiges Miststück!«, hatte er gezischt und ihr die Spitze seines Stiefels in den Bauch gerammt. »Das wirst du noch bereuen!«

»Raus, Jay«, hatte Evie keuchend ausgestoßen. »Lauf!«

Jay Miller aber war nicht weggelaufen. Anstatt kehrtzumachen, war er reingekommen und hatte sich erhobenen Hauptes und mit straffen Schultern seinem Vorgesetzten gegenüber aufgebaut.

»Lassen Sie sie gehen, Sir.«

Doch Mason hatte nur gelacht, und drei Soldaten waren aus der Dunkelheit erschienen und hatten Jay den Weg versperrt.

»Oder was, Junge?«

»Oder Sie sind kein Gentleman. Das ist nicht ihre Schuld. Lassen Sie Evie gehen. Das hier geht nur uns beide etwas an.«

»Da irrst du dich, mein Junge, denn das hier geht jeden Mann was an, der miterleben musste, dass sich so ein Kerl wie du an seiner Frau vergreift. Es geht darum, dir zu zeigen, wo dein Platz in der Gesellschaft ist.«

»Ich kenne meinen Platz in der Gesellschaft, Sir«, hatte ihm Jay in ruhigem Ton erklärt. »Lassen Sie dieses Mädchen los. Sie hat mit alldem nichts zu tun.«

»Willst du mir jetzt vielleicht auch noch Befehle geben, Junge? So dumm können auch nur Schwarze sein.«

»Ich nenne so etwas Insubordination«, mischte Lex Boone sich ein. »Dir gehört eine Lektion erteilt, Miller. Höchste Zeit, dass wir an einem von euch Kerlen ein Exempel statuieren, damit es in Zukunft nicht noch mal zu solchen Anmaßungen kommt.«

Evie hätte später nicht mehr sicher sagen können, was danach genau geschehen war. Von dem Sturz war ihr noch immer furchtbar schwindelig gewesen, und nach dem Tritt in die Rippen hatte sie nur mühsam Luft bekommen, aber draußen auf dem Hof hatte ein Hund gebellt, und Hamilton war fluchend aus dem Haus gestürzt. Danach hatte sie einen Schuss, ein leises Winseln und dann laute Rufe, unterdrücktes Stöhnen und das Schlagen von Fäusten gehört.

»Na los, Miller«, hatte Lex gefeixt. »Sag, dass es dir leidtut, dass du dich an etwas vergriffen hast, was einem anderen gehört. Sag, dass du Miss Kellow nicht noch einmal anrühren wirst.«

»Er wird sich nicht entschuldigen«, hatte sich ein Gefreiter eingemischt. »Er ist ein sturer Bock. Es tut ihm ganz bestimmt nicht leid.«

»Ach nein?«, hatte Hamilton wissen wollen. »Es tut dem Kerl also nicht leid, dass er sich einfach so an einer weißen Frau vergriffen hat? Das klingt, als müssten wir ihm eine weitere Lektion erteilen. Wollen wir doch mal sehen, was er dann zu sagen hat.«

Inzwischen hatten Evies Augen sich ans Halbdunkel des Raums gewöhnt. Obwohl die Kerle Jacob Miller wirklich übel zugerichtet hatten, hatten seine Augen immer noch geblitzt, und er hatte weiter stolz das Kinn gereckt.

Bebend vor Zorn hatte Lex ihn durch den Raum geschleift, und Mason hatte wiederholt: »Sag, dass es dir leidtut, Junge. Sag, dass du Estella Kellow nie wieder mit deinen Dreckspfoten berühren wirst. Los, sag es!«

Aber Jay war still geblieben.

»Nein«, hatte er dann in ruhigem Ton erklärt. »Auf keinen Fall.«

»*Nein?* Du wagst es, Nein zu mir zu sagen, Junge?«, hatte Hamilton ihn angebrüllt. »Ich glaube, du verstehst mich nicht. Du hast kein Recht, ein solches Mädchen anzufassen. Ich denke, es ist an der Zeit, dir beizubringen, was passiert, wenn jemand seinen Platz nicht kennt.«

»Ich kenne meinen Platz«, hatte ihm Jay erklärt. »Mein Platz ist in der amerikanischen Armee. Mein Platz ist in der weltweiten Gemeinschaft aller anständigen Menschen, und vor allem bei der Frau, die ich von ganzem Herzen liebe und die meinen Heiratsantrag angenommen hat.«

»Liebe?«, hatte Hamilton verächtlich ausgestoßen. »Heirat? Du vergisst anscheinend, wer du bist. So anmaßend kann man doch gar nicht sein!«

Wieder hatte Evie hören müssen, wie die Fäuste der fünf Männer auf Jays Fleisch und Knochen trafen, und laut schluchzend hatte sie sich auf dem Fußboden zusammengerollt. Die Männer hatten immer weiter auf Jay eingedroschen, und sie hatte nicht gewusst, wie sie ihm hätte helfen sollen. Sie hatte viel zu große Angst gehabt, um irgendwas für ihn zu tun.

Nach ein paar Minuten waren die Schläge weniger geworden, und sie hatte, ihr eigenes Stöhnen in den Ohren, die tränenverquollenen Augen wieder geöffnet und Jay zu Masons Füßen auf dem Boden kauern sehen.

»Sicher, dass sie dich auch jetzt noch will? In deinem Zustand siehst du alles andere als anziehend aus«, hatte ihn Hamilton verhöhnt. »Doch keine Angst, ich werde sie in Zukunft für dich wärmen.«

»Estella ist mein Ein und Alles«, hatte er mit schwacher Stimme ausgestoßen, während er mit beiden Händen seinen Bauch umklammert hielt. »Ich liebe sie und werde sie für immer lieben. Heute, morgen und für alle Zeit.«

Sie hatten wieder angefangen, auf Jay einzuschlagen, und die Schmerzensschreie, die er ausgestoßen hatte, hatten Evie zusammenzucken lassen.

»Immer mit der Ruhe, Mann! Du bringst ihn noch um!«, hatte Lex eingewandt und versucht, Mason zurückzuziehen.

»Er hat nichts anderes verdient«, hatte der ihn angefaucht. »Auf die Füße, Miller. Los.«

Doch Jacob Miller hatte sich nicht mehr gerührt.

Lex hatte ihn mit einem seiner Stiefel angestoßen. »Miller. Auf die Füße, Junge! Los, steh auf!«

Noch immer hatte Jay sich nicht gerührt.

»Aufstehen, habe ich gesagt.« Lex hatte sich um einen strengen Ton bemüht, wobei ihm seine Zweifel deutlich anzuhören gewesen waren.

Lex hatte sich neben Jay gekauert, seinen Kopf gepackt und dann erschrocken einen Satz zurückgemacht. »Himmel! Er ist tot! Wir haben ihn totgeschlagen!«

»Der alte Kellow wird mit uns zufrieden sein, denn dieser Kerl wird jetzt nie mehr die Hände irgendwelcher jungen Damen verbinden oder sie auf irgendeine andere Art berühren«, hatte Mason gesagt.

Evie war bei seinen Worten schlecht geworden. Also hatte Reginald den Hinterhalt gebilligt? Sie hatte immer schon gewusst, dass er ein bösartiges altes Schwein war, aber dass er jemals so weit gehen würde …

»Wir hätten ihm nur eine Abreibung verpassen sollen«, hatte sich Lex an Hamilton gewandt. »Wir sollten ihm begreiflich machen, dass er seine Finger von den jungen Frauen lassen soll. Davon, ihn umzubringen, war nicht die Rede. Was sollen wir jetzt tun? Das war Mord.«

Hamilton war stumm geblieben, und vor lauter Panik hatte Evie sich ein Stückchen tiefer in die Dunkelheit zurückgezogen, denn sie hatte alles mit angesehen. Was würden diese Männer mit ihr machen, wenn sie darauf kämen, dass es eine Zeugin gab? Ihr Herz hatte so laut in ihrer Brust gehämmert, dass es sicherlich im ganzen Raum zu hören gewesen war.

»Dafür kommen wir vors Kriegsgericht«, hatte nach einer Weile einer der Gefreiten mit zitternder Stimme festgestellt.

»Dafür werden sie uns erschießen«, hatte ihm ein anderer jammernd zugestimmt.

Lex Boone war unruhig auf und ab gestapft.

»Verdammt! Was sollen wir jetzt tun?«

»Um Himmels willen, reißt euch zusammen, Männer«, hatte Hamilton gerufen. »Außer uns weiß niemand von dieser Sache, und wir werden dafür sorgen, dass es auch so bleibt.«

»Kellow weiß es«, hatte Lex ihm in Erinnerung gerufen.

»Aber er wird nichts sagen, weil er sonst erledigt ist.«

»Und wie steht es mir ihr?«, hatte sich einer der GIs erkundigt und in Evies Richtung gezeigt.

Mason hatte böse aufgelacht.

»Wenn sie den Mund aufmacht, ergeht es ihr wie Miller. Und wir haben Kellow, der sie dauerhaft zum Schweigen bringen kann. Er sitzt im Parlament, wenn nötig, kann er jede Menge Fäden ziehen. Vielleicht stiehlt sie irgendwas aus seinem Haus. Dafür gehen die Leute in den Knast.«

Evie hatte das Gefühl gehabt, vor Panik ohnmächtig zu werden, denn natürlich meinte Hamilton es ernst. Sie hatte miterlebt, wozu er fähig war.

»Du wirst die Klappe halten«, hatte er ihr leise zugeraunt. »Denn du hast Miller hergelockt, und das bedeutet, dass du Beihilfe zu einem Mord geleistet hast. Estella wird dich dafür hassen.«

Evie hatte keine andere Wahl gehabt, als zuzustimmen. Dann hatten die Männer Millers leblosen Körper gepackt und ihn in den Brunnen geworfen.

»Es tut mir leid«, hatte Evie Jay stumm mit auf den Weg gegeben und sich, um nicht laut zu schluchzen, so fest auf die Unterlippe gebissen, dass sie aufgerissen war. »Es tut mir so unendlich leid, dass ich nicht mutig genug war, um dir zu helfen, Jay! Es tut mir leid, dass ich ein solcher Feigling war.«

Auf leisen Sohlen war sie in jener Nacht ins Haus zurückgekehrt und hatte niemandem ein Wort erzählt. Anfangs, weil sie Angst vor Mason hatte. Doch auch nachdem er nicht mehr da war, wurde es von Tag zu Tag schwerer, ihrer Freundin zu gestehen, was in jener Nacht geschehen war. Sie sagte sich, das würde Jacob Miller auch nicht mehr lebendig machen. Wenn ihn die Kerle nicht ermordet hätten, wäre er wahrscheinlich in der Normandie gefallen, was hätte ihr Geständnis also noch für einen Unterschied gemacht? Außerdem war Estella schwanger und brauchte ihre Unterstützung mehr denn je. Sicher wäre es für alle besser, wenn sie weiter schwieg.

Während Evie weiter an der Tür des Arbeitszimmers lauschte, wie Reginald die Hebamme beschimpfte, wurde ihr bewusst, dass sie sich die ganze Zeit etwas vorgemacht hatte. Am schlimmsten waren die Lügen, die man sich selbst erzählte, dachte sie. Wenn sie Estella im Sommer die Wahrheit gesagt hätte, was in jener Nacht passiert war, dann hätte sie gewusst, dass sie und ihr Baby in Pencallyn House nicht sicher waren. Hatte Evie sich ernsthaft eingebildet, dass sie ihre Freundin beschützen könnte? Womöglich würde sie sterben, und wer weiß, was Reginald mit ihrem Kind im Schilde führte?

Sie hatte ihr Versprechen abermals gebrochen, immer für Estella da zu sein.

Ihre Freundin hatte während der Geburt fürchterlich gelitten. Und es hatte Evie im Herzen wehgetan, dass Estella, die den Kleinen so sehr liebte, nicht die Kraft gehabt hatte, um ihn hinterher im Arm zu halten.

Zitternd presste Evie abermals das Ohr gegen die Tür des Arbeitszimmers, denn sie wusste besser als die meisten anderen, wozu Reginald fähig war. Estellas Kind war jetzt schon in Gefahr.

»Ich will den Bastard nicht in meinem Haus haben«, erklärte er gefährlich ruhig. »Schaffen Sie ihn weg.«

»Ich soll ihn wegschaffen? Was meinen Sie damit?«, fragte die Hebamme.

»Das wissen Sie genau.«

»Ich kann doch nicht …«, setzte sie stotternd an. »Nein, Sir. Bei so etwas mache ich nicht mit.«

»Mir ist egal, was aus dem Baby wird. Ich will es einfach loswerden.«

Bei diesen Worten machte Evie auf dem Absatz kehrt und rannte eilig in das obere Geschoss. Sie musste Estellas Baby in Sicherheit bringen, und sie durfte keine Zeit verlieren.

Sie würde ihn zu Jays Familie nach Amerika bringen. Die Millers nähmen ihren Enkelsohn doch sicher bei sich auf. Estella hatte die Adresse, und die Reise über den Atlantik wäre sicher weniger gefährlich, als den Kleinen hier im Haus zu lassen. Schließlich war Reginald unberechenbar. Sie würde mit dem Kind nach Bristol fahren und sich dort einen Platz auf einem Schiff verschaffen. Aber vorher würde sie noch eine Nachricht für Estella schreiben und sie an einem Ort verstecken, wo ihr Vater sie nicht fand. Die Sonnenuhr, natürlich! Schon früher hatten sie dort geheime Botschaften versteckt.

Sie musste sich beeilen. Wenn der Krieg vorüber wäre und der Kleine zu seiner Mutter zurückkäme, würden sie gemeinsam dafür sorgen, dass Jay ordentlich begraben würde, statt für alle Zeit mit den paar Wildblumen, die ihm Evie hinterhergeworfen hatte, in dem tiefen Brunnenschacht zu ruhen. Sie würde dieses Unrecht wiedergutmachen, versprach sie sich.

Sie wirbelte im Schlafzimmer herum, riss ein paar Kleider aus dem Schrank, stopfte sie in eine Reisetasche und gestand sich ein, dass der von ihr gefasste Plan tatsächlich ziemlich gewagt war. Sie hatte sich bisher noch nie um einen Säugling kümmern müssen, aber sicher gäbe es an Bord des Schiffes Leute, die ihr helfen könnten. Ihr fehlte die Zeit, um länger darüber nachzudenken. Hier in Pencallyn war der Kleine in Gefahr. Sie hasste es, Estella zu verlassen, aber eines Tages würde ihre Freundin sie verstehen.

Sie hatte etwas Geld, doch nicht genug für eine Reise nach Amerika. Also kehrte sie noch mal in Violets Schlafzimmer zurück und durchwühlte die Kommode, bis sie Violets Ausweis, eine Perlenkette und ein Armband fand. Es war Familienschmuck, das hieß, dass sie ihn eigentlich nicht wirklich stahl. Er war das Erbe dieses Babys, und wenn sie davon die Überfahrt bezahlen und eine Zeit lang leben könnten, wäre das im Grunde nur gerecht.

Sie tauschte ihre eigenen Kleider gegen ein Kostüm und Pumps von Violet aus und schminkte sich die Lippen scharlachrot. Mit einem Hut auf ihrem hochgesteckten Haar und einer eleganten Brosche sah sie wie Anfang, Mitte zwanzig aus. Sie würde jetzt die Rolle ihres Lebens spielen und musste einfach hoffen, dass sie möglichst glaubhaft rüberkam.

»Ich bin Mrs. Evelyn Jenkins, und der Kleine hier ist mein Sohn Henry. Wir sind auf dem Weg zu meinen Eltern, die in Bristol leben, weil mein Vater krank geworden ist. Mitten im Krieg und mit so einem kleinen Kind hat mir das gerade noch gefehlt.«

Sie versuchte es noch mal mit einem Schluchzen in der Stimme, als sie über ihren angeblichen Vater sprach. So war es besser. Männer liebten es, wenn sie den edlen Ritter spielen konnten.

»Hat einer von euch Prachtburschen vielleicht ein Feuerzeug dabei? Oh! Vielen Dank, Sie sind ein Engel!«

Ja. So würde es gehen. Sie hatte sich die Arroganz der Oberklasse im Verlauf der Jahre bei den Kellows abgeschaut. Wenn eine Frau so sprach, standen ihr alle Türen offen, und im Handumdrehen würde sie in einem Taxi und danach im Zug nach Bristol sitzen, ohne dass jemand auf den Gedanken kam, dass die elegante junge Mutter mit der teuren Perlenkette in Wahrheit aus dem East End kam. Wenn sie erst mal in Bristol angekommen wäre und einen Platz auf einem Schiff ergattert hätte, würde sie statt ihres eigenen Violets Ausweis nehmen. Reginald würde sie nicht finden.

Als sie mit dem Packen fertig war, nahm sie vor dem Frisiertisch in dem alten Kinderzimmer Platz und verfasste einen Brief. Im Grunde war es eher ein schriftliches Geständnis, und während die Feder eilig über das Papier flog, rannen ihr die Tränen über das Gesicht. Sie beschrieb die grauenhaften Umstände von Jacob Millers Tod, bat Estella um Vergebung für die Rolle, die sie selbst dabei gespielt hatte, und wiederholte ihren Schwur.

Ich werde dieses Kind mit meinem Leben beschützen, schrieb sie, und die Tränen tropften aufs Papier. *Ich werde dafür sorgen, dass es sicher ist. Ich liebe dich, Estella. Du bist meine Schwester, mein Zwilling, mein Ein und Alles.*

Evie schob den Brief in die alte Tabaksdose, die die Mädchen früher schon verwendet hatten, um die Nachrichten, die sie sich gegenseitig schrieben, vor der Feuchtigkeit des Gartens zu bewahren. Dann lief sie eilig los, versteckte ihre Botschaft bei der Sonnenuhr und flüsterte noch einmal das Versprechen, immer für die Freundin da zu sein.

Wenn es Estella wieder besser ginge, würde sie die Sonnenuhr besuchen und erfahren, dass ihr Baby in Sicherheit war. Natürlich wusste Evie nicht, ob sie ihr je verzeihen könnte, dass sie ihr verschwiegen hatte, was mit Jay geschehen war, aber sie musste einfach ehrlich zu ihr sein. Sie dürften keinerlei Geheimnisse mehr voreinander haben, denn durch ihre Heimlichtuereien hatten sie das Unglück erst heraufbeschworen.

Als Evie zurückkehrte, war die Hebamme fort. Sie hatte ein paar Windeln und einige Fläschchen Milch zurückgelassen, doch ansonsten gab es keine Spur von ihr.

Evie steckte erst die Windeln und die Flaschen und danach die Babykleider, die Estella auf dem Dachboden gefunden hatte, ein. Alles, was sie sonst noch bräuchte, müsste sie sich unterwegs besorgen, denn jetzt müsste sie so schnell wie möglich los.

Estella schlief noch immer tief und fest. Sie rührte sich nicht, als Evie ihre heiße Wange küsste und ihr zuraunte: »Ich liebe dich, Stella. Es tut mir furchtbar leid, dass ich dir keine bessere Freundin war. Ich werde dein Baby beschützen. Das verspreche ich.«

Sie nahm das Baby auf den Arm. Der Kleine wirkte so zerbrechlich, und jetzt war sie ganz allein für ihn verantwortlich. Sie dürfte ihn auf keinen Fall im Stich lassen.

»Keine Angst«, wisperte sie und hüllte ihn behutsam in ein Tuch. »Ich passe auf dich auf, mein kleiner Jay. Auf dich wartet ein wunderbares Leben, wart's nur ab.«

Sie sah sich noch mal um. War sie bereit, Pencallyn zu verlassen? Ja, vielleicht. In ihrem tiefsten Innern war ihr immer klar gewesen, dass der Tag des Abschieds einmal kommen würde, und mit einem unglücklichen Blick auf ihre Freundin verließ Evie Jenkins zum allerletzten Mal das Haus, das im Verlauf der Zeit ihr Heim geworden war.

45

ESTELLA
heute

»Kann sie uns hören?«

Es war die Stimme dieser wunderhübschen jungen Frau mit den lavendelblauen Augen und dem etwas scheuen Lächeln. Plötzlich ergab alles Sinn, und vor Freude hätte sie gerne laut gelacht. Die lebenslange Trauer um ihr Baby war ein Preis, den sie noch tausendmal dafür bezahlen würde, dass an ihrem Bett jetzt dieses Mädchen saß.

Nell Summers war das Herz ihres *geheimnisvollen Gartens.* All die Dinge, die geschehen waren, hatten zu ihr geführt.

Estella hatte Evie ihre Fehler mehr als nur verziehen, denn ohne sie hätte es Sam Summers nicht gegeben und dann hielte jetzt nicht ihre wunderhübsche Enkeltochter ihre Hand.

Ihre Enkeltochter! Nicht zu glauben, doch sie hatte eine Enkelin! Ein derart kostbares Geschenk hatte Estella nicht verdient. Sie hätte nie gewagt zu hoffen, dass so etwas möglich war. Dann hatte es das Schicksal also wirklich gut mit ihr gemeint.

Nell Summers, dachte sie verträumt. Wie hatte sie nur an dem Tag, an dem sie sich den Oberschenkelhals gebrochen hatte, denken können, dass sie ihre Freundin Evie wäre? Wie hatte sie nicht sehen können, was im Grunde nicht zu übersehen war? Zwischen ihr und Evie hatte immer eine große Ähnlichkeit bestanden, aber trotzdem war es ihr an jenem Tag so vorgekommen, als würde sie nicht Evie sehen, sondern sich selbst als junge Frau!

Die Wahrheit war die ganze Zeit zum Greifen nah gewesen, doch sie hatte nie am rechten Ort danach gesucht. Ach, hätte sie doch damals noch einmal die Sonnenuhr besucht, statt einen Schlussstrich unter die Vergangenheit zu ziehen.

Wäre sie nicht jetzt an diesem hellen Ort des Friedens angelangt, hätten die Enthüllungen sie sicher unglücklich gemacht. Dann wäre sie in Tränen ausgebrochen und hätte sich über die verlorenen Jahre furchtbar aufgeregt. Sie hätte sich vor Schmerz die Lunge aus dem Hals geschrien, weil ihr geliebter Junge nicht bei ihr, sondern bei anderen Menschen aufgewachsen war, doch hier in diesem weißen Raum empfand sie nichts als Dankbarkeit. Ihr Sohn hatte gelebt, und die ihr unbekannten Menschen, die ihn liebevoll umsorgt und großgezogen hatten, hatten ihren Dank verdient.

»Glaubst du, dass sie es weiß?«, flüsterte Nell mit rauer Stimme. »Glaubst du, dass sie die Dinge, die ich ihr erzählt habe, verstanden hat?«

»Wir müssen es einfach hoffen, Schatz. Aber ich gehe ziemlich sicher davon aus.«

Josh, dachte Estella. Josh von nebenan. Der sanfte Josh mit seinem grünen Daumen, der es schaffte, kargen Böden und selbst Steinen Leben zu entlocken, und der ehrenvoll und freundlich war wie Jay. Josh Richardson und Nell. Perfekt. Estella hätte gern gelächelt, aber ihre Lippen waren wie der Rest von ihrem Körper abgrundtief erschöpft. Sie sehnte sich danach, zu schlafen.

Bald …

»Sie hat meinen Dad ihr Leben lang vermisst. Man sollte keiner Mutter Zeit mit ihren Kindern vorenthalten«, meinte Nell, und ihre Großmutter erkannte in ihrer Stimme den Schmerz einer Mutter, die ihr Kind verloren hatte. Nichts, was sie hätte sagen können, hätte dieses Unglück lindern können, von dem sie selbst über fünfundsiebzig Jahre lang begleitet worden war. Im Grunde aber hätte sie die Trauer auch nicht mildern wollen, denn sie war nur eine andere Form der Liebe.

Estella konnte es immer noch nicht glauben. Sie hatte eine Enkelin. Sie hatte einen Sohn.

Nell und Sam.

Ihre Familie. Ihre Welt.

Estella klammerte sich an den Namen fest. Sie hätte tanzen, singen und es aller Welt erzählen wollen. Ihr Kind hatte gelebt! Sie hatte ihren Liebsten nicht im Stich gelassen, denn sein Baby hatte tatsächlich das Licht der Welt erblickt. Ihr Vater hatte sie belogen.

Ihr geliebtes Kind hatte gelebt.

»Glaubst du, sie ist wütend?«, erkundigte sich Nell bei Josh. »Evie hätte ihr damals erzählen müssen, was geschehen war.«

Estella wünschte sich, sie könnte sprechen, denn sie hätte ihrer Enkeltochter gern erklärt, dass hier an diesem ganz besonderen Ort voll Ruhe, Helligkeit und Liebe kein Platz für Zorn und Ärger war. Die arme Evie hatte getan, was sie konnte.

»Evie war verängstigt«, stellte Josh mit sanfter Stimme fest. »Sie war bestimmt traumatisiert von dem, was Hamilton getan hatte. Evie und Estella waren damals doch im Grunde fast noch Kinder, Nell.«

Estella hatte das Gefühl, als würde sie die sanfte, mitfühlende Stimme dieses jungen Mannes tragen. Er verstand, was damals geschehen war. All die Jahre hatte Estella sich an der Gewissheit festgehalten, dass die Freundin nicht aus freien Stücken fortgegangen war. Sie hatte Estellas Baby vollkommen zu Recht so schnell wie möglich aus dem Haus geschafft. Sie hatte es gerettet!

»Aber was ist mit Reginald?«, drängte Estellas Enkelin, und Josh stieß einen tiefen Seufzer aus.

»Er war auf alle Fälle schuldig, aber gleichzeitig auch ein Produkt der damaligen Zeit. Damals waren die Männer noch die Herren im Haus, und ihre Frauen und Töchter hatten ihnen zu gehorchen, ob sie wollten oder nicht. Und die Geschichte zeigt, dass die Bigotterie und der Rassismus es den Menschen möglich machen, selbst abscheuliche Verhaltensweisen zu rechtfertigen. Kein Wunder, dass er irgendwann ins Wasser ging. Die Polizei hätte ihm seine Taten sicherlich nicht nachgesehen. Und dasselbe gilt auch für Hamilton.«

»Aber es ist zu spät, um sie noch zur Verantwortung zu ziehen. Sie sind seit Jahren tot«, bemerkte Nell.

»Zumindest kommen jetzt die Tatsachen ans Licht«, erklärte Josh. »Die Taten dieser Männer werden jetzt nicht länger durch die guten Namen und die ehrenwerten Ränge, die sie irgendwann einmal beim Militär bekleidet haben, kaschiert. Man wird ihrer in Zukunft als der elendigen Mistkerle gedenken, die sie waren.«

»Und alle werden wissen, dass Jay Miller mutig und loyal gewesen ist.« Estella kannte die Entschlossenheit, die in Nells Stimme lag, und war sich sicher, auch ihr Anwalt hätte gleich gewusst, dass dieses Mädchen ihre Enkeltochter war. Nell würde diese Sache endgültig zum Abschluss bringen, denn sie vereinte all die guten Eigenschaften ihrer Großeltern in sich. Jay würde auf die wunderbarste Weise in ihr weiterleben. Und Hamilton und Reginald würden ihre gerechte Strafe kriegen. Alle Welt würde von ihren Schandtaten erfahren. Das war Gerechtigkeit und gleichzeitig auch eine Form der Rache – falls dem Mädchen irgendwas an Rache lag.

Estella selber hatte ihren Frieden mit der Vergangenheit gemacht. Sie hatte Jay und auch ihr Kind zurückbekommen, und Wut und Rache waren Gefühle eines vergangenen Lebens. Sie könnte und sie würde Hamilton und ihrem Vater nie verzeihen, die beiden zu bestrafen aber stünde ihr nicht zu.

Das quietschende Geräusch von Gummisohlen auf dem Linoleumboden zeigte ihr, dass jemand in den Raum gekommen war. Dann spürte sie den Druck einer Manschette um den Arm, die guten Schwestern aber könnten sich um sie bemühen, wie sie wollten. Jetzt war es an der Zeit, zu gehen.

»Wie geht es ihr?«, erkundigte sich Josh.

»Ich fürchte, ihr Zustand ist unverändert«, erwiderte die Schwester.

»Was heißt das?«, fragte Nell.

»Der Eingriff ist inzwischen vierundzwanzig Stunden her, und sie ist immer noch nicht wieder bei Bewusstsein. Ich denke, Sie sollten darauf vorbereitet sein, dass sich der Vorhang nicht noch einmal lüften wird.«

Das Wort Vorhang ließ Estella ans Theater denken, an die dicken roten Polstersessel, die vergoldeten Balkone und an Evie, die von Ruhm und Reichtum geträumt hatte. O Evie!, rief Estella lautlos. Du hast mir in all den Jahren fürchterlich gefehlt! Aber du hast ihn gerettet, Evie! Du hast meinen kleinen Sohn gerettet! Ich verzeihe dir all deine Fehler, und ich danke dir!

Dann durchzuckte ein Schmerz ihre Brust. Estella rang nach Luft. Und dann erkannte sie plötzlich Nells Gesicht vor sich. Ihre Enkeltochter sah sie mit sorgenvollem Blick und ängstlich aufgerissenen blauen Augen an.

»Nell«, wisperte sie.

»Estella? Grandma?«

»Grandma«, wiederholte sie, und ihre Stimme raschelte wie trockenes Laub.

Dann erklang ein schriller Piepton, irgendwer kam aus dem Flur gerannt, Estella spürte Hände auf der Brust, hörte das Rattern eines Rollwagens und stürzte kopfüber aus dem weißen Raum in einen langen Gang, der aussah wie das Innere eines Kaleidoskops. So etwas hatte sie noch nie gesehen, und zu ihrer Überraschung lief sie plötzlich leichtfüßig durch hellen Sonnenschein und sah sich lachend all die wunderbaren Farben, die sie hier an diesem Ort umgaben, an.

Noch immer lachend wurde ihr bewusst, dass sie im Garten von Pencallyn war. Das Gras war leuchtend grün, und als sie in den strahlend blauen Himmel blickte, tat die Helligkeit ihr in den Augen weh. Wie wunderbar lebendig alles war. Der Garten sah so aus wie in den Tagen vor dem Krieg. Die Hecken waren sorgfältig gestutzt, die Kieswege mit mathematischer Genauigkeit geharkt, und all die sorgfältig bepflanzten Blumenbeete sahen aus, als wären sie mit funkelnden Juwelen übersät.

Inmitten all der Pracht prangte die Sonnenuhr, der gute, stumme Wächter über alten Zauber und seit langer Zeit gehüteter Geheimnisse. Tief aus dem Wald erklang das Gurren einer Holztaube, und ein junges Mädchen tanzte auf der Lichtung, ließ die dunklen Haare fliegen und verbeugte sich vor ihrem imaginären Publikum.

Es war tatsächlich Evie!

Überrascht warf sich Estella beide Hände vor den Mund. Sie waren wieder glatt und weiß, während ihr Haar in dichten schwarzen Locken bis auf ihre Hüfte fiel. Mit schnellen Schritten lief sie auf die Freundin zu, und alle ihre Schmerzen waren wie weggeblasen. Hatte sie das alles vielleicht nur geträumt? War sie vielleicht immer noch das junge Mädchen von früher?

Dann wandte Evie sich ihr zu, und plötzlich war Estella vollkommen egal, ob es real war oder nur ein Traum.

»Endlich, Stell«, rief Evie. »Du hast dir echt Zeit gelassen!«

»Evie!«

Plötzlich war auch ihre echte, glockenhelle Stimme wieder da! Jetzt war sie wieder ganz sie selbst.

Überglücklich fiel sie ihrer besten Freundin um den Hals.

»Verzeihst du mir?«, erkundigte sich Evie vorsichtig.

»Natürlich! Meine liebe Evie! Du hast mir so sehr gefehlt!«

»Du hast mir auch gefehlt. Wir alle haben dich vermisst und werden dich jetzt niemals wieder gehen lassen, Stell. Sieh nur, sie alle sind gekommen, weil sie dich sehen wollen.«

Erst jetzt bemerkte sie, dass auch noch andere Leute in dem Garten waren. Oh! Die Köchin stand dort neben Violet und Ivy Pendriscott, die sich mit Tommy unterhielt. Estella sah genauer hin und merkte, dass die Lichtung voller Menschen war. Da vorn stand Ally in der Fliegeruniform, die er so liebte, und sprach gut gelaunt mit einem jungen, blonden Mann. Es gab noch jede Menge anderer Gesichter, und Estella gingen die Namen all der lieben Freundinnen und Freunde, die sie schon vor Jahren verloren, aber nie vergessen hatte, durch den Kopf. Beth. Jenny. Bert. Mama. Dolly, ihre alten Gärtner und die jungen Burschen, die vor Jahren in den Krieg gezogen und von dort nie mehr zurückgekommen waren – sie alle waren hier und sahen gesund und glücklich aus! Sie hatte alle diese Menschen fürchterlich vermisst und wäre fast geplatzt vor Freude, da sie sie jetzt endlich wiedersah.

In diesem Augenblick sprang auch ihr lieber kleiner Spaniel fröhlich kläffend an ihr hoch und wedelte begeistert mit dem kurzen Stummelschwanz. Estella nahm ihn überglücklich auf den Arm. Die gute, treue Poppet, die ihr Leben hingegeben hatte, als sie Jay hatte zu Hilfe kommen wollen …

Oh! Jay!

Estella sah sich suchend zwischen den Gesichtern um. Er war doch sicher ebenfalls gekommen?

»Wo ist Jay? Ist er nicht hier?«

»Natürlich ist er hier!«, erklärte Evie ihr. »Er wartet schon seit einer Ewigkeit auf dich.«

Estellas Herz schlug einen Purzelbaum. »Ist das denn möglich?«

»Ja, natürlich, aber sei gewarnt – vielleicht willst du dann niemals wieder von dort weg.«

»Egal! Ich will mit ihm zusammen sein!«, schluchzte Estella. »Oh, wo ist er, Evie? Wo versteckt er sich?«

»Er versteckt sich nirgends, Dummerchen. Er war die ganze Zeit in deiner Nähe.« Evie zeigte auf den Wald. »Siehst du? Da drüben steht er!«

Estella strengte ihre Augen an, doch es war schwierig, etwas zu erkennen, denn jetzt lösten sich die Bäume und der Garten wieder auf. Die Grüntöne vermischten sich wie Aquarellfarben auf angefeuchtetem Papier, verschmolzen mit dem Blau des Himmels, und der Boden war nicht mehr mit weichem Gras bedeckt, sondern aus kühlem Sand.

Estella sah an sich herab, und sogar ihre nackten Füße waren wieder jung.

Jetzt war sie unten in der Bucht, und auf dem flachen Wasser schaukelte ein kleines weißes Segelboot. Der junge Mann hatte ihr den Rücken zugewandt, doch sie erkannte ihn sofort. Sie hätte ihren Liebsten überall erkannt.

Estella rannte los, und plötzlich gab es keine Barrieren mehr zwischen ihnen, keinen Stacheldraht und keine Warnschilder, nicht einen Sperrballon und keine Bunker aus Beton. Der Strand war ganz genau so, wie er immer schon gewesen war. Der nasse Sand kräuselte sich unter ihren Füßen, und das Wasser glitzerte im Sonnenlicht. Es war so hell, dass sie kaum sehen konnte, wo der Sand ins Wasser überging. Blinzelnd schirmte sie die Augen mit den Händen ab und watete durchs flache Wasser bis zum Boot. Der junge Mann gab ihr die Hand, und sie sah seine warmen braunen Augen, seine weich geschwungenen Lippen und das kurz geschorene Haar, das sein Gesicht mit seinen klaren Linien vorteilhaft zur Geltung kommen ließ. Er wirkte stolz und stark in seiner Uniform und sah genauso gut aus wie vor all den Jahren.

»Jay? Bist du es wirklich?«, fragte sie mit ungläubiger Stimme.

»Ja, mein Stern«, gab er zurück, und sie war glücklich, als sie seine Stimme hörte, die genauso samtig weich und melodiös war wie immer. »Bist du bereit, mit mir davonzusegeln? Dorthin, wo die Seen groß wie Ozeane sind, wo sich ein Meer aus goldenem Weizen in der Brise wiegt und wo ein altes weißes Bauernhaus mit Schaukelstühlen auf der Veranda steht?«

»Werden wir dort angeln, werden unsere Kinder in den Feldern spielen und Hühner jagen, und wird deine Mum mir zeigen, wie man Apfelkuchen backt?«, erinnerte sie sich, und Jay warf lachend seinen Kopf zurück.

»O ja, all das! Wobei der Junge längst schon dort ist und nur darauf wartet, dass du endlich kommst. Bist du bereit, mit mir über den Horizont zu segeln?«

War sie bereit? Ja, natürlich war sie das! Sie hatte ihr Leben lang darauf gewartet.

»Das bin ich schon mein Leben lang«, erklärte sie.

Dann streckte sie die Hand aus, und Jay küsste jeden ihrer Finger, ehe er sie in das Boot hob, das so ungeduldig auf den Wellen tänzelte, als würde es seit Jahren darauf warten, endlich loszufahren.

Am Ufer standen ihre Freundinnen und Freunde, winkten ihnen hinterher, und als ihr Liebster lächelnd seinen Mund auf ihre Lippen presste, wusste sie, dass sie im Himmel war.

Die neue Welt, in der sie angekommen war, war voller Wunder, und Estella konnte es nicht erwarten, sie mit ihm gemeinsam zu erforschen. Ihn zu lieben und mit ihm vereint zu sein. So, wie sie es sich schon vor langer Zeit versprochen hatten, heute, morgen und für alle Zeit. Das Segel blähte sich im warmen Wind, und während sie in ihrem kleinen Boot über das Wasser tanzten, lachte sie vor Glück, denn alles hinter sich zurückzulassen, war tatsächlich kinderleicht.

So leicht wie aufzuatmen, nachdem eine schwere Last von ihren Schultern abgefallen war.

Epilog

Nell

heute

Die Monate sind vergangen, und ich bin noch immer in Pencallyn Cove. Inzwischen ist es Juni, und ich kann mir nicht mehr vorstellen, jemals wieder von hier wegzugehen. Es ist ein Leichtes, sich in Cornwall zu verlieben, und unmöglich, ihm danach den Rücken zuzukehren. Sobald man es ins Herz geschlossen hat, ist es für immer dort, nicht anders als der Mann, dessen Hand ich halte, während wir am Strand spazieren gehen.

Die Wellen brechen sich auf dem Sand. Gleich einem Metronom misst die Natur die Monate, die Jahre und Jahrhunderte im immer gleichen Takt. Ein tröstlicher Gedanke, dass auf diese Weise auch Verlust und Einsamkeit kommen und wieder gehen. Natürlich fehlt mein Dad mir immer noch, und auch das Kind, das ich verloren habe, wird für immer unvergessen sein. Mein Glück mit Josh schmälert die Gefühle, die ich für sie habe, keineswegs. Ich muss nur den Echos der Vergangenheit lauschen, um mich daran zu erinnern, dass es alles andere als selbstverständlich ist, dass ich mit einem Mann, den ich von ganzem Herzen liebe, hier an diesem Strand spazieren gehen kann. So eine Chance war vielen anderen Menschen nicht vergönnt.

Es ist ein friedlicher Sommermorgen, und es fällt mir schwer, mir vorzustellen, dass es jemals anders war – doch wenn ich meine Augen leicht zusammenkneife, flirrt die Luft und plötzlich sehe ich den Landungssteg, der wie ein Meeresungeheuer aus dem Wasser ragt, und statt Kindern, die von der Brücke ins Wasser springen, stelle ich mir dort eine Reihe junger Männer vor, die an Bord der Schiffe gehen. Mit ernsten Mienen folgen die Soldaten den Befehlen ihrer Vorgesetzten, denn der wochenlange Drill hat seine Wirkung nicht verfehlt. Sie wissen allzu gut, was sie erwartet, wenn sie wieder an Land gehen.

Heute fahren bunt gestrichene Vergnügungsboote durch die Bucht, für einen Augenblick jedoch kommt es mir vor, als blitze unter ihrem Anstrich grauer Stahl auf. Hoch oben auf den Klippen, wo die Meeresvögel nisten, dösen die verlassenen Bunker vor sich hin. Umrankt von Efeu und erstickt von Dornenranken sind sie die vergessenen Überbleibsel einer Zeit, in der der Strand ein Kriegsgebiet war und das Land allein der Übermacht des Feindes gegenüberstand. Weiter im Landesinneren, in einem Waldstück oberhalb der Felder, das die Leute, wenn es dunkel wird, noch heute meiden, gibt der Boden immer noch den einen oder anderen Splitter eines damals abgestürzten deutschen Bombers frei. Die Echos der Vergangenheit hallen hier noch immer nach, und wenn man seine Ohren spitzt, kann man sie hören.

Estella und mein Vater sind noch immer hier, genau wie Evie und Jay.

Ich blicke auf das spiegelglatte Wasser in der Bucht. Unvorstellbar, dass der Strand damals nach Jahren hektischer Betriebsamkeit der Militärs von einem auf den anderen Tag urplötzlich menschenleer war. Vor fünfundsiebzig Jahren begannen die Kämpfe um die Normandie. Männer aus allen Gesellschaftsschichten gaben damals ihre Leben, damit die Kinder heute unbeschwert und frei an diesem Strand spielen können. Der Mut von Männern wie Jay Miller und Alex Kellow und die Opfer, die sie damals brachten, werden in Erinnerung bleiben. Die Kriegsgeschichte Cornwalls darf niemals vergessen werden. Die Geschichten dieser Menschen haben es verdient, dass man sie weiterhin in Ehren hält.

»Unvorstellbar, findest du nicht auch?«, meint Josh. »Dass all das Treiben hier von einem auf den anderen Tag geendet und der Kampf, Europa zu befreien, dann an einem anderen Ort stattgefunden hat.«

Ich denke an Estella und an Evie, die mit angesehen haben, wie die Truppen aufgebrochen sind. An Estellas gebrochenes Herz und an die fürchterliche Last, die Evie trug. An Jacob Millers felsenfeste Überzeugung, dass sie in die Schlacht ziehen würden, um das Böse zu bekämpfen, und an die Bereitschaft, für den Sieg des Guten notfalls sogar mit dem eigenen Leben zu bezahlen.

Ich lehne mich an Joshs Schulter. »Ich hätte gern mehr Zeit mit Estella gehabt.«

Meine Großmutter zu finden und dann sofort zu verlieren, war nicht leicht für mich. Sie hat zwar ihr Bewusstsein nicht noch mal zurückerlangt, ich bin mir aber sicher, dass sie alles, was wir ihr erzählt haben, gehört hat. Sie ist ganz friedlich eingeschlafen. Sie hat wie am Ende einer langen Reise aufgeatmet und gelächelt, und ich hoffe, dass sie von Jay und Evie in Empfang genommen wurde.

Die arme Evie. Hoffentlich weiß sie, dass sie Estellas Kind gerettet und auf diese Weise ihr Versprechen eingehalten hat. Ohne ihren Einsatz gäbe es mich nicht.

»Glaubst du, dass Estella sich freuen würde?«, fragt mich Josh besorgt, und wieder schwillt mein Herz vor lauter Liebe zu ihm an. Ich hätte nie erwartet, noch mal jemanden zu treffen, mit dem ich mein Leben würde teilen wollen, aber manchmal hält das Schicksal eben Überraschungen bereit – und es ist einfach wunderbar, dass es das tut. Immer, wenn ich morgens neben Josh aufwache, kommt es mir so vor, als wäre es das allererste Mal.

»Über Pencallyn oder über uns?«

Er nimmt mich in den Arm. »Ich schätze, beides. Aber ich spreche von dem Haus und dem Garten. Haben wir das Richtige getan?«

Nach Estellas Tod hatte ihr Anwalt Josh kontaktiert und ihn mit der Nachricht überrascht, dass Estella ihm Pencallyn House, den Garten und selbst die Tantiemen für ihr Buch hinterlassen hatte. Ich verstehe, warum Estella sich so entschieden hat. Josh ist ehrenhaft und ehrlich, und er liebt ihren Garten. Sie hat ganz genau gewusst, dass er das Erbe in ihrem Sinn verwalten würde. Natürlich hatte Josh versucht, das Erbe abzulehnen, und erklärt, es sollte an mich als ihre einzige noch lebende Verwandte gehen, aber das Testament war wasserdicht gewesen, und wenn er es ausgeschlagen hätte, hätte man nach einem Käufer für das Anwesen gesucht. Es gab jede Menge Bau- und Immobilienunternehmer, die versessen darauf waren, Land in Cornwall zu ergattern, und statt den Garten zu bewahren, würden sie dort Häuser bauen. Estella hatte ganz genau gewusst, dass Josh niemals mit ansehen könnte, wie das wundervolle Anwesen verloren ging.

Also hatte er das Erbe unter der Bedingung angenommen, dass Pencallyn House und auch der Garten eine eingetragene Stiftung wurden und ich den Vorsitz des Verwaltungsrates übernahm. So können wir den Garten bewahren und wieder in seine alte Pracht zurückversetzen. Josh hat bereits Pläne für das einstige Hortensiental, den Japangarten, den Magnolienweg sowie das Labyrinth, und ich bin furchtbar aufgeregt, denn er hat immer schon davon geträumt, dass er einmal den Garten von Pencallyn wiederbeleben darf.

Nachdem ich das Haus meines Vaters verkauft hatte, bin ich nach Pencallyn House gezogen, und seither arbeite ich mit Josh die Pläne für den Garten aus. Statt meines ursprünglich geplanten Buchs habe ich in fiktionalisierter Form über das Leben meiner Großmutter geschrieben, und vor einem Monat hat meine Agentin einen ordentlichen Vorschuss ausgehandelt, der uns hilft, den Teesalon, den wir für die Besucher unseres Anwesens eröffnen wollen, zu finanzieren.

Während ich im Winter und im Frühjahr an dem Buch schrieb, arbeitete Josh mit einem Team von freiwilligen Helfern jeden Tag von früh bis spät im Garten, und allmählich können wir erkennen, wie er ursprünglich mal ausgesehen haben muss. Er birgt zahlreiche Schätze, und ich habe festgestellt, dass ich die Arbeit mit den Pflanzen liebe und in der Natur den Frieden finde, der mir bisher nie vergönnt war. Im Gegensatz zu Lou, die schon nervös wird, wenn sie mehr als drei Meter zur nächsten U-Bahn laufen muss, und denkt, dass ich verrückt sein muss, aus London wegzuziehen, sagt mir das Leben auf dem Land tatsächlich zu. Ich habe ihr erzählt, dass diese neue Leidenschaft fürs Gärtnern und fürs Landleben mein Kellow-Erbe ist.

Ich bin Nell Summers. Buchautorin. Tochter von Sam Summers. Freundin von Josh Richardson und Direktorin des Pencallyn Garden Trusts. Hier in Pencallyn House habe ich mein Zuhause gefunden. Ich arbeite an der Seite eines Mannes, den ich liebe, und bin Teil eines einmaligen Projekts.

Eines Tages werde ich gemeinsam mit Josh in die Staaten reisen, um dort Miller's Hollow zu besuchen.

»Wahrscheinlich wäre sie nicht sonderlich begeistert, weil du diese riesigen Zypressen fällen lassen hast«, stelle ich scherzhaft fest.

»Die hat sie doch nur stehen lassen, weil sie meinen Vater ärgern wollte. Sie wäre bestimmt begeistert, wenn sie wüsste, dass ich Kleinholz daraus mache, kaum dass er den Hof verkaufen will. Kein Wunder, dass er denkt, jetzt wäre ich vollends durchgedreht.«

»Sei ehrlich, hast du die Zypressen wirklich deshalb fällen lassen?«

Lachend gibt er zu: »Erwischt. Stattdessen habe ich dort einheimischen Weißdorn und Holunder gepflanzt.«

»Noch mal zurück zu deiner Frage«, sage ich, als wir den Strand verlassen und durchs Dorf vorbei am Pub zum unteren Eingang unseres Gartens gehen. »Sie wäre sicher furchtbar stolz auf das, was du geleistet hast. Sie hatte nie etwas gegen den Garten. Sie hat ihn verwildern lassen, um sich an Reginald zu rächen und den schmerzlichen Erinnerungen zu entkommen. Doch jetzt hat sie ihren Frieden gefunden. Sie hat dir den Garten hinterlassen, weil sie wusste, dass er bei dir sicher ist.«

»Ich glaube, dass Pencallyn auch gut auf sich selbst aufpassen kann. Wir sind jetzt seine Hüter, aber wenn wir einmal nicht mehr sind, wird dieser Garten weiterhin bestehen«, stellt Josh mit nachdenklicher Stimme fest.

Da hat er recht. Nachdem die Geschichte von der Liebe zwischen einem jungen GI und einer jungen Frau aus diesem Haus von den Medien verbreitet wurde, interessieren sich bereits jede Menge Leute für Pencallyn House. Als Haus und Garten – absichtlich am 6. Juni – erstmals öffneten, wurden wir von den Besuchern praktisch überrannt. Wir haben also diesen Sommer sicher alle Hände voll zu tun.

»Eines Tages werden wir so groß wie Heligan«, bemerke ich nur halb im Scherz, denn ich bin von den Plänen, die Josh für Pencallyn hat, genauso überzeugt wie er. Die Arbeit wird uns niemals ausgehen, aber es gibt keinen Ort, an dem ich lieber wäre, und vor allem niemanden, mit dem ich sonst mein Leben hier würde verbringen wollen. Ich kann es kaum erwarten, zu erleben, wie es weitergehen wird. Inzwischen ist mir klar geworden, dass das Leben ein Geschenk ist, das man schätzen und vor allem umfänglich genießen sollte.

Wir treten durch das Gartentor. Das Gefühl, beobachtet zu werden, ist verschwunden, seit das grässliche Geheimnis gelüftet und der ruhelose Schatten Masons ein für alle Mal von hier vertrieben worden ist. Die amerikanische Armee hat seine Rolle in dem Mord an Jay eingehend untersucht und für die Nachwelt festgehalten, und sein Name wird genau wie die von Lexington und Reginald für alle Zeit mit Schande und mit Niedertracht verbunden sein. Die Wahrheit ist ans Licht gekommen, und Jacob Millers Ruf wurde reingewaschen. Inzwischen wurden seine Überreste in St. Brecca's beigesetzt. Er teilt sich dort ein Grab mit seiner Liebsten, und obwohl nur eine Handvoll Menschen ihn auf diesem letzten Weg begleitet haben, war die Feier, die dort für ihn abgehalten wurde, friedvoll und sehr schön. Die Worte, die der Pfarrer sprach, sind schon seit Hunderten von Jahren dieselben, und als ich sie hörte, gingen mir die zahllosen Erinnerungen, die Estella noch mit Josh und mir geteilt hat, durch den Kopf. Ihr erstes Treffen bei der Tanzveranstaltung. Sein sanftes Lächeln, als er ihr im Licht des Mondes gegenüberstand. Wie sie erschauerte, als er mit seinen Fingerspitzen über ihre Wange strich. Gestohlene Küsse. Die verlorenen Nächte eines zauberhaften Sommers, in dem man dem

Leben jeden Augenblick hätte entrissen werden können. Jay Miller war Estellas Seelenfreund und die Liebe ihres Lebens, und tatsächlich hatte sie in all den Jahren niemals einen anderen geliebt.

Am Ende hatte ich mich an den Rand des Grabs gestellt, das kleine Silberkreuz vom Hals genommen und es in das dunkle Loch geworfen. Ich war froh gewesen, dass Jay Miller und Estella dort zusammen lagen, und ich hatte ihnen dieses ganz besondere Zeichen ihrer Liebe mit auf ihre letzte Reise geben wollen.

Josh und ich halten uns an den Händen und folgen dem Pfad hinauf zum Haus. Die Bäume werfen dunkle Schatten auf den Boden. In diesem Teil des Gartens sind Besucher nicht erlaubt, das heißt, wir haben ihn ganz für uns. Die Zeit scheint stillzustehen. Es könnte auch ein Sommertag des Jahres 1939 sein, an dem zwei junge Mädchen das verwunschene Labyrinth erforschen, oder 1944, während eine milde Brise Klänge von Glenn Miller in den Garten weht.

Natürlich ist es Einbildung, doch als wir aus dem Schatten auf die Lichtung treten, sehe ich dort einen hübschen jungen Soldaten, der ein junges Mädchen in den Armen hält. Direkt neben der alten Sonnenuhr. Sie lächelt mich im Licht der Sonne über seine Schulter hinweg an, und glücklich lächele ich zurück.

Meine Großeltern. Die Eltern meines Dads.

Josh drückt mir aufgeregt die Hand und flüstert leise: »Nell. Siehst du das auch?«

Die Sonne schiebt sich hinter eine Wolke, und nun sehe ich nur noch einen leeren Garten und die alte Sonnenuhr.

Josh fährt sich mit der freien Hand über das Gesicht.

»Ich dachte kurz, ich hätte … nein. Das waren einfach das Licht und meine Phantasie.«

»Vielleicht«, gebe ich sanft zurück. »Vielleicht aber auch nicht.«

Ich werde meine Großmutter nicht wiedersehen. Zumindest nicht in diesem Leben, denn jetzt gibt es nichts mehr, was sie noch erzählen muss. Die alten Fehler wurden wiedergutgemacht, die Menschen, die sie liebte und verloren hatte, sind wieder aufgetaucht, und die Vergangenheit kann endlich ruhen. Mein Herz sagt mir, dass dies ein endgültiger Abschied ist. Die Liebe hat gesiegt.

Ich wende mich an Josh, den Mann, den ich heute, morgen und für alle Zeit lieben werde, und ich weiß, es lief von Anfang an auf diesen Augenblick hinaus. Auch wenn wir es nicht immer sehen, verbirgt sich selbst im größten Chaos ein perfektes Muster, und wir sollten niemals verlernen, auf die Liebe zu vertrauen.

»Lass uns nach Hause gehen.«

Anmerkungen der Autorin

Die Idee zu diesem Buch kam aus dem Nichts und gleichzeitig aus allen Richtungen. Ich ging auf dem Küstenweg spazieren, der den Fluss in Cornwall säumt, an dem ich lebe, und mit einem Mal fielen mir die im Gestrüpp versteckten Überreste der Verteidigungsanlagen aus dem Zweiten Weltkrieg auf. Es war, als würde die Vergangenheit die Gegenwart an diesen Stellen überlagern, und aus welchem Grund auch immer, gingen mir die verfallenen Hüllen der verlassenen Bunker, die Ruine eines Wachhäuschens des Heimatschutzes oben auf den Klippen und die efeuüberrankten Nissenhütten auf den Bauernhöfen Cornwalls nicht mehr aus dem Sinn. Diese Zeugnisse der jüngeren Vergangenheit sind ebenso ein Teil von Cornwall wie die stolzen Megalithen, die alten Keltenkreuze und die aufgegebenen Zinnminen. Das brachte mich auf die Idee, etwas zu schreiben, das die alte Zeit wieder lebendig macht.

Für die Recherche und das Schreiben dieses Buchs habe ich fast ein Jahr gebraucht. Viele Menschen aus meiner Familie und meinem Bekanntenkreis haben mir ihre eigenen Geschichten aus der Zeit des Kriegs erzählt, die in die Handlung eingeflossen sind. Wie immer haben mich auch die Landschaft Cornwalls und die Mythen und Legenden, die dort ihren Ursprung haben, inspiriert. Sie haben ihren Weg ins Buch in Form der Kraftlinien und Wahrzeichen gefunden, die entlang der Linien von St. Brecca's bis hin zu der alten Sonnenuhr zu finden sind.

Nells Geschichte geht mir unter anderem deswegen so nahe, weil mein eigener Vater starb, als ich mit diesem Buch beschäftigt war. Ich war beim Schreiben oft in Tränen aufgelöst, denn manchmal ahmt die Kunst das Leben derart treffend nach, dass ich es nicht in Worte fassen kann. Einige Erinnerungen meines Vaters, der den Zweiten Weltkrieg selbst als Kind erlebte, finden sich in der Geschichte wieder, und ich bin ihm wirklich dankbar, dass er mir davon berichtet hat. Obwohl Trauer und Verlust zwei Schlüsselthemen dieses Buches sind, geht es auch um Liebe, Hoffnung und den Fortbestand des Lebens. Das Leben ist so kostbar, dass man jeden Augenblick so gut wie möglich nutzen sollte.

Vorbilder für Pencallyn House und das Dorf sind der Trebah Garden und der Garten von Glendurgan, die am Helford River liegen, wo zur Zeit des Krieges zahlreiche amerikanische Soldaten stationiert waren. In dieser Gegend fand der größte Teil der Vorbereitungen für den D-Day statt. Ich habe ein paar Tage dort verbracht, die Anwesen erforscht und die Atmosphäre in mich eingesaugt. Die wunderbaren subtropischen Gärten und die unglaublichen Solitärgewächse bilden einen deutlichen Kontrast zu den Überresten betonierter Landungsbrücken und in aller Eile angelegter breiter Straßen, die als Zeugnisse der Hässlichkeit des Krieges anzusehen sind. Die Flüsse und die Strände Cornwalls waren während der Kriegsjahre für die Zivilbevölkerung gesperrt, und die Geschichten aus dem damaligen Leben hier basieren auf den Berichten und Erinnerungen von Menschen, die dabei gewesen sind.

Ein solches Buch verlangt größtmögliche historische Genauigkeit, und um das Leben meiner Charaktere und die Umstände, die damals herrschten, möglichst realistisch darzustellen, habe ich gründlich recherchiert. Das ist ein Teil des Schreibens, den ich liebe, denn es fasziniert mich immer wieder, zu entdecken, was sich hinter Dingen, die wir einfach als gegeben hinnehmen, verbirgt. Es war eine Offenbarung, zu erfahren, wie die »Invasion der Freunde« damals abgelaufen ist. Ich gehe sicher davon aus, dass sich diese verschlafene Gegend durch das Auftauchen der amerikanischen Armee tatsächlich vollkommen verändert hat. Das Leben damals war nie sicher, und unter dem Druck der Zeit und der Gefahr haben viele junge Menschen sich in Liebschaften gestürzt. Liebeskummer und Verlust waren niemals weit entfernt, weswegen Hochzeiten nur ein paar Wochen nach dem ersten Kennenlernen praktisch an der Tagesordnung waren.

Manche Berichte aus der Zeit sind wundervolle, glückliche Erinnerungen älterer Nachbarinnen und Nachbarn, die als Kinder aufgeregt den Fliegern hinterhergesehen haben. Andere, die bezeugten, dass bei der US-Armee Rassismus institutionalisiert an der Tagesordnung war, hingegen brachen mir das Herz. Wie auch in meinem Buch beschrieben, herrschte dort noch eine strenge »Rassentrennung«, von der die Bewohner Cornwalls alles andere als begeistert waren. Die Einstellung von Hamilton und Reginald den Schwarzen gegenüber sind traurigerweise Tatsachenberichten aus der damaligen Zeit entlehnt. Ein Abgeordneter aus Cornwall hat sich tatsächlich in einem Brief an Anthony Eden über die Soldaten, die in seinem Wahlkreis stationiert waren, beschwert. Und eine ältere Dame schrieb von einem Schwarzen unter den GIs, der sie auf der Straße angesprochen hatte. Er hatte höflich nach dem Weg gefragt, doch dafür, dass er sich »erdreistet« hatte, sie als Weiße anzusprechen, hatte eine Gruppe hellhäutiger »Kameraden« ihn vor ihren Augen so brutal zusammengeschlagen, dass sie vor Entsetzen völlig außer sich gewesen war.

Jacob Miller entstand aus Berichten über die Schwarzen unter den Soldaten, die damals nach Großbritannien kamen, und den Geschichten der Familien, bei denen sie gewohnt haben. Wie Ivy Pendriscott in meinem Buch hatte eine Frau noch jahrelang Kontakt zu der Familie des bei ihnen einquartierten jungen Mannes, und nachdem er in der Normandie gefallen war, hat sie um ihn getrauert und in einem Brief an seine Mutter ein ums andere Mal betont, sie sollte stolz auf ihren Jungen sein. Ein anderer junger Mann war Medizinstudent und hat als Sanitäter heldenhaft und tapfer in der Normandie gekämpft.

Jay ist mutig, edel und freundlich. Er lebt in seinem Sohn weiter, und dann in seiner Enkelin.

Ich habe viele Berichte aus dem damaligen Leben hier in Cornwall mit der Handlung meines Buchs verwoben, und zu meinem Glück hat meine Großmutter damals Tagebuch geführt. Sie hat mir oft erzählt, die Leute hätten Churchill damals einen »Kriegstreiber« genannt, doch als mein Großvater, der vor dem Krieg in der Fabrik metallene Schreibtische und Aktenschränke angefertigt hatte, heimgekommen war und berichtet hatte, dass sie jetzt Gewehrständer für Laster bauen würden, wäre ihnen klar geworden, dass der Krieg tatsächlich unvermeidbar war. Meine Großmutter war zu jener Zeit mit meinem Onkel schwanger, und trotz der Bombardierungen hat sie ohne sonderliche Angst ihr Alltagsleben fortgesetzt. Sie schreibt, sie hätten sich daran gewöhnt, dass ständig Bomben auf die Häuser fielen, und sich dann unter ihrem Küchentisch versteckt. In den Kriegskapiteln meines Buches habe ich versucht zu zeigen, dass auch damals das normale Leben weiterging und dass die Kinder keine Ahnung hatten, was um sie herum geschah.

Die Londonerin Evie Jenkins hatte sicher Ähnliches erlebt wie meine Großeltern, und sie ist ein Charakter, der mich fasziniert. Ein zähes Großstadtkind aus einer völlig anderen Welt als der, aus der Estella Kellow stammt. Sie ist gewohnt zu kämpfen, und als ihre und Estellas Welten aufeinanderprallen, nutzt sie ihren Verstand und schlägt sich durch. Es gibt viele Geschichten evakuierter Kinder, die nach Cornwall kamen, und ich hatte die Gelegenheit, mir einige Berichte anzuhören, die vor ein paar Jahren von der BBC im Rahmen des Projekts *Lebendige Geschichte* aufgenommen wurden. Einige der Kinder hatten eine wunderbare Zeit und haben ihr Leben lang Kontakt zu ihren damaligen Gastfamilien gehabt, für andere aber waren die Erfahrungen hier auf dem Land bei Weitem nicht so positiv. Sie hatten sicher fürchterliches Heimweh und fühlten sich in Cornwall fremd.

Ich könnte noch viel mehr über das Buch erzählen, aber das würde dann ein eigener Roman! Ich habe so viele Berichte aus der Zeit gehört, mit derart vielen interessanten Menschen sprechen dürfen und viel mehr, als ich jemals erwartet hätte, über die Geschichte dieses Landstriches gelernt. Ich war in seltsamen Museen und imposanten Häusern, und ich habe die Geschichten Dutzender Menschen gehört, die den Zweiten Weltkrieg miterlebt haben. Es ist vielleicht ein Widerspruch, aber es ist mir nie zuvor so schwer und gleichzeitig so leichtgefallen, ein Buch zu schreiben, und vor allem war es eine wunderbare Therapie für mich. Es ist meine Art, Geschichten aus der Zeit des Krieges weiterzuerzählen und Erinnerungen auch noch am Leben zu erhalten, wenn die Menschen, die sie haben, eines Tages nicht mehr bei uns sind.

Ruth Saberton
Juni 2019